伊井春樹［編］
II Haruki

日本古典文学研究の新展開

笠間書院

序文

私の古稀を記念して論文集を編纂していただくと聞き、ありがたいような、またそのような年になったのかと、感慨もひとしおの思いがする。もう七年前になるが、やはり大阪大学でともに学んだ人々によって、『日本古典文学史の課題と方法』（二〇〇四年三月刊、和泉書院）という大著を、私の退官（もっとも大阪大学ではこれを「退休」と称していた）を記念してまとめていただいた。それに続いての論集に、今はひたすら感謝の思いだけである。私が定年により退職した年の四月から大学は法人化したため、いわば最後の文部教官であった。私はその後人間文化研究機構に移り、古巣であった国文学研究資料館の館長を勤め、昨年からは専門とは異なる逸翁美術館の館長として、毎日のように展示企画と資料の整理に忙しくもしている。

前回の論文集の「序文」にも求められるまま書いたことだが、私が大阪大学に赴任したのは一九八四年（昭和五九）四月であった。もっとも最初の一年は併任で、二週間に一度東京と大阪を往復して大学院と学部を一コマずつ教える生活をし、大阪に移り住むようなったのは翌年からであった。当時は、慣習として教授は週に三コマ、助教授は二コマの授業で、ともかく自分の研究をするのが責務と命ぜられた。遠い先までの計画というほどではなかったものの、私自身の研究を進めなければとの思いで、平安・中世文学の担当でもあったため、散文と韻文を組み合わせることにした。平安の和歌をすれば、翌年は中世の散文といった具合で、それぞれテーマを決める。初年度は私別にして、その後毎年秋には翌年の授業の資料を集め、ときには夏休みから準備を始めたこともあった。これは私にはずいぶんと自分の研究になり、一年の授業が終わると、そこからさまざまな論文を書くことができた。学生は試験台でもあったわけで、気の毒な思いもする。

書架を見ていると、「成尋阿闍梨母集」（一九九三年度特講）というA４で十四枚に小さな文字で詰め込んだプリントのファイルがあり、そこにさまざまな資料が挟まれている。平成五年四月からの授業用で、冒頭に配布し、それにもとづいての講義をしていく。当時の〈特講〉というのは、専門に進んだ学部の三年から、博士後期課程三年次までの七学年が自由に受講する授業で、どのように専門的でむつかしくてもよいとのことであった。現在では考えられない内容と方法といえよう。学部生から大学院生まで受講するため、私にとっては結果的に毎年異なったテーマでしなければならない。この年の成果は、たまたま『成尋の入宋とその生涯』（平成八年、吉川弘文館）として出版することになった。このように毎年の〈特講〉は、私にとっては厳しい試練のようなものではあったが、新しい論文や著作の温床にもなった。

このような思い出の詰まった資料ファイルが年度ごとにあり、何気なく見ていると、受講していた学生や院生たちの顔が浮かんでもくる。個人的には週二コマではもったいないと思い、研究会を作り、「会報」を発展させて「詞林」を創刊したのが一九八七年三月であった。ためらいがちな院生たちが口頭発表で自己主張をし、文章を書く訓練にしたいとの思いからで、全員が努力したことは、今さらながら私にとっても刺激であり、感謝している。年二冊の「詞林」も、今や五十号近くになっているのは驚きでもある。

ただ、大学をやめる前の数年は、21世紀ＣＯＥのチーフとなって書類作りに時間を費やすとか、評議員としてのさまざまな任務も生じて多忙をきわめ、授業形態も異なってくるなどし、学生への指導もおろそかになりがちになってしまったのは、申し訳ないことである。このたびの記念論文集のタイトルを見るにつけ、本当にさまざまな分野で活躍し、大きく羽ばたいていることが、私には無上の喜びで、自発的に企画して編集をするとともに、一人一人力作をお書き下さったことに、私のほうから御礼を申したい。大阪大学の在任中を反芻するにつけ、よき時代の大学であり、学生にも恵まれたと思いはするが、基本的に大学はともに学び、ともに成長する〈場〉なのだと、あらためて痛感しており、感謝のことばを綴って私の序文としたい。

二〇一一年二月一日

伊井春樹

『日本古典文学研究の新展開』　目次

第Ⅰ部　古代・中世の漢詩・和歌

第II部　古代・中世の日記・物語

第III部　中世以降の諸文献

第Ⅰ部

古代・中世の漢詩・和歌

応制詩の述懐——勅撰三集から菅原道真へ——

滝川幸司

はじめに

平安前期における文学生成の場として、宮廷詩宴が重要な位置を占めることは、拙著『天皇と文壇—平安前期の公的文学—』（和泉書院・二〇〇七年）で詳述したところである。

拙著では、宮廷詩宴を軸として平安前期の文壇の様相を辿ったのだが、その際、作品そのものに触れることはほとんどできなかった。宮廷詩宴の儀式・公事としての次第・変遷に重点を置いたためである。本稿では、宮廷詩宴で詠まれた作品＝応制詩を取りあげて検討したい。勅撰三集から菅原道真までを範囲とする。

応制詩全般を取りあげた論稿として、『懐風藻』については、波戸岡旭「侍宴詩考—作品構造とその類型—」（『上代漢詩文と中国文学』笠間書院・一九八九年、一九七八年初出）、井実充史「『懐風藻』侍宴頌徳詩の基礎的考察—良辰・美景表現を中心に—」（古代研究254・一九九二年）があり、勅撰三集については、山谷紀子「勅撰三集における「応製的表現」の研究」（國學院雑誌104・二〇〇三年）がある。それぞれ当該詩集内の応制詩を分類、分析している。

応制詩については、

公宴詩は儀禮的な内容が色濃く、殊に侍宴の詩は、そのほとんどが、天子讃徳をその詩意の主軸に据えて畫一的である。それ故その詩中に、個人的または境涯的な記事、換言すれば詩人の胸裡を覗き込むような内容が盛られている作品は、極めて稀である。（注1）

と指摘されたり、あるいは、

公宴詩会の際の兼題擬作の詩が本義を外れたものであり、たとえ彫心鏤骨して麗句を配し衆人の賞讃を得たとしても、真の詩から遠く離れたものであることは明らかであろう。（注2）

と評価されもする。これらは、『毛詩』大序の「詩は志の之く所也」に淵源する、詩は詩人の思いを述べるものであるという視点からの批判で、応制詩の制作に腐心していた当時の詩人には酷であろうと思うのだが、応制詩とて詩人が思いを述べる作品であることには違いない。

本稿では、特に応制詩の尾聯、述懐部分を取りあげる。（注3）詩人の思いがもっとも表現されていると考えるからである。同様に応制詩の述懐に着目した論稿として、小野泰央「公宴詩における「述懐」について」（『平安朝天暦期の文壇』風間書房・二〇〇八年、一九九七年初出）がある。小野は、主として不遇感の表出を問題としているが、おおむね本稿と同様の問題意識に立つものである。参照されたい。

一　勅撰三集――嵯峨・淳和朝――

1　悲秋を主題とした応制詩の述懐

勅撰三集の応制詩から見ていく。宮廷詩宴での作である以上、その内容は天皇賛美に傾く。それは悲秋を主題とする「秋可哀」応制賦群（『経国集』巻一・10～17）においても変わりはない。既に拙著でも述べたが、嵯峨天皇の作になる賦は、徹頭徹尾悲秋を描くが、応制賦はそうではなく、例えば、「零落の序を悲しぶと雖も、欣びて名辰の昌を奉る」（和気真綱）―草木が「零落」するこの秋の季節を悲しむとは雖も、喜んで重陽宴という「名辰」の喜びを申し上げよう―のように、秋の悲しき風物を描きながらも、最後には天皇賛美、場の賛美に流れ込むのである。「秋可哀」応制賦で、御製と同じく悲哀に終始したのは、良岑安世の作のみであった（注4）。

別の例を見ていこう。『文華秀麗集』巻下に収められる、嵯峨天皇「神泉苑九日落葉篇」（139）と巨勢識人「神泉苑九日落葉篇応製」（140）である（注5）。この作は、題に「九日」とあるように重陽宴での作である（注6）。まず、嵯峨の作から見ていく（注7）。長編なので掻い摘んで内容を概観する。

寥廓秋天露爲霜　寥廓なる秋天露霜と為り
山林晩葉併芸黄　山林の晩葉　併《しかしなが》ら芸黄たり
自然灑落任朔風　自然に灑落して朔風に任せ
搖颺徘徊滿雲空　搖颺として徘徊して雲空に満つ

秋の空を描き、山林の木の葉がすべて黄葉し、北風に吹かれて散り、また雲のかかる空に漂う光景を詠むことから始まる。「朝来暮往常なる時無く、北度南飛寧ぞ期有らんや」と、落葉が朝にも夕にも留まることなく、北に南に飛び交う情況を詠じつつ、「歳月差馳として徒らに逼迫し、川皐変化して遞ひに盛衰す。熙熙たる春心未だ傷尽きざるに、儵忽として復《また》秋気の悲しきに逢ふ」と、歳月が移り変わり、「川皐」も「盛衰」し、春を思う心が尽きない内に悲しい秋の気配に会うことになる。以下、悲しい秋の落葉を詠出する。

商飆掩亂吹洞庭　商飆掩乱洞庭を吹き
墜葉翩翻動寒聲　墜葉翩翻寒声を動かす
寒聲起、洞庭波　寒声起こり、洞庭波だつ

随波泛泛流不已　波に随ひ泛泛にして流已まず
虚条縮㰌楓江上　虚条縮㰌す楓江の上
旧蓋穿迴荷潭裡　旧蓋穿迴す荷潭の裡

秋風が吹き波を立てる洞庭湖、そこに散り音を立てる落葉、また楓の川の畔で縮み凋む「虚条」、朽ちて穴が穿たれた池の蓮などの、散り、漂い、枯れる「葉」が描かれる。

塞外征夫戍遼西　塞外の征夫遼西を戍り
閨中孤婦怨睽携　閨中の孤婦睽携を怨む
容華銷歇為秋暮　容華銷歇して秋暮と為り
心事相違多惨悽　心事相違して惨悽多し

「塞外」に守る「征夫」たる夫と、その不在を恨む「閨中の孤婦」の容貌が消え失せ、「心」と「事」が異なってしまった悲しみを詠む。さらに「落葉を観れば、人の腸を断つ」といい、「淮南の木葉雑雁翔る」と、淮南の木葉の中雁が飛ぶ様子を描き、

対此長年悲　此れに対ひて長年を悲しび
含情多所思　情を含みて思ふ所多し
吁嗟潘岳興　吁嗟潘岳の興
感歎涙空垂　感歎の涙空しく垂る

と、落葉を見て「長年」(長生き)の悲しみが生じ、潘岳の秋興賦に涙が空しく流れるという。末尾は以下の如くである。

秋云晩　秋云に晩れぬ

無物不蕭条　　物として蕭条ならずといふこと無く
坐見寒林落葉飄　坐に見る寒林に落葉の飄るを

秋が暮れ、すべてが「蕭条」と物寂しく、ただ「坐に」「寒林」に落葉が飜るのを見るだけだと詠む。
嵯峨の作は、散りゆく黄葉を詠じつつ、孤閨を守る怨婦を描き、さらには歎老を詠み、最後は、物寂しい秋の景色に眼をやって終わる。その内容は「木の葉落ちうつろいゆく秋の光景に盛衰する自然の理と秋の悲哀感を悟り、そうした悲秋の季節にあって自らの老いをも痛感し悲嘆する」（注8）とまとめられるとおりであろう。煩を厭わず全体を概観したのは、同時の応制詩である識人の作との類似性を確認したいからである。

晩節商天朔気侵　晩節商天朔気侵し
厳霜夜雨変秋林　厳霜夜雨秋林を変ふ
高颸一獵欲吹尽　高颸一獵吹き尽くさんとし
灑落寒声万葉吟　灑落寒声万葉吟ず

識人の応制詩も、冒頭、秋の空に木の葉が吹き上がり、また散り落ちる光景を詠む。続いて、「来往本より何れの処として定まること無く、東西偏へに任す自然の心」と、行き来して留まることなく、「東西《あちこち》」に「自然」のままに飛んでいく落葉を詠む。小島注にも指摘があるが、「東西」は、嵯峨詩の「北度南飛」に、「来往」は「朝来暮往」に対応する。そして、落葉は「空に飈りて着くこと無く千餘に満ち、地に積りて掃はず尺許深し」―「千餘」も空に満ち、また一尺ばかりも地に積もる。「落葉を観れば、林塘に落」ち、その落葉の色は、「半分は紅にして半分は黄」である。以下、漂う落葉が描かれる。

洞庭随波色泛映　洞庭波に随ひて色泛映し
合浦因風影飄揚　合浦風に因りて影飄揚す

繞叢宛似荘周蝶　叢を繞れば宛も荘周の蝶に似たり
度浦遙疑郭泰舟　浦を度れば遙かに郭泰の舟かと疑ふ

洞庭湖の波に落葉の色が映じ（洞庭湖の落葉は嵯峨詩にも見えた）、合浦では風に落葉が翻る。その落葉は「荘周の蝶」「郭泰の舟」に見立てられる。「四時寒暑来り且つ往き、一歳の栄枯春と秋と」と季節が移り変われば、「劉安独り傷む長年の歎、屈平多く増す遅暮の憂」と老いを嘆くことになる（「長年の歎」も嵯峨の作に見えた）。さらに、

紫塞寒風苦鉄衣　紫塞の寒風鉄衣を苦しめ
紅樓夜月怨羅帷　紅樓夜月羅帷を怨む

と、辺塞では、夫が着る「鉄衣」を「寒風」が苦しめ、妻は「羅帳」で夫の不在を怨むのである。この閨怨の情も嵯峨の詩に詠まれていた。以下、落葉とともに窮まりゆく秋が描かれる。

已見淮南木葉落　已に見る淮南木葉落つるを
還逢天北雁書帰　還《また》逢ふ天北雁書帰るを
観落葉、落林中　落葉を観れば、林中に落つ
林中葉尽秋云窮　林中葉尽きて秋云に窮る
衰影遙知楚山桂　衰影遙かに知る楚山の桂
餘香猶想呉江楓　餘香猶想ふ呉江の楓

淮南の落葉（これも嵯峨の詩にも見えた）、帰雁が点描され、林では葉が尽きて秋が窮まり、散り衰えた葉は楚山の桂に、残った香は呉江の楓に重ねられる。そして、

誰使変化能若此　誰か変化をして能く此くの若くならしむる
一時万物不相同　一時万物相同じからず

と、万物が留まらないという。以上、嵯峨の詩と共通する趣向が確認できる。両詩ともに、落葉を描き、怨婦や歎老を詠じ、移り変わる時節を詠んでいる。大まかな構成も似ているし、共通する措辞もかなりある。同じ場で詠まれた作品として、悲秋を描き出しているといえよう。

しかし、識人の詩は、これで終わったわけではない。末尾は以下の如くである。

唯餘上林凌霜葉　唯餘すは上林霜を凌ぐ葉の

歳寒之後独青葱　歳寒くして後独り青葱なるのみ

落葉に象徴される万物変転の中、ただ、上林に霜を凌ぐ葉だけが残り、寒くなった後に青々と茂っていると詠む。「上林」は、ここでは重陽宴が行われた神泉苑を指す。末句「歳寒…」は周知の如く、『論語』子罕篇の「歳寒くして然る後に松柏の後に彫むを知る也」に基づく。すなわち「松柏」が色を変えない様子を描くのである。そして、これは臣下の忠節を示すことになる。晉の潘岳「西征賦」（『文選』巻十）に「勁松歳寒に彰れ、貞臣国危に見る」とあり（李善注は『論語』を引く）、寒さに凋まずに残る松を、「貞臣」に譬えて表現している。同様の表現は、菅野真道「晩夏神泉苑同勒深臨陰心応製」（『凌雲集』33）にも「酔臣聖造に迷ひ、唯歳寒の心有るのみ」と見え、真道も、酔うた自らを詠じつつ、寒さを凌ぐ心（＝松柏のような貞節）を持つのみだという。

識人詩には「凌霜葉」という表現もあるが、例えば『世説新語』（巻上・言語57）に「松柏の質、霜を経て弥茂る」と、霜を凌いで茂る松柏の性質が記されるように、識人詩の「凌霜葉」も「松柏」を暗示するであろうし、空海「贈伴按察平章事赴陸府詩」（『性霊集』巻三・17）に「節を持して霜を犯すこと松柏の如く、貞を含みて雪を凌ぐこと竹筠に似たり」との類例もある。これは「伴按察平章事」（大伴国道）の忠節を譬えている。

つまり識人詩は、落葉の姿、怨婦の恨み、歎老を詠みながらも、尾聯では、そうした変化の中で衰えない松柏のような貞節を持つ自分を詠み、天子への忠節を誓っているのである。

先に確認したように、識人詩は、構成的にも内容的にも嵯峨の作と重なる表現を持っていた。それでも最後は応制詩にふさわしく、天子への忠節を表現するのである。(注9)「秋可哀」と同様である。宮廷詩宴では、たとえ悲秋の主題でも、天皇自身が悲秋に徹しても、臣下は、天皇を賛美するのである。それ程までに応制詩の述懐は、規制されるということである。

2 述懐に於ける個人

述懐部は、詩人の心情を述べる部分である。先に確認した述懐部分は、忠節を誓う表現ではあっても、詩人自身が表面に現れて、個人的感懐を述べるものではなかった。この辺りが、冒頭に引用したような応制詩に対する否定的評価に繋がるのであろうが、しかし、応制詩に「個人的境涯」が表現されることが「極めて稀」なのか、その点は確認しておく必要があろう。とはいえ、結論を先取りすれば、やはり勅撰三集の時点では「極めて稀」といわざるを得ない。述懐部に詩人の姿が描かれることは確かにある。

　酔臣迷聖造　酔臣聖造に迷ひ
　唯有歳寒心　唯歳寒の心有るのみ
　無心草木猶餘恋　無心の草木すら猶恋を餘す
　　　　　　　　　　　　　（菅野真道「晩夏神泉苑同勒深臨陰心応製」前掲）
　況復微臣酔恩卮　況復や微臣の恩卮に酔ふをや
　　　　　　　　　　　　　（高丘弟越「於神泉苑侍花宴賦落花篇応製」『凌雲集』80）

真道の作は既にあげたが、「酔臣」という形で酒に酔っぱらった自分を表現し、また、弟越も、天子より賜った酒に酔っぱらったという。これは自身を詠むのであろうが、参加するすべての臣下の姿でもあるし、この二首は作者を交換しても成立する表現である。それだけ類型的ともいえる。だから、これをもって、個人が表現されているとはいえない。

勅撰三集の応制詩を見渡して、述懐に個人の姿が見出せるのは、強いていえば、淳和天皇「重陽節神泉苑賦秋可哀応制」（『経国集』巻一・10）であろうか。

小臣常有蒲柳性　小臣常に蒲柳の性有れども
恩煦不畏厳霜飛　恩煦厳霜の飛ぶを畏りず

これは、自らが「蒲柳の性」ではあるけれども、天子の「恩煦」によって霜をも恐れないと詠んで、天子への忠節を誓う表現である。この「蒲柳の性」は恐らく淳和個人のことを表しているのであろうが、これも、天子の恩徳を詠むことに主眼があるのであって、自らの「蒲柳」を強調するのではない。「濫吹恩席に陪し、毫を含みて才の貧しきを愧づ」（安倍広庭「春日侍宴」『懐風藻』70）のような、自らを卑下して、詩宴への参加を感謝する類型に連なるものである。その意味で個人が表現されているとはいい難い。

二　忠臣の述懐

上述の如く、宮廷詩宴で賦される作品は天皇賛美に傾く。勅撰三集以後、まとまった応制詩が残る『田氏家集』『菅家文草』の作を取りあげて検討を続ける。まず『田氏家集』所収応制詩から確認していく。

次にあげるのは、正月内宴での述懐である。

雖上仙檐陪半日　仙檐に上りて陪すること半日と雖も
人間定是十餘年　人間定めて是れ十餘年
（「早春侍内宴翫春景応制」『田氏家集』巻上・18）

「仙檐」に登って半日、この内宴に陪すけれども、人間世界ではきっと十年餘りが過ぎているだろうと詠む。「仙檐」は、仙人の家をいうと思われるが、ここでは内宴が開催される場を指す。すなわち、内宴の開かれる場を神仙世界に比定するのである。だから、「人間」では「十餘年」も過ぎているだろうというのである。宮廷詩宴の場を神仙世界に比定することで、賛美するのである。

また、忠臣は、寛平四年の「三日同賦花時天似酔応製」（同前巻下・171）[注10]では、「此の日絳霄曲水に陪す、来る時疑ふらくは是れ浮査に乗るかと」と詠んでいる。この曲水の日に「絳霄」＝赤い天空世界で曲水宴に陪した、来たときには筏で川を遡り天の川に到ったかに思えた、というのだが、つまり、曲水宴の場を仙界に比しているのである。このような例は既に前代にも見える。例えば、「景物仍聖目を遊ばしむるに堪ふ、何ぞ労かん整駕して瑶池に向かふことを」（淳和「秋日冷然院新林池探得池字応製」『文華秀麗集』巻上・11）―わざわざ崑崙山の「瑶池」に行く必要はない―と、冷然院の新林池を「瑶池」に匹敵する場として詠む。詩宴の場を神仙世界に比定して称えるのである。[注11]

このように詩宴の場を賛美することは、前代とも通じる方法なのだが、忠臣の応制詩には、これまでに見えなかった表現もある。

　上巳対雨翫花応製

暗来暗去到清明　暗かに来り暗かに去り清明に到る
上巳春光費眼精　上巳の春光眼精を費やす
禁樹花痕微雨脚　禁樹の花痕雨脚微かなり
宮溝水剤少雷声　宮溝の水剤雷声少し
臥槐欲起添膏液　臥槐起きんとして膏液を添ふ
寒草応蘇見挺生　寒草応に蘇るべく挺生を見る
此夕更知皇沢遠　此の夕更に知る皇沢の遠きことを
迎朝定出薬園行　朝を迎へなば定めて出でて薬園に行かん

（『田氏家集』巻下・165）

この詩は、恐らく寛平三年の曲水宴での作と推測されるが[注12]、尾聯で、この夜、天子の恩沢が遠くまで広がっていることが分かった、朝になれば、恩沢は、宮中から出て薬園にまで行き渡っていることであろうといい、詩題「対雨翫花」を踏まえながら、天子の恩沢の「雨」が「薬園」にまで行き渡っていると詠んで、天子の恩徳を称えている。

ここに「薬園」の語が見える。やや唐突とも思われるこの語は、当時忠臣が、典薬頭という官に就いていたからである。[注13] 職員令44に「典薬寮　頭一人〈掌らんこと、諸の薬物、疾病を療せんこと、及び薬園事〉」とあり、「薬園」を管理する。つまり、この詩は、自らの職掌を表面に出して詠んでいるのである。

この詩について、『田氏家集注　巻之下』（和泉書院・一九九四年）の注は次のように指摘する（山本登朗執筆）。

> 本作は、課せられた詩題のうち〈翫花〉については第三句の〈花痕〉でわずかに触れるにとどまり、ひたすら〈対雨〉の〈雨〉に注目し、それを「慈雨」、さらには〈皇沢〉として捉え、天皇の恵みを賛美する形で一首を結んでいるが、その内容は詩題の一部にのみかたよっていると言わざるを得ず、…（道真の同時の作のこと）…末句で作者は〈薬園〉を持ち出し、典薬頭として天皇に使える自分の立場から〈皇沢〉を賛美しているが、…第二句の〈花痕〉、第三句の〈水剤〉等、本作に疾病や薬物にかかわる語句や表現がことさらに多く用いられているのも、それにつながる伏線をなすものであった。

すなわち、全体的に「疾病や薬物にかかわる語句や表現がことさらに多く用いられている」のである。なお、この曲水宴では道真も応制詩を献じているが、その尾聯は、「温樹知ること莫し多きか又少なきか、応に言ふべし夢に到りて仙家に上ると」（「上巳日対雨翫花応製」『菅家文草』巻五・340）と、詩宴に参加したことを、夢の中で「仙家」に行ったというべきだろうと表現している。道真はこの時蔵人頭だが、忠臣のようには官職を表に出していない。

忠臣の応制詩には、このように自分の官職との関わりで詠む作が存するのである。このことは前代の応制詩には見られないことである。次のような例もある。

荘叟莫嫌漆園吏　荘叟嫌ふこと莫かれ漆園の吏たるを
〈昔荘漑漆園、今臣漑薬園。故有比之〉　〈昔荘漆園に漑し、今臣薬園に漑す。故に之れに比す有り〉
明時還侍泛觴春　明時還《また》侍らん觴を泛ぶる春に　（「三月三日於雅院賜侍臣曲水之飲」『田氏家集』巻下・148）

この詩は、寛平二年三月三日の曲水宴での作である（『日本紀略』）。荘子よ、漆園の役人であることを嫌ってはいけない、すばらしい御代には、また盃を浮かべる曲水宴に陪することができるのだという。曲水宴が開かれたこの時代を賛美して終わるのだが、尾聯に付された自注には、昔荘子が薬園の管理をしており、今現在自分が薬園の管理をしていると記している。つまり、ここで荘子が取りあげられるのは、自分が典薬頭であることと重ねるためなのである。ここにも典薬頭としての自分が表出されている。

他に次のような例もある。

臣過六旬陪五代　臣六旬を過ぎて五代に陪す
〈臣自斉衡得陪内宴〉〈臣斉衡自り内宴に陪し得たり〉
春風殊合煦寒栽　春風殊に合ひて寒栽を煦む　（「春風歌〈八韻成篇陪寛平二年内宴応制作〉」同前巻下・145）

この詩は、詩題自注に記されるように、寛平二年内宴での作である。尾聯には、先の例のように官職は詠まれていないが、自分は、六十歳を過ぎて五代の天子の内宴に陪したといい、自注で斉衡年間から内宴に陪したというのである。官職は表現されていないが、内宴に参加した実績が主張されているのである。これだけの期間、内宴に参加した中でも、格別に「春風」が「寒栽」を暖めているということで、この場を称えているのである。この時には紀長谷雄が同じく応制詩を献じているが（『朝野群載』巻一）、長谷雄は、「問ひ来る浅深和暖の意、其奈ぞ涯無き大王の仁」と詠んでおり、果てしない天子の仁は一体いかほどかと、天子の広き恩徳を称えている。忠臣が自身の実績を詠むのとは異なっている。

忠臣が内宴参加の実績を主張することから推測するに、官職を詠ずるのも、自らの実績を詩に託して述べていると理解できるであろう。

以上のように、忠臣の応制詩には、忠臣自身の官職など、忠臣という個人が表現されている。このことは、前代には見えなかったことであり、また、同時の作にも見出し難いものである。

官職を主張すること、また、内宴に陪した実績を詠み込むこと、それは、忠実なる臣下である自分を主張することになるのであるから、先に検討した巨勢識人の落葉篇のように、自らの忠節を示すことにも繋がるであろうが、しかし、それが、識人詩のように、識人以外を作者としても問題がないという意味で抽象的な詠み方ではなく、具体的な職掌であるところが注目すべき点であろう。識人の詩であれば、識人以外の発言としても理解することはできるが、忠臣の場合、忠臣という個人の立場を把握しておかないと、解釈が困難になってくるのである。それだけ忠臣という個人が表現されていることになるのである。

なお、忠臣の応制詩は『田氏家集』には十七首見えるが、述懐に個人が表出されるのは、この三首のみが管見に入ったものである。例外的ともいえようが、この三首がすべて宇多朝寛平期の作であることには注意される。

三　道真の述懐①

続いて菅原道真の応制詩を見ていく。道真の場合も、基本的には天皇賛美が中心である。

五出莫誇承渥潤　五出誇ること莫かれ渥潤を承くることを

一天下喜有滂沱　一天下喜ぶ滂沱有ることを

（「早春侍内宴同賦雨中花応製」『菅家文草』巻二・85）

元慶六年正月内宴での作と推測される。（注14）「五出」＝花のみが雨という潤いを受けていると誇るな、天下すべてが恵みの雨を喜んでいるのだと、詩題の「雨中花」に即しつつ詠んでいる。もちろん、恵みの雨をもたらした天子を称えるのである。

道真も基本的には天皇賛美を詠む。また、忠臣と同様、官職を詠み込んで個人を詠出した作もある。

何因苦惜花零落　何に因りて苦だ花の零落するを惜しむ
為是微臣職拾遺[注15]　是れ微臣の拾遺を職とする為なり
（「春惜桜花応製一首」同前巻五・384）

寛平七年二月某日の詩宴での作である。[注16]桜が散るのを激しく惜しむのは何故だ、それは私が「拾遺」、すなわち落ちたのを拾うという職に就いているからだという。「拾遺」は侍従の唐名であり、道真は、寛平六年二月十五日に侍従を兼任した（『公卿補任』寛平六年条他）。桜を惜しむ心情を、自分の職に拠るものだと詠むのである。

次は、直接表に出してはいないが、官職と関わる作である。

餘音縱在微臣聴　餘音縱ひ微臣が聴に在るとも
最歎孤行海上沙　最も歎く孤り海上の沙を行かんを
（「早春内宴聴宮妓奏柳花怨曲応製〈自此以後、讃州刺史之作。向後五首、未出京城之作〉」同前巻三・183）

四時不廃歌王沢　四時王沢を歌ふを廃めじ
長断詩臣作外臣　長く詩臣の外臣と作るを断たん
（「三月三日侍於雅院賜侍臣曲水之飲応製」同前巻四・324）

二首ともに讃岐赴任に関わる作だが、前者は、仁和二年正月二十一日の内宴での作である。[注17]「柳花怨」の「餘音」は我が耳に残るとはいうけれども、もっとも嘆かわしいのは、一人「海上の沙を行」くことであるという。「海上の沙を行」くことが、讃岐赴任を指すことは明らかである。道真は、自らの讃岐赴任に重ねて、このように表現しているのである。

この結句は「最も歎く」というように、讃岐に赴く道真の悲嘆とも理解できるが、自分が讃岐に行き、この「柳花怨」を聞けないのが残念だ、と詠むことで、逆に「柳花怨」の音楽を称え、この場を称揚していると理解するべ

きであろう。[注18]

後者は、その讃岐から帰洛した寛平二年三月三日の曲水宴での作である。[注19] 四季折々に王沢を歌うことをやめたくない、だから「詩臣」である自分を「外臣」（地方官）に任じないで欲しいという。讃岐守から戻ったことを詠んでいる。これも王沢を歌うことによって忠節を果たそうとする意識が表出されており、天皇賛美に繋がる。忠臣が官職を直接詠じるのと重なる表現であろう。但し、忠臣が官職を詠じ、その官職を勤めていることを実績として詠むのに対し、道真は、間接的ではあるけれども、地方官となって都を離れる悲しみを詠みながら、宮廷詩宴のすばらしさを逆の側面から称えている。都から離れざるを得ない情況に追い込まれたがための表現である。道真が都において宮廷詩宴に参加することに強い自覚を抱いていたことと深く関わると考えられる。[注20]

この二首とも、現状の不満（讃岐赴任を嘆かわしいという前者）、天皇への依頼（地方官に任じて欲しくないという後者）を読み取ることもできなくはないが、宮廷詩宴の作として、天皇賛美の表現と理解すべきであろう。

道真は、官職に関わる形で個人を詠出するだけではない。次のような例もある。

此是残花何恰似　此れは是れ残花何に恰も似る

行年六八早霜鬢　行年六八早霜の鬢

（「惜残菊各分一字応製」同前巻五・356）

豈若恩光凝頂上　豈に若かんや恩光の頂上に凝りて

化為赤実照霜鬢　化して赤実と為りて霜鬢を照らさんに

（「九日侍宴観群臣挿茱萸応製」同前巻六・442）

草樹魚虫寒気解　草樹魚虫すら寒気解く

如何七八鬢辺霜　如何ぞ七八鬢辺の霜

（「早春侍内宴同賦香風詞応製」同前巻六・468）

最初と最後の例は、「行年六八」「七八」と自らの年齢を詠んでいる。これら三首に共通するのは、「鬢」「鬢」を「霜」に譬えていることで、道真の老年を表現しているのである。これも、道真という個人の描出だといえる。

ところで、二首目は、天子の「恩光」を詠み、それが「赤実」＝「茱萸」となり、我が「霜鬢」を照らすのであると、老いの身を卑下しつつ天子の恩徳を称えるのだが、356詩では、残菊が四十八歳の自分の「霜鬢」に似ているといい、648詩は、草も木も魚も虫も寒気が解けるのに、五十六歳の私の「鬢辺の霜」はどうなるのかという。この二首は、単純に場を称えているとは理解しにくい。前者は、惜しむべき残菊を、自分の真っ白な「鬢」に譬え、後者は、「草樹魚虫」すら寒気が解けるのに、果たして我が「鬢辺の霜」は解けるのだろうかと、老いを嘆いているように解釈できるのである。この二首は、なにがしか諧謔味を帯びた表現のようにも思われるが、いずれにしろ単純に場を賛美したものではない。

讃岐赴任前後の作では、都を離れるゆえに宮廷詩宴に参加できず、「王沢」を歌えないつらさを含ませながら、だからこそ都で「詩臣」として宮廷詩宴に参加し、「王沢」を歌いたいと表現することで、「詩臣」として天皇に忠節を誓っていた。

しかし、歎老と思しいこれらの作は異なる。442詩のように天皇賛美に繋がる作はともかくとして、宮廷詩宴にふさわしい表現かといえば、やはり疑問が残る。356詩は、道真四十八歳、寛平四年宇多朝の作である。468詩は、五十六歳、昌泰三年の作である。

四　道真の述懐②——賛美を詠み込まない作——

道真の応制詩を見ていくと、賛美を詠み込まない詩が見出せる。

相逢相失間分寸　相逢ひ相失ふ間分寸
三十六旬一水程　三十六旬一水の程
追惜重陽閑説処　追ひて重陽を惜みて閑説する処

（「七月七日代牛女惜暁更各分一字応製〈探得程字〉」同前巻五・346）

宮人怪問是漁謳　宮人怪みて問ふ是れ漁謳かと
秋腸軟自蜘蛛縷　秋腸は蜘蛛の縷自り軟かなり
寸寸分分断尽還　寸寸分分断ち尽くして還る
（「重陽後朝同賦秋雁櫓声来応製」同前巻五・349）

竹窓風動笙歌暁　竹窓風に動く笙歌の暁
（「暁月応製」同前巻五・355）

意緒将穿月下針　意緒将に穿たんとす月下の針
（「七夕秋意各分一字応製」同前巻五・369）

今夜何因寒怨急　今夜何に因りて寒怨急なる
被多折菊草棲荒　多く菊を折られて草棲荒れたり
（「重陽夜感寒蛬応製」同前巻五・371）

賓雁莫教人意動　賓雁人意をして動かしむること莫かれ
向前旅思欲何如　向前の旅思何如せんとす
（「重陽節侍宴同賦天浄識賓鴻応製」同前巻五・379）

346詩は七夕詩宴での作だが、牽牛と織女が会って別れる間はほんの少しだけれども、「三十六旬」＝一年ずっと天の川を隔てて待っていたのだと、牽牛織女の逢瀬のはかなさ、待つことの長さを詠んでおり、天皇賛美は見られない。369詩も同様に七夕詩だが、乞巧奠の行事と関わらせて、心の糸を針の穴に通そうという。また、371詩では、「寒蛬」の悲しげな声は、菊が折られ草が荒れているからだという。これらは、詩題に即して悲哀を詠んでもいる。(注21)

以上の例は、宮廷詩宴で詠まれた作品であることは確かだが、勅撰三集や忠臣の応制詩とは異なり、天皇賛美が現れていないといっていい。嵯峨朝でも、良岑安世の「秋可哀」応制賦のように賛美を詠み込まない作もあったが、あくまで例外的であった。なお、忠臣の応制詩では、次のような作がある。

同作星難嘱□斗　同じく星と作れども□斗に嘱すること難し
廻杓直指北方辰　杓を廻らして直指す北方の辰
（「七月七日代牛女惜暁更各分一字応製〈探賜人字〉」『田氏家集』巻下・212）

道真346詩と同時の作である。時を留めてくれと思うが、それは無理なことで、北斗七星は無情に時の流れを進めるばかり、という。牽牛織女の嘆きを詠むこの作も直接的な天皇賛美とは考えにくいのだが、忠臣の応制詩でもこのような作は例外的で、他は天皇賛美に終始している。(注22)

勅撰三集や忠臣に比較すると、道真は、宮廷詩宴において、天皇や場を賛美しない作品を、異例なほど多く作っていることになるのである。果たしてこれはどのように考えるべきなのであろうか。

場を確認してみよう。先にあげた賛美が詠まれない詩は、379詩を除き、〈密宴〉で詠まれている。前節であげた歎老ともいえる詩を含めても、ほとんどが〈密宴〉の場で詠まれていることになる。

宮廷詩宴に〈公宴〉と〈密宴〉の二種類があることは、拙著に於いて論じたところである。詳細は拙著を参照されたいが、内宴・重陽宴を中心とする〈公宴〉は、政事の一環として天皇の主体的意志とは無関係に催されるのに対し、〈密宴〉は、天皇の意志によって開かれる私的な場である。内宴・重陽宴は、天皇が漢詩文に興味があろうとなかろうと開かなければならない儀式・政事であるのに対し、〈密宴〉は、天皇が漢詩に興味がなければ開かれないのである。

その区別の方法の一つに、題に「侍宴」(あるいは「侍＋詩宴名」)の語が見えるか否かがある。『田氏家集』や『菅家文草』を概観すると、題に「侍宴」が付く場合と付かない場合があり、掲出した例で確認すれば、道真の85詩、468詩、379詩などは〈公宴〉で、356詩、346詩などは〈密宴〉ということになる。道真は、85詩の内宴では、天皇賛美を詠んでおきながら、346詩のような七夕詩宴や、371詩のように重陽日ではあっても〈公宴〉ではない場合には、天皇賛美を詠んでいないのである。(注23)

このように見てくると、道真は、〈公宴〉と〈密宴〉の場を区別して詠んでいると考えられるのではないだろうか。もちろん、379詩や468詩のような作もあるが、これらは例外として扱ってよかろう。

ところが、忠臣は異なっている。忠臣にも〈密宴〉の作はあるが、例えば、前掲165詩は、上巳の詩宴の作であり、題には「侍宴」と記されていない。また、前掲148詩、171詩も同様で、これらは〈密宴〉での作である。〈密宴〉の場で、忠臣は、自分の官職に触れながら天皇賛美を詠んでいるのである。忠臣としては、〈公宴〉であれ〈密宴〉であれ、天皇主催の詩宴であることに変わりはないという意識が働いていたのかも知れない。忠臣が詩宴に侍った実績を詠んだ「春風歌」(145)は内宴での作だが、内宴は〈公宴〉であり公事である。まさしく〈公宴〉に侍っているからこそ、その実績を主張することが活きてくるのである。忠臣は、〈公宴〉〈密宴〉の双方で臣下としての忠節を詠んでいた。道真は、〈公宴〉と〈密宴〉の差異を自覚しており、〈密宴〉では天皇賛美にこだわらずに、より自由に詩作を試みたと評価できるように考えられる。

道真の場合も、基本的には〈公宴〉であれ〈密宴〉であれ天皇賛美を詠じる。それが、『菅家文草』によれば、すなわち346詩以後、賛美を詠み込まない作が見え始めるのである。この詩は、寛平四年七月七日に詠まれており、宇多朝である。(注24) 宇多朝以後、応制詩に賛美を詠み込まない作が出てくるのである。

これだけではない。宇多朝における道真の応制詩には、もう一点、注目すべき傾向がある。以下、これを検討する。

五　道真の述懐③——諫言——

次は官職を詠む作として先に引用した作であるが、詩序とともに再掲する。

春惜桜花応製一首〈并序〉

承和の代、清涼殿の東二三歩に、一桜樹有り。樹老いて代亦変ず。代変じて樹遂に枯る。先皇馭暦の初、事皆承和に法則す。特に詔して樹を種うるを知る者に、山木を移して庭実に備へしむ。移し得て後、十有餘年、枝葉惟れ新たにして、根荄旧の如し。我が君春日に遇ふ毎に、花の時に及ぶ毎に、紅艶を惜しみて以て叡情を叙し、薫香を翫びて以て恩眄を廻らす。此の花の此の時に遇ふや、紅艶と薫香なる而已。夫れ勁節愛すべく、貞心憐れぶべし。花の北に五粒の松有り。小なりと雖も勁節を失はず。花の南に数竿の竹有り。細なり雖とも能く貞心を守る。人皆花を見、松竹を見ず。臣願はくは我が君兼ねて松竹を惜しめと云ふこと爾り。謹みて序す。

春物春情更問誰　春物春情更に誰にか問はん
紅桜一樹酒三遅　紅桜一樹酒三遅
綺羅切歯相同色　綺羅歯《くひしば》を切る色を相ひ同じくして
桃李慙顔共遇時　桃李顔を慙づ共に時に遇ひて
欲裛飛香憑舞袖　飛香を裛まんとして舞袖に憑り
将纏晩帯有遊糸　将に晩帯を纏はんとして遊糸有り
何因苦惜花零落　何に因りて苦だ花の零落するを惜しむ
為是微臣職拾遺　是れ微臣の拾遺を職とするが為なり
（『菅家文草』巻五・384）

これは、前述したように寛平七年二月の公宴で詠まれたと推測される詩である。道真は詩序も制作しているが、その詩序の末尾に「人皆花を見て、松竹を見ず。臣願はくは我が君兼ねて松竹を惜しめ」といい、桜花を惜しむ宴であるのに拘わらず、「勁節を失はず」「貞心を守る」「松竹を惜しめ」というのである。これは、桜花以上に貞節を持つ松竹を惜しめと、天子を諫めていることになる。

そして詩の述懐において、「どうして花が散るのを惜しむかといえば、自分の職が「拾遺」＝侍従であるからだ」というのである。自分の官職「拾遺」を表に出して、花を惜しむ理由にしているのだが、侍従という職は、職員令

3に「常に侍し規諫し、遺《わす》れたるを拾ひ闕けたるを補ふ」と規定されている。すなわち、「規諫」し「拾遺」することを職掌とするのである。道真が、詩序において天子を諫めるのも、応制詩で「拾遺」という職掌を表現するのも、侍従という職に就いていることから導かれているのである。

この詩については、官職を詠み込んだ例として先に触れたが、それ以上に諫言を詠んでいることが注目される。(注25)上述してきたように、宮廷詩宴では天皇賛美を詠むことが通例であった。しかし、道真はそのような場において、諫言しているのである。前節で述べたように、道真は、〈密宴〉では天皇賛美を詠み込まない場合もあるので、ここも〈密宴〉という場であったから諫言を詠んだのではないか、という推測も成り立つように思われるのだが、次のような例もある。

請莫多憐梅一樹　請ふ多く憐れぶこと莫かれ梅一樹
色青松竹立花傍　色青くして松竹花の傍に立てり
（「早春侍宴同賦殿前梅花応製」同前巻六・440）

寛平九年正月二十四日内宴での作である（『日本紀略』同日条）。この詩は尾聯で、梅花を賦すという詩題にも拘わらず、梅だけを「憐れぶ」のではなく、「松竹」にも目を向けるようにと詠むのである。ここで「松竹」が登場するのは、先の「春惜桜花」詩序と同じように、貞節を守る松竹をも忘れないようにとの諫言であろう。(注26)これは、内宴という〈公宴〉での作である。

このように、道真は、数は少ないものの、〈公宴〉においても〈密宴〉においても諫言を行っているのである。(注27)道真の諫言が詠まれたのも、宇多朝寛平期である。宇多天皇は、道真を抜擢した張本人であると同時に、宮廷詩宴の歴史からいえば、〈密宴〉を頻繁に開いた天皇でもあった。宇多前後の天皇は、〈公宴〉を開くことが中心で、〈密宴〉を開くことはほとんどなかったのである。そして、宇多朝の〈密宴〉の参加者は、宇多の近臣・近親が中心であった。(注28)

前節にも述べたように、道真は〈密宴〉において賛美に徹しない応制詩を詠んでいた。〈公宴〉と〈密宴〉を区別していたようだと論じたが、道真にとって〈密宴〉の頻繁な開催は、応制詩の可能性を天皇賛美以外に広げる機会になったのではないだろうか。近臣・近親が集まるという場の性格、宇多との近しさが、その要因となったと思われるのである。恐らく、忠臣が自身の官職を詠み込むのも、同様の事情だと考えられる。しかし、忠臣は、歎老も諫言も詠んでおらず、基本的に天皇への忠節を詠んでいた。この違いは奈辺から生まれるのであろうか。

六　忠臣と道真

忠臣と道真の応制詩の述懐には、前代に見られない表現があった。官職の表出、歎老、諫言などである。そしてそれはほぼ宇多朝の宮廷詩宴にて見出されるものであった。

忠臣は官職を詠じ、それによって忠節を示していた。実績を述べ、職掌を述べ、自分の忠節を訴えていたのである。このような詠みぶりは、諫言や歎老を詠んだ道真とは異なる。このことは、忠臣の身分と関わろう。父の名すら明らかにできない忠臣は、参議是善の男として菅家文章博士の三代目となった道真とは出自に雲泥の差があった。『田氏家集』には、独詠においても天皇を賛美し、摂関の庇護を願う詩が散見する。(注29) 道真との差異は、忠臣の出自と関わると思う。(注30)

道真にも、忠臣のように官職を詠じる作もあるが、歎老もあり、さらには諫言もある。そして多くが寛平期の作であった。

例外は、もっとも時期の早い光孝朝仁和二年内宴での作と、もっとも遅い醍醐朝昌泰三年内宴での作である。前者は「餘音縦ひ微臣が聴に在るとも、最も歎く孤り海上の沙を行かんを」(前掲)と讃岐に赴任することの嘆きを詠みつつ、逆の方向から内宴の場を称えていた。これ以前には見えないだけに、このように詠まれたことは注意されるのだが、先にも述べたように、道真の詩臣意識と関わる作で、詩臣としての自覚の強さから導かれたものであろう。帰洛後の作はもっと分かりやすい。「四時王沢を歌ふを廃めじ、長く詩臣の外臣と作るを断たん」（前掲）と、詩臣でありたいと願う。そうすることで、王沢を歌いたいというのである。

これらは、他の例とは性格が異なるように思われる。他の作は、賛美を詠まず、老いを嘆き、諫言を行うものであって、王沢を歌うものではない。もっとも、個人を表出した作としては重要である。忠臣よりも早く道真は宮廷詩宴で個人的境遇を詠んでいたのである。そしてそれは、詩臣意識によるものであった。道真は、それ程までに宮廷詩宴にこだわっていたのである。だからこそ、〈公宴〉と〈密宴〉による表現の差も出てきたといえようか。

後者、昌泰三年内宴の作では「草樹魚虫すら寒気解く、如何ぞ七八鬢辺の霜」（前掲）と歎老を詠んでいた。これは、絶句であることも応制詩としては異例なのだが、道真の大宰府左遷の一年前の作であり、なにがしか道真の周囲に危機が迫っていたことと関わるかも知れない。

道真の応制詩で、個人を表出し、老いを嘆き、諫言を行ったのは、宇多朝寛平期の作が主となるのではあるが、それには、讃岐赴任によって一度宮廷詩宴から離れたことが大きく関わろう。帰洛した道真は、さらに宮廷詩宴にこだわり、〈密宴〉が頻繁に開催される宇多朝に於いて賛美以外の作を詠むようになっていったのである。宇多朝における〈密宴〉の存在、及び近臣・近親が集まるというその性格が、道真の意識に拍車を掛けたといえようか。(注31)

しかも、宇多朝に於いても卑官であった忠臣とは異なり、道真は、讃岐から戻って以降、宇多の抜擢によって昇進する、まさしく宇多の近臣となったのである。賛美を詠まない作でもっとも早い346詩が詠まれたのは寛平四年七月で、道真は従四位下蔵人頭・左中弁・式部少輔であり、440詩で諫言を詠んだ寛平九年正月には、従三位中納言・左大弁・春宮権大夫である。宮廷詩宴に参加する詩人としては極めて高官であろう。そこに、忠臣とは異なる、道真の表現の背景があったと思われるのである。

小野泰央は、(注32)公宴詩の述懐を、主に不遇感の吐露という視点で考察を加える中で、個人的な述懐の先駆に道真詩を見、(注33)村上朝にさらに進むという。おおむね首肯できるが、不遇感に限定せずに、個人的境遇を詠むことを広く取れば、宇多朝から顕著に見え始めたといえよう。そして、その場が多く〈密宴〉であることから勘案するに、〈密宴〉という場の性格が、このような表現を導き出す要因となっていたと考えられるのである。(注34)

但し、これ以後の応制詩を見ても、道真のように諫言を行った作は管見に入らない。この点は道真の特異性と評価してよかろう。道真の身分、地位の問題、また、道真以後の詩人たちの多くが不遇であり、宮廷詩宴においても申文的述懐を行うことと無縁ではなかろうが、(注35)後考を期したい。

おわりに

勅撰三集から道真までの応制詩の述懐を見てきた。勅撰三集では徹底的に天皇賛美を詠んでいたが、宇多朝辺りから、個人の表出が見え始め、道真は、天皇を賛美するのに留まらない述懐を詠んでいた。そしてこのことは宇多朝の〈密宴〉のあり方に恐らくは起因するものと推測できる。なお、誤解を招くおそれがあるので付言するが、道真の宮廷詩宴での応制詩は六十二首で、この内、賛美を詠まない作は、諫言を加えても、十首であり、天皇賛美を詠むことが基本であることはいうまでもない。しかし、そうではあっても、賛美に留まらない個人の表出に着目すべきであると思うのである。

本稿では、応制詩の述懐部に焦点をあてて論じてきた。勅撰三集から道真まで、大雑把に捉えてきたが、より詳細にそれぞれの詩を読解して初めて詩人の思いは伝わってこよう。本稿は、その手掛かりとして表現の変遷を辿ったものである。

注

（1）　波戸岡前掲論文。
（2）　大曾根章介「菅原道真―詩人と鴻儒―」（『日本漢文学論集　第二巻』汲古書院・一九九八年、一九七三年初出）。
（3）「述懐」は、『作文大体』『王沢不渇抄』などに記されるように、律詩の尾聯をいうが、本稿では、律詩に限らず、詩の尾聯で、詩人の心情・感懐が述べられる部分を指していう。
（4）　拙稿「天皇と文壇―平安前期の公的文学に関する諸問題―」（前掲書）。
（5）　嵯峨の作については、井実充史「なぜ重陽宴において悲秋文学が詠まれたのか―『文華秀麗集』「落葉篇」の制作事情―」（言文49・二〇〇二年）がある。
（6）　但し、この時期の重陽宴は節会から外れていたと思しい。拙稿「重陽宴」（前掲書）参照。
（7）　個別の出典については、小島憲之『日本古典文学大系　懐風藻・文華秀麗集・本朝文粋』（岩波書店・一九六四年）、井実前掲論文を参照。
（8）　井実前掲論文。
（9）　波戸岡旭「『凌雲集』と『文華秀麗集』と―詩風の展開―」（前掲書、一九七九年初出）に「『文華秀麗集』の「雑詠」の中の作品は、河陽十詠を始めとして嵯峨天皇の臨席の場においてすらも、その詩境にまでは君臣関係を持ち込むことが無かった」といい、山谷前掲論文も、「『文華秀麗集』の「雑詠」に属する応製詩五首には応製的表現がない」と指摘するが、上述の如く、「雑詠」に収められる識人詩には、天子への忠節を誓う表現があり、明らかに「君臣関係」を持ち込んでおり、「応製的表現」が見られる。
（10）『日本紀略』寛平三年三月に「三日癸丑。勅二詩人一、令下賦二花時天似レ酔之詩上」とあるが、甲田利雄「『菅家文草』巻五の含む問題について―『日本紀略』の誤謬及び島田忠臣の没年に及ぶ―」（『高橋隆三先生喜寿記念論集　古記録の研究』続群書類従完成会・一九七〇年）に従い、寛平四年の作とする。
（11）　場を仙界に譬えることは、既に初唐の応制詩に見える。大野實之助「唐代の應制詩」（東洋文学研究3・一九五五年）、同「初唐の応制詩と人麿」（国文学研究50・一九七三年）参照。なお、『懐風藻』に見える神仙的風景表現については、井実充史「『懐風藻』侍宴頌徳詩の基礎的考察—良辰・美景表現を中心に—」（前掲）に指摘がある。

(12) この詩と同時の作が『菅家文草』巻五・340に見える。『菅家文草』のこの前後の排列から寛平三年の作となる。

(13) 忠臣は、『年中行事抄』三月三日所引『寛平御記』寛平二年三月三日に「典薬頭島田忠臣」として見えている。

(14) 『日本三代実録』には、元慶五年、六年に内宴記事はない。元慶七年に停止記事がある。元慶八年も停止。翌仁和元年に開かれる。元慶五年か六年の作となるが、元慶四年十二月四日に清和上皇が崩御しており、元慶五年は諒闇である。六年作か。

(15) 大系本、寛文版本「職」を「身職」に作る。元禄版本「職職」に作る。元禄版本の頭注に「職衍字」という。川口文庫本、林羅山旧蔵本は「身」に作る。元禄版本の頭注及び日本詩紀に従う。

(16) 『日本紀略』同月条に「□日。公宴。賦下春翫二桜花一之詩上」とあり、恐らくこの時であろう。

(17) 自注にいう任讃岐守が、仁和二年正月十六日（『三代実録』）。この年の内宴は同月二十一日に開かれている（同前）。

(18) 村田正博「道真詩抄—早春内宴にして柳花怨の曲を聴く（菅家文草巻二—一八三）—」（人文研究44・一九九二年）の「応製詩一首における第六句までの華やぎと結びの二句の嘆きとは、華やぎが充足をもって歌われれば歌われるほどに嘆きは深まり、嘆きが深いほどに華やぎも際立つという相映発する構造であって、詮まるところ、述懐をこめつつ内宴を讃える作と見做すことができると思う」という見解に従うべきであろう。

(19) この作と同時に詠まれたのが、前掲忠臣詩である。忠臣は、自分の官職を表に出していた。

(20) この点は、拙稿「詩臣としての菅原道真」（詞林22・一九九七年）参照。

(21) 「不レ知此意何安慰、飲レ酒聴レ琴又詠レ詩」（「九日後朝同賦秋思応制」菅家後集473）という例がある。本作は、「秋思」という詩題の如く、第二句で「今宵触レ物自然悲」といい、悲秋の思いを詠むのだが、頸聯で「君富二春秋一臣漸老、恩無二涯岸一報猶遅」と天子の恩に報い難いことを表現し、尾聯で「此の意」をいかに慰めるべきか分からない、だから、酒を飲み琴を聴き、詩を詠じようという。この作も歎老と関わるが、老いのために天子の恩徳に報いられないことを悲しむところは、忠実なる臣下としての自分を表現しているといえる。なお、小島憲之・山本登朗『日本漢詩人選集1　菅原道真』（研文出版・一九九八年）を参照。

(22) 北斗七星がまっすぐに北極星を指し、時間が規則正しく過ぎていくのは天子のおかげでもある、という方向で理解することも可能か。

(23) 371詩は、『菅家文草』の排列から考えて、寛平五年九月九日作と推測できるが、同年前後の重陽宴の詩題は、寛平四年「群臣献寿」（『日本紀略』）、五年「観群臣佩茱」（同前）、六年「天浄識賓鴻」（同前）である。371詩には「侍宴」の語もなく、所謂重陽宴での作とはいえないようである。あるいは、節会が終わってから宇多の命に応えたか。

(24) 『日本紀略』寛平三年に「七月七日。公宴。賦㆘代㆓牛女㆒惜㆓暁更㆒之詩㆖」とあるが、甲田前掲論文により、寛平四年作と考える。

(25) この詩を含め、道真詩の「松竹」、天子への諫言、拾遺という職掌については、新間一美「菅原道真の「松竹」と源氏物語」（『源氏物語の構想と漢詩文』和泉書院・二〇〇九年、二〇〇三年初出）に詳述されている。参照されたい。

(26) この詩についても前掲新間論文に指摘がある。

(27) 道真には次のような例もある。

君王欲ㇾ得㆓移ㇾ風術㆒、非㆔敢慇懃喚㆓管絃㆒

（「春日行幸神泉苑同賦花間理管絃応製〈題中取韻〉」『菅家文草』巻六・434）

「移風」は、風俗を移し替えること。『孝経』に「移ㇾ風易ㇾ俗、莫ㇾ善㆓於楽㆒」（『藝文類聚』論楽）とある。君王は良き風俗を移す術を得ようと思っているのである、決して「慇懃」に管絃を詠んだのではない、と詠んでいる。結句をうまく解釈することができないが、音楽を楽しもうというのではなく、風俗を移し替える手段として管絃を喚んだのだ、というのであろう。管絃を楽しむのみの宇多に対する諫言であるかも知れないのだが、判断が付きかねる。注記に留める。

(28) 拙稿「宇多朝の文壇」（前掲書、二〇〇二年初出）。

(29) 藤原基経との関係については、拙稿「藤原基経と詩人たち」（語文84・85合併号・二〇〇六年）に触れた。

(30) この点については別稿を準備している。

(31) もちろん、基本的には、〈密宴〉においても賛美が詠まれる。寛平元年九月某日に行われた残菊宴の作は、『雑言奉和』にすべての作が残ると推測される。応制詩「惜秋翫残菊応製」は十四首で、おおむね賛美に徹している。藤原如道「蕭条垂レ朶処、似レ擲二舞人釵一」が天皇賛美にも、場の賛美にも繋がらない程度である。

（32）小野前掲論文。

（33）道真「早春内宴聴宮妓奏柳花怨曲応製」（前掲）の尾聯をあげる。但し、これは前述したように、逆方向から宮廷詩宴を賛美した作と考えられる。

（34）なお、木戸裕子「平安詩序の形式―自謙句の確立を中心にして―」（語文研究69・一九九〇年）は、小野美材の「七夕代牛女惜暁更応製」詩序（『本朝文粋』巻八・224）が不遇感を述べることを指摘し、この時期には例外的だという。私願を願う乞巧奠行事とも関わろうが、これも宇多朝の〈密宴〉での作である。

（35）小野前掲論文、及び同「「天徳闘詩」の結句―橘直幹の「述懐」について―」（前掲書、一九九五年初出）参照。

拾遺集賀部・雑賀部の配列と屏風歌

田島智子

はじめに

古今集では、屏風歌は主として賀部に入れられていた。それが、拾遺集では四季部に多数入集するようになる。(注1) 拾遺集には屏風歌があふれかえっている印象すらある。そのような拾遺集において、賀部に屏風歌が入れられていることに、どのような意味があるのか。また、拾遺集には、雑賀部という部立が存在し、やはり屏風歌が入集している。雑賀部における意味も、検討する必要がある。

これまで、拾遺抄の賀部、拾遺集の賀部・雑賀部については、次のようなことが指摘されてきた。まず、竹鼻績氏の「拾遺抄の特質―四季部・賀部を中心として―」(注2)によれば、古今集の賀部に見習って、身分の秩序を重んじた配列・内容になっているとのことである。菊地靖彦氏の「拾遺集部類考」(注3)では、賀部が正格の賀の歌を収めているのに対し、雑賀部が「複雑化し、多様化する賀歌のありさまをすくいとるものである」と指摘している。嘉藤久美子氏が「『拾遺和歌集』の賀の巻をめぐって」(注4)において、「より社会化された人生の『賀』の行事とでも言うべきもの、を意識しての編纂」と述べている。渡辺菜生子氏は「拾遺集における「賀歌」の構造―賀・雑賀・神楽歌における編纂主体の意識をめぐって―」[注5]において、賀部が「『賀歌』の典型」、雑賀部が「私的な素朴な喜びの表現」、神楽歌部が「天皇即位の神事における歌謡」その他を収録し、賀歌が三層に展開していることを指摘している。このように、賀部・雑賀部についての編纂意識は、かなり解明されてきている。これら先学に導かれながら、屏風歌の存在がどのような役割を果たしているかについて考察を試みたい。

考察の対象について、確認しておこう。拾遺集には賀部だけでなく雑賀部がある。そのうち実際に賀の内容を持つのは、前から三分の一の二十首だけであり、中盤から最後までは連歌と雑恋であるので、それらは除外する。また、拾遺集の前身である拾遺抄についても適宜考察する。

左図は、拾遺抄と拾遺集の関係を簡単にまとめたものである。おおまかに言って、拾遺集賀部は、拾遺抄賀部の編纂をほぼ引き継いでいる。一方、雑賀部は増補が多く、拾遺集独自の編纂意識をうかがえそうな部立である。

拾遺抄		増補数・配列		拾遺集
賀部　三十首 雑上部　一首 異本歌　一首	⇩	六首　増補 配列　そのまま	⇩	賀部　三十八首
雑上部　四首	⇩	十六首　増補 配列　新たに作成	⇩	雑賀部（前から三分の一）　二十首

一　拾遺集賀部・雑賀部の題材の傾向

屏風歌について考える前に、拾遺集の題材が、それまでの勅撰集をどの程度引き継いでいるのかを考察しよう。〈表1〉から〈表4〉において、拾遺集の賀部・雑賀部を、古今集、後撰集と比較している。ただし、

わがよはひ君がやちよにとりそへてとどめおきてば思ひいでにせよ　（古今集　賀　三四六　よみ人しらず）

という歌のように、とくに題材と言えるものがない場合は、表には入れていない。

表で示したことを簡単にまとめると、次のようになる。

〈表1〉古今集賀部と拾遺集賀部で一致する題材「巌・千鳥・杖・桜・鶴・松・若菜・紅葉」

一致率…62％（古今集十三題中、八題が拾遺集にあり。）

〈表2〉古今集賀部と拾遺集雑賀部で一致する題材「巌（細石）・真砂・鶴・松・雪（竹）」

一致率…38％（古今集十三題中、五題が拾遺集にあり。）

〈表3〉後撰集慶賀部と拾遺集賀部で一致する題材「若菜・竹・松・花（桜か）」

一致率…36％（後撰集十一題中、四題が拾遺集にあり。）

〈表4〉後撰集慶賀部と拾遺集雑賀部で一致する題材「竹・松」

一致率…18％（後撰集十一題中、二題が拾遺集にあり。）

古今集と拾遺集賀部との一致率が62％と格段に高い。ちなみに古今集賀部と後撰集慶賀部については、表にはしていないが、次に示したように一致率は低い。

古今集賀部と後撰集慶賀部の一致する題材「花（桜か）・若菜・松」

一致率……23％（古今集十三題中、三題が後撰集にあり。）

表1　古今集と拾遺集賀部

題	古今集巻七　賀部	拾遺集巻五　賀部 （　）内の番号は拾遺抄
巌	343	277（175）・299（193）・300
真砂	344	×
千鳥	345・[361]	296（191）
杖	348	276（174）・280（177）・281（178）
桜	349・[351]・[358]	279（176）・286（182）・287（183）
滝	350	×
梅	[352]	×
鶴（亀）	355	265・284（181）・298（192）
松	356・[360]	264（165）・267（167）・269・273（171）・275（173）・[291（423）]
若菜	[357]	[285（585）]
郭公	[359]	×
紅葉	[362]	[282（179）]
雪	[363]	×
	13題	一到8題
雉		266（166）
竹		275（173）・280（177）・297
柳		[278]
桃		288（184）
子日		289（185）・290（186）
六月祓		292（187）・[293（188）]
秋花		294（189）
松虫		295（190）
		不一到8題

※［　］で囲っているのは屏風歌。拾遺集の欄の（　）は拾遺抄番号。拾遺集275（拾遺抄173）は松と竹であるので両方に挙げている。拾遺集1166と1167は、松と鶴であるので両方に挙げている。以下〈表2〉から〈表4〉まで同。

表2　古今集と拾遺集雑賀部

	古今集巻七　賀部	拾遺集巻十八　雑賀部 （　）内の番号は拾遺抄
巌	343	1163（細石）
真砂	344	1162
千鳥	345・361	×
杖	348	×
桜	349・351・358	×
滝	350	×
梅	352	×
鶴（亀）	355	1166・1167・1176（439）
松	356・360	1164・1165・1166・1167・1168・1169・1175
若菜	357	×
郭公	359	×
紅葉	362	×
雪	363	
雪（竹）		1177（440）
	13題	一到5題
竹		1161（442）・1177（440）
元日		1159
舟		1160（442）
粽		1172
		不一到4題

表3　後撰集と拾遺集の賀部

後撰集巻二十　慶賀部	
菊	1368
羽衣	1369
若菜	1370
竹	1371・1382
松	1373・1374（藤）・1375・1384
数珠	1376
花	1377
本	1378・1379
薪	1380・1381
斧	1383
歳暮	1385
11題	

拾遺集巻五　賀部（　）内の番号は拾遺抄		
一致4題	菊	×
	羽衣	×
	若菜	285（585）
	竹	275（173）・280（177）・297
	松	264（165）・267（167）・269・273（171）・275（173）・291（423）
	数珠	×
	花	（桜）279（176）・286（182）・287（183）
	本	×
	薪	×
	斧	×
	歳暮	×
不一致12題	雉	266（166）
	巌	277（175）・299（193）・300
	千鳥	296（191）
	杖	276（174）・280（177）・281（178）
	鶴	265・284（181）・298（192）
	柳	278
	紅葉	282（179）
	桃	288（184）
	子日	289（185）・290（186）
	六月祓	292（187）・293（188）
	秋花	294（189）
	松虫	295（190）

表4　後撰集と拾遺集雑賀部

	後撰集巻二十　慶賀部	拾遺集巻十八　雑賀部（　）内の番号は拾遺抄
菊	1368	×
羽衣	1369	×
若菜	1370	×
竹	1371・1382	1161（442）・1177（440）
松	1373・1374（藤）・1375・1384	1164・1165・1166・1167・1168・1169・1175
数珠	1376	×
花	1377	×
本	1378・1379	×
薪	1380・1381	×
斧	1383	×
歳暮	1385	×
	11題	一致2題
巌		（細石）1163
鶴		1166・1167・1176（439）
元日		1159
舟		1160（442）
真砂		1162
粽		1172
雪		1177（440）
		不一致7題

古今集と拾遺集賀部の一致率が特別高いのは、拾遺集が古今集を見習おうとしたからではないだろうか。その姿勢は、一致する題材の種類からも見て取ることができる。古今集賀部には賀には珍しい題材が入っている。延喜五年（九〇五）右大将藤原定国四十賀屏風の歌七首（三五六〜三六三番）である。その題材は、

詞書「春」…若菜・桜
詞書「夏」…郭公
詞書「秋」…松・千鳥・紅葉
詞書「冬」…雪

であり、屏風歌としてはごく普通の題材である。しかし、このうち「郭公・千鳥・紅葉・雪」は、勅撰集の賀部には珍しい。八代集の賀部での状況を見てみると、次のようである。

郭公…古今集以外は、八代集になし。
千鳥…古今集以外は、拾遺抄・拾遺集賀部しかない。
紅葉…古今集以外は、拾遺抄・拾遺集賀部と新古今集しかない。
雪……古今集以外は、八代集になし。拾遺集雑賀部に「竹の雪」、金葉集に「松の雪」ならばあり。

賀部に珍しい題材のうち、拾遺抄・拾遺集賀部に「千鳥」「紅葉」の二つまでもが入っている。それは、古今集を手本にしようとしたためと考えられよう。

ところで、後撰集慶賀部にも注目したい題材がある。「竹」である。古今集の「竹」の歌には賀意はなく、賀部にも入っていない。後撰集で初めて「琴と竹」（後撰集一三七一）・「くれ竹」（同一三八二）の二首が慶賀部に入った。そして、拾遺集賀部になると、「松と竹」（拾遺集二七五）・「竹の杖」（同二七六・同二八〇）・「笛竹」（同二九七）と四首も入集するようになる。「竹」が慶賀性を獲得しつつあったという事情もあろうが、その先蹤となったのは後撰集

であった。拾遺集賀部は、古今集を手本にし、一部後撰集的要素も取り入れているのである。

竹鼻氏が前掲論文「拾遺抄の特質―四季部・賀部を中心として―」(注6)で、拾遺抄賀部について「全体としては、古今集に見える正統的賀歌を中心として、後撰集的性格の賀歌をも撰収し、古今・後撰両集を統合する性格が見られる」と述べていた。竹鼻氏は、詠歌事情という面から指摘なさったのだが、今、拾遺集賀部について、題材の点からも同様のことが言えるのではないか。すなわち、拾遺集は古今集の題材を中心に、後撰集の題材も一部取り入れて、賀部を成立させようとしているのである。ただし、題材の場合、後撰集は竹鼻氏の言う「統合」とまでの存在とは思えない。参考程度であったのではないか。拾遺集が目指していたのは、何と言っても古今集であった。そして、この傾向は、すでに拾遺抄から始まっていた。

一方、拾遺集雑賀部には、古今集を手本にしようという意識は見当たらない。古今集との一致率は38％と、さほど高くない。賀部に珍しい題材としては「雪」が一致するが、古今集は「雪」そのものが題材であるのに対し、拾遺集雑賀部は「竹の雪」であり、「竹」が持つ慶賀性を詠むことを目的とした歌である。雑賀部の編纂は、古今集への志向とは別の枠組みで編纂されているのである。

二　拾遺集賀部の配列と屛風歌

では、そのような拾遺集賀部において、屛風歌がどのような役割を果たしているのかを考えてみたい。全部で三十八首ある賀部を、前掲の嘉藤氏・渡辺氏の御論(注7)を参考に、論者なりに歌群に分けると、次のとおりである。

Ａ歌群　二六三～二六五番（三首）　神事の歌群…………屛風歌なし
Ｂ歌群　二六六～二七二番（七首）　生育儀礼の歌群……屛風歌なし
Ｃ歌群　二七三～二八五番（十三首）算賀の歌群…………屛風歌七首

D歌群　二八六〜二九八番（十三首）行事などの歌群……屏風歌二首

E歌群　二九九〜三〇〇番（二首）　君が世を祝う歌群…屏風歌一首

このうち、屏風歌が頻出するのは、算賀のC歌群である。十三首中七首と、半数以上が屏風歌である。しかし、実は数は少ないけれども、D歌群にこそ屏風歌の存在価値が発揮されていると論者は考えている。

表5　拾遺集賀部D歌群の季節

＊□で囲んでいるのは屏風歌

拾遺集賀部D歌群（　）内は拾遺抄	詠歌事情	題材	季節
二八六（拾遺抄賀部一八二）	花宴	桜	春
二八七（同一八三）	題しらず	花	春
二八八（同一八四）	亭子院歌合	桃	春
二八九（同一八五）	内裏子日	子日	春
二九〇（同一八六）	太政大臣子日	子日	春
二九一（拾遺抄雑上部四三三）	屏風歌	松と泉	夏
二九二（拾遺抄賀部一八七）	題しらず	六月祓	夏
二九三（同一八八）	屏風歌	六月祓	夏
二九四（同一八九）	前栽宴	秋花	秋
二九五（同一九〇）	歌会	松虫	秋
二九六（同一九一）	前栽合負態	千鳥	秋
二九七	笛献上	竹笛	なし
二九八（同一九二）	鏡裏	鶴	なし

D歌群の特色は、〈表5〉で示したように、季節の流れがあるということである。渡辺氏も、二八六〜二九六番

歌を「十一首ながら、春夏秋と季節を追う配列になっている」と指摘なさっている。しかし、続けての御指摘「291は、289 290の子日の松を受けながら、常緑樹のイメージで季節感を払拭し、それによって夏越の祓への飛躍を容易なものとしている」(注8)（傍線論者）については疑問がある。二九一番歌が「常緑樹のイメージで季節感を払拭し」たものではないことを立証しながら、この歌群で屏風歌が果たしている役割について述べていきたい。

〈松と泉〉

二九一番歌は次の歌である。(注9)

延喜御時御屏風に　　　　つらゆき

松をのみときはと思ふに世とともにながす泉もみどりなりけり(注10)

【35延喜十八年［九一八］承香殿女御源和子屏風】（拾遺抄　雑上　四三三）（拾遺集　賀　二九一）（貫之集Ⅰ　一一八）

松のみならず、松が映じた泉までも常緑であると詠んでいる。泉のほとりに松が立っている光景である。拾遺集雑賀部にも同様の歌がある。

賀屏風、人の家に松のもとより泉いでたり　　　　貫之

松のねにいづる泉の水なればおなじき物をたえじとぞ思ふ

【43延長四年［九二六］八月二十四日清貫民部卿六十賀屏風】（拾遺集　雑賀　一一六四）（貫之集Ⅰ　一七九）

岩波新日本古典文学大系『拾遺和歌集』(注11)の雑賀部一一六四番歌脚注に「松が水辺の景物として泉と配合される例は、大和絵に多く見られる」と指摘されているように、「松」と「泉」の取り合わせは屏風歌によくある画題であった。

では、その季節を元の貫之集に戻って考えてみよう。まず、「松をのみ」歌（拾遺集二九一）は、元の屏風歌で前後を見てみると、次のようである。

詞書「ちるさくら（散る桜）」（貫之集Ⅰ　一一七）

詞書「かはのほとりの松」（貫之集Ⅰ　一一八）＝拾遺集二九一「松をのみ」歌

詞書「やな（簗）」（貫之集Ⅰ　一一九）

詞書「人の家の池のほとりの松のしたにゐて風のをときける」（貫之集Ⅰ　一二〇）

詞書「女ともむれ居て秋の花のちるを見たり」（貫之集Ⅰ　一二一）

季節が明確であるのは、直前の「散る桜」と三首後の「秋の花の散る」である。その間に位置するということは、夏の歌である可能性が高い。「松のねに」の歌（拾遺集一一六四）も、

詞書「人舟にのりて藤の花見たる所」（貫之集Ⅰ　一七七）

詞書「をんなとものたき見たる所」（貫之集Ⅰ　一七八）

詞書「松のもとよりいつみのなかれたる所」（貫之集Ⅰ　一七九）＝拾遺集一一六四「松のねに」歌

詞書「あきの花ともうへたる所」（貫之集Ⅰ　一八〇）

と、「藤の花」と「秋の花」の間に位置し、夏の可能性が高い。また、屏風歌には次のような歌もある。「植木（うへき）」と「泉」との取り合わせであるが、

六月、いつみあるいへに、うへきのもとにさけのむ
人く

いはまわけゆくみつさむみなかるれはこのした風もすゝしかりけり

（元輔集Ⅲ　一一八）【129永観二年［九八四］太政大臣頼忠女諟子入内屏風】

と、六月納涼の場面として詠まれている。さらに、屏風歌ではないが、拾遺集夏部に、

河原院のいづみのもとにすずみ侍りて　恵慶法師

松影のいはゐの水をむすびあげて夏なきとしと思ひけるかな（拾遺集　夏　一三一）

という、松陰の泉で納涼する歌があり、夏部巻末近くに位置している。

以上を考え合わせると、松などの植わっている泉のもとで納涼する光景が、夏、とくに六月の歌として詠まれていたと推定される。拾遺集二九一番歌、一一六四番歌は、夏の歌とみなすべきである。そして、その題材の成立には、屏風歌が大きく関わっていたのである。

〈六月祓〉

〈表5〉で示したように、「松と泉」に続いて、「六月祓」が次のように二首並んでいる。

題しらず　よみ人しらず

みな月のなごしのはらへする人は千とせのいのちのぶといふなり（拾遺抄　賀　一八七）（拾遺集　賀　二九二）

承平四年、中宮の賀し侍りける屏風　参議伊衡

みそぎして思ふ事をぞ祈りつるやほよろづよの神のまにまに（拾遺抄　賀　一八八）（拾遺集　賀　二九三）（伊勢集II　八四）

【61承平四年［九三四］三月二十六日后宮穏子五十賀屏風―内裏より―】

「六月祓」は「夏越の祓」とも言い、六月晦日に水辺で半年の穢れを祓う行事である。後者が屏風歌であることが示すように、屏風歌によくある題材であった。他に、「六月祓」の屏風歌には次のようなものもある。

はらへ

かはなみのたちかへりつゝみそきしてちよのみかけにすゝしからなむ

「六月祓」で「涼しさ」を詠んでいる。また、次のような屏風歌もある。

（元輔集Ⅲ　六七）【91天暦十一年［九五七］師輔五十賀屏風か】

［松おほかる所にて、みな月はらへしたる所］

はらへする河への松もけふよりは千世をやちよにのへやしつらむ

（公任集　三一〇）【178長保三年［一〇〇一］東三条院四十賀屏風】

「六月祓」が「松」の多くある風景の中に描かれている。つまり、「松と泉」（二九一番歌）と「六月祓」（二九二・二九三番歌）は、屏風歌の世界では、納涼や松のある風景も含めて一連のものだったのである。屏風歌になじんだ当時の人々には、「松と泉」から「六月祓」への配列は、なだらかに連続したものと感じられたことだろう。

このように、D歌群において、「松と泉」と「六月祓」の歌は、夏の配列を形成している。そもそも、和歌において、夏の題材はさほど多くはなかった。そのため古今集夏部のほとんどが郭公の歌なのである。しかし、一年十二カ月に対して万遍なく詠むものであった屏風歌のお陰で、それまで少なかった夏と冬の題材が飛躍的に豊富化した。拾遺集賀部も屏風歌のお陰で、「松と泉」「六月祓」という、夏の題材で、かつ賀意のある歌を入れることができた。屏風歌は、D歌群の夏の配列においてとりわけその存在価値を発揮したのである。

なお、拾遺集賀部二九一番は、拾遺抄では雑上部四三三番であった。賀部のこの位置に配列し直したのは、拾遺集撰者である。そうすることで、賀部の夏の配列をより強固なものにしたのである。

〈子日〉

「松と泉」（二九一番）の歌の前は、「子日」が次のように二首並んでいる。

康保三年、内裏にて子の日せさせ給ひけるに、殿上のをのこども和歌つかうまつりけるに　　藤原のぶかた

めづらしきちよのはじめの子の日にはまづけふをこそひくべかりけれ
（拾遺抄　賀　一八五）（拾遺集　賀　二八九）

小野宮太政大臣家にて子の日し侍りけるに、下らふ
に侍りける時、よみ侍りける
三条太政大臣

ゆくすゑも子の日の松のためしには君がちとせをひかむとぞ思ふ
（拾遺抄　賀　一八六）（拾遺集　賀　二九〇）

「子日」とは、春、初子の日に野に出て、若菜を摘み小松を引く行事である。屏風歌にも数多くの「子日」の歌がある。たとえば、

ねのひするのへにこまつのなかりせはちよのためしになにをひかまし
（忠見集Ⅰ　八五）【天徳三年［九五九］朱雀院屏風】

という類歌を見出せる。拾遺集賀部に入集しているのは、実際の子日の行事で詠まれた歌である。だが、「子の日」という題材が和歌世界に定着する際には、すでに論じたことがあるが屏風歌が大きく寄与していた。(注12)

〈千鳥〉

「六月祓」から秋の歌が二首続き、その次に「千鳥」の歌がある。「千鳥」は前述したように、賀部には珍しい題材である。古今集に立ち返ってみると、賀部に二首ある。そのうち、

［内侍のかみの右大将ふぢはらの朝臣の四十賀しける時に、四季のゑかけるうしろの屏風にかきたりけるうた］［秋］

千鳥なくさほの河ぎりたちぬらし山のこのはも色まさりゆく

という歌では、明らかに秋の千鳥が詠まれている。（古今集　賀　三六一）（拾遺集　秋　一八六）【10延喜五年［九〇五］二月十日右大将定国四十賀屏風】この屏風歌以外には、古今集・後撰集の「千鳥」に季節性はない。しかし、拾遺集になると、千鳥に季節性が付与され始める。

千鳥の季節は、『角川古語大辞典』(注13)に「平安後期以降になると、海岸の千鳥が中心となり、季節も冬に限られてきて、冷え冷えとした雰囲気を描出する役割を持つ」とあるとおりだが、そう定着するまでの過程を、有吉保氏が調査分析しておられる。(注14)有吉氏の御指摘どおり、八代集では拾遺集にいたって秋部・冬部にも登場するようになったのである。

拾遺集には、秋部に一首、冬部に二首入集している。秋部の歌一八六番（詞書「右大将定国家屏風に」作者「忠岑」）は、実は古今集賀部三六一番の屏風歌との重複歌である。冬部の歌は、

題しらず　　　　　　　　　　　　　　　　つらゆき
思ひかねいもがりゆけば冬の夜の河風さむみ［ちどり］なくなり
（拾遺集　冬　二二四）（拾遺抄　五八三　異本歌）【69承平六年［九三六］春左衛門督実頼屏風】

題しらず　　　　　　　　　　　　　　　　紀とものり
ゆふさればさほのかはらの河ぎりに友まどはせる［千鳥］なくなり
（拾遺集　冬　二三八）（拾遺抄　冬　一四三　初句「冬さむみ」）

の二首である。前者は拾遺集では「題しらず」とあるが、貫之集では「おなし六年春左衛門督殿屏風の歌、冬」（貫之集Ⅰ　三四〇）とあり、これも実は屏風歌である。後者は古今集歌人紀友則の歌であり、詠歌事情はわからない。以上、拾遺集の季節性のある千鳥の歌を検討してみると、三首中二首までが屏風歌である。屏風歌には他にも、

七夕は今やわかるゝあまのかは河霧たちて［千鳥］鳴なり

という、秋の千鳥の歌がある。紀友則作「ゆふされば」歌のような屏風歌以外の例もあったわけだが、「千鳥」が秋・冬の景物と認識される上で大きな力となったのは、やはり屏風歌であった。（貫之集Ⅰ　二五八）【54延長五年［九二八］～同八年［九三〇］権中納言藤原兼輔屏風】

では、拾遺集賀部の千鳥の歌はどのようなものか。

右大臣源のひかるの家に、前栽あはせし侍りけるまけわざを、うどねりたちばなのすけみがし侍りける、よませ侍りける　つらゆき
ちどりのかたつくりて侍りけるに、
たが年のかずとかは見むゆきかへり千鳥なくなるはまのまさごを
（拾遺抄　賀　一九一）（拾遺集　賀　二九六）（貫之集Ⅰ　六九四）

という歌であり、一見季節とは無関係である。貫之集で「延長五年九月右大臣殿(注15)せざいあはせのまけわざ、内舎人たちばなのすけなはつかうまつるすはまにかける」（貫之集Ⅰ　七〇七～七一三）として、七首詠まれたうちの一首である。一連の歌の中には、「なが月の有明の月の」（七〇八番「月」の第三四句）のように、明らかに秋を詠んだ歌があるが、この「たが年の」歌には、秋であることが明らかな表現はない。だが、詞書に秋の行事である「前栽あはせ」とあること、また、拾遺集で「千鳥」は秋か冬のものというイメージが屏風歌によって出来上がりつつあったことから、秋の歌としてここに配置されたと考えてよいだろう。

以上のように、拾遺集賀部D歌群は、屏風歌の数こそ少ないが、その影響は色濃く見て取れる。すなわち、四季に沿って推移するこの歌群で、屏風歌や屏風歌由来の題材の歌が、季節を示すことに力を発揮している。とくに、夏については、屏風歌ならではの円滑な配列となっていた。ただし、〈表5〉で示したように、春夏秋に続く冬がない。また、最後の「竹笛」「鶴」の歌には季節性がない。四季の配列は、不完全なものであった。

三　拾遺集雑賀部の配列

では、拾遺集雑賀部ではどうだろう。四季の配列がなされているのか。

〈元日〉

雑賀部は元日の歌から始まる。

延喜二年五月中宮御屏風、元日　紀貫之

昨日よりをちをばしらずももとせの春の始はけふにぞ有りける

（拾遺集　雑賀　一一五九）（貫之集Ⅰ　一三九）（古今六帖　一五番）【37延長二年五月中宮穏子四十賀屏風（九二四年）】

元の貫之集では詞書「あつまりて元日さけのむ所」とあり、正月の祝いの場面だとわかる。「元日」は屏風歌によくある題材であり、他の屏風歌ではもっと詳しく「元日人の家にまれうとあまた来り、あるは屋のうちにいり、あるは庭におり立て梅の花をおる」（貫之集Ⅰ　四四八）と絵を説明している例もある。

ところで、なぜ雑賀部巻頭は元日なのか。春部の巻頭は立春である。古今集巻頭が立春であることに倣ったものだろう。ただし、拾遺集春部五首目に、実は元日の歌ではないかと思われる歌がある。立春歌群の次の歌である。

延喜御時月次御屏風に　素性

あらたまの年立帰る朝よりまたるる物はうぐひすのこゑ

（拾遺集　春　五）（拾遺抄　春　四）（古今六帖　一三）【13延喜六年［九〇六］頃延喜御時月次屏風】

「年立帰る朝」とは、元日の朝のことである。また、「あらたまの」歌はうぐいすを詠んでいるが、

延喜御時内裏御屏風のうた廿六首、元日うくひすそ

なく所
あたらしくあることしをも百年の春のはじめと鶯ぞなく
（貫之集Ⅰ　二一八）（古今六帖　一六）【50寛平九年［八九七］～延長八年［九三〇］延喜御時内裏屏風】

という、元日に鶯が鳴く屏風歌の例がある。さらに、この「あらたまの」歌は古今和歌六帖に入っているのだが、六帖の撰者は「元日（ついたちのひ）」の項目に分類している。[注16] 以上のことから、「あらたまの」歌が、実は元日歌であった可能性はきわめて高いのだが、拾遺集撰者はこの歌を春部五首目とし、立春歌群の中に置いている。元日の歌であっても巻頭に置かなかったところに、春部は古今集を手本として立春から始める、という強い意志を見て取ることができる。

しかし、雑賀部は、巻頭を元日の屏風歌にした。古今集を手本にしようという意識はなかったようである。屏風歌の一月の題材は、立春よりも元日であることが多い。屏風歌に慣れ親しんだ人々には、元日から始めることに抵抗はなかっただろう。また、後撰集春上部の巻頭は、「正月一日、二条のきさいの宮にてしろきおほうちきをたまはりて」（後撰集　春上　一　藤原敏行）という元日の歌である。後撰集に先蹤があることも、雑賀部の巻頭を元日にするという選択を容易にしたと思われる。

〈竹〉

拾遺集雑賀部に、二首の「竹」の歌がある。まず、巻頭から三首目に、

九条右大臣五十賀屏風に、竹ある所に花の木ちかくあり　　もとすけ
花の色もときはならなんなよ竹のながきよにおくつゆしかからば
（拾遺集　雑賀　一一六一）

【90天暦十一年［九五七］四月二十二日坊城右大臣藤原師輔五十賀屏風―中宮安子より―】

とある。竹の近くに植わっている花も、竹の長い節（「世」との掛詞）に置く露がかかって常磐になるように、という歌である。竹の常緑にあやかって花の色も永久であってほしいというのである。これは詞書が示すように屏風歌なのだが、他にも屏風歌に次のような「竹」と「花」の例がある。

むめの花のかたはらなる竹にかたうなほる所

たけのはにちりかゝらなむゝめのはな雪のなかのもはるとみゆへく

（伊勢集Ⅰ　六三）【16延喜十三年［九一三］十月十四日満子四十賀屏風―清貫より―】

小一条の右おとゝの五十賀し侍しに、屏風ゑ、たけのもとに花うへたり

なよ竹のよなかき秋の露をゝきときはに花の色もみえなん

（元輔集Ⅱ　一四八）【116安和二年［九六九］七月二十一日左大臣師尹五十賀屏風】

前者は梅と取り合わせた春の歌であり、後者は秋の花と取り合わせた秋の歌である。では、雑賀部三首目の「花の色も」歌は、春なのか秋なのか。この歌は師輔五十賀屏風の歌であるが、元の一連の屏風歌の中に戻しても、いつの季節に位置するのか判然としない。しかし、「露」が詠まれていることが手がかりとなる。「露」は圧倒的に秋のものとして詠まれる。まれに春で詠まれる場合は、悲しみの涙の比喩であり、賀歌にふさわしくない。問題の歌の季節は、秋と考えるべきである。

拾遺集雑賀部のもう一首の「竹」の歌は、

清和の女七のみこの八十賀、重明のみこのし侍りける時の屏風に、竹に雪ふりかかりたるかたある所に

つらゆき

しらゆきはふりかくせどもちよまでに竹のみどりはかはらざりけり

（拾遺抄　雑上　四四〇）（拾遺集　雑賀　一一七七）

【64承平五年［九三五］九月清和七宮貞辰親王母藤原佳珠子八十賀屏風―重明親王より―】（貫之集Ⅰ　三二四）

という、白雪が降りかくしても、千代まで竹の緑は変わらないことを詠んだ屏風歌であり、季節は冬である。次のような例もあり、屏風歌によくあったと思われる。

み吉のゝ山より雪のふりく《つィ》れはいつともわかすわか宿のたけ

（貫之集Ⅰ　五九）【21延喜十五年九月二十二日清和七宮貞辰親王母藤原佳珠子六十賀屏風（九一五年）】

ここまで、「元日」と「竹」について詳しく検討してきたが、この他、拾遺集雑賀部において、季節性のある歌を簡単に指摘していくと、前述の一一六四番歌「松と泉」の歌が夏である。一一七二番歌も五月五日飾り粽を詠んでおり、やはり夏の歌である。一一七五番歌も「水樹多佳趣」という題を詠んでおり、松と泉の歌に準じて、夏の歌である可能性が高い。一一七六番歌が鶴と霜の冬の歌である。

以上を、〈表6〉で整理してみよう。〈表6〉で示したように、雑賀部は季節性のある歌が少ない。また、三首目が秋で、乱れがある。四季の推移を無視してまで、この歌を三首目に置かなければならない理由も見当たらない。さらに夏と冬の間に秋の歌がない。雑賀部は、四季の推移という点では、賀部よりもいっそう不完全な状態である。

しかし、この配列には二つの意義がある。一つは、前述したように巻頭が「元日」であり、古今集にとらわれない始め方になっていることである。

もう一つは、竹の雪を詠んだ冬の歌、一一七七番歌のもたらす効果である。〈表6〉で示したように、一一七七

表6　拾遺集雑賀部の季節

＊□で囲んでいるのは屏風歌

拾遺集雑賀部　（　）内は拾遺抄	詠歌事情	題材	季節
【一一五九】	【中宮屏風】	【元日】	【春】
【一一六〇（拾遺抄雑上部四四二）】	【屏風】	【舟】	
【一一六一】	【算賀】	【竹と花】	【秋】
一一六二	子祝い	真砂	
一一六三	石名取	細石	
【一一六四】	【算賀】	【松と泉】	【夏】
一一六五	袴儀	松	
一一六六	七夜	松と鶴	
一一六七	五十日	松と鶴	
一一六八	題しらず	松	
【一一六九】	【斎院屏風】	【松】	
一一七〇	元服	紫雲	
一一七一（同四三七）	袴儀	なし	
一一七二	五月五日飾り粽	菰	夏
【一一七三】	【算賀】	【なし】	
一一七四	算賀	なし	
一一七五	改築	松と水辺	夏？
一一七六（同四三九）	算賀	鶴	冬
【一一七七（同四四〇）】	【算賀】	【竹】	【冬】
一一七八	袴儀	なし	

番の後にもう一首、賀の歌がある。

こをとみはたとつけて侍りけるに、はかまぎすとて　もとすけ
世の中にことなる事はあらずともとみはたしてむいのちながくは　（拾遺集　雑賀　一一七八）

という歌であり、「とみはた」という子供の名前を「富はたす」という部分に隠し題で詠みこんでいる。袴儀に詠まれた賀歌ではあるのだが、物名歌の要素もあり遊戯性が強い。そもそも雑賀部は賀部よりも雑多な歌が収められているが、その中でもこの歌は異質である。

雑賀部全体は、最初に述べたように次のような三部構成になっている。

雑賀部
- 一一五九〜一一七八　雑賀の歌（一一七八が「とみはた」の物名歌）
- 一一七九〜一一八四　連歌
- 一一八五〜一二〇九　雑恋の歌

このような構成の中で、一一七七番歌は竹の雪という明白な冬の歌であるため、巻頭の元日から始まった流れが、そこでいったん締め括られた感が生じている。その次に物名歌的な遊戯性の要素を持つ一一七八番が置かれ、そして遊戯性のかなり強い連歌が置かれるというふうに、順序良く配置されていっているのである。

雑賀部の元日から竹の雪までの四季の推移は、季節性を持つ歌の数も少なく、ごく不完全なものである。しかし、元日の歌に始まって雪の歌で終わるという枠組みのおかげで、ある種のまとまり感が生まれている。拾遺集雑賀部は、雑多な歌が集まっている。それらを緩やかながらも季節の推移で配列することによって、ある程度の秩序を作り出したのである。そしてその時、明確な季節性をもたらす歌として効果的に活用されたのが、屏風歌である。

拾遺抄には雑賀部はなかった。雑賀部におけるこの工夫は、拾遺集撰者が行ったものなのである。

おわりに

拾遺集雑賀部については、季節の推移が緩やかながらも存在することの意義を説明できた。では、拾遺集賀部のD歌群に、不完全ながら四季の推移があることには、どのような意味があるのだろうか。ここで、拾遺集前後の勅撰集にはどの程度、四季の推移があるのかを見てみよう。〈表7〉は、古今集から後拾遺集までの賀部について調査したものである。見てのとおり、後撰集や後拾遺集には四季の推移はほとんどない。後撰集慶賀部の巻末に「十二月ばかりに、かうぶりする所にて（後撰集　慶賀　一三八五　貫之）」と「十二月」の歌があり、後拾遺集賀部の巻頭に「天暦御時賀御屛風歌、立春日」（後拾遺集　賀　四二五　源順）と「立春」の歌がある程度である。四季を意識した片鱗がある程度と言えばよいだろうか。それに比べると、拾遺集では四季の体裁がかなり整っていたことがわかる。

ところで、古今集にも明確な四季の部分が存在する。面白いことに、両者の位置はほぼ同じである。どちらも、終わり近くに置かれている。もっと詳しく述べると、古今集では様々な算賀の歌の次に、四季の配列の延喜五年（九〇五）右大将藤原定国四十賀屛風歌が置かれ、巻末の一首という構成になっている。拾遺集でも、算賀の歌群（C歌群）の次に、四季の配列の歌（D歌群）が置かれ、巻末（E歌群）となっている。

このように、拾遺集賀部は、古今集と同じく四季の配列の部分を作り上げ、その配置場所を古今集と同じにしている。古今集賀部を見習おうという姿勢の表れであろう。最初に指摘したように、題材についても同様の姿勢があった。この状況は拾遺抄からすでにあり、拾遺集はその傾向を強めたと言える。

拾遺集の雑賀部には、古今集を見習おうとする意識は見られない。正格の賀ではない部立について、そうしなければならない必要性を感じなかったためでもあろうし、雑多な歌が集まった雑賀部を古今集のように配列すること

表7　古今集から後拾遺集における賀歌の配列

＊□で囲っているのは屏風歌

古今集　賀部

歌番号	歌材	季	区分
343	細石		
344	真砂		
345	千鳥		
346			
347			
348	杖		
349	桜	春	
350	滝		
351	**桜**	**春**	
352	**梅**	**春**	
353			
354			
355	鶴亀		
356	松		
357	**若菜**	**春**	四季
358	**桜**	**春**	四季
359	**郭公**	**夏**	四季
360	**松**	**秋**	四季
361	**千鳥**	**秋**	四季
362	**紅葉**	**秋**	四季
363	**雪**	**冬**	四季
364			

後撰集　慶賀部

歌番号	歌材	季
1368	菊	秋
1369	羽衣	
1370	若菜	春
1371	竹	
1372		
1373	松	
1374	松・藤	夏
1375	松	
1376	数珠	
1377	花	春
1378		
1379		
1380	薪	
1381		
1382	竹	
1383	斧	
1384	松	
1385	歳暮	冬

拾遺集　賀部　（　）内は拾遺抄

歌番号	歌材	季	歌群
263（164）			A歌群
264（165）	松		A歌群
265	鶴		A歌群
266（170）	雑		B歌群
〈五首省略〉			B歌群
272（170）	元結		B歌群
273（171）	松		C歌群
〈三首省略〉			C歌群
277（175）	**巌**		C歌群
278	**柳**	春	C歌群
279（176）	**桜**	春	C歌群
280（177）	竹		C歌群
281（178）	杖		C歌群
282（179）	**紅葉**	秋	C歌群
283（180）			C歌群
284（181）	**鶴**		C歌群
285（585）	**若菜**	**春**	C歌群・四季
286（182）	桜	春	D歌群・四季
287（183）	花	春	D歌群・四季
288（184）	桃	春	D歌群・四季
289（185）	子日	春	D歌群・四季
290（186）	子日	春	D歌群・四季
291（423）	**松・納涼**	**夏**	D歌群・四季
292（187）	六月祓	夏	D歌群・四季
293（188）	**六月祓**	**夏**	D歌群・四季
294（189）	花	秋	D歌群・四季
295（190）	松虫	秋	D歌群・四季
296（191）	千鳥	秋	D歌群・四季
297	笛竹		D歌群
298（192）	鶴		D歌群
299（193）	巌		E歌群
300	**巌**		E歌群

拾遺集　雑賀部　（　）内は拾遺抄

歌番号	歌材	季	区分
1159	**元日**	**春**	四季
1160	**舟**		四季
1161（442）	**花・竹**	**秋**	四季
1162	真砂		四季
1163	細石		四季
1164	**納涼**	**夏**	四季
1165	松		四季
1166	松		四季
1167	松・鶴		四季
1168	松・鶴		四季
1169	**松**		四季
1170	松		四季
1171（437）			四季
1172	粽	夏	四季
1173			四季
1174			四季
1175	松・納涼	夏	四季
1176（439）	鶴	冬	四季
1177（440）	**竹**	**冬**	四季
1178			

後拾遺集　賀部

歌番号	歌材	季
425	**立春**	**春**
426	**長柄橋**	
427	**武蔵野・霧**	**秋**
428	**子日**	**春**
429	竹・杖	
430	**松・鶴**	
431	**松**	
432	松	
433	月	
434	劫	
435	椿	春
436	松	
437	松	
438	鶴	
439	風	夏
440	松・藤	春
441	撫子	夏
442	鏡	
443	鏡	
444	鶴	
445	真砂	
446	松	
〈六首省略〉		
453	椿	春
454	滝	
455	鶴	
456	池	
457	松・藤	夏
458	**松（大嘗）**	
459	**（大嘗）**	
460	雲	

が困難だったという理由もあろう。雑賀部では、古今集を見習わずに四季の流れに秩序を求めた。それは、緩やかなものではあったが、屏風歌が効果的に使われることによって形成されたものだったのである。

論者はこれまで、拾遺集の春・夏・秋部について、配列によって屏風絵を浮かび上がらせようという意図が見られることを指摘してきた。(注17) 賀部についても、「松と泉」から「六月祓」の配列のなだらかさに、その片鱗を見てとることができる。今回の検討ではさらに、賀部については、古今集に見習おうという姿勢が見られること、それが屏風歌によって実現されているということが明らかとなった。

注

(1) 拾遺集と屏風歌の関係について、論者はこれまで次のような考察を行ってきた。拙稿「拾遺集の配列と屏風歌―配列に広がる屏風絵―」(「中古文学」七八号　平成一八年一二月)、「拾遺抄の屏風歌―詞書の絵の説明について―」(「四天王寺国際仏教大学紀要」四五号　平成二〇年三月)、「拾遺抄の屏風歌(承前)―詞書の絵の説明について―」(「四天王寺国際仏教大学紀要」四六号　平成二〇年九月)、「拾遺和歌集と屏風歌―夏部の配列をめぐって―」(「和歌文学研究」九七号　平成二〇年一二月)

(2) 竹鼻績氏「拾遺抄の特質―四季部・賀部を中心として―」(「山梨県立女子短期大学紀要」五号　昭和四六年三月)

(3) 菊地靖彦氏「拾遺集部類考」(「平安文学研究」五五号　昭和五一年六月)

(4) 嘉藤久美子氏「『拾遺和歌集』の賀の巻をめぐって」(『三代集の研究』明治書院　昭和五六年)

(5) 渡辺菜生子氏「拾遺集における「賀歌」の構造―賀・雑賀・神楽歌における編纂主体の意識をめぐって―」(「国文」五六号　昭和五七年一月)

(6) 注(2)参照。

(7) 注(4)(5)参照。

（8）注（5）参照。
（9）本稿での歌の引用は、とくにことわらないかぎり、私家集は私家集大成、それ以外は新編国歌大観による。屏風番号と屏風の名称は、拙著『屏風歌の研究　資料篇』（和泉書院　平成一九年）で、屏風歌を整理・考証した結果に拠る。
（10）拾遺集が採歌資料とした貫之集では、詞書「川のほとりの松」、第四句「なかるゝ水」である。元は「泉」ではなく「川」であったかもしれないが、拾遺集での本文で考察する。
（11）岩波新日本古典文学大系『拾遺和歌集』（小町谷照彦著　岩波書店　平成二年）
（12）「子日」の屏風歌については、拙著『屏風歌の研究　研究篇』「第三章　第二節　後撰集時代・拾遺集時代の特色―子日をめぐって―」（和泉書院　平成一九年）参照。初出『古代中世文学研究論集　第三集』（伊井春樹編　和泉書院　平成一三年）
（13）角川古語大辞典（角川書店　平成八年）
（14）有吉保著『新古今和歌集の研究　基盤と構成』「第二編　八代集の展開と新古今集の構成　三　千鳥」（三省堂　昭和四二年）
（15）延長五年［九二七］九月二十四日左大臣藤原忠平前栽合の折の歌かと推定されている。拾遺集詞書に「右大臣源光」とあるが、「延長五年」だと源光はすでに没していて合わないことが、岩波新日本古典文学大系『拾遺和歌集』に指摘されている。
（16）拾遺集三番の「昨日こそ年はくれしか春霞かすがの山にはやたちにけり」（詞書「かすみをよみ侍りける」、作者「山辺赤人」）も、「元日（ついたちのひ）」（古今六帖一四番）に分類されている。初句第二句から、元日の歌と判断したのだろう。万葉集では「詠霞」。
（17）注（1）参照。

正宗敦夫旧蔵升底切本『金葉和歌集』考

海野圭介

一　正宗敦夫旧蔵『金葉和歌集』コレクション

『萬葉集総索引』（白水社　一九二九―三一）の刊行をはじめとする『万葉集』研究や分野を横断する一大叢書である日本古典全集（一九二五―一九四四、全二六六冊）[注1]の編纂で名高い国文学者　正宗敦夫《まさむねあつお》（一八八一―一九五八）は、自身の研究のため諸々の和漢書を渉猟した古典籍の蒐集家でもあった。敦夫が心血を注ぎ蒐集に努めた典籍・文書類は、その命名による研究文庫「正宗文庫」を直接に引き継ぐ、財団法人　正宗文庫（岡山県備前市）と晩年に教鞭を執ったノートルダム清心女子大学（岡山市北区）の附属図書館に所蔵される正宗敦夫文庫とに分蔵され今に伝えられている。財団法人　正宗文庫が、古典籍古写本は勿論、江戸期の版本類、漢籍、仏書、医書、備前に関わる郷土資料、[注2]書画軸物から敦夫自身やその交遊圏にあった様々な人々の歌稿、短冊、書簡類、また、研究に用いた洋装本の学術書や資料叢書、辞書類に至るまでを保管し、敦夫の生涯とその広範な興味と研究の対象を伝えるのに対し、[注3]ノートルダム清心女子大学附属図書館蔵正宗敦夫文庫には、主として同大学教授時代に講義に用いたとされる縁の深い古

典籍が移管されている。(注4)

敦夫の蔵書は、その一部が早くに福武書店・ノートルダム清心女子大学からノートルダム清心女子大学古典叢書として三期四十四冊が刊行され、近年も新たに正宗敦夫収集善本叢書として善本資料の影印刊行が開始されるなど、(注5)多くの古写善本を有するコレクションとして広く知られている。(注6)とくに『金葉和歌集』のコレクションは充実しており、『金葉集』理解の上で欠くことのできない善本を伝える。何故に敦夫が『金葉集』の蒐集を試みたのか、その理由は詳らかではないが、歌の師でもあった井上通泰（一八六七―一九四一）の影響もあったのか、ノートルダム清心女子大学では『金葉集』の注釈的講義を継続しており、没後にその成果が『金葉和歌集講義』（自治日報社　一九六八）として刊行されている。同書には敦夫の蒐集した『金葉集』古写本が余すことなく利用され、未だ定本と言える校本の作成されていない『金葉集』の主要伝本を通覧するのにも有益であり、その価値は今なお減じていない。

現在伝わる敦夫の蒐集にかかる『金葉集』古写本には次の十五点があり、うち、ノートルダム清心女子大学附属図書館蔵正宗敦夫文庫に十三点、(注7)財団法人 正宗文庫に二点が収蔵される。

〈ノートルダム清心女子大学附属図書館蔵正宗敦夫文庫本〉

1伝慈鎮筆『金葉和歌集』（Ⅰ・13）〔鎌倉前期〕写　一帖

2伝藤原為家筆『金葉和歌集』（存巻七―十）（Ⅰ・23）〔鎌倉前期〕写　一軸

3伝藤原為家筆『金葉和歌集』（Ⅰ・12）〔鎌倉中期〕写　一帖

4伝二条為明筆『金葉和歌集』（Ⅰ・14）〔南北朝期〕写　二帖

5伝二条為忠筆『金葉和歌集』（Ⅰ・15）〔南北朝期〕写　一帖

6伝聖護院覚誉親王筆『金葉和歌集』（存巻七―巻十）（Ⅰ・24）〔南北朝期〕写　一帖

7『金葉和歌集』（證悟奥書本）（存巻一―三、六―十）（I・16）〔室町後期〕写　一帖
8橋本公夏筆『金葉和歌集』（I・18）〔室町後期〕写　一冊
9山崎宗鑑筆『金葉和歌集』（I・17）〔室町後期〕写　一帖
10『金葉和歌集』（空済奥書本）（I・19）〔室町後期〕写　一帖
11雲岑筆『金葉和歌集』（I・20）天文十六年（一五四七）写　一冊
12『金葉和歌集』（I・21）〔室町末江戸初〕写　一冊
13『金葉和歌集』（I・22）〔江戸中期〕写　一冊

〈財団法人 正宗文庫蔵〉
14橋本公夏筆『金葉和歌集』　天文四年（一五三五）写　一帖
15『金葉和歌集』〔江戸後期〕写　一冊

正宗敦夫文庫・正宗文庫に伝わる『金葉和歌集』は全て二度本であるが、二度本の主要伝本のうち最も精選された系統の伝本（最も歌数の少ない伝本）として、4伝二条為明筆『金葉和歌集』（総歌数、和歌六四八首・連歌十七首）が新編国歌大観の底本に選定され、逆に最も歌数の多い精選初期の段階の本文を伝える二度本として、8橋本公夏筆『金葉和歌集』（総歌数、和歌七四六首・連歌十九首）の固有歌が、撰集過程における除棄歌と理解され、同書解題において「橋本公夏本拾遺」として拾遺されている。

4・8を含め、これらの伝本はいずれも秘匿されることはなく、松田武夫『金葉集の研究』（山田書院　一九五六）、及び、平澤五郎『金葉和歌集の研究』（笠間書院　一九七六）によって伝本研究に用いられており、それぞれの伝本の概要については周知されているが、その後、殊更に『金葉集』の伝本と所収本文が議論されることは無く、校本も作成されてはいない。

『金葉集』の伝本については、その複雑な撰集過程を反映する、初度本（静嘉堂文庫蔵伝冷泉為相筆本）、二度本（現存伝本の多く）、三奏本（平瀬陸旧蔵伝後京極良経筆本等）の三種類の形態に大別され理解されるのが通例であるが、現存本の殆どを占める二度本の現存伝本の範囲においても多様な本文形態が認められるのは周知の通りである。（注8）複雑な伝本と所収本文の実態を把握するためにも校本の作成を含む本文状態の検討が俟たれるが、比較的古写本に恵まれる作品であり、古写本それぞれの時代性や資料性の吟味も、その前提として欠くことの出来ない作業となろう。

正宗敦夫文庫所蔵の伝本では、書写年代の早さからも、1伝慈鎮筆『金葉和歌集』（鎌倉前期）写）、2伝藤原為家筆『金葉和歌集』（巻子装）（鎌倉前期）写）、3伝藤原為家筆『金葉和歌集』（列帖装）（鎌倉中期）写）の三点はとくに興味深い資料と言える。1及び3については別途考察の機会を持ちたく思うが、小稿では2の伝本につき従来の評価とは異なる資料性が明らかになったため報告を行うこととしたい。また、併せて古写本群の再検討の必要性についても触れることとしたい。

二　伝藤原為家筆『金葉和歌集』零巻

ノートルダム清心女子大学附属図書館蔵正宗敦夫文庫本『金葉和歌集』（I・23）（以下、以下誤解の恐れのある場合を除き「本書」と称す）は、巻尾に付された「為家卿御若年之時之御真筆」の奥書極によって、藤原為家（一一九八―一二七五）を伝承筆者とする鎌倉中期頃の書写本と理解されてきたが、本書は、通例、藤原家隆（一一五八―一二三七）筆と極められ、「升底切《ますぞこぎれ》」の呼称で珍重される古筆切の僚巻と考えられる。

升底切は、『古筆名葉集』（文化五年〈一八〇八〉刊）の「家隆」の項目の筆頭に「升底切　六半金葉哥三行書　五合升ノ大サ也」と挙げられ、江戸時代より賞翫されてきた名物切である。三大手鑑と通称される国宝手鑑「藻塩草」（京都国立博物館蔵）、同「翰墨城」（MOA美術館蔵）、同「見ぬ世の友」（出光美術館蔵）といった代表的な手鑑の何れにも収められる鎌倉前期を代表する名筆の一つであるとともに、現在知られている『金葉集』伝本のうち最も早い時期の写本と推測される、極めて貴重な資料である。(注9) 従来三十葉程の伝存が知られていた升底切であるが、この度、一挙に数倍の量が出現したこととなる。

正宗敦夫文庫本『金葉和歌集』(Ⅰ・23)は、『特殊文庫目録』(ノートルダム清心女子大学附属図書館 一九七五)にも記載があり、早くより知られていた資料ではあるが、零巻であったからか同大学古典叢書にも所収されることはなく、書影が提供されることはなかった。そのため資料性に気付かれることなく保管されてきたと思われるが、升底切と本書とを対照すれば元来同一の典籍から切り出されたことは一見して明らかである(図1〜3参照)。また、現存する升底切には、本書に残存する巻七・九・十に相当する断簡が知られているが、本書と突き合わせてみると、現在確認できた範囲においては全ての断簡が本書に欠く部分(つまりは本書から切り出された部分)であり、記される文字の続き具合にも不審はなく、本書の存在と巻七・九・十を書写内容とする升底切の伝存は矛盾していない(なお、升底切の伝存状況については後述)。

1 書誌

本書は、現状では巻子に改装され原態を留めていないが、調査時点における書誌的事項は次の通りである。

伝藤原為家筆『金葉和歌集』(存巻七―十)(Ⅰ・23)〔鎌倉前期〕写 一軸

巻子装(本来は列帖装であった冊子の料紙を相剝ぎし巻子装に改装)。花文織出金茶色地巻出(20.7×32.0㎝)。外題なし。見返し、金箔布目押。料紙、本紙は楮紙(打紙)(一面あたり15.2×14.7㎝)。天地余白を広くとった総裏打を施す(天地20.7㎝)。表面天地の裏打紙余白には金砂子による雲霞。裏打ち紙の紙背に金切箔散。紙数、190紙(但し、現状の紙数。相剝以前の元来の丁数は半数の95丁となる)。毎半葉9行書き(一面のみ10行書)、和歌一首3行書き。字高約12.5㎝、詞書1字下げ。内題「金葉和謌集巻第七(十)」(巻八・九は巻首部分を欠く)(図1・3参照)。

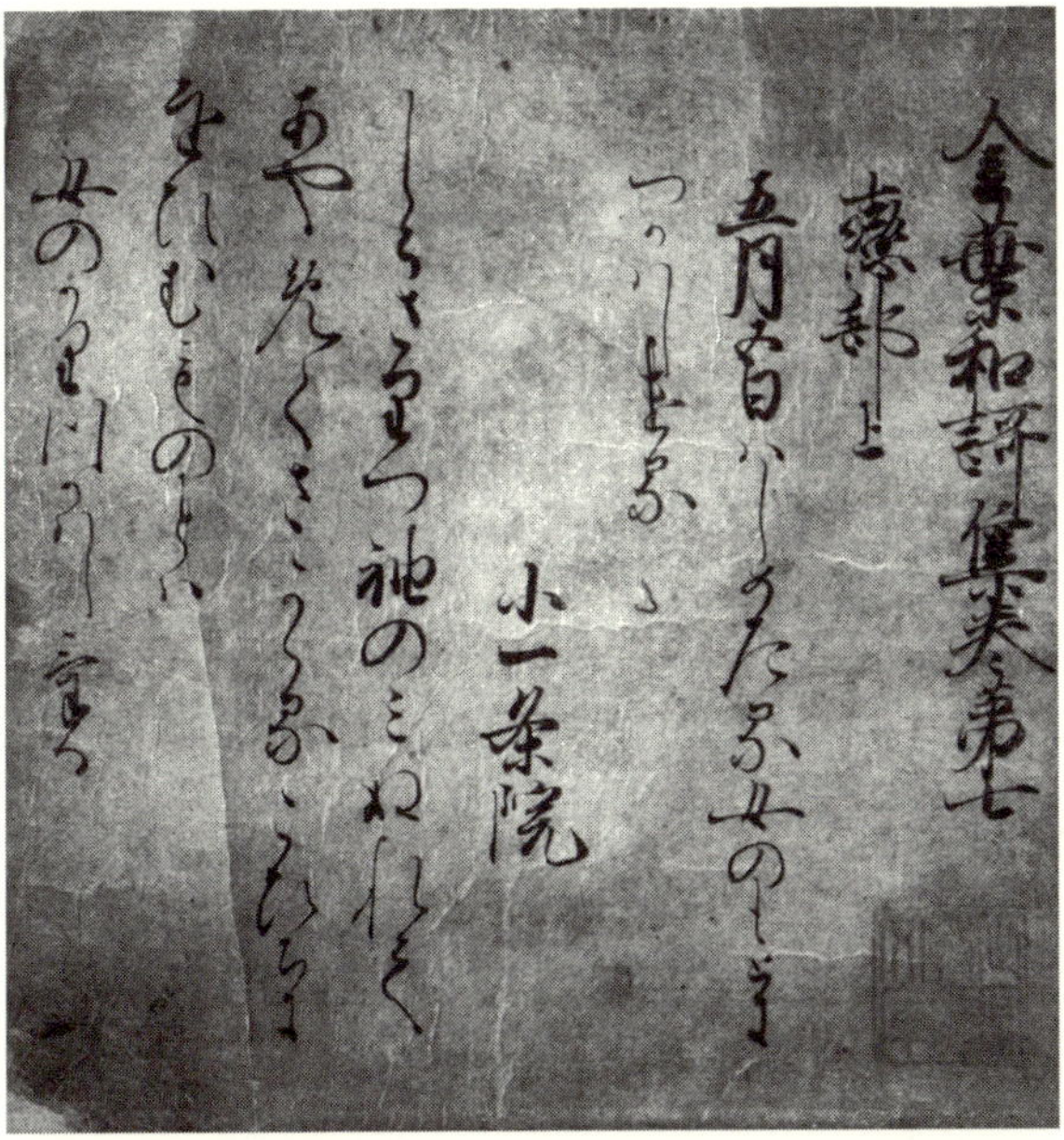

図1　正宗敦夫文庫本伝藤原為家筆『金葉和歌集』巻七巻首

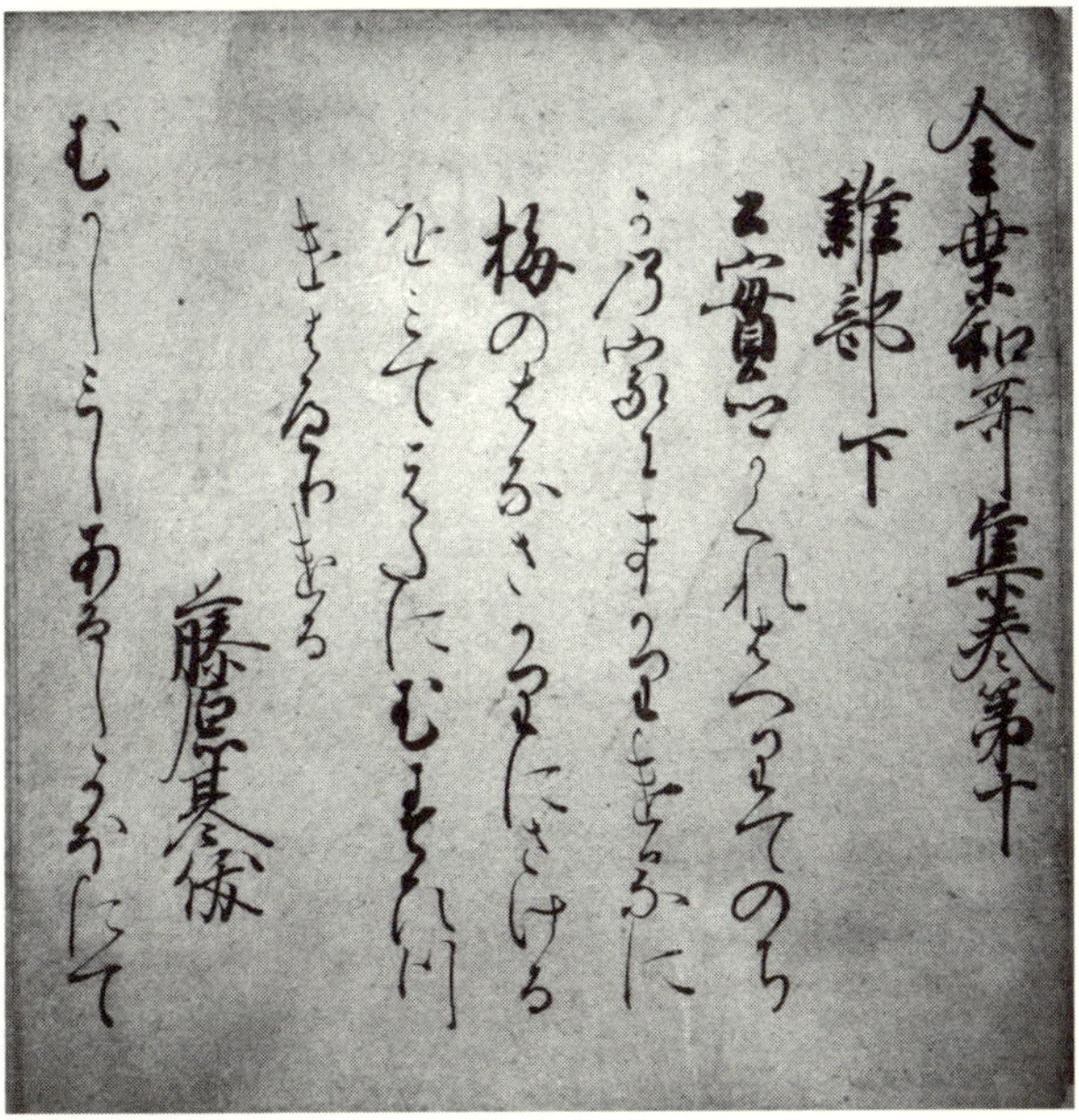

図2　同伝藤原為家筆『金葉和歌集』巻十巻首

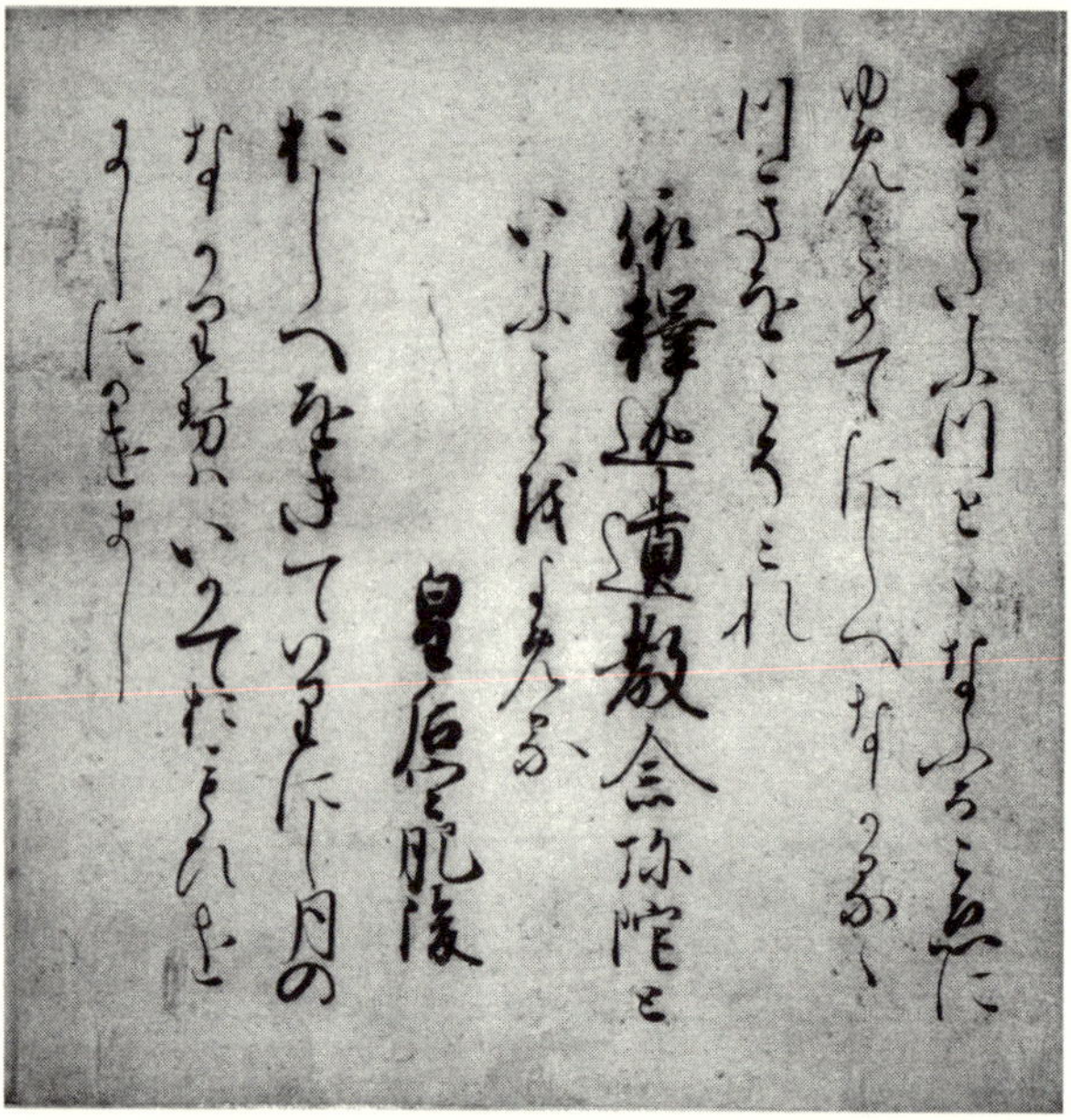

図3　同伝藤原為家筆『金葉和歌集』巻十

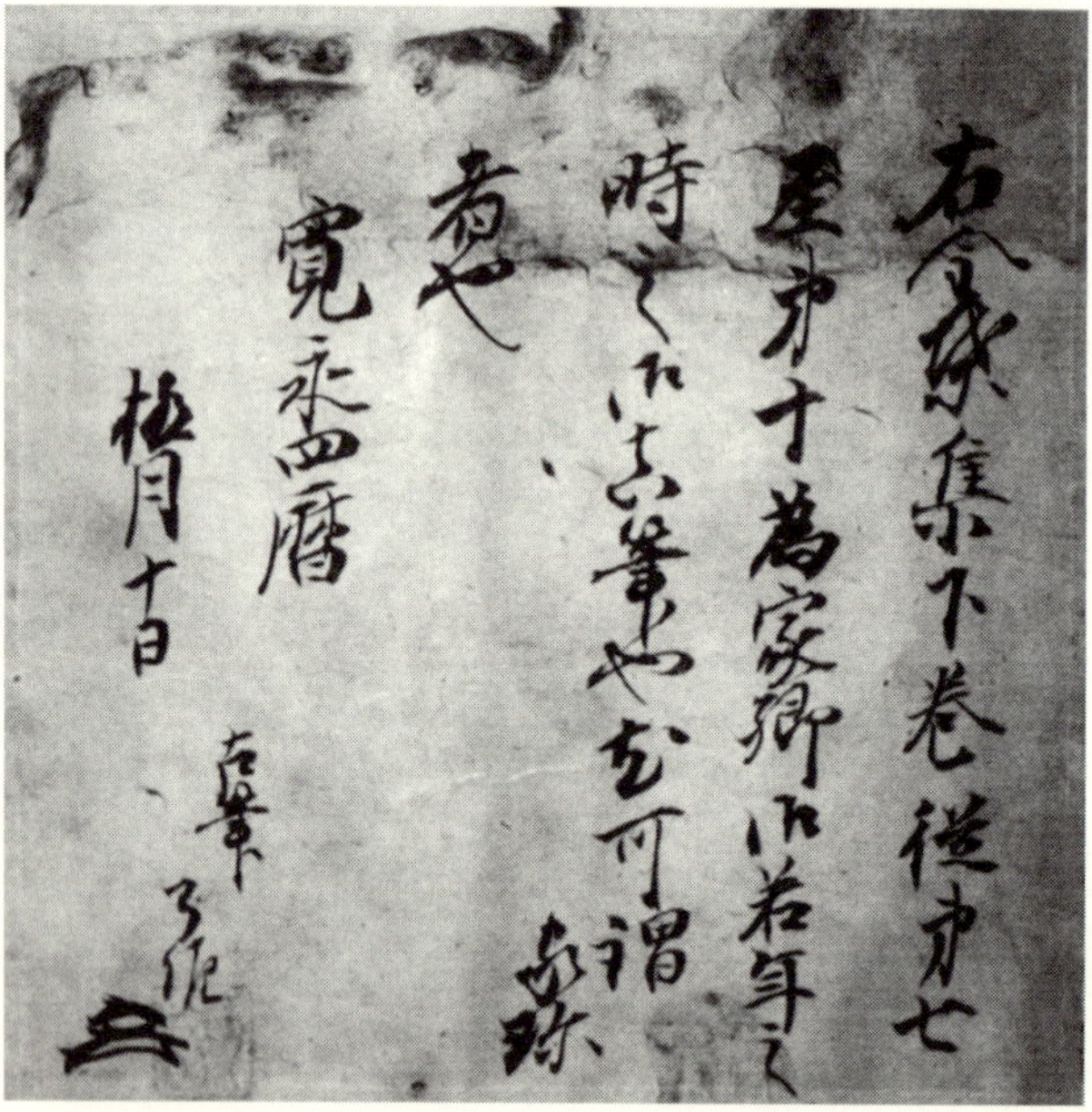

図4　古筆了佐による奥書極

奥書なし。巻尾に古筆了佐（一五七二―一六六二）による次の奥書極（雲紙、13.8×14.0㎝）を付す（図4参照）。

右古今集下巻従第七
至第十為家卿御若年之
時之御真筆也。尤可謂家珍
者也。
寛永四暦
極月十日　古筆了佐（花押）（印）

用字、漢字・平仮名。印記「正宗／敦夫／文庫」（方形朱印）(注10)。時代のある桐箱を附属し、箱表中央に「為家金葉集第七」と墨書。

了佐による奥書極に見える「従第七至第十」の言は、現存の状態と一致しており、本書は了佐の極めた寛永四年（一六二七）の時点において既に巻七から巻十のみの零本となっていたらしい。『金葉集』は十巻仕立てで、巻一から巻四が春・夏・秋・冬の四季部、巻五が賀部、巻六が別部で、巻七・巻八が恋部上・下、巻九・巻十が雑部上・下にあたり、本書は四季部と賀部、別部を除いた恋部・雑部のみの零本ということになる。古筆切として流通する資料の通例として、四季部、賀部などが好まれて裁断され、手鑑や軸物とされる例が多かったと推測されるが(注11)、本書が巻七恋上から巻十雑下までの零本として伝存する理由も、恐らくはそうした古筆切の需要のあり方と関係するのであろう。また、本書は残存部分の巻七から巻十の間においても一部分を欠くが、これも歌柄の良い箇所が切り出されたためと推測され、実際に数葉が古筆切として伝来している（なお、後述）。

2　残存状態

本書の書写は安定しており、行配り、字配りもほぼ一定しているため、欠脱する部分についても他本との比較から行数や丁数の推定が可能となる。

本書の書写は一面九行書で、(注12)詞書は一行十～十二文字程度、無理に詰めて書くことはせず、ゆったりと書かれている。十三文字程度であれば、十一文字と二文字に分けて書き（365番歌詞書等）、二十二文字を十文字、十一文字、一文字の三行に分ける例（444番歌等）も見える。作者名の記載にも原則一行を取り、詞書が一文字で終わる行にも空白部分に追い込んで記すことはしない（但し、詞書き部分が「題不知」「返し」とある場合は詞書部分と作者名を一行に纏めて記している）。和歌は一首三行で書写されている。本書から切り出された断簡である升底切には、現在のところただ一葉、田中登により報告された田中蔵の断簡に二行書きする部分（206番歌）が見えるが、他の断簡は一首を三行に分かち書きしており、原則三行で書写されたと考えられる。

本書は、現存部分においても十六箇所の切り出しが認められ、結果としてある程度の纏まりを持つ十七箇所の断簡の集合として伝わっている。現存する部分を①から⑰分けて新編国歌大観の番号で示せば次のようになる（なお、脱落箇所については推定される行数・丁数を示した）。

巻七恋上（巻首存、巻尾に脱落あり）

①現存部分　350番～356番詞書「従二位藤原親子家草子」まで存、計4紙。
　脱落部分　356詞書途中～359第四句まで脱落（推定18行1丁分）。
②現存部分　359番第五句「きゝやわたると」～379番まで存、計12紙。
脱落部分　380番～383番第二句まで脱落（推定18行1丁分）。うち380番と381番は古筆切（九行）として伝存。
③現存部分　383番第三句「わか恋や」～391番まで存、計6紙。
　脱落部分　392番～394番詞書まで脱落（1丁分カ）。
④現存部分　394番作者名「藤原忠隆」～400番詞書まで存、計4紙。

脱落部分　400番作者名～403番作者名まで脱落（推定18行1丁分）。
⑤現存部分　403番初句「いのちをし」～413番詞書「摂政左大臣家にて恋の心」まで存、計6紙。途中に405番→404番の歌順の異同あり。
脱落部分　以下巻尾まで脱落（推定49行3丁分）。

巻八恋下（巻首・巻尾に脱落あり）

脱落部分　巻首部分421番～423番詞書までの推定18行1丁分脱落。
⑥現存部分　423番作者名「源師俊朝臣」～432番第四句「かるはかりにも」まで存、計6紙。途中に431番→430番の歌順の異同あり。
脱落部分　432番第五句～435番作者名まで脱落（推定18行1丁分）。
⑦現存部分　435番初句～507番まで存、計42紙。途中に497番→494番の歌順の異同あり。
脱落部分　508番～515番まで脱落（推定48行3丁。なお、515番の後に補遺700番、701番が存した場合は更に多くが脱落していることとなる）。

巻九雑下（巻首に脱落あり、巻尾存）

脱落部分　巻首部分516詞書～522第四句までの推定54行3丁分脱落。うち516番作者名「大納言経信」・和歌～517番、519番は古筆切二葉（九行、七行）として伝存。
⑧現存部分　522番第五句「よそにきゝつゝ」～577番詞書「たゝならぬひとのもてかくしてありけるにこをう」まで存、計48紙。
脱落部分　577番詞書途中～581番第二句まで脱落（推定36行2丁分）。
⑨現存部分　581番第三句「なりぬるを」～584番第二句「おもひしとけは」まで存、計2紙。

脱落部分　584番第三句～587番詞書途中まで脱落（推定15行1丁分）。但し推定される15行では1丁分に満たないため、詞書部分に通行本との長文の異同が存したか、または584番の後に補遺703番が存した可能性がある。586番は古筆切（六行）として伝存。

⑩現存部分　587番詞書「ありきて熊野にて」～590番詞書まで存、計4紙。

脱落部分　590番作者名～592番まで脱落（推定18行1丁分。なお、592番の後に補遺704番が存した場合は更に多くが脱落していることとなる）。

⑪現存部分　593番～594番詞書まで存、計2紙。

脱落部分　594番作者名～599番まで脱落（推定36行2丁分）。

⑫現存部分　600番～603番（巻尾）まで存、計4紙。巻九は巻尾部分が現存する（当該部分に脱落は想定されない）。

巻十雑下（巻首存、巻尾に脱落あり）

⑬現存部分　604番～625番まで存、計22紙。途中に606番→補遺705番→607番の歌順の異同あり。

脱落部分　626番～628番詞書途中まで脱落（推定18行1丁分）。

⑭現存部分　628番詞書「瞻西聖人のもとへ」～631番まで存、計4紙。途中に628番→補遺707番→629番の歌順の異同あり。

脱落部分　632番～634番～未詳歌第四句まで脱落（1丁分カ?）。

⑮現存部分　未詳歌第五句「いかてしらまし」→635番～640番第二句「ころものたまを」まで存、計4紙。

脱落部分　640番第三句～642番→補遺710番詞書まで脱落（推定18行1丁分）。640番第三句「しりぬらむ」～641番第四句「かけろふほとの」まで古筆切（九行）として伝存。

⑯現存部分　補遺710番作者名「源師俊朝臣」→643番～647番詞書「～僧のふねに」まで存、計4紙。

脱落部分 647番詞書途中〜648番付句作者名まで脱落（推定15行1丁分）。

⑰現存部分 648番付句〜663番→補712番作者名まで存、計16紙。途中に659番→補遺711番→660番の歌順の異同あり。

脱落部分 712番前句以下脱落（推定19行2丁分）。

右記①から⑰に所収される和歌は、新編国歌大観に「異本歌」として掲出される二度本諸伝本固有歌を一部含みつつも既知の範囲内にほぼ収まるものの、⑮部分の冒頭に記される、和歌の第五句と推測される「いかでしらまし」についてはこの位置に「いかでしらまし」の結句を持つ歌を配する伝本は知られていないようである（平澤五郎『金葉和歌集の研究』にも見えない）。本書の固有歌或いは他の歌、例えば巻三・秋に配される「てる月のいはまのみづにやどらずはたまゐるかずをいかでしらまし」（181・大納言経信）が635番歌の前に配されていたと考えることもできようが（但し、この場合も他本に同様の例は報告されていない）、いずれにせよ現存するのは「いかでしらまし」の七文字のみで詳細は不明である。

3　書風と極め

本書のツレである升底切は、鎌倉初期を代表する名筆と評されることも多く、好感の持てる肉厚な粘りのある整った文字で書写される。本書は、巻尾に向かう部分にあたるためか一部に若干筆致の緩む箇所が見受けられるようにも思われるが、全体を通して立派な印象を受けるのには変わりはない。個々の文字は独立を保ちつつ穏やかに連綿するが、連綿は長くはなく文字それぞれが粒々と並んでいるように見える。漢字の造形は特徴的で、「風」「光」「院」といった文字の最終角の火炎状に伸び上がる撥ねの形状や「暦」「原」字などの垂れを長く作る書様などは、世尊寺系の書風を示すとの指摘もあり、本書と同様に「家隆」筆と極められる中院切（千載集）や光台院五十首切、あるいは、「為家」「為氏」筆と極められる断簡で所謂後京極様の特徴を示さないものにも共通する、鎌倉時代前半に流行したと書風と言われている。(注13)

升底切は、『古筆名葉集』（文化五年〈一八〇八〉刊）ではその筆者を「藤原家隆」とするが、本書に付された古筆家初代了佐の奥書極には「為家」と記されている。早い時期に「為家」と極められ、後に「家隆」と改められたと考えられ、現存する升底切断簡にも「家隆」と「為家」の双方の極札を附属する例が認められる（他に顕昭〈一一三〇?―一二〇九?〉とする極札を附属する例もある）。

極札自体の詳細が確認できない例も多く、「為家」から「家隆」へと改められた時期の確定は現時点では難しいが、升底切と近しい書風を示す光台院五十首切に附属する極札にも「家隆」「為家」の極めが混在しており、類似の現象が認められる。「家隆」を伝承筆者とする一部の筆跡については、時代を追うに従い筆者の同定が修正され固定されていったと考えられるが、本書に附属する了佐の奥書極にしても「為家卿御若年之時之御真筆」と「若年」の語を添えており、本書については「為家」と極める筆跡とは異なる点を感じ、より早い時期のものと見ているように思われる。なお、記すまでもないことかもしれないが、家隆自筆の熊野懐紙との比較により家隆筆とは考えられないことは既に多くの指摘がある。

三　伝藤原家隆筆升底切の伝存状況

ノートルダム清心女子大学附属図書館蔵正宗敦夫文庫本『金葉和歌集』（I・23）零巻のツレである、古筆切として伝来する伝藤原家隆筆升底切は、古筆学大成に二十五葉が集成されており、『古今集』から『新古今集』に至る勅撰集の古筆資料を多く集めた展観図録『やまとうた一千年』（五島美術館　二〇〇五）には三十点近くの現存が確認されている旨が示されている。小稿において現在までに確認できた升底切は、表に示した三十八点である（写真や図版のみの確認例を含む）。名物とされる古筆切のなかでも比較的多く伝存が確認され、今後も新たな断簡の出現が期待される。

1 伝存状況

小稿で確認できた升底切は、巻一、二、三、四、七、九、十から切り出された断簡で、巻一春部、巻三秋部の二巻の伝存が多い。とくに巻一については偏ることなく古筆断簡の伝存が確認されるため、既に全体が裁断されてしまった可能性も高い。巻五、巻六については古筆切の伝存が確認できず、巻七～巻十の多くを一括する本書のような、ある程度の量が纏まって伝わっている可能性も残されている。

先にも触れたように本書の内容に重なる、巻七～十を書写内容とする断簡が五葉確認できたが、何れも本書に脱落する部分にあたり、現在のところ本書と古筆断簡の存在は矛盾しない。

なお、『古筆切資料集成 第二』に紹介される『香雪斎蔵品展観図録』（大阪美術倶楽部 一九三四）所収の273番作者名「藤原仲実」～和歌第五句「こほりしにけり」までを書写内容とする断簡は、同書所収の『中井家外某旧家所蔵品売立目録』（一九三一）所収の273番初句「しなかとり」～275番詞書「氷満池といふことをよめる」までを書写内容とする断簡と重なる部分を持つが、双方の図録・目録掲載の図版を確認すると、後者が升底切と考えられ、前者は書式も異なり別資料と判断される。

2 極め

附属する極札については、書影による調査では確認出来ない例が殆どであるが、古筆学大成には、畠山牛庵（一五八九―一六五六）、十代古筆了伴（一七九〇―一八五三）、大倉汲水（一七九五―一八六二）の極札の伝存が確認されている（但し極められる内容については記載がなく全てが「家隆」と極められたか否かは未詳）。

表中の8に記した須磨寺塔頭正覚院古筆貼交屛風に所収される一葉には、「壬生家隆卿 よめる ちりつもる [極]」とある川勝宗久の極札が添えられており、同じく17に記した『江州浅見家所蔵品入札目録』所収の一葉には「為家卿 かへるはる [琴山]」とある二代古筆了栄（一六〇七―七八）の札が添えられている。これらの記載も、本書が了佐の極めを附属することから、時代を追って鑑定が改められたと先に推測したことと矛盾しない。

四　『金葉和歌集』本文と古写本

現在、ノートルダム清心女子大学附属図書館蔵正宗敦夫文庫に所蔵される、伝二条為明筆『金葉和歌集』（総歌数、和歌六四八首・連歌十七首）は、南北朝頃の書写ながら所収歌数の検討から精選本系統の善本として新編国歌大観や新日本古典文学大系の底本に選定され、現在もその本文が広く利用されている。

歌数の増減を基準とした精選度では最も精選された二度本と考えられてきた伝二条為明筆『金葉和歌集』（以下誤解の恐れのある場合を除き「為明本」と称す）ではあるが、所収本文の点では他本との関係を考える際に理解に苦しむような例も見える。

次の[一]に示した『金葉集』巻十・雑下・631番歌は、為明本を底本とする新編国歌大観や新日本古典文学大系では、「題不知」の歌とされており、新編国歌大観所収の三奏本では「法華経の心をよめる」と経旨歌であることが記されている。この二本のみを対照すれば三奏本に至り歌題が付されたと理解されるが、為明本よりも早い段階の本文（つまりは精選度の低い本文）を伝えると考えられる伝藤原為家筆（升底切本）『金葉和歌集』には「依釈迦遺教念弥陀といふことをよめる」と歌題が記されている。

[一]『金葉集』（巻十・雑下・631）

①伝藤原為家筆（升底切本）『金葉和歌集』（二度本）

　依釈迦遺教念弥陀といふことをよめる　　皇后宮肥後

おしへをきていちにし月のなかりせはいかておもひをにしにかけまし

②伝二条為明筆『金葉和歌集』（新編国歌大観底本、最も精選された段階の二度本とされる）

題不知　　　　　　　　　　　　　　　　皇后宮肥後

をしへをきていりにし月のなかりせはいかておもひをにしにかけまし

③平瀬陸旧蔵伝藤原良経筆『金葉和歌集』（三奏本）

法華経の心をよめる　　　　　　　　　皇后宮肥後

をしへをきていりにし月のなかりせはいかてこゝろをにしにかけまし

従来想定されている成立順に並べると、「依釈迦遺教念弥陀といふことをよめる」→「題不知」→「法華経の心をよめる」と修訂されていったと解せざるを得ず、①→②の間には、敢えて「依釈迦遺教念弥陀といふことをよめる」の文字を削除した何らかの理由を想定する必要が生じる。更に、杉山重行により紹介された、宇和島伊達文化保存会蔵『金葉和歌集』（鎌倉後期）写）は、二度本の一本であるが、同箇所には「法華経の心をよめる」と記されているという（同氏作成の校異による）。[注14] 二度本とされる伝本の中に結局は三種類の本文形態があることとなり、三奏本の基づいた二度本はどのようなものだったのかという点を含め、二度本の本文状態と成立の先後関係については、なお検討の余地が残されているように思われる。

また、次の二の『金葉集』巻十・雑下・643は、新編国歌大観や新日本古典文学大系では「醍醐の桜会に花のちるを見てよめる」とあり、三奏本には「醍醐の釈迦会に花のちるをみてよめる」とある。本書には三奏本と同じく「醍醐の釈迦会に花のちるをみてよめる」と記される。

二『金葉集』（巻十・雑下・643）

①伝藤原為家筆（升底切本）『金葉和歌集』（二度本）

醍醐の釈迦会に花のちるをみてよめる　　　　　珍海法師

今日もなをゝしみやせましのりのためちらすはなそとおもはさりせは

②伝二条為明筆『金葉和歌集』（新編国歌大観底本、最も精選された段階の二度本とされる）

醍醐の桜会に花のちるを見てよめる　　珍海法師母

けふもなをおしみやせましのりのためちらすはなそとおもひなさすは

③伝藤原良経筆『金葉和歌集』（三奏本）

醍醐の釈迦会に花のちるをみてよめる　　珍海法師

けふもなをゝしみやせましのりのためちらすはなそとおもひなさすは

この例も、想定されている成立順に並べると「醍醐の釈迦会に花のちるをみてよめる」→「醍醐の桜会に花のちるを見てよめる」→「醍醐の釈迦会に花のちるをみてよめる」となり、作者名も「珍海法師」→「珍海法師母」→「珍海法師」と改められていったと理解せねばならなくなる。しかしながら二度本古写本を見渡してみると「桜会」とある伝本は極めて少なく、同箇所の修訂如何を想定する前に、二度本の本文の振幅と優勢・劣勢の差違を見渡す作業が求められるように思われる。

無論、右記のような経路を辿る改訂が行われるはずはないと言うのではない。しかしながら、全ての写本の成立を直線上に位置付けようとすると合理的には解釈し難い例が残ることも事実であり、和歌の出入りや所収歌数を基準に行われた伝本整理には自ずと限界もあるように思われる。

『金葉集』は、勅撰和歌集の中では比較的古写本に恵まれている。現在確認できている唯一の初度本である静嘉堂文庫蔵伝藤原為相筆本（巻一―五）（〔鎌倉後期〕写）、三奏本の善本である平瀬陸旧蔵本（〔鎌倉中期〕写）といった伝存稀であるはずの資料の鎌倉期の写本が伝わる他、二度本『金葉集』の古写本としては、先に示した正宗敦夫文庫所蔵本以外にも、宮内庁書陵部蔵伝藤原為家筆本（〔鎌倉中期〕写）[注15]、國學院大学図書館蔵伝藤原為家筆本（〔鎌倉中期〕写）[注16]、文化庁保管本（〔鎌倉中期〕写）[注17]今治市河野美術館蔵伝藤原為家筆本（〔鎌倉後期〕写）[注18]、宇和島市立伊達博物館蔵伝荒木田房継筆本（〔鎌倉後期〕写）、日本大学総合学術情報センター蔵伝二条為世筆本（〔鎌倉後期〕写）といった伝本が知られており、幾つかの資料については既に複製本が作成され、Ｗｅｂ公開が行われている資料もある（二〇一〇年時点）。多様な形態を伝える『金葉集』であるだけに、一旦は古写本それぞれに戻った本文の検討が必要であろうし、その環境も整えられてきているように思われる。（注19）

注

（1）吉崎志保子『正宗敦夫の世界—階上階下すべて書にして』（私家版、一九八九）に詳しい。

（2）郷土資料については、深井紀夫『正宗文庫所蔵典籍分類目録 郷土関係編』（正宗文庫、一九九五）に整理されている。

（3）敦夫自身の作成による目録に遺漏の典籍類を加えた仮目録が「正宗文庫目録（五十音順、典籍編）」（国文学研究資料館調査収集事業部『調査研究報告29』二〇〇九・三）として作成されている。

（4）ノートルダム清心女子大学所蔵の正宗敦夫旧蔵資料については、『特殊文庫目録』（ノートルダム清心女子大学附属図書館、一九七五）に整理されている。

（5）財団法人正宗文庫・国文学研究資料館・ノートルダム清心女子大学編『正宗敦夫収集善本叢書 光源氏物語抄』（武蔵野書院、二〇一〇）が第一冊として刊行されている。

（6）また、ながらく全容を窺い知ることのできなかった財団法人 正宗文庫所蔵書についても、注2に記した深井氏による整理と目録化が進められ、その後、文庫のご理解とご協力を得て、国文学研究資料館による調査が開始され、注3に記した目録が作成されている。

（7）他に、平瀬家旧蔵三奏本『金葉和歌集』の複製（『伝後京極摂政良経筆三奏本金葉和謌集』国民精神文化研究所、一九三七）を函架番号Ｉ・25として収蔵する。また、同大学附属図書館には、正宗敦夫文庫とは別に黒川真道旧蔵資料（黒川文庫）が収蔵されており、黒川文庫本にも三奏本『金葉和歌集』等の貴重資料が含まれている。詳細は注4に記した目録参照。

（8）松田武夫『金葉集の研究』（山田書院、一九五六）、平澤五郎『金葉和歌集の研究』（笠間書院、一九七六）参照。

（9）田中登『続国文学古筆切入門』（和泉書院、一九八九）五十四頁。また、池田和臣・小田寛貴「続古筆切の年代測定―加速器質量分析法による炭素14年代測定―」（中央大学文学部紀要 言語・文学・文化105、二〇一〇・三）三十五―三十六頁に、池田氏所蔵の升底切の炭素年代測定法による測定データと「鎌倉初期から中期にかけて」という測定結果が示されている。

（10）現所蔵者により捺印。正宗敦夫の用いた蔵書印ではない。

（11）類似の残存例として、冷泉家時雨亭文庫蔵『貫之集』（存巻八、巻五（哀傷部十三紙（巻八全巻）、恋部二紙（巻五一部）））や関西大学図書館蔵北山切本『新古今集』（存巻十六―二十（雑部上・中・下、神祇部、釈教部））がある。前者は伝寂然筆村雲切として、後者は伝足利尊氏筆北山切として伝来する高名な古筆切の僚巻である。いずれも恋、雑、哀傷、神祇、釈教といった古筆切として流通し難い箇所が纏まって残存したものと推測される。なお、田中登『古筆切の国文学的研究』（風間書房、一九九七）参照。

（12）但し387番・388番を書写する面は十行に書く。脱落した部分を後に補ったか。

（13）『平安の仮名　鎌倉の仮名』（出光美術館、二〇〇五）一一一頁の升底切の解説（別府節子）参照。

（14）杉山重行「伊予宇和島伊達家所蔵・金葉和歌集について―資料紹介を兼ねて―」（国文学研究資料館紀要3　一九七七・三）。

（15）『金葉和歌集』（宮内庁書陵部、一九六六）。

（16）重要文化財。菊地仁「国学院大学図書館蔵『清輔本金葉和歌集』の勘物―紹介と翻刻―」（国学院雑誌86―1、一九八五・一）に紹介がある。

（17）月刊文化財464（第一法規、二〇〇二・五）に文化財指定に関わる報告が掲載されている。

（18）重要美術品、保坂隣三郎氏旧蔵。小泉道『愛媛大学古典叢刊金葉和歌集　伝為家筆本』（愛媛大学古典叢刊刊行会、一九七一）。

（19）杉山重行「伊予宇和島伊達家所蔵・金葉和歌集について―資料紹介を兼ねて―」（国文学研究資料館紀要3、一九七七七・三）。

［付記］末筆ながら、貴重な資料の閲覧をご許可下さいました財団法人 正宗文庫、ノートルダム清心女子大学に感謝申し上げます。また、資料調査において、田中登氏、別府節子氏、中村健太郎氏から多大な御教示を賜った。記して御礼申し上げます。

を３点まで記した。

所在	状態	出典１	出典２	出典３
鴻池家旧蔵手鑑	手鑑	『やまとうた一千年』五島美術館	『大東急記念文庫善本叢刊中古中世篇別巻３　重要文化財　手鑑　鴻池家旧蔵』汲古書院	『古筆学大成』升底切36-釈１
『古筆学大成』升底切37-釈２				
『松山市故岡市郎氏所蔵品入札』大正14年４月		『古筆切資料集成　第２』		
高城弘一氏蔵		小林強「後拾遺集〜千載集古筆切資料集成稿」		
『県下中島郡大和村某大家所蔵品売立』大正11年１月		『古筆切資料集成　第２』		
『古筆学大成』升底切22-釈３				
『古筆学大成』升底切23-釈４		『侯爵蜂須賀家御蔵品入札』昭和８年10月	蘭葉集76	『古筆切資料集成　第２』
須磨寺塔頭正覚院所蔵古筆貼交屏風18	屏風	『須磨寺塔頭正覚院所蔵古筆貼交屏風』	『古筆切資料集成　第２』	
『古筆学大成』升底切38-釈５				
陽明文庫蔵無銘手鑑		小林強「後拾遺集〜千載集古筆切資料集成稿」		
『山内飽霜軒旧蔵品並某家所蔵品』昭和10年２月		『古筆切資料集成　　２』		
『古筆学大成』升底切24-釈７				
『岡本家入札目録』昭和７年６月（名美）		『古筆学大成26』	『古筆切資料集成２』実隆１	
『古筆学大成』升底切39-釈９				
田中登氏蔵		『続国文学古筆切入門』18	『平安の仮名鎌倉の仮名』出光美術館	『古筆学大成 』升底切25-釈10
書芸文化院	掛物	『やまとうた一千年』五島美術館		
『江州浅見家所蔵品入札目録』昭和３年９月（京都）		『古筆切資料集成　第２』	注９所収池田論文	
見ぬ世の友146	手鑑	『出光美術館蔵品図録書』	『古筆切資料集成　第２』	『古筆学大成』升底切26-釈12
『仙台伊沢家所蔵品入札』昭和３年11月		『古筆切資料集成　第２』	『古筆学大成』升底切27-釈13	
『古筆学大成』升底切28-釈14				
池田和臣氏蔵	マクリ	『潮音堂書蹟典籍目録』１		
翰墨城201	手鑑	『古筆切資料集成　第２』	『古筆学大成』升底切29-釈15	
古筆了伴（10代）	家隆	藻塩草143	手鑑	『古筆学大成』升底切30-釈16
『池袋西武古今名家筆蹟特選目録』５		小林強「後拾遺集〜千載集古筆切資料集成稿」		
田中登氏蔵		『平成新修古筆資料集　第３集』39		
『古筆』195		『布留鏡１』32	『古筆学大成』升底切31-釈17	
『古筆学大成』升底切32-釈18				
『古典籍下見展観大入札会目録』平成９年11月（東京古典会）65	軸物			
かうな屋目録『拾遺鶏肋３』１		小林強「後拾遺集〜千載集古筆切資料集成稿」		
『某大家蔵品入札』昭和14年６月（東京）		『古筆切資料集成　第２』		
『中井家外某旧家所蔵品売立目録』昭和６年		『古筆切資料集成　第２』		
個人蔵	掛物	『やまとうた一千年』五島美術館	『武藤山治氏御蔵品入札』大正12年１月	『高橋蓬庵所蔵品入札并売立』昭和12年４月
『古筆学大成』升底切33-釈21				
『柏林社書店古書目録』平成７年５月：３		『古典籍展観大入札目録』平成６年：54		
『山内飽霜軒入札目録』昭和４年５月（名美）		『古筆学大成26』22		
『古筆学大成』升底切34-釈23				
『某家所蔵品入札』昭和３年11月（大阪）		『古筆切資料集成　第２』家隆13	『古筆学大成26』24	
『古筆学大成』升底切35-釈25				

表　升底切所在一覧　※空欄は未詳部分。「出典」として掲出資料の所収される出典

NO	巻	断簡冒頭	冒頭の歌句等	断簡末尾	末尾の歌句等	行数	法量	鑑定家	極め
1	巻１春	４初句	つらゝゐし	５第５句	こほりとくらむ	9	14.7×14.4cm		為家
2	巻１春	７初句（模写）	あらたまの	８第５句	いふへかるらむ	7			
3	巻１春	９作者	少将公教母	10第５句	けしきなりけり	8			家隆
4	巻１春	17作者名		17第２句					為家
5	巻１春	29初句	よしのやま	30第５句	にほひましける	8			家隆
6	巻１春	31初句	しらかはの	32第５句	はるとやはみる	8			
7	巻１春	40詞書	年といへることをよめる	41第５句	いつかわすれん	9	畠山牛庵（初代）		家隆
8	巻１春	49詞書	よめる	50第５句	たきのしらいと	9	15.3×15.1cm	川勝宗久	
9	巻１春	54作者名（模写）	僧正行尊	55第４句	くものかへしの	9			
10	巻１春	55第５句		668詞書途中					顕昭
11	巻１春	異本歌668詞書	よめる	57第２句	あらしやみねを	9			家隆
12	巻１春	57第３句	わたるらむ	59詞書	堀河院御時中宮御方	9			
13	巻１春	59詞書途中		60第２句					家隆
14	巻１春	61詞書（前に１行程空白）	落花風にしたかふ	61第５句	まかせそめけむ	6			
15	巻１春	68第５句	はなをみるらん	69詞書	おほせことありて中	9	15.2×15.0cm		家隆
16	巻１春	69作者名	下野	70第４句	いとひしかせそ	9	14.9×14.5cm		家隆
17	巻１春	92初句	かへるはる	93第５句	かなしかりけり	9		古筆了栄（２代）	為家
18	巻２夏	95詞書	りのはなのこゝろを	96詞書	よませさせたまひ	9	15.1×14.6cm		家隆
19	巻２夏	121作者名	康資王母	122作者名	中原高真	8			為家
20	巻２夏	132作者名	東宮大夫公実	133第４句	さみたれたらは	9			
21	巻２夏	134第５句	おひにけるかな	136第４句	かやかのきはの	9	15.2×15.5cm		顕昭
22	巻３秋	157作者名	大宰大貳長実	158第２句	きみそみるへき	9			家隆
23	巻３秋	177詞書	閑見月	178第２句	なりそしぬへき	8			
24	巻３秋	195作者名		196作者名					
25	巻３秋	206作者名	源俊頼朝臣	異本歌678第５句	ひとさそひけり	7	14.5×12cm		家隆
26	巻３秋	207詞書	月照古橋といへることを	208第４句	あかしのうらや	9			家隆
27	巻３秋	216詞書	罷て月をみてのほりたり	217作者名	源俊頼朝臣	9			
28	巻３秋	223作者名	皇后宮右衛門佐	224第５句	つまならねとも	9			
29	巻３秋	239初句？		240作者名					
30	巻３秋	異本歌682（253次）詞書	落葉随風といへることを	682第５句	たよりにそみる	5	４寸６分×３寸７分		家隆
31	巻４冬	273初句	しなかとり	275詞書	氷満池といふことをよめる	9			家隆
32	巻４冬	280初句	はつゆきは	281第５句	うちはらひつゝ	8	14.3×12.9cm		家隆
33	巻４冬	291詞書	百首哥中に雪をよめる	291第５句	みちたえぬらん（３行程空白）	5		大倉汲水	家隆
34	巻７恋上	380作者名	左兵衛督実能	381第５句	うたかはれける	9			家隆
35	巻９雑上	516作者名		517第４句					
36	巻９雑上	519詞書	花見御幸をみて	519第５句	ひとにかたらむ	7			
37	巻９雑上	586詞書	青黛画眉々細長と	586第５句	おひにけるかな	6			家隆
38	巻10雑下	640第３句	しりぬらん	641第４句	かけろふほとの	9			

八代集の梅香詠——春部の〝恋歌〟を中心に——

胡　秀敏

一

梅は中国から渡来した植物である。古くからその清楚にして高雅な気品の漂う姿に心を引きつけられ、万葉集では梅の花を詠む歌が、萩に次いで第二位の多さを誇る。しかし、一一九首ある梅花詠で、梅の香を詠むのはわずかに市原王の「梅の花香をかぐはしみ遠けども、心もしのに君をしぞ思ふ」(巻二〇・四五〇〇)一首に過ぎない。それが古今集になると、花だけでなく梅の香を詠む歌が急激に増加し、春歌上だけでも十四首を数えることができる。なかでも、「よみ人しらず」歌として「色よりも香こそあはれと思ほゆれ誰が袖ふれし宿の梅ぞも」(三三)、「宿近く梅の花植ゑじあぢきなく待つ人の香にあやまたれけり」(三四)、「梅の花立ちよるばかりありしより人のとがむる香にぞしみぬる」(三五)のような歌は梅の芳香を恋人の袖の薫香と巧みに結び付けて詠まれ、四季の歌でありながら、纏綿たる恋の情緒を感じさせる配列となっている。

そもそも、梅の香を人事と関連づけて恋情を詠むという発想は、古くから中国詩に見られ、日本漢詩にも詠み込まれていた。しかし、中国ではやがて花が散りはてた後も馥郁と漂う梅の残り香に自らの志を託す方向へと発展していく。それに対して、日本では古今集時代における薫物文化の発達と相俟って、平安歌人は梅の花に「心で感じる香り」を発見し、その移り香に恋心をかき立てられ、梅の香と袖の薫香との結び付きを一つの美意識にまで昇華させた。（注1）

このような梅の香に対する審美意識がその後、どのように継承されていくのか、本稿では、八代集の梅香詠を概観した上で、和歌文学の歴史に特別な位置づけと大きな意味をもつ後拾遺集と新古今集を中心に、春部に集中している恋歌的な要素の強い梅香歌群を考察することによって、平安歌人が梅の香に託した美意識を明らかにしていきたい。

二

まず、八代集における梅香詠を調べたところ、梅の香が詠み込まれた歌は全部で八四首あり、そのほとんどが春部に収められている。春部にある集ごとの歌数は古今集一四、後撰集九、拾遺集一一、後拾遺集一五、金葉集四、詞花集二、千載集九、新古今集一〇首である。（注2）歌数からも明らかなように、万葉集のわずか一首に比べると、古今集以降、梅の花に対する平安歌人の関心が、花の咲き散る風情よりもその芳潤な香りにあったと考えられ、古今集から新古今集に至る三〇〇年の間、馥郁たる梅の香が連綿と詠み継がれていたのである。以下、具体的に平安歌人が梅の香をどのように捉えたかを理解するため、詠歌の内容から歌人たちが最も好む趣向で詠んだ歌を、次のような五項目立による分類整理を試みた。（注3）

1　春の夜の梅香

39　梅の花匂ふ春べはくらぶ山闇にこゆれどしるくぞありける（古今集・春上・貫之）

40 月夜にはそれとも見えず梅の花香をたづねてぞ知るべかりける（古今集・春上・躬恒）
41 春の夜の闇はあやなし梅の花色こそ見えね香やはかくるる（古今集・春上・躬恒）
52 春の夜の闇にしあれば匂ひくる梅よりほかの花なかりけり（後拾遺集・春上・公任）
53 梅が香を夜半の嵐の吹きためて真木の板戸のあくる待ちけり（後拾遺集・春上・嘉言）
59 梅の花かばかり匂ふ春の夜の闇は風こそうれしかりけれ（後拾遺集・春上・顕綱）
20 匂ひもて分かばぞ分かむ梅の花それとも見えぬ春の夜の月（千載集・春上・匡房）
22 梅が香におどろかれつつ春の夜の闇こそ人はあくがらしけれ（千載集・春上・和泉式部）
23 さ夜ふけて風や吹くらん花の香の匂ふここちの空にするかな（千載集・春上・道信）
25 春の夜は吹きまふ風の移り香を木ごとに梅と思ひけるかな（千載集・春上・崇徳院）
26 梅が香はおのが垣根をあくがれてまやのあたりにひまもとむなり（千載集・春上・俊頼）

2 梅香と風との取り合わせ

13 花の香を風のたよりにたぐへてぞ鶯さそふしるべにはやる（古今集・春上・友則）
25 吹く風に散らずもあらなむ梅の花わが狩衣ひとよやどさむ（後撰集・春上）
31 梅の花香を吹きかくる春風に心をそめば人やとがめむ（後撰集・春上）
30 吹く風をなにいとひけん梅の花散りくる時ぞ香はまさりける（拾遺集・春上・躬恒）
31 匂ひをば風にそふとも梅の花色さへあやなあだに散らすな（拾遺集・春上・能宣）
1006 東風吹かば匂ひおこせよ梅の花あるじなしとて春を忘るな（拾遺集・雑春・道真）
50 梅が香をたよりの風や吹きつらん春めづらしく君が来ませる（後拾遺集・春上・兼盛）
53 梅が香を夜半の嵐の吹きためて真木の板戸のあくる待ちけり（後拾遺集・春上・嘉言）

59　梅の花かばかり匂ふ春の夜の闇は風こそうれしかりけれ（後拾遺集・春上・顕綱）
63　風吹けば遠方の垣根の梅の花香は我が宿のものにぞありける（後拾遺集・春上・清基法師）
9　吹きくれば香をなつかしみ梅の花散らさぬほどの春風もがな（詞花集・春・時綱）
18　かをる香のたえせぬ春は梅の花吹きくる風やのどけかるらん（千載集・春上・雅実）
23　さ夜ふけて風や吹くらん花の香の匂ふここちの空にするかな（千載集・春上・道信）
25　春の夜は吹きまふ風の移り香を木ごとに梅と思ひけるかな（千載集・春上・崇徳院）

3　梅香と袖との取り合わせ

32　折りつれば袖こそ匂へ梅の花ありとやここに鶯のなく（古今集・春上）
33　色よりも香こそあはれと思ほゆれ誰が袖ふれし宿の梅ぞも（古今集・春上）
46　梅が香を袖に移してとどめてば春は過ぐとも形見ならまし（古今集・春上）
47　散ると見てあるべきものを梅の花うたて匂ひの袖にとまれる（古今集・春上・素性法師）
28　梅の花折ればこぼれぬ我が袖に匂ひ香移せ家苞にせん（後撰集・春上・素性法師）
56　我が宿の梅のさかりに来る人はおどろくばかり袖ぞ匂へる（後拾遺集・春上・公任）
60　梅が枝を折ればつづれる衣手に思ひもかけぬ移り香ぞする（後拾遺集・春上・素意法師）
18　梅が枝に風や吹くらん春の夜は折らぬ袖さへ匂ひぬるかな（金葉集・春・長房）
44　梅の花匂ひを移す袖の上に軒もる月の影ぞあらそふ（新古今集・春上・定家）
46　梅の花誰が袖ふれし匂ひぞと春や昔の月に問はばや（新古今集・春上・通具）
49　春ごとに心を占むる花の枝に誰がなほざりの袖かふれつる（新古今集・春上・大弐三位）
53　散りぬれば匂ひばかりを梅の花ありとや袖に春風の吹く（新古今集・春上・有家）

4 梅香と薫香との紛れ

34 宿近く梅の花植ゑじあぢきなく待つ人の香にあやまたれけり（古今集・春上）
35 梅の花立よるばかりありしより人のとがむる香にぞしみぬる（古今集・春上）
37 よそにのみあはれとぞ見し梅の花あかぬ色香は折りてなりけり（古今集・春上・素性法師）
16 なほざりに折りつるものを梅の花こき香に我や衣そめてむ（後撰集・春上・冬嗣）
27 梅の花よそながら見む吾妹子がとがむばかりの香にもこそしめ（後撰集・春上）
31 梅の花香を吹きかくる春風に心をそめば人やとがめむ（後撰集・春上）
17 白妙の妹が衣に梅の花色をも香をも分きぞかねつる（拾遺集・春上・貫之）
1005 飽かざりし君が匂ひの恋しさに梅の花をぞけさは折りつる（拾遺集・雑春・具平親王）
51 梅の花匂ふあたりの夕暮れはあやなく人にあやまたれつつ（後拾遺集・春上・能宣）
55 我が宿の垣根の梅の移り香にひとり寝もせぬ心地こそすれ（後拾遺集・春上）
56 我が宿の梅のさかりに来る人はおどろくばかり袖ぞ匂へる（後拾遺集・春上・公任）
60 梅が枝を折ればつづれる衣手に思ひもかけぬ移り香ぞする（後拾遺集・春上・素意法師）
22 梅が香におどろかれつつ春の夜の闇こそ人はあくがらしけれ（千載集・春上・和泉式部）
43 心あらば問はましものを梅が香に誰が里よりか匂ひきつらむ（新古今集・春上・俊頼）
49 春ごとに心を占むる花の枝に誰がなほざりの袖かふれつる（新古今集・春上・大弐三位）

5 梅香と春の夜の月との取り合わせ

24 春の夜は軒端の梅をもる月のひかりもかをる心地こそすれ（千載集・春上・俊成）
40 大空は梅の匂ひにかすみつつくもりも果てぬ春の夜の月（新古今集・春上・定家）

44　梅の花匂ひを移す袖の上に軒もる月の影ぞあらそふ　（新古今集・春上・定家）
45　梅が香に昔を問へば春の月答へぬ影ぞ袖にうつれる　（新古今集・春上・家隆）
46　梅の花誰が袖ふれし匂ひぞと春や昔の月に問はばや　（新古今集・春上・通具）
47　梅の花あかぬ色香も昔にておなじ形見の春の夜の月　（新古今集・春上・俊成女）

分類一の、「春の夜の梅香」に関して言えば、万葉集にも夜の梅を詠む歌はあるが、香には及んでいない。例えば、「いつしかもこの夜の明けむうぐひすの木伝ひ散らす梅の花見む」（巻一〇・一八七三）のように、夜の闇に包まれて鶯が飛び交ひ散らす梅の花が見えないので早く夜が明けてほしいという心情を詠んでいる。あるいは「闇ならばうべも来まさじ梅の花咲ける月夜に出でまさじとや」（巻八・一四五二・紀女郎）のように、闇夜なら無理でしょうが梅の咲いている明るいこの月夜においでなさいと詠むような、男に対する誘いかけの気持ちを表わす歌で、いずれも闇夜に漂う梅の芳香を賞美するものではない。いわゆる「暗香浮動」の詩意が込められた歌は古今集になってはじめて詠まれるようになる。

また、古今集の詞書によれば、三九番歌に「くらぶ山」、四一番歌には「春の夜」とあり、明らかに闇夜を意味するが、四〇番歌は「月夜」を示していて、一見「闇」と矛盾するようであるが、歌の趣意は三首ともに春の夜に漂う梅香の美を捉えている。そして「闇にこゆれどしるくぞありける」「月夜にはそれとも見えず」「春の夜の闇はあやなし」などの趣向や表現が成立する背景には、中国詩から日本漢詩へ移入され、さらに歌人たちに学ばれてきた経緯があったことは言うまでもない。

しかし、このような漢詩を踏まえた「暗香浮動」の作例は意外と少ない。古今集に三首続けて見られるほかに、後撰集、拾遺集には皆無であり、再び詠まれるようになるのは後拾遺集と千載集においてである。しかも、同じ「暗香浮動」でも後拾遺集と千載集では趣向や表現に少し変化が見られる。

例えば、後拾遺集五三と千載集二六は、歌の本意は「暗香浮動」ではなく、夜の闇に紛れて、あたかも思いを寄せる女のもとを訪れる色好みの男のように、「夜半の嵐」と「梅が香」を擬人化する展開を見せている。さらに「闇こそ人はあくがらしけれ」（千載集・二二）のように、闇夜の梅香詠には、「従来の暗香浮動という捉え方から、心をうわの空にさせるもの、心の闇と重ねた」(注4)新しい趣向が凝らされている。このように、純然たる「暗香浮動」の作例は古今集三首に後拾遺集二首と千載集三首を加え、八代集では八首ほど認められるものの、闇夜の芳香を詠む趣向が漢詩のそれを髣髴とさせると同時に、日本的感性に基づく独自な発想と表現も織り込まれるようになったと考えられる。

分類二の、梅の香と風を取り合わせて詠む歌は八代集に十四首ある。風は古くから「可惜春風下　落花一亂飛」（経国集巻一一・八五・平城天皇）や、「風交じり雪は降るとも実にならぬ我家の梅を花に散らすな」（万葉集巻八・一四四五・坂上郎女）などのように、漢詩や万葉集でも花を散らすものとして捉えていたようである。しかし、梅の場合はその香りを運ぶのも風であるため、「吹く風をなにいとひけん」（拾遺集・三〇）や、「闇は風こそうれしかりけれ」（後拾遺集・五九）「吹きまふ風の移り香を」（千載集二五）などと詠むように、花を散らす風という類型的な発想を反転させ、むしろ芳香を堪能させてくれるものと見て、風を喜ばしい現象と捉え直している。また、梅の香が久しく絶えないのは、「吹きくる風やのどけかるらむ」（千載集・一八）と思い、さらに「散らさぬほどの春風もがな」（詞花集・九）のように、花を散らさない程度の風が吹いて梅の香りを運んでほしいという心優しい願いを込めるようになった。

ところで、八代集における梅香詠は何と言っても分類三の「袖との取り合わせ」と分類四の「薫香との紛れ」に大きな特徴が見られる。まず、移り香を詠む場合は、「袖こそ匂へ」「袖に移して」「袖にとまれる」「袖ぞ匂へる」などの表現からも明らかなように、梅の香を袖に移し、あるいは「誰が袖ふれし」と、逆に袖の薫香を梅の木に移すような、梅の香との結び付きが具体的に「袖」と明示される歌が十二例見られる。このような梅の香はやがて分類四のように、袖に焚きしめられた薫香と紛らわされ、自ずとほのかな恋の気分をかき立てられる香りとなっていく。

言うまでもなく、袖との密接な関連で梅の香が詠まれたのは、平安時代に発達した薫物文化に負うところが大きく、本来、寺院に供え神仏に捧げるものとしての香りが貴族の日常的な嗜みとして享受されるようになったからである。平安貴族の衣服に焚きしめられた香り、すれ違う時の「追ひ風」、薫香が漂う闇の中での身じろぎなど、源氏物語では優雅な香りの数々が語られている。とりわけ「梅枝」巻には、光源氏が紫の上をはじめ女君たちに薫香の調合を求め、明石の姫君の裳着前日に盛大な薫物合を行ったことが描かれており、王朝文化が香料の知識とその香りの楽しみ方を高度に発達させていたことが知られる。拾遺集の「春過ぎて散りはてにける梅の花ただかばかりぞ枝に残れる」（巻一六・雑春・一〇六三・如覚法師）は、小大君集の三五番歌で、初句を「春風に」として入っており、その詞書によれば、出家した高光がある大徳から舎利会の香炉に入れるための薫物を求められ、「梅花芳」を送る際に梅の枝とともに添えた歌である。貴族の間で自然の梅花の香りから薫香の「梅花香」を連想するのが、むしろ当然のことであった。

そして、梅の香と袖の薫香との紛れは、分類四に示す古今集三四、三五番の二首がその最も典型的な例であろう。三四は梅の香を待つ恋人の袖の香に擬え、三五は袖に移った梅の香を誰かほかの女性の移り香と妻に咎められる香と詠むが、いずれもそこはかとなく恋の情緒を感じさせる恋歌としても解釈できる。この古今集三四番歌をはじめ、後撰集、拾遺集、後拾遺集、千載集、新古今集まで、梅の香から醸し出される恋の情緒を詠む歌が一五首見られる。なかでも、拾遺集一〇〇五番歌の「飽かざりし君が匂ひの恋しさに梅の花をぞけさは折りつる」は、人々が新年の挨拶に参上した翌朝、具平親王が藤原公任に詠んで遣わした歌である。男性同士の贈答ではあるが、「君が匂ひの恋しさに」という表現には恋歌としての情趣が感じられ、詞書にある「又の日の朝に」というのも、後朝の別れの歌を思わせるような書き方で、恋歌仕立ての趣向を凝らしているように見て取れる。

　こうした梅の香を袖の薫香と巧みに結び付けた歌は、とくに後拾遺集以降急増し、「ひとり寝もせぬ心地こそすれ」「闇こそ人はあくがらしけれ」などは明らかに恋歌の表現であり、梅の香に寄せる恋情の機微がより明確な形で詠まれるようになった。なお、拾遺集一七番歌は、八代集抄が「白梅の匂ひふかきを愛して、女房の白き衣にまがへりと也」と注釈するように、梅の花を愛するあまり、つい女性の衣の模様と薫香を白梅の色香に紛れてしまう「視覚と嗅覚の両方にわたるまぎれの趣向(注5)」を示したものである。そして、古今集三五番歌の、梅の匂いを誰かの移り香と咎めるような詠みぶりは、ほかに後撰集に二首あるのみであり、それ以降はこのような傾向の歌が詠まれなくなったようである。

　最後の梅の香と月を取り合わせた表現について言えば、「月夜にはそれとも見えず梅の花香をたづねてぞ知るべかりける」(古今集・四〇・躬恒)、あるいは「匂ひもて分かばぞ分かむ梅の花それとも見えぬ春の夜の月」(千載集・二〇・匡房)のような歌は梅の白さが月の輝きに紛れ、その芳潤な香りでようやく花のありかを知ることができるという趣向を凝らしている。それに対して、分類五に示す、梅の香に春の夜の月を配合した表現は、前掲分類一の、漢詩の影響下にある「暗香浮動」の情調とは異なり、千載集二四番歌や、新古今集四〇番歌のように、春の夜に梅の花を漏れて射す月の光も、霞の中で曇りも果てぬ大空までもがひとしく梅の芳香に包み込まれるような感覚的抒情を生み出している。さらに、新古今集四四、四五、四六、四七番の四首は周知の通り、伊勢物語四段業平の物語を浮かび上がらせるような配列となっているが、新古今集独自の意識も読み取れるのではなかろうか。渡辺秀夫氏が指摘されているように、「「春夜―梅香―明月」は、中世美学の旗手、藤原定家の最も愛好する構図(注6)」であり、その構図の中へ新たに懐旧の涙にぬれた「袖」を詠み込むことによって、自らの社会的現実も織り込みつつ、伊勢物語四段を共有する平安貴族の雅びな恋を「新」古今風に再構成したと考えられる。

三

さて、第四の勅撰集後拾遺集と三代集の掉尾を飾る拾遺集との間におよそ八十年の隔たりがある。この長い勅撰集空白期を経て、後拾遺集はようやく古今集を中心とする三代集の規範から解き放され、多くの女流歌人、歌僧の優れた歌を取り入れることにより、新奇で個性的な歌風を形成し、中世和歌への転換点を示す歌集と見なされるのが一般的である。このような和歌文学史における特別な位置づけをもつ後拾遺集の中で「梅の香」はどのように詠まれているのであろうか。

早春の歌材として、古今集以来「梅」が重要な位置を占めており、後拾遺集もその例外ではない。しかし、古今集と違い、後拾遺集では「咲く梅」から「散る梅」のように花の移ろいに従って整然と配列されていない。春上には梅を詠む歌が次に示すように、五〇から六五番まで一六首続くが、そのうち、「梅の香」を主題とする歌が一四首もの多くを数え、咲き散る姿よりも、梅の香に愛着の中心が置かれていることが分かる。さらに「梅の香」を媒介とすることで恋の情緒を纏綿させるものとして解釈できる歌が散在していることも注目される点である。

屏風絵に梅花ある家に男来たるところをよめる　平兼盛

50　梅が香をたよりの風や吹きつらん春めづらしく君が来ませる

あるところの歌合に梅をよめる　大中臣能宣

51　梅の花匂ふあたりの夕暮れはあやなく人にあやまたれつつ

春の夜の闇はあやなしといふことをよみ侍り　藤原公任

ける

52　春の夜の闇にしあれば匂ひくる梅よりほかの花なかりけり

題しらず　大江嘉言

53　梅が香を夜半の嵐の吹きためて真木の板戸のあくる待ちけり

村上御時御前の紅梅を女蔵人どもによませさせたまひけるに代りてよめる　清原元輔

54　梅の花香はことごとに匂はねどうすくこくこそ色は咲きけれ

山里に住み侍りけるころ梅の花をよめる　よみ人しらず

55　我が宿の垣根の梅の移り香にひとり寝もせぬ心地こそすれ

題しらず　藤原公任

56　我が宿の梅のさかりに来る人はおどろくばかり袖ぞ匂へる

和泉式部

57　春はただ我が宿にのみ梅咲かばかれにし人も見にときなまし

山里の梅花をよみ侍りける　賀茂成助

58　梅の花垣根に匂ふ山里はゆきかふ人の心をぞ見る

春風夜芳といふ心をよめる　藤原顕綱

59　梅の花かばかり匂ふ春の夜の闇は風こそうれしかりけれ

梅花を折りてよみ侍りける　素意法師

60　梅が枝を折ればつづれる衣手に思ひもかけぬ移り香ぞする

太皇太后宮東三条にて后に立たせたまひける
に家の紅梅を移し植ゑられて花の盛りに忍び
にまかりていとおもしろく咲きたる枝に結び
付け侍りける
弁乳母

61 かばかりの匂ひなりとも梅の花しづの垣根を思ひわするな

題しらず
大江嘉言

62 我が宿に植ゑぬばかりぞ梅の花あるじなりともかばかりぞ見ん
清基法師

63 風吹けば遠方の垣根の梅の花香は我が宿のものにぞありける

道雅三位の八条家の障子に人の家に梅の木あ
る所に水流れて客人来たれる所をよめる
藤原経衡

64 たづねくる人にも見せん梅の花散るとも水に流れざらなん

水辺梅花といふ心を
平経章

65 末むすぶ人の手さへや匂ふらん梅の下行く水の流れは

右の一六首を通観して分かるように、この梅歌群は、詞書に「屛風」「歌合」「障子」の語を含む歌がそれぞれ一首、「…といふことを」「…といふ心を」詠む歌が三首、「…代りてよめる」という代作歌が一首、「…梅の花をよめる」「…梅花をよみ侍りける」「梅花を折りてよみ侍りける」とする歌が三首、「題しらず」歌が五首、そして、特定の詠歌事情がやや長文で記される一首で構成されている。さらに歌の内容を詳しく見る場合、五〇は「屛風絵の梅」、五一は「夕暮れの梅香」、五二・五三は「春の夜の梅香」、五四は「紅梅」、五五・五六・五七は「宿の梅」、五八は「山里の梅」、五九は「春風夜芳」、六〇は「折る梅」、六一は「移し植ゑられた梅」、六二・六三は再び「宿の梅」、六四・六五は「水辺の梅」に、それぞれ一首の眼目があると言える。このように、「題しらず」五首の詠歌内容から見て私的な歌合や歌会、または屏風歌である可能性を考慮すれば、(注7)六一の、移植された紅梅への愛惜を詠む一首を除き、この歌群一六首のほとんどが題詠歌、もしくはそれに近い詠みぶりであることは明らかである。

ところで、六四の経衡の一首は梅の花が水の流れに散ると趣向立てして詠むが、一旦「散る梅」を配した後、六五番歌をもって再び梅の香りを詠む歌で歌群を結ぶ。梅歌群の最初に兼盛の屏風歌が、梅の盛りに男が訪ねてくる情景として「咲く梅」を詠み、それに呼応する形を取るなら、六四の障子絵の「散る梅」を配置して歌群を終れば整合性に適うであろう。にもかかわらず、一連の歌を締め括るのが「散る梅」ではなく、水の流れを掬い上げる人の手まで匂うという梅の豊かな移り香を賞でる歌が撰ばれている。この一見、統一性を欠くような配列も実は、撰者の梅の香へのこだわりであり、あるいは六四番までの歌群を長歌的構造に擬え、六五番歌をそれに対応する反歌的なものと意味づけ、意図的に梅歌群の最後に配置したのかも知れない。

こうした梅の香へのこだわりは、全一六首中、一四首までもが香りを賞美の対象とし、さらに五〇、五一、五三、五五、五六、六〇番歌のような、梅の香を薫物の「梅花香」に心で見立て、ほのかな恋の情緒を感じさせる歌が、あたかも歌群に抑揚をつけるかのように置かれるところからも窺える。なかでも五五を除くいずれの歌も男性が詠者であることが明記されており、「よみ人しらず」と記す五五番歌も太山寺本の書き入れによれば、僧侶の賢勢であることが判明し、(注8)六首の詠み手がすべて男性であることにも意味があるように思われる。

まず、五〇は梅咲く家に男が来ている図柄の屏風絵をもとに、久しぶりに男が訪れてきたのは梅の香に誘われたからかしらと、軽くすねる気持を表わし、五一は梅の香を待ち人の袖の薫香と間違えたむなしい心情を詠む。すでに指摘されているように、五一番歌は「宿ちかく梅の花植ゑじあぢきなく待つ人の香にあやまたれけり」(古今集・

三四・よみ人しらず）を本歌取りするが、古今集の場合は、訪れが途絶えがちな男のつれなさへの恨みごとを婉曲に言うのに対して、これは「夕暮れ」という女性が恋人の来訪を待ち暮らす時を明確に示すことで、より感覚的でリアルな心情を訴えている。このように五〇、五一は屏風歌、歌合歌でいずれも和歌の世界では、いわゆる「晴」の歌として、しかもこの場合は男性が女性の心情を代弁するという趣向を立てている。

次に五五は、梅の移り香が恋人の衣に焚きしめられた薫香に思われ、あたかも独り寝していないような心地がすると詠んでいる。しかし、梅の香によるこの錯覚こそ、恋しい人への募る思いで眠ることのできない寂しさを強調し、独り寝の抒情を余韻深く揺曳するのである。この夜の思いを詠んだ歌に対して、朝寝覚めの恋しさを表現しているのが恋部に配置されている能因法師の「閨ちかき梅の匂ひに朝な朝なあやしく恋のまさるころかな」（恋四・七八八）である。閨近い梅の香に誘われて朝な朝な不思議にも恋心がまさるこの頃であることよと詠み、梅の移り香に恋心をかき立てられ、あたかも後朝の別れのような風情が示されている。

それにしても、同じ「梅の香」を媒介に恋心を詠む歌であるにもかかわらず、なぜ一方が春部に、他方が恋部に入集されたのであろうか。七八八番歌は能因法師集によると、「早春庚申夜恋歌十首」と題する歌群のうち、春二首第二番に置かれ、一首の中に「恋」という語が用いられているため、恋の歌として認識されたのであろう。また、後拾遺集恋四の特色からすれば、七八七番歌の「思ひやるかたなきままに忘れゆく人の心ぞうらやまれける」（中原頼成妻）という恋の終局期の歌と番えさせるには、恋のさなかにある能因法師の歌が好都合であったからだとも考えられる。（注9）このように見てくると、春部にある五五番歌は恋の題ではないものの、梅の移り香を袖の薫香に見立て女性を連想するという艶なる趣向を成立させていると言えよう。

続く五六は詠者自身の心情を詠んでいるのか、あるいは女性の心の内を代弁しているのかによって解釈が違ってくる。詠者の心情を詠んだ歌とする場合、梅の移り香でこちらがどきっとするほど袖が匂っていると、単に香りの高さが強調されるに過ぎない。しかし、第五句の「袖ぞ匂へる」に「色よりも香こそあはれと思ほゆれ誰が袖ふれし宿の梅ぞも」(三三)や「梅の花立ちよるばかりありしより人のとがむる香にぞしみぬる」(三五)という古今集の歌を想起すれば、「袖が匂っている」のは梅の移り香であると同時に、想う相手の袖に焚きしめられた薫香と理解するのが自然であろう。つまり歌の詞だけでなく、歌の情趣を取り入れることを前提に五六番歌を解釈する場合、一首は男が女の心情になり代わって詠んだ歌と解釈することができよう。そして梅の香と袖の薫香との紛れに高揚した女性の「おどろくばかり」の心情から、これもまた一種の艶かしい緊張感が読み取れるのである。

最後の六〇も、諸注が指摘するように、「追ひ風にこしげき梅の原ゆけば妹がたもとの移り香ぞする」(恵慶法師集・二二〇)に類似する歌として、梅の移り香から出家の身にはあるまじき女性の薫香を感じ取った感覚的、官能的な歌と理解されている。とりわけ「つづれる衣手」と梅の「移り香」との対照が一首に変則的な恋歌の情趣を響かせる効果が感じられる。

このように、個々の歌について見てきたが、後拾遺集五〇、五一、五五、五六、六〇番歌は男性歌人が女性の心情になり代わって恋の嘆きを詠み、あるいは出家の身であるにもかかわらず、艶かしい気分を漂わせて詠むなど、馥郁たる早春の梅の香を取り入れながら、いずれも恋の情緒を織り込んでいることは明らかである。さらに言えば、五七番の和泉式部の歌も「香」や「匂」の語こそ用いられていないものの、去っていった恋人への未練を窺わせる一首として配されていることも見逃せない。梅歌群一六首のうち、「宿の梅」が二組に分けられているのも、和泉式部の歌を含む前三首の「宿の梅」には恋歌的要素のあるものがまとめられ、そうでないものと区別するためかと考えられる。

しかし、この一連の歌の中で、一際異彩を放つのは何と言っても五三番の大江嘉言の歌であろう。五三は「題しらず」歌であるが、五二番歌の「春の夜の闇はあやなし…」という詞書との関連で、また、歌の中に「夜半」という語が用いられているため、一般に闇夜を覆い包むような梅の香を詠んだものと解釈されている。果たしてそれだけであろうか。まず、歌中の「真木の板戸」は「君や来む我やゆかむのいさよひに真木の板戸もささず寝にけり」（古今集恋四・六九〇）の一首をはじめ、多くの場合、恋の歌詞として用いられているのである。(注10)また、この歌は「嘉言集」にはなく、何を典拠資料として採歌されたかが明らかでない。ところが、後拾遺集の成立から約五〇年後の、長承二（一一三三）年、崇徳天皇時代の成立と見られる「相撲立詩歌合」に嘉言のこの歌が、左の漢詩と合わせ三番の右歌として、「梅近香入窓」という題で配されている。(注11)歌そのものも「梅がかを夜半の嵐に吹きためて我がねやの戸をあくる待ちけり」であり、「夜半の嵐」はとくに擬人化されず、傍線部第四句目も後拾遺集入集歌と大きく異なっている。この場合は単純に梅の香りが吹き込んできたことが強調され、「梅近香入窓」の詩題に合わせるために後拾遺集の「真木の板戸」を「我がねやの戸」に変えたのではないかと考えられる。このことは逆に、後拾遺集五三番歌を「題しらず」と朧化することによって、一首に込められた恋の情緒を読み手の想像に委ねようとする撰者の意図を反映しているのではなかろうか。

さらに、後拾遺集の歌が「夜半の嵐」を色好みの男と見立てる趣向を凝らす点に注目すれば、やはり五三番歌は単に闇夜に漂う梅の香を賞美するだけにとどまらず、梅の香りを衣服に焚きしめられた「梅花香」に見立て、その香りを身に染めた男が「真木の板戸」で閉ざされた閨の中にいる女のもとに忍び入る隙を待ち構える、という構図の〝恋歌〟として解釈することができよう。そして、「梅の香」を詠み込む時、吹きくる「嵐」を忍び入る男に擬えて詠む発想も表現も三代集には見られなかったものであるため、「夜半の嵐」を擬人化したうえで、梅の香を暗に袖の薫香と連想させる嘉言の歌は、機智的趣向を新たに組み立てた艶なる姿と言えよう。

以上見てきたように、後拾遺集春上に入集される五〇から六五番までの「梅の香」を詠み込んだ一四首のうち、約半数に近い六首がいずれも恋の情緒を醸し出す趣向立てとなっている。五〇、五一は明らかに「晴」の歌で、五

三、五六の「題しらず」歌二首も、ただちに「晴」の歌と断定はできないが、歌の傾向からみて「晴」の歌である可能性もあながち否定できない。また、五五は詞書に「山里に住み侍りけるころ梅の花をよめる」、六〇には「梅の花を折りてよめる」とあり、実体験を匂わせるような詠歌事情が記されているため、自らの生活感情を詠った「褻」の歌であるようにも思われる。しかし、出家の身という立場を考え合わせた場合、たとえ「褻」の歌であっても、いわゆる世俗の男女が詠む日常的な恋歌ではなく、恋の情趣を共感できる私的な場にありながら、脱俗の僧が世俗の華である恋の情を詠むという、一種の艶なる文芸的演出として、むしろ「晴」的要素に富む歌に近いと考えられよう。そして、古今集をはじめとする三代集時代の理知的、論理的な傾向の歌に比べると、後拾遺集はより新奇で個性的な歌への指向が認められ、その意味では、前述の嘉言の五三番歌がその代表的な例ではないかと思われる。

四

次に、八代集におけるもう一つの配列、新古今集春上にある梅歌群に注目してみたい。新古今集には「梅の香」を詠み込んだ歌が一五首あり、冬部に一首、恋部に一首、雑上の三首を除き、残り一〇首すべてが春上に収められている。(注12)それら一〇首の中で以下に引く四三から四九番までの歌は、自然の景物を擬人化し人事の恋との結び付きで詠まれ、結論から言えば、伊勢物語四段を本歌取りしたうえで、「梅の香」を媒介に新たな恋歌の世界を構成しているように思われる。

梅花遠薫といへる心をよみ侍りける　源俊頼

43　心あらば問はましものを梅が香に誰が里よりか匂ひきつらむ

百首歌奉りし時　藤原定家

44 梅の花匂ひを移す袖の上に軒もる月の影ぞあらそふ　藤原家隆

45 梅が香に昔を問へば春の月答へぬ影ぞ袖にうつれる　源通具

千五百番歌合に

46 梅の花誰が袖ふれし匂ひぞと春や昔の月に問はばや　俊成女

47 梅の花あかぬ色香も昔にておなじ形見の春の夜の月　藤原定頼

梅の花に添へて大弐三位につかはしける

48 見ぬ人によそへて見つる梅の花散りなん後のなぐさめぞなき　大弐三位

返し

49 春ごとに心を占むる花の枝に誰がなほざりの袖かふれつる

四八、四九番歌には「香」「匂」という語がとくに用いられていないが、四八は恋人を梅の花に喩え、四九はそれとの贈答関係において、下の句「誰がなほざりの袖かふれつる」に余情として梅の枝に袖の移り香が感じられると詠んでいるため、「梅の香」を内包する歌と解すべきである。また、各歌の詞書によれば、四三は「梅花遠薫」という結び題を詠み、四四・四五は「百首歌」、四六・四七は「千五百番歌合」にそれぞれ詠進した作であり、いわゆる「晴」の題詠歌として意識的にある趣向を構えている。ところが、それに続く四八は梅の花に恋人を擬えて詠み、四九がそれに対する「返し」という具合に、一転して日常的な恋愛感情を詠んだ贈答歌が置かれている。しかもこの贈答歌の性格は、自然を擬人化して詠むという点で後撰集四季の部にある「褻」の恋歌を髣髴とさせる詠みぶりであり(注13)、歌の配列としてはやや特異である感は否定できない。

さて、この一連の歌の中でとくに四四、四五、四六、四七の四首が、いずれも梅の香と月の光が関連的、対照的にあることとから、梅と月を取り合わせた伊勢物語四段、「月やあらぬ」歌を踏まえているのは周知の通りである。このこと自体は、新古今集時代に盛行した本歌取りの技巧や物語的な情趣への志向によるものだと見られているが、しかし、新古今集ならではの新しさはないのであろうか。

まず、四四、四五番歌は、ともに「月の光が袖に映る」情景が詠み込まれている。月の光が袖に映る場合、「あひにあひて物思ふ頃のわが袖に宿る月さへぬるる顔なる」(古今集恋五・七五六・伊勢)の歌を背景に、涙で濡れた袖がまず連想されることになる。あるいは「秋よりも梅かをる夜の月をみん鹿こそなかぬ袖は露けし」(秋日詠百首応太上皇製和歌・一二二一・隆信)が詠むように、梅が香る夜に眺める月は、秋に鳴く鹿の声よりも人恋しさが募り、いっそう袖を濡らすという心情を重ねてみると、四四、四五ともに季節の歌でありながら、「涙に濡れた袖に月が宿る」という恋の嘆きを表わす詞の連鎖によって、業平の物語よりも哀艶な情感の漂う恋歌的な趣向を凝らしたものと見てよかろう。さらに言えば、咲く「梅の花」を季節の指標として月を相手に、失われた恋を嘆き追憶する伊勢物語に対し、新古今集では「梅の香」を心の指標として捉え、さらに月が宿る「袖」を加えることになり、「梅の花」ではなく「梅の香」が主役であるところに新意が見出され、本歌に比べてより緊迫した心情が感じられる。

続く四六、四七番歌に用いられる「春や昔の月」「昔にて」「春の夜の月」という表現は、春の季節のありふれた措辞とは言え、伊勢物語に擬えたと思われる題詠で盛んに歌が詠まれた当時において、物語の詞以上に場面や情趣を巧みに取り入れた例と見ることはできないであろうか。風巻景次郎氏が『中世の文学伝統』において、この四四、四五、四六、四七番などの歌について、「これらの歌の特色は、一言でいえば物語的だという点にある。(中略)『新古今集』に至ってはじめて、このような物語の一場面を歌で描いて見せたというような作が出はじめたのである。このことは、俊成卿あたりから『源氏物語』を歌人に必読の書と教えるようになってきたらしいことと密接な関係があると思っている」[注14]と述べられている。これを踏まえたうえで、改めてこの歌群の作者に注目すれば、定家（四四）、家隆（四五）、通具（四六）、俊成女（四七）と、いずれも俊成と最も関わりの深い人たちであることが分かる。こうした事実は『伊勢物語』や『源氏物語』のような王朝物語が必読の書という教えを、当代の代表歌人たちが自らの和歌の世界で確実に実践していたことを最も端的に示した例であろう。

このように、四四から四七までの歌は「梅の香」と「春の夜の月」を取り合わせたことで、ともに伊勢物語四段の俤が感じられることは確かである。しかし「月やあらぬ」歌の世界に関連している以上、これらの歌も当然恋の歌として解釈されるべきである。にもかかわらず、それが恋部ではなく春部に入れられているのは、業平の場合のように、「月の光」と「梅の花」で、単なる懐旧の情を起こさせるにとどまらず、「梅の香」と「袖」を歌に詠み込むことにより、恋歌の新たな局面を切り開こうとしたのではないかと考えられる。春部に恋歌という、この一見矛盾するような撰者たちの配列意図も、新古今集に入集された業平の次のような歌と比較してみることで解決の糸口が見えてくるように思われる。

新古今集恋五に、「梅の花香をのみ袖にとどめおきてわが思ふ人はおとづれもせぬ」（業平・一四一〇）という、唯一「梅の香」を詠む歌があり、伊勢物語四段の異本歌として知られている。同じ業平の一四〇九番歌「出でていにし跡だにいまだ変らぬに誰が通路と今はなるらむ」は、女の浮気を咎めた歌で、それに続く一四一〇番は、梅の香を袖に残しておいただけで愛しいあの方からは音沙汰すらない恨みを詠む歌である。しかも一四一〇番歌の「わが思ふ人」は「対の屋に住んでいた、関係していた女」[注15]であり、暗に二条の后を指していることは言うまでもない。ともに「梅の香」を取り入れた歌でありながら、恋部にある業平の二首は特色から見れば「褻」の恋歌的彩りが強く、それに対し、春部にある一連の「梅の香」を詠み込んだ歌は「晴」の恋歌と位置づけることができよう。そして、それらの歌を四季の部立の巻一春歌上に配し、恋の部立の最終巻恋五・業平の「褻」の恋歌と対置させ、物語的「晴」と個人的「褻」を微妙に響き合わせる工夫が見られ、それ自体が趣向としての知的仕掛であるとも言えよう。これはさらに定頼と大弐三位との恋の贈答歌がすぐ後に配されることからも窺うことができる。

四八番定頼の歌は、逢えぬあなたに擬え見てきた梅の花が散った後には慰めとなるものはなにもないですよと詠んで、梅の枝に結び付けて贈ったところ、四九番で大弐三位がその返歌として、春が訪れるたびに心を寄せている花の枝にどなたが仮初めな気持ちから袖を触れたのでしょうか、その枝に移り香が微かに匂いたちますよと、わざと定頼の誘いをはぐらかしてみせる。同じ贈答歌は大弐三位集にも入っており、詞書に「おなじ人に、梅にさして」とあり、四八と四九の詠者が逆になっている。その真偽のほどはともかくとして、新古今集の撰者たちが男から女への誘いかけと、女から男へのはぐらかしという個人的「褻」の贈答歌を、一連の伊勢物語的「晴」の題詠歌を締め括る形でここに配置したことに意義があるように思われる。

なお、定頼の歌について、窪田空穂氏が「部類としては恋の歌である。これを春の歌の梅の中に入れているのは、梅の花を人の譬喩としている理由によってである」(注16)と指摘されている。一連の歌の中で、ほかにも四三「梅が香」、四五「春の月」、四六「春や昔の月」がいずれも擬人化され、自然を直接恋人に喩えてはいないものの、歌の特徴として恋の情緒を感じさせるのは明らかである。なかでも四三番の場合、「梅花遠薫」という題詠歌ではあるが、第四句の「誰が里よりか」の「里」は、すでに指摘されているように、恋しい方の「里」と理解するのが自然であろう。さらに同じ俊頼の歌で、散木奇歌集に「匂ふ香に思ひよそへて梅の花をるにつけてもぬるる袖かな」(恋部下・一一七一)の一首があり、四三番歌と直接に関わらないにしても、二首に込められた気分的心情的なものが響き合い、四三の擬人化した「梅が香」を一一七一番歌の思いを寄せる「匂ふ香」に重ねてみれば、いずれも梅の芳香に心誘われ、恋しい方への募る思いで袖を濡らす風情が想像される。このように、四三から四九番歌にかけて、「梅の香」で始まり「梅の香」で終わるところに、虚実を綯い交ぜて恋の情緒を漂わせる小歌群が形成されていることは確かである。

朧げな春の夜、ほのかに漂う梅の香に心誘われ、遠く離れた恋人の袖の薫香を連想し物思いに耽っていると、折からさし上った月の光が梅の香と競い合うかのように懐旧の涙で濡れた袖に映り、みずからの感傷をさらに深めていく。昔と変わらぬ「春の月」に恋への不安、遣る瀬無い気持ちを訴えても月はただ無言のまま照り映えているばかりである。しかし、擬人化されたこの月は、人間の苦悩を解する「あわれみの心は持っている月」（注17）である。このような伊勢物語の情趣を内に秘めた歌の配列の最後に定頼と大弐三位の贈答歌が置かれ、それはあたかも業平と二条の后の俤を感じさせる効果を狙っているかのように見受けられ、同時に一連の「梅の香」を詠む歌が恋の歌であることをも示唆していると考えられよう。

五

醍醐帝から後鳥羽院まで二三代三〇〇年あまり、その間に編まれた八代の勅撰集を舞台に、平安歌人の心に種を蒔いた梅の花、その清らかな香りは美意識の対象として詠みつづけられていた。鶯を誘う早春の梅の香、風に運ばれて夜の闇に漂う花の暗香、川を流れる水、輝く月の光、さらに大空までの天上人間に充ち溢れる芳潤な香りに酔いしれる歌人たちは、やがて梅の香にある種の艶かしさを見出し、「待つ人の香にあやまたれけり」「人のとがむる香にぞしみぬる」と詠まれるように、その移り香を想う人の衣服に焚きしめられた薫香に紛れ、梅の香に寄せる恋情の機微がわずか三一文字で雅びな花実を結んだのである。

このような古今集春部にはじめて認められる、恋歌的な梅香詠は後拾遺集になると、一つの趣向として次第に洗練の度を増し、「あやなく人にあやまたれつつ」「真木の板戸のあくる待ちけり」「ひとり寝もせぬ心地こそすれ」「おどろくばかり袖ぞ匂へる」「思ひもかけぬ移り香ぞする」などの表現からも明らかなように、「梅の香」を媒介として醸し出される恋の情緒がより顕在化された形で歌に詠まれるようになった。本来なら、恋部に入集されても不自然でないような、この「梅の香」を詠み込む歌群を、あえて四季の歌として春部に配置するところに、演出性の強いそれらの歌を「晴」の恋歌として鑑賞させようとする撰者の意図をかいま見ることができる。言い換えれば、梅の香への好尚が新たな抒情を生み出し、それが恋歌の変奏へと繋がっていく、優美で新奇な趣向と表現を好む撰者の風流な遊び心の表出と受け止めることができよう。

そして、新古今集に至ると、新たな意味合いにおいての「梅の香」と「月」を組み合わせ、さらに「袖」を重ねた表現で形成した物語的世界が詠まれている。新古今集時代の和歌を古典からの摂取と新たな創造という視点から考える際、詠者たちが王朝物語を踏まえたうえで、題詠という観念的な方法によって意識的に現実から離れようとするものの、歌の陰には現実がひそかな形で息づいている場合も少なくない。(注18)一方、撰者たちも私家集をはじめとする豊富な資料をもとに虚実を取り混ぜつつ、自らの時代に相応しい歌による雅びな物語的世界を形成する勅撰集を目指したのではないかと思われる。それゆえに、春部に配列される梅香歌群は、伊勢物語をそのまま和歌の世界で再現するのではなく、失われた恋への悲しみ、懐かしさを述懐する業平的世界を背景としたうえで、虚構と事実との間を、物語の心と現実の恋との間をたゆたいつつ、自らのわびしい現実を演出とする「晴」の恋歌をもって仮構の文芸世界の内へ融け込ませようとしたのだと考えられる。さらに新古今集の恋歌の特質として、恋の情緒を心象風景化したところにあることが指摘され、(注19)一連の春部の〝恋歌〟も、「梅の香」に「月」という景と涙に濡れた「袖」という情を融合させ、新たな美的時空を生み出し、伊勢物語的世界をより繊細で抒情豊かな恋歌として勅撰集という晴の和歌世界の中に創出したと言えよう。

注

（1）拙稿「「梅が香」の美―古今集梅香歌の漢訳詩を契機に―」（「学苑　日本文学紀要　第八〇七号」昭和女子大学　二〇〇八年一月）参照。

（2）拾遺集の場合は、春六首と雑春五首を合わせて一一首となる。

（3）後撰集二七と拾遺集二七が重なっているため、後撰集だけを挙げる。分類「一」「二」において、一首中に「春の夜」と「風」の両方が詠み込まれているため、重複して挙げる場合がある。また、千載集二六は、一首中とくに「夜」を示す語はないが、詞書に「梅花夜薫といへる心をよめる」とあるため、「春の夜の梅香」に入れた。「三」については「梅が香に昔を問へば春の月答へぬ影ぞ袖にうつれる」（新古今集・春上・四五・家隆）、「梅散らす風も越えてや吹きつらむかをれる雪の袖にみだるる」（同・春上・五〇・康資王母）のような場合、「袖」という語が見られるものの、梅の香が直接袖に移ったわけではないため用例からはずした。「三」「四」「五」においても、用語が重なるため、意味の上から重複して挙げる場合がある。なお、中川正美氏が「梅花の表現―八代集を中心に―」（「梅花女子大学文学部紀要」第三七号　二〇〇三年一二月）において、八代集における梅花歌について詳細な分類をされている。

（4）片野達郎・松野陽一校注『千載和歌集』（新日本古典文学大系10）二二番歌脚注、一七頁。

（5）小町谷照彦校注『拾遺和歌集』（新日本古典文学大系7）一七番歌脚注、八頁。

（6）渡辺秀夫氏『詩歌の森―日本語のイメージ―』（大修館書店　一九九五年五月）、一二三頁。

（7）武内はる恵氏は「『後拾遺和歌集』の「題不知」をめぐって」（「和歌文学研究」五五号　一九八七年）において、「個人詠の百首歌の詞書を「題不知」にするという方針は、公的な歌会・歌合については必ずその催行の場などを明示するという後拾遺集の一面と考え合わせると、公私を明確に区別しようとする後拾遺集の態度の表れ」（同号・一三頁）であると指摘されている。また、実川恵子氏も「『後拾遺集』恋歌考―「恋一」巻を中心に―」（「文教大学女子短期大学部研究紀要」第四二集　一九九八年一二月）において、後拾遺集恋一の「「題しらず」歌は、私的な歌合、歌会詠や、屛風歌である場合が多く、公私を区別する後拾遺集の撰集意識の一つの表れであるとも考えられる」（同集・二一頁）と述べられており、「恋四」の場合もある程度、同様のことが考えられるのではないかと思われる。

（8）藤本一恵氏『太山寺本　後拾遺和歌集とその研究』（桜楓社　一九七一年五月）によると、五五の「よみ人しらず」について「実ハ賢勢法師／鎌倉住僧」という割注がある。また、同氏『後拾遺和歌集全釈　上巻』（風間書房　一九九三年七月）において、「「鎌倉」は洛外、北山の一部の地名である。賢勢法師はそこに住んでいたのであろう」（一二二頁）と記している。

（9）武田早苗氏は「後拾遺和歌集の四季部・恋部の構成について」（「横浜国大国語研究」巻二　一九八四年三月）において、後拾遺集恋四における創意点の一つとして、七八七と七八八のような、恋愛の終局期の歌と、初期段階の歌が並列されることを指摘され、同じような例はほかに七七一と七七二、七七六と七七七、八〇八と八〇九、八一九と八二〇などがあると述べられている（同巻・三五頁）。

（10）古今集のほかに「山里の真木の板戸もささざりきたのめし人を待ちし宵より」（後撰集・恋一・五八九・よみ人しらず）、「君待つとねやへもいらぬ真木の戸にいたくな更けそ山の端の月」（新古今集・恋三・一二〇四・式子内親王）などがある。

（11）『新編国歌大観　巻八』所収「相撲立詩歌合」では次のようになっている。

　　三番　右　梅近香入窓　嘉言

梅がかを夜半の嵐に吹きためて我がねやの戸をあくる待ちけり

　　左　紅梅　斉名

仙臼風生空簸雪　冶鑪火暖未揚煙

なお、斉名の二句目の「冶」を『和漢朗詠集』は「野」とする（『新編国歌大観』第二巻　二五九頁）。

（12）新古今集春部に「香」「にほひ」「にほふ」のいずれかが詠み込まれる歌は三九、四〇、四一、四三、四四、四五、四六、四七、五〇、五三の一〇首である。逆に「香」「にほひ」「にほふ」の語は用いられていないが、意味上嗅覚の香りと取れる歌も含めて「梅の香」を詠んだと考えられる歌は、四〇、四三、四四、四五、四六、四七、四九、五〇、五三、五四の一〇首である。本論中の一〇首は後者の歌数である。

（13）後撰集四季部の恋歌については、島田良二氏「古今集の四季と恋歌」（『古今集とその周辺』笠間書院　一九八七年一一月）九四～一〇七頁参照。
(14) 風巻景次郎氏『中世の文学伝統』（岩波文庫版　一九八五年七月）、九五～九六頁。
(15) 窪田空穂氏『完本　新古今和歌集評釈　中巻』（東京堂　一九六四年九月）、五二二頁。
(16) 注15の上巻、八三頁参照。
(17) 注15の上巻、八〇頁参照。
(18)『日本古典文学大辞典　第三巻』（岩波書店　一九八四年四月）「新古今和歌集」〈項目執筆　久保田淳〉、四六三頁参照。
(19) 有吉保氏「古今集と新古今集―恋歌の展開―」（『新古今和歌集の研究　続篇』（笠間書院　一九九六年）一三九～一五〇頁参照。

※本論文中に引用した『経国集』は小島憲之氏『国風暗黒時代の文学　下Ⅰ』（塙書房　一九九一年六月）に拠る。また、『万葉集』の引用は、佐竹昭広・山田英雄・工藤力男・大谷雅夫・山崎福之校注『万葉集　二』（新日本古典文学大系2）、その他の和歌の引用は『新編国歌大観』に拠った。ただし適宜平仮名を漢字に直した場合がある。

「なでしこ」「とこなつ」考——歌ことばとしての変遷——

佐藤雅代

はじめに

「なでしこ」は花期が長く、夏から秋にかけて咲くことから「とこなつ」の異名を持ち、『能因歌枕』にも「とこなつとは、なでしこの花をいふ也」とある。在来種のカワラナデシコを「やまとなでしこ」と呼ぶのに対して、渡来種のセキチクを「からなでしこ」と称する。『万葉集』では、秋の七草の一つにも数えられているが、「なでしこ」を詠んだ次の歌は、夏雑歌に分類されており、夏の終わりから秋にかけて咲く花と認識されていたことが知られる。

野辺見ればなでしこが花咲きにけり我が待つ秋は近付くらしも(注1)　(万葉集・巻十・一九七二／一九七六・作者未詳)

一方、「とこなつ」の異名は『万葉集』に見えず、平安時代に入ってから用いられるようになったと考えられる。中古の和歌で、「なでしこ」「とこなつ」は次のように詠まれている。

ちりをだにすゑじとぞ思ふさきしよりいもとわがぬるとこなつの花(注2)　（古今集・夏・一六七・凡河内躬恒）
我のみやあはれとおもはむきりぎりすなくゆふかげのやまとなでしこ　（古今集・秋上・二四四・素性法師）
ふた葉よりわがしめゆひしなでしこの花のさかりを人にをらすな　（後撰集・夏・一八三・よみ人しらず）

『古今集』の躬恒の歌は、夏歌に分類されているが、植物名の「とこなつ」に「床」「常」の意を掛け、恋の情趣を響かせているのに対し、素性の歌は、夕陽を浴びた「やまとなでしこ」と「きりぎりす」の風情を季節の景物として捉えたもので、「カワラナデシコ」を「やまとなでしこ」として詠んだ早い例歌である。『後撰集』のよみ人しらずの歌は、「なでしこ」に子どもの意の「撫でし子」を掛け、なでしこの「花のさかり」を成長した女性に喩えている。「なでしこ」「とこなつ」の多彩な言語表象について、「歌ことば」としての変遷を探ってみたい。

一、万葉集の「なでしこ」

『万葉集』には二十六首の「なでしこ」を詠んだ歌が見えるが、「やまとなでしこ」という表現は見あたらない。「なでしこ」は、「那泥之古」「奈弖之故」などの万葉仮名で表記され、「瞿麦」の漢名も使われているが、「撫子」が用いられることはない。外来種の「セキチク（カラナデシコ）」はまだ渡来しておらず、『万葉集』における「なでしこ」の実体は、在来種の「カワラナデシコ」であったと考えられる。「なでしこ」を詠んだ歌二十六首を巻別に示すと、次のようになる。

巻三（二首）　巻八（七首）　巻十（三首）
巻十七（二首）　巻十八（五首）　巻二十（七首）

巻三から巻十までの十二首は、すべて奈良朝以降の詠作で、巻十七から巻二十の十四首は、天平期以降に詠まれた歌である。このうち大伴家持の歌は十一首あり、それ以外の詠歌も、家持と関係のあった周辺の人々の詠歌が大部分を占める。(注3) これら「なでしこ」の歌を見ていくと、季節の景物として詠まれた例は十首、何らかの比喩表現として詠まれた例は十六首を数える。

①萩の花尾花葛花なでしこが花をみなへしまた藤袴朝顔が花 (万葉集・巻八・一五三八／一五四二・山上憶良)
②高円の秋野の上のなでしこが花うら若み人のかざししなでしこが花 (万葉集・巻八・一六一〇／一六一四・丹生女王)
③なでしこは秋咲くものを君が家の雪の巌に咲けりけるかも (万葉集・巻十九・四二三一／四二五五・久米広縄)
④雪の山斎巌に植ゑたるなでしこは千代に咲かぬか君がかざしに (万葉集・巻十九・四二三二／四二五六・蒲生娘子)
⑤大君の　遠の朝廷と　任きたまふ　官のまにまに　み雪降る　越に下り来　あらたまの　年の五年　しきたへの手枕まかず　紐解かず　丸寝をすれば　いぶせみと　心なぐさに　なでしこを　やどに蒔き生ほし　夏の野の　さ百合引き植ゑて　咲く花を　出で見るごとに　なでしこが　その花妻に　さ百合花　ゆりも逢はむと　慰むる　心しなくは　天離る　鄙に一日も　あるべくもあれや (万葉集・巻十八・四一一三／四一三七・大伴家持)

①の歌では、「なでしこ」が秋の野に咲く花の実景として捉えられており、この歌のように「秋の七草」を数えあげることは、憶良の独自の趣向であるという。(注4) ②の歌は、秋の野に咲く「なでしこ」に自分自身を喩えて、丹生女王が大伴旅人に贈った歌であることが題詞によって知られる。女性が自分自身を「なでしこ」喩えた歌は、『万葉集』でも他に例を見ない。また、丹生女王は万葉第三期の歌人であることから、②の歌は「なでしこ」を女性に喩えた早い時期の用例であると思われる。③④は、降り積もった雪に岩山の群立するさまを彫り、そこに造花のな

でしこをあしらった情景を詠んだことが題詞からも知られる。⑤の長歌は、「なでしこをやどに蒔き生ほし」で、実際に庭になでしこの種を蒔いたことを詠み、「なでしこがその花妻に」では、愛する妻にあでやかに咲いたなでしこの花を喩えている。また、家持は次のような歌も詠んでいる。

⑥なでしこがその花にもが朝な朝な手に取り持ちて恋ひぬ日なけむ　（万葉集・巻三・四〇六／四一一・大伴家持）

⑦我がやどに蒔きしなでしこいつしかも花に咲きなむなそへつつ見む　（万葉集・巻八・一四四八／一四五二・大伴家持）

⑥の歌に見えるように、「手に取り持ちて」という表現から、身近におきたい大切な女性を「なでしこ」に重ねていることが知られる。⑦の歌では、庭に種を蒔いたばかりの「なでしこ」が、いつになったら花に咲き出るのだろうと待ち望む心を詠み、若く初々しい女性の比喩として用いられている。「なでしこ」を見て恋しい人を想う歌は、家持以外にも次のように詠まれている。

⑧隠りのみ恋ふれば苦しなでしこが花に咲き出よ朝な朝な見む　（万葉集・巻十・一九九二／一九九六・作者未詳）

人目をはばかって恋をするのは苦しいから、「なでしこ」の花になって我が家の庭に咲き出てほしい、そうすれば毎朝愛でることができるのにという心を詠んでおり、⑥の家持の歌に通うものがある。ところで、⑥⑦⑧は、男性が「なでしこ」を恋しい女性に喩えて詠んだ歌であるが、女性が男性を「なでしこ」に喩えた例も見える。

⑨朝ごとに我が見るやどのなでしこが花にも君はありこせぬかも　（万葉集・巻八・一六一六／一六二〇・笠女郎）

⑨の歌は、笠女郎が大伴家持に贈った歌で、秋相聞に収載されている。『万葉集』の中で、女性が男性を「なでしこ」に喩えて詠んだ唯一の例である。庭に咲く「なでしこ」を見て、この花のように家持がいつも側にいてくれたらと願う恋心を詠んでいる。家持が「なでしこ」に喩えられた例は、もう一首ある。

⑩うら恋し我が背の君はなでしこが花にもがもな朝な朝な見む　（万葉集・巻十七・四〇一〇／四〇三四・大伴池主）

⑩の歌は、家持との別れを惜しんだ池主が、親愛の情を込めて家持を「なでしこ」に喩えている。男女の恋ではないが、男同士の交流の中にも、相手に対する格別の思いが「なでしこ」に託されていることが知られる。同様の例は、次の歌にも見える。

⑪なでしこが花取り持ちてうつらうつら見まくの欲しき君にあるかも　（万葉集・巻二十・四四四九／四四七三・船王）
⑫我が背子がやどのなでしこ散らめやもいや初花に咲きはますとも　（万葉集・巻二十・四四五〇／四四七四・大伴家持）

⑪⑫の歌は、ともに橘奈良麻呂主催の宴席における歌で、主人の奈良麻呂を「なでしこ」に喩えている。このように宴席の主人や貴賓を「なでしこ」に喩える場合、主人も客も互いに敬愛を込めて言祝ぐ心を詠んでいる。「なでしこ」が夏から秋にかけて咲く、花期の長い花であることから、祝意を表すのにふさわしいと考えられていたからであろう。

『万葉集』の「なでしこ」は、山野に自生するものが賞美されるだけでなく、春になると庭に種を蒔き、その花を夏の終わりから秋にかけて観賞し、冬になって雪が降ると、雪の築山に造花を飾って楽しむほど、四季を通じて人々に愛好されていた。そこには、自然の景物としての表象が詠み込まれている。一方、「なでしこ」が、男女を問わず心寄せる人に喩えられていたことは注意されて良い。互いの関係がより親密なものとなり、継続するようにと願うことや、相手の幸いを祈る心を象徴していたと言えるだろう。大伴家持とその周辺の人たちによって詠まれた「なでしこ」は、性差を超えた「歌ことば」として用いられたのである。

二、勅撰集における「なでしこ」「とこなつ」

『万葉集』で詠まれた「なでしこ」は、平安時代以降の和歌においてどのような展開を見せるのだろうか。まず、その概要を把握するために、勅撰集に詠まれた「なでしこ」「とこなつ」の用例数を八代集と十三代集に分けて、それぞれ歌集別に整理すると、(別表1)と(別表2)のようになる。なお、「なでしこ」の用例には、「やまとなでしこ」「からなでしこ」を含む。

八代集においては、「なでしこ」二十首、「とこなつ」十六首、計三十六首が詠まれており、『金葉集』(注5)以外の歌集にはすべて用例が見える。中でも『後撰集』には、「なでしこ」「とこなつ」が合わせて十三首詠まれており、注意されて良い。また、八代集の用例三十六首のうち、『後撰集』『拾遺集』『後拾遺集』に二十六首が集中しており、この時代に好まれた「歌ことば」であったと言えるだろう。

十三代集において、「なでしこ」「とこなつ」はそれぞれ七首、計十四首しか詠まれておらず、用例総数も八代集の半数以下である。また、『新勅撰集』『玉葉集』『新後拾遺集』には、「なでしこ」「とこなつ」が一首も詠まれていない。さらに、十三代集では特定の歌集に用例が集中しているといった傾向も見られない。

四季の部立については、『古今集』が「とこなつ」を夏の部に、「なでしこ」を秋の部に分類している。『後撰集』

（別表1）八代集の「なでしこ」「とこなつ」

歌集名	なでしこ	とこなつ	合計
古今集	2首	1首	3首
後撰集	8首	5首	13首
拾遺集	3首	4首	7首
後拾遺集	3首	3首	6首
金葉集	0首	0首	0首
詞花集	1首	0首	1首
千載集	1首	1首	2首
新古今集	2首	2首	4首
合計	20首	16首	36首

（別表2）十三代集の「なでしこ」「とこなつ」

歌集名	なでしこ	とこなつ	合計
新勅撰集	0首	0首	0首
続後撰集	0首	1首	1首
続古今集	1首	1首	2首
続拾遺集	1首	0首	1首
新後撰集	0首	1首	1首
玉葉集	0首	0首	0首
続千載集	2首	1首	3首
続後拾遺集	0首	1首	1首
風雅集	0首	1首	1首
新千載集	0首	1首	1首
新拾遺集	1首	0首	1首
新後拾遺集	0首	0首	0首
新続古今集	2首	0首	2首
合計	7首	7首	14首

では、「なでしこ」も「とこなつ」と同じ夏の部に分類されているが、秋の部に一首だけ「とこなつ」を詠んだ歌が見える。『拾遺集』以降の勅撰集の四季の部立では、「とこなつ」「なでしこ」ともに夏の部に分類している。

「とこなつ」は、「なでしこ」「やまとなでしこ」と同じ在来種の「カワラナデシコ」である。また、『万葉集』においては、その実体が詠まれていなかった渡来種の「セキチク」が、八代集では「からなでしこ」として『千載集』に登場する。

みるがなほこの世の物とおぼえぬはからなでしこの花にぞありける（千載集・夏・二〇六・和泉式部）

和泉式部は、この世のものとも思えない「セキチク」の華やかな美しさを詠んでいるが、「この世」には唐に対する日本が暗示されている。清少納言の『枕草子』にも、「草の花は、なでしこ。唐のはさらなり。やまとのもいとめでたし。」(注6)とあり、当時、カワラナデシコとセキチクが区別されていたことが知られる。しかし、「からなでしこ」が和歌の素材として詠まれることは極めて少なく、勅撰集における用例も右の『千載集』の一首のみである。平安時代以降の和歌に詠まれた「なでしこ」は、その多くが「セキチク」ではなく、「カワラナデシコ」であることが知られる。

八代集と十三代集を合わせた二十一代集では、「なでしこ」二十七首、「とこなつ」二十三首とほぼ同数であった。また、『後撰集』『拾遺集』『後拾遺集』の用例総数は、二十六首であるが、これは二十一代集の用例総数、五十首の半数を占める。「なでしこ」「とこなつ」は、十世紀半ばから十一世紀半ばにかけて「歌ことば」として多彩な表現世界を形成していったのではないかと推察されるのである。

三、男女の比喩

「なでしこ」「とこなつ」の言語表象を探るにあたり、八代集における比喩表現に注目してみる。(注7)女性が自分自身を「なでしこ」「とこなつ」に喩えた詠歌はなく、男性が自分自身を「とこなつ」に喩えた例が、『拾遺集』の長歌に一首見える。

世の中を　おもへばくるし　わするれば　えもわすられず　たれもみな　おなじみ山の　松がえと　かるる事なく　すべらぎの　ちよもやちよも　つかへんと　たかきたのみを　かくれぬの　したよりねざす　あやめぐさ　あやなき身にも　人なみに　かかる心を　思ひつつ　世にふるゆきを　きみはしも　冬はとりみつ　夏は又　草のほたるを　あつめつつ　ひかりさやけき　久方の　月のかつらを　をるまでに　時雨にそほち　つゆにぬれ　へにけむそでの　ふかみどり　いろあせかたに　今はなり　かつしたばより　くれなゐに　うつろひはてん　秋にあはば　まづひらけなん　花よりも　こだかきかげと　あふがれん　物とこそ見し　しほがまのうらさびしげに　なぞもかく　世をしも思ひ　なすのゆの　たぎるゆゑをも　かまへつつ　わが身を人の　身になして　おもひくらべよ　ももしきに　あかしくらして　とこ夏の　くもゐはるけき　みな人に　おくれてなびく　我もあるらし

（拾遺集・雑下・五七二・大中臣能宣）

この歌は、源順の長歌に対する返歌である。世間の人が誰しも昇進したいと思っている中で、あなたは学問が認められ、昇進できそうで結構ではないかという、能宣の思いが述べられている。他の人より昇進が遅れている自分と比べれば、あなたはまだ良いと源順を慰め、自分の不遇を託つ内容になっている。「とこ夏」には、夏の間中ずっと咲いている花というイメージが付与され、昇進が遅れた自分を、誰にも賞美されることなく咲き続ける「とこなつ」の花に喩えている。『万葉集』の「なでしこ」が、男同士の宴席の場で、互に祝意を述べる際に用いられていたのとは全く異なっているのである。

次に、八代集で「なでしこ」が、女性の比喩として用いられた例を見よう。『古今集』に「やまとなでしこ」で一首、『後撰集』に「なでしこ」で三首、「やまとなでしこ」で二首、『拾遺集』に「なでしこ」で一首の合計七首である。

①あなこひし今も見てしか山がつのかきほにさける山となでしこ　（古今集・恋四・六九五・よみ人しらず）

②わがやどのかきねにうゑしなでしこは花にさかなんよそへつつ見む　（後撰集・夏・一九九・よみ人しらず）

③山がつのかきほにおふるなでしこに思ひよそへぬ時のまぞなき　（拾遺集・恋三・八三〇・村上天皇）

八代集において、「わがやど」の垣根に咲く「なでしこ」を恋しい女性になぞらえたのは、『後撰集』に見える②の歌である。この歌は、『万葉集』の「我がやどに蒔きしなでしこいつしかも花に咲きなむなそへつつ見む」（巻八・一四四八／一四五二・大伴家持）の異伝歌とされる。自邸の庭に「なでしこ」を植え、身近な対象として観賞し、それに恋しい人を重ねる『万葉集』の用法はそのまま継承され、八代集の独自な表現世界での展開は見られない。

『古今集』以降で注目されるのは、「山がつのかきほ」の「なでしこ」である。①の歌に詠まれた「なでしこ」には、山賤の垣根にふさわしい鄙びた花として、素朴で古風な女性のイメージがあり、『万葉集』の華やかで若やいだイメージとは対照的であると言う。[注8] しかし、③の歌は詞書に「天暦の御時、ひろはたの宮す所ひさしくまゐらざりければ、御ふみつかはしけるに」とあり、村上天皇が広幡御息所にあてた歌であることが知られる。また、①の歌は「あなこひし」と詠まれており、『古今集』において「恋」という「ことば」を核とする語形群の用例は、男性によって占められているという指摘がある。[注9] つまり、①はよみ人しらずの歌であるが、恋しい女性を「やまがつのかきほ」に咲いた「やまとなでしこ」に喩えた男性による詠歌であろう。『万葉集』では、自邸の庭に植えた

「なでしこ」という身近な対象に、心寄せる人を重ねることが、男女を問わず行われていた。しかしながら、『古今集』以降、「なでしこ」が女性に喩えられた場合、男性にとって自分の思いが届かない恋しい女性の表象として詠まれるようになったのではないか。

四、子どもの比喩

次に、「なでしこ」が子どもの比喩として用いられた例を見ていく。『万葉集』『古今集』に例歌はなく、八代集では『後撰集』二首、『拾遺集』一首、『後拾遺集』三首、『詞花集』一首、『新古今集』一首の計八首詠まれている。このうち、作者が特定できるのは、藤原忠平、花山院、上東門院、藤原顕季、藤原義孝、恵子女王、法眼源賢の七名である。次の歌を詠んだ藤原忠平（八八〇〜九四九）を除く六名は、十世紀から十一世紀に生きた人々である。

師尹朝臣のまだわらはにて侍りける、とこ夏の花をりてもちて侍りければ、この花につけて、内侍のかみの方におくり侍りける

①なでしこはいづれともなくにほへどもおくれてさくはあはれなりけり
みこたちを冷泉院親王になしてのちよませたまひける　（後撰集・夏・二〇三・藤原忠平）

②おもふこといまはなきかななでしこのはなさくばかりなりぬとおもへば　（後拾遺集・賀・四四一・花山院）

①の歌は、詞書に「とこ夏の花」、和歌には「なでしこ」とあり、植物としての表象と、「歌ことば」としての心象を使い分けている可能性もある。師尹は、忠平が四十三歳の時の遅い子ども（五男）であり、その元服は十三歳

（九三二年）であった。とすれば、詠歌はそれ以前と推察される。また、歌を贈った「内侍のかみ」とは尚侍藤原貴子で、忠平の長女である。遅く生まれた我が子を「なでしこ」に喩えて詠歌し、その歌を歳の離れた長女に贈ることで、忠平は父親としての情愛を示しているのである。②の歌には、愛情をかけてきた息子たちを「なでしこ」に喩え、その安泰を喜ぶ花山院の父性愛が込められている。

一方、わが子への母性愛を詠んだ例歌も見える。

一条院うせさせたまひてのちなでしこのはなのはべりけるを後一条院をさなくおはしましてなにごころもしらでとらせたまひければおぼしいづることやありけん

③みるままにつゆぞこぼるるおくれにしこころもしらぬなでしこの花　（後拾遺集・哀傷・五六九・上東門院）

③は、父の死の分別もつかないあわれな我が子を「なでしこ」に喩え、それを不憫に思う母の情愛を詠んだ中宮彰子の歌である。息子の安泰を「なでしこ」に喩えた②の花山院の歌とは対照的である。また、離れて暮らす母子の情愛は、次のような形でも詠まれている。

贈皇后宮にそひて、春宮にさぶらひける時、少将義孝ひさしくまゐらざりけるに、なでしこの花につけてつかはしける

④よそへつつ見れどつゆだになぐさまずいかにすべきかなでしこの花　（新古今集・雑上・一四九四・恵子女王）

一条摂政の北の方ほかに侍りけるころ、女御と申しける時

⑤しばしだにかげにかくれぬ時は猶うなだれぬべきなでしこの花　（拾遺集・春雑・一〇八〇・贈皇后宮（注10））

右の『新古今集』と『拾遺集』は、本来贈答歌であったことが『清慎公集』『藤原義孝集』などによって知られる。④の歌は、母である恵子が息子の藤原義孝を「なでしこ」の花に喩えて詠んだ歌で、⑤の歌は、それに対する義孝の返歌である。④の歌を恵子女王が詠んだ時、義孝は十六歳であり、「なでしこ」に喩えるには年長であるが、これは母性愛の実感であるという。(注11)⑤の歌は、母の心情を解し、母性愛に応える返歌となっている。

また、親子関係以外で、「なでしこ」を子どもの比喩に用いた例も一首見える。

⑥おもひきやわがしめゆひしなでしこを人のまがきの花とみんとは

人のこをつけんとちぎりてはべりけれどこもりゐぬるとききてこと人につけ侍りければよめる

(後拾遺集・雑五・一一二六・法眼源賢)

⑥は、以前から弟子にと目を付けていた愛らしい子どもが、他の僧房の稚児となったことになったことを恨みに思う僧侶の歌である。この歌における「なでしこ」の比喩は、『後撰集』の「ふた葉よりわがしめゆひしなでしこの花のさかりを人にをらすな」(一八三)に近い発想であり、子どもへの情愛というより、恋人を他に奪われまいとする男性の恋情に近いものがあるだろう。

「なでしこ」が、「撫でし子」の掛詞として子どもの意に用いられる場合、父性愛であれ、母性愛であれ、親が我が子を慈しんだり、不憫に感じたりする心を詠み込むのは男女を問わず、そこに性差は見られないのである。また、「なでしこ」は、幼い我が子の比喩だけではなく、年長になった子どもにも用いられており、いくつになっても子を思う親心が変わらないこと表象していると言えよう。

五、花の色の比喩

『後撰集』には、「なでしこ」「とこなつ」の色に注目して詠んだ歌が見える。

①常夏に思ひそめては人しれぬ心の程は色に見えなん
（後撰集・夏・二〇一・よみ人しらず）

返し

わすれにける女を思ひいでてつかはしける

②色といへばこきもうすきもたのまれず山となでしこちる世なしやは
（後撰集・夏・二〇二・よみ人しらず）

③打返し見まくぞほしき故郷のやまとなでしこ色やかはれる
（後撰集・恋四・七九六・よみ人しらず）

『後撰集』に詠まれた「なでしこ」「とこなつ」の花の色は、①②のような四季の部に収載された歌であっても、男女の間における思いを色で示すという発想によるものである。作者はともに「よみ人しらず」だが、①は男性が詠んだ歌で、②は女性がそれに返歌したものである。③は「やまとなでしこ」を昔の恋人に喩え、今も変わらずに美しく咲いているか、様子が変わっていないかと問いかけている。

ところで、『後撰集』には、次のような歌のやり取りが見える。

人のもとにはじめてふみつかはしたりけるに、返事はなくてただかみをひきむすびてかへしたりければ

④つまにおふることなしぐさを見るからにたのむ心ぞかずまさりける
（後撰集・恋三・六九七・源庶明）

かくておこせて侍りけれど、宮づかへする人なりければいとまなくて、又のあしたにとこなつのはなにつ

けておこせて侍ける

⑤おくつゆのかかる物とはおもへどもかれせぬ物はなでしこの花
（後撰集・恋三・六九八・作者表記なし）

返し

⑥かれずともいかがたのまむなでしこの花はときはのいろにしあらねば
（後撰集・恋三・六九九・作者表記なし）

⑤⑥の作者については諸説ある。[注12] いま片桐洋一氏の説[注13]に従うと、⑤の歌の詞書に「かくてをこせて…」とあるのは、④の歌を庶明が女に贈ったことを表し、常夏の花につけて⑤の歌を贈ったのは庶明であり、⑥で女が初めて返歌したとする。⑤の歌で庶明は、露がかかっても枯れない常夏とも呼ばれる「なでしこ」の花を、自分の心の花として女に贈り、花が「枯れない」ように女への気持ちも「離れない」と詠んでいる。それに対し、女は「なでしこ」の色が変わらないと言ってもせいぜい夏の間で、永久に色が変わらないわけではではないでしょうと、切り返しているのである。

「なでしこ」の花の色に、恋しい相手への思いを託して詠んだ例や、女性の容色を寓意した例は、『万葉集』にも見えず、勅撰集では、『後撰集』にしか用例が見えない。しかし、『万葉集』には「なでしこ」の色が変わらないことを詠んだ例が一首見える。

我が背子がやどのなでしこ日並べて雨は降れども色も変はらず
（万葉集・巻二十・四四四二／四四六六・大原真人今城）

これは、大伴家持の邸の宴席で詠まれた歌で、雨に濡れても、花の色が変わらないことから、なでしこの花を賞美する心と、宿の主人である家持に対する変わらない親愛の情が込められていると言えるだろう。『後撰集』に詠まれた「なでしこ」の花の色が変わることへの不安とは対照的に、『万葉集』では変わらないことへ確かな安心が詠まれている。

六、言葉の連鎖とイメージ

「なでしこ」が、「とこなつ」という異名で詠まれるようになると、妻と共寝をする「床」を掛け、男女の色恋を象徴する「歌ことば」として類型的に用いられるようになる。

①ひこぼしのまれにあふよのとこ夏は打ちはらへどもつゆけかりけり　（後撰集・秋上・二三〇・よみ人しらず）
②思ひしる人に見せばやよもすがらわがとこ夏におきゐたるつゆ　（拾遺集・恋三・八三一・清原元輔）
③いもとねしとこなつのはなさきにけりみるをりごとにまさるわがこひ　（千穎集・五九）

しかしながら、「とこなつ」は共寝の「床」ではなく、永久の「常」につながる言葉の連鎖により、変わらないものの表象として次のようにも詠まれている。

④常夏の花をだに見ばことなしにすぐす月日もみじかかりなん　（後撰集・夏・二〇〇・よみ人しらず）
⑤とこなつの花をしみればうちはへてすぐす月日の数もしられず　（貫之集・二七三）
⑥かはる時なき宿なれば花といへどとこなつをのみ植ゑてこそみれ　（貫之集・三八二）
⑦もしきにうつしうゑてぞとこなつに世をへてたえぬいろも見るべき　（元真集・五八）

⑧とこなつの花をのみみてけふまでに秋をもしらで過しけるかな　（赤染衛門集・三一三）

『後撰集』④と『貫之集』⑤の歌は類歌である。「とこなつ」の花は、常に夏という名であるから、この花を見ていると時の経過がわかならいという意味で、⑧の『赤染衛門集』も同じ発想で詠まれた歌である。『貫之集』の⑥の歌については、常夏の花をたくさん植え、それを見ることによって「常」が発揮され、「かはる時なき宿」が実現されるという解釈がある。(注14)『元真集』の⑦の歌は、宮中に移し植えた「とこなつ」が、長い年月を経ても色が変わらないことを確認しようとする意で、詞書に「大将どののなでしこあはせに、右」とあり、歌合わせの詠であることが知られる。平安時代には、貴族たちの間で「なでしこ合わせ」が流行し、花の優劣とともに「なでしこ」「とこなつ」を詠んだ歌が競われたのである。「なでしこ」は花期の長いことから、『万葉集』の時代にも祝意を込めて詠まれていたが、それは「なでしこ」の花の実態を根拠にしていた。ところが、「とこなつ」という異名の出現は、実態から離れた言葉の音を根拠にした詠歌を容易にしたのである。

歌題「瞿麦」の初見は「延喜五―八年秋　本院左大臣家時平歌合」で、以後の歌合に数多く詠まれた。(注15)歌題としては、「なでしこ」「とこなつ」「やまとなでしこ」「からなでしこ」を総称して「瞿麦」としていたようで、『永久百首』には次のような歌が詠まれている。

①山がつのかきほなれどもなでしこはかはらぬ色をつくしてぞさく（一四八）
②床なつのこれにしく花なかりけりまがきにさける山となでしこ（一四九）
③今朝も又いざみにゆかんさゆりばに枝さしかはす山となでしこ（一五〇）
④とこなつの花さくやどにいかにしてふしよき竹をませにゆはまし（一五一）

⑤おぼつかなからなでしこをここまでにたれかわたしてうゑはじめけん（一五二）
⑥露はらひをる人もなき故郷にひとりのみぬるとこなつのはな（一五三）
⑦よそにふる猶なつかしみみるごとにあはれつきせぬなでしこの花（一五四）

「瞿麦」という歌題から連想されるイメージは、「やまがつのかきほ」や「庭の垣根」に夏の間中、可憐に咲く「なでしこ」の変わらない姿であり、夏咲く随一の花として賞美され、それを題意として詠むことが求められていたのであろう。晩夏から初秋の季節感を具象する歌題として他に並ぶものがなく、特に珍重された特異なものであったと考えられる。(注16)

七、中世和歌の風景

これまで、中古の和歌を中心に「なでしこ」「とこなつ」について考察してきたが、それらの表現世界が中世の和歌では、どのように展開していったのだろうか。勅撰集において、『新勅撰集』以降に例歌は少なく、十三代集の用例総数も十四首に過ぎない。(注17)そこで、いわゆる新古今時代を代表する歌人たちの私家集で、その実態を調査すると、（別表3）のようになる。

新古今時代を代表する歌人たちの私家集では、「なでしこ」三十八首、「とこなつ」二十一首、合わせて五十九首が詠まれている。とりわけ藤原家隆の『壬二集』は、「なでしこ」十首に対して、「とこなつ」一首と、「なでしこ」が際だっている。また、藤原定家は『拾遺愚草』『拾遺愚草員外』の両集で、「なでしこ」九首、「とこなつ」四首の計十三首を詠んでおり、慈円は『拾玉集』で「なでしこ」五首、「とこなつ」三首の計八首を詠んでいる。以下、例歌を挙げて見ていく。

（別表3） 新古今時代の私家集

家集名	総歌数	なでしこ	とこなつ	合計
山家集	一五五二	2首	0首	2首
西行法師家集	七八七	1首	0首	1首
長秋詠藻	六五二	0首	2首	2首
秋篠月清集	一六一一	0首	2首	2首
拾玉集	五八〇三	5首	3首	8首
壬二集	三二〇一	10首	1首	11首
拾遺愚草	二九八五	7首	3首	10首
拾遺愚草員外	七七〇	2首	1首	3首
式子内親王集	三七四	1首	1首	2首
小侍従集	一八七	0首	1首	1首
有房集	四七九	3首	2首	5首
資賢集	二九	0首	1首	1首
寂連法師集	三八六	0首	1首	1首
隆信集	九六一	0首	1首	1首
二条院讃岐集	一〇五	0首	1首	1首
金塊和歌集	七一九	3首	0首	3首
明日香井和歌集	一六七二	2首	1首	3首
後鳥羽院御集	一七六八	1首	0首	1首
俊成卿女集	二四一	1首	0首	1首
合計		38首	21首	59首

①としふれど色もかはらぬなでしこの花をみるこそうれしかりけれ　（拾玉集・一二二九）

②つゆを今朝はらはでぞみるとこなつの色に光をそふる玉とて　（拾玉集・一二三二）

慈円の歌は、いずれも「とこなつ」という歌題で詠まれており、「なでしこ」「とこなつ」に区別がないのは、『久安百首』の「瞿麦」題と同様である。①の歌の「なでしこ」は、「色もかはらぬ」という言葉の連鎖から、中古の和歌では「とこなつ」と詠まれるべきところだろう。また、②の歌も中古では「露」「払ふ」「床」の言葉の連鎖から、男女の色恋をイメージするのが常套的詠作表現であった。それが、「とこなつ」という「歌ことば」を用いても恋の情緒は払拭され、季節の景物として朝露に光り輝く花を詠んでいるのである。

③霜さゆるあしたの原の冬がれにひと花さけるやまとなでしこ　（拾遺愚草・一五三）
④紅の露にあさひをうつしてもあたりまでてるなでしこの花　（拾遺愚草・二二三）
⑤日ぐらしのなく夕かげの秋はぎに露おきかはす大和なでしこ　（壬二集・一三八）
⑥あたらしやまがきもしづむ夏草の茂みにまじる山となでしこ　（壬二集・四三一）

右の③④⑤⑥の歌は、「なでしこ」が霜枯れの野に咲く様、秋の夕暮れに露を置く風情、朝日に照り映える美しさ、籬に生い茂る夏草に入り交じる様などを、季節の景物として詠んでいる。それは、眼前の実景でなく、定家や家隆の心に映し出された映像としての風景であったのかも知れない。

中世和歌における「なでしこ」「とこなつ」は、恋しい女性や愛しい子どもによそえた詠作が極めて少ない。また、「とこなつ」の言葉の音に即した連想による例歌がほとんど見られないことから、「とこなつ」より「なでしこ」が多く用いられたのではないだろうか。「なでしこ」「とこなつ」は晩夏から初秋の季節感の表象として、歌人たちの心象風景を映す「歌ことば」として機能していたのである。

結び

以上、述べてきたことをまとめておきたい。『万葉集』の「なでしこ」は、実態を伴った自然の景物として詠まれる他、男女を問わず心寄せる人に喩えられており、性差を超えた「歌ことば」であったと言えるだろう。しかしながら、その詠歌は大伴家持と周辺の人によるものが多く、『万葉集』全体に及ぶものではない。

平安時代になると、「なでしこ」が男性に喩えられることはほとんどなく、男性が恋しい女性を喩えるか、親が愛しい我が子を「撫でし子」と掛詞で喩えるようになっていく。一方、「とこなつ」という異名は、妻と共寝の

「床」を掛けた言葉の連鎖から、恋の情緒を響かせた男性による対女性への詠歌が多数を占めるようになる。女性による対男性の詠歌は、返歌する場合に限られていく。また、「とこなつ」は、男女の色恋をイメージさせる「床」だけではなく、永久の「常」を連想させる「歌ことば」としても用いられた。これは、「カワラナデシコ」という植物の実態から離れ、「とこなつ」という言葉の音を根拠にした詠作表現を容易にしたのである。こうした「なでしこ」「とこなつ」の多彩な言語表象は、十世紀半ばから十一世紀半ばにかけて形成され、その成果は『源氏物語』などの物語文学にも大きく影響したと言われている。(注18) この点について、本稿では触れ得なかったので、稿を改めて考察したい。

中世の和歌における「なでしこ」「とこなつ」は、題詠により詠まれることが多く、実態を伴った詠作は少ない。また、中古の和歌に見られるような「とこなつ」の音による言葉の連鎖で詠まれた例や、「なでしこ」を恋人や我が子に喩えた表現も多くない。新古今時代に特徴的であったのは、眼前の実景でなく、歌人たちの心に映し出された映像として「なでしこ」「とこなつ」を詠むことであった。

注

（1）『万葉集』の引用は、『萬葉集　訳文篇』（塙書房）により、歌番号は旧番号／新番号の順に示した。
（2）和歌の引用は特に断らない限り『新編国歌大観』（角川書店）により、歌番号も同書による。
（3）松下宗彦「万葉集『なでしこ』考」（『国文白百合』七号、昭和五一・三）、小野寛「大伴家持と『なでしこ』」（『駒澤國文』二三号、昭和六一・二）などに詳しい。
（4）小野寛・注（3）論文による。
（5）『金葉集』は、二度本、三奏本ともに用例はない。
（6）『枕草子』の引用は、三巻本『新編日本古典文学全集』（小学館）による。

（7）「なでしこ」の比喩表現については、小林彩子「『なでしこ』の歌の系譜―比喩表現の展開をめぐって―」（『古典研究』二二号、ノートルダム清心女子大学、平成七・五）の論考がある。

（8）『万葉集の歌ことば辞典』（有斐閣選書R）

（9）近藤みゆき「歌ことばとジェンダー―『恋』を核とする語群の考察から―」（平安文学論究会編『講座 平安文学論究』一七輯、風間書房、平成一五・五、のち『古代後期和歌文学の研究』〈風間書房、平成一七・二〉所収。）

（10）一条摂政北の方は、藤原伊尹の妻で、代明親王女の恵子女王のこと。贈皇后宮は、冷泉院の女御藤原懐子のことで、恵子女王の娘にあたる。この歌は、恵子が懐子に付き添って孫の東宮（後の花山院）のもとに久しく伺候していた時に、恵子が息子の藤原義孝を思い遣って詠んだ歌に対する義孝の返歌。

（11）久保田淳『新古今和歌集全評釈』第七巻（講談社）

（12）木船重昭『後撰和歌集全釈』（笠間書院）は、六九八を女の歌、六九九を庶明の歌とする。片桐洋一『後撰和歌集』（『新日本古典文学大系』岩波書店）は、六九八を庶明の歌、六九九を女の歌とし、工藤重矩『後撰和歌集』（和泉書院）も片桐説を指示する。

（13）注（12）の『新日本古典文学大系』の脚注による。

（14）田中喜美春・田中恭子『貫之集全釈』（『私家集全注釈叢書』風間書房）

（15）「瞿麦露滋」「瞿麦帯露」「雨中瞿麦」「夜思瞿麦」「古郷瞿麦」「草中瞿麦」「山家瞿麦」「苔庭瞿麦」「瞿麦庭満」など多彩な結題としても詠まれた。

（16）『和歌大辞典』（明治書院）「瞿麦」の項目にも同様の指摘がある。

（17）『新編国歌大観』第三巻、第四巻に収められた私家集を調査の対象とした。

（18）上坂信男「若草・小萩・撫子」（『源氏物語―その心象序説―』笠間選書、昭和四九・五）、鈴木日出男「「なでしこ」「とこなつ」―『源氏物語』の歌ことば」（『完訳日本の古典』〈源氏物語8〉月報五三、小学館、昭和六二・一〇）

『久安百首』部類本の編纂について

佐藤明浩

一　はじめに

崇徳院の主催によって成った『久安百首』は、その後代への影響の大きさもあって、平安時代後期の百首歌のなかでも最も注目されてきた作品のひとつである。成立の経緯、藤原俊成（当時は顕広）をはじめとする各歌人の作品の特徴、後代への影響などについて研究が積み重ねられ、(注1)校本も備わっている。(注2)『久安百首』については、崇徳院の意向を受けて、歌人のひとりである顕広（俊成）が部類本を編纂したことも注目される。(注3)『久安百首』の各歌人の百首は、春二十首・夏十首・秋二十首・冬十首・恋二十首・神祇二首・慶賀二首・釈教五首・無常二首・離別一首・羇旅五首・物名二首・短歌一首という構成であった。部類本では、各個別にあった歌人の歌を題ごとに集成し、ひとつの「集」としてまとめている。神祇以下短歌まで（部類本では「雑歌」のもとに置く）は、各題ごとに作者の位階順に整然と歌が並べられている一方、四季部・恋部では、歌の内容、表現に配慮した配列がなされており、特に四季部では、細かく題を立てて構成している。稿者は、別に、主として四季部、恋部の配列構成について検討、考察を加えた（注4）（以下、「別稿」）。そこでは、四季部各題の内部における配列を中心に分析したが、本稿では、題そのものの配列構成について検討し、あわせて部類を担った顕広自身の歌の配置などについて考察する。

二　四季部における題の配列構成

部類本四季部の配列構成について、別稿では、各題の内においては、作者の位階順に配列することを原則とする一方、題によっては、表現、内容の連関にも綿密な配慮がほどこされ、これら二つが連動している場合もあることなどを明らかにした。そこには、『堀河百首』奏覧本の類聚百首の形に近づけるべく編まれた様相もみてとれ、部類本編纂の下命を受けた顕広は、これを『堀河百首』奏覧本の後を継ぐ事業ととらえ、勅撰和歌集撰進に準ずる社会的意義を有するものとして、これにとりくんだのであろうと推測した。

谷山茂（著作集二）に指摘があり、別稿においても言及したように、四季部、恋部について、個人別百首における歌順と部類本に編まれた後の歌順とを比べてみると、歌人によって、変動の大きい場合と、変動の少ない場合とがある（雑部においてはどの歌人もほとんど異同がない）。谷山の後追いのような形ではあるが、稿者も全歌人について両者の歌順を一覧し、検討してみた。ここでは紙幅の関係から、崇徳院、隆季、公能、顕広の四季部と恋部に限って、両者の関係を対照した表を掲げておく（【表1】）。表中の「部」（部類本）の欄には『校本』の歌番号、「個」（個人別百首）の欄には各歌人ごとに百首の冒頭から振った歌順を表す番号を記した。部類本の歌順に並べてあり、個人別百首での歌順からどれほど動いているかがわかる表となっている。

四季部、恋部において、個人別百首の歌順が部類本でどの程度保たれているかを検してみると、公能、顕広にあっては、比較的変動が大きいことがわかる。部類本編纂者である顕広は、自身の百首で構想した配列構成（注5）にはあまりこだわらずに編纂をすすめたということができる。一方、隆季については、両者の間にほとんど異同がみられ

【表1】

顕広

部	個	部	個
秋下		春上	
621	37	9	1
638	49	40	2
649	48	59	4
658	45	94	3
659	46	108	5
694	50	130	6
冬		春下	
709	51	145	9
729	52	162	10
737	53	163	16
751	55	184	11
774	54	185	12
791	56	186	14
792	57	197	13
793	58	198	15
816	59	199	17
833	60	200	18
恋上		213	7
848	61	220	19
859	62	233	8
908	63	273	20
909	68	夏	
910	67	287	21
911	69	309	22
912	70	332	23
959	64	333	24
960	79	350	27
961	77	364	26
恋下		374	25
1001	71	389	28
1028	65	394	29
1029	75	416	30
1030	78	秋上	
1068	76	429	31
1069	72	436	34
1070	73	449	33
1071	74	472	36
1118	80	488	32
1119	81	512	35
		513	38
		527	39
		528	41
		545	42
		546	44
		564	40
		565	43
		566	47

公能

部	個	部	個
秋下		春上	
599	46	2	1
626	48	34	2
627	49	50	3
642	42	70	5
654	40	88	4
655	36	112	16
667	41	124	6
687	50	125	7
冬		春下	
702	51	141	8
703	52	150	9
716	53	151	11
733	57	152	14
739	54	168	10
763	59	169	13
771	58	170	12
785	56	178	15
802	55	242	17
826	60	243	18
恋上		255	19
842	69	264	20
861	62	夏	
862	61	282	21
876	67	300	28
889	63	308	22
890	64	314	25
891	71	315	26
943	74	324	23
944	66	325	24
945	73	326	27
恋下		338	29
985	70	400	30
986	79	秋上	
1011	77	422	31
1012	78	453	32
1013	—	459	45
1014	65	474	47
1053	76	497	43
1054	68	498	44
1055	75	521	37
1102	72	522	38
		536	33
		554	35
		555	39
		556	34

隆季

部	個	部	個
秋下		春上	
575	40	6	1
576	42	7	2
590	43	27	3
603	44	28	4
604	45	38	5
619	46	39	6
620	47	55	7
636	48	56	8
637	41	73	9
691	49	74	10
692	50	116	11
冬		128	12
706	51	春下	
707	52	143	13
726	53	144	14
727	54	211	15
735	55	212	16
736	56	227	17
787	57	228	18
804	58	270	19
830	59	271	20
831	60	夏	
恋上		285	21
845	61	295	22
846	62	329	23
866	63	342	24
867	64	347	25
880	65	362	26
881	66	363	27
902	67	373	28
903	68	413	29
977	69	414	30
978	70	秋上	
979	71	426	31
980	72	427	32
981	73	445	33
982	74	448	34
恋下		463	35
994	75	478	36
995	76	511	37
996	77	542	38
997	78	568	39
998	79		
999	80		

崇徳院

部	個	部	個
秋下		春上	
572	38	1	1
598	37	23	2
634	46	33	3
641	47	47	7
670	48	48	8
671	49	49	9
686	50	86	4
冬		87	5
701	51	111	6
715	52	春下	
743	56	135	20
752	53	149	10
762	54	175	11
770	55	176	12
778	57	177	13
800	58	234	16
801	59	240	17
825	60	241	18
恋上		253	14
841	61	254	15
875	62	263	19
885	63	夏	
886	64	281	21
887	65	307	22
888	66	322	23
937	67	323	24
938	68	337	25
939	69	359	26
940	70	380	27
941	71	391	28
942	72	396	29
恋下		410	30
983	73	秋上	
984	74	421	31
1008	75	444	32
1009	76	447	33
1010	77	460	34
1099	78	473	35
1100	79	491	36
1101	80	517	39
		520	40
		533	42
		534	43
		535	44
		552	41
		553	45

ず、次いで崇徳院に異同の少ないことがわかる。隆季については後述するとして、ここでは、崇徳院の場合についてみていきたい。【表2】には、四季部全体にわたって、部類本で立てられた題を一覧し、崇徳院歌について、部類本で所属する題の欄に個人別百首における歌順を書き入れておいた。あわせて、部類本の題が堀河百首題にある場合は、堀河題での順番を「堀」の欄に数字で示した。

夏部については、崇徳院の個人別百首における歌順が、部類本でもそのまま保たれている。次に抜き出しておく。

首夏(21) 葵(22) 郭公(23・24) 菖蒲(25) 花橘(26) 照射(27) 鵜川(28) 夏夜月(29) 六月祓(30)

※数字は個人別百首の歌順。

これに、「葵」の前に「卯花」を置くというように、崇徳院の詠んでいなかった堀河百首題、「卯花」「早苗」「五月雨」「蛍」「蓮」「氷室」「泉」(部類本では「泉水」)を適宜配すると、部類本の構成はほぼ出来上がる形である。

次に、崇徳院百首の歌順と部類本の題の順に相違がある春部についてみておく。崇徳院の個人別百首春部は、次のように配列されていた。

立春(1) 子日(2) 若菜(3) 梅花(4・5) 柳(6) 鶯(7・8・9) 桜(10—13) 藤花(14・15) 躑躅(16) 山吹(17・18) 暮春(19) 桜(20)

このうち、春部末尾の135「朝夕に花まつころは思ひ寝の夢のうちにぞさき始めける」(個20)は、桜の開花を待つ歌であり、この位置にあることは不審である。桜の開花を待つ心の深いあまり夢の中で咲き始めたと詠む内容の特殊性[注6]のゆえであろうか、あるいは、差し替えなどの事情のよるものであろうか。いずれにせよ、春部末尾に位置することには、何らかの特別な事情が介在していそうであり、この一首についてはひとまず措いて考える。さて、前掲の崇徳院歌が含まれる題に限って、部類本春上・春下での並び順を確認すると、

【表2】

春上

題	数	崇徳院	堀
立春	15	1	1
早春	7		
子日	10	2	2
若菜	14	3	5
鶯	20	7 8 9	4
霞	13		3
残雪	6		6
梅花	21	4 5	7
早蕨	4		9
柳	13	6	8
帰雁	11		13
計	134		

春下

題	数	崇徳院	堀
桜	71	20 10 11 12 13	10
春歌	4		
春雨	5		11
春田	6		
春駒	3		12
呼子鳥	3		14
三月三日	4		
菫	3		16
躑躅	6	16	
山吹	10	17 18	19
杜若	3		17
藤花	10	14 15	18
暮春	18	19	
計	146		

夏

題	数	崇徳院	堀
首夏	12	21	
初夏	5		
卯花	9		22
葵	5	22	23
牡丹	1		
郭公	24	23 24	24
菖蒲	10	25	25
五月五日	1		
五月雨	11		28
花橘	8	26	29
早苗	3		26
郭公	5		24
水鶏	3		
蛍	2		30
照射	3	27	27
夏歌	6		
常夏	2		
鵜川	1	28	
蓮	4		32
夏夜月	4	29	
氷室	2		33
泉水	3		34
夏の暮	5		
六月祓	11	30	35
計	140		

秋上

題	数	崇徳院	堀
立秋	15	31	36
早秋	3		
七夕	18	32 33	37
萩	16	34	38
女郎花	14	35	39
荻	4		43
蘭	6	36	42
薄	10		40
苅萱	3		41
秋歌	7		
月	50	39 40 42 43 44 41 45	50
計	146		

秋下

題	数	崇徳院	堀
駒迎	5		49
初雁	9	38	(44)
露	8		46
霧	7		47
朝顔	2		48
鹿	14	37	45
秋田	4		
虫	18		52
菊	11	46 47	53
擣衣	5		51
十三夜	3		
月	9		
秋歌	4		
紅葉	17	48 49	54
秋歌	3		
九月尽	15	50	55
計	134		

冬

題	数	崇徳院	堀
初冬	14	51	56
時雨	10	52	57
落葉	7		
霜	7		58
冬歌	4		
霰	9	56	59
氷	10	53	63
水鳥	8	54	64
千鳥	8	55	62
雪	30	57 58 59	60
冬歌	2		
神楽	3		66
炭竈	8		68
埋火	1		69
冬歌	3		
歳暮	16	60	
計	140		

〔春上〕立春　子日　若菜　鶯　梅花　柳　〔春下〕桜　躑躅　山吹　藤花　暮春

となっている。崇徳院百首と比べると、「鶯」が「梅花」「柳」の前に移され、「藤花」が「躑躅」「山吹」の後に移された形になっている。「鶯」は従前の勅撰和歌集においても、春の比較的早い段階で登場するのであり、そうした伝統的把握に従ったのであろう。これらに加えて、堀河百首題にある「霞」「残雪」「早蕨」「春駒」「帰雁」「喚子鳥」「菫菜」を適宜配置していくと、部類本春上・春下の題の構成がほぼ出来上がることになる。なお、「藤花」は堀河百首題でも「山吹」の前にある。藤は『拾遺和歌集』では夏部に入っており、『古今和歌集』夏部冒頭歌にも「わがやどの池の藤波さきにけり山郭公いつかきなかむ」(注7)と詠まれていた。夏に最も近い花と把握されて、部類本では、崇徳院百首や堀河百首題での位置よりも後方の「暮春」題の直前に置かれたのであろう。

　秋部においては、崇徳院百首で、「鹿」(37)、「雁」(38)、「月」(39―45)となっていたのに対して、部類本では、「月」が秋上に入り、「初雁」「鹿」は秋下に配されている。それ以外に異同はない。部類本の「月」題については、別稿で検討し、秋上の「月」題の他に、秋下にも「十三夜」「月」題があり、前者は八月の月、後者は九月の月として配置されていることを確認した。八月の月と九月の月との区別を明らかにし、暦月の進行との対応をはかるためにも、前者を秋上、後者を秋下と別々の巻に置いたのであろう。ところで、部類本の四季部、恋部では、各巻の歌数の均分化もはかられている。秋部についていえば、各歌人二十首による計二八〇首が、秋上に一四六首、秋下に一三四首と分かたれている。秋上の「月」題は五〇首からなる大歌群であるが、これをすべて巻第四秋上に所属せしめた関係で、「初雁」「鹿」、さらには堀河百首題の順では「月」よりも前にあった「駒迎」「露」「霧」「朝顔」などを巻第五秋下に収めて、一巻あたりの歌数の調整をはかったと推測される。ここで、堀河百首題との関係もみておこう。堀河百首題は、「雁」「鹿」「露」「霧」「朝顔」「駒迎」「月」と続いていたのに対し、部類本では、

〔秋上〕月　〔秋下〕駒迎　初雁　露　霧　朝顔　鹿

となっている。部類本では、前述のような理由から「月」は秋上に入れられた。「駒迎」は八月の中旬から下旬に行われる儀式で、時期的に明月の頃と重なることから秋上末尾の「月」に連続させるべく秋下冒頭に置いたのであろう。これらの題のうち、「初雁」と「鹿」には崇徳院歌が含まれていた。この二題の間に堀河百首題の順に「露」「霧」「朝顔」と配した形になっている。ここからも、まず崇徳院歌を配していき、それに堀河百首題を加えていったという編纂のありようが窺われる。堀河百首題の順もある程度尊重されているらしいことも注意される。

冬部では、崇徳院百首では「氷」「水鳥」「千鳥」「霰」と続いていたのに対し、部類本では、「霰」が「氷」の前にきている。それ以外に歌順の異同はない。

上述のように、部類本では、崇徳院百首の配列が基軸となり、それに堀河百首題を合わせた形が題の構成の骨格となっているといえる。崇徳院百首と部類本の配列に相違がみられる場合は、それ相応の理由を考えることができる。こうした様態は、顕広による部類の作業過程をある程度反映しているものと推測される。

別稿に述べたように、部類本の各題において、作者の位階順に歌が並ぶことが、全体をとおして原則となっている。原則的な配列では、崇徳院の歌は各題の冒頭に置かれることになる。また、「桜」題や「月」題では、崇徳院の歌が、題全体の半ばあたりで盛り上がりを見せるところ、いわば花形的な位置に配されてもいた。こうしたことも勘案すると、顕広は、部類本の編纂にあたって、崇徳院の歌を最も尊重し、四季部では—別稿に触れたように恋部にあっても—基本的に崇徳院百首の歌順に沿う形で骨組みを作り、また崇徳院歌を見せ場となる部位に配置しもしたと想定されるのである。

三　崇徳院歌と顕広歌と

部類本は、巻第一・春歌上、二・春歌下、三・夏歌、四・秋歌上、五・秋歌下、六・冬歌、七・恋歌上、八・恋

歌下、九・雑歌上、十・雑歌下の十巻により構成されている。崇徳院の歌は、原則として各題の先頭に置かれており、したがってほとんどの巻で巻頭を崇徳院歌が飾っている。唯一、巻第五・秋歌下のみ、崇徳院の歌ではなく、顕輔歌から始まっている。前述のようにここは「駒迎」題であり、崇徳院の秋二十首にこれに該当する歌は無く、「駒迎」題内で作者の位階順に歌を並べた結果、顕輔が先頭にきたという事情による。一方、標準的な作者順によると最後尾は小大進であり、各巻末も十巻中六巻は小大進の歌となっている。ところが、巻第四・秋上、八・恋下、そして全体の末尾でもある十・雑下の巻末は、末尾部分のみ位階順を離れて顕広の歌が置かれている。また、七・恋上の巻末には隆季歌六首がまとめて配されている。隆季歌については別稿に言及しておいた。顕広歌の場合は、谷山茂が「それは顕広自身がこの部類全巻の部類当事者であったからである」（著作集二・二五八頁）と示唆しているように、部類担当者顕広が自身の歌を殊更に末尾に置いたという事情を考えることができる。

巻第四・秋上の巻末は「月」題の末尾にあたり、次のように顕広歌三首が配されている。

564石ばしる水のしら玉数みえて清滝川にすめる月影《かな》（個840）
565いかにして袖に光のやどるらん雲ゐの月はへだてこし身を（個843）
　　其時暫為地下故云
566この世にはみるべくもあらぬ光かな月もほとけのちかひならずは（個847）

565「いかにして」には「其の時暫く地下たる故に云ふ」(注8)と左注が付されている。久安百首の詠進時点では近衛天皇の昇殿が許されていなかったことを言っているとすると、昇殿が許された仁平四年（久寿元年、一一五四）正月七日(注9)以降に付けられたということになる。この歌は『新古今和歌集』十六・雑上に入集しており、日本古典全書(注10)の頭注では、第二句の「光」について「月の光。ここでは百首歌の召された栄誉をいふ」としている。久安百首詠進時の意味としてふさわしいと思われ、従っておきたい。最末尾の566「この世には」は、衆生を救おうという仏の誓願を

「月」に喩えていて、釈教歌に近い内容である。秋の明月を賞揚する歌ではなく、部類担当者顕広による述懐性の濃い歌、仏道に関わる歌でもって巻を締めくくっているところに特徴がある。

巻第八・恋歌下の巻末は、次の顕広歌二首で終わる。

1118しきしのぶ床だにたへぬ涙にも恋はくちせぬ物にぞありける（個880）

1119はじめなきむかしおもふぞあはれなるいつより恋にむすぼほれけん（個881）

1118「しきしのぶ」歌は、『千載和歌集』恋五にも採られた歌で、久保田淳に詳しい考察があり、渡部泰明、芦田耕一、竹下豊などにも言及がある。(注11)諸氏も指摘するように、「しきしのぶ」の語は「あさでほすあづまをとめのかやむしろしきしのびてもすぐす比かな」（散木奇歌集・恋上・九九六）に詠まれていて、その影響下に成った歌である。これら二首は顕広の個人別百首でも恋部の末尾にあった。顕広の百首にあっては、1118「しきしのぶ」歌の「恋はくちせぬ物にぞありける」は、話主（詠歌主体）のただ今抱いている恋情がしぶとく朽ち果てることのないものだとあらためてしみじみ感じている意と理解するのが穏当であろう。一方、部類本では、恋上・恋下を通して二八〇首ほど長々と続いてきた各歌人の恋歌を締めくくる部分にあたる。ここにおいて、下句の「恋は」は、より一般的に「そもそも恋というものはしぶとく朽ちることのないものだなあ」と、ただ今の個人的体験としての「恋」のみならず、より普遍的な「恋」のもつ厄介さをとりたてて言う意味に傾くのではないか。最末尾1119「はじめなき」歌について、和歌文学大系・長秋詠藻の脚注に(注12)「人の世における恋の始源の不可解性を詠んだとも解けるが、ここでは個人的な心情と考える」とある。これも前の歌と同様に考えることができそうである。顕広の百首にあっては、和歌文学大系のいうように、話主のただ今体験している恋についての感懐とみるのが適当であろう。一方、部類本の恋下・巻末の歌としては、和歌文学大系が一案として言及している「人の世における恋の始源の不可解性を詠んだ」という方向で解するのが妥当と考えられる。そもそも人が恋という感情を抱き始めたのはいつなのか、その始源をたどることはできない。しかも、人は「恋」にかかずらい、苦しめられ続ける存在である。そうした、やはり普遍性に傾いた意味合いが、恋部全体の締めくくりとしてはふさわしい。このようにみると、顕広歌二首は、恋の普遍的な不可解性、恋からの逃れがたさを表す歌とも解しうるものであったのであり、そうした意味合いを生かすべく、部類本における恋部全体の末尾に置かれたとも考えられる。

巻第十・雑下の巻末は「短歌」（実は長歌）題の末尾にあたる。顕広の長歌は、和歌が神代から詠まれ伝えられてきたことから言い起こし、和歌の盛んな崇徳院の「代」にあった喜びを表しつつも、長年五位に沈倫するわが身を嘆き、それでもこの度の百首の作者に入れられたことへの感慨を叙した上で、自らの詠草を卑下して締めくくっている。添えられた反歌も、次のように自詠の謙遜である。

1404山川の瀬瀬のうたかたきえざらばしられんすゐの名こそをしけれ

他の作者の長歌にも共通する内容はみられ、とくに独自性がきわだっているわけではないけれども、部類本編纂者である顕広自身の歌であるだけに、謙譲の姿勢が強調されることになる。前述のごとく、崇徳院歌は部類本において特別に尊重されており、各題、各巻の冒頭に崇徳院歌が置かれることもその姿勢の表れとなっていた。別稿にも述べたように、部類本全体の冒頭、また「短歌」題冒頭にある崇徳院歌と、巻第十末尾の顕広歌との対照によって、崇徳院を讃仰し、自ら謙る姿勢が表出されていると言える。巻第四・秋歌上、巻第八・恋歌下では、内容的に巻末部分にふさわしい要素をもつ顕広歌が特別に配されていた。四巻ごとに置かれたこれら巻末の顕広歌により、前述の姿勢はより強調されることになる。

巻末歌の問題とあわせて、次のような例についても注目しておきたい。

顕広

751さゆる夜の氷のうへに霰ふり心くだくる玉川のさと

こほり　　　　　　　　　　　御製

752つらゐてみがける影のみゆるかなまことに今や玉川の水

これは部類本冬部の「霰」題末尾から「氷」題冒頭へと続く部分である。この「霰」題でも、位階順の原則を離れて、顕広歌が最後に置かれている。顕広歌は「霰」を主題としながら「氷」をも詠んでいるので、次の「氷」題へとなだらかに移行する流れが作り出されている。のみならず、顕広歌と崇徳院歌はともに地名「玉川」を詠んでいる点も注意される。さらに、両首は、「玉川」の名に宝石の「玉」のイメージを重ねているところも共通している。(注13)二首の歌は、表現、内容に通うところがあり、響き合っている。前述のようにここは冬部で唯一、崇徳院百首の歌順と部類本の題の順とが異なる箇所であり、顕広は、自身の歌と崇徳院の歌とを連続させるために「霰」題を「氷」題の前に配する措置をしたとも考えられる。これらは後年、俊成の撰になる『千載和歌集』冬部においても、連続して入集している。

百首歌めしける時、氷のうたとてよませ給うける　　崇徳院御製

つらゐてみがける影のみゆるかなまことにいまや玉川の水（四四二）

皇太后宮大夫俊成

月さゆる氷のうへにあられふり心くだくる玉川のさと（四四三）

『久安百首』部類本とは歌順が逆になっているが、これは部類本が「霰」題、「氷」題の順に配置されていたのに対し、『千載和歌集』では氷歌群、霰歌群の順になっているためである。ここでも二首を隣接させているところから、顕広（俊成）は、崇徳院歌と自詠の関連づけにこだわっていたことが推測される。

先にみたように、秋下末尾近くの顕広歌565「いかにして」には、部類本で左注が付されていた。これに関して、次に掲げる崇徳院の無常歌にも左注が付いていたことが注意される。

1247はかなさはほかにもいはじもうたのその人かずはたらず成りにき（個91）

先年既列百首歌人、未終六義詞藻之輩、或依暮齢類朝露、或雖紅顔帰黄壌。浮生験眼、慨然攬涙。故
詠之。

康治の頃、百首の題を賜った歌人のうち、行宗、覚雅、公行の三人が、百首歌を詠進せぬままに没してしまった。院は、そのことにまさって無常を痛切に感じさせるものはないと詠む。これに付された左注は、個人別百首にもみえ、もと崇徳院百首にあったものを部類本も引き継いでいるのであろう。部類本で左注があるのは、顕広歌とこの崇徳院歌の二箇所のみである。顕広は、崇徳院のこの所為を目にして影響され、またこれに同調するように、自らの「いかにして」歌に左注を付したのではなかろうか。

このようにみてくると、顕広の個人別百首と部類本の間にみられる、恋歌の差し替えの問題についても、一考を要する。部類本・恋下にみえる顕広歌、

1028恋しともいはばおろかに成りぬべし心をみすることの葉もがな

は、個人別百首では、恋歌四首目の個864「あぢきなやおもへばつらき契りかな恋はこの世にもゆるのみかは」と個
866「ふかくしもおもはぬほどのおもひだにけぶりのそことなるなる物を」との間に、「イ本」として書き入れられる形でみえ、歌の後に「此歌をかけり」とある。他方、部類本には「ふかくしも」の歌がみえない。俊成の家集類についてみると、『長秋詠藻』『俊成家集』ともに『久安百首』恋歌を載せる部分には「恋しとも」の歌は無く、「あぢきなく」「ふかくしも」の歌が連続している。一方で、両集ともに、「恋しとも」歌は、次のように贈答歌の形で、別に掲げられている。『俊成家集』（新編私家集大成・新編増補俊成Ⅲ）により引いておく。

又、女のもとにつかはしける

恋しともいはばおろかに成りぬべし心をみすることのはもがな（二七七）

返し

こひしてふいつはりいかにつらからん心をみすることのはならば（二七八）

このことについて、久保田淳（注14）に詳しい考察がある。久保田は、「恋しとも」は本来贈答歌で、贈答の相手は「美福門院加賀である可能性が大きい」とする。『久安百首』の顕広歌については、「ふかくしも」が初案で、部類作業に際して「恋しとも」に差し替えたと推測する。また、同じ『久安百首』の崇徳院の恋歌に、

875おろかにぞことの葉ならは成りぬべきいはでや袖を君にみせまし（個62「君に袖を」）

という「恋しとも」の類想歌があることを指摘したうえで、「部類を命ぜられて、新院の恋歌中に、これ（稿者注：「恋しとも」）と類想歌である「をろかにぞ……」の詠を見出した時、顕広はこの私的な旧詠を公的百首に加えることを決意したのではなかったであろうか。その行為は、たとえば、新院御製と過去の自詠とが或程度符合したことへの感激の余り、というように、自身に言い聞かせての上のことであろうが、その背後に自身の着想が院のそれに先行するものであることを、人々に知らしめたいという、一種の焦燥感（それは勝れた表現の先取を志す歌人として当然であろう）を読み取ることもできるのである」と述べている。また『長秋詠藻』『俊成家集』の久安百首について、松野陽一（注15）は「恐らくこれは、後年長秋詠藻恋部の構成を考えた際に、加賀との間に交された作品を重視した俊成が、その中でもこの「恋しとも」の贈答歌を特に重要な歌（後朝の歌かと思われる）と考えて恋部に入れ、久安百首からは除いたものかと思われる」と述べている。歌の差し替えの経緯については、両氏の見解に従いたい。ただし、部類本で「恋しとも」という過去の詠作に差し替えた理由については、前述の崇徳院歌と顕広歌の関係のありようを考えあわせるならば、むしろ、崇徳院の百首中にかつての自詠と共鳴するがごとき歌を見出し、ここでも君と臣の響き合いを演出しようとしたとみたほうがよいと考える。

述べ来たったように、部類本の崇徳院歌と顕広歌の措置に関わって、君と臣との響き合いとでもいうべきものが

演出されている様相を窺うことができるのである。

四　隆季の百首をめぐって

仁平三年正月の忠盛の死後、彼に代えて隆季が百首の歌人に追加された。先にも触れたように、隆季の百首にあっては、一箇所を除いて、個人別百首の歌順が部類本においてもそのまま保たれている。この事情について、検討する。

異同のある一箇所は、個人別百首でいうと秋二十首の十一首目、

個541竹の葉にまがきの菊ををりそへて花をふくらん玉のさかづき（部637）

で、部類本では「菊」題に入る。個人別百首でこの歌の前後にあるのは、個540「かりがねのうかべるつばさうちたれて水田のほだちふみしだくらん」（部575）と個542「いにしへのその玉章はかけずしてあしをふくめるかりのつかひか」（部576）のいずれも雁を詠む歌で、部類本でも「初雁」題に二首連続して入っている。個541「竹の葉に」歌が雁の二首に割って入っているがごとき配置は、いかなる意図によるものか不明で、不審と言うほかない。あるいは、個人別百首本の配列に何らかの錯誤が生じた結果であるのかもしれない。

右を除けば、隆季の百首の四季部における歌順は、部類本でもそのまま保たれている。これについて、谷山茂は、「隆季の百首は、初度の部類本の奏覧後に、急に切り入れたものである。そういう事情もあって、隆季の歌の一首一首についての部類者俊成の分析と吟味とは、他の作者たちのそれに対するほどには、詳細丁寧になされなかったのではあるまいか―、とにかく、いちど奏覧した後に、急遽、切り継いだことの痕跡が、こういう形で残っているのではあるまいか、というふうにも考えられる」（著作集二・二五四頁）と述べている。指摘のとおり、歌順の問題は、隆季の百首が初度部類本の奏覧後に切り入れられたことと関わると考えられる。ただし、それは急遽切り入

れられたために部類担当者による隆季歌の「分析と吟味」が「詳細丁寧になされなかった」ためというよりも、そもそも隆季の百首が初度部類本の配列を前提に詠まれた結果であるとみたほうがよいのではないか。

隆季の夏十首は、次のような配列構成となっている。

首夏　初夏　郭公　菖蒲　五月雨　花橘（二首）　郭公　六月祓（二首）

右は部類本で所属する先の題をもって主題を示したものである。別稿で検討したように、部類本夏部の特徴として、「郭公」が前半と後半に二分して配されていることが挙げられる。これは従来の勅撰和歌集にもみられない措置であった。隆季の百首では、それに対応するかのように、「菖蒲」の前と「花橘」の後とに、ほととぎすを詠む歌が二首別々に配されている。久安百首の夏部でほととぎすを複数の歌に詠み込んでいる歌人は、崇徳院（二首）、公能（五首）、顕広（三首）など、計十人である。これらのうち、個人別百首においてほととぎすを詠む歌が連続していないのは、隆季と清輔のみで、他の歌人は、それぞれの百首でほととぎすの歌が二首ないし五首連続している。清輔の百首の夏部では、ほととぎすが第一首目の個923「をしむともいなん春をばいかがせむ山ほととぎすはやもなかなむ」（部289）と第三首目の個925「なにごとをぬれぎぬにきて時鳥ただすの杜になきあかすらん」（部370）に現れる。個923「をしむとも」は、去り行く春を惜しむとともに、夏になったのだからほととぎすに鳴いてほしいと、その鳴き声を期待する趣旨の歌で、下の句は『古今和歌集』三・夏の冒頭歌「わがやどの池の藤波さきにけり山郭公いつかきなかむ」（一三五）に通じるところがある。ほととぎすを詠むものの、春から夏への季節の切り替わりを主題とする歌といえ、部類本でも、他の歌人の夏部冒頭歌と同様、「首夏」に入れられている。一方、個925「なにごとを」は、ほととぎすを主題とした歌と言ってよく、部類本では、「ほととぎす」其の二―五月であることが明らかな歌を中心とする歌群―の冒頭に据えられている。当該歌には「なきあかす」とあり、夜通しさかんに鳴くさまが五月のほととぎすの様態にふさわしいとされたのであろう。清輔の場合、そもそも夏部一首目「をしむとも」

は首夏、三首目「なにごとを」はほととぎすを主題とする歌として詠まれたと考えられ、部類本における題の所属も作歌意図に対応していると言えるであろう。

隆季がほととぎすを詠んだ二首は、

個523しでの山こえつるよひにさとなれて今もなかなむあはれその鳥（部329）

個528ほととぎすおのがさ月かもののべのいはせのもりになきとよむなり（部373）

である。個523「しでの山」の歌は、ほととぎすが死出の山を越えて冥土とこの世を往還するというとらえ方を前提としている。その上で、「ほととぎす」の語を直接詠み込まず、「あはれその鳥」という言い方をしているのは、ひとつの趣向であろう。「さとなれて今もなかなむ」とあり、山―「死出の山」という特殊な山ではあるが―から里へ下りてきたばかりのほととぎすに、早く声を聞かせてほしいと望んでいる。これは、比較的早い時期のほととぎすの様態にふさわしい。この歌は、部類本では「ほととぎす」其の一―四月から五月初めにかけてのほととぎすとして設定―に配されている。一方、個528「ほととぎす」の歌は、「おのがさ月か」と「五月」の語を詠んでおり、「来鳴きとよむ」と大きな声を響かせるのも五月の様子にふさわしい。こちらは、後方の「ほととぎす」其の二に入れられている。隆季の場合、時期の異なるほととぎすを主題とする歌二首を詠み分け、かつ、一括せずに離して配している。前述した清輔の場合とは異なりがあるとみられ、ほととぎすに関して、部類本と対応する配列構成をとっている歌人は、隆季の他にはいないということになる。これは、偶然とは考えにくく、既に出来上がっていた初度部類本の構成を隆季が知っていて、それを参照しつつ百首を詠出したと推測されるのである。

部類本における隆季歌の扱いの特徴として、一つの歌題に二首を配することが多いことが挙げられる。四季部全体では、一つの歌題に隆季歌が二首入る例が二十三、一首入る例が十四で、三首以上が入る歌題は無い。各季節の冒頭と末尾は、夏部の冒頭を除き、隆季歌が二首ずつ配される。夏部冒頭は、「首夏」に入る隆季の歌は、

285物いはばのこれる花にとひてまし昨日かへりし春のゆくゑを（個521）

の一首のみであるが、個人別百首ではこの歌の次にあった、

295いつしかと衣ほすめりかげろふの夏来にけらしあまのかご山（個522）

が、「首夏」の次の「初夏」題に置かれている。作歌の段階では、これら二首ともに首夏を主題とする歌として詠まれたという可能性もある。ここは例外としなければならないが、一つの題に二首を入れる部類本での扱いは、およそ隆季の意図した配列構成を反映しているということができるであろう。

こうした様相も、隆季が部類本を参看し、その配列構成に沿って百首を詠み出していったという先の想定と符合する。隆季は、仁平三年（一一五三）正月に没した忠盛に代わって本百首の一員として追加された歌人であり、また、参加歌人中最も若年である。仁平三年当時、二十七歳の隆季にとって、崇徳院の―おそらくは予期していなかったであろう―命を受けて、ベテラン歌人に互して百首を詠むのは、決してたやすいことではなかったであろう。そもそも『久安百首』の四季部では、『堀河百首』のように一首ごとの歌題が決められておらず、春夏秋冬の部立と歌数が示されるのみであり、作者に委ねられている裁量が大きい分、どのような主題をどのような順序でどのように配分するかなど、多くの課題を抱えながらの詠作であったであろう。そのような中、隆季は、すでに成っていた初度部類本の構成を参照して、適宜歌題を選択しながら、その配列構成に沿って百首を詠み出していったのであろう。その際、一つの歌題に二首をあてて詠むことを基本としたとおぼしい。すでに成っていた部類本に切り入れられることを前提として、それを強く意識して隆季が歌作したと推測され、隆季が相当に部類本を尊重していたらしいことも窺える。

五　部類本の成立についての試案

ところで、隆季が最後に追加された作者であることは、個人別百首諸本にある承久元年（一二一九）七月十七日の日付を伴う定家による次の識語から知られる。

此百首、先人乍置数輩之上臈、奉仰部類。一度奏覧之後、隆季朝臣追進上歌可切入之由被仰、返給候間、有保元事不能進　奏覧。（以下略）

（この百首、先人（俊成）数輩の上臈を置きながら、仰せを奉りて部類す。一度奏覧の後、隆季朝臣の追って進上せし歌切り入るべきの由仰せられ、返し給はり候間、保元の事有りて奏覧に進らすことあたはず。）

一方、部類本には、次の顕広の識語があり、これは個人別百首本でも定家の識語の前に載せられている。

康治之比賜題。久安六年各詠進了。
仁平三年暮秋之比、依別御気色部類進之。
左京権大夫顕広□内　（□は字体不明。「□内」は谷山本、個人別百首諸本になし。）

康治の頃、崇徳院より各歌人が題を賜ったこと、久安六年（一一五〇）各歌人の詠進歌が揃ったこともここから知られるのであった。そして、仁平三年（一一五三）暮秋（九月）の頃、院の特別の命により、部類した本を進覧したことを記している。この時点での奏覧本が、初度部類本なのか、それとも隆季歌を切り入れた後の再部類本なのかが問題となる。前掲の定家識語には、「一度奏覧の後」に隆季が追って詠進した歌を切り入れるよう仰せがあり、再度の奏覧を期していたが、保元の乱によって再奏覧はかなわなかったとある。これによると再部類本は奏覧の機を逸したということになるから、仁平三年に進覧されたのは初度部類本であったということになる。ところが、現存の部類本は隆季の歌が存するので、再部類本であり、それに仁平三年に進覧した旨を記す識語が付されていることになる。一見すると矛盾があるのである。谷山茂（著作集二・二六六―二七〇頁）は諸事情を慎重に検討したうえで、「仁平三年暮秋のころを初度奏覧の時とみる」妥当性も指摘しながらも、「仁平元年または二年の春ごろ、『久安百首』を部類すべき命が俊成にくだり、俊成はとりいそぎ仁平二年中にこれを部類して奏覧したが、その後また作者中の忠盛が卒去したので、忠盛の歌を除き隆季の歌を加えることとなり、仁平三年暮秋のころにはその再部類も成ったが、再奏覧は何かの事情で、はたさるべくして果たされなかったのではないか」と述べている。『校本』では、仁平三年暮秋に「進之」とあるのは、再部類本である可能性、初度部類本である可能性双方を指摘した上で、谷山の見解が「妥当なところといえようか」としている。ただし、同書に掲げる「略年表」では、「仁平三年暮秋、顕広、部類して「進之」（この部類が初度か再度かについて、また奏覧したか否かについては未だ確定を見ない）」と慎重に判断が留保されている。

追加作者の隆季が百首を詠むにあたって初度部類本を参照していたことを確認したついでに、部類本の成立に関して、試案を示しておきたい。ここでは、定家の識語も事実を伝えるものと認め、知られる情報をできるだけ整合させる方向で考えてみる。便宜上、成立過程について従来明らかになっていることも含めて、記しておく。康治の頃、崇徳院は、藤原公行・同公能・源行宗・藤原教長・同顕輔・平忠盛・藤原親隆・同顕広・覚雅・堀河・兵衛・安芸・小大進の十三人に百首の題を賜った。そのうち、行宗が康治二年（一一四三）十二月二十四日に没し（したがって賜題はこれより前）、また、覚雅が久安二年（一一四六）八月十七日に、公行が久安四年六月二十二日に没した。前に引いた崇徳院の無常歌に「ももうたのその人かずはたらず成りにき」と詠まれていた状況である。没した三人の代わりとして、藤原季通・同実清・同清輔が作者に加えられた。崇徳院が自分を含めて歌人の数が十四人になるようにこだわったのは、『堀河百首』の当初歌人の数を襲うためであったと考えられている。久安六年、その十四人による久安百首が成った。仁平元年（一一五一）以降の春、崇徳院は百首を部類して奉るよう、顕広に命じた。個人別百首本の作者の官職表記が、ほぼ仁平二年中のものであることを谷山茂が指摘している（著作集二・二六八―二六九頁）。現存の個人別百首本は、部類に際して崇徳院から顕広が賜った本がもとになっていると想定すると（ただし、隆季の百首はなく、忠盛の百首が存したであろう）、部類の下命は仁平二年春であった可能性が高いことになる。仁平三年暮秋（九月）、顕広は崇徳院に部類本を進覧した。これは初度部類本にあたると考える。それより前、仁平三年正月十五日に忠盛が没した（厳密に言えば、初度部類本に忠盛の歌が含まれていたかどうかは明らかでない）。おそらく初度部類本奏覧の後であろう、崇徳院は、没した忠盛の代わりに藤原隆季を作者として追加し、百首の詠進を求めた。隆季は、すでに成っていた初度部類本に切り入れられることを前提として、百首を詠作し、進上した。この隆季歌を入れた再部類本を作成させるため、崇徳院はあらためて、隆季の百首を加えた個人別百首を顕広のもとに送った。初度部類のために賜った本の忠盛の百首を除き、隆季の百首を加えたまでで、作者の官職名は改めず、仁平二年当時のままであったのであろう。これが現存個人別百首諸本の祖本であると考えておく。前に掲げたように部類本・秋下の顕広歌565「いかにして」には「其時暫為地下故云」との左注が付されている。近衛天皇内裏の昇殿に関わる注とすると、『兵範記』により顕広の昇殿が許されたのは仁平四年（久寿元年、一一五四）正月七日と知られるから、この注記はそれ以降でなければ記し得ないことになる。すると仁平三年時には現状の再部類本は成っていなかったことになり、ここからも当時の奏覧本は初度部類本であったと推定される。顕広は、この注記の追加なども行いつつ、隆季歌を切り入れた再部類本を完成させる。現存部類本の祖本である。ところが、保元の乱によって再部類本を奏覧に付す機会を逸してしまった。しかも、初度部類本に付した「仁平三年暮秋」に「進之」とする奥書は、再部類本にも残しておいた。顕広にとっては、部類本を進覧したという事実はかなり重要な意味をもっていて、ぜひとも記しとどめておく必要があったからであろう[注16]。

六　まとめ

本稿で述べ来たったことに、別稿で検討、考察したこともあわせて、部類本についての私見をまとめておく。

（一）『久安百首』部類本は、同題の歌を集め、作者の位階順に並べることを原則としている。これは『堀河百首』奏覧本の形態に近づけるべく編まれたものであり、『堀河百首』につぐ「百首歌の奏覧本」を作成するという認識に基づいているであろう。

（二）四季部では、右の作業を機械的に行うだけではなく、歌の内容やことばの連関に配慮し、作者の配列とも連動させつつ、ひとつの集として読めるように構成している。その際、崇徳院の百首歌の配列を尊重し、これを基軸として構成したものと考えられる。

（三）配列構成上、崇徳院の歌が花形的位置に配され、最も尊重すべく待遇されている。また、部類本編纂者である顕広の歌を巻第四、巻第八、そして大尾の巻第十の末尾に置き、冒頭の崇徳院歌と対照せしめ、自ら謙る姿勢を表している。また、崇徳院と自身の歌との間に、君と臣との響き合いを演出するごとき措置もみられる。

（四）部類本奥書にみえる「仁平三年暮秋」に撰進したのが初度部類本であり、定家の識語にあるように再部類本を奏覧に供する機会を逸したとすると、初度部類本奏覧時の奥書を再部類本にもあえて残したことになる。「進之」という事実は、部類担当者顕広にとってそれだけ重い意味をもっていたと推測される。

（五）以上を考えあわせるに、顕広には、下命によってしかるべき歌人が百首歌の奏覧本を撰進するという伝統を創出する意図があったのではないかと推測される。

注

（1）①井上宗雄「詞花集をめぐる歌壇―久安百首などを中心に」（『平安朝文学研究』5　一九六〇年四月）、②谷山茂著作集二『藤原俊成 人と作品』（角川書店　一九八二年七月、関係論考の初出は「久安百首部類本と千載集」〈『国語国文』29-7　一九六〇年七月〉、「久安百首部類本―（翻刻）―」〈『人文研究』17-2　一九六六年二月、『人文研究』18-1　一九六七年一月〉）、③松野陽一『藤原俊成の研究』（笠間書院　一九七三年三月）、④久保田淳『新古今歌人の研究』（東京大学出版会　一九七三年三月）、⑤木船重昭『久安百首全釈』（笠間書院　一九九七年十一月）、⑥檜垣孝『俊成久安百首評釈』（武蔵野書院　一九九九年一月）、⑦渡部泰明『中世和歌の生成』（若草書房　一九九九年一月）等。

（2）平安末期百首和歌研究会編『久安百首 校本と研究』（笠間書院　一九九一年八月）、以下『校本』と略記。

（3）部類本の伝本としては（注1）②谷山茂著作集二に翻刻・紹介されている「谷山本」、今治市河野美術館蔵本（『校本』の底本）の二本が現存する。本稿における『久安百首』の引用、歌番号は『校本』による。表記は私意に改め、適宜校訂を加えたところがある。歌番号は部類本のそれで示し、個人別百首の番号を用いる場合はその前に「個」を付した。

（4）拙稿「『久安百首』部類本考―配列構成について―」（都留文科大学国文学科編『文科の継承と展開』勉誠出版　二〇一一年三月）。

（5）顕広の百首の構成については、細川知佐子「俊成の『久安百首』「春」と「秋」の歌材と構成―顕輔との比較を中心に―」（『国語国文』76-10　二〇〇七年十月）に考察がある。

（6）この崇徳院歌については、糸賀きみ江「千載和歌集の考察―歌材「夢」の視点から―」（『講座平安文学論究 第三輯』風間書房　一九八六年七月）に考察があり、「花への深い憧憬という述懐的抒情と同時に、夢の中で桜が咲き始めるというのは幻想的であって、『千載集』が開拓した一面といえようか」また「崇徳院御製の夢の中の開花幻想は、花を待つ心の昂揚に胚胎するもので、発想表現ともに『千載集』の詠風、述懐的抒情の枝葉といえるであろう」と述べられている。

（7）『久安百首』以外の和歌の引用は、とくに断らない限り『新編国歌大観』（角川書店）による。

（8）ただし新日本古典文学大系『新古今和歌集』（岩波書店　一九九二年一月）では「院の昇殿を許されていないことの嘆き」とあり、崇徳院の昇殿としている。

（9）（注1）②谷山著書所載の「俊成年譜」でも、『兵範記』によりこの日に昇殿とする。
（10）小島吉雄校注・日本古典全書『新古今和歌集』（朝日新聞社　一九五九年六月）。
（11）（注1）④久保田著書二八九頁以下。（注1）⑦渡部著書六九頁。芦田耕一『六条藤家清輔の研究』（和泉書院　二〇〇四年二月）二二四頁以下。竹下豊『堀河院御時百首の研究』（風間書房　二〇〇四年五月）一四五頁以下。
（12）和歌文学大系『長秋詠藻／俊忠集』（明治書院　一九九八年十二月）、川村晃生の校注。
（13）俊成歌については、（注1）⑦渡部著書に詳しい検討がある。
（14）（注1）④久保田著書二八三―二八五頁。
（15）（注1）③松野著書一七七―一七八頁。
（16）示した試案は、結局、（注1）①井上論文の見解に近いことになる。ただし、井上論文は、部類本の紹介される以前のものである。

〔付記〕今治市河野美術館には、『久安百首』部類本（内題「百首和哥集」）をはじめとする典籍類の閲覧に際し高配を賜りました。記して感謝し、御礼申し上げます。

第II部　古代・中世の日記・物語

「さ夜ふけてかくやしぐれのふりは出づ」兼家に対する道綱母

——『蜻蛉日記』上巻57番歌の場面——

堤　和博

一　はじめに

『和歌を力に生きる』と題した新典社新書を上梓した。(注1) 主として二つの観点から『蜻蛉日記』上巻の記事の空白がある期間（九五八年？・八月～九六一年）辺りまで（以降、ここを境に、上巻前半・上巻後半とする）を読もうとしたものである。その第一の観点は、当時の貴族が、また、貴族の中でも特に道綱母が、生きていく上において、現代からは想像を超える程に和歌に対して拘りを抱いていた点である。この点を重点的に考慮し、和歌を基軸に置いて読めば、上巻前半はどう読めるのか考えた（第二の観点については、注（14）で言及する）。また、この新書を出す前後には、同じ観点を主調とした、あるいは同じ観点を含んだ次の論考を出している。

（i）「『蜻蛉日記』上巻の最初の引歌表現―いかにして網代の氷魚にこと問はむ―」（伊井春樹編『古代中世文学研究論集第一集』一九九六年一〇月・和泉書院）。後、『歌語り・歌物語隆盛の頃―伊尹・本院侍従・道綱母達の人生

と文学―』(二〇〇七年一〇月・和泉書院) 第二部第一章に所収。

(ii) 「兼家の嘘の言い訳を求める道綱母の歌語り享受―道綱母対町の小路の女と恵子女王対好古女―」(『言語文化研究徳島大学総合科学部』14・二〇〇六年一二月)。

(iii) 「『蜻蛉日記』上巻の「返し、いと古めきたり」考―道綱母と兼家の贈答歌の問題を中心に―」(『言語文化研究徳島大学総合科学部』16・二〇〇八年一二月)。

(iv) 「「若き御心(心地)に」考―『蜻蛉日記』上巻の侍女の言葉―」(『解釈』二〇〇九年三、四月号・55巻3、4号・二〇〇九年四月)

(v) 「『蜻蛉日記』上巻46~48番の贈答歌を中心とした記事の考察―道綱母にとっての和歌、兼家との贈答歌―」(『言語文化研究徳島大学総合科学部』17・二〇〇九年一二月)。

(vi) 「『蜻蛉日記』上巻49~52番の二組の贈答歌を中心とした場面の考察―道綱母にとっての和歌から実際面を探る―」(『国文学攷』206・二〇一〇年六月)。

では、具体的に道綱母は和歌に対してどのような拘りを抱いていたのか、(vi)で示した纏めを転載しておく。

I 道綱母は、理想としては兼家からの贈歌で始まる贈答歌の成立を求めていた。それが二人の愛情の確認に繋がると思っていた。また、愛情確認には、返歌で贈歌の内容に鋭く切り返すことも必要だと思っていた。

II 結婚成立後は兼家からの贈歌はめっきり少なくなり、自ら歌を贈ることが多くなった。これは、鈴木一雄氏(注2)が分析した「女からの贈歌」がなされる場合に当て嵌まる場合が多い。即ち、「男との仲の危機あるいは悪化」が見られる時に、「女のあせり、歎き、訴え、渇きなどの強調」が歌でなされる場合である。

III 町の小路の女の出現後、道綱母は感情が昂ぶると兼家に対しては古今調の正統な歌を詠めなくなり、たとえ詠んでも贈る気になれなかった。その代わりにと言ってよかろう、時には時姫に歌を贈ったり、歌語り享受など（この後で示す記事構成の中の四角囲み）に向かったりした。

本稿ではこのような観点を基盤にして、57番[注3]の道綱母の歌を中心とする場面から、叙述面より道綱母の実際面における心境・感情を探り（冒頭で示した新典社新書では、新書の性格上あるいは紙幅の都合上、結論的なことしか述べられなかったことの詳細な検討となる）[注4]、引いては、叙述面の問題から道綱母の性格や町の小路の女に対する嫉妬の問題などに切り込みたい。その際、道綱母が兼家の公務に対して理解をしていたであろう点が考察の基軸の一つとなる。また、本稿は、取り上げる57番歌の場面の位置からすると、(v)(vi)と一連の論考になる。

二　57番の場面の位置と問題提起

本稿で取り上げるのは、『蜻蛉日記』上巻四年目九五七年一〇月の場面であるが、そこを引用する前に、九五五年道綱懐妊からの上巻前半の記事の構成を、和歌とともに纏めておく。

凡例

〔—叙述における切れ目がなく連続していることを示す。

(欠)—道綱母の歌のない場面　⊠—道綱母の歌に兼家の返歌のない場面

贈答兼⇩、贈答道⇩—兼家、乃至は、道綱母からの贈歌で両者間の贈答歌成立

九五五年

(ア)春　(欠)〔懐妊の兆し

8月末　(欠)〔道綱出産

(イ)9月　⊠〔兼家の新しい女発覚（恋文発見）　26番・道綱母

10月末　(欠)〔兼家と新しい女が結婚（この年閏9月あり）

(ウ)冬　(欠)　新しい女が町の小路の女と判明
　贈答道⇩　兼家を門前払い　贈歌＝27番・道綱母　返歌＝28番・兼家

(エ)　(欠)　兼家の嘘の言い訳を求める　［恵子女王の歌『一条摂政御集』66番意識か］

九五六年

(オ)3月　贈答道⇩　桃の節供の翌日　贈歌＝29番・道綱母　返歌＝30番・兼家　返歌＝31番・為雅（姉の夫）

(カ)　(欠)　町の小路の女に言及

(キ)夏　姉との別れ　贈歌＝32番・道綱母　返歌＝33番・為雅

(ク)5月3・4日　時姫に贈歌して贈答歌成立　贈歌＝34番・道綱母　返歌＝35番・時姫

(ケ)6月初旬　独詠歌　独詠歌＝36番・道綱母

(コ)7月　贈答兼⇩　36番歌が贈答歌に発展　贈歌＝37番・兼家（実質は36番歌の返歌）　返歌＝38番・道綱母

(サ)　(欠)　隣人の歌　39番・隣人

(シ)　☒　兼家引き払う　40番・道綱母（誹諧歌）

(ス)　(欠)　兼家の前渡り　［白楽天「上陽白髪人」引用］

(セ)9月　時姫に贈歌して贈答歌成立　贈歌＝41番・道綱母　返歌＝42番・時姫

(ソ)　(欠)　引歌表現　［歌語りの中の修理の歌を呟く］

九五七年

(タ)春　贈答道⇩　兼家に書《ふみ》返却　贈歌＝43番・道綱母　返歌＝44番・兼家　返歌＝45番・道綱母

(チ)夏　(欠)　町の小路の女が男児を出産

(ツ)7月　(欠)　仕立物の依頼がきて突き返す

(テ)秋　贈答道⇩　兼家から手紙がきて贈答歌　贈歌＝46番・道綱母　返歌＝47番・兼家　返歌＝48番・道綱母
(ト)秋　贈答兼⇩　贈答歌の応酬　贈歌＝49番・兼家　返歌＝50番・道綱母
(ナ)秋　贈答道⇩　〃　贈歌＝51番・道綱母　返歌＝52番・兼家
(ニ)秋　贈答兼⇩　〃　贈歌＝53番・兼家　返歌＝54番・道綱母　返歌＝55番・兼家　返歌＝56番・道綱母

(ヌ)10月　☒　本降りの雨の夜兼家外出　57番＝道綱母
九五八年？（63 64番歌は7月5日）

(ネ)　(欠)　零落した町の小路の女への憎悪表白
(ノ)　(欠)　町の小路の女零落後の我が身
(ハ)　贈答道⇩　長歌の贈答　贈歌＝58番（長歌）・道綱母　返歌＝59番（長歌）・兼家
(ヒ)　贈答道⇩　続く贈答歌　贈歌＝60番・道綱母　返歌＝61番・兼家　返歌＝62番・道綱母　返歌＝63番・兼家　返歌＝64番・道綱母

本稿で取り上げるのは、右の(ヌ)に当たる次の場面である。

(ヌ)　また、十月ばかりに、①「それはしも、やんごとなきことあり」とて、出でむとするに、②しぐれといふばかりにもあらず、あやにくにあるに、なほ出でむとす。あさましさに、③かくいはる。

ことわりの折とは見れどさ夜ふけてかくやしぐれのふりは出づべき　（57・道綱母）

④といふに、しひたる人あらむやは。

(ヌ)は、道綱母と兼家との和歌の応酬が続く(テ)〜(ニ)に引き続く位置にあるのだが、(テ)の前に(チ)と(ツ)があるのが目に付く。両場面で道綱母の怒りは頂点に達し、感情は最悪になった感がする。そして、(ヌ)の後には有名な(ネ)がくる。これらに挟まれている(テ)～(ヌ)でも、道綱母の怒りは沸々としていたとの理解が一般にはあるのではないか。問題の(ヌ)においても、叙述を素直に読めば、確かにそのように読み取れそうではある。つまり、歌を詠んでも兼家を引き留めるのに失敗しており、しかも、かなりの雨をついて兼家は出て行ってしまっており、そんな兼家に道綱母は強い不満を覚えていると、特に傍線②③④などから見なせそうである。歌の波線部からも、「あなたが出掛けていかなければならないのもごもっともな折りですけどね」などという皮肉が込められていると読み取れるかもしれない。そして、道綱母は結局和歌に対する無力感を味わわされたとみるのが有力となっているのである。例えば「蜻蛉日記注解十二」(注5)は、傍線④の「しひたる人あらむやは」を「歎声」と読み取り、

このような彼女の歎声のうちには、兼家の無情に対する憤懣と同時に、もはや和歌の力に対する信頼をも喪失した空しさがあることを、特に注意しなければならない。それは単なる歌才に対する自信の喪失のごときものではない。和歌の力をもつてしても兼家を引き留めることができないとは、和歌を支柱として抱きしめてきた心的世界の、あまりにもはかない崩壊というべきではないか。

と評する。

しかし、本稿の主題である実際面の様相を(テ)以降から探るには、(ネ)の冒頭で「かうやうなるほどに、かのめでたき所には、子産みてしより、すさまじげになりにたべかめれば、……」と書かれているのに注意する必要がある。(注6)ここを見ると、兼家は町の小路の女の出産（(チ)後から彼女に対する興味を失いつつある、即ち、兼家は町の小路の女に入り浸りという状態ではもうない中(テ)以降で歌が交わされているのが分かるのである。これにより、道綱母は自分の妻としての地位の危機感から脱し、(注7)機嫌も直りつつあった筈だと思うのである。ここに注意して、(テ)についてはⅴで、(ト)(ナ)についてはⅵで考察し、(ニ)については別稿を準備中である。これらの論考でも、(テ)以降は贈答歌

の成立によって、道綱母の感情は穏やかになっていたと確認できた。要するに、先に示したIIIIIのような状態を脱し、Iの状態になっていたと考えられるのである。道綱母が古今調の正統な歌を兼家に贈っているからには、あるいは二人の間で贈答歌が成り立っているからには、そのように把握しなければならないと考えるのである。

さすれば(ヌ)は、道綱母と兼家との仲が修復しつつある中で和歌が取り交わされていると私が見なしている(テ)〜(ニ)の後に引き続く位置にあって、大きな問題を抱える箇所となる。言うまでもなく、(チ)(ツ)で亀裂の走った二人の仲が、(テ)〜(ニ)で贈答歌の応酬を梃子として修復してきたのに、その梃子が外れてまた亀裂が走ったことになるかもしれないからである。しかし、実際面においては、(ヌ)の場面をそう深刻に受けとめる必要はないというのが私の結論である。その点を確認していきたい。

三　実際面を探る、その一——道綱母の公務に対する理解——

実際面を探ると言っても、勿論叙述から探ることになる。そうすると、叙述の素直な解釈は前節の本文引用の後で確認したようになりそうである。しかし、叙述面の読み直しをすれば、前節末で述べた実際面の様相、即ち深刻とは受け取れない様相が読み取れるのではないかと考える。その読み直しは深読みになるかもしれないのであるが、まずは叙述面にも実際面が顕れている可能性を追求していくことにする。

何はともあれ重要な用事があるとの兼家の発言が最初に示される（傍線①）が、その用事とは何を指しているのかが鍵になると考える。これに関しては、村井康彦氏が、(注8)『御堂関白記』を見ても道長はしばしば夕刻・晩方に参内、仗議は深夜に及び候宿（宿直）することも少なくなかった。そうした傾向が村上天皇のころより顕著となって来た」（括弧内原文）と指摘しているのが大いに参考になる。(ヌ)当時の九五七年は村上天皇在位十二年目に当たり、傍線①の兼家の言い回しも考慮すると、兼家が言うのは公務であるとみてよかろうと思うのである。

では、道綱母はその兼家の公務をどう捉えていたのであろうか。この頃は、九五四年の秋に道綱母と兼家が結婚してちょうど丸三年が経ち、道綱母も二十二歳位にはなっていたと思われる頃である。また、道綱母は所謂「家の女性」(注9)で一生を通したわけだが、それにしても子供の頃から兼家とは家柄の格差が大きいが、倫寧が公務のために自分達の所から出て行くのを何度も経験している筈である。よって、道綱母はこの時点で兼家の公務に対する理解（引いては、男社会に対する理解と言ってもよいかもしれない）をある程度は持ち合わせていた（具体的にどの程度の理解かは計測のしょうがないのだが）と考えるべきであろう。(注10)

ならば、歌の波線部は、前節で述べたような皮肉を表しているのではなく、兼家が出掛けなければならないことに対する理解を示すものと見なされる。また、当然兼家の発言を信用しているのであろうから、道綱母の機嫌はけっして悪くはなかったことも同時にうかがえる。(注11)ここで道綱母の機嫌が本当に悪ければ、兼家が公務があると言うのを疑ってかかるだろうと思うからである。

では、特に傍線②③④などの言い回しやそこに込められている感情などはどう解すればよいであろうか。中でも、道綱母が歌を詠む際に「あさましさに」（傍線③）と言うのなどは特に問題となろう。詳述する紙幅はないので簡潔に述べると、『蜻蛉日記』中の「あさまし」乃至は「あさまし」の語幹に由来する言葉は、和歌で用いられているものを除くと三十例程確認できるが、それらを検すると、『日本国語大辞典第二版第一巻』（二〇〇〇年一二月・小学館）が「あさましい」の【語誌】欄で、「平安散文では、思わぬ結果になった後の落胆、失意といった不快な感じを込めている。」と説明するのにほとんどが該当する。それもやや強意的で、「理解の範囲を超えている」とか「許容の範囲を超えている」ととれば当たる場合が多いようだ。例えば、同辞典も用例として掲げている(イ)の中の一例を挙げておく。(ウ)で町の小路の女と判明する女宛てに書かれた兼家の手紙を発見した時、「あさましさに、見てけりとだに知られむと思ひて」と、その手紙に26番歌を書き付けた自分の心境を説明している。道綱を出産した翌月の出来事である。「自分は出産したばかりだというのに、他の女に恋文を出すとは、とてもあきれて許せない」とでも意訳できようか。

他の用例も勘案すると、傍線③でも方向性としては(イ)と同じ感情を抱いているとみなくてはならないであろう。問題はどの程度の強い感情であったかである。(イ)と同等の強い失意・不快感を抱いているとは思えないが、「いくら公務があると言っても、こんな本降りの雨の中を出て行くなんて、私にはあきれてしまって理解できない」というぐらいの気持ちは込められているとみるのが大方の見方であろう。先に引いた「注解」の批評も、少なくともこれに近い理解のもとでなされていると思える。でも、傍線③をこう受け取ると、道綱母は兼家にとっての公務の重要性乃至は必要性を全く理解せずに、兼家が自分に愛情を掛けてくれるかどうか、和歌で愛情を引き出せるかどうかだけをひたすら考えて生きていることになりはすまいか。

しかし、道綱母に兼家の公務に対する理解が幾分なりともあったとすると（私はあった筈だと思うのだが）、ここで「あさましさに」と実際に感じたのであれば、右に述べたような気持ちからだとは考えにくい。実際のところは、兼家が出て行かなければならないことを理解した上で、こんな本降りの雨の中を出て行く男の世界なんて理解できない（思っていた以上の無粋な世界だ）という気持ちが幾分込められている程度とみるのが最も真相に近いのではないか。例示した(イ)での「あさましさ」は、兼家の公務とは関係ない色恋沙汰に関する驚き・あきれであり、その点の違いは大きいと言わなければならない。

傍線②も同様の線で理解できると思う。傍線①の言動から兼家の立場を諒察しつつも、そこまでして行かなくてはならないかという気持ちもいくらかあるのであろう。また、歌の第三句以降で、やはりあきれ口調で兼家が留まるのを暗に求めているのも、そこに込められているのは、兼家に本降りの雨に託けて公務を投げ出してもらい一緒に過ごして欲しいという微かな希望であろう。微かなと言うのは、繰り返しになるが、男社会のやむを得ない公務を、道綱母とてもある程度は理解していた筈だからである。換言すれば、どんな秀歌を詠んでも、男が公務を投げ出してくれることなどは、実際にそうあるものではないと分かっていた筈なのである。初・二句で兼家の公務に理解を示しながら逆接で第三句以下に繋げるのも、右の説明で納得できると思う。また、最後の傍線④も然りである。歌を詠んだにも拘わらず兼家が出て行ったことをこれもあきれ口調で嘆じていると解すのが通説だが、「男社会に生きるとは、こんなものなのだろうか、思っていた以上だ」などという気持ちだとみればよいであろう。

四　実際面を探る、その二――寝待の月の場面（51 52番）との比較――

ここで、この場面と対照的に和歌で兼家を引き留めた(ケ)の場面との比較をしておこう（(ケ)に関しては(ⅵ)参照）。

(ケ)　寝待の月の、山のは出づるほどに、出でむとするけしきあり。さらでもありぬべき夜かなと思ふけしきや見えけむ、「とまりぬべきことあらば」などいへど、さしもおぼえねば、

　いかゞせむ山の端にだにとゞまらで心も空に出でむ月をば　（51・道綱母）

返し、

　ひさかたの空に心の出づといへばかげはそこにもとまるべきかな　（52・兼家）

とて、とゞまりにけり。

	(ケ)（51 52番）	(ヌ)（57番）
兼家の言動	自ら留まる用事を要求	用事（公務）があると告げる
兼家の外出の用事	ないか大事なものではない（言動より類推）	回避できない用事（公務）
外の様子	寝待の月が出る頃	本降りの雨

三点に絞った比較の焦点のうち特に注意すべきは、兼家の外出の用事の有無乃至は重要性である。その上で道綱母の気持ちを推察すると、(ケ)ではたいした用事も抱えていなくて余裕のある兼家と風流の時間をともにしたい気持ちであるのに対し、(ヌ)では、前述の通り、兼家とともも過ごしたい期待は当然微かだと思われる。もう少し詳しく言うと、(ケ)はほぼ純粋に二人の夫婦としての贈答歌の応酬であり、そこに兼家の官人としての立場が影を落とすことはほとんどなかったと言ってよい。そんな状況下で歌徳的な結末がもたらされ、和歌が二人の紐帯の強化に力を発揮したと思われるのである。翻って(ヌ)では、兼家の官人としての立場が最初から前面に出ている。歌徳的な流れを期待したり、(ニ)のように歌合戦をしたりしている場合ではない、あくまでも現実に向き合った一場面である。そんなことを道綱母も、完全には割り切れていないかもしれないものの、少なくともある程度は理解できていたと思うのである。この時点で全く理解できていなければおかしいと思うのである。

よって、道綱母が(ヌ)での兼家の言動や自分の和歌の力に満足感を覚えなかったのは勿論であろうが、それが従来考えられている程深刻であったとは考えにくいのである。不満足感があるとすれば、妻である自分を振り捨てて出て行く兼家に対してではなく、結婚以来直面することになった男社会の論理に対してであろう。(注12)

それで、ここからは叙述面よりうかがえるところを超えての推察になるのだが、対兼家個人という側面から道綱母が(ヌ)で蟠りを覚えたとすれば、この時点で154ページで示したII IIIの心境を脱してIに近い心境だったと思われる点からして、兼家が返歌していないことであろう。しかし、これも公務を抱えて出掛ける兼家に余裕がなかったとすれば、道綱母が気分を害したとしても短時間で治まり、すぐにまた(ニ)迄の贈答歌の応酬の時のような心境に落ち着いていったと思われる。前節で言及した傍線④の一言も、あるいは、兼家が返歌も詠まずに出て行ったことに対する不満の顕れととればよいのかもしれない。

要するに(ヌ)は、兼家がそれ相応の和歌を詠んで出て行きさえしていれば、むしろ道綱母は満足したかもしれない場面なのであり、実際には兼家が和歌を詠まなかったことも大した問題とはならなかった場面なのである。従って、道綱母の和歌に対する無力感を「注解」のごとくに特筆する必要もないであろう。(注13)

五　実際面と叙述面——桃の節供の翌日（29～31番）との比較——

以上の論述において通説を批判的に引用してきたのであるが、それは、本稿のここまでにおいては、『蜻蛉日記』の叙述面から実際面が読み取れないかという問題意識を持って本文に臨んできたからである。しかしなお、私のこれまでの説明に対し、やはり通説的な、言わば素直な読解の方に賛意を示すむきもあるのではないかと思う。具体的には、例えば傍線③の「あさましさに」を、『日本国語大辞典第二版』が説明する意味で解釈すべきだと解する見方である。また、(ヌ)における「注釈」の理解にも、傍線④の通説における解釈にも、首肯される面があると捉える見方である。しかしそのように読み取る場合は、道綱母は従来言われている通り、自分が不幸に見えるような、あるいは自分の不満がより浮き彫りになるような叙述を心掛けて上巻前半を綴っていったがために、(注14)実際面と叙述面は齟齬を来しているのだとみればよいのではないか。つまり、叙述を通説的に解するにしても、前節までの特に道綱母の公務への理解という面を中心に据えた考察からすると、実際面は前節まで説いた様相に近かったと私は見なすである。

このような叙述面と実際面の相違に関しては、(ヌ)との類似性も指摘できる前年の桃の節供に纏わる(オ)を引き合いに出して検討するのがよいと思う。ただし、(オ)については別稿で詳述する予定があるので、ここでは要点だけを述べる。

(オ)　年かへりて、三月ばかりにもなりぬ。⑤桃の花などや取り設けたりけむ。待つに見えず。⑥いまひとかたも、例は立ち去らぬ心ちに、けふぞ見えぬ。⑦さて、四日のつとめてぞ、みな見えたる。⑧昨夜より待ち暮らしたる者ども、「直あるよりは」とて、こなたかなた、取り出でたり。心ざしありし花を折りて、内のかたよりあるを見れば、⑨心たゞにしもあらで、手習ひにしたり。

　待つほどのきのふすぎにし花のえはけふ折ることぞかひなかりける　（29・道綱母）

⑩と書きて、よしや、憎きに、と思ひて、⑪隠しつるけしきを見て、奪ひ取りて、返ししたり。

　三千年を見つべきみには年ごとにすくにもあらぬ花と知らせむ　（30・兼家）

とあるを、いまひとかたにも聞きて、

　花によりすくてふことのゆゝしきによそながらにて暮らしてしなり　（31・為雅）

兼家が三日に現れずに「いまひとかた」と言われている道綱母の姉の夫藤原為雅共々四日の早朝になってから現れた（傍線⑤⑥⑦）ことに道綱母は一見不満なようで（傍線⑤⑨⑩）、そこを姉方も含めた侍女の取りなし（傍線⑧）や兼家の配慮（傍線⑪）で宴や和歌の遣り取りもなされたように書かれている。ここで注意すべきは、本文中では全く触れられていない兼家が三日ではなくて四日の早朝になってから現れた理由だ。諸注釈特に『蜻蛉日記全注釈上巻』（注15）の考察等を参照するに、この年の三月三日には宮中で曲水の宴があり、兼家も為雅もそちらに出席していたと思われる。それで道綱母邸では曲水の宴終了後に夜に桃の節供の宴をやるつもり（傍線⑧の冒頭から）であったのが（あるいは約束されていたか）、曲水の宴が延びたのではなかろうか。だから兼家も為雅も四日の早朝になってからの来訪となったのであろう。そうすると、二人とも宮中での行事が終わって四日の早朝に直接やって来たのであるから、誠実な態度だと言える。

　一方、道綱母はやきもきはしたであろう。兼家は町の小路の女の所へ行ってしまったのではないかと疑ったかもしれない。ならば、兼家が来ても、傍線⑨⑩のような態度に出るのもよく分かる気もする。しかしそれにしても、曲水の宴などの儀式が延びることは予想の範囲内であろうし、兼家が翌朝わざわざやって来たことで、しかも為雅もやって来たことで（傍線⑥の記述は明確さを欠くが、二人揃って来た可能性もある）、他の女の所へ行っていたとの疑念は晴れた筈だと思うのである。

ところが、叙述面にはそんなことは一切顕れない。兼家が三日に来なかったのは不実によるのであり、自身はただ待ち惚けを食らわされたやに書かれていると言ってよいだろう。

それで、(ヌ)の場面を分析する際に指摘したことと同様のことにここでも注意しなければならない。つまり、右の想定でも前提としたが、道綱母は官人として兼家の置かれた状況をある程度は理解していたであろう点である。ここに注意すると、それでも傍線⑨⑩のごとくに拗ねているようなのは、男社会の事情には無頓着に兼家の愛情を求めているのではなく、男社会の事情は分かっているけれども公務があれば仕方がないと完全には割り切れていないからだと捉えるべきである（注16）。

道綱母の29番歌にも目を遣ろう。この歌は、兼家が昨晩は別の女の所で桃の花酒を飲んでいたのだろうと詰め寄る意味合いも込められていると読み取れる。そうすると、実際は兼家が宮中で行事に参加していたのを承知の上で、わざと拗ねて見せ嫉妬して見せた歌になる。新潮日本古典集成『蜻蛉日記』（注17）が、「兼家と為雅が揃って訪れたとすれば、宮中の御遊で一夜過しての帰りであろう。作者もそれと知りながら、あえて、女性のもとからの朝帰りに取りなして詠んだもの。明るい媚態《びたい》を感じさせる。」と言うのが真相に近いと思うのである。また、31番の為雅の歌は誹諧歌に仕立てられている。これもこの時の道綱母の機嫌が悪くなかったからこそだと言える。

しかし、兼家が「宮中の御遊で一夜過しての帰りであろう。作者もそれと知」っている点を消したこの叙述の中では、道綱母の歌から「明るい媚態《びたい》」も消えて本当に嫉妬している歌になる（その点、「集成」の読み取りは鋭い）。やはり、自分が不幸な面、と言って大袈裟なら、自分が拗ねて当然の面が強調されるような叙述を目指し、それに反する要素は叙述に含めない叙述態度が見て取れる。そしてその叙述態度は、従来よりもっと強調されてよいと考えるのである。

ここで問題を(ヌ)に戻して(オ)と比較すると、町の小路の女の出産——仕立物の依頼——兼家が町の小路の女への興味を失うといった一連の流れの前か後か、兼家の回避できない公務が既にあったのかこれからあるのか、侍女の計らいがあるかないか、など、考慮すべき相違点も多い。しかし、大きく括ると、兼家の公務のために道綱母の思い通りの形で愛情を交わすことができていないという共通点は見出せよう。そこで従来は、道綱母が兼家の公務への理解・配慮を、全くとまでは言えないまでも、欠いているとの前提に立っての読みがなされていたと思う。あるいは、従来の読みを実際面に及ぼすと、道綱母はそういう方面への理解・配慮が欠けている人間だということになると思う。しかし、私の考えは違う。実際にはある程度は兼家の公務等に関しての理解や配慮を道綱母は持ち合わせていた筈だと考えるのである。よって、(オ)においては先に引いた「集成」の理解に従うべきだと考え、また、(ヌ)においては和歌で兼家を引き留めるのに失敗したことを重大視する必要はないと考えるのである。

実際面は以上の通りだとして、問題は叙述面である。(オ)においては、実際面とは裏腹に節供の日にやって来なかった兼家の不実と期待を裏切られた不満が前面に出るような叙述になっているとみてよかろう。(注18)問題の(ヌ)はやや微妙である。繰り返すが、例えば傍線③の「あさましさに」などは、第三節で私なりに説明を試みた解でも可能だし、通説的な辞書的な解でも可能であろう。後者の理解に立てば、強いて出て行った兼家の不実と我が歌の無力さを強調せんとしていると見受けられる。先にも言及した傍線④で(ヌ)が閉じられているのも、実際以上に自分の思う通りにはことが運ばなかったように強調せんとする筆致であるととれよう。

六　道綱母の作家論的研究

さて、道綱母が意図した叙述面の解には問題が残るにしても、叙述面の追究から実際面がかなり浮き彫りになってきた、言い換えれば道綱母に対する作家論的研究に踏み込んでこられたとは思う。そこで、以上のことからするとさらに、『蜻蛉日記』の特に上巻前半では、道綱母の自己中心的な性格がよく取り沙汰されるのにも見直しが必要になると考える。確かに道綱母のそういう一面も否定できないとは思うが、二十二歳位と思われるこの頃まで（また、この後もずっと）家庭で暮らす中で初めて結婚、しかも父よりかなり権門の男と結婚し、子供の頃から教えられてきたこと、あるいは教えられてこなかったことに直面していく過程であることも思うと、自己中心的な性格をあまりに強調するのもどうかと思うのである。

そういう面と関連して、町の小路の女に対する感情についての見通しも述べておく。先にも少し触れたが、町の小路の女の存在の発覚㈠以後の上巻前半の期間を通して、道綱母が町の小路の女への嫉妬の炎を燃やし続けていたと捉えるとすると、それは行き過ぎだと思うのである。その点を、叙述面の問題も含めてなぞっておく。

㈠㈢㈣辺りは動揺が激しいようだ。でも問題にした㈤では㈣から少し時間が経っているのに注意される。即ち、㈣が㈢の続きで冬で、㈤が翌年の三月初旬なのである。その間に道綱母の動揺は治まっていき、そして㈤のような場面となったと思うのである。しかし、道綱母は自分の感情が治まっていく面は叙述せず、自分が感情を昂ぶらせる面をとにかく前面に出した叙述を心掛けているると見受けられるのである。続く㈥の冒頭「かくて、今はこの町の小路に、わざと色に出でにたり。」によると、九五六年のその後は兼家が町の小路の女に最も入れあげていた頃のようで、再び道綱母は感情を昂ぶらせる。㈦〜㈩では兼家にまともに歌を詠み掛けていないところにもそれは顕れている。（注19）しかし、㈩が秋または冬だと思われるので、次の翌年春の㈨まではまた時間の隔たりがある。この間に再び道綱母の感情は治まっていたと思われ、㈨で道綱母の歌から始まる三首の贈答歌が成立する。

㈨に関しては別稿を準備中で、詳細はそちらに譲るが、ここでもざっと見ておこう。

㈨　年また越えて春にもなりぬ。このごろ読むとて持てありく書、取り忘れて、つかひを、取りにおこせたり。

包みてやる紙に、

ふみおきしうらも心もあれたれば跡をとゞめぬ千鳥なりけり　（43・道綱母）

返りごと、さかしらに、たちかへり、

心あるとふみかへすとも浜千鳥うらにのみこそ跡はとどめめ　（44・兼家）

使あれば、

浜千鳥あとのとまりをたづぬとて行くへも知らぬうらみをやせむ　（45・道綱母）

などいひつゝ夏にもなりぬ。

この場面では、兼家の町の小路の女に対する態度は相変わらずで、道綱母の歌の内容も兼家の愛情薄いことを嘆いたものになっている。よって、その点に注目しての分析が多い。しかし、ここで兼家との贈答歌が復活したのは、私の贈答歌に着目した考察からすれば、(注20)記事の空白期間に道綱母の気持ちが落ち着いていったからだと見なされる。それが贈答歌に繋がったのだ。しかし落ち着く面はわざと書かず、兼家の不実な態度だけを取り立てて書くのである。

(タ)を経て、このままいけば道綱母の気持ちはさらに落ち着いていき、最終的には町の小路の女を兼家の妻の一人として受け入れながら生きていく術を身につけられたかもしれない。ところが、次に(チ)(ツ)とくるので、道綱母はまた激情を迸らせるのである。でも、さらに続きを見ると、(ツ)から少なくとも一月近くの記事の空白期間があって47番以下の贈答歌が連続して成り立つ(テ)〜(ニ)となる。やはり、時間が経過すると道綱母の気持ちはまた落ち着いていったものと思われる。そして、本稿で取り上げた(ヌ)になるのである。

以上のことを纏めると、道綱母はずっと町の小路の女に対する嫉妬や怒りを滾らせながら過ごしていたのではなく、その存在の発覚・兼家との結婚・男児出産・仕立物の依頼とそれぞれの直後辺り、それに兼家が最も町の小路の女に愛情を注いでいたと思われる九五六年の夏秋辺りの頃はそういう感情が強かったが、間はそうでもなくて落ち着いていた、または落ち着きつつあった時期もあり、そんな時はおそらく普通の平安女性とそう違わない感情・態度を示していた[注21]と考えられるのである。ところが、叙述面を見ると、自分が不幸であると強調したいためか、怒りや嫉妬などが目に立つような書き方をし、落ち着いていた面が消えるような書き方をしている[注22]と見なされるのである。

七　おわりに

(ヌ)の場面を中心に取り上げ、道綱母の実際の感情やあるいは性格と叙述態度について見直した。さらなる見直し作業が必要なことは勿論だが、関連して、(ヌ)よりむしろ(オ)で顕著に認められた執筆態度をとった道綱母の意図に関しても、もっと突っ込んだ考察が必要となってくるであろう。

その点で今気になっているのは、川嶋明子氏[注23]の見解である。川嶋氏は、蜻蛉日記は「明確な主題に貫かれたつまり作者の「思ふやうにもあらぬ身の上」を描き出すために、作者の主観に強烈に彩られた作品であ」ると認めた上で、「作者が愛の危機を感じ、大袈裟に言えば、その人生観を変えねばならない程の大きな失望と悲哀を味わった事態」として、「(1)（中略）兼家の町の小路の女への傾斜があり、（中略）(2)（中略）兼家の新邸（多分、東三条邸）が完成しても迎えられず、（中略）(3)兼家が近江に愛を移し、完全に作者を顧みなくなるという事態」（括弧内原文）という三点を挙げる。そして、(1)と(3)には多くの紙数が費やされているのに、(2)にはあまり触れられていないことに注意する。さらに、『蜻蛉日記』中七回に亘って描かれる物詣ででは、子宝に恵まれた時姫を意識しながら懐妊を祈願したであろうと思われるのに、下巻で養女を迎える前での最後の物詣でを除く六回については何を祈願したかに言及しない点にも注意する。その上で、「(2)の）失望を語らないのは、先に子どもを望みながら、その望む時点で一切語らなかったのと同様に、人にふれてほしくない、人に知られたくない、内に深く秘めた切なる願いだったからではないだろうか。（中略）その夢が破れたことを、人々の前にぶちまけるのは、作者の誇りが許さなかったのであろう。」（括弧内引用者補）と述べる。要するに、「思ふやうにもあらぬ身の上」を描くのが主題なのに、最も重大なあるいは深刻な「思ふやうにもあらぬ」側面には具体的には触れようとしないところに着目しているとみえる。さらに川嶋氏は、上巻が執筆されたのは(2)と(3)の間で、(2)を経験してからは、「（上巻に）描かれた日々が仕合わせなものとして回顧し得ぬ」（括弧内引用者補）状態にあったと言うのである。川嶋氏の論を私なりに咀嚼して考えると、(2)を詳述する気にならない気持ちが(1)の叙述に跳ね返っているのではないか。(2)や子宝に恵まれない件を語って自分の不幸を浮き彫りにする気のしなかった道綱母は、(1)によって味わわされた不幸感を実際よりも深刻に見せたかったのではないだろうか。考えてみると、(1)（(3)も含めて）がもたらすような苦悩は多くの平安女性が経験したであろうが、(2)や子宝の件は誰しもが経験することでもなかろう。そこを語る気がせず、その代わりに多くの女性が経験する(1)の不幸感を実際以上に見せかけて書いて自分の不幸を浮き彫りにしようというのは分かるような気がする。

紙幅も尽きてきたところで論述が臆測に傾いてきた。この問題には、上巻の成立過程・時期の問題も絡まっていることでもあり、今回はここで筆を擱くことにしたい。道綱母の執筆態度の検討は今後の課題とする。

注

（1）新典社新書41、副題「道綱母と蜻蛉日記」、二〇〇九年一〇月。

（2）『王朝女流日記論考』（一九九三年一〇月・至文堂）「第五章　日記文学における和歌（その2）―女からの贈歌―」、並びに、「第八章　『蜻蛉日記』の一解釈―「なほもあらじ」考―」参照。引用は、第八章から。

（3）『蜻蛉日記』の引用及び歌番号は、柿本奨氏著・角川文庫『蜻蛉日記』（一九六七年一一月）による。底本は宮内庁書陵部本。傍線等は私に施した。

（4）今思うと、新典社新書での私の立場は曖昧であったかもしれない。『蜻蛉日記』上巻前半の読解と言いながら、読解に留まらず実際面にも踏み込んでいったのであるが、その読解と謂わば読解を越えた実際面への踏み込みとの区別が曖昧であったかもしれない。本稿では、叙述面の分析も含めながら実際面の究明を目的とする。

（5）秋山虔・上村悦子・木村正中氏、『国文学解釈と鑑賞』（28巻5号・一九六三年四月・至文堂）。以下、「注解」と略称する。

（6）森田兼吉氏「「返し、いと古めきたり」「例のつれなうなりぬ」」（『日記文学の成立と展開』一九九六年二月・笠間書院「第一部　古代の日記文学　第二章　『かげろふの日記』を読む」）に指摘がある。(v)(vi)でも取り上げた。

（7）増田繁夫氏は、日本の文学古典編8『蜻蛉日記』（一九八六年九月・ほるぷ出版）で、(ネ)の記述に関し、

こんなに町の小路の女を憎む理由の第一は、やはり兼家の妻たちの順位争いによるものであろう。（中略）後から現われた町の小路の女には、追われる立場にいることもあって、憎悪をむき出しに見せたのであろう。種姓の賤しいことをいうのも、かえって孫王という身分に作者が劣等感を持っていたからである。

と解説している。町の小路の女が現れて、道綱母は自分の兼家の妻としての地位が脅かされると感じたと思われるのである。なお、同氏の「女流日記の発想―かげろふ日記論―」（『甲南大学文学会論集国文学篇』15・一九六一年八月）も参照。

（8）「蜻蛉日記の歴史的背景」（『一冊の講座蜻蛉日記』一九八一年四月・有精堂出版）。

（9）益田勝實氏「源氏物語の荷ひ手」（『日本文学史研究』11・一九五一年四月）にある用語。

（10）第五節で（オ）を取り上げるが、（オ）の時点で既に公務に対する理解を道綱母は持ち合わせていたと考える。

（11）例えば、(ウ)で27 28番の贈答歌が交わされる前段階では、「これより、夕さりつ方、「内裏の方ふたがりけり」とて出づるに、心えで、人をつけて見すれば、……」と、兼家の発言を端から信じていない。また、その後には、(エ)で「しばしは、忍びたるさまに、「内裏に」など言ひつゝぞあるべきを。いとゞしう心づきなく思ふことぞ、限りなきや。」と、宮中に行

くとの嘘の一つも吐いて欲しいとの思いまで吐露されている。(エ)については(ii)で詳述した。また、注（19）参照。

（12）上巻後半になるが、九六四年夏にも(ヌ)と似た面を持つ場面がある。

春うち過ぎて夏ごろ、宿直がちになるこゝちするに⑫、つとめて、一日ありて、暮るれば参りなどするを、あやしうと思ふに⑬、ひぐらしの初声聞えたり。「いとあはれ」と驚かれて、

あやしくも夜のゆくへを知らぬかなけふひぐらしの声は聞けども

といふに、出で難かりけむかし⑭。（83・道綱母）

「宿直」という公務がある兼家が出掛けようとする状況で歌を詠み掛けているのは、(ヌ)との類似点と言える。また、阪口玄章氏の「蜻蛉日記人物考」（『国語と国文学』九巻六号・一九三二年六月）以来、兼家はこの頃藤原忠幹女に通っていた可能性が取り沙汰されているが、そうだとすると、兼家の背後に女の存在がある点も類似している。一方、傍線⑫⑬からすると、道綱母は兼家の「宿直」を疑っているようなのは(ヌ)との相違点である。やはり道綱母の念頭には忠幹女があるのであろうか。いずれにせよ、この場面は(ヌ)との比較考証が必要な場面ではあろう。しかしながら、結局兼家が出掛けるのをやめたかどうかという肝腎な点が曖昧で問題だ。傍線⑭は出掛けるのをやめたと解するのが普通ではあるが、全対訳日本古典新書『かげろふ日記』（増田繁夫氏著、一九七八年一二月・創英社）は、「さぞ出歩きにくかったことだろうよ」と訳しており、文字通りに訳せばこうなるだろう。従って、兼家は後ろ髪引かれながらも結局は出て行ったことを言っているのではないか。とにかく、この場面は(ヌ)とは時間的隔たりもあり、比較と言っても単純な比較はできないので、後考を期したい。

（13）一方の兼家について新編日本古典文学全集『土佐日記蜻蛉日記』（『蜻蛉日記』は木村正中・伊牟田経久氏担当、一九九五年一〇月・小学館）は、「これらの贈答の模様を通して感じ取れるのは、一概には言えないけれども、兼家の作者に対する気持がいくぶん好転してきていることである。それは彼の町の小路の女への関心がしだいに薄らぎつつある様子をおのずから語るものではないか。」と指摘している。「それは」以下は、注（6）の森田氏の注意するところと重なる。

（14）本稿冒頭で示した新典社新書（注（1）参照）では、道綱母が上巻に十五年間を圧縮して綴る時に、記事内容には当然取捨選択が行われたことを、『蜻蛉日記』読解に当たっての第二の観点とした。要するに、自分が不幸に見える面を強調

し、幸福に見える面は載せない執筆態度である。

(15) 柿本奨氏著、一九六六年八月・角川書店。

(16) (オ)に関しては、(iii)と(iv)でも触れている。(iii)では、兼家宛ての歌は創るもののそれを素直に兼家に見せようとはしない傍線⑨⑩の道綱母の態度に着目して、和歌の贈答によって兼家との愛情確認を求める道綱母の、半ばはそれを求めつつ、半ばは町の小路の女の出現によって受けた衝撃のために和歌の力を信じられずにいる微妙な心境を読み取った。ちなみに、(オ)は兼家を門前払いにした(ウ)の場面と嘘の言い訳を求める(エ)の記述が続く直後にあるのだが、時間的にはそこから少なくとも数ヶ月は経過しており、後に述べる通り、その間に道綱母の感情は落ち着きを取り戻しつつあったと思われる。同時に、(オ)に至っても当然町の小路の女の存在が心底ではいくらかは気になっているだろう。そういうことが、(オ)での微妙な心境をもたらしたと思われる。もう一つの(iv)では、傍線⑧の侍女の行動に着目し、『蜻蛉日記』のこの後に見える侍女の態度も勘案して、四日になって節供の宴の時宜を佚したことに不満を示す道綱母だが、実際は宴がなされることを望んでおり、その心根を汲み取って侍女がことを運んだと考えた。ともに、本稿とは別の視点から類推したものだが、本稿での考察と通じると思う。

(17) 犬養廉氏著、一九八二年一〇月・新潮社。以下、「集成」と略称する。

(18) (オ)の直後には次の(カ)の記述があるのも見逃せない。

(カ) かくて、今はこの町の小路に、わざと色に出でにたり。本つ人をだに、あやしう、悔しと思ひげなる時がちなり。いふかたなうこゝろ憂しと思へども、なにわざをかはせむ。

波線部（宮内庁書陵部本では「本は人」）が何か誤脱を抱えている可能性があるせいもあり、波線部を含む一文は難解で、(カ)全体の意味も正確には解せない。が、とにかく一文目は、(オ)を「かくて」で受けて兼家が町の小路の女に明け透けに通い出したことを言っているに違いなかろう。しかし、その様子が抽象的にしか述べられていないところに注意される。実際は明るい場面である(オ)を自分の不満が目に立つように叙述したのではあるが、さらにその直後に不幸な自分の様子を、具体的な記憶や記録がないにも拘わらず記しておき、(オ)の明るさを一層消そうという意識があったのではないか。

(19) この辺りはIIIの状況にあるかどうかが重要となる。(オ)ではIIIのような状況にはなく、IIIのような状況にあるのは、(オ)の

前の(エ)と(ク)〜(ソ)である。そのうちの(エ)では、『一条摂政御集』66番（引用は『新編国歌大観』による）、

あひたまてのちに、やないしのもとこもりおはして、うちにうちにとあるに、きたのかた

もしきはをののえくたす山なれやいりにし人のおとづれもせぬ

に示されている伊尹の北の方恵子女王の態度との比較から、歌を詠めないでいる道綱母の姿がうかがえる。その恵子は、状況からするとかなり怒っていても不思議でないが、『述異記』に載る「爛柯」の故事を踏まえた歌に思いを託している。一方、道綱母は、おそらくこの恵子の歌を意識しつつも、歌を詠めないでいるのである（(ii)参照）。以下(ク)〜(ソ)もざっと見ておく。(ク)では兼家ではなくて時姫に贈歌している。(ケ)では日記中初の独詠歌を詠んでいる。それが侍女の計らいで(コ)で贈答歌に発展するのだが、道綱母はあくまでも贈答歌になるのを嫌がっているかの態度をとる。(サ)では隣人の歌が載せられるが、この歌は道綱母の気持ちを代弁しているとも受け取れる（(iv)で言及）。(シ)ではこの辺りとしては珍しく兼家に歌を詠み掛けるのだが、それは古今調の正統な歌ではなく、「矢」と呼び掛けの感動詞「や」を掛詞にした誹諧歌である。(ス)ではやはり歌を詠めずに、白詩の一節を引いている（(ク)(ケ)(コ)(サ)(シ)(ス)は(iii)で言及）。(セ)では再び時姫に贈歌している。そして(ソ)では歌語りの中の修理の歌を呟くのである（(i)参照）。以上のように(エ)と(ク)〜(ソ)ではIIIの状況にあったのが見て取れるのだが、(エ)は(イ)(ウ)を受けて動揺が治まっていない頃で、(ク)〜(ソ)は、兼家が町の小路の女に最も愛情を注いでいたと思われる頃である。これらの時期に兼家にまともに歌を詠めなかったことに比べると、(ヌ)で道綱母が歌を詠んでいるのは、兼家の町の小路の女に対する愛情も薄れ、怒りが治まっているからではないかと考えるのである。

(20) (テ)〜(ヌ)の頃と同様に、やはりIIIIIの状況にはなくてIの状況を求めているとみればよい。

(21) 注（7）で増田氏の見解を引いて賛意を表したが、氏の見解に従うと、町の小路の女が「子産みてしより、すさまじげにな」るまでは、道綱母は兼家の妻としての地位に関して不安を覚えていたと思われる。よって、その間町の小路の女への嫉妬や憎しみなどを表明し続けていたと考えられそうである。しかし、道綱母の気持ちが落ち着いていた頃もあったと私は見なすのである。妻としての地位に不安を覚えながら気持ちが落ち着くというのは矛盾しているようであるが、これは矛盾ではなく、それだけ道綱母の心境は複雑・微妙に推移していたと捉えたい。あるいは、心底には嫉妬や怒りを抱きつつ自己の心境を制御しようとしていたが、制御しきれない時もあったと言うべきか。また、既に述べた通り、道綱母の

気持ちを落ち着かせるような何かが、所々にある記事の空白期間に起こっていたのであろう。いずれにせよ、道綱母の実際面の心境は、これで解決したというところに行き着けるような問題ではなく、今後もさらに追究を続けたいと思う。

（22）増田繁夫氏が「女流日記の発想―かげろふ日記論―」（注（7）参照）において、次のように述べるのは首肯される。

私達は、ともすればこの日記の持つ告白の調子の激しさにまどはされてしまつて、おそらく作者の心はこの中にむき出しに吐露されてゐるのだと思ひこみがちである。この日記の背後で、作者がその効果を考へながら読者の顔つきを量つてゐるなどとは思つてもみないであらう。だがそれは多分誤つてゐる。（中略）部分的には、かなり作者の心に密着した記事もあらうが、やはり作者は読者をだますつもりで記してゐる、またはだますつもりでかかないでゐる部分が多いのである。

（23）「蜻蛉日記における不幸の変容―成立を探る一つの手がかり―」（『国語国文研究』33・一九六六年三月）。

和歌の書記法

加藤昌嘉

写本のなかで、和歌は、どのように書記されているか？

その写本が歌集であるか否かによって、書記法は、次の二つのパタンに分かれる。

【A】歌集の写本では、和歌は行頭から書記され、詞書は和歌より一〜二字分低い位置に書記される。

【B】仮名日記や作り物語や歌物語の写本では、地の文は行頭から書記され、和歌は地の文よりも一〜二字分低い位置から書記される。


わざわざ説明されなくても周知のことだと思う読者が多いかも知れない。しかし、右の二パタンは、あくまでも基本形に過ぎない。平安〜鎌倉〜室町〜江戸時代の写本のなかには、右の区分に収まらぬイレギュラーケースが、いくつも存在する。

写本における和歌の書記法という問題を最初に取り挙げて考察したのは、田村悦子「散文（物語・草子類）中における和歌の書式について」であった。(注1) あまたの用例を博捜した劃期的論文であり、今なお再読三読の価値を持つ。その後は、鈴木眞喜男「行頭のかな」、田中新一「王朝物語本における和歌書式」、今野真二「書記における「行」

意識」、加藤洋介「大島本源氏物語の本文成立事情―若菜下巻の場合―」などが発表されている(注2)が、田村論文が参照されておらず、作品ごとの考察にとどまっていて、隔靴掻痒の感を禁じ得ない。本稿は、田村論文の成果を引き継ぎ、和歌の書記法の種々相を辿りながら、歌集/日記/物語というジャンルの問題を横断的に再考するものである。

一 和歌を、一～二字分、上げる/下げる

今、目の前に、外題も内題もなく仮名ばかりで書かれた写本が差し出されたとしよう。このとき、その作品名を言い当てることが不可能であっても、歌集であるか否かは、すぐに判断できる。すなわち、和歌が散文部分より一～二字分高く書記されていれば、それは歌集である。和歌が散文部分より一～二字分低く書記されていれば、それは仮名日記か作り物語か歌物語である。……と、一応は断言できるのだけれども、写本によっては、以下のようなイレギュラーケースが存在する。

『建礼門院右京大夫集』の書記法

家の集なといひて哥よむ人こそかきとゝむる事
なれこれはゆめ〳〵さにはあらす只あはれにもかなしくも
何となくわすれかたくおほゆる事共のその折〳〵
ふと心におほえしを思ひいてらるゝまゝにわかめひとつ
に見んとてかきをくなり
　われならてたれかあはれとみつくきのあともしすゑの世に
　　　　　　　　　　　　　　　　　　　　のこるとも

たかくらのゐんの御くらゐのころせうあん四年なと

右は、『二〇〇七年明治古典会　七夕古書大入札会』という古書目録に掲載された、『建礼門院右京大夫集』（永享二年写　二巻　一冊）の冒頭部分である。掲載写真をもとに、冒頭の八行ほどを翻刻した。『建礼門院右京大夫集』の写本では、通常、和歌は行頭から書記され、詞書はそれより一〜二字低い位置に書記される。内容こそ「日記的」であっても、私家集と認められる所以である。ところが、右の写本では、和歌が低く書記されている。〝『建礼門院右京大夫集』を仮名日記として享受する読者が存在していた〟と言わねばなるまい。和歌が一〜二字分低い位置に書記された『建礼門院右京大夫集』としては、これまでにも、伝後光厳院筆の古筆切や伝冷泉為秀筆の古筆切が報告されているが、(注3)右の資料は、断簡でない点で、きわめて貴重である。和歌にも異同がある（結句「のこるとも」）。今後、この写本が、何らかの形で公開される日を俟ちたい。

『赤染衛門集』『弁内侍日記』の書記法

右と同様のケースとして、『赤染衛門集』『弁内侍日記』を挙げることができる。

『赤染衛門集』の写本では、通常、和歌は行頭から書記される。私家集である。ところが、青山会に所蔵される写本では、内題を「赤染衛門集」としながらも、和歌が一〜二字低い位置から書記されているのである。〝『赤染衛門集』を仮名日記として享受する読者が存在していた〟と言わねばなるまい。或いは、〝詞書が多量であるため紙を節約せんとして散文部分を高い位置から書き始めた〟という可能性も考慮に入れるべきだろうか。

かたや、『弁内侍日記』の写本では、通常、和歌は一〜二字分低く書記される。仮名日記である。ところが、宮内庁書陵部蔵本や松平文庫蔵本では、内題を「後深草院弁内侍家集」としている。和歌は、一〜二字分低い位置に書記されているので、書記形態と撞着するのだが、〝『弁内侍日記』を、私家集として享受する読者が一部には存在していた〟と言わざるを得ない。顧みるに、『弁内侍日記』のなかには、「阿弥陀仏連歌」を作ったくだりで、「大納言三位」が、作者に、「この恋草の御連歌、思ひ出でなるべし。そのよしの歌詠みて、家の集などに書かるべし」と言っていたことが想起される。〝その言葉に触発されて書かれたのが、他でもない、この『弁内侍日記』だ〟と言えるなら、この作品を或る種の「家の集」と見なして考えてみることも、意味のないことではない。

こうした諸例を見るにつけ、和歌の書記位置が散文部分より高いか低いかによって、歌集である／歌集でない、と分けてしまってよいものか否か、不安になりもする。想い起すに、森本元子は、『成尋阿闍梨母集』中で、和歌の後を「と」「など」が受けて散文が続く形が多いことに着目し、この作品を「日記文学」と認定していたのだった。(注4)内容ではなく形態によって判断するという点で、範としたい。

『成尋阿闍梨母集』の書記法

仮名日記と私家集との境界の曖昧性（相互乗り入れ性）の例としてしばしば取り挙げられるのが、『成尋阿闍梨母集』である。この作品は、紹介された当初は、「成尋阿闍梨母日記」とか「成尋母日記」とか呼ばれていたはずなのだが、(注5)大阪青山歴史文学博物館蔵本（冷泉家旧蔵。藤原定家手沢本）が知られるようになって以降は、「成尋阿闍梨母集」という呼称に統一されているようである。藤原定家の筆跡で表紙に「成尋阿闍梨母集」と墨書されているのが重視されたのだろう。しかし、この作品を私家集に分類することには、賛成できない。『成尋阿闍梨母集』は、宮内庁書陵部蔵本でも大阪青山歴史文学博物館蔵本でも、和歌は一～二字分低く書記されているのである。定家の外題など無視して、『成尋阿闍梨母日記』という呼称で文学史に登録するのが妥当である。宮崎荘平が、「冷泉家蔵本を忠実に踏襲書写されたとみられる宮内庁書陵部蔵本をみると、散文部分を基調として、和歌は引用の形式をとって約二字下げで掲げる書写形態をとっている。」と述べ、「書写形態というこの事実も、内容からみて、この作品が家集ではなく、日記とみるほうが適切だとする判断材料に、傍証として加えられてよかろうかと思われる。」と述べながら、(注6)「成尋阿闍梨母集」と呼び続けているのは、大いなる矛盾である。

『土御門院女房』の書記法

同様のケースとして、『土御門院女房』を挙げることができる。承久の乱後、土御門院が佐渡に流される折、その女房が院を見送る悲しみを綴った、という態の作品である。一〇年ほど前に紹介された天下の孤本で、文学史年表には登録されていないようだが、二〇〇九年に東京都美術館で開催された《冷泉家―王朝の和歌守―展》に出品されもしたので、今後、認知度が高まることと期待される。一部を翻刻してみる（三九丁裏）。

わたりあるとおほえて
　わすれてはおなし
　よにある心ちして
　さはさそかしと思
　かなし
はるのはしめよりとし
のくれまてこしかたゆく
さきやすむ時なく

見られるとおり、和歌は一字分低い位置に書記されている。仮名日記と認定すべきだろう。今は、『冷泉家時雨亭叢書』の「中世私家集」編に収録されているのだが、その解題に、「『土御門院女房』は四十三首（うち、末尾の一首は長歌）の歌を収めるが、和歌が文章よりもほぼ一、二字分低く書かれており、形態的には仮名日記といえるであろう。」と言われる（注7）とおり、今後は、仮名日記（女房日記）の一つとして文学史に登録し、『土御門院女房日記』と呼ぶのが妥当である。

ただし、この作品で注意されるのは、末尾にある長歌だけが、地の文と同じ高さで（行頭から）書記されていることである。長歌を含む仮名日記としては『蜻蛉日記』『十六夜日記』があり、長歌を含む物語としては『うつほ物語』『栄花物語』『住吉物語（広本系）』があり、いずれにおいても、長歌は、通常、地の文より一〜二字低く書記されるのであるが、『土御門院女房』は、それらとは異なる。例えば、こう考え得るだろうか……すなわち、『土御門院女房』という作品は、末尾の、院を思慕する長歌こそが核なのであり、それまでの地の文や和歌は、いわばレチタティーヴォに過ぎない、と。

『御製歌少々』『最上の河路』の書記法

同様のケースとして、『御製歌少々』を挙げることができる。順徳院の和歌が並べられた作品である。一〇年ほど前に紹介された天下の孤本で、これも、《冷泉家—王朝の和歌守—展》に出品されていた。一部だけ翻刻してみる（一丁表）。

三月十七日の夜御つかひにおとろきにし夢の名残猶
さめぬ心ちして
　春の夜はみしかき夢と聞しかとなかき思ひのさむるまもなし
又の御つかひまつ程こゝろもとなくて日数もへれは
　今更にかなしき物は白雲のかさなる中の別なりけり

見られるとおり、和歌は一字分低い位置に書記されている。和歌の比率が高く、詞書が僅少なので、和歌研究者は私家集だと言いたいのだろうけれども、ジャンルの問題を考える際は、類例を集めるのがよい。すぐに想起されるのが、飛鳥井雅有の『最上の河路』である。ごく短い地の文の後、和歌が一〜二字分低く書記されている。飛鳥井雅有は、このほか、『仏道の記』『嵯峨の通ひ』『都の別れ』『春の御山路』という仮名日記を残しているが、いずれにおいても、和歌は一〜二字分低い位置に書記されており、この『最上の河路』も、それらと一連のものとして書かれたとおぼしい。従って、同じき形式で書記された『御製歌少々』も、仮名日記と認めるのが妥当である。なお、和歌研究・日記研究の業界には「歌日記」という術語があり、右に挙げた諸作品にも、その呼称を与える向きがある。しかし、何を以て「歌日記」と呼ぶのか定義した論文を私は知らない。「私家集」「仮名日記」と「歌日記」の峻別基準を示した論文を私は知らない。この術語をジャンル概念として用いることは忌避する。

二　和歌埋没――仮名日記・歌物語における――

藤原定家手沢の写本や藤原定家監督書写の写本が現存している場合、研究者が振り回されてしまうことがある。先に挙げた『成尋阿闍梨母集』もそうであるが、以下のように、親本の書記形式を定家が変更してしまったとおぼしい写本が存在する。

『大斎院前御集』の書記法

日本大学総合学術情報センター蔵の『大斎院前御集』は、一部が定家筆、一部が右筆書き、という写本で、定家筆とおぼしき部分に、不審な箇所がある（七七丁裏〜）。

としをへてくる秋ことにすゝむしの
よにふりかたきこゑもたかため
右は秋のゝのかたをつくりて
ませゆひて水なとやりてそれに
きり〳〵すはなちたり□□
くちはのうちしきにあし
てをかきてさかりなる秋の

よを～～てきり〳〵す

さかりなる秋のよをへてきり〳〵す

□□□まさすくさのねたかく

右で「□」としたのは、空白になっている箇所である。傍線は、抹消線である。詞書に続けて書かれた「さかりなる秋のよをへてきり〳〵す」が抹消され、その後、行を替え、行頭から、再び、「さかりなる秋のよをへてきり〳〵す…」と書かれている。ちなみに、翻刻では示せないが、「さかり」の「さ」の字母は、抹消した方は「左」(現行の「さ」)であり、行頭から書いた方は「佐」である。

この事象から、次のような解釈が可能となる。すなわち、【i】この写本の親本では、和歌は、地の文に続ける形(改行しない形)で書記されており、【ii】定家は、親本を書き写す際、和歌が現出すると、いちいちこれを改行し、行頭から書記していたが、【iii】「さかりなる…」の部分は、親本のまま、地の文に続けて書き始めてしまい、しかし途中で和歌だと気づいて、それを抹消し、改めて、行頭から、「さかりなる…」の和歌を、字母まで変えて書記した。……このような経緯を想定できる。

となると、次に、以下の問題を考えねばならなくなる。すなわち、【α】現在『大斎院前御集』と呼ばれている作品が私家集であるのか仮名日記であるのか、定家の判断をゼロに戻して再検討する必要がある。【β】和歌が現出しても改行せず、地の文に続けて書記する写本が他にも存在するのか否か、ジャンルを跨いで再検討する必要がある。

『土左日記』の書記法

和歌が現出しても改行せず、地の文に続けて書記する写本として考察の対象とされて来たのが、『土左日記』である。前掲の田村悦子論文・今野真二論文が考究するところだが、改めてその様態を検討したい。

『土左日記』には、貫之自筆本を藤原為家が書写したという、大阪青山歴史文学博物館蔵・為家本がある。そして、それを書写した、東海大学蔵・青谿書屋本がある。後者の一部を、そのまま翻刻してみる。和歌の部分には傍線を付した。

二日あめかせやますひゝとひよもすか
らかみほとけをいのる
三日うみのうへきのふのやうなれは
ふねいたさすかせふくことやまね
はきしのなみたちかへるこれに
つけてよめるうた　をゝよりてかひ
なきものはおちつもるなみたの
たまをぬかぬなりけりかくてけふ
くれぬ

見られるとおり、青谿書屋本『土左日記』は、【P】日付の箇所では必ず改行する、【Q】和歌があっても改行しない、という特徴を持つ。【R】また、和歌が始まる前に、一字分のスペースを設けている。

一方、貫之自筆本を定家が書写したという、前田育徳会尊経閣文庫蔵・定家本がある。右と同じ箇所を翻刻してみる。

二日あめ風やますひゝとひよも
すから神仏をいのる
三日うみのうへきのふのやうな

れは舟いたさす風ふくこと
やまねはきしのなみたちかへる
これにつけてもよめるうた

をゝよりてかひなき物はおちつもる
なみたのたまをぬかぬなりけり

かくてけふくれぬ

見られるとおり、定家本は、日付の箇所で改行する点では青谿書屋本と同じなのだが、和歌があればそのつど改行し、一字分低い位置から書記している。定家は、奥書で、「其の書様、和歌別行に非ず」と述べているので、貫之自筆本『土左日記』では、和歌は、地の文のなかに混融した状態で書かれていたと知られる。

藤原道長の『御堂関白記』（例えば、寛弘元年二月六日条裏書）や、藤原実資の『小右記』（例えば、寛仁二年一〇月一六日条）など、平安時代の真名日記では、日付は、インデックスとして、行頭から記載するのが常である（もちろん、具注暦に書き込む日記の場合は、日付は、最初から行頭に記載されている）。そして、和歌を記す場合も、わざわざ改行しないのが常である。今西祐一郎「「私」の位置」が、「『土佐日記』とは、まず形式において、真名日記を仮名で忠実になぞることを意図した作品なのであった」と述べているように、(注8)『土左日記』が、日付を行頭に記し、和歌があっても地の文中に埋没させて書いているのは、けだし、当然のおこないであった。

『和泉式部物語（和泉式部日記）』の書記法

『和泉式部物語（和泉式部日記）』の写本では、和歌は、改行した上で地の文より一～二字分低い位置に記される。ただ、研究者の間では、長らく、次の箇所が問題視されて来た。京都大学蔵本（応永本）に拠って、そのまま翻刻してみる（二九丁裏～）。

秋のうちにくちはてぬへしことはりの時雨にたれか袖をからましとなけかしう思へとしる人もなし草木の色さへみしまゝにもあらすなりもて行しくれん程のひさしさもまたきにおほゆるに風のくるしけにうちなひきたるにはたゝいまもきえぬへき露の我身そあやうし草葉につけてかなしきまゝにおくにもいらてやかてはしにふしたれはつゆねふるへくもあらす人はみなうちねたるにその事とおもひてわ

問題は、波線を引いた箇所である。『和泉式部集（正集）』には、次のようなくだりがあるのである（佐伯梅友ほか『和泉式部集全釈』八八五番・八八六番）。

うとうとしううち曇るものから、雨の気色ばかり降るは、せむ方なくて

秋のうちに朽ち果てぬべし　ことわりの時雨に袖をたれに借らまし

消えぬべき露のわが身は　もののみぞあゆふくさはに悲しかりける

前者の和歌「秋のうちに…」は、異同はあるが、『和泉式部物語』の傍線部に合致する。注目したいのは、後者の和歌「消えぬべき…」で、これは、右の『和泉式部物語』では、波線を引いたとおり、五七五七の形になっていない。つまり、『和泉式部物語』の波線部「きえぬへき露の我身そあやうし草葉につけてかなしきまゝに」は、もともと、「消えぬべき露のわが身は　もののみぞあゆふくさはに悲しかりける」という和歌の形であったものが、

書写の過程で地の文化してしまったものと考えられるわけだ。（注9）

先の『土左日記』と併せ考えると、次のような想定が可能になろうか。すなわち、【i】『和泉式部物語』オリジナル写本では、いずれの和歌も、改行されたり二字下げにされたりはしていなかった、【ii】それを、後の書写者が、和歌を特立するような書記法に改めた、【iii】しかし、「消えぬべき……」の部分は、和歌であると認識できない状態だったため、現在のような形になっている、と。

『平中物語』の書記法

『土左日記』『和泉式部物語』に追加し得る例として、ごく最近、青木賜鶴子「平中物語第二段の和歌—歌物語の場面性など—」が瞠目すべき新見を呈示した。（注10）青木論文で問題とされたのは、『平中物語』第二段中の文章である（八丁表〜）。

へてはらからともなとくち〳〵おかしくいひ
けるによしこれもて心さしは見せんとて
なとかゝる人めをいかてかはしのふへき
つゝむ事たになき身ならはこそあら
め夜あけぬれはおとこかへりていひおこ
せたり
　うちかはしちかはぬそてをあまく
　もとふりししくれはつきに見えけん
なとそいひたるおなしおとこの心の

右の二重傍線部につき、青木論文は、次の文「夜あけぬ…」との続き具合の悪さから、ここを、「本来は一首の和歌だったのではないかだろうか」と述べ、二重傍線部が、もともと、「などかかる人目をいかでしのぶべき　つつむことなき身ならばこそあらめ」というような和歌ではなかったか、という試案を示している。『土左日記』『和泉式部物語』或いは後に挙げる『源氏物語』などの例を加味するなら、十分にあり得る説だと思われる。仮名日記や作り物語では、和歌を地の文の中にそのまま書記するのが平安時代には通常だったのではないか、とさえ思われて来るところだ。

三　和歌埋没——歌物語・作り物語における——

歌物語にせよ作り物語にせよ、歴史物語にせよ軍記物語にせよ、説話集にせよお伽草子にせよ、物語においては、和歌は、地の文より一〜二字分低い位置から書記されるのが常である。九〇パーセント以上がそうであると言ってよい。しかし、ごく一部にイレギュラーケースがあり、概念をくすぐられる。

『伊勢物語』『西行物語』の書記法

前掲の田村論文では、『伊勢物語』『西行物語』における珍しい書記例が引かれていて、興味が尽きない。例えば、天理図書館蔵の承久本『伊勢物語』（長享二年奥書）は、以下のように書記されている。

いつるを見て殿上にさふらひたるおりにて
鶯の花をぬふてふかさもかなぬるめる人にきせてかへさん
返し
うくひすの花をぬふてふかさはいなおもひをつけよほしてかへさん
むかしおとこちきれることあやまれる人に
山しろのゐてのやま水てにむすひたのみしかひもなき世なりけり

といひやれといらへもせす

見られるとおり、和歌は行頭から、詞書は一〜二字低い位置から書記されている。『伊勢物語』の写本としてはきわめて異例な書記法をとっている。『伊勢物語』が、物語としてよりは歌書として読まれて来たこと（『詠歌大概』などを参照）を考えると、こうした書記法も、あながち異常とは言えまい。

歌物語ということで言えば、静嘉堂文庫蔵の『西行物語』でも、途中までは、和歌は一〜二字低い位置に書記されているのに、どういうわけか、二五丁表以降は、和歌を行頭から書記する形式に変わる。書写者が交代したとも考えられる例である。

『源氏物語』の書記法

『源氏物語』においては、鎌倉〜南北朝時代の写本でも室町〜江戸時代の写本でも、和歌は一〜二字分低い位置から書記されるのが常である。しかし、いささかのイレギュラーケースが存在する。

先頃、全丁の影印が発刊された甲南女子大学蔵の伝藤原為家筆「梅枝」巻は、例えば次のように（一一丁裏〜）、和歌があっても字下げをしないという、きわめて珍しい書記形態の写本である。

頭中将にたまふとりてさい将の
中将にさす
うくひすのねくらの枝もなひ
くまてなをふきとをせよはの
ふえたけ
さい将
こゝろありてかせのよくめるはな

のえにとりあえぬまてふきやよるへき
なさけなくやとてみなわらひたま
ひて弁の少将

見られるとおり、和歌があってもまったく字下げをしていないが、ただ、和歌がある箇所では必ず行を改めている点は、はなはだ律儀である。全丁にわたってこの書記法が貫かれている。鎌倉時代の『源氏物語』写本では、和歌があっても改行しないことが、まま、ある。

とかはとてとり給もむねつふるみちのくにかみのあ
つこえたるにゝほひはかりはふかうしめ給へり
いとようかきおほせたりうたも　からころも君か
心のつらけれはたもとはかくそゝほちつゝのみ心
えすうちかたふきたまえるにつゝみにころも
はこのをもりかにこたいなるうちをきてを

右は、天理図書館蔵の伝冷泉為相筆「末摘花」巻（三三丁表）。和歌に傍線を付した。和歌を地の文中に埋没させた（ただし、直前にいささかの空白をあける）書記法である。もちろん、この写本のすべてでこうした書記法が貫かれているわけではないが、三・四箇所に、こうした例が見られる。

ことをいふにことすくなに心にくきほと
なるをねたかりてさい将のきみとまう
して上らうのよみかけたまへる
おりてみはいとゝにほひそまさるやと

すこしいろめけむめのはつはなすこし
くちはやしときゝて　よそにみてもきゝ
なりとやさたむらんしたにほゝゑむ花の
しつえをさらはそてふれて心みたまへな
とすさふるにまことにいろよりもなとひ

右は、天理図書館蔵の伝西行筆「竹河」巻（一一丁表）。和歌に傍線を付した。和歌を地の文中に埋没させた（ただし、直前にいささかの空白をあける）書記法である。もちろん、この写本のすべてでこうした書記法が貫かれているわけではないが、三・四箇所に、こうした例が見られる。

ひきよせ給て
ふるゝ身をうらみんよりはまつしまの
あまのころもにたちやかへまし
なをうつし人にてはすくすましか
りけりとひとりことにてのたまふ
をたちとまりてさも心うき御心かな
まつしまのあまのぬれきぬなれぬとて
ぬきかへぬといふ名をたゝめやは

右は、天理図書館蔵の国冬本のうち、「匂宮」巻（一二丁裏）。中身は、外題とは異なり、「夕霧」巻の後半である。波線部の和歌は、行頭から、一字分低い位置から書記されている。しかし、原本をよく見ると、直前の「ひきよせ給て」の直下に、「ふるゝ身をうらみん…」とあった文字が擦り消されているのである。おそらく、【i】この本の親本では、和歌は地の文に埋もれた状態で書記されていて、【ii】それを、書写者が改行し字下げしながら書き写していたが、【iii】この箇所では、親本どおり、地の文に続けて「ふるゝ身を…」と書き写してしまったため、それを擦り消して、改めて、次行に、一字下げして、再度、「ふるゝ身を…」の和歌を書写した。……そのように推測できる。

右のような例が、鎌倉時代の『源氏物語』写本に散在しているのは、どういうことなのだろうか？　前節では、『土左日記』写本における和歌の書記様態を見た。『和泉式部物語』写本や『平中物語』写本における和歌の書記様態を見た。平安時代に成った仮名日記や物語においては、和歌があってもわざわざ改行したり字下げしたりしないこともあった、と言えるだろう。『源氏物語』においても、和歌の部分で改行したり字下げしたりしたのは、鎌倉時代の書写者（読者）だったのではないか、との疑問が浮上する。

おもへともなをあかさりしゆふかほの露に
をくれしほとの心ちをとしつきふれとお
ほしわすれすこゝもかしこもうちと
けぬかきりのけしきはみこゝろふかき方
の御いとましさにけちかくなつかしか
りしあはれにになる物なうこひしくおも
ほえ給いかてことく〳〵しきおほえはなく

右は、「末摘花」巻の冒頭部分である。宮内庁書陵部蔵、三条西本に拠って掲出した（二丁表）。不審なのは、死んだ夕顔を忘れられないという光源氏の心情を表現しているにもかかわらず、「おぼせども」でなく「おもへども」になっている点、「御心ち」ではなく「心ち」になっている点である。ここは、「おもへども／なをあかざりし／ゆふがほの／露にをくれし／ほどの心ちを」という光源氏の心中和歌なのではないだろうか？　だから、敬語が付されていないのではないだろうか？　書陵部三条西本以外では、池田本・肖柏本・日大三条西本・湖月抄でも、五七五七七のリズムで読むことができる。

「末摘花」巻冒頭が五七調であることを最初に指摘したのは、玉上琢弥「源氏物語の引き歌（二）―末摘花の巻頭―」[注11]である。ただし、玉上論文は、ここを、和歌的表現としてのみ考察しており、もともと和歌だったという可能性を考えていない（「ほとの心ちを」の部分に本文異同があって、五七五七七にならない写本があることを顧慮したのだろうか）。巻の冒頭・作品の冒頭が和歌で始まる、ということであれば、『狭衣物語』巻四の冒頭や『たまきはる』の冒頭があり[注12]、五七調・七五調ということであれば、『とはずがたり』巻二の冒頭がある。敬語の用法から考えて、「末摘花」巻冒頭が光源氏の和歌から始まっていても、不思議ではないはずだ。【i】平安時代には、和歌があってもわざわざ字下げをしない書記法があった、【ii】それゆえ、鎌倉時代の書写者たちに気づかれず、地の文に埋もれたままの和歌がまだ存在する……そのような推測が可能となる。

以上、仮名日記・歌物語・作り物語を対象として、平安～鎌倉～室町～江戸時代の写本における和歌の書記法について考えてみた。とりわけ、『土左日記』『和泉式部物語』『平中物語』『源氏物語』において、和歌があっても改行されず地の文中に埋没しているケースが散見されることは、深く意に留めておきたい。つまり、平安～鎌倉時代に成った物語において、未だに和歌が地の文中に埋もれている例が他にもまだ見つかるかも知れない、ということだ。まず、『うつほ物語』『源氏物語』『夜の寝覚』など長大な物語の地の文中に和歌が埋もれていることがあるか否か、色眼鏡を掛けずに調査すべきである。次に、『風葉和歌集』に和歌が採録されていながらそれが現存物語写本に見出せないケースを、改めて調査すべきである。例えば『しのびね』『海人の刈藻』は、『風葉和歌集』に載る和歌・詞書と、現存物語写本に載る和歌とがうまく合致しない。そのため、現存『しのびね』・現存『海人の刈藻』は「改作本」であると言われている。しかし、『風葉和歌集』に載る和歌に近い表現が、現存写本の地の文中に見出されるようなことが、ないとは言えない。また、『風葉和歌集』に和歌が採録されていながら現存しない物語が多くあるが、これも、もしかしたら、お伽草子（室町時代物語）に分類されているものの地の文中に、もともと和歌であったものが混融している、などということも、ないとは言えない。

なお、本稿では、作り物語や仮名日記の写本で和歌の末尾をそのまま地の文になだれ込ませる書記法が多いこと（注13）については触れ得なかった。また、歌集であるにもかかわらず和歌が行頭から書記されないケースがあることにも触れ得なかった。（注14）いずれも、稿を改めて考えたい。

注

（1）田村悦子「散文（物語・草子類）中における和歌の書式について」（『美術研究』第三一七号、東京国立文化財研究所美術研究所、一九八一年七月）

（2）鈴木眞喜男「行頭のかな」（『いわき明星　文学・語学』第二号、いわき明星大学日本文学会、一九九二年一二月）
田中新一「王朝物語本における和歌書式」（樋口芳麻呂編『王朝和歌と史的展開』笠間書院、一九九七年）
今野真二「書記における「行」意識」（『仮名表記論攷』清文堂、二〇〇一年）
加藤洋介「大島本源氏物語の本文成立事情―若菜下巻の場合―」（中古文学会関西部会編『大島本源氏物語の再検討』和泉書院、二〇〇九年）
また、次の論集は、元永本『古今集』などを対象に、和歌がどのように書記されるのかという問題を、書道史や美術史の観点をも含めて考究したもので、裨益するところ大きい。
浅田徹ほか編『和歌をひらく（二）和歌が書かれるとき』（岩波書店、二〇〇五年）

なお、一九九一年の鶴見大学日本文学会春季大会（五月一六日開催）において、高田信敬「歌の書き方」という発表があったと仄聞しているが、その内容については、不明。

（3）次の二論は、和歌が一〜二字分低く書記された『建礼門院右京大夫集』写本の古筆切を報告したものである。

杉谷寿郎「伝後光厳院筆建礼門院右京大夫集切」（『平安私家集研究』新典社、一九九八年）

藤井隆「物語系古筆切について（一）—概観と新資料—」（『名古屋大学国語国文学』第七号、名古屋大学国語国文学会、一九六〇年一二月）

右の二論を受け、久保田淳「解説」（『新編日本古典文学全集　建礼門院右京大夫集・とはずがたり』小学館、一九九九年）は、「中でも十葉ほど見出された伝後光厳院宸筆の切や一葉知られる伝冷泉為秀筆の切では、和歌を低く書いていることが注目される。つまりそこにはこの作品を日記文学のような意識で書写していたらしいことが窺われるのである。」と述べている。

（4）森本元子「女流日記文学と私家集」（今井卓爾監修『女流日記文学講座（一）女流日記文学とは何か』勉誠社、一九九一年）

なお、森本は、『建礼門院右京大夫集』については、「成尋阿闍梨母集が、日記文学でありながら私家集的性格を具えているのと、ちょうど逆の論理で、私家集でありながら日記文学の性格を備えているということになろう」と述べてもいる。「歌集的日記」「日記的歌集」という厄介な問題を考える際、種々のヒントを得られる論文である。

（5）以下の論文のタイトルに注目されたい。

佐佐木信綱「成尋阿闍梨母日記」（『国文学の文献学的研究』岩波書店、一九三五年）

宮田和一郎校注「成尋母日記」（『王朝三日記新釈』建文社、一九四八年）

（6）宮崎荘平「解説」（『成尋阿闍梨母集　全訳注』講談社学術文庫、一九七九年）

ちなみに、松本寧至「日記文学のなかの『とはずがたり』」（『女西行—『とはずがたり』の世界—』勉誠新書、二〇〇一年）は、『成尋阿闍梨母集』を「歌日記」と位置づけたうえで、「作者の意図する本当の題名は、冒頭に記された『延久三年（一〇七一）正月卅日』という日付である。」という珍説を呈示している。一度は議論しておいてよい問題であろう。

（7）井上宗雄「解題」（冷泉家時雨亭文庫編『冷泉家時雨亭叢書（二九）中世私家集（五）』朝日新聞社、二〇〇一年）

（8）今西祐一郎「「私」の位置―土佐日記・かげろふ日記―」（久保田淳ほか編『岩波講座日本文学史（二）九・一〇世紀の文学』岩波書店、一九九六年）
この論文では、前田育徳会尊経閣文庫蔵の『うつほ物語』写本や、学習院大学蔵（三条西家旧蔵）の『枕草子』写本にも、和歌が地の文中に埋没している例があることが指摘されてもいる。

なお、『土左日記』の和歌については、次のような先論がある。

阪倉篤義「土佐日記の歌と地の文」（『文章と表現』角川書店、一九七五年）

（9）『和泉式部物語』における和歌埋没現象については、夙に、以下の論文で指摘されている。
吉田幸一「原典への復原の問題と三系統本の祖本ならびに別本の想定」（『和泉式部研究（一）』古典文庫、一九六四年）
遠藤嘉基「歌と地の文との融合」（『新講和泉式部物語』塙書房、一九六二年）
なお、佐伯梅友ほか『和泉式部集全釈』（東宝書房、一九五九年）は、「あゆふくさは」について、これを「不明」とし、「あゆくさは」の誤写である可能性を示唆している（六五四頁）。

（10）青木賜鶴子「平中物語第二段の和歌―歌物語の場面性など―」（『百舌鳥国文』第一六号、大阪女子大学大学院国語学国文学専攻院生の会、二〇〇五年三月）

（11）玉上琢弥「源氏物語の引き歌（二）―末摘花の巻頭―」（『源氏物語研究』角川書店、一九六六年）

（12）堀口悟「『狭衣物語』の巻頭と引用表現」（王朝物語研究会編『研究講座　狭衣物語の視界』新典社、一九九四年）は、『狭衣物語』巻四の冒頭の特異性を考察しつつ、『源氏物語』「末摘花」巻の冒頭（および、玉上論文）についても言及しているが、「おもへども…」がもともと和歌であった可能性は考慮していないようである。

（13）和歌の末尾を地の文になだれ込ませるという現象（表現）については、以下の論文を参照のこと。
池田和臣「源氏物語の文体形成―仮名消息と仮名文の表記―」（『国語と国文学』第七九巻第二号、東京大学国語国文学会、二〇〇二年二月）
山田利博「登場人物と和歌の効用」（『源氏物語の構造研究』新典社、二〇〇四年）

加藤昌嘉「『源氏物語』は、手で書かれたものに他なりません。」(『日本文学誌要』第八〇号、法政大学国文学会、二〇〇九年七月)

(14) 例えば、本阿弥切『古今集』巻一一(三井文庫蔵の断簡や逸翁美術館蔵の断簡)では、和歌を五字下げで書記したり、和歌一首目の下に四字ほどの空白をあけ、そこから二首目の和歌を書記したりするような特殊な書記法が見られる。

※本稿で掲出した諸作品は、以下の複製・影印・紙焼写真に拠った。

『建礼門院右京大夫集』……『二〇〇七年明治古典会　七夕古書大入札会』
『赤染衛門集』……青山会本2種(国文学研究資料館蔵の紙焼写真)
『弁内侍日記』……宮内庁書陵部本および松平文庫本(国文学研究資料館蔵の紙焼写真)
『成尋阿闍梨母集』定家手沢本……『成尋阿闍梨母集　重文』(角川書店)
『土御門院女房』……『冷泉家時雨亭叢書(二九)中世私家集(五)』(朝日新聞社)
『御製歌少々』……『冷泉家時雨亭叢書(三〇)中世私家集(六)』(朝日新聞社)
『大斎院前御集』定家手沢本……『大斎院前の御集』(便利堂)
『土左日記』定家本……『尊経閣叢刊　土左日記』(育徳財団)
『土左日記』青谿書屋本……『東海大学蔵桃園文庫影印叢書　土佐日記』(東海大学出版会)
『和泉式部物語』……『京都大学国語国文資料叢書　応永本和泉式部物語』(臨川書店)
『平中物語』……『平仲物語　冷泉為相卿筆』(武蔵野書院)
『源氏物語』伝為相筆「末摘花」巻……『天理図書館善本叢書　源氏物語諸本集(一)』(八木書店)
『源氏物語』伝西行筆「竹河」巻……『天理図書館善本叢書　源氏物語諸本集(二)』(八木書店)
『源氏物語』国冬本「匂宮」巻(「夕霧」巻後半)……原本調査に拠る。
『源氏物語』書陵部蔵三条西本「末摘花」巻……『源氏物語　青表紙本』(新典社)

※本稿は、国文学研究資料館における基幹研究「王朝文学の流布と継承」において口頭発表した内容を基とし、新たに活字化したものである。浅田徹氏・久保木秀夫氏・田渕句美子氏から種々の示教を得た。深謝したい。また、貴重な資料の閲覧をお許し下さった天理図書館と宮内庁書陵部に、感謝の微衷を申し添えたい。

日本語史上の大島本源氏物語

中村一夫

一　歴史的存在としての大島本

築島裕は「国語史上の源氏物語」（阿部秋生編『源氏物語の研究』一九七四年、所収）で、この「平安時代の物語」について、次のような危惧を述べる。

しかしこれらの研究の進展にも拘らず、源氏物語の言語の研究については、尚一抹の不安を拭ひ去ることが出来ない。それは、いふまでもなく、本文の信憑性についての問題が解決されてゐないことに由るのである。作者紫式部自筆の源氏物語の原本は勿論伝存しないが、現存する写本について見ても、その多くは鎌倉時代以降の書写であり、しかもそれらの中には、藤原定家の手を経てゐると思はれるものが多い。一般に、古典の本文が定家の手を経た場合、改変の加へられたことがあつて、例へば土左日記の場合など、その典型的な例と見られるのであるが、源氏物語の場合にも、そのやうな改変が皆無であつたといふ保証は、未だ得ることが出来ない。この点を押さへずに進むならば、最悪の場合、平安時代語としての源氏物語を研究してゐたつもりなのに、実は鎌倉時代の言語（尤も、それは多分に前代の語形を継承してはゐようが）を研究してゐたといふ結果にもなり兼ねない。又、このやうな問題は一往措くとしても、現存する古写本の間には、字句の異同が極めて大きく、異文のある場合、どの本文を採つて、平安中期の源氏物語の原形とするか、判断に苦しむ場合が少くない。従来の研究は、この点について必ずしも徹底的な配慮を尽してをらず、そのため、研究の結果も隔靴掻痒の感あるを免れなかつたのであらう。

いささか長い引用となったが、この築島の指摘する点に関して、後代の研究者はどれほどの問題意識を持って源氏物語の本文と対峙してきただろうか。「幻想の平安文学」に気付いていながら、見て見ぬふりをしては来なかったのか。築島は同時代に成立したと考えられる訓点資料と源氏物語絵巻の詞書を照らし合わせ、この物語本文の時代を特定しようとする。源氏物語の写本ではなく、およそ二百年ほど遅れて成立した絵巻の詞書を比較のための資料とするところに、この物語（あるいは物語本文）の置かれた不幸な状況が垣間見える。

現在、源氏物語の善本とされているのは、藤原定家の手になるいわゆる青表紙本系と呼称される一群の伝本である。中でも室町期に書写された飛鳥井雅康等筆本源氏物語五十三帖（古代学協会蔵、以下大島本とする）が重用されることは周知の事実である。池田亀鑑が『校異源氏物語』（一九四二年）および『源氏物語大成』（一九五三年〜一九五六年）の底本として採用したことで、大島本は定家自筆本、伝明融筆本に次ぐこの物語の善本としての地位を確立した。そしてこれによって源氏物語の本文は確定し、以後はその成果を無批判に利用するという、常識や慣習ができあがってしまったとおぼしい。しかし、近年、これを安易に権威化すべきではないという立場を取る研究者が増えてきたことに加え、同じく池田亀鑑が暫定的に提示した諸伝本の系統分類、すなわち青表紙本系と河内本系を二つの柱として立て、さらにそれら以外を別本としたことに関しても、少なからぬ疑義が提出されている。二〇〇九年に刊行された『大島本源氏物語の再検討』（およびその基になった中古文学会関西支部主催「源氏物語千年紀記念シンポジウム」二〇〇八年六月）は様々な観点から重要な問題提起をし、この伝本のありように正面から切り込むものとして大きな注目を浴びた。(注1)

なにより大島本の地位および諸本の系統が問題視されるのは、これらの分類基準や格付けが本文そのものを虚心に観察した結果導き出されたのではなく、写本の形態や奥書の有無、書写のありようといった外部徴表や状況証拠のみによって定められた点にある。もちろんこれらの特徴から伝本の性質を考える書誌学的な考察の重要性、必要性を否定するものではない。しかし、それだけですむ問題ではないだろう。もはやかりそめに祭り上げられた「聖典」にすがりついた無邪気な資料調査や本文読解の時代は過ぎ去ったのである。ただ一つの紫式部原本または藤原定家校訂本に辿り着く幻想を捨てて、目の前の諸伝本を他ならぬ本文自体によって一回的かつ歴史的な存在として正確に測定しなければならない。それは最も重用される大島本にこそまずなさけなければならない。

大島本の本行本文はどのような性質を有するのか。外部徴表に頼らない、本文そのものの性質や時代的特性を測定するという目的を考える時に、これまでは各伝本に見える中古語の残滓を追い求めようとするのがもっぱらであった。むろんその方向のアプローチが有効であることは疑わない。しかし、それとは異なる視点、すなわち実際に書写された鎌倉時代や室町時代の言語的特徴を抽出するという方向で、源氏物語の写本の性質を特定できないだろうか。つまり中世語の痕跡を持つ箇所の異同状況を調査することによって、眼前の伝本の素性を知る、時代的な性質を知ることを目指すのである。

ここでは他本との比較ではなく、最もよく読まれている大島本の本文そのものがいかなる性格、時代的特性を持つものなのかを測定する。具体的には日本語の史的研究の成果に照らし見て、確かに時代を特定できる言語的特徴の痕跡を大島本に見出だしたい。仮に現存するすべての本文が大島本の表現を支持するものであっても、日本語史上の位置づけという点では、なんら問題にはならない。大島本に固有の性質であろうとなかろうと、日本語史に照らして中古語として不当だと判定される箇所を切り分けて確認しておくことは必要だからである。そして大島本（あるいはそれを底本とする校訂本）によって源氏物語を解そうとする時、少なくとも後世の言語観、あるいはさかしらによる改変を含み持つ本文であることを十分自覚した上で、それを行う必要のあることを指摘する。他伝本との相対的な関係だけではない、大島本の絶対的な位置づけを試みることとする。したがってここでは分類も復元も優劣も考えることはしない。

調査に使用したのは角田文衛・室伏信助・藤本孝一編『大島本源氏物語』（一九九七年）および『大島本源氏物語DVD-ROM』（二〇〇七年）である。引用も同書による。さらに他の伝本の状況を見るために、刊行会編『源氏物語別本集成』（一九八九年～二〇〇二年）、同『源氏物語別本集成続』（二〇〇五年～二〇一〇年）、伊井春樹編『CD-ROM古典大観源氏物語』（一九九九年）、池田亀鑑編『源氏物語大成』（普及版一四冊、一九八四年～一九八六年）、加藤洋介『河内本源氏物語校異集成』（二〇〇一年）などのほか、各種伝本の影印、複製本を参照した。なお本稿では見せ消ちや書き入れ、補入などの修正が施される以前の本行本文のありようを調査している。本行本文を主たる考察対象とするのは、伊井春樹の大島本への発言、すなわち「最終段階の大島本の本文をもって青表紙本の基準とするのはきわめて危険であるし、青表紙本の中でもこれと対置する三条西家本を含めて、定家本とはどのような本文だったのかを、あらためて体系的に考察する時期にきているのではないかと思う」（「大島本『源氏物語』本文の意義と校訂方法」、『源氏物語論とその研究世界』二〇〇二年、所収）とする考え方に従うからである。書き入れや修正箇所の生成事情が明らかにされていない現状にあって、最終形態を伝本の姿であるとするのは一つの立場ではあろうが、本来的にはこれまで等閑視されてきた最初の形態にこそ着目すべきであると考える。

二　「すずろ」「そぞろ」「すぞろ」

大野晋は「王朝文学と言葉」（『日本文化研究』第九巻、一九六一年）において、平安文学に多く用いられる「あいなし」が、中世以降にはよく理解されなくなっていることを指摘する。そこでは「この言葉は、平安宮廷の栄華が亡びてしまったと同時に、日本語の世界から影をうすくしてしまった単語なのである。そして、この単語は、実は鎌倉時代の初めになると、もうその意味がよくわかっていなかった」とし、さらにこのように続ける。

なぜなら鎌倉初期の源氏物語の写本である河内本の系統では、「あいなく」という言葉を、しばしば「そぞろに」と書き換えているところに出会う。つまり、鎌倉時代の初めに源氏を校合した源光行、親行たちには、もう、この「あいなし」が、かなりわかりにくかったらしい。それゆえ、この「あいなく」を彼らのわかる「そぞろに」という言葉におき換えたのだ。

いわゆる河内本系諸伝本の表現がそのまま源光行、親行の意向を反映したものであるかどうかには慎重でありたいが、中古の言葉が中世人に理解しがたくなっていること自体は認めてよいと考える。大野の導きに従って「あいなし」が「すずろ」またはその母音交替形である「そぞろ」となっている用例を検してみると、尾州家本の賢木巻にこれが見られた。大野はしばしば河内本系の伝本に見られると述べたが、尾州家本全帖にはこの一例しか見当たらない。

いまはいといたうおほししつめてはかなきことにつけてもものあはれなるけしきさへそはせ給へるはあいなう心くるしうもあるかななとおいしらへる人々うちなきつゝめてきこゆ（賢木・四九オ）

故桐壺院の法要の後、出家の道を選んだ藤壺のもとを訪問する光源氏は、積年の思いを胸に抱えながら、どこまでも紳士的に振る舞う。その痛々しいまでの姿を見た老女房達の感想を語るくだりにある「あいなう」が、尾州家本では「すゝろに」となっている。同じ河内本系とされる高松宮本、天理河内本にも「すゝろに」とあり、近い距離にあると思われる一群の伝本にこれを確認できることから、先の大野の指摘に一定の妥当性を認めることができる。なお他の伝本では御物本「すゝろに」、国冬本「あひなくそゝろに」、静嘉堂本「いみしうすゝろに」などが確認できる。「あいなし」「すずろ」をともに用いる国冬本の本文（賢木巻は鎌倉末期書写）のありように目が引かれるが、今は本文の成立事情を詮索することはせず、この事実を指摘するにとどめておく。

では大島本ではどうであろうか。この伝本の残存する五十三帖には「すずろなり」が四十四例現れ、「そぞろなり」は一例もない。また他の伝本で「あいなし」とするところを「すずろなり」で置き換えている用例も見当たらない。この状況から大島本は理解できない中古語を後代の表現で置き換えることをしていないとひとまず言うことができそうだが、一方でそう簡単には断ずることのできない用例も散見しているのである。

人にはたゝおほむやまいのをもきさまをのみみせてかくすそろなるいやめのけしきしらせしとかしこくもてかくすとおほしけれとをのつからいとしるかりけれは（蜻蛉・十五オ）

浮舟失踪直後の失意に沈む匂宮の姿を描く場面である。外に向けてはただ病の重いことだけを伝えて、最愛の女性を失った衝撃による憔悴しきっている様子は漏らさないようにとなんとか隠そうと思うけれど、おのずからそのことははっきりしているので、とされる。ここに見える「すぞろ」は「すずろ」「そぞろ」と同義であるが、使用される時代に上限を設けることができるようである。たとえば『日本国語大辞典第二版』の「すずろ」の項の語誌には次のような記述がある。

（1）「そぞろ」と母音交替の関係にある語であるが、いずれも上代の文献には見えない。中古の仮名文では、「すずろ」が「そぞろ」よりも多く用いられている。

（2）中世になると「そぞろ」の用法も拡大するが、和歌には「すずろ」が主として用いられた。なお「すずろ」「そぞろ」両語の混淆形ともいうべき「すぞろ」の形が中古末から中世初めの文献に見えるが、あまり用いられなかった。

「すずろ」「そぞろ」が源氏物語を含む中古の仮名文に多く用いられること、伝統的な表現形式を重視する和歌には主に「すずろ」が用いられることなどとともに、後世に出現したとおぼしき「すぞろ」という両語の混淆した形についての言及がある。つまり「すぞろ」は源氏物語の時代のことばとは考えにくく、後世の言語意識によって結果的にどこかの段階で大島本の本文に混入したものなのであろう。もちろん可能性としては「すぞろ」の語形が中古末からのものではなく、平安時代半ばまで遡って使用されていたということもありえようが（その場合は『日本国語大辞典第二版』の当該記述の訂正を施す必要がある）、他の平安中期の資料に広く使用例が見出だされない現状では、おそらくそうではないであろう。なお鎌倉期書写の陽明文庫本には「すぞろ」は一例も現れず、同じく保坂本では初音巻にわずかに一例を見出だすことができるのみである。

ましてわかやかなるかむたちめなとは思心なとものし給てすそろにこゝろけさうなとし給つゝつねのとしよりもことなり（保坂本・初音・一〇ウ）

大島本における「すぞろ」の使用は、先のものも含め、蜻蛉巻に四例、手習巻に二例、確認することができる。次に残る五例を示す。

わかかくすそろに心よはきにつけてももし心えたらむにさいふはかりものゝあはれもしらぬ人にもあらす（蜻蛉・十七オ）

御心ちれいならぬほとはすそろなるよのことききこしめしいれ御みゝおとろくもあいなきことになむよくつゝしませおはしませなときこえをきていて給ぬ（蜻蛉・一九ウ）

とのに御らんせさすれはいとすそろなるわさかなとの給ことはにには身つからあひ侍りたうひていみしくなく

〳〵よろつの事のたまひて（蜻蛉・三七オ）

すそろなるけからひにこもりてわつらふへきことさすかにいとやむことなき人にこそ侍めれ（手習・九オ）

おほやけのめしにたにしたかはすふかくこもりたる山をいて給てすそろにかゝる人のためになむをこなひさはき給と物のきこえあらん（手習・十四ウ）

これらの箇所に「すぞろ」の形を持つ伝本は他には存在しない。つまり大島本に特有の表現なのである。伝本の性質を考える際には巻ごとでというのは、源氏物語の場合はもはや共通に理解されるところであろうが、少なくともこの「すぞろ」という語を持つ蜻蛉巻と手習巻には、確かに後世の言語観による表現が入り込んでいる、その痕跡を認めることができると言える。(注2)なお付け加えるならば、大島本を主たる底本とする小学館新旧全集本、同定本、新潮集成本などではすべての「すぞろ」を「すずろ」としており、右に見た歴史的事実をすっかり洗い流してしまっている。岩波新大系本はそのまま「すぞろ」とする。校訂本のありよう、あるいはそれをいかに読み扱うのかということに、自覚的でなければならないことをうかがわせている。

書写という行為の性質から、意味のわかりにくくなっている表現であっても、手本とする親本がある以上、むやみに他の表現に置き換えることはしにくかったと考えられる。(注3)だからこそ独自に現れる後世の表現らしきものには、たとえそれが些細なものであっても、重い意味を持つものとして注意すべきであろう。

三　「まし」「けると」

つとに山田孝雄が『奈良朝文法史』（一九一三年）の序論で述べた、日本語の史的変遷から鑑みて平安時代中期までと院政期・鎌倉時代以降とを分かつべきであるという見解は、おおむね広く認められるものであると言えよう。もちろん口語と文語の違いや散文と韻文の別、さらには性別、環境、身分などの位相差のあることに留意し、資料

に現れる用例を慎重に取り扱わなければならないのは言うまでもない。(注4)

「まし」は、現在の事態に反する状況を想定し、もしそれが成立していたら、ある種の事態が生起したことであろうにと想像する気持ちを表すもので、反実仮想の助動詞と呼ばれている。中古においては、和文の文学作品の会話文や心内文でよく用いられる。漢文訓読でも使用されるものの、その数は多くなく、さらに中世以降になると、和歌や擬古文において「む」とほぼ同じ単なる推量、意志を表す語として用いられ、その後は次第に姿を消していくことになる。

この「まし」は「ませば〜まし」「ましかば〜まし」「せば〜まし」などの類型で多く使用される。根来司は「中世人と中古語」(『中世文語の研究』一九七六年、所収)において、徒然草を読むとこの中古の格をはずした「ましかば〜む」といった用法が目につくとした。さらに中世のてにをは秘伝書である『姉小路式』や『春樹顕秘抄』『春樹顕秘増抄』などに見える記述から、この時代には「まし」自体が「む」「らむ」に通じるような単なる推量の助動詞と見なされていたことを指摘する。

「まし」をこのように考えたのはおそらくてにをは秘伝書の作者が中古における「まし」の用法をよくとらえることができないで、変形した「まし」の用法つまり疑問語や疑問の係助詞とともにあるばあいには、「む」とさして変わらない意に用いられるといった用法をもって、すべての「まし」の用法と解したからである。事実「まし」を「む」に関連づけて説いたのはてにをは秘伝書だけでなく、江戸時代のてにをは研究書も同じであった。(注5)

根来の調査によれば、「ましかば〜む」が源氏物語以降で最初に確認できるのは院政期の今昔物語集からであり、その後、中世の諸作品に広く用例が見えるようになるという。

この「ましかば〜む」の形は大島本には存在しない。室町期の書写であっても、「ませば〜まし」「ましかば〜まし」「せば〜まし」などの類型は規範として訴求力が強く、手本とすべきものがある書写という状況では容易に改変されるものではなかったと考えられる。なお湖月抄の蜻蛉巻には一例見えることが報告されているが、諸伝本では「まし」となっていることから、「誤りかと思う」（根来同論文）としている。また仮想の意からはずれる「べし」「まじ」が「まし」と呼応する形もあるが、これは古い時代から存在しているようである。ただし盛んに行われるようになるのは中世以降であり、同時代のてにをは研究書にも「まし」と「べし」の類似を指摘する記述が見えるようになる。この両語と「まし」が組み合わされる「ましかば〜べし」「ましかば〜まじ」は大島本にも五例と一例があり、わずかながら存在している。それぞれの用例を一つずつ掲げておく。

さてかのうつせみのあさましくつれなきをこのよの人にはたかひておほすにおいらかならましかは心くるしきあやまちにてもやみぬへきをいとねたくまけてやみなんを心にかゝらぬおりなし（夕顔・九ウ）

おとこ君ならましかはかうしも御心にかけ給ましきをかたしけなういとをしうわか御すくせもこの御事につけてそかたほなりけりとおほさるゝ（澪標・一六オ）

このように「まし」のごとき規範性の強い形式については、後世の言語観を持つ書写者であっても、それをそのままの形で書き写しているとおぼしい。しかし、微妙なニュアンスを伝える語が誤解されたり、口頭語からの影響で無意識のうちに後世の物言いに引かれてしまうということはないのであろうか。たとえば次の用例。

三条の宮に侍しこしゝうはかなくなり侍にけるとほのきゝ侍しそのかみむつましうおもふ給へし（橋姫・二八オ）

橋姫巻でかつて女三宮に仕えていた小侍従の亡くなったことが語られている。この傍線部「侍にけると」の助動詞「けり」の箇所が伝本によって終止形と連体形で対立している。すなわち陽明本、尾州家本、絵巻詞書などは大島本と同じく「けると」とし、保坂本、国冬本、言経本、麦生本、阿里莫本、中京大本などは「けりと」とする。

ここにかかっていく係助詞はないため、結びとしては終止形であるのが穏当な形である。もう一例示す。

なき人となり給ひにけるとおほすかいみしき（うナゾりき）におさなき御心ちなれとむねつとふたかりてれいのやうにもあそひ給はす（若紫・四七オ）

けると　麦生・池田・御物・国冬・肖柏・日大三条西・穂久邇・保坂・伏見

けりと　陽明・中山・尾州・高松・天理河内

若紫巻で祖母尼君の亡くなったことを知った紫上の様子を語るものであるが、右の橋姫巻の用例と同様にここでも大島本が「けると」とするところを、陽明本や中山本、尾州家本、高松宮本、天理河内本などが「けりと」としている。ではなぜこれらの箇所で「けると」と「けりと」の異同が生じているのだろうか。これについては中世の日本語における活用形の変遷を考える必要がある。

中世人による「まし」の理解の変容を指摘した根来はまた、徒然草を読み進めると、助動詞「けり」が助詞「と」に続く時に「けるとぞ」「けるとかや」「けるとなん」などの「けると」という用法が目につくとした。根来は徒然草第一〇段、第二三一段から用例を示し、次のように述べた。

これらも中古ならば「その後はまゐらざりけりと」「人ども思へりけりと」とあるべきところであるが、徒然草で「けると」となっている。これをふつうこの時代にはこのような破格の用法が行われていたのであろうと説くがはたしてどうであろうか。こうした例を見るとき、それが地の文より会話文に多く、そして連体形が終止形にとってかわることも考えなければならないが、中世のてにをは秘伝書においては「けり」も「ける」も二つながらいい切ることばと意識されている。（中略）これは要するに中世人が「ける」をいい切ることばとしていたのであり、中古語に対してはたしかに破格的用法であるけれども、やはり当時の正しい格であり文語であったのである。（「中世人と中古語」、『中世文語の研究』一九七六年、所収）

中世のてにをは秘伝書である『手爾葉大概抄』には「云切詞有定詞。計里計留、如此類所普知人其数繁多也」とあって、「けり」「ける」ともに切れることばとして並べられており、また『手爾葉大概抄之抄』にも同様の記述が確認できる。「けり」の連体形の終止形同化については、山田巌の「古代語から近代語へ　活用形の変遷を中心として」（『現代国語学Ⅲ　ことばの変化』一九五八年）が詳しい。(注6)

もともと連体形は、そのままで文を断止させる感じを与えず（上に係りのことばがあれば別であるが）、下に続いていく感じを持たせるものであるから、この連体形止めの用法は未完結な感じを与えるのであり、そこに余情とか余韻とかの感情が発生して来たのであろう。（中略）口語におけるこの言いまわしの盛行は、この連体形止めの用法を特別の表現とも考えないようになったものと見え、院政期の文献に余情とか詠嘆とかの意味をともなわず、普通の終止形と同様に用いたものが地の文にも用いられるようになった。

先学の驥尾に付してこの現象を当面の調査対象である源氏物語に当てはめてみると、「と」が「ける」を受けるのは中世の語法としては正しかろうが、平安中期のこの物語に現れるとなると、それは破格のものでなじまない。先に見た「まし」については、その語形に規範性が強くあり、容易に改変を許さなかったのであろうが、「けり」と「ける」については、中世以降の連体形が単独で終止の形としても広く使われるようになることから、意識的無意識的を問わず、平安中期とは異なる後世の言語観が反映してくると考えられる。そして源氏物語の諸伝本を検すると、この種の表記が相当数見られるのである。なお今は「り」「る」の誤読、誤写の可能性については考えない。

では大島本には「けると」「けりと」がどのよう現れているのであろうか。表一に集計したものを示した。大島本では五十三帖で四七例の「けると」が確認できる。ここには係助詞「ぞ」「なむ」「や」「か」の結びとなっているものは含まれていない。平均して各巻に一例以下という使用状況であり、この数値を多いと見るか少ないと見るかは難しいところであるが、少なくとも後世の言語観による破格的な用法がこれだけ入り込んでいることは確かで

表一　大島本における「けると」「けりと」出現状況

	巻	宮河印	奥入	けると	けりと
1	桐壺			2	4
2	帚木		○	2	5
3	空蟬	○	○	2	2
4	夕顔		○	0	8
5	若紫		○	2	7
6	末摘花	○	○	1	5
7	紅葉賀		○	0	1
8	花宴		△	1	1
9	葵		○	0	2
10	賢木		○	2	2
11	花散里			0	1
12	須磨		○	0	7
13	明石	○	○	1	4
14	澪標	○		0	4
15	蓬生	○	○	0	1
16	関屋	○		0	0
17	絵合	○	○	1	0
18	松風	○	○	2	4
19	薄雲	○	○	0	1
20	朝顔	○	○	1	1
21	乙女		○	0	5
22	玉鬘	○	○	0	3
23	初音	○		1	0
24	胡蝶	○	○	0	2
25	螢	○		0	4
26	常夏	○		0	4
27	篝火			0	2
28	野分			0	2
29	行幸	○	○	0	2
30	藤袴		○	1	5
31	真木柱		△	0	6
32	梅枝		○	0	1
33	藤裏葉		○	0	0
34	若菜上		○	0	9
35	若菜下		○	5	17
36	柏木		○	1	4
37	横笛		○	0	2
38	鈴虫		○	1	1
39	夕霧		○	6	16
40	御法	○	○	0	0
41	幻			0	1
42	匂宮		○	0	2
43	紅梅		○	0	0
44	竹河		○	1	8
45	橋姫	○	○	3	9
46	椎本		○	0	3
47	総角		○	3	13
48	早蕨	○		0	5
49	宿木		○	3	16
50	東屋			1	15
51	浮舟	／	／	／	／
52	蜻蛉			1	8
53	手習		○	2	11
54	夢浮橋			1	5
	計			47	241

ある。この現象は他の伝本との比較で多寡を競うようなものではない。たとえ他本とまったく同じような数値になろうとも、それによって大島本の歴史的な位置づけが変わることはない。あくまでもこの伝本が絶対的にそういう表現を持つものであるということを知ることが肝要である。一方で中古語としてあるべき形である「けりと」は全体で二四一例を確認することができる。巻ごとで「けりと」「けると」の出現率に差があるのは、現存する大島本の各帖が成立するまでに後世の言語観から影響を受けた程度の差であるのだろう。享受者の書くことに対する意識の高さ低さも当然考えられる。

続けて大島本の「けると」の用例に対して他の伝本がいかなる表現を選択しているかを見ておく。

命婦はまたおほとのこもらせ給はさりけるとあはれにみたてまつる（桐壺・十二ウ）

この箇所では諸本「けるを」とするものが大半で、大島本と同じ「けると」とするものは明融本、池田本、伏見本、前田本などだけである。語法の面から考えれば、格助詞「を」が連体形を受けるのは源氏物語の時代のありようとしては問題にはならず、大島本その他の「と」で受けるものが破格的用法とみなされる。

人にゝぬ心さまのなをきえすたちのほれりけるとねたくかゝるにつけてこそ心もとまれとかつはおほしながら（帚木・五九オ）

このくだりでは、御物本「たちのほれりけりと」、陽明本・肖柏本・池田本・穂久邇本「たちのほれりけるも」などの異同が確認できる。「けりと」や「けるも」といった平安中期でも問題がない表現を持つ伝本がある一方で、大島本の「けると」はやはりそぐわないものであると考えられる。次の例も同様に「けりと」「けると」が対立しており、大島本には「けると」が現れている。

いさみむとしも思はねはにやみるとしもなしといらへ給を人わきし（しミセケチし）けると思ふにいとねたし（末摘花・十オ）

けると　池田・国冬・善本・日大三条西・伏見・穂久邇・前田

けりと　陽明・角屋・平瀬・御物・尾州・高松・天理河内・阿里莫・保坂

右に見たように、同じ箇所で「けると」が現れる本文が存在する一方で、破格的用法ではない「けるを」「けるも」「けりと」などの本文がある。大島本内部でのばらつき同様、この伝本間の異同のありように書写者の言語意識が反映していると考えられる。小松英雄は紫上の初登場の場面で「すゝめのこをいぬきかにかしつる」とするものについて、「このツルは口頭言語の終止形である。成人したことばづかいなら、無教養という印象であったかもしれないが、ここは、高貴な血筋であってもまだ幼いこどもであることが、このことばづかいで表されている」（「ルルの時代　終止形による連体形の吸収」、『日本語はなぜ変化するか　母語としての日本語の歴史』一九九九年、所収）と位相を絡めて解釈する。しかしながら、右の大島本の「けると」の出現箇所についてはそのような偏りや属性は見られず、いちいちに合理的解釈を施すことはできない。

大島本の四七例は会話文、心話文、地の文を問わず出現し、これらの「けると」のうち一八例に他の伝本に「けりと」の異同が確認される。今試みに源氏物語の諸伝本の中でも重要視されることの多い陽明本、保坂本、尾州家本の「けると」の出現状況を大島本のそれとともに表二に掲げてみる。

見られるように特定の伝本に「けると」が頻用されているというわけではない。ただ巻の長短に関わらず、出現する巻と出現しない巻のある程度の偏りというものは確認することができる。「けると」の延べ使用数の多寡がただちに伝本の素性のよさを保証するものではないし、また伝本間の相対的な関係性をうかがうことも難しい。この現象だけを取り上げて、相互に比較してどちらが正当であるとか、誤っているとか、あるいは新旧や優劣など、そういうことを問題にすることはできない。ここでも歴史的存在としていかなる性質を有しているか、さらに各伝本に後世の言語観から来る表現が確実に存在しているという事実そのものを、客観的に認識しておきたいのである。

表二　大島本・陽明本・保坂本・尾州家本における「けると」出現状況

けると	大島本	陽明本	保坂本	尾州本
桐壺	2	0	1	1
帚木	2	1	2	2
空蟬	2	2	2	0
夕顔	0	1	0	1
若紫	2	3	3	4
末摘花	1	0	0	0
紅葉賀	0	0	0	0
花宴	1	1	1	1
葵	0	1	0	0
賢木	2	1	2	1
花散里	0	0	0	0
須磨	0	0	0	0
明石	1	1	1	0
澪標	0	0	0	0
蓬生	0	0	0	0
関屋	0	0	0	0
絵合	1	0	1	1
松風	2	1	0	1
薄雲	0	0	0	0
朝顔	1	0	2	1
乙女	0	1	0	0
玉鬘	0	3	0	0
初音	1	0	0	0
胡蝶	0	0	0	0
螢	0	0	1	0
常夏	0	0	0	1
篝火	0	0	0	0
野分	0	0	0	0
行幸	0	0	0	0
藤袴	1	1	1	1
真木柱	0	0	0	0
梅枝	0	0	0	0
藤裏葉	0	0	0	0
若菜上	0	0	0	0
若菜下	5	3	3	2
柏木	1	1	1	1
横笛	0	0	1	0
鈴虫	1	1	1	1
夕霧	6	5	4	6
御法	0	0	0	0
幻	0	0	0	0
匂宮	0	0	0	0
紅梅	0	0	0	0
竹河	1	0	1	0
橋姫	3	2	1	3
椎本	0	1	0	0
総角	3	4	3	4
早蕨	0	0	0	0
宿木	3	3	1	4
東屋	1	1	1	1
浮舟	／	1	1	1
蜻蛉	1	1	2	2
手習	2	3	2	3
夢浮橋	1	1	0	1
合計	47	44	39	44

ところで、この「けると」「けりと」の出現状況を近時話題となっている佐々木孝浩の指摘と照らし合わせてみるとどのようなことがわかるだろうか。佐々木は次のように言う。

「大島本」は大内家旧蔵の飛鳥井雅康筆本そのものではなく、本文系統的にはその流れを汲むと考えられるものであるが、「宮河」印のある室町後期頃写の一筆十九冊の残欠本を、永禄六年（一五六三）頃に道増・道澄を含めた複数で補写して揃い本とした、吉見正頼旧蔵本なのである。（「『大島本源氏物語』に関する書誌学的考察」、『大島本源氏物語の再検討』二〇〇九年、所収）

今一度、表一を見られたい。宮河印の付されている十九帖とそれ以外の巻々の「けると」の使用数を比較すると、明白な違いや偏り、傾向というものは見当たらない。後補の巻だからといって、後世の言語観をそのまま反映したような極端な数値を示すことはないのである。この事実からただちに大島本における後補の事実の有無を詮議することはできない。つまり成立の事情は本文の同質性や時代的特性を直接的に保証するものにはなりえない。欠巻を補写して補ったとしても、そのひとまとまりの巻々が同じ言語意識によってものされたということはないだろう。大島本に限らず、源氏物語の全巻を横断する言語的特性を見出だしがたいという点は否めない。もちろん同筆であることが認定できれば、書き癖といった面での同質性は指摘できるかもしれない。長い時間の蓄積の果てに成立した親本との書承関係があるために、書写された段階で該本がどれだけ影響を受けているのかを判定するのは極めて困難である。あくまでも現存の状態がどのようなものであるかを指摘するに留まるしかない。いかに想像を逞しくしても、本文そのものから後補の事実や実態をうかがうことは極めて難しいと言わざるをえない。

四　混乱する待遇表現

かつて「若紫巻の本文―源氏物語別本の待遇表現法―」（『源氏物語の本文と表現』二〇〇四年、所収）において、中世になってよく行われる過剰な待遇表現と下二段活用の「たまふ」の四段「たまふ」との混同についての調査を行ったことがある。そこでは若紫巻に限っては他の伝本に比べ大島本により平安時代の表現らしい規範性を見出だせることを報告した。本節では日本語史の上で待遇表現はいかに変遷してきたかということを視野に入れて、さらに調査範囲を大島本全体に広げ、平安時代中期の待遇表現にそぐわないものに注目していく。

さて待遇表現に着目し本文を読んでいくと、平安時代中期の物言いらしからぬものとして、「おぼしたまふ」「つかはしたまふ」のようなものが目につく。

あけくれまつはしならはし給けれはこよひもまつめしいてたり（帚木・五七オ）

めしいてたり　陽明　　　めしいて給へり　阿里莫・御物

よひいてたまへり　国冬　　めしいてたまへり　尾州

尊敬動詞「めす」に尊敬の補助動詞「たまふ」がついている例である。これは光源氏が空蟬の弟である小君を自分の所に呼びつけるくだりである。大島本や陽明本のように「めす」だけでここは充分源氏への待遇意識が表されているのに、尊敬動詞に「たまふ」をつける阿里莫本、御物本、尾州家本の表現は過剰な待遇表現であると考えられる。

この尊敬動詞に尊敬の補助動詞「たまふ」のついた形は、平安時代中期には行なわれていなかったものである。辻村敏樹編『講座国語史　第五巻　敬語史』（一九七一年）所収の森野宗明「古代の敬語II」には次のようにある。

敬語動詞には、同種の待遇的価値をみなう助動詞・補助動詞が加重されることはまれである。尊敬、謙譲の別なく斉一にそうである。（中略）加重は、不必要、さらには過剰として避けられる傾向があったのである。加重が顕著になるのは鎌倉時代以降であるといわれるが、（中略）和文系の作品に、加重表現としての「御覧ぜらる」とおぼしき例が、わずかながらみられるようになるのも一一世紀後半あたりからである。

専用の動詞はそれだけで充分に待遇意識を表すものとして認識されており、それ以上の別の待遇表現を付け加えることは過剰以外の何者でもなかったのである。既に先学によって指摘されているように、一語で充分な待遇意識を持つ尊敬動詞は一般動詞に「たまふ」がついた形のものよりも待遇度の高い表現であった。たとえば「おぼす」と「思ひたまふ」では「おぼす」が、「ごらんず」と「見たまふ」では「ごらんず」が、それぞれ敬意の高い表現として使われていたごときである。つまり両方の表現の間には明確に待遇意識の差が存在しており、それを混同するような表現はわずかの例外を除き使われることはなかった。しかし、院政期、鎌倉時代以降になるとこの尊敬動詞に「たまふ」がつく形が現れてくるのである。その証拠として、海人の刈藻や小夜衣といった後世の擬古物語にこうした待遇表現を数多く見ることができるという。(注7)これは中世人には平安時代の微妙な待遇表現がよくわからなくなってきたため、なんでも「たまふ」をつければ待遇度が高くなるという誤った認識ができた、その結果、平安時代中期の語法にそぐわないものが現れてくると考えられている。

それでは源氏物語の大島本をはじめとする各伝本には、この後世の言語観をうかがわせる待遇表現がどのくらい出ているのか。続けて例をあげることにする。

なにかさらにおもほしものせさせ給(夕顔・四〇ウ)

おほしめさん　陽明　　　おほし物せさせ給も　麦生・阿里莫

おもほしものせさせ給も　尾州

夕顔のことで思い悩む源氏を惟光が叱咤するところである。小学館旧全集本の頭注には「『思ほしものす』で一語。あれこれと考え込むの敬語」とある。ところが、陽明本以外ではこの尊敬動詞にさらに尊敬の助動詞「さす」、補助動詞「たまふ」が余分についている。ここは乳母子の惟光が源氏に対して過剰の待遇意識をもって接していると取るのがよいのだろうか。しかし、この前後の二人の会話を見ると、惟光は源氏に対して一つだけ待遇表現を用いるものが多い。従ってここだけ過剰になっているのは解せない。

さうしみのものはいはておほしうつもれ給らむさまおもひやり給ふも（末摘花・二一ウ）

思ひうつもれ給らん　陽明・御物　　思うつもれ給はん　阿里

おもひうつもれたまふらん　尾州

これは末摘花の所へ訪れなくなった源氏がかの家の命婦に責められて末摘花のことを思い出しているくだりである。大島本の独自異文は末摘花には過剰に「たまふ」が使用されている。『源氏物語大成』によれば、この箇所は青表紙本系の共通異文であることがわかる。ここは他の伝本のありようが穏当である。

問題にしているこれらの「おぼしたまふ」や「つかはしたまふ」という表現が平安時代中期の待遇表現でなかったことは早く江戸時代の国学者によっても指摘されていた。本居宣長は『玉あられ』の文の部の「つかはす」「つかはさる」の条で、「此詞はたとひ貴人のうへにても、ただつかはしける、などいふ例なり、古き書共を見て知るべし、「つかはされける、或いは「つかはし給ふなどはいはむこと也、」（大野晋編『本居宣長全集第五巻』一九七〇年、所収）とする。また宣長門下の藤井高尚は『消息文例』上巻の「おぼす」のところで、「さて此詞、すなはちうやまひなれば、おぼしたまふと、たまふをそふることはなし、」（根来司解説『消息文例』一九七八年）と述べていた。これらの説はすでに広く知られるところである。そして過剰な敬語が顕著に行なわれるようになったのは、院政期、鎌倉時代以降であるという。ただし尊敬動詞と「たまふ」の間に「せ」「させ」「れ」「られ」などの助動詞を介して両者がついている時は許容されていたようである。

では大島本全体ではこうした形を持つものがどれくらいあるのであろうか。表三に大島本における尊敬専用動詞に接続する過剰な「たまふ」の巻別出現状況をまとめた。全体で六四例を数えることができるのであるが、源氏物語全体での四段活用の「たまふ」の使用数（約一万四千）を考えると、この数値は極めて小さいといえよう。さらに右に宣長や高尚らが指摘していた「おぼしたまふ」や「つかはしたまふ」という表現はまったく見ることができない。

表三　大島本における過剰な「たまふ」巻別出現状況

	巻	過剰「給」			
1	桐壺	1	28	野分	1
2	帚木	0	29	行幸	1
3	空蟬	0	30	藤袴	1
4	夕顔	1	31	真木柱	1
5	若紫	1	32	梅枝	0
6	末摘花	1	33	藤裏葉	1
7	紅葉賀	0	34	若菜上	3
8	花宴	0	35	若菜下	4
9	葵	4	36	柏木	0
10	賢木	4	37	横笛	1
11	花散里	0	38	鈴虫	1
12	須磨	1	39	夕霧	3
13	明石	1	40	御法	1
14	澪標	1	41	幻	3
15	蓬生	0	42	匂宮	0
16	関屋	0	43	紅梅	0
17	絵合	2	44	竹河	3
18	松風	1	45	橋姫	1
19	薄雲	3	46	椎本	1
20	朝顔	0	47	総角	4
21	乙女	2	48	早蕨	0
22	玉鬘	1	49	宿木	3
23	初音	0	50	東屋	2
24	胡蝶	0	51	浮舟	／
25	螢	1	52	蜻蛉	4
26	常夏	0	53	手習	0
27	篝火	0	54	夢浮橋	0
				計	64

これらの過剰な「たまふ」に上接する動詞は「めし何々」四例、「のたまはせ何々」二例、「ごらんぜ何々」四例、「きこしめす」一例、「おはします」三例、「おぼし何々」五〇例を確認することができる。「何々」の箇所は複

合動詞を形成する後項が接続するものである。以下に二例を示しておく。

わらはなりしより朱雀院のとりわきておほしつかはせ給しかは御（傍記み）山すみにみをくれきこえては又この宮にもしたしうまいり心よせきこえたり（若菜下・四ウ）

おほしつかはせ給しかは　陽明　おほしつかはせ給し　保坂・国冬

おほしつかはせたまふ　尾州　おほしたりし　阿里・中京

さらはそのまらうとにかゝる心のねかひ年へぬるをうちつけになとあさう思なすましうのたまはせしらせ給てはしたなけなるましうはこそいとうゐ〳〵しうならひにて侍る身はなに事もおこかましきまてなんとかたらひきこえをきていて給ぬるに（東屋・三五オ）

の給しらせて　陽明・御物・池田・絵詞　の給しらせ給て　高松・国冬

のたまひしらせて　保坂　の給はせしらせ給て　阿里　の給ひしらせ給て　尾州

尊敬動詞や「たまふ」などの使い方を子細に検討してみなければ容易に結論づけることはできないが、「けると」の場合と同じく、諸伝本の間で穏当な形と過剰な形が錯綜するように存在している。右に見た過剰な待遇表現の使用以外でも、補助動詞「たまふ」そのものの増加や、さらには尊敬動詞の多用なども、敬意や待遇意識の摩滅による補強という後世の言語観によって引き起こされた現象であると考えられる。こうして院政期、鎌倉時代以降にそれぞれの待遇表現のもつ敬意の軽重がわからなくなったため、平安時代中期の語法に照して不適当なものが現れてきたが、それらの痕跡は残されている伝本によって違いがあることが了解される。

以前、桐壺巻から花宴巻までの諸伝本の待遇表現のありようを調査したことがあるが、(注8) そこでは青表紙本系の大島本と別本の陽明本が比較した中では平安時代の語法にはずれない穏当な形のものを多くもっているとした。逆に河内本系の尾州家本は不適当なものが多く見えていた。また別本の麦生本、阿里莫本の待遇表現のあり方も破格なものが多かった。いずれにしても鎌倉時代以降には待遇表現を揃えようとしたために「おぼす」などの尊敬動詞や「たまふ」が安易に多用され、その結果過剰な待遇表現が増えてきたのだろう。それを敷衍して考えるならば、尾州家本や麦生本、阿里莫本などの本文には後の時代の言語観が反映し、もっというならそれによる改変を受けた本文を伝えていると推察される。しかしながら、程度の差こそあれ、いずれの本にも後世の手が入っているのは確かなことであるから、それがどのほどのものであるのか、本文の取り扱いに注意の要することは言うまでもない。それは大島本においても同様である。

なお同じ待遇表現では、下二段に活用する謙譲の「たまふ」にも注意される。この謙譲の「たまふ」は主として会話文の中で用いられ、自己の知覚を表す動詞「思ふ」「聞く」「見る」などについて、それらのことを相手からいただく意を表し謙譲語となる。ところが、このことばが諸本によって大きな異同が見られる。この下二段の「たまふ」は十一世紀後半以降になると当然使用されてよいと思われる対話場面が豊富であるにもかかわらず、まったく用いられていない作品が出てくる。これはすでにこのことばが急速に衰退してきたことを意味している。一部の伝本ではかなり「はべり」と交代しており、この現象はおそらく平安時代中期の謙譲の「たまふ」がよく理解できなくなってきたために、理解しやすく改めたのであろう。また右に確認した四段活用の尊敬語の「たまふ」と混乱しているのも目に付く。この点について、東条義門は『山口栞』(中田祝夫解説、一九七九年)で、「詞の活きさまをたによく弁ふれは、おのか事につけていふ給ふとあなたのことにつけていふたまふとは、其詞の活きさまにけちめある事にてさらにまかふへくもあらす、(中略)かくいときはやかにわかれて、むかしのよき書ともにはこれをたかひにまきらかせるはなきを、今のよの人はこれを互につかひあやまある事おほし」と苦言を呈している。こうして下二段の「たまふ」の意義が理解されにくくなったのと、四段の「たまふ」との混乱によって、誤った例が増加している。これについても大島本全体で調査を進めれば、何らかの傾向を得られると考えられるが、ここではこの現象について触れるにとどめておく。

五　歴史的産物である本文をどう扱うのか

源氏物語の伝本が他の本との相対的な網目の中にしか存在しえない、そういう研究状況を打破し、伝本の持つ本文そのものによって歴史的存在として確かに定位することはできないだろうか。本稿で試みたのは、大島本という室町期書写の伝本を確かな根拠に基づいてしかるべき位置に据えるという作業である。もちろん他本との異同状況から書承関係や親疎の距離を考えることは重要な課題である。誰に目にも明らかな大きな異同は確かに伝本の性質や論理を見定めやすい。しかし、そこから掬い上げられるのはあくまでも他の伝本との相対的な関係性だけであろう。近時、他の諸伝本との比較ではなく、それぞれの伝本が個別に有する論理や世界観を読み取ろうとする研究が行われるようになってきた。ここではそれを日本語学的な観点から行おうとしたのである。一つ一つの伝本のどれもが源氏物語として享受されてきた。本文の異同状況とは別に同じ時代にものされた伝本の共通する性質をあぶり出すことによって、相対的な関係性だけでない、それぞれの伝本あるいは本文の位置づけが可能になると考える。

先学の驥尾に付して、いくつかの史的事実に照らし見た考察を行ってきた。本稿では大島本に見える「すぞろ」「けると」「たまふ」などを取り上げ、この伝本の本文の性質の一端をうかがおうとした。ここで取り上げたものはささやかな痕跡かもしれないが、こういうものを少しずつ積み重ねて、伝本の有する日本語の時代的特質を測定していくことも重要な作業である。時間の介入、堆積によって引き起こされた現象をこれからも正確に測定していかなければならない。巻頭に引用した築島裕の別の箴言をもって本稿を閉じることとする。

先づ第一に、源氏物語は、平安時代の加点の筆蹟がそのまま残存してゐる訓点資料や、著者自筆や平安時代の古写本を多く伝へてゐる記録古文書類などと比べて、本文の信憑性の上で格段に劣位に在ることを、再確認し

なければならないといふことである。(注9)

注

(1) 大島本あるいは青表紙本系諸本の本文に関する新しい知見は、同書に収められる藤本孝一、加藤昌嘉、佐々木孝浩、加藤洋介、片桐洋一の各論の他、以下の論考などを参照されたい。
伊井春樹「大島本『源氏物語』書き入れ注記の性格」(『源氏物語論とその研究世界』二〇〇二年、所収)、伊井春樹「大島本『源氏物語』の意義と校訂方法」(同上)、藤本孝一「大島本源氏物語の書誌的研究」(『大島本源氏物語別巻 大島本源氏物語の研究』(一九九六年)、藤本孝一「日本の美術 四六八号 『定家本源氏物語』冊子本の姿」(二〇〇五年五月)、片桐洋一「もう一つの定家本『源氏物語』」(『源氏物語以前』二〇〇一年、所収)、中川照将「青表紙本の出現とその意義」(『源氏物語研究集成 一三』(二〇〇〇年、所収)、加藤洋介「青表紙本源氏物語目移り攷」(『国語国文』二〇〇一年八月)、渋谷栄一「定家本『源氏物語』の生成過程について―「桐壺」を中心として―」(『源氏物語とその前後』(一九九七年、所収)、新美哲彦「揺らぐ『青表紙本／青表紙本系統』」(『源氏物語の受容と生成』二〇〇八年、所収)

(2) 大島本の蜻蛉巻には「すぞろ」の他に「すずろ」三例、同じく早蕨巻には一例が使用される。

(3) 藤原定家のように見識を持って改変したと思われるものももちろんある。貫之自筆本を書写の親本としながら大幅に手を加えた土佐日記のことなどが思い起こされる。

(4) 山田巌『院政期言語の研究』(一九八二年)にも同様の指摘がある。

(5) 本居宣長は『詞の玉緒』(六の巻)において「おほよそましは。んを延たる如く聞えて。大かたんといふと同じ意なり。然れども。んといふべき所を。皆ましといひては。かなはぬことおほし。」(大野晋編『本居宣長全集第五巻』一九七〇年、所収)と説く。

(6) 山内洋一郎「院政期の連体形終止」(『国文学攷』二二、一九五九年七月)でも「と」で受ける連体形終止が院政期以降に顕著になることを指摘している。また湯沢幸吉郎は終止形と連体形の対立の消失の現象を捉え、「全部で五活用形だけを立てるべきである」（『室町時代の言語』一九八一年、旧版は一九二九年刊行）と述べる。

（7）源氏物語の待遇表現を日本語史の観点からとらえて本文の優劣を論じたものとして、はやく根来司の「源氏物語青表紙本と河内本」（『平安女流文学の文章の研究　続編』一九七三年、所収）があった。根来は大島本と尾州家本の主に「たまふ」や「おぼす」などの尊敬語を調査し、河内本の方が青表紙本より鎌倉時代の文語における用法に近いことを指摘した。現今の源氏物語の本文研究の進捗状況から、大島本と尾州家河内本をただちに二つの系統の代表とする点にはいささかの躊躇いを覚えるのであるが、今はその点は措くことにする。根来の言は源氏物語の諸伝本の性質や時代的特性を考える上で極めて示唆的である。とりわけ池田亀鑑の定めた二つの系統以外の別本の本文には著しい待遇表現の異同を目にすることができる。別本の中には青表紙本、河内本成立以前の古い形を保っているものもあるであろうし、逆にそれらと混成することであらたな本文を生じてしまったものも当然あるだろう。さらに後世の人のさかしらによる改竄もあるはずである。

（8）拙稿「源氏物語別本の性格―待遇表現から見た―」（『國文學論輯』第二九号、二〇〇八年三月）

（9）築島裕「国語史上の源氏物語」（阿部秋生編『源氏物語の研究』一九七四年、所収）

付記　二〇〇九年末まで京都府京都文化博物館において、飛鳥井雅康等筆本源氏物語五十三帖（古代学協会蔵）の調査を行ってきた。調査に際してご高配賜りました藤本孝一先生、伊藤鉄也先生に厚く御礼申し上げます。

新出『源氏物語（若菜上・残巻）』と本文分別に関する一考察

伊藤鉄也

はじめに

現在一般に読まれている『源氏物語』の活字校訂本は、底本である大島本の再検討を契機に、その本文のありようが揺れている。本稿は、そのような状況のもと、新たにその存在が判明した鎌倉時代の古写本『若菜上（残巻）』について、実地調査の報告と諸本の本文分別の試案を提示するものである。鎌倉時代の『源氏物語』の本文を読む上で、当面はこうした巻々の本文分別試案の積み重ねが、『源氏物語』の本文研究の基礎的研究になると思うからである。

鎌倉時代に書写されたと思われる『源氏物語』の古写本の調査を進めている中で、広島の小山敦子氏から貴重な写本に関する情報を得た。鎌倉時代に書写された『源氏物語』の写本は少ないので、まずはここにその報告を記す。書かれた本文を翻字しての成果は、諸本の本文分別の中で言及することになる。

今回確認した写本は、残念ながら『源氏物語』の第三四巻「若菜上」一巻だけの、それも残巻である。

表紙は、天理図書館にある池田本と近似する打ち曇り。ただし、改装されている。見返しも後補である。表紙の中央上部には、剝がし跡の残った上に「わかな 上」と銀地に書かれた後補の題簽が貼られている。**《写真①表紙》**

物語本文は、前半と末尾が大きく欠脱している。『源氏物語別本集成』（全一五巻、伊井春樹・伊藤鉄也・小林茂美編、平成元〜一四年、おうふう）の文節番号で示すと、一一九七五文節ある「若菜上」の内の、五二五六文節目から一〇九四八文節目までが残っている。これは、『CD-ROM　角川古典大観　源氏物語』（伊井春樹編、角川書店、一九九九）の小見出しによると、【27朱雀院は西山の寺入り、源氏と紫上に女三宮の後見を求める文、紫上の返し】から【58源氏は南の町に夕霧たちを招いての蹴鞠の遊び、柏木のすぐれた技量と優美さ】までに該当する。「若菜上」でもっとも有名な【59猫の綱によって御簾の端が開き、女三宮の立ち姿を、夕霧と柏木は目にしてしまう】という場面の直前までである。**《写真②巻頭部　見返し・第一丁表》**

「若菜上」は、約四九〇〇〇字ほどある。その内、今回確認した写本には、二三〇〇〇字が書かれている。ほぼ半分の分量が書き写されて残っていることになる。

この写本は列帖装で、紙の折で見ると、六折あったはずの内、第一、二、六折がない状態である。**《写真③列帖装》**

本冊は、鎌倉時代に書写された『源氏物語』の写本としてよい。残巻ながら完全な一巻ではないものの、これだけでも非常に貴重な本文資料と言えよう。

この写本の最終丁末にあたる最終紙に、「月明荘」の朱印がある。これによって、古書肆「弘文荘」の反町茂雄氏（一九〇一〜一九八九年）の元にあった写本であることがわかる。この印は、晩年に扱ったものと思われる。**《写真④巻尾　最終丁裏》**

写真① 表紙

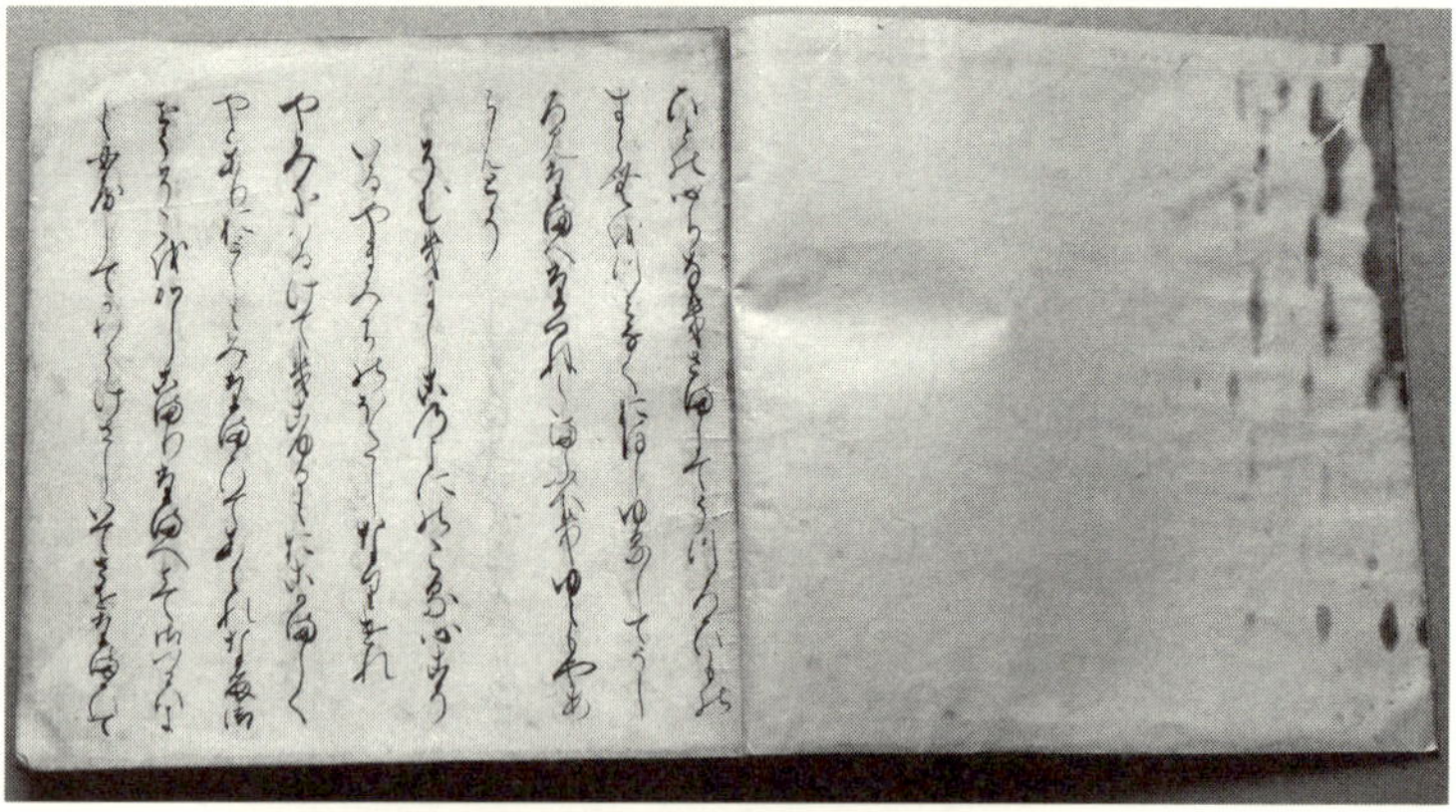

写真② 巻頭部 見返し・第一丁表

写真③ 列帖装

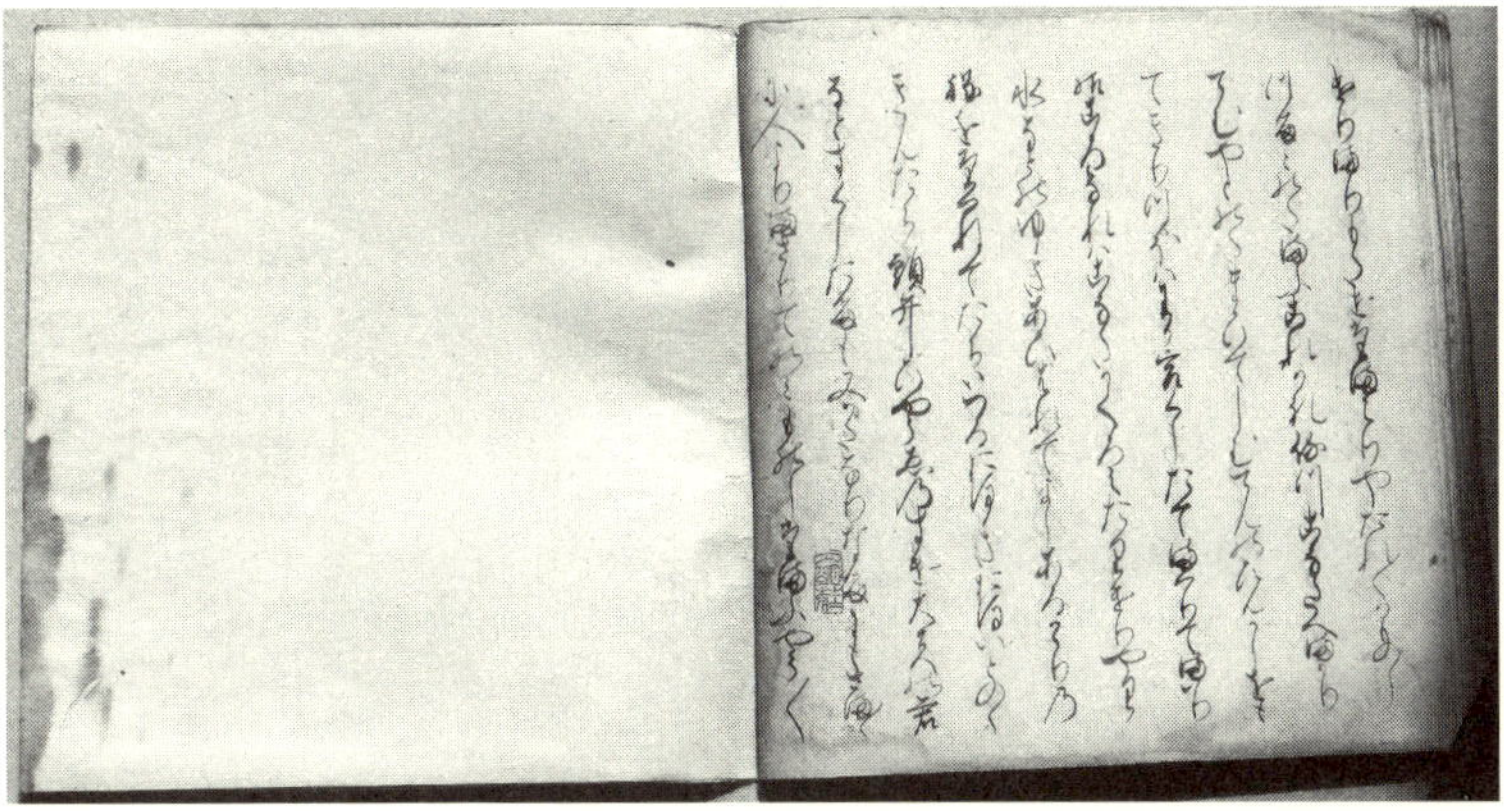

写真④　巻尾　最終丁裏

調査概要は、次の通りである。

■調査日　二〇一〇年三月七・八・九日
■調査者　伊藤鉄也
■数量　全一冊（残巻）
■装丁　列帖装（虫少々、三折（一一枚、一〇枚、九枚））
（列帖装の糸は新しい）
■寸法　約一六センチ×一六センチ
■用紙　鳥の子
■表紙　天理図書館蔵「池田本」に類似の「うち曇り」
（表紙・見返し共に後補による改装）
■題簽　中央上部　銀色地の紙片（五センチ×二五センチ）
「わかな（和可那）上」
（剝がし跡の残る上に、銀地に墨書の題簽を貼る）
■極め　なし
■箱帯　「鎌倉末期写　金——円　源氏物語若菜残巻　弘文荘（朱）」

一　「若菜上」の本文は〈甲類〉〈乙類〉の二分別

従来『源氏物語』の諸本は、奥入の有無など写本の形態的な特徴から、〈いわゆる青表紙本〉〈河内本〉〈別本〉の三つに分別されていた。それがいつしか、『源氏物語』の本文の内容までをも分別するモノサシとして利用されるようになっていたのである。大きな勘違いからのことであった。それだけ、『源氏物語』の本文に関しては、多くの方々が無頓着というよりも、池田亀鑑の成果に凭れかかっていたのである。池田亀鑑が提示した大島本をもとにして作成された流布本としての活字校訂本を読めば、それで『源氏物語』の研究は事足りる、という認識が長く続いていたのである。この大島本という究極の単一資料をみんなで共有する、という状況は、今でも継承されている。

私は、『源氏物語別本集成』と『源氏物語別本集成　続』の仕事を通して、『源氏物語』の本文は書かれた内容から二分別しかできない、ということを明らかにしてきた。最初は〈河内本群〉と〈別本群〉という名称を与えていた（「若紫における異文の発生事情―傍記が前後に混入する経緯について―」『源氏物語の展望　第1輯』坂本共展他編、三弥井書店、二〇〇七）。しかし、その用語が誤解を招きやすいものだったので、二〇〇八年からは〈甲類〉と〈乙類〉と呼ぶようにしている（「源氏物語本文の伝流と受容に関する試論　―「須磨」における〈甲類〉と〈乙類〉の本文異同―」『源氏物語の新研究』横井孝・久下裕利編、新典社、二〇〇八）。

さて、「若菜上」の本文は、これまでに私が他の巻々で確認してきたことと同じように、語られる内容から判断すると、ここでも〈甲類〉〈乙類〉の二つに分別される。特にこの「若菜上」が明確に二分別できることは、以下の諸例をみれば明らかである。まず、このことを明らかにし、確認しておきたい。

以下、諸本の校異は、次の八本によるものである。

小山本［底本］（小山敦子氏蔵）
大島本［大］（古代学協会蔵、『源氏物語大成』底本）
保坂本［保］（東京国立博物館蔵）
尾州河内本［尾］（名古屋市蓬左文庫蔵）
国冬本　［国］（天理図書館蔵）
陽明本　［陽］（陽明文庫蔵、『源氏物語別本集成』底本）
阿里莫本［阿］（天理図書館蔵）
中京大本［中］（中京大学図書館蔵）

なお、ここで取り扱う「中京大本」は、〈河内本〉と呼ばれている写本群ではなくて、天理図書館蔵「麦生本」・「阿里莫本」に近似する本文を伝える写本である。

小山本の本文は、大島本、保坂本、尾州河内本、国冬本、そして陽明本とよく一致する。阿里莫本・中京大本とは、本文の質を大きく異にする。

現在、おおよそ次のような書写本間の相関関係を想定している。

〈甲類〉小山本・大島本・尾州河内本・国冬本／陽明本／保坂本
〈乙類〉阿里莫本・中京大本

以下、諸本の異同傾向が顕著に見られる例を列記し、各写本の相関関係を確認しておきたい。

例示にあたっては、まず『CD-ROM　角川古典大観　源氏物語』の校訂本文をあげ、その末尾に引用箇所の内容を想起する手掛かりとなるよう、当該箇所の小見出しを明示した。その左に、問題となる異文を適宜わかりやすく校訂して並記する。

諸本間の詳細な校異は、校合の底本である小山本を掲出する。その下に、同じ本文を持つ写本の略号を追記。続く数字は、『源氏物語別本集成』で用いる文節番号である。改行して次の行から一文字下げで、掲示した小山本の本文と異なる本文を持つ写本の実態を示す。つまり、以下の用例では、この文節ごとの本文異同を基本単位として提示することになる。

〈例一〉平中（平貞文）が女の気を引くために空泣きをしたこと（『古本説話集』など。「末摘花」にも描写あり）。

□〈甲類〉さも移りゆく世かな、とおぼし続くるに、平中がまねならねど、まことに涙もろになむ。（「30明け方、源氏は朧月夜のもとを離れる、かつての逢瀬を思わせる情趣深さ」）

■〈乙類〉さも移りかはる世かな、と思ほし続くるに、いくばくならねど、まことに何事にも。

　さもうつりゆく［尾陽］…005749-000
　さもうつり行［大国］
　うつりゆく［保］
　さもうつりかはる［阿中］
世かなと［尾陽中］…005750-000
　世哉と［大］
　よかなと［保国］
　世なと［阿］

おほしつゝくるに［大保尾国陽］…005751-000
おもほしつゝくるに［阿中］
平中か［大］…005752-000
へい中か［保尾］
へいちうか［国陽］
ナシ［阿中］
まねならねと［大保尾国陽］…005753-000
いくはくならねと［阿中］
まことに／と〈改頁〉…005754-000
まことに［大保尾国陽阿中］
なみたもろになむ［保陽］…005755-000
涙もろになん［大国］
なみたもろになん［尾］
何事にも［阿］
なに事にも［中］

阿里莫本と中京大本（以下〈乙類〉とする）は、平中のことも涙のことも、何も言わない。以下の用例でも明らかなように、この二本は独自の本文を伝えており、あらためてその解釈をする必要がある。このことは、さらに他本の翻刻を進めて、現在の八本ではなくて二〇本くらいで校合ができるようになった時点で考察する予定である。まだまだ『源氏物語』の翻刻は進んでいないのが実情である。その意味からも、次のような〈乙類〉だけが持つ少し長い本文も、今は指摘だけに留めて後日の検討としたい。

・うけ給とゝめける心はへもきこしめされにしかなとのみ（006677-000）

・みねにかきこもり鳥なともかけらぬたかき（009072-000）
・やう〳〵ゐみなとし給めかるれは（009714-000）

〈例二〉「桐壺」と「淑景舎」

□〈甲類〉年かへりぬ。桐壺の御方近づきたまひぬるにより（「40新年になって明石女御の出産が近づき、明石の町の対の屋に移り、安産の御修法」）

■〈乙類〉年かへりぬ。淑景舎の御方近くなりたまひぬるにより

とし［大保尾国陽］…007723-000
　年［阿中］
かへりぬ［大保尾陽阿中］…007724-000
　返ぬ［国］
きりつほの御方［大］…007725-000
　きりつほの御かた［保尾国陽］
　しけいさの御かた［阿中］
ちかつき［大保尾陽阿中］・・・007726-000
　ちかく成［国］
たまひぬるに…007727-000
　たまいぬるに［大］
　給ぬるに［保尾陽阿中］
　給へるに［国］

「桐壺」と「淑景舎」は、同じ殿舎を指している。このように、同じものを別の語で表現するものに、〈甲類〉が「萬歳楽」とするところを〈乙類〉が「最勝楽」とあるなど、その例は枚挙に暇がない。これも、〈甲類〉と〈乙類〉の親本の素性を知るのに手掛かりとなるものである。

なお、「若菜上」に「桐壺の御方」という語は、〈甲類〉に二例、〈乙類〉に一例ある。〈甲類〉と異なる〈乙類〉の一語が、ここにあげた「淑景舎の御方」である。

〈例三〉「熊」と「虎」。薩埵太子の捨身飼虎伝説。原典は『金光明最勝王経』『三宝絵』『私聚百因縁集』「法隆寺・玉虫厨子台座絵」

□〈甲類〉かひなき身をば、熊、狼にも施しはべりなむ。（47入道の尼君への文、使者の大徳から入山した様子、弟子たちのことを聞く）

■〈乙類〉かひなき身をば、虎、狼にも施しはべりなむ。

かひなき［大保尾陽阿］…008959-000
　かいなき［国中］
みをは［保尾］…008960-000
　身をは［大国陽阿中］
くま［大保尾国陽］…008961-000
　虎［阿］
　とら［中］
おほかみにも［大保尾陽阿中］…008962-000
　大かみにも［国］

せし［保尾国陽阿中］…008963-000
　施し［大］
侍なむ［陽］…008964-000
　侍なん［大国］
　はへりなん［保尾］
　侍りなん［阿中］

〈甲類〉が「熊」とするところを、〈乙類〉は「虎」とする。それぞれの写本の性格が伺われるものである。今はその詳細を考察するのではなく、諸伝本間の位相を知るための用例として掲出するに留めておく。

二　諸本における傍記混入

『源氏物語』の本文において、異文とされるものの中には、傍記が本行に取り込まれて生まれたものが多々あることは、すでに確認している。最近では、「傍記混入の実態から見える源氏物語諸本の位相　―「常夏」の場合―」(『物語の生成と受容(5)』国文学研究資料館編、二〇一〇)で問題提起をしている。

「若菜上」においても、小山本が残存する範囲だけでも、傍記が本行混入してできたと思われる異文箇所は二〇例ほど確認できている。「若菜上」全体としては、五〇例弱あると想定してよかろう。

その傍記が混入したと思われる箇所を注視すると、〈甲類〉では傍記が当該箇所の直下に、〈乙類〉では当該箇所の直前に混入していることが見て取れる。これは、ほぼ例外なく確認できる事象である。そして、この〈甲類〉と〈乙類〉における混入位置については、これまでに私が検討してきた、「若紫」「須磨」「常夏」「蜻蛉」などと同じ傾向がある。

それでは、この「若菜上」ではどのような傾向があるのか。ただし、今は小山本に絞った考察であり、それを詳細に検討する場ではない。特徴的な数例を示すことで、「若菜上」も同じ傾向である、ということを押さえておくに留めたい。

まず、傍記の混入が想定される箇所で、どの語句が傍記として本行本文の横に書き付けられていたものなのかが確定しない例からあげる。

〈例四〉 前後に混入した傍記の語句は何か

□〈甲類〉わかく〳〵しくいにしへに返てかたらひ給（28朧月夜は院の御所から二条宮へ退出、源氏は文を交わし、再会を求めるが拒絶）

■〈乙類〉いにしへにかへりわかく〳〵しくかたらひ給

いつみのさきのかみを…005464-000

めしよせて［大国陽］…005465-000

　めしよせつゝ［保阿中］

めして［尾］

わかく〳〵しく［大保尾国陽］…005466-000

　いにしへに［阿中］

いにしへに［大保尾国陽］…005467-000

　かへり［阿中］

返て［国］…005468-000

かへりて［大保尾陽］
わかく〳〵しく［阿中］
かたらひ…005469-000
給［大尾国陽阿中］…005470-000
たまふ［保］

この場合、傍記混入のパターンは二通りが考えられる。

（1）わかく〳〵しく　かたらひ給
　　いにしへに返て

（2）いにしへに返て　かたらひ給
　　わかく〳〵しく

（1）の場合は、本行本文「わかく〳〵しく」の傍記が「いにしへに返て」であり、（2）の場合は、本行本文「いにしへに返て」の傍記が「わかく〳〵しく」の場合を想定したパターンである。今、傍記が当該の本行本文の前に入るのか後ろに入るのかは、ここだけでは決め手がない。

しかし、次の例になると、傍記が混入した位置が前か後ろかが解るのである。

〈例五〉〈甲類〉は下へ、〈乙類〉は上へ混入

□〈甲類〉御物かたりなといとなつかしくきこえかはしたまひて中のとあけて宮にもたいめむしたまへり（34源氏は朧月夜のもとへ、紫上は女御との話の後、女三宮と対面、文を通わす仲となる）

■〈乙類〉宮には中のさうしをあけて御たいめあり御物かたりなといとなつかしうきこえかはしたまへり

かなしと…006578-000
み［保尾］…006579-000
見［大国陽阿中］
たてまつり［大保尾国陽］…006580-000
奉り［阿中］
給［大保尾国］…006581-000
たまふ［陽］
給宮には中のさうしをあけて御たいめあり［阿］
給みやには中のしやうしをあけて御たいめあり［中］
御物かたりなと［保国阿中］…006582-000
御ものかたりなと［大尾陽］
いと…006583-000
なつかしく［大保尾陽］…006584-000
なつかしう［国阿中］
きこえかはし［大保尾陽］…006585-000
きこへかはし［国］
聞えかはし［阿中］
たまひて［保］…006586-000
給て［大尾国陽］
給へり［阿中］

なかの［大国］…006587-000
　中の［保尾陽］
　ナシ［阿中］
と［大保尾国陽］…006588-000
　ナシ［阿中］
あけて［大保尾国陽］…006589-000
　ナシ［阿中］
宮にも［大保尾国陽］…006590-000
　ナシ［阿中］
たいめむ［保陽］…006591-000
　たいめ［大］
　たいめ／め＋ん［尾］
　たいめん［国］
　ナシ［阿中］
し［大保尾国陽］…006592-000
　ナシ［阿中］
たまへり［陽］…006593-000
　給へり［大保尾］
　給えり［国］
　ナシ［阿中］

ここでは、次の二通りの傍記の可能性がある。

（1）御物かたりなといとなつかしくきこえかはしたまひて
〈甲類〉中のとあけて宮にもたいめむしたまへり
〈乙類〉宮には中のさうしをあけて御たいめあり

（2）御物かたりなといとなつかしくきこえかはしたまひて
〈乙類〉宮には中のさうしをあけて御たいめあり
〈甲類〉中のとあけて宮にもたいめむしたまへり

この場合、（2）では本行本文にさらに「宮には（も）」と「中のさうし（と）」という、語句のいずれかの傍記混入があったことになる。そのような本文と傍記がなされていた段階を想定し、その後にそれが本行本文か傍記本文になったとしなければならない。今はそれを考えなくても、（1）のパターンで、つまり〈甲類〉が本行当該箇所の直後に混入し、〈乙類〉がその直前に入り込んだとみるのが自然である。傍記の「宮には（も）」の異同についても、これで理解できる。他の巻々がそうであったように、ここは「〈甲類〉後入、〈乙類〉前入」のパターンを見せているると言える例である。

その他、語句が転倒している表現で、そこに傍記の混入が想定できる例はたくさんある。しかし、ほとんどが〈甲類〉か〈乙類〉のいずれが傍記部分であったかを確定できるものは少ない。

今は、右の〈例五〉を確認し、「〈甲類〉後入、〈乙類〉前入」のパターンでそうした用例を見直すと、そのすべてが無理なく理解できる。その反対の「〈甲類〉前入、〈乙類〉後入」のパターンで見ていくと、さまざまな理由説明が必要になるものが多いのが実態である。

これによって、「若菜上」では「〈甲類〉後入、〈乙類〉前入」のパターンを前提として矛盾はない、と結論づけたい。

三　小山本の本文について

小山本は残巻であり、本来の分量の半分しか現存していない。それでも、いろいろと興味深い本文が確認できる。

まず、これまでに確認されていなかった本文のありようがわかる例である。

〈例六〉　新たな異文「花の宴」

◆〈小山本〉昔、花の宴したまひし（「30明け方、源氏は朧月夜のもとを離れる、かつての逢瀬を思わせる情趣深さ」）

□〈甲類〉昔、藤の宴したまひし

■〈乙類〉昔、藤の花の宴したまひける

むかし［大保尾陽阿中］…005878-000
　むかしの［国］
はなの…005879-000
　ふちの［大保尾国陽］
藤の花の［阿］
　ふちの花の［中］
えむ［大国］…005880-000
　えん［保尾陽阿中］

し…005881-000
たまひし［保］…005882-000
給し［大尾国陽］
給ける［阿中］

小山本が「花の宴」とあるところを、〈甲類〉は「藤の宴」、〈乙類〉は「藤の花の宴」となっている。この小山本の「花の宴」という語は、これまでに知られていなかった新しい語句である。これは、私が提唱している、異文は傍記が本行に混入して発生する、という考えを補強してくれる例となるものである。

前項で確認したように、「若菜上」においても、右横に記された傍記が当該本行の直後に滑り込むのが〈甲類〉、当該本行の直前に混入するのが〈乙類〉である。この傾向を踏まえて、ここでの「宴」の前後の本文異同の発生を考えていく。

まず注目したいのは、〈乙類〉の阿里莫本と中京大本に「藤の花の宴」とあることである。この本の前の代の書本（親本）に、傍記として「藤の」か「花の」があり、それが前後に混入したと考えられる。とすると、〈乙類〉では傍記が本行の直前に混入する傾向が顕著であることから、〈乙類〉の写本はどこかの段階で、本行の「花の宴」の右横に「藤の」と傍記された状態にあったことが推測される。

小山本は、ここでは〈乙類〉と同じ語句を持つものである。ただし、今のところ小山本が〈乙類〉とだけ一致する顕著な異文は他に見いだしていない。

「花の宴」とする小山本の出現により、「花」という語に〈甲類〉の「藤」を異文として傍記していた写本があった可能性が高くなった。〈乙類〉の「藤の花の宴」の生成過程が確認できる資料が見つかったと言えよう。

ほんのささやかな一例である。しかし、『源氏物語』の本文をさらに博捜し、翻刻を続けるうちに、こうした異文の発生事情の諸相があきらかになっていくのである。気長にコツコツと、調査、翻刻、校合、考察を継続していきたい。

小山本は、丁寧に親本を書写している写本である。ただし、ケアレスミスと思われる箇所がいくつか確認できる。そうした例を、以下に列記しておく。

〈例七〉小山本は親本に正確な書写

さうの…007114-000
御ことなと／〈改頁〉、もの&なと…007115-000
　御ことなと［大保尾陽］
　御こと［国］
　御琴なと［阿中］
ナシ／±みな…007116-000
　みな［大保尾国陽阿中］
ナシ／±むかし…007117-000
　むかし［大保尾国陽阿中］
ナシ／±おほえたる…007118-000
　おほえたる［大保尾国陽阿中］
もの〻／〻ねとも&もの〻…007119-000
　もの〻［大尾国陽］
　物〻［保］
　物の［阿中］
ねともにて［大保国陽阿中］…007120-000
　ねともにつけて［尾］

めつらしくかきあはせ…007121-000

これは、「さうの」と書いたところで丁替え（改頁）をした後の脱落例である。新しい表丁の冒頭に「御こともの丶ねとも」と書き進めた時点で、書写者は「なと」を書き飛ばしたことに気づいたようである。おそらく、書写に用いた親本が、この辺りで改行されていたか丁が替わっていたのかもしれない。

そこで書写者は、「ものゝねとも」を削り、その上から「なとものゝ」とナゾリ書きしたのである。ただし、それでも諸本が伝える「みなむかしおほえたる」の一〇文字がない状態である。その後、親本にあった傍記「みなむかしおほえたる」の一〇文字を、そのまま丁の右端に小さく書き込んだのである。

なお、この丁は、折の最終丁の表面であり、補入された傍記が右端いっぱいに書かれている。このことから、この傍記は糸綴じをする前の段階に書写されたと思われる。ということは、この一度書いた文字を削除し、それに文字をなぞり、さらに横に書き記された傍記文字を書いたのは、仮とじの段階での所為だった、ということである。ナゾリの箇所も、きれいに下の文字を削り取ってなされているので、そのことも傍証になろうか。このことから、本書は親本に忠実であろうとする姿勢で書写され、またそれは綴じ糸でしっかりと製本する以前に書写されたものと考えられる。

このように、この小山本の書写状態から、以上の書写過程が伺える例となっているものである。

次は、目移りによる脱文が確認できる例である。

〈例八〉目移りによる脱文

◆小山本「としころかけて」（46入道の明石上への遺言、生まれる時に見た夢を語り、住吉神社への願文を添える）

□■諸本「としころこゝろきたなく六時のつとめにもたゝ御ことをこゝろにかけて」

としころ／〈改頁〉…008669-000
　としころ［大保尾国陽中］
　年比［阿］
ナシ…008670-000
　心きたなく［大保尾国阿］
　こゝろきたなく［陽中］
ナシ…008671-000
　六時の［大尾国陽阿中］
　六しの［保］
ナシ…008672-000
　つとめにも［大保尾国陽阿中］
ナシ…008673-000
　たゝ［大保尾国陽阿中］
ナシ…008674-000
　御ことを［大保尾］
　御事を［国陽阿中］
ナシ…008675-000
　心に［大保尾国阿中］
　こゝろに［陽］
かけてはちすの…008676-000

うゑの…008678-000
うへの［大保尾国陽阿中］

小山本は、丁が替わったところで「としころ」と書き始めている。そのとき、「ころ」とそれに続く「こゝろ」が、後にある「こゝろ」に目移りして、「こゝろきたなく六時のつとめにもたゝ御ことをこゝろに」が脱落してしまったと思われるものである。

小山本は、単純な書写ミスが非常に少ない写本だと言える。今回の翻刻を通してわかったところでは、誤字三例、衍字三例、脱字六例が確認できただけである。これは、長大な「若菜上」の文字列の多さから見て、稀有な事象だと言えよう。以下に、このケースで特に注記が必要な例をあげる。

〈例九〉傍記混入ではなくて脱字

そよの／〈ママ〉…005397-000
そのよの［大尾国陽中］
よの［保］
その世の［阿］

小山本の「そよの」は、諸本が「そのよの」、保坂本が「よの」とあるところから、「その」の「の」の脱字と考えられる。

保坂本の「よの」を中心に考えると、次の可能性もなくはない。つまり、小山本の本行本文は「その」であった。そこへ、異本「よの」の「よ」が傍記された。その傍記が〈甲類〉の特徴である当該字句の直後に入るという現象により、「そよの」という文字列として書写された、という理解である。ただし、これは非常に非現実的なことなので、今は単なる脱字の例としておく。

〈例一〇〉傍記後入ではなく衍字

としころのころの…005508-000

としころの［大保尾国陽］

とし比の［阿中］

「ころのころの」という文字列について、「ころの」の衍字と見る以外に、もう一つの見方として、傍記後入の可能性がある。「ころの」に傍記されていた「ころの」が、当該語句の下に入り込むものである。写本には、書写字形や書写字母が思うように書かれていない場合に、よく同じ文字をわかりやすく書き直したり書き添えたりすることがある。ここでは、衍字か傍記後入かの判断はむつかしい。しかし、あえて再確認のために書かれた文字が本行に取り込まれたと見るよりも、衍字として問題はないと思われる。

これとは逆に、傍記後入としたほうが自然なものもある。

〈例一一〉衍字ではなくて傍記後入

御こらんしとるへきにも／御こ〈ママ〉…010365-000

御らんししるへきにも［大国］
こらんしらるへきにも［保］
御らんしゝるへきにも［尾］
御覧ししるへきにも［陽］
御らんせらるへきにも［阿］
御らんせらるゝへきにも［中］

ここでの「御こらんし」は、「御」に添えたよみがなの「こ」が、いつしか傍記と理解され、それが当該文字の直下に混入したものと思われる。衍字ではない例である。

これらの誤字、脱字、衍字などは、この小山本の価値を低くするものでは決してない。写本には当然付随するケアレスミスである。とくに「若菜上」のように長大な巻においては、書写時の緊張感の持続という点から見て、この少なさはかえってしっかりと書写された写本となっていると言えよう。

おわりに

『源氏物語』の本文研究が大幅に遅れていることは、これまでに何度も指摘してきた。その基礎研究の部分が、非常に危うい状況にある。

写本を読み確認するということは、根気と時間を要する作業を踏まえて取り組むことになる。それが現状では、短期間に成果をあげることが要求される現行教育システムと研究環境の中において、ますます取り組む人が少なくなっていくことに直結している。

また、現在読まれている流布本は、そのすべてが大島本によるものである。これ以外に、活字の校訂本文も注釈書もないのである。その中で、いたずらに『源氏物語』の本文研究の遅れを声高に言っても、多くの人は戸惑うだけであろう。

今はまだ、鎌倉時代の『源氏物語』の姿を伝える信頼できる本文としては、大島本に比肩するものは提供されていない。私が、池田本の校訂本文を試案として少しずつ提示しだしたところである。

このような状況下であるために、しばらくはこれまで通り大島本を底本にした活字校訂本文が読まれていく。しかし、もう一つの『源氏物語』の流布本を目指して、池田本の校訂本文の提供を進めていきたいと思っている。

なお、これまでに私が『源氏物語』の本文分別に関して考察してきた論考には、次の緒論がある。本文研究史の一端を整理する意味で、以下に列記しておく。

注

(1)「源氏物語古写本における傍記異文の本行本文化について—天理図書館蔵麦生本「若紫」の場合—」(『古代中世文学研究論集　第三集』伊井春樹編、和泉書院、二〇〇一。拙著『源氏物語本文の研究』おうふう、二〇〇二所収)

(2)「若紫における異文の発生事情—傍記が前後に混入する経緯について—」(『源氏物語の展望　第1輯』森一郎・岩佐美代子・坂本共展編、三弥井書店、二〇〇七)

(3)「海を渡った古写本『源氏物語』の本文—ハーバード大学蔵「須磨」の場合—」(『日本文学研究ジャーナル　第2号』伊井春樹編、国文学研究資料館、二〇〇八)

(4)「源氏物語本文の伝流と受容に関する試論—「須磨」における〈甲類〉と〈乙類〉の本文異同—」(『源氏物語の新研究』横井孝・久下裕利編、新典社、二〇〇八)

(5)「海を渡った古写本『源氏物語』の本文—ハーバード大学蔵「蜻蛉」の場合—」(『日本文学研究ジャーナル　第3号』

伊井春樹編、国文学研究資料館、二〇〇九）
（6）「ハーバード大学蔵『源氏物語』の本文をめぐる提案」（鈴木淳・メリッサマコーミック編『国際シンポジウム　日本文学の創造物―書籍・写本・絵巻―』、国文学研究資料館、二〇〇九）
（7）「傍記混入の実態から見える源氏物語諸本の位相―「常夏」の場合―」（『物語の生成と受容（5）』国文学研究資料館編、二〇一〇）

［付記］

本稿は、平成二十二年三月二十四日（水）に国立国語研究所において開催された、「共同研究プロジェクト（C）「仮名写本による文字・表記の史的研究」第3回研究会」で口頭発表した内容を、あらためて大幅に組み直してまとめたものである。席上、本文分別の名称としての〈甲類〉と〈乙類〉について、上代特殊仮名遣いの分類名と同じものなので紛らわしい、とのご指摘をいただいた。確かに問題はあるが、これまでの〈河内本群〉と〈別本群〉という名称をより客観的にしたものであり、今しばらくはこの〈甲類〉と〈乙類〉の二分別試案で、『源氏物語』の本文の分別を進めていきたいと思う。引き続き、よりよい名称を探し求めていきたい。また、〈小山本〉の調査にあたっては、小山憲吾氏のご理解とご高配をたまわった。ここに記して、お礼申し上げるしだいである。

陽明文庫蔵近衞信尹他寄合書『源氏物語』の資料的価値

川崎佐知子

一　近衞家と『源氏物語』

慶長七年（一六〇二）から翌年にかけて、近衞殿にて連歌師里村昌叱（一五三九―一六〇三）による『源氏物語』講釈がなされた。『三藐院記』によれば、初度は九月十四日で桐壺から談ぜられた。

キリツボ、今日ヨリ源講始、昌叱談、柿、サクロ、新酒一樽松梅院、（『三藐院記』慶長七年九月十四日）

聴衆の一人、西洞院時慶はさらに詳しい記録を残している。前日、時慶は近衞信尹と昌叱より聴聞の許可を得た。

昌叱へ遺状、源氏近衞ニテ講尺、同聴懇望候処ニ同心也、門迄礼ニ行、他行ト、大仏ニテ月見ト後ニ聞、近衞殿へ今朝源氏ノ義ニ参上、御同心、又午刻御礼ニ参、夜被召、見月也、御詠アリ、鷹司殿（鷹司信房…括弧内稿者注。以下同。）、松梅院（松梅院禅昌）、春嘉等也、予モ一吟申入、亥刻計□[1]退出、（『時慶卿記』慶長七年九月十三日）

同聴は、豊臣秀吉に仕え連歌でしばしば里村紹巴と一座した武将黒田孝高（一五四六―一六〇四）、豊臣・徳川両家・後陽成天皇に仕えた医師曲直瀬正琳（一五六五―一六一一）、北野社祠官松梅院禅昌、『太閤記』を著した儒学者で医師小瀬甫庵（一五六四―一六四〇）、時慶男西洞院時直（一五八四―一六三六）など十名であった。

近衛殿ニ源氏講尺初ル、桐壺ヨリ次第ニ昌叱読申、同聴、小寺如水〔黒田孝高〕、養安〔曲直瀬正琳〕、神光院、松梅院〔松梅院禅昌〕、甫庵〔小瀬甫庵〕、弥三〔里村〕、時直〔西洞院時直〕、実祐、三益、予、御振廻アリ、及晩、入江殿へ源氏本七冊拝借返事申入、帰宅後聞書再見、（『時慶卿記』慶長七年九月十四日）

講釈は巻序により、九月十四日・十五日に桐壺、同十六日・十七日に箒木、同二十日に空蝉、同二十二日・二十四日に夕顔という具合に、年末年始を除いて数日おきに間断なく開催された。記録で確認できる巻名は椎本が最後である。

近衛殿ニ有講尺、椎本満、（『時慶卿記』慶長八年三月四日）

記事は直後の慶長八年三月十二日で途絶えている。昌叱は同年六月頃煩い、七月二十四日に六十五歳で没したので、講釈も中断してしまったのだろう。

昌叱の講釈は一貫して近衛殿でおこなわれ、近衛信尹主催であった。初度は紹巴・昌叱ら連歌師、武将、医師が主だったが、照高院道澄、聖護院道勝、阿野実顕、一乗院尊政（近衛信尹兄、一五六三―一六一六）も参会した。

源氏講尺、照門〔照高院道澄〕御座候、聖門〔聖護院道勝〕同、初而御聴聞、（『時慶卿記』慶長七年九月二十八日）

阿野〔阿野実顕〕モ来入、同心シテ陽明へ参入、源氏講尺聴聞候、粥御振廻在之、今朝長野殿来儀、食申付候、（『時慶卿記』慶長八年正月二十四日）

源氏講尺、近衛殿へ参入、玄仍〔里村〕、玄仲〔里村〕、宗順〔内侍原〕等参会候、御所へ再返申入、（『時慶卿記』慶長八年二月十日）

近衛殿へ源氏講尺ニ出、匂宮・紅梅二冊果、及日没帰宅、一門〔一乗院尊政〕モ御出也、元村興行ノ発句モ聞、祐乗坊・木村宗喜・松雪等モ参入シテ参会也、（『時慶卿記』慶長八年二月廿二日）

ほかに烏丸光廣も聴聞した（『耳底記』）。堂上地下が相交わる講釈では当座歌会が催されることもあった。

近衛殿ニ講尺出座、講果テ御庭ノ初桜御詠アリ、昌叱モ倭韻申入二首、予モ亦同、少納言（西洞院時直）、阿野（阿野実顕）等ハ一首ツヽ也、晩ニ帰宅、（『時慶卿記』慶長八年三月一日）

陽明にて、昌叱源氏よみし席にて、巻の名を題にて当座に題を探侍りしに、匂宮を

春秋の草木の花に袖ふれてにほふや消ぬ名に残るらむ（『前参議時慶卿集』六五〇）(注1)

当時の近衛家が所有していた『源氏物語』の伝本も披露されたらしい。

源氏講桐壺果、各昌叱・如水（黒田孝高）早退出、跡ニテ粥アリ、古キ源ノ本一見候、西行・後京極・伏見院等ノ古筆ノ由候、（『時慶卿記』慶長七年九月十五日）

巻名や冊数など具体的な記述を欠くけれども、西行・藤原良経・伏見院などを筆者とする鎌倉期の寄合書のようである。同時期の書写本では、重要文化財に指定されるいわゆる陽明文庫本がある。ただし、陽明文庫本には上冷泉為綱（一六六四―一七二二）筆「源氏筆者目録」が付属し、近衛家には江戸前期以降にはいったとされる。(注2)また、「源氏筆者目録」では蛍巻を後京極良経筆と伝えるが、西行・伏見院筆の巻は見当たらない。したがって、陽明文庫本と『時慶卿記』の鎌倉期写本とは同じではない。近衛家にはべつの鎌倉期写本が伝来していたが現存しないと考えるべきなのだろう。すくなくとも、信尹のころの近衛家には格段に古い写本が蔵されていたのは事実である。三条西家などとは異なる意味で、近衛家は『源氏物語』の権威的な位置を占めていたといえるのではないか。

標題の近衛信尹他寄合書『源氏物語』は近衛家に伝来した一本で、第十七代の信尹が書写に関与した本である。とくに慶長ごろの近衛家は文化的な庇護者的立場として『源氏物語』受容の要と目されたことに留意しつつ、本稿では、近衛信尹他寄合書『源氏物語』の資料的価値を考察する。

二　近衛信尹他寄合書『源氏物語』の書誌

陽明文庫蔵近衛信尹他寄合書『源氏物語』は、室町末期から近世初期にかけての寄合書五十四冊である。高橋貞一氏・長澤規矩也氏編『陽明文庫蔵書解題　国書善本・貴重漢籍』で「三二　源氏物語」として紹介された。池田利夫氏『源氏物語の文献学的研究序説』（一九九八年　笠間書院）の第二章「近衛家の源氏書写と所蔵諸本」では、第二冊箒木の巻頭より第一六丁まで、すなわち綴葉装の一折分が近衛信尹筆であることから、「陽明文庫蔵近衛信尹等筆本」と呼ばれた。以下、本稿では「近衛信尹他寄合書本」と称する。

まず、近衛信尹他寄合書本の書誌を記す。

箱入。綴葉装。寸法は縦二三・六糎、横一七・五糎。各冊とも胡粉塗の白鼠色雲母刷波千鳥文の紙表紙であり、表紙の中央に外題「きり壺（各巻名）」を墨書した無地の白色題簽を押す。本文料紙は鳥の子紙。見返し本文共紙。本文は毎半葉一〇行書きである。各冊（巻名表記は外題のとおり）の墨付丁数は、きり壺二七丁、はゝき〻五〇丁、うつせみ一〇丁、夕かほ五四丁、わか紫五二丁、末摘はな三四丁、紅葉賀二八丁、花宴一一丁、あふひ四八丁、さか木四九丁、花ちる里五丁、すま四五丁、あかし四四丁、みをつくし三五丁、よもきふ二八丁、関屋七丁、ゑ合二一丁、まつかせ二二丁、うす雲三四丁、あさかほ二二丁、乙女五二丁、玉かつら四五丁、はつね一五丁、こてふ二三丁、ほたる二〇丁、常夏二二丁、かゝり火五丁、野分一九丁、みゆき三〇丁、藤はかま一五丁、真木柱三七丁、梅かえ一九丁、藤裏葉二〇丁、わかな上一一二丁、わかな下一〇三丁、かしは木四三丁、横笛二〇丁、すゝ虫一七丁、夕きり八〇丁、御法二一丁、幻二六丁、匂兵部卿宮一四丁、こうはい一五丁、竹河四三丁、橋ひめ四四丁、椎本四〇丁、角総一〇〇丁、さわらひ一九丁、やとり木一〇四丁、東屋七五丁、うき舟七五丁、かけろふ六一丁、手習六八丁、夢浮はし一六丁。各冊の遊紙は巻頭一丁、巻末〇

〜五丁。

つぎに、巻末にある識語を掲げる。

一校了　（夕かほ・さか木・あかし・ゑ合・あさかほ・玉かつら・こてふ・かゝり火・横笛・匂兵部卿宮・こうはい・竹河・浮舟）

一校了朱点句切畢　（花ちる里）

二校了　（さわらひ）

校了　（手習）

写本一校了　（あふひ・夢浮はし）

右のほか、年月日が記された識語がある。

①写本並以三本見合一校了卅枚　（みゆき）

于時慶長戊申（慶長十三年）夏五十五

②文禄五年八月日　七十一才　（藤はかま）

③慶長十三年仲春朔書之

翌朝加一校朱点訖　素然（中院通勝）　（梅かえ）

①②③から、近衛信尹他寄合書本の書写時期は慶長元年（文禄五年十月改元）から同十三年までと推定する。

近衛信尹他寄合書本と同じ箱に目録一通がおさめられる（図版Ⅰ）。薄茶色楮紙の巻紙で、寸法は縦一三・七糎、横一九〇・四糎である。端に「源氏目録」と題する。五十四冊の巻名を掲げ、その下に各巻の筆写者名を記す。題と巻名のみ近衛信尹筆で、慶長二、三年以降に確立された三藐院流書風である。（注3）筆写者名は三藐院流の別筆である。薄茶色楮紙の料紙は比較的粗質で簀子目がはっきりとしている。これは近衛信尹が、文禄三年より慶長元年までの薩摩坊津在国中、記録に使用した紙と同質である。（注4）筆跡と料紙から、「源氏目録」は、近衛信尹の周辺で慶長

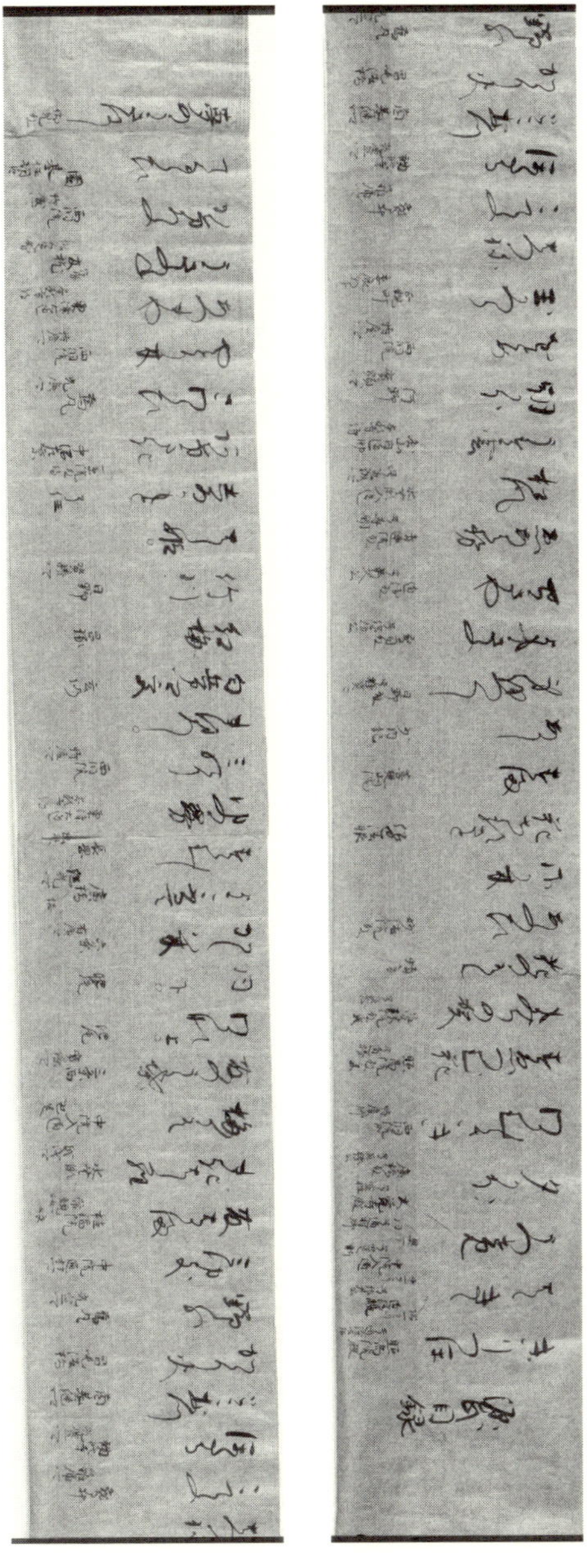

図版１　近衛信尹他寄合書『源氏物語』・「源氏目録」

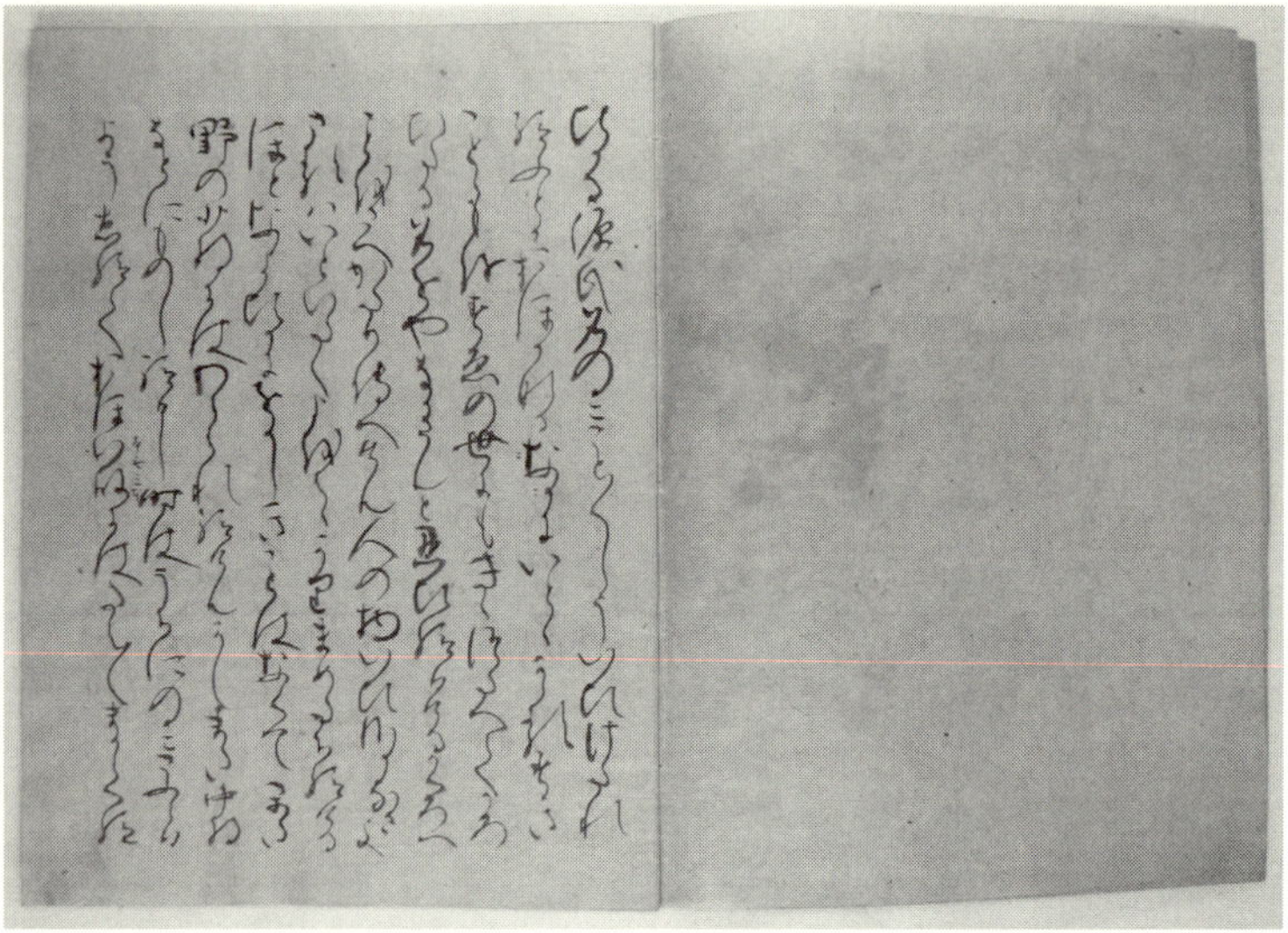

図版２　近衛信尹他寄合書『源氏物語』・帚木（第一折はじめ）

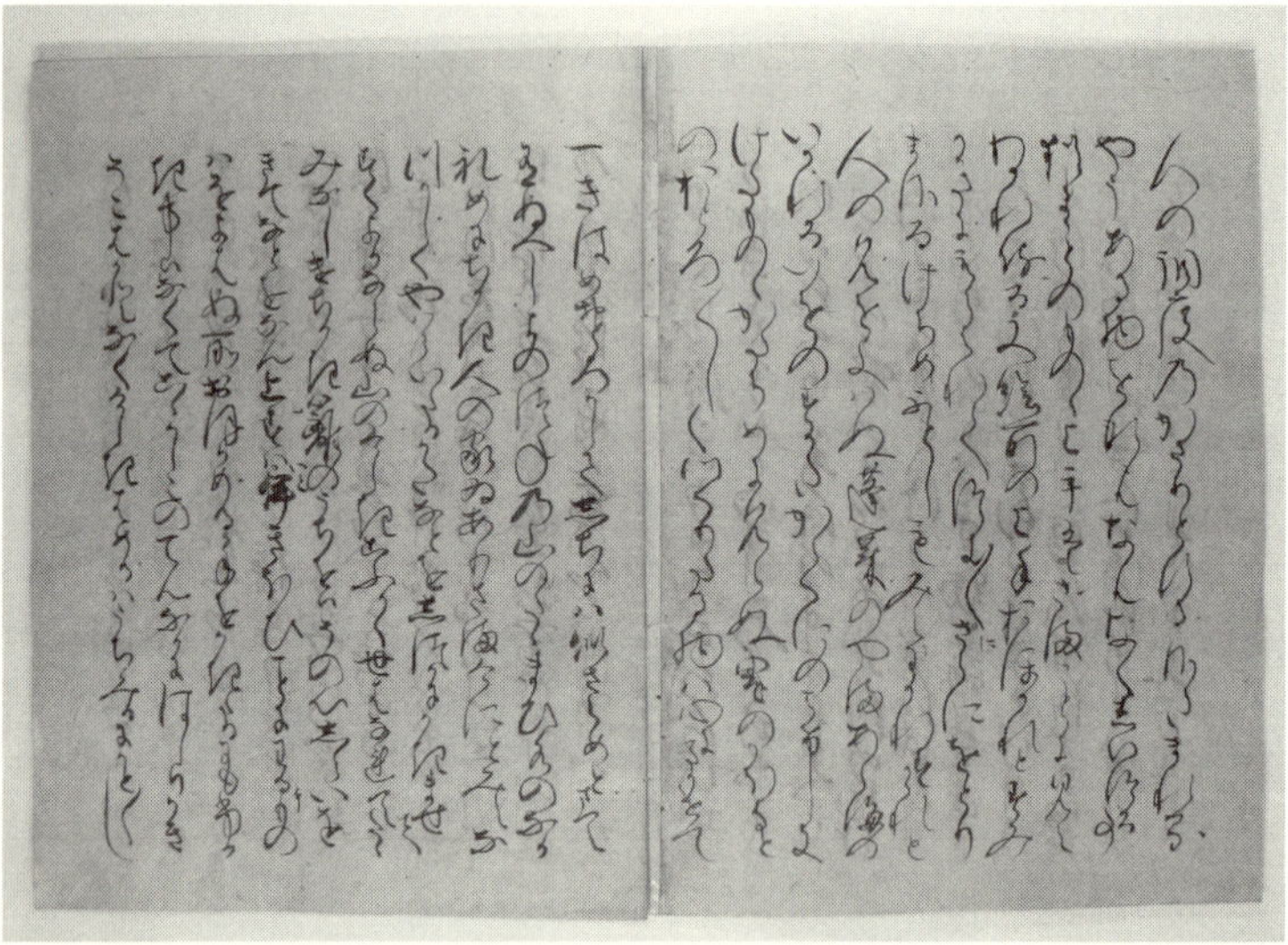

図版３　近衛信尹他寄合書『源氏物語』・帚木（第一折・第二折）

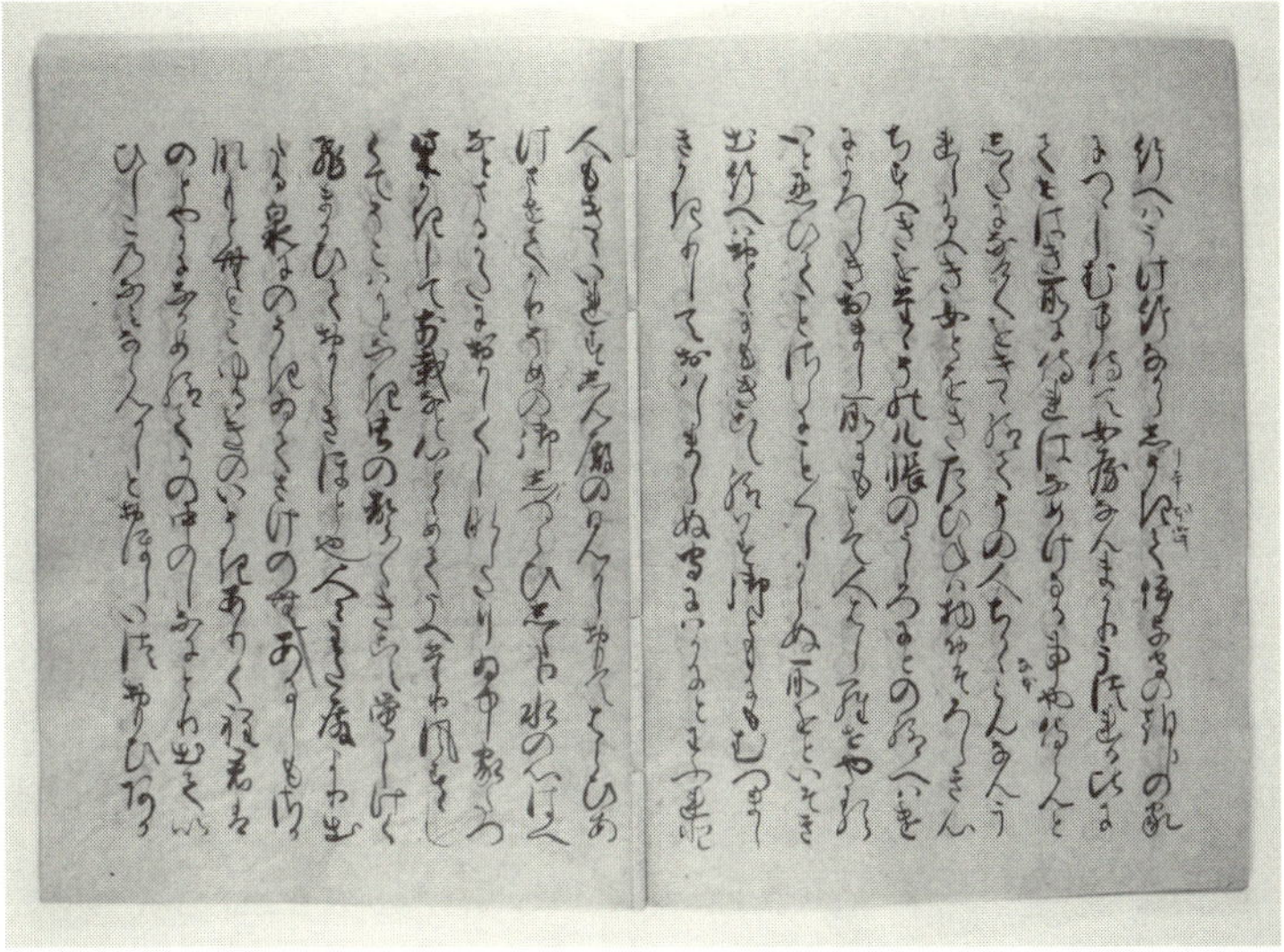

図版４　近衛信尹他寄合書『源氏物語』・箒木（第二折・第三折）

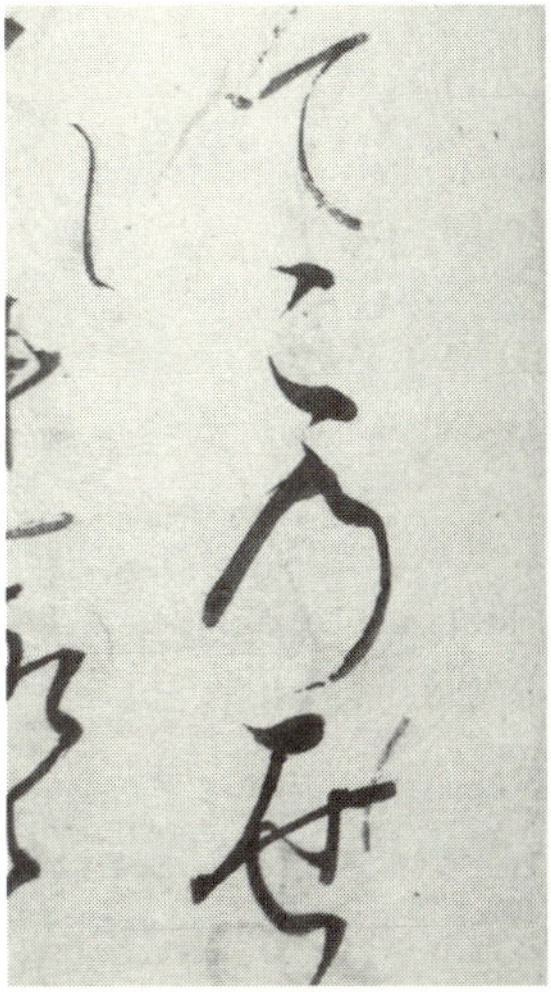

図版６　近衛信尹他寄合書
『源氏物語』・鈴虫

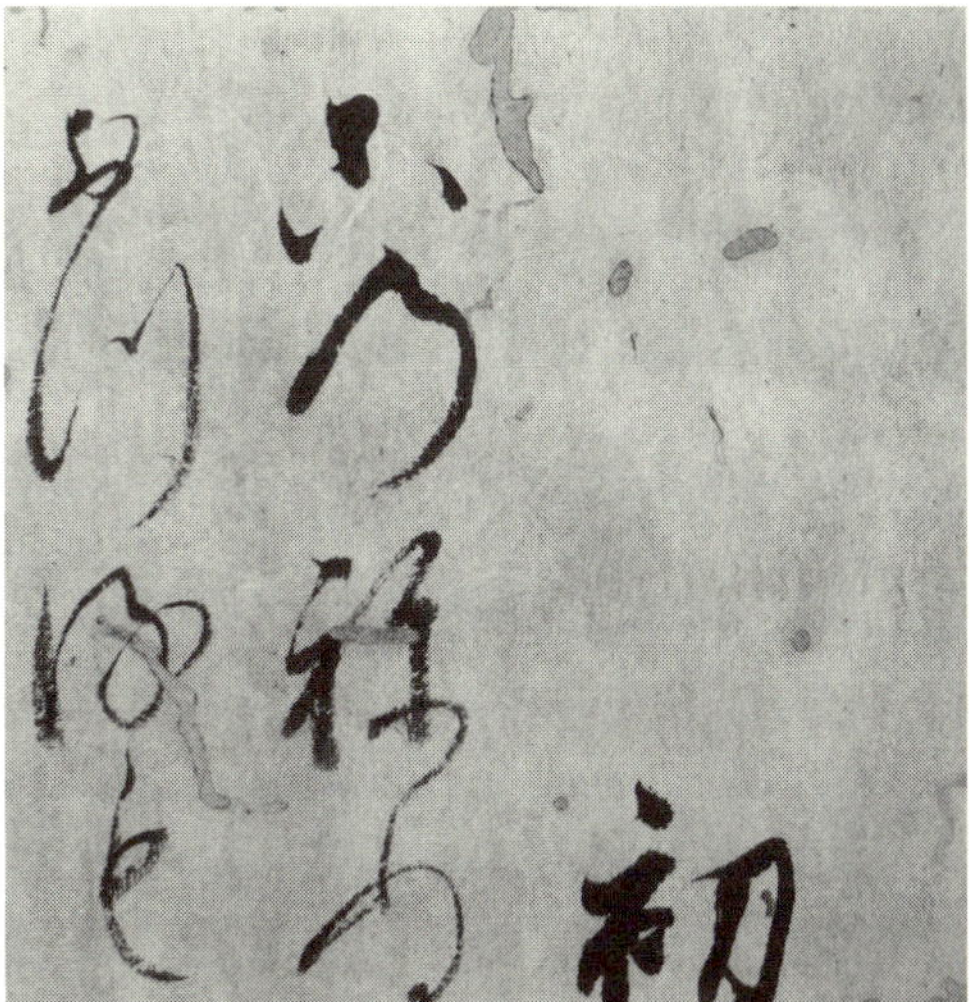

図版５　陽明文庫蔵『玄旨二十首和歌』

二、三年以降に作成されたといえる。

では、「源氏目録」は近衛信尹他寄合書本に付属するのだろうか。もしそうならば、「源氏目録」に著された筆写名と近衛信尹他寄合書本各巻の筆写者は一致するだろう。まず、梅枝巻末には、前掲③の慶長十三年二月朔日付中院通勝識語が記されていた。「源氏目録」には梅枝は「中院入道／号也足」の筆とあって、③に矛盾しない。また、「源氏目録」によれば、箒木は近衛信尹・中院通勝・中院通村の三筆である。「端一ク、リ」「中一ク、リ」「奥一ク、リ」との記述は、箒木が料紙束三折の綴りで各折異筆であることを指すのであろう。はたして、近衛信尹他寄合書本の第二冊箒木は三折で、はじめの一折は近衛信尹筆、のこり二折はそれぞれ別の筆跡である（図版2・3・4）。

さらに、「源氏目録」では、鈴虫は長岡幽斎（細川幽斎）筆である。では、近衛信尹他寄合書本の第三十八冊鈴虫は細川幽斎筆といえるだろうか。陽明文庫蔵『玄旨二十首和歌』〈七八三八〇〉巻子本一軸は、文禄二年（一五九三）閏九月の二十首詠である。端に「詠二十首和哥　玄旨」との署名があることから、細川幽斎自筆と考えられる。同資料を基準に鈴虫の筆跡と比較すると、「の」の特徴的な起筆が一致することから同筆とみてよいように思う（図版5・6）。

一部の巻に関して、「源氏目録」と近衛信尹寄合書本の筆写者は適合する。よって、「源氏目録」は、近衛信尹寄合書本の実際の筆写者名の書き上げと判断できる。

三　各巻の筆写者と外題筆者

〔表〕に、近衛信尹他寄合書本の筆写者を「源氏目録」にもとづいて整理した。筆写者はできるかぎり比定して示し、括弧内に慶長元年当時の年齢を掲出した（書写期間が慶長元年から同十三年と長いため、上限を基準とした）。あわせ

〔表〕

	巻名（墨付丁数）	筆写者（年齢）	生没年	備考
1	桐壺（27）	照高院道澄（63）	一五三四—一六〇八	近衛信尹叔父。
2	箒木（50）	近衛信尹（32） 中院通勝（41） 中院通村（9）	一五六五—一六一四 一五五六—一六一〇 一五八八—一六五三	文禄三年から慶長元年まで薩摩に在国。 天正八年から慶長四年まで丹後に在国。 中院通勝男。慶長四年まで丹後に在国。
3	空蟬（10）	大覚寺空性（24）	一五七三—一六五〇	後陽成天皇弟。
4	夕顔（54）	廣橋兼勝（39）	一五五八—一六二二	
5	若紫（52）	西洞院時慶（45）	一五五二—一六三九	
6	末摘花（34）	照高院道勝（21）	一五七六—一六二〇	後陽成天皇弟。聖護院。慶長十三年十二月興意に改名。
7	紅葉賀（28）	曼殊院良恕（23）	一五七四—一六四三	後陽成天皇弟。
8	花宴（11）	蜻庵（66）	一五三一—一五九八	梶井宮応胤。号蜻庵。伏見宮第六代貞敦皇子。
9	葵（48）	妙法院常胤（49）	一五四八—一六二一	伏見宮第七代邦輔皇子。
10	賢木（49）	（無記名）		
11	花散里（5）	里村紹巴（73）	一五二四—一六〇二〔一五二五とも〕	
12	須磨（45）	菩提山院		
13	明石（44）	少内記		
14	澪標（35）	日野輝資（42）	一五五五—一六二三	
15	蓬生（28）	鷹司信房（32）	一五六五—一六五七	
16	関屋（7）	近衛前久（61）	一五三六—一六一二	近衛信尹父。

17	絵合（21）	青蓮院尊朝（45）	一五五二—一五九七	伏見宮第七代邦輔皇子。
18	松風（22）	水無瀬兼成（83）	一五一四—一六〇二	
19	薄雲（34）	円山内匠助		円山玄春。本願寺侍。
20	朝顔（22）	阿野実顕（16）	一五八一—一六四五	
21	乙女（52）	西洞院時慶		
22	玉鬘（45）	正親町季康（22）	一五七五—一六〇九	
23	初音（15）	（無記名）		
24	胡蝶（23）	飛鳥井雅庸（28）	一五六九—一六一五	
25	蛍（20）	勧修寺光豊（22）	一五七五—一六一二	
26	常夏（22）	薗基継（71）	一五二六—一六〇二	
27	篝火（5）	里村昌叱（58）	一五三九—一六〇三	
28	野分（19）	烏丸光宣（48）	一五四九—一六一一	
29	行幸（30）	中院通村		
30	藤袴（15）	桂福院（71）	一五二六—没年不詳	常観娘。
31	槇柱（37）	水無瀬氏成（26）	一五七一—一六四四	水無瀬兼成男。
32	梅枝（19）	中院通勝		
33	藤裏葉（20）	三条西実條（22）	一五七五—一六四〇	
34	若菜上（112）	池尾		
35	若菜下（103）	池尾（見消）		

36	柏木（43）	六条有廣（33）	一五六四―一六一六	慶長三年より同五年まで勅勘在国。
37	横笛（20）	廣橋総光（17）	一五八〇―一六二九	廣橋兼勝男。
38	鈴虫（17）	長岡幽斎（63）	一五三四―一六一〇	
39	夕霧（80）	粟津右近		本願寺侍。
40	御法（21）	西洞院時慶		
41	幻（26）	（無記名）		
42	匂兵部卿宮（14）	里村玄仍（26）	一五七一―一六〇七	里村紹巴男。
43	紅梅（15）	里村昌琢（23）	一五七四―一六三六	里村昌叱男。慶長四年頃より昌琢。慶長十三年五月法橋。
44	竹川（43）	日野資勝（20）	一五七七―一六三九	日野輝資男。
45	橋姫（44）	（無記名）		
46	椎本（40）	了任		
47	総角（100）	中沼元知（17）	一五八〇―一六五五	南都興福寺一乗院坊官。
48	早蕨（19）	烏丸光廣（18）	一五七九―一六三八	烏丸光宣男。慶長十四年から十六年まで勅勘。
49	宿木（104）	西洞院時慶		
50	東屋（75）	粟津右近		
51	浮舟（75）	伊勢友枕斎	生年未詳―一六一〇	伊勢貞知。号友枕斎如芸。
52	蜻蛉（61）	西洞院時慶		
53	手習（68）	園基任（24）	一五七三―一六一三	園基継男。
54	夢浮橋（16）	伏見宮邦房（31）	一五六六―一六二一	伏見宮第九代。

て、私に付した通し番号と巻名（括弧内は、近衛信尹他寄合書本の墨付丁数）、生没年（不明・重複の場合は空欄とした）などを掲げた。「源氏目録」では賢木・初音・幻・橋姫の筆写者名を欠く。これらの巻は「（無記名）」と記した。また、若菜下は「池尾」を見消しているため、括弧内にその旨記した。備考欄には、「源氏目録」の注記にくわえ、在国期間や親子兄弟関係などを注記した。

近衛信尹他寄合書本は、筆写者が判明しているかぎりで計四十四名による寄合書である。そのうち生没年が明らかな三十七名はほぼ同時代の人物といってよい。生没年不明の場合でも、たとえば、了任（椎本）は、『天正十年正月五日何船百韻』（発句「なひきそはん行ゑみえけり春霞」）での細川幽斎・紹巴・昌叱との一座をはじめとして、『慶長六年三月二十七日和漢聯句』（発句「末さへも色になひくか藤の花」）まで、照高院道澄・中院通勝・勧修寺光豊・西洞院時慶・阿野実顕・玄仍・昌琢と同座しており、[注5]同じ頃に活躍したことが確認できる。

〔表〕によって、筆写者の配列に一定の秩序があると気づく。桐壺は照高院道澄、夢浮橋は伏見宮邦房である。照高院道澄は近衛稙家男で近衛信尹叔父である。五十四帖の巻首に年かさの近衛家出身者を据えるあたり、やはり近衛家で企図された書写事業であったためかと思われる。最終巻は伏見殿第九代で、当代の貴人を殊更に配したか。箒木は近衛信尹・中院通勝・中院通村の三筆である。近衛信尹が一巻の一部しか担当しなかった事情はわからないが、『源氏物語』における最重要巻に名が掲出されるのは、五十四帖の書写事業で近衛信尹が重要な位置にいたことを示唆するのではなかろうか。『岷江入楚』作者とその息子による分担も、当時随一の源氏学者ゆえの配置だろうか。第三巻空蟬の大覚寺空性、末摘花の照高院（聖護院）道勝、紅葉賀の曼殊院良恕は後陽成天皇弟である。これら宮門跡には、巻頭に近く、おおむね墨付三〇丁前後の比較的丁数の少ない巻が充てられた。丁数の多い夕顔・若紫は近衛家家礼の廣橋兼勝と西洞院時慶があたった。

このように、当時の貴族社会の序列が反映されるいっぽうで、地下の数寄人も多数混じる。細川幽斎（鈴虫）は

図版7　陽明文庫蔵『短冊手鑑』・式部卿宮智仁親王筆短冊

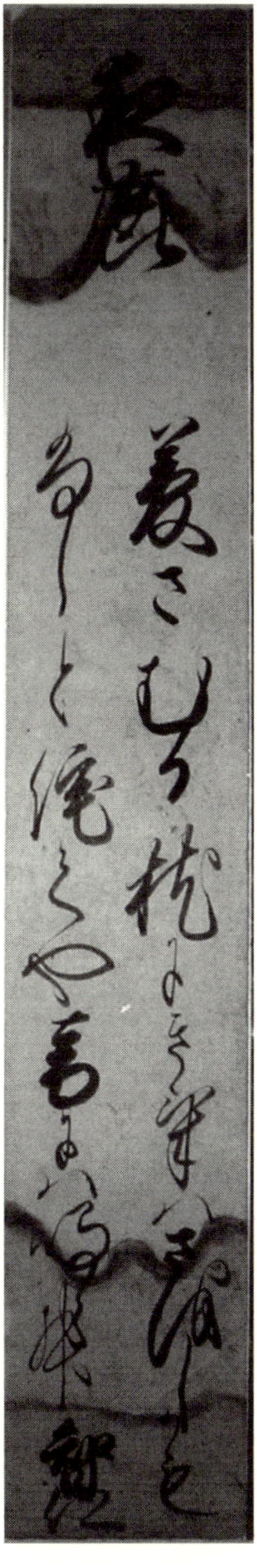

図版8　近衛信尹他寄合書『源氏物語』・夢浮はし題簽

図版9　近衛信尹他寄合書『源氏物語』・やとり木題簽

地下歌壇の権威であるし、里村紹巴（花散里）・昌叱（篝火）・玄仍（匂兵部卿宮）・昌琢（紅梅）は近衛家連歌会ばかりでなく御会にも出入りしていた（注6）。中沼元知（総角）は南都興福寺一乗院坊官で、近衛信尹の執り成しによって一乗院尊政に仕えており、近衛家にゆかりが深かった（注7）。近衛家の歌会・連歌会は、公家に限らず、武家・僧侶なども参会するのが特徴である。それと同様、幅広い階層が筆写に関わっているところから、近衛信尹他寄合書本は、ほかでもない近衛家における書写事業の所産と考えてよいように思われる。

　では、外題について考える。通例のごとく、近衛信尹他寄合書本の外題題簽は一筆で書かれ、相応の権威者の筆跡であるように見受けられる。慶長期の貴族社会で、近衛家を凌ぎ、「源氏目録」で判明している貴人を超える立場の人物となると、後陽成天皇か皇弟の八条宮智仁に絞られる。そこで、陽明文庫蔵『短冊手鑑』に押される式部卿宮智仁親王筆短冊（題「夜鹿」、和歌「夢さむる枕にきけはさをしかもふしと侘てや音には鳴らん」）をもとに比較すると、「夢浮はし」の「夢」、「やとり木」の「や」の書き様が一致する（図版7・8・9）。よって、近衛信尹他寄合書本の外題は八条宮智仁筆であると考えられる。

四　西洞院時慶の役割

さきに、近衛信尹他寄合書本の書写期間を慶長元年から同十三年までと推定した。前掲〔表〕の筆写者没年に注目すると、青蓮院尊朝（絵合）は慶長二年、蜻庵（花宴）は慶長三年、水無瀬兼成（松風）と里村紹巴（花散里）、薗基継（常夏）は慶長七年、里村昌叱（篝火）は慶長八年、里村玄仍（匂兵部卿宮）は慶長十二年であり、慶長十三年までに没した人物が複数いた。また、近衛信尹は文禄三年から慶長元年まで薩摩坊津に、中院通勝・通村父子は慶長四年まで丹後に、六条有廣は慶長三年より同五年まで勅勘で、それぞれ在国した。烏丸光廣は慶長十四年に猪熊事件に連座して勅勘を蒙った。したがって、書写作業は一斉になされたはずもない。巻ごとに個々別々におこなわれたのであった。

筆写者と外題筆者は意図的に選定された。近衛信尹他寄合書本が近衛家伝世の典籍類を保管する陽明文庫に伝わることや、付属文書の「源氏目録」が近衛信尹の料紙に信尹筆で書かれたことも考え合わせると、やはり近衛信尹が書写の命を下したとみるのが妥当であろう。それとはべつに、書写に纏わる雑務全般をとり仕切った人物がいたようである。四十四名のなかでただ一人、若紫・乙女・御法・宿木・蜻蛉の五つもの巻を写した西洞院時慶である。慶長元年から同十三年までを目安に、つぎのような記事を『時慶卿記』に見いだした。

ア聖門（照高院道勝）見舞申、御煩也、白藤盛也、酒給テ帰ル、源氏ノ紙丁数等申入、　（慶長七年三月十七日）

イ園少将〔園基任〕ヨリ源氏書テ給、但一ク、リ不足、（慶長七年九月十九日）
ウ源氏書残分、所々へ催促、一門〔一乗院尊政〕、飛鳥井〔飛鳥井雅庸〕、園少将〔園基任〕、藤宰相〔高倉永孝〕、廣橋〔廣橋兼勝〕等也、（慶長十年二月二十二日）
エ藤宰相〔高倉永孝〕ヨリ源氏ノ紙ノ事被申、彼方ニ用意由候、（慶長十年三月五日）

ア〜エでは、西洞院時慶が「源氏」書写に用いる料紙の手配や依頼先への催促をしている。ウの一乗院尊政やウ・エの高倉永孝（一五六〇―一六〇七）は「源氏目録」に見いだせず、記事も断片的であるため不審はあるが、(注8)時慶が書写のとりまとめをしているらしい点に留意したい。

近衛信尹他寄合書本の外題は八条宮智仁筆と認定できた。『時慶卿記』には、時慶が八条宮智仁に外題染筆を交渉する模様も認められる。つぎのオ〜コは慶長十四年十月であるため、おおむね慶長十三年までと推定した書写期間とも矛盾しない。

オ八条殿〔八条宮智仁〕ヨリ源外題遊給忝旨返事申入有御書、（慶長十四年十月四日）
カ経師ヲ呼源氏ノ外題切直サセ候、又花鳥ノ外題押、源氏目録ノ折料紙表紙申付候、小双紙等切セ候、（慶長十四年十月八日）
キ経師ヨリ外題紙取寄候、（慶長十四年十月九日）
ク源氏外題ヲ製、八条殿〔八条宮智仁〕へ進上候間申入有返事、又、晩ニ一順ヲ給、（慶長十四年十月十日）
ケ八条殿〔八条宮智仁〕へ今朝源氏外題被遊給候、御礼ニ薄暮ニ参候、（慶長十四年十月十七日）
コ経師へ源氏外題ヲ押、進餅酒、（慶長十四年十月十九日）

オ〜コに並行して、サでは中院通勝に「目録ノコト」を申し入れている。「源氏目録」に相当するかは不明だが、時期から見て注意する必要があるように思う。シでは三条西実条に藤裏葉を督促し、スで受け取ったのち一冊だけをただちに装訂にまわしている。「源氏目録」では藤裏葉は三条西実条筆であった。

サ也足〔中院通勝〕へ見廻次ニ源氏目録ノコト申処、同心候、入麵、酒アリ、□屋宗潤モ同会候、拾芥ノ内、大内ノ図等ヲ見候、（慶長十四年十月十一日）

シ三条西〔三条西実条〕ノ木村へ遣状、源氏為催促也、（慶長十四年十月十二日）

ス三条西〔三条西実条〕ヨリ源氏藤裏葉出来、木村持来候、進酒ヲ遣候、一礼申伸候、〈中略〉経師へ源氏一冊表紙申付候、持遣候、晩ニ到来、（慶長十四年十月二十四日）

その後、時慶は、慶長十四年十月二十六日の八条宮家連歌会で、箱に納めた書写本一式を披露している。

セ八条殿〔八条宮智仁〕連哥御会出座、予第三申入〈中略〉源氏箱共ニ八条殿掛御目、（慶長十四年十月二十六日）

セの「源氏」は、オ～コで八条宮智仁が外題を染筆した本であろう。書き写された本文を集め、美麗な一本として仕上げるまでの過程に、西洞院時慶が関与していたことが確認できた。

西洞院時慶は、後陽成天皇の歌会・連歌会に列し、新上東門院や女御近衛前子（のちの中和門院）から信任を得ていた。家礼として近衛前久・信尹・聖護院道澄に近侍し、歌道の指導を受けた。八条宮家・中院家の歌会の常連であったほか、紹巴・昌叱に連歌を学び、細川幽斎とも親しかった。のちに後水尾天皇となる政仁親王の手習師範を前子から任されるほどの能書家でもあった（『時慶卿記』慶長八年四月十七日）。西洞院時慶の交流圏と活動の実績は、近衛信尹他寄合書本書写の推進役とするにふさわしいといえる。

五　慶福院花屋玉栄の出自

「源氏目録」で筆写者とされる人物は、それぞれが慶長期を代表する歴々であった。そのような観点から、近衛信尹他寄合書本の個々の巻に注目し、いくつかの問題を指摘する。

慶福院花屋玉栄は、『顕伝明名録』に「南都比丘尼慶福院近衛稙家公息女（尼）」とあることによって、近衛稙家女といわれる。天文二十三年（一五五四）には二十九歳で『源氏物語絵巻』六巻を作成し、天正十七年九月十九日に六十四歳で陽明文庫蔵『源氏物語巻名和歌』〈七六五七二〉、文禄三年に六十九歳で『花屋抄』、慶長七年に七十七歳で『玉栄集』を執筆した。（注9）これら先行研究で紹介された自筆資料から、日付と年齢が明記された奥書を年代順にならべると①②③のようになる。

①天正十七菊月十九日　花屋玉栄六十四才

（陽明文庫蔵『源氏物語巻名和歌』〈七六五七二〉）

②　慶福院花屋玉栄　六十九歳

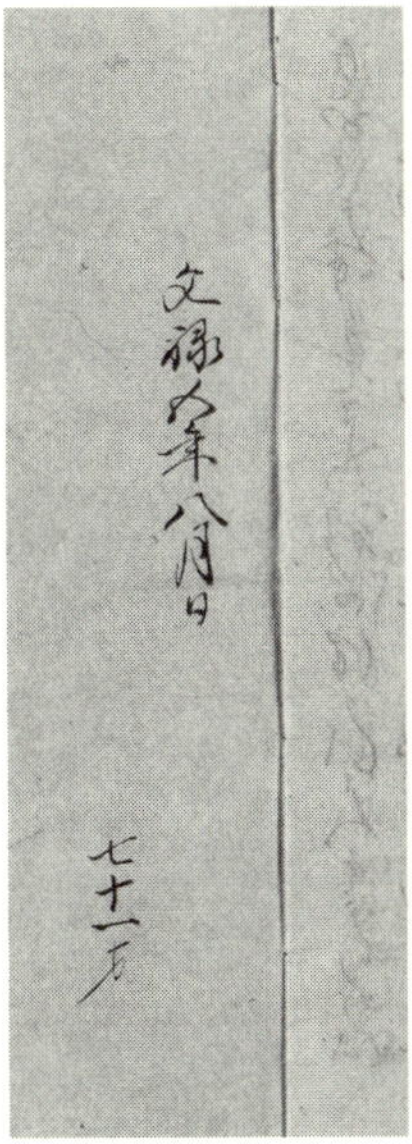

図版10　近衛信尹他寄合書『源氏物語』・藤袴識語

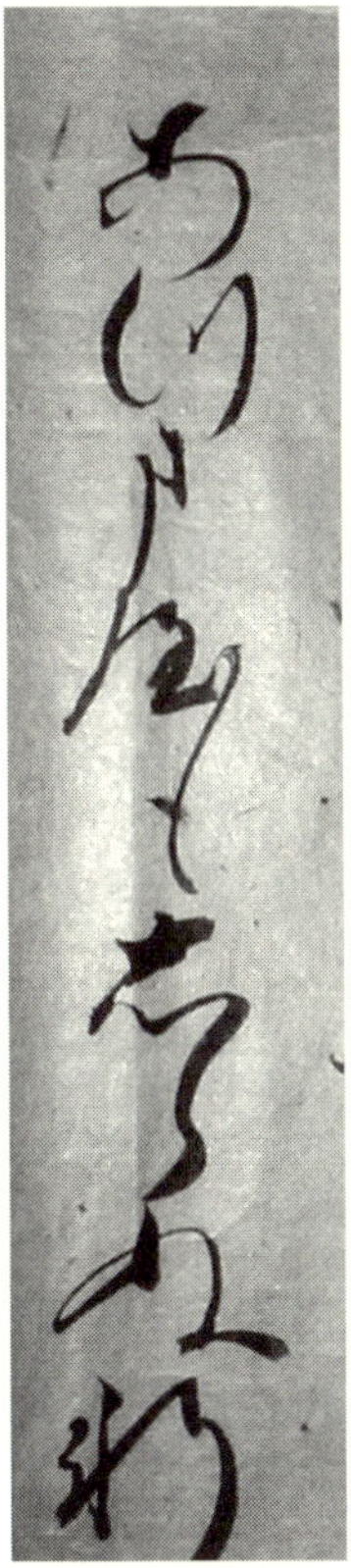

図版11　陽明文庫蔵『源氏物語巻名和歌』

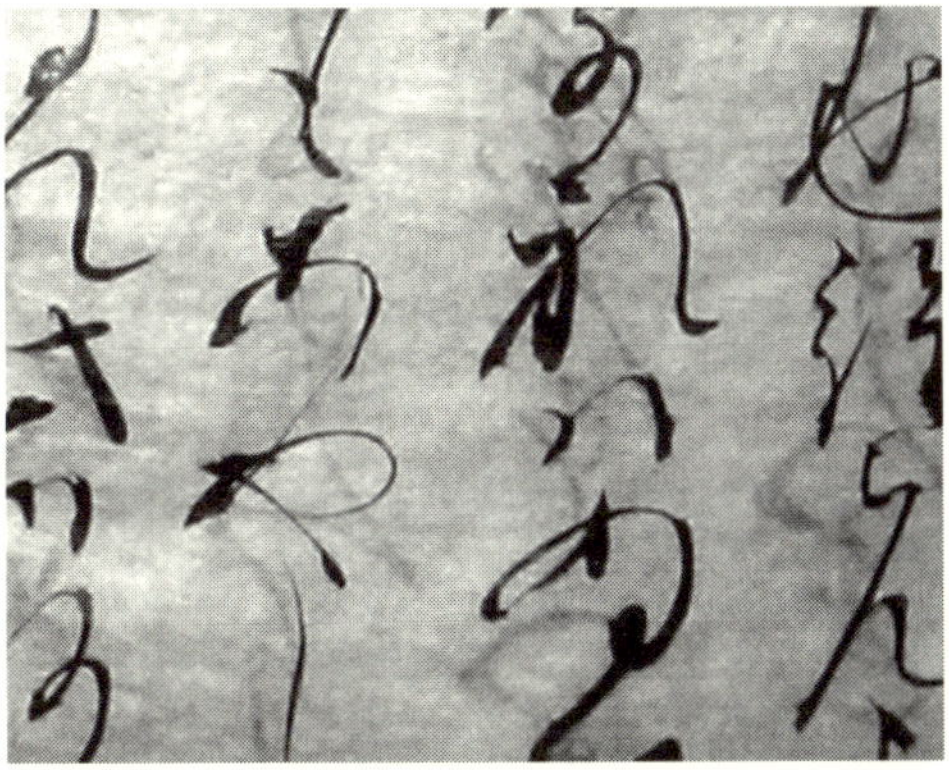

図版12　近衛信尹他寄合書『源氏物語』・藤袴

文禄三年文月日書之已　（蓬左文庫蔵『花屋抄』）

③慶長七年卯月日　慶福院花屋玉栄七十七歳　（桃園文庫蔵『玉栄集』）

さて、近衛信尹他寄合書本の藤袴は、「源氏目録」によると「桂福院」の筆写である。藤袴の巻末には、

文禄五年八月　七十一才　（近衛信尹他寄合書本・藤袴）

とある（図版10）。①②③と比較すると、署名こそないものの日付と年齢を書き記す形式が共通するうえ、その年齢にも矛盾はない。筆跡は、自筆資料の陽明文庫蔵『源氏物語巻名和歌』〈七六五七二〉と比較して、「あ」「ぬ」などの文字が一致し、同筆と判断できる（図版11・12）。「桂福院」では用字は異なるが、「慶福院」と一応音は通じる。慶福院花屋玉栄の功績に、あらたに近衛信尹他寄合書本の藤袴巻書写を加えることができるように思う。

「源氏目録」では、「桂福院」に「常観女《娘》」と注する。常観なる人物の息女という意であろうが、常観は不明である。法名を常観とした園基秀（一三六九―一四四五）がいるが、慶福院花屋玉栄は大永六年（一五二六）生まれで時代が合わない。「源氏目録」は慶福院花屋玉栄の周辺にいた人物によって書かれたはずだけに、その記述は重要視すべきだろう。ここに問題を提起し、後考をまつ。

六　中院家の三条西実隆自筆本

近衛信尹他寄合書本の行幸巻末には、慶長十三年五月十五日付けで「写本」と「三本」によって校合した旨の識語があった（図版13）。同巻の本文行間に「三本此ヨリ以下八字無」などの注記があるため、「三本」とは特定の一本を指す固有名称であると思われる。「源氏目録」では、行幸は中院通村筆であった。また、通村父の中院通勝は慶長十三年梅枝を写した（図版14）。両者は箒木の一部も筆写した。箒木・行幸・梅枝の本文行間には数箇所に異本注記がある。中院通勝と通村は、それぞれの巻を書写したのち、その本文を「三本」と校合したと解せる。

「三本」とは、『岷江入楚』にしばしば引用される逍遙院自筆本であるかと思われる。

ゐてたてまつる　ひきいて也、将の字の心歟、逍遙院自筆本にはゐの字を用らる　（『岷江入楚』空蝉）

さうにふきあはせたり　私三本逍遙、筆　笙に吹あはせとかゝれたり　（『岷江入楚』篝火）

本にはへめる三本逍遙自筆此詞ハ小書ニテイトアリ　（『岷江入楚』夢浮橋）

中院通村は元和元年七月二十日・二十九日と八月二日に、二条城で徳川家康に源氏講釈をした際、「予自筆六半本」を用いた。これは、『乙夜随筆』やつぎに引用した『渓雲問答』にある、三条西実隆と西室公順・三条西公条が写した青表紙証本（現在は日本大学総合学術情報センター蔵）を、高倉永慶（一五九一―一六六四、永慶女は中院通茂母）が三条西家より借りて写し、さらに中院通村が写した本であろうとされる。

一、三条西殿に逍遙院筆の源氏あり。豊臣秀次かり被申て一冊紛失せり。それより門外不出にせらる。高倉故大納言（高倉永慶、その女は中院通茂母）一冊づゝかりて不違一字にうつされしその本御借ありて御家にも写しおかるゝとなり。　（『渓雲問答』）

右の中院家で写された三条西家本が「三本」と同一かどうかはさらに検証の必要がある。近衛信尹他寄合書本の記

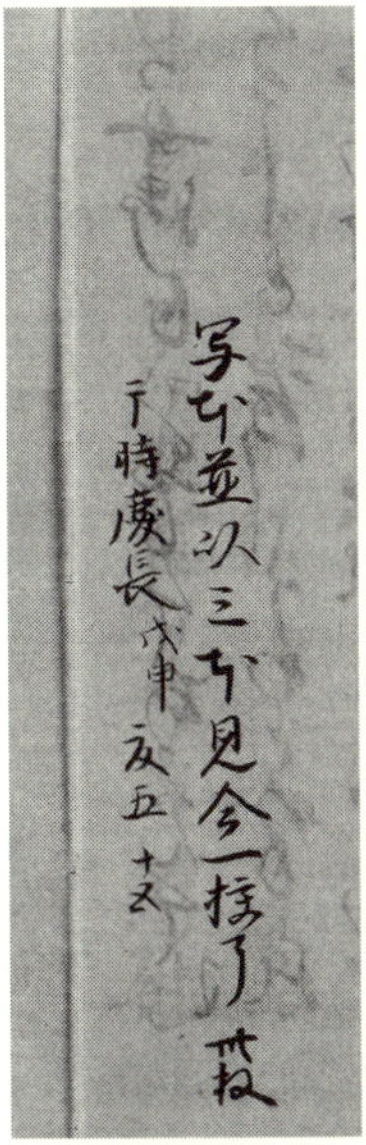

図版13　近衛信尹他寄合書『源氏物語』・行幸識語

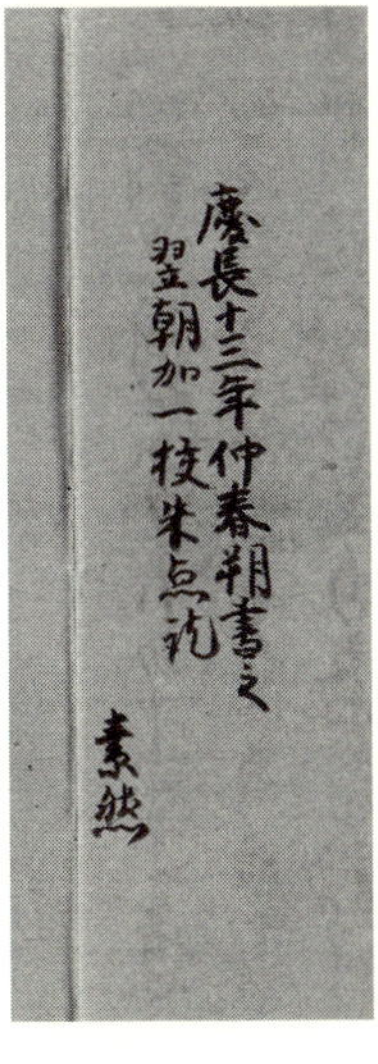

図版14　近衛信尹他寄合書『源氏物語』・梅枝識語

述から、すくなくとも中院通勝と通村が、「三本」、すなわち逍遙院自筆本を、慶長十三年には所持していたことが読み取れる。

七　近衛信尹他寄合書本の意義

近衛信尹他寄合書本には四十四名もの堂上地下が関係し、書写完了のために最低でも十数年が費やされた。この大規模な書写事業は、近衛信尹が命を下し、西洞院時慶が実務を受け持ったと考えられた。外題の八条宮智仁をはじめとする筆写者には、慶長期を代表する文化人が配された。一部の巻については実際の筆跡と認定できるため、各人の筆跡を判定する基準ともなりうる。そのうえ、近衛信尹以来同家に蔵され現在に至るという来歴も、この資料の信憑性を高める要素である。

慶長期には、慶長九年三月から後陽成天皇による源氏講釈があり（『お湯殿の上の日記』・『慶長日件録』・『時慶卿記』・曼殊院蔵『源氏物語聞書』・学習院大学蔵『源氏聞書』(注10)）、同十九年二月に三条西家証本が転写された（宮内庁書陵部蔵『源氏物語』〈御所本・特二〉）。いっぽう近衛家では、里村昌叱の講釈がなされ、近衛信尹他寄合書本が書写されたのであった。宮中と近衛家において同時期に推進されたふたつの事業の関わりを検討するのは今後の課題である。ここでは、あたかも慶長期歌壇の縮図のような筆写者構成が、近衛信尹他寄合書本の最大の魅力であることを指摘しておく。

注

（1）『前参議時慶卿集』の本文と歌番号は、『私家集大成』第七巻（明治書院　一九七六年）所収の「時慶Ⅰ」（底本は宮内庁書陵部蔵〈四五三・二〉）による。

(2)『(陽明叢書) 源氏物語一』(思文閣出版　一九七九年) 所載の解題による。

(3) 陽明文庫長名和修先生よりご教示いただいた。

(4) 史料纂集『三藐院記』(続群書類従完成会　一九七五年) 所載の名和修先生執筆「解題」。

(5)『連歌総目録』(明治書院　一九九七年) による。

(6) 近衛家御会・連歌会への参会はないが、伊勢友枕斎(浮舟)については、『時慶卿記』慶長八年正月二十日に近衛家で朝食を賜った記事がある。本願寺坊官の円山内匠助玄春(薄雲)は慶長二年二月に『源氏物語』を新調し里村紹巴より加証奥書を得た(今治市河野美術館蔵『源氏物語』夢浮橋巻末識語)。

(7) 宝暦十一年(一七六一)四月十四日付の陽明文庫蔵『近衛内前書状』〈一九七一七〉一通(竪文。縦三六・一糎、横四〇・六糎。端裏に「宝暦十一年」。)につぎのようにある。

其御室の諸大夫中沼は三藐院准后(近衛信尹)より大往院殿(一乗院尊政)へ申入られ、元知事中沼になされ、入道秀延まて連綿勤仕候処、近頃は絶候やうになり行、年来なけかはしく存候故、先達より相続のこと再三申入候得は御承知のよしにて入道願の通相続申付られ、こなたにも深歓そんし候、もとより元興義は当家へしたしき人躰にて候得とも、往古の由緒をもつて進藤木工権頭猶子としてつかはし候間、先々御側近く召仕進しやうにと存候、御存しの通中沼は子細ある号にて候まゝ可有其御心得候、めて度かしく

卯月十四日　内前

一門様(一乗院尊映)

(8) 高倉永孝は慶長十二年閏四月十一日に四十八歳で薨去した。あるいは、「源氏目録」に名前が見当たらないことと関係するか。また、一乗院尊政自身は筆写者としてあがっていないが、坊官の中沼元知は総角を写している。

(9) スペンサーコレクション蔵『源氏物語絵巻』については、マガレット・チャイルス「スペンサーコレクション蔵「源氏物語絵巻」―絵と詞の相互作用―」(『國語國文』第五〇巻第七号・五六三号　一九八一年七月)を参照した。そのほかの慶福院花屋玉栄の作品と経歴は、『源語研究資料集』所収伊井春樹先生執筆解題(『碧冲洞叢書』第八十七輯　一九六九年、一九九六年臨川書店より復刻初版出版第十三巻)、伊井春樹先生「花屋玉栄詠『源氏物語巻名和歌』(解題と翻刻)」

（『詞林』第五号　一九八九年四月）、伊井春樹先生『源氏物語注釈書・享受史事典』（東京堂出版　二〇〇一年）を参照した。

（10）　島崎健氏「後陽成院講「源氏物語聞書」」（『國語國文』第四七巻第一号・五二一号　一九七八年一月）。

［附記］本稿掲載の図版は（財）陽明文庫より特別に許諾を得ました。また、陽明文庫文庫長名和修先生に種々ご指導いただきました。心より御礼申し上げます。

『奥入』を書き加える／切り離すということ

中川照将

一　現在の常識は、過去の常識と同じものではない

いつの世の中にも常識というものが存在する。しかし、その常識が、常に学問的な意味において〝正しい〟とは限らない。かつては奇跡の鉱物として珍重されていたものが、現在では諸悪の権化として扱われていたり、また現在、健康の維持において最良と考えられているものの中にも、十年後、五十年後、あるいは百年後には、その評価を一八〇度変えてしまったりするものもあるに違いない。しかし、悲しいかな、人間という生き物は、今も昔もその時点における常識を学問的に正しいものだと錯覚し、かつ、その常識に従って思考してしまうものらしい。

＊　＊　＊

人の思考は、その時代における常識と無関係ではありえない。このことは、『源氏物語』に関しても例外ではない。最も典型的なものは巻数の問題。物理的に失われたものを除くすべての『源氏物語』伝本は、必ず五十四帖で構成されている。これは、鎌倉時代以降に定着した〝『源氏物語』＝五十四帖〟という常識のもと、平安〜鎌倉時

代には『源氏物語』の一部として読まれていたはずの「桜人」等の巻々が不純なものとして取り除かれてしまったからに他ならない。

これと同様の現象は『源氏物語』の主要伝本の一つである青表紙本の本文に関しても認められる。

みつわくみて　聞書、青表紙に此詞なしと云々。

（源氏物語古注集成『岷江入楚一』二九二頁）

これは、慶長三（一五九八）年、中院通勝によって作られた源氏注釈書『岷江入楚』からの引用である。夕顔巻の一節に関して付けられた注釈で、聞書によると青表紙本には「みつわくみて」の語が存在しない。言葉をかえれば、当該箇所に「みつわくみて」を有する伝本は、純粋な青表紙本ではない、といった趣旨のものであり、注記内容としては極めて明快なものといえる。ただ、この注記に対応する物語本文並びに本文異同を調べてみると、『岷江入楚』の注記が果たして学問的にどれだけ正しいものであるのか、いささか懐疑的にならざるをえなくなってくる。

これみつか・ちゝの朝臣のめのとに侍しものゝ・みつわくみてすみ侍なり・

（大島本・夕顔三六ウ④〜⑤／大成一二八⑪〜⑫）

《青》みつわくみて　大横榊池肖三
　みつは（わ）くみて　御
《河》みつわくみて　七宮尾大鳳兼岩
《別》むつましう　陽

『源氏物語大成』『河内本源氏物語校異集成』によると、別本に分類される陽明本を除くすべての伝本が、問題の「みつわくみて」の語を有していることがわかる。つまり、先の『岷江入楚』の分類基準に従うならば、河内本系統に分類される伝本のみならず、青表紙本系統に分類されるすべての伝本が非青表紙本ということになってしまうのである。

従来、『岷江入楚』等の注釈書に見られる分類基準と『大成』に示される本文分類との間に差異が認められた場合、その多くは、各注釈書の記述の方に誤りがあると判断されてきたとおぼしい。(注1) 確かに、鎌倉～江戸時代に作成された注釈書を一覧すればわかるように、彼らは〝青表紙本〟なるものの実態を把握していない。青表紙本を標榜しながらも本文の異なる伝本が数多く流布していたなか、彼らは、何とかしてそれらの伝本から真の青表紙本を探し出し、手に入れたい（それができないのであれば、自らの本を真の青表紙本の形態に近づけたい）と考えていた。先の『岷江入楚』のみならず、他の注釈書においても「青表紙には○○とある」「河内本には××とある」といった類の記述が数多く認められるのは、そのためでもある。――現代に生きる私たちにとっては、明らかな間違いと判断される過去の常識。――たとえそれが奇異なものに映ろうとも、排除することなく、まずは彼らの常識を真摯に読み取ることから始めてみよう。そもそも現在残されているすべての伝本は、そうした奇異なる常識の中に生きた人々の手によって書写され、伝えられたものだからである。

二―一　〝奥入を書き加えられた〟青表紙本

真の青表紙本とは、いかなる形態を有していたか。この問題について、かつて池田亀鑑は、定家筆四帖（花散里・行幸・柏木・早蕨）の調査をもとに、九つの特徴を提示した。これら九つの特徴のうち、池田が特に重要視したのが〝帖末に勘物（＝通称「第一次奥入」）が存すること〟であり、その基準のもとに〝正統な青表紙本〟と認定されたのが、定家筆本の臨模本とされる明融本九帖（桐壺・帚木・花宴・花散里・若菜上・若菜下・柏木・橋姫・浮舟）であり、大島本五三帖（浮舟欠）であったことは、よく知られている事実である。

正統な青表紙本は帖末に奥入を有している、という認識が学問的に正しいものであるか否かについては、今は問わない。ここで押さえておくべきは、従来の『源氏』本文研究が大島本を軸にすすめられていた、ということ。大島本が本文研究の軸として扱われてきたのは、それが帖末に奥入を有していたからであった、ということ。そして〝帖末に奥入が存すること〟が、これほどまでに絶対視されるようになったのは、池田亀鑑以降のことであった、ということである。

ならば、池田以前においては、正統な青表紙本の基準がどこに置かれていたのか。実のところ、現段階においては、はっきりとした答えを見出せていない。ただ、数多く現存する『源氏』伝本、あるいはそれに関する書誌情報や研究論文等々を眺めていると、過去にも、池田と同じく〝帖末に奥入が存すること〟を正統な青表紙本の証しとする認識は存在していたらしい、ということは言えそうである。

例えば、

【A】天理大学図書館蔵『源氏物語』［通称池田本。伝二条為明筆本とも。請求番号913・36-イ95］

この伝本は、『源氏物語大成』にも採用され、かつ大島本と極めて近い本文を有する伝本として高い評価を得ているものである。既に知られているように、当該伝本の中には、帖末に奥入を有する巻（桐壺・胡蝶・常夏・篝火・若菜下・横笛・鈴虫・夕霧・御法・橋姫・椎本・夢浮橋。ただし、当該本の帖末奥入は、第一次奥入とも、後に触れる第二次奥入とも異なる別種の奥入である。池田亀鑑が、当該伝本に対して本文の面では高い評価を与えながら、大島本より劣位に据えたのは、そのためでもある）[注2]が含まれている。しかも、それ以上に興味をひくのは、それらの中に、物語本文の筆跡と奥入の筆跡が異なっているものがある（胡蝶・常夏・篝火・若菜下）、ということなのである。[注3]

池田本帖末奥入の中のいくつかには、後に、某によって書き加えられたとおぼしき形跡が認められる。この事実は、池田亀鑑が掲げた基準と同じく、

正統な青表紙本＝［物語本文＋奥入］（帖末に奥入あり）

という認識が、過去にも存在していたことを示している。もし仮に〝帖末に奥入が存在すること〟が、非青表紙本であることの証しとして認識されていたのならば、奥入を切り出すことはあっても、あえて奥入を追加するようなことはしない、と考えられるからである。

　では、次の場合は、どうであろうか。

【B】天理大学図書館蔵『源氏物語』［請求番号913・36－イ21］

『天理図書館稀書目録　和漢書之部第二』によると、室町末の書写本（五十四巻五十四冊）とのことであるが、この伝本には、ある特徴がある。それは夢浮橋巻末に、次のような記述が認められる点である。

定家卿奥書云

此愚本求数多旧手跡之本抽彼是用捨短慮所及雖有琢磨之志及（ママ）九牛之一毛井蛙之浅才寧及哉只可招嘲弄纔雖有勘加事又是不足言未及尋（ママ）問以前依不慮事此本披露於華夷遐迩門々戸々書写預誂（ママ）謗雖後悔無詮徴（ママ）前事毎巻奥所注付僻案切出為別紙之間哥等多切失畢旁難堪恥辱之外無他向後可停止他見

非人桑門明静

一見して明らかなように、この記述は、藤原定家筆『奥入』（＝通称「第二次奥入」。一冊）の奥書と同一のもの。定家筆『奥入』の奥書とは、『奥入』の作者藤原定家が、本書の成立に至るまでの経緯について記したものである。必要な部分のみを簡単に押さえておくと、定家は、当初、各巻末に勘物を書き記していたが、後に勘物の部分を切り出し、一帖仕立ての本として作り直した（傍線部）、ということになる。

　ここで、一つの疑問が生じてくる。――そもそも、定家筆『奥入』の奥書とは、一帖仕立ての『奥入』が成立した時点において記されたもの。別の言い方をすれば、当初は物語本文に付随する形で書かれていた巻末の勘物を、意図的に切り離した時点において記されたものであった。それにも関わらず、なぜその奥書が、物語本文に付随する形で記されているのだろうか。――その答えは、明白である。定家筆『奥入』奥書を有する伝本こそが正統な青表紙本だと認識していた某が、ある時、自らの伝本にその奥書を意図的に書き加えてしまった、のである。
同様の認識は、『千鳥抄』（源氏御談義）自跋の後に付される追記勘物[注4]からも窺い知ることができる。

倉野憲司蔵『源氏御談義』

河海抄与花鳥余情相違事

（中略）

此愚本求数多旧手跡之本抽彼是用捨短慮所レ及雖有琢磨之志二及《（ママ）》九牛之一毛井蛙《セイケイ》之浅才寧《ムシロ》及哉只可招嘲弄纔
雖有勘知《（ママ）》事又是不足言未及尋問《（ママ）》以前依不慮事此本披露於華夷遐迩門々戸々書写預誹謗《（ママ）》雖後悔無詮《（ママ）》微前事毎巻
奥所注付僻案切出為別紙之間歌等多切失畢旁雖《（ママ）》堪恥辱之外無他向後可停止他見　非人桑門明静《シャウ》
以上自筆青表紙夢浮橋巻奥書臨模之

（「源氏御談義（千鳥抄）」「文芸と思想」16、20　一九五八・一〇、一九六〇・一二）

つまり、これらの記述からわかるのは、

正統な青表紙本＝［物語本文＋夢浮橋巻末に定家筆『奥入』奥書］

という認識もまた、過去には存在していたということである。
なお【A】【B】の他に、これら二つの形態を併せ持つ伝本があることを付け加えておこう。目についたところを挙げると、

【C】①天理大学図書館蔵『源氏物語』［請求番号913・36－イ141］
②天理大学図書館蔵『源氏物語』［請求番号913・36－イ147］
③鶴見大学蔵『源氏物語』［奥入付載　袋綴　五十三冊］[注5]

などである。これらはいずれも、一部の帖末に奥入（第一次・第二次奥入とは別種のもの）を有し、かつ夢浮橋巻末（③

は手習巻末）に定家筆『奥入』奥書を有する伝本である。このように見てくると、先に挙げた【A】【B】は、本来は【C】の形態を有していたであろうものの残存部分ではないか、とも思われるが、推測の域を出ない。

以上、【A】【B】【C】の形態と、その形態に底流する認識について述べてきた。既に述べたように、【A】【B】【C】を作り出す認識が論理的に誤っていることは明らかである。ただ、ここで留意しておきたいのは、次の二つなのである。一つは、現代の私たちにとっては完全なる事実誤認として一蹴されるされるものであったとしても、過去の人々にとっては、それこそが事実であると信じられていた、ということ。もう一つは、そのような認識と同じベクトルを持つ伝本が、実際に存在している、ということである。

二―二　〝奥入を切り離された〟青表紙本

前節では、それぞれ若干内実は異なるものの、いずれも〝帖末に奥入が存する〟ものが正統な青表紙本である、との認識によって構成される伝本について述べてきた。本節で触れるのは、それらとは全く逆のベクトルを有する伝本である。

古注釈書を紐解いていくと、過去には、池田が述べるような〝帖末に奥入が存する〟ものではなく、むしろ、

正統な青表紙本＝［物語本文］／［奥入］（帖末に奥入なし）

との認識を持つ人々がいたことがわかる。

一　河内本　河内守源親行か本也、……①伊行かしたる奥入にそらこと書加へて青表紙の奥に書入られたるを奥入と名付たるそ。②此青表紙は定家より為氏まて伝りたるを、ある時、為氏見くたひれてこの本を枕にしてそとまとろまれたるを、為氏の継母阿仏の見付て、家本を卿爾《（マヽ）》にすると為家卿へ訴へて取かへされたると也。③其後、又為氏卿へ返し遣はされけるか、阿仏和讒にて奥入をはきり出して、物語の本計為氏へ返されたとい

ひつたへたるそ。此事三光院内府の物語にて侍き。

（源氏物語古注集成『岷江入楚一』一七頁）

これは、『岷江入楚』諸本不同項からの引用である。内容を見ていくと、①奥入とは、そもそも伊行によって作られた注釈書で、それに定家が自らの学説を加え、各帖末に書き入れたものであった。(注6) ②奥入付載の青表紙本は為氏へと受け継がれたが、ある時、阿仏尼が、その本を枕にしてうたた寝をする為氏の姿を発見する。彼女は、その事を為家に訴え、ついに青表紙本を取り返すことができた。③その後、青表紙本は為氏へ返却されることとなるが、阿仏尼は返却の際に勘物の部分を切り出し、物語本文の部分のみを為氏に返した、となる。この記述から浮かび上がる正統な青表紙本とは、物語本文に奥入が付載される形態のものではなく（＝①②）、物語本文と奥入が別冊子仕立てになっているもの。つまり帖末に奥入がないもの（＝③）、ということになる。(注7)

この認識もまた、先の【A】【B】【C】と同じく学問的な意味において誤りであることは、定家筆『奥入』奥書の記述からも明らかであろう。確かに、『岷江入楚』が述べるように、まず各帖末に奥入を有する本が存在し、その後奥入のみが切り出され、一帖仕立ての『奥入』が作られた、という経緯自体は間違っていない。しかし、帖末の奥入を切り離したのは阿仏尼ではなく、『奥入』奥書の筆者定家自身であることは明白だからである。

学問的な意味において一〇〇％誤りだと断定できる伝承。実のところ、数多く現存する『源氏』伝本の中には、この『岷江入楚』の認識と同じベクトルを持つと思われる伝本も存在する。

例えば、近年複製本が刊行された

【D―1】東洋大学附属図書館蔵伝阿仏尼筆「帚木」(注8)

この伝本は、鎌倉期の書写本という書写年代の古さのみならず、特に本文に関して注目すべき要素を多分に有する伝本として、度々言及されているものである。稿者が興味深く思うのは、当該伝本の本文ではなく、その現在の形態にある。

巻末、墨付六十一葉目の次に二枚の白紙を存することは前に述べたが、その中間、つまり二枚の白紙の前の四枚の紙が切り取られていて、今ない。その部分には奥入（青表紙本を書写した、ないしは書写せしめた定家の注）が書写されていたと考えられる。(注9)

解説によると、当該伝本は、本来、帖末に奥入とおぼしきものを有していたらしい、とのこと。勿論、某かによって切り取られてしまった部分が、本当に奥入であったのかを確定することはできないだろう。ただ、当該伝本が、ある時代に、某によって、何らかの意図のもとに当初の［物語本文＋α］の形態から［物語本文］／［α］の形態へと作り替えられている。視点を変えていえば、某にとって［物語本文＋α］の形態は、『源氏』伝本のあり方としてふさわしくないものと認識していたらしい、ということは言えるのではないか。もし仮に、［α］が、正統な伝本であることの証しとして認識されていたのならば、その証しを書き加えることはあっても、それをあえて取り除くといったことはしない、と考えられるからである。

同様の現象は、『源氏物語大成』で青表紙本系統伝本の一つとして採用されている

【D―2】日本大学蔵『源氏物語』(注10)

にも認められる。花宴帖末、三条西実隆筆奥書には、次のように記されている。

本　肖柏筆

以京極黄門定家卿自筆校合畢　十六枚

享禄三年正月十九日書写之了

奥入以別紙写之　二月廿八日一校了　桑門堯空　七十六歳

なぜ、実隆は［物語本文＋奥入］の形態ではなく［物語本文］／［奥入］の形態を選択したのか。その理由について具体的に示す史料は、今のところ見出せていない。(注11)ただ、当該伝本に施された行為が、先の『岷江入楚』に見ら

れる認識と同じベクトルを有している、ということだけは十分に理解されよう。

以上、奥入をキーワードに、池田亀鑑並びに池田以前における正統な青表紙本についての認識を追ってきた。それぞれを図式化すると、次のようになる。

【池田】正統な青表紙本＝〔物語本文＋奥入〕
【A】正統な青表紙本＝〔物語本文＋別種の奥入〕
【B】正統な青表紙本＝〔物語本文＋定家筆『奥入』奥書〕
【C】正統な青表紙本＝〔物語本文＋別種の奥入＋定家筆『奥入』奥書〕
【D】正統な青表紙本＝〔物語本文〕／〔奥入〕

それにしても、なぜ稿者が、学問的な意味において一〇〇％誤りだと断定できる伝承などに拘泥しようとしているのか。理由は二つある。一つは、たとえ学問的に誤りのものであったとしても、こうした誤った認識が過去に確実に存在していたということ。もう一つは、たとえどれほど由緒正しき伝本であったとしても、池田亀鑑以前においては、池田亀鑑とは異なる認識・基準のもとに捉えられていたはずではないか、と考えるからである。

三　大島本に反映する〝誤った〟認識

何度も繰り返すように、池田亀鑑は、正統な青表紙本の証しとして〝帖末に奥入が存すること〟を挙げていた。そしてその基準を満たすものとして注目したのが、大島本であった。

ただ、正統な青表紙本であるはずの大島本も、池田亀鑑以前には、池田亀鑑とは異なる認識のもとに捉えられていた。実のところ、大島本に書き込まれた雑多な注記を詳細に見ていくと、それらの注記は、大島本が正統な青表紙本ではないことを前提に記されたものであるらしいことがわかってくるのである。

これまでも度々指摘されてきた著名な用例としては、

【定本1】真木柱・四五ウ④（大成九六九⑨）

近江君　　定本波とあり〈朱〉

奥津ふねよるへなみ路にたゝよはゝ

が挙げられる。これは本行本文「奥津ふね」の「ふね」について、朱筆で「定本波とあり」との傍記が付されているというもの。この朱筆注記から読み取れるのは、「定家本であるならば「波」とあるべき箇所が、そのようになっていない。つまり、この本は正統な青表紙本ではない」という認識である。

こうした類の注記は、大島本の中にもう一例ある。

【定本2】夕霧・三オ②（大成一三一〇⑨⑩）

此やうノ二字定家本ニ朱ニテ書入難心詞也〈朱・貼紙〉

あるやうあるへきやう御なからひなめりと・北

これは朱筆貼紙注記であるが、内容としては、「あるへきやう」の「やう」の二文字が、定家本では朱筆の書入になっている、というもの。逆に言えば、「あるへきやう」がすべて墨筆で記される大島本本文は正統な青表紙本ではない、ということを指摘したものである。これらの注記の出所がどこにあるのか、そしてそれは何時書き入れられたものなのか等々については、一切不明としか言わざるをえない。が、少なくとも、朱筆注記を施した人物にとっては、彼の言うところの〝定本〟〝定家本〟こそが正統な青表紙本であり、大島本はそれよりも劣るものとして認識されていた、ということだけは間違いない。

更に興味深いのは、正統な青表紙本の証しである奥入を帖末に有しているはずの大島本に、本文傍記として「奥入には〜とある」といった墨筆注記が施されていることである。

【奥入1】帚木・二四オ②③（大成五二⑦⑧）

奥入 引よせハ只ニハよらて春駒のつな引するそなわたつときく
の心にてしかあらためむともいはすいたく

＼〈朱合点〉つなひきてみせしあひたに・いといたく

【奥入2】花散里・二ウ⑨（大成三八八⑩）

奥入 かこはねとよもきのまかき夏くれはうへしかきねもしけり合にけり

とみれは・よし〳〵＼〈朱合点〉うへしかきねもとていつる

【奥入3】松風・一七オ⑥（大成五九〇⑧⑨）

奥入 みさこゐるあら磯浪に袖ぬれてたかためひろふいけるかひそも

へしられぬるとうちなきて・＼〈朱合点〉あらいそかけ

【奥入4】幻・二二オ③④（大成一四一九⑪）

源氏

もろともにおきゐるし菊のしら露

奥入 あくるまておきいる菊の白露はかりの世おもふ涙なるへし

もひとりたもとにかゝる秋かな神無月には・

【奥入5】夢浮橋・一四ウ⑨⑩（大成二〇六八⑤⑥）

ふみひきときてみせたてまつる・＼〈朱合点〉ありしなからの御て

奥入 取かへす物にもかなや世の中を有しなからの我身とおもはん

にて・かみの・香なとれいのよつかぬまてしみたり・ほ傍記として指摘される奥入の中には、大島本帖末奥入と重複するもの（＝【奥入1】。但し花散里・幻・夢浮橋には、当初から帖末奥入はない）、定家筆『奥入』（並びにその転写本）(注12)に見られるもの（＝【奥入1・2・3・4】）などあるが、注目すべきは【奥入5】のもの。ここに記される奥入は、大島本帖末奥入・定家筆『奥入』のいずれにも存在しない別種の奥入なのである。(注13)——大島本は各帖末に奥入を存している。しかし、墨筆注記を施した人物にとって、それは〝奥入〟ではなかった。少なくとも彼の言うところの〝奥入〟よりも劣るものとして認識されていた。——だからこそ、墨筆注記者は、現在に生きる私たちにとって見れば不純な奥入でしかない〝別種〟の奥入を〝正統〟な奥入として書き入れているのである。

正統な青表紙本の証しである奥入を帖末に有しているはずの大島本に、あえて「定本には〜」といった傍記を書き入れた朱筆注記者。また、帖末に〝正統〟な奥入を有するはずの大島本に、あえてそれとは異なる奥入を書き入れた墨筆注記者。彼らは、いかなる基準のもとに各伝本を種別していたのか。それは、先に纏めた【A】〜【D】のいずれであったのかもしれないし、あるいはそれ以外の基準であったかもしれない。ただ確実に言えるのは、彼らにとって、大島本は正統な青表紙本としての資格を持つ伝本などではなかった、ということ。そして大島本に書き入れられている数種の行間注記（本行本文に施される複雑極まりない書入も含めてよいだろう）は、池田亀鑑とは全く異なる基準・認識のもとに記されたものであった、ということなのである。

四　大島本に反映するもう一つの認識

大島本には、それが正統な青表紙本として認識されていない時代があった。そのような時代において、大島本を少しでも正統な青表紙本へと近づけるためになされたのが、本文校訂であり、行間注記であったはずである。勿論、その行為が学問的に正しいものであったかといえば、そうではないかもしれない。ただ、〝学問的〟という観点からいえば、池田亀鑑が定めた基準・認識が、果たして本当に学問的に正しいものであったのか。そのこと自体も疑ってみる必要があるのではないだろうか。なぜなら、池田が正統な青表紙本として認定した大島本、その帖末に付される奥入の中には、後に書き加えられたとおぼしきものも含まれているからである。

先にも述べたように、大島本が正統な青表紙本として認定されたのは、

大島本＝［物語本文＋奥入］

といった形態的特徴を有している点にあった。ただ、ここで注意しなければならないのは、こうした形態的特徴は、あくまでも現在の大島本の形態であるということ。つまり、現在、大島本が奥入を有しているからといって、当該本（あるいは、その親本）が当初から奥入を有していたとは、必ずしも言えない、ということなのである。

この問題を考える上で、興味深い報告がある。佐々木孝浩は、大島本に書き込まれた筆跡について、

……基本的に「奥入」が本文を書写した人物の手で写されていることは明らかである。

と指摘している。[注14] 留意すべきは「基本的に」とある箇所。つまり、大島本には、物語本文と奥入で筆跡が異なる巻（花宴・真木柱）もある、ということである。この点に関しては、すべて同筆であるとの見解もあり、[注15] この指摘を以て、大島本帖末の奥入の中には後に書き加えられたものがある、と断定することはできないかもしれない。

しかし、次の点に関しては、どうであろうか。

【大島本・須磨帖末】

（明石巻に関する第一次奥入あり　省略）

以上須磨巻也誤而書此巻

【大島本・明石帖末】

（須磨巻に関する第一次奥入あり　省略）

巳上すまのまきの奥書也

謬書之

これは、須磨・明石両帖末に見られる記述。ポイントは、須磨帖末に明石巻の奥入が、明石帖末に須磨巻の奥入が誤って書かれている点である。この事実は、大島本（あるいは、その親本）の奥入が、当初から物語本文に付随する形で記されたものではなく、定家筆『奥入』のような一帖仕立ての奥入から追記されたものであったことを示している。少なくとも、その可能性を否定するものではないだろう。（注16）——大島本の学問的価値を支える［物語本文＋奥入］の形態は、後の人々によって作り出されたものであったかもしれない。——何が学問的に正しく、何が学問的に誤りであるのか、根本から考え直す必要があるだろう。

＊　＊　＊

人の思考は、その時代における常識と無関係ではありえない。過去には、現在とは異なる認識があり、すべての伝本は、その認識のもとに形成されるものとしてある。ある人は、帖末に奥入を書き加え、またある人は、定家筆『奥入』奥書を書き加えた。逆に帖末の奥入を切り離そうとする人たちもいた……。各伝本が「今その形態で残っている」ということ。それは、必ずしもそれぞれの伝本の価値や正統性を保証するものとはならない。それぞれの形態が指し示しているのは、その形態こそが学問的に正しいと考えられていた、という事実のみ。それ以上でも、それ以下でもないのである。（注17）

〝池田亀鑑〟〝大島本〟の呪縛から解き放たれつつある現在、そろそろ〝奥入〟の呪縛からも解放されてもよいのではないか。奥入をめぐる多種多様な認識・基準、そして各伝本の形態は、そのことを私たちに語りかけてくれているような気がするのである。

注

（1）例えば、次に引用する『河海抄』帚木巻に見られる記述は、その典型だろう。

ことのねも月もえならぬやとなから

定家卿本、菊もえならぬ云々。親行本は、月也。（『紫明抄河海抄』（角川書店 一九六八）二二四頁）

『河海抄』の記述に従えば、定家卿本（青表紙本）＝「菊」、親行本（河内本）＝「月」となるが、『大成』（五四⑨）では青表紙本系統＝「月」、河内本系統＝「菊」となっている。従来、この齟齬については〝『河海抄』が内容を逆に書いてしまったもの〟として処理されてきた。

（2）『源氏物語大成 研究篇』七四頁

（3）伝二条為明筆本源氏物語、ならびにその奥入については、

池田利夫「伝二条為明筆本付載奥入と別本奥入諸本」（『源氏物語の文献学的研究序説』笠間書院 一九八八）

岡嶌偉久子「伝二条為明筆本源氏物語」（『源氏物語写本の書誌学的研究』おうふう 二〇一〇）

に詳細に論じられている。なお池田論文では当該奥入の翻刻がなされている。

（4）『千鳥抄』とは、応永二十六（一四一九）年成立。四辻善成の講釈を聴聞した平井相助なる人物が、その聞書を纏めたものである。他の注釈書の類がそうであるように、本書も各伝本によって内容は多岐にわたっている。本稿が引用する追記勘物は、それら伝本の一部のみに見られるものである。当該追記勘物が確認できるものとしては、

京都大学附属図書館所蔵平松文庫『千鳥』

→京都大学図書館機構HP（http://www.kulib.kyoto-ac.jp）

ノートルダム清心女子大学蔵『源氏御談義』

→ノートルダム清心女子大学古典叢書『源氏物語御談義』（福武書店 一九八二）

等あるが、後者には、傍線部「以上自筆青表紙夢浮橋巻奥書臨模之」の文言がない。なお『千鳥抄』伝本については、

待井新一「源氏物語千鳥抄の考察―諸本の分類と原著形態について―」（『国語と国文学』一九六三・一〇）
大津有一「千鳥抄について」（『源氏物語の探究』風間書房　一九七四）
岩坪健「『源氏物語千鳥抄』の系統と位置付け」（『王朝文学の本質と変容　散文篇』和泉書院　二〇〇一）
等によって整理が試みられている。

（5）当該伝本については、
池田利夫「三条西家書写の奥入と源語古抄」（『源氏物語の文献学的研究序説』笠間書院　一九八八）
同「鶴見大学蔵源氏物語伝本解説」（『源氏物語回廊』笠間書院　二〇〇九）
で解説されている（後者には図版あり）。

（6）奥入伊行作者説は、『岷江入楚』作者項のほか、『湖月抄』等の注釈書にも見られる著名なものである。

（7）同種の伝承は、『孟津抄』にも見られる。
一　黄表紙〈俊成卿〉青表紙〈定家卿〉二条家用之奥入斗にて読也。已達所為也云々。為相母〈阿仏〉為氏継母也。奥入を切て渡たる也。……
（源氏物語古注集成『孟津抄上』八頁）

（8）『東洋大学附属図書館蔵阿仏尼本はゝき木』（勉誠出版　二〇〇八）

（9）石田穣二「貴重書から―伝阿仏尼筆紀州徳川家旧蔵本　源氏物語「帚木」」（『図書館ニュース（東洋大学附属図書館）』2　一九六六・一〇・一〇）

（10）『日本大学蔵源氏物語　三条西家証本一〜一二』（八木書店　一九九四〜六）

（11）参考までに一言付け加えておくと、実隆は当該伝本の作成以前に、一帖仕立ての『奥入』（現在所在不明）を書写している（『実隆公記』大永三（一五二三）年六月八・十日条）。

（12）高野辰之旧蔵『奥入』（『大東急記念文庫善本叢刊　中古中世篇　一　物語』汲古書院　二〇〇七）

（13）【奥入5】の引歌は、通称別本系統・異本系統・流布本系統（これらの学術用語は極めて恣意的なもので特別な意味はない）の伝本として知られる
中央大学付属図書館蔵『源氏物語奥入』

→池田利夫「別本『源氏物語奥入』翻印―中央大学付属図書館蔵本」(『鶴見大学紀要(国語国文学編)』20　一九八三・三)

宮内庁書陵部蔵『源氏物語奥入』

→池田利夫「異本『源氏物語奥入』(源語古抄)翻印―宮内庁書陵部蔵伝三条西公条筆本」(『古代文学論叢十』武蔵野書院　一九八六)

神宮文庫蔵『源語古抄』

→今井源衛「神宮文庫蔵『源語古抄』解題」(『改訂版　源氏物語の研究』未来社　一九八一)

にも見られないものであるが、『河海抄』『岷江入楚』には「奥入」の名とともに当該歌が引歌として挙げられている。この事実に加え、大島本における他の行間注記のあり方から総合的に判断するに、【奥入5】は、別種の奥入から直接引用したというよりも、『河海抄』等の注釈書から引用したものと考えた方が実際に近いかもしれない。ただ、いずれにしても正統な奥入を継承しているはずの大島本に、奥入に関する記述を書き入れた、という行為の意味は重く見るべきだろう。

(14)　佐々木孝浩「「大島本源氏物語」に関する書誌学的考察」(『大島本源氏物語の再検討』和泉書院　二〇〇九)

(15)　藤本孝一「大島本源氏物語の書誌的研究」(『大島本源氏物語別巻』角川書店　一九九七)

(16)　この現象について、池田亀鑑は、

これ(引用者注-須磨と明石の勘物が入れ替わっていること)は定家またはその当時の人の所為か、雅康を含む転写者(引用者注-大島本に関わった人々)の所為か、不明である。誤字などの関係から見て少くとも後者とは考へられない。或ひは構想上の問題に関係があり、定家がふと錯覚を起したことによるのかもしれない。またはこれらが、本来、同時構想たるべき両帖の勘物として、明石の帖末にまとめてあつたのが、分割されたのかもしれない。……

(『源氏物語大成　研究篇』八五頁)

との解説を加えている。池田としては、この現象を定家の所為に起因するものと捉えたいようであるが、その結論に至るまでの論理には〝構想〟の概念が組み込まれるなど理解不能なところが多い。

(17) 本稿で論じた奥入の問題は、従来の本文研究の問題点について、丁寧かつ詳細に論じた加藤昌嘉「本文研究と大島本に対する15の疑問」（『大島本源氏物語の再検討』和泉書院 二〇〇九）の中の〝疑問3 大島本五三帖は定家本を受け継いだ写本だ、見る説に、飛躍はなかったか？〟とも通底するものである。

大島本と定家本の本文を比較できるのは、花散里・柏木・行幸・早蕨の四帖に限られる。もし、東海大学蔵の明融本七帖が定家本の臨模本であると認めると、比較ができるのは、計一一帖になる。つまり、大島本五三帖のうち四二帖については、定家本を受け継いでいるか否か、調べる手立てがない、ということである。

右に引用した加藤論文傍線部「本文」の箇所を、そのまま「奥入」に置換させたとしても問題の本質は変わらない。例えば、奥入成立過程論（定家筆『奥入』が先か、帖末奥入が先かという議論）の場合、従来は、定家筆『奥入』と、定家筆四帖＋明融本＋大島本各帖末の奥入を比較する、といった方法が採られてきた。しかし、実のところ、定家筆四帖並びに明融本で確認できない帖末奥入（＝大島本でしか確認できない帖末奥入）については、それが定家の所為によるものか否かの確証はない。つまり、定家の所為によるもの（＝定家筆『奥入』）と、定家以外の所為による可能性があるものを、どれほど詳細に比較検討しようとも何ら意味をなさない、ということである。

更に根本的なことを言うならば、〝正統な青表紙本（＝青表紙原本）〟という概念のもとでは、定家筆であるか否か、もしくは定家筆本と一致するか否か、という事実は、その伝本の学術的価値を保証するものとはなりえない。例えば、定家筆四帖の場合、確かにそれは定家の手を経ているという意味（別の言い方をすれば骨董品的価値）においては重要であるかもしれない。また、定家筆四帖と、その他の伝本に共通点が認められるという事実も、両者の関係性を知るという意味においては重要な要素としてあるだろう。ただ、それ以外に、定家筆四帖は、私たちに一体いかなる事実を語りかけてくれるだろうか。思い出すべきは、そもそも定家筆四帖が、定家の定めた正統な青表紙本であることを〝学問的に〟証明しうる史料など何一つ残されていない、ということ。そして、たとえ定家筆四帖と共通点が認められようとも、それは単に定家が関与した複数の『源氏物語』の中の一つと一致しているに過ぎない、ということなのである。

※渋谷栄一ＨＰ「源氏物語の世界―定家本系「源氏物語」（青表紙本）本文に関する情報と資料の研究―」（http://www.sainet.or.jp/~eshibuya/）には多大な御学恩を被った。感謝申し上げる。

※本稿は、平成二十二年度科学研究費補助金・若手研究（Ｂ）「源氏物語本文に関する伝承と本文変容の連動性について」（研究課題番号21720080）による成果の一部である。

『物語二百番歌合』の本文
――冷泉家時雨亭文庫蔵『源氏和歌集』との関係――

岩坪　健

はじめに

『物語二百番歌合』とは藤原定家が編纂した物語歌合で、前後二編、各百番から成る。両編ともに左方に源氏物語所収歌、右方に他の物語の歌を配して、詠歌状況を詞書にまとめている。定家が源氏物語を基に作成したものであるから、本作品に引かれた源氏物語の本文は、定家が校訂した青表紙本と一致するかというと、必ずしもそうではない。この矛盾の解決策としては既に諸説あるが、本稿では近年公表された新資料、すなわち冷泉家時雨亭文庫蔵『源氏和歌集』を用いて、異説を提案する次第である。なお本稿で使用するテキストは、以下の通りである。

・冷泉家時雨亭文庫蔵『源氏和歌集』は、『冷泉家時雨亭叢書』83（朝日新聞社、平成二〇年）に影印が収められている。翻刻は品川高志氏等により、全文が「同志社国文学」71（平成二一年一二月）に掲載された。歌番号は、翻刻に付けられたものにより、私に句読点や濁点を付す。

・『物語二百番歌合』は、自筆本の影印を収めた『日本古典文学影印叢刊』14（貴重本刊行会、昭和五五年）により、私に句読点や濁点を付す。

・『風葉和歌集』と『源氏物語歌合』は、樋口芳麻呂氏『王朝物語秀歌選』上下（岩波文庫、昭和六二年・平成元年）による。

一　『物語二百番歌合』の和歌の本文

『物語二百番歌合』に採用された源氏物語の和歌の本文系統について、池田利夫氏は次のように論じられた。

『源氏物語』よりの採取歌本文は、青表紙本である。自筆本二百首のうち、『源氏物語大成』底本と一致しないのは、わずかに十二首で、それも前編、後編各六首である。（中略）『大成』によると、総歌七九五首のうち、河内本では三〇％、別本群では五〇％にわたって底本との異同が見られ、青表紙本相互でも底本に対して一七％の異文が見られるのであるから、『物語二百番歌合』の六％という数値は、まさに純正青表紙本本文と言ってよい。（注1）

氏が用いられた資料は二百首の和歌であるが、安宅克己氏は詞書に引かれた源氏物語の和歌にも注目された。（注2）それは重複歌を除くと一六首あり、合わせて二一六首に関する安宅氏の調査を私にまとめ直すと、次のようになる。

A、青表紙本と一致する例（小計一九三首）

①　河内本とも一致する例（一七六首）

②　河内本とは一致しない例（一七首）

B、青表紙本と一致しない例（小計二三首）

③河内本とは一致する例（五首）

④河内本とも一致しない例（四首）

⑤『源氏物語大成』所収本と一致しない例（二四首）（注3）

全二一六首のうち非青表紙本はBの二三首で、全体の一一％しかない。青表紙本は定家の日記『明月記』によると、元仁二年（一二二五）二月十六日に完成した。一方『物語二百番歌合』は現存する定家自筆本の奥書によると、藤原良経の依頼に応じて撰進したとある。つまり本作品の成立は、良経が没する元久三年（一二〇六）三月七日以前になる。よって『物語二百番歌合』に引かれた源氏物語は「青表紙本源氏物語成立以前の定家本」、すなわち「原青表紙本」であると安宅氏は認定され、その本文は前記の分析に基づき、「河内本よりも青表紙本的な要素が強い別本である」と結論づけられた。

数値に基づいて論を導かれた池田氏・安宅氏の手腕は鮮やかではあるが、両氏の説には問題点がある。それは安宅氏が説かれた箇所に、実は潜んでいる。

源氏物語には七九五首の和歌がある。そのうち青表紙本と河内本とで本文に異同があるものは一一八首である。全体の十四・八％の歌が異同をもっていることになる。その一一八首のうち、物語二百番歌合に採られているものは二十二首である。（注2の論文）

この二十二首とは前掲の②と③を合わせたものである。それはさておき、ここで注目したいのは源氏物語の和歌七九五首のうち、青表紙本と河内本で本文が異なるのは一一八首、約一五％しかない点である。言い替えると八五％にあたる六七七首は、青表紙本も河内本も同文になる。つまり八割強の和歌は、青表紙本とも河内本とも言えるのである。そこで前出の分類①～⑤を整理し直すと、『物語二百番歌合』に採用された二一六首のうち系統が判別できるのは、②の青表紙本（一七首）、③の河内本（五首）、④⑤の別本（一八首）にすぎず、残りの一七六首（①）は青表紙本にも河内本にも分類できることになる。それは全体の八割を占めるので、二割しか本文異同がない和歌を基準にして、散文も含む本文の系統分類を試みるのは無理である。

そもそも和歌は五音と七音からなる定型詩であるから、本文異同は文章よりも起りにくい。となると韻文よりも散文のほうが、系統立てには役立つ。源氏物語の本文は『物語二百番歌合』では詞書に引かれているが、両氏とも考察の対象から外された。その理由は、

物語二百番歌合の和歌にはそれぞれ詞書がついているが、これは物語本文そのままではなく原文を要約したものなので、源氏物語の本文を考える上では殆ど参考にならない。（注２の論文）

と判断されたからである。それに対して、伊井春樹氏は次のように反論された。

ダイジェスト化の方法の項で検討したように、一部には原文の引用が見られたし、全体からの要約であっても随所に原典の句を並べる工夫もされている。定家の用いた本文が青表紙本だったのか、そうでなかったのかは、成立の時期ともかかわってくるため、ここではあえて詞書に残存する本文を分析してみたく思う。（注４）

そこで次節以下では、詞書を取り上げる。なお『物語二百番歌合』の詞書には、源氏物語本文を引用した箇所と、梗概化した箇所がある、と伊井氏は指摘されている。よって次節では物語本文、次々節では梗概本文を扱うことにする。

二　『物語二百番歌合』の詞書の本文　(1)物語本文

伊井氏は詞書に引用された源氏物語の本文を検討された結果、

詞書作成の典拠とした本文は明らかに青表紙本や河内本とは異なっており、現存する中では別本の一部と共通することが知られる。これ以外にも、現存の諸伝本のいずれとも一致しない語句が数多く見いだせるが、すべてではないにしても、今日伝えられていない本文の系譜にあるのではないか。（注４の著書、五四六頁）

として、別本と判断された。一方、和歌の本文にも別本があることを指摘されたが、「全体としては青表紙本的性

格を多分に持っていることは確かである」ことを確認され、「和歌は青表紙本、詞書は別本的要素と、二つの性格に分離してくる」という結論を導かれた。このように一作品で、和歌と詞書とが本文系統を異にする原因について、以下のように推測された。

このような現象は珍しいことではなく、ダイジェスト本などでは初め別本によって作成し、後に青表紙本で訂正された場合、本文に挿入された語句はそのまま残存するものの、引用された和歌は手を加えるのが容易なだけにすべて直されてしまうといった例がある。『物語二百番歌合』も、当初は後の定家本とは異なる本文によって作成され、青表紙本の出現後に和歌は訂正されたものの、一部は見落とされてもとの姿が残ったのではないか。（注4の著書、五四七頁）

右記に示された「ダイジェスト本」の一例として、『源氏小鏡』が挙げられる。伊井氏は『源氏小鏡』の諸本を六種類の系統に大別され、古い形態を有する第一系統本を青表紙本で改訂して第二系統本が作られた、と論述された。（注5）

このように「二段階の成長」を経て『物語二百番歌合』は成立したと考えると、従来の問題点は解決されることになる。それは定家の日記『明月記』との関係である。青表紙本は『明月記』によると、元仁二年（一二二五）二月十六日に完成したのに対して、『物語二百番歌合』は良経が没する元久三年（一二〇六）三月七日以前に成立している。『物語二百番歌合』の和歌の本文系統に基づき、それに使われたのは青表紙本であると見なした場合、当作品の作成時には未完成であったはずの青表紙本が用いられている、という不可思議なことになる。しかし伊井氏の二段階説によれば、その矛盾は生じない。

また、『明月記』の一節、「生来依懈怠、家中無此物［建久之比／被盗失了］」（［　］内は割注）によると、源氏物語は建久年間（一一九〇～九九年）に盗まれて以来、元仁二年まで約三十年間も家になかったことになる。建久年間はまさに『物語二百番歌合』の編纂時期と重なるため、これも研究者を悩ませてきた。たとえば樋口芳麻呂氏は、「『物語二百番歌合』の撰定に用いられた『源氏物語』は、盗難にあう以前の家蔵本であった」と仮定して、「『百番歌合』は建久三、四年ごろ、『後百番歌合』は建久六、七年ごろの成立」と推定され、「盗難は『物語二百番歌合』撰定後に生じた」と見なされた。(注6)このように盗難にあった建久年間が、本作品成立時期の下限になっていたのである。

けれども、その見解に伊井春樹氏は異論を唱えられた。同氏によると、元仁二年までなかったのは「証本」とすべき本であり、

三十年間余り伝本の一つも所持していなかったとはとても考えられない
(注4の著書、五四七頁)

と論断された。『物語二百番歌合』の成立時期については未だ決着は付いていないが、伊井説により『明月記』の記事の縛り、すなわち一二〇六年までに作成された『物語二百番歌合』に使われた源氏物語は、一一九〇年代から一二二五年まで定家の手元になかった、という制約から解放されたことになる。

三　『物語二百番歌合』の詞書の本文　⑵梗概本文

『物語二百番歌合』の詞書の中には物語本文をそのまま引用するのではなく、梗概化された箇所が散在する。

定家が物語の本文からダイジェスト化して詞書を作り出すとなると、本文によりかかりながら語順を替えるなどといった方法と、部分的に自分のことばで表現し直す場合とがみられるが、後者になると長い文章をいかにコンパクトにまとめるかという解釈の問題も入ってくるようである。
(注4の著書、五三九頁)

右記で示された後者のなかには、物語の内容と合わない例も見受けられる。その一つとして末摘花の巻で、末摘花邸を密かに訪れた光源氏を頭中将が見つけて詠みかけた場面が挙げられる。

頭中将ときこえし時、六条院、中将に物したまひし時、うちよりひたちの宮にかくろへいりて、のきちかきこうばいのむめのかげにたちよりたまふに、もとよりたちかくれて、ふりすてさせ給へるつらさに、御をくりしつるはとて　前太政大臣

もろともにおほうちやまはいでつれどいるかたみせぬいざよひの月

（『物語二百番歌合』前九十四番）（詞書本文の「むめの」は見せ消ち）

文中の傍線部分が物語の状況と一致しない、と伊井氏は指摘された。

頭中将が軒のもとに咲く紅梅に歩み寄ると光源氏のいるのに気がついたという。本文を見ると「すいがいのすこしおれのこりたるかくれのかたにたちよりたまふに、もとよりたてるをとこありけり」とあって、この前後に紅梅の咲いていた気配はまったくない。定家の用いた本文にはこのようになっていたのかと思いたくなるのだが、あるいはそのような情緒的な場面であったと思い出してダイジェスト化してしまったのであろうか。末摘花巻末の「はしがくしのもとのこうばい、いとゝくさく花にて色づきにけり」の一文が、ふと連想されて取り込んだとも考えられよう。（注4の著書、五四一頁）

末摘花巻末の本文は二条院の紅梅であり、頭中将が歌を詠んだ末摘花邸ではないが、それは定家が「ふと連想されて取り込んだ」からと推量された。その見解を踏まえて東野泰子氏は、「「ふと連想された」というより、もう一歩進めて、積極的な意図をもつ詞書」（注7）と評価された。この例以外にも物語と内容が合わない文章が『物語二百番歌合』には散見され、その改変は「定家の意図」によるものと東野氏は論じられた（注7の論文）。

たしかに源氏物語と『物語二百番歌合』を対比するだけでは、定家が操作したと考えざるをえない。けれども近年公開された新資料、すなわち冷泉家時雨亭文庫蔵『源氏和歌集』と照合すると、別の見方が生じる。本集は源氏物語で詠まれた和歌を巻ごとにすべて抜き出し、詠歌状況を詞書にまとめ、詠者名も付けて歌集の体裁に仕立てた

ものである。ただし残欠本で桐壺から賢木の巻までしかなく、奥書も欠くため、成立時期も作者や筆者も不明であるが、鎌倉時代後期に書写されたと推定される。問題の和歌（70番歌）の詞書を見ると、

頭中将と聞えし時、六条院もいまた中将におはせしかは、ひたちの宮にかくろへいりてのちちかき紅梅に立より給けるに、もとより又たちかくれて、ふりすて給つらさに御をくりし侍とて、

とあり、傍線部分の「のち《（のきカ）》ちかき紅梅」には物語に登場しない紅梅が記され、『物語二百番歌合』の本文と一致する。当歌合の作成には源氏物語が使われた、と今まで見なされていたが、そうではなく、定家は『源氏和歌集』のようなものを利用したのではなかろうか。

「物語二百番歌合」や下って「源氏物語歌合」なども、その成立過程では、『源氏物語』自体から直接歌を選ぶのではなく、「源氏集」などが存在し、そこから歌合の歌を選ぶのが手順ではなかったろうか。[注8]

という寺本直彦氏の指摘は、今まではその根拠になる資料がなかったため、推測に留まっていた。しかしながら時雨亭文庫蔵『源氏和歌集』により、寺本説は裏づけられたと言えよう。物語を読みながら自分で詞書の梗概文を作成するよりも、本集のような源氏物語歌集を用いた方が便利である。すると物語本文にない「軒近き紅梅」という言葉は、定家が別の場面から連想したのでも、意図的に改変したのでもなく、梗概本の一節を利用したのであろう。[注9]

四　『物語二百番歌合』と冷泉家時雨亭文庫蔵『源氏和歌集』

『物語二百番歌合』と『源氏和歌集』の詞書を比べると、共通する梗概本文が数多くあり、偶然の一致とは考えがたい。まず前掲の「軒近き紅梅」のように、当該場面にはない語句が両作品に見られる例を夕顔の巻から三つ（ⅰ〜ⅲ）列挙する。

ｉかの院にて、もろともにながめくらして、しのび給し御さまも、あらはれにける後　（『源氏和歌集』34番）

ゆふかほの君、いざなひいでゝ、なにがしの院に、もろともにながめくらし給ふとて、しのびたまひし御さま、あらはれてのち　（『物語二百番歌合』後五十五番）

傍線を付けた「もろともに」「ながめくらし」「しのび」の語句は、当該巻の別の場面には使われているが、この箇所には見られない。また波線部の「あらはれ」は索引による限り、当巻には見当たらない語である。(注10) 二重線部の「いざなひいでゝ」は、次の例iiでは両作品に見られるが、索引によると総角の巻に一例しかない。よって、定家が源氏物語を基に詞書を作成したという通説に立つと、当該場面にない言葉を用いて定家が創作した文章が、偶々『源氏和歌集』の本文と合致したことになる。

ii夕かほのうへ、いざなひ出て、なにがしの院へおはしけるあかつき　（『源氏和歌集』32番）

ゆふかほの君、いざなひいでゝ、なにがしの院へおはせしあか月　（『物語二百番歌合』前十一番）

両者の末尾には「暁」(夜明け前) とあるが、ここで詠まれた和歌には「しののめ」(夜明け方) とあり、時間帯が異なる。当場面の少し前に「明けゆく空」とあるので、詞書の「暁」は間違っている。しかしながら同じ和歌を収めた『風葉和歌集』895番の詞書にも、「飽かずおぼされける女を、暁いざなひ出でさせ給ひて (下略)」とあり、また中世の梗概書にも(注11)「暁」とあるので、源氏物語では「しののめ」であっても中世の梗概文では「暁」であり、『物語二百番歌合』はそれを引用したと推定される。つまり定家は「暁」と改変したのではなく、孫引きしたのである。

iiiかのもむけのおり、心ならずごらんぜし女のもとへ、たかやかなるおぎにつけて、こ君してつかはしける　（『源氏和歌集』39番）

心ならず御らむしそめたりける人につかはしける　（『物語二百番歌合』前十五番）

両著に共通する「心ならず」という語は、索引によれば賢木の巻に一例しかない。これも当場面にない言葉を定家が意図的に加えた、あるいは定家が用いた源氏物語に当該語句があったと仮定するよりも、源氏物語歌集の類を利用したと考えるほうが自然である。

以上の三例（i～iii）はいずれも、物語では別の箇所にある言葉が両作品に取り入れられている。これは定家が『物語二百番歌合』を編纂する際、物語本文に加筆したのではなく、梗概文を利用したからと考えられる。一方、次の三例（iv～vi）では、当該場面にある語句は各例とも二語しかないのに、両作品の詞書は酷似している。そこで『源氏和歌集』の本文を挙げて、『物語二百番歌合』と異なる部分に傍線を引き、異文を傍記する。なお『源氏和歌集』に本文がない箇所には「・」、『物語二百番歌合』にない場合は（ナシ）と表記する。

iv中将におはせし時《（ナシ）》、うつせみの《（ナシ）》やどりの御かたたがへのあかつき　（19番。後四十四番）

「かたたがへ」と「あかつき」の二語は当該場面に使われているが、他の語句（「うつせみ」「やどり」）は索引によると当巻（帚木）には見当たらない。にも拘らず両書で共通するのは偶然の一致ではなく、定家が梗概文を取り込んだからである。

v諒闇のとし、雲林院にて《（ナシ）》法文などならひ・《（給）》て、日頃おはせしころ《に》、むらさきのうへにつかはしける《（ナシ）》　（150番。前十三番）

物語で当場面に見られる語は「雲林院」と「法文」だけである。この二語は定家が物語から選び、それ以外は定家が創案した文章が『源氏和歌集』と同じになったとは考えにくい。

vi弘徽殿の朧月夜の後、二条のおほいまうちぎみ《右のおとゞの》、藤の宴《の夜》におはして、内侍のかみのよりゐたりける《たまへる》戸口に尋より給て　（107番。後五番）

物語本文と重なるのは「藤の宴」と「戸口」だけである。なお物語の当場面には「寄りゐたまへり」という語句が二例あるが、いずれも光源氏の動作であるのに対して、前掲の二作品では「内侍のかみのよりゐ」で朧月夜の仕草になっている。この源氏物語と『物語二百番歌合』との相違に関して米田明美氏は、

> 「弘徽殿の朧月夜の後、右のおとどの藤の宴の夜おはして、内侍のかみの」までは、定家の要約した言葉であり、この場面ではまだ右大臣の姫君であったが、作品全体を意識し「内侍のかみ」としている。「いづれならむと」（岩坪注、源氏物語の本文で光源氏の気持を表す）が詞書では「尋ね」に置き換えられている。（注12）

と見なされた。この例以外にも『物語二百番歌合』と源氏物語とで異なる箇所を列挙され、その異同が起きたのは、「定家は自らの世界を描き出すため、物語本文を利用しつつも独自の言葉に置き換えている」からと説かれた（注12の論文、四〇七頁）。

> 定家は各物語を実に深く、詳細に読み込んでいるのではないだろうか。しかも詞書においても、物語歌集のような梗概本から写しまとめたとは到底考えられず、歌・詞書を番わせてから何度も要約することを含め、推敲を繰り返したと思われる。（注12の論文、四〇四頁）

この推論は、『物語二百番歌合』と源氏物語を比較するだけならば成り立つであろう。しかし『源氏和歌集』のように『物語二百番歌合』と詞書本文が酷似する源氏物語歌集の存在を想定すると、物語本文と異なる箇所をすべて定家の作為と見なす必然性はなくなる。

定家が改変したと解釈されてきた例を、もう一つ示す。

> 故院かくれさせ給て、つぎのとし八月十五夜に　入道の宮
> こゝのへにきりやへだつるくものうへの月をはるかにおもひやるかな

これは『物語二百番歌合』前六十九番、藤壺の詠歌である。和歌に詠まれた「雲の上の月」が誰を指すかをめぐり、桐壺院と朱雀帝の両説が並立している。ただし『物語二百番歌合』においては、

詞書が「故院かくれさせ給てつぎのとし」としている以上、番の意図は「くものうへのつき」を故院桐壺とすることにあると読むべきだろう。（注7の論文）

と、東野氏は解され、それを踏まえて、

詞書にある「故院かくれさせ給てつぎのとし」という部分は、源氏物語のこの歌の前をかなり遡っても明文化されておらず、あくまで物語の推移をたどってゆくとそうなるというものだから、ここには何らかの定家の意図を考えるべきである。「くものうへのつき」が桐壺帝を暗示しているということがこの番の理解にとって不可欠であったため、敢えて明文化されたものだろう。（注7の論文）

と見て、『物語二百番歌合』の詞書に「定家の意図」を汲み取ろうとされた。

源氏物語に明文化されていない箇所から、定家の創作意図を推し量るのは構わない。しかし、その独自の文章は定家が創案した、と決めつけることはできない。なぜならば『源氏和歌集』も同文だからである。

院かくれさせ給て、つぎのとし八月十五夜、王命婦して六条院にきこえ給ける（154番）

しかも物語では「二十日の月」であるのに、『源氏和歌集』も『物語二百番歌合』も「八月十五夜」である。(注13) よって鎌倉時代には、藤壺が詠んだ「雲の上の月」は中秋の名月で、桐壺院と解釈する梗概本があり、その説を定家は受け継いだのであろう。独自異文は定家が明文化したのではなく梗概文にあり、それを定家は引用したのである。

五　『物語二百番歌合』の撰者の意図

『物語二百番歌合』の結番・配列の見事さは、夙に樋口芳麻呂氏が指摘されている。本歌合における配列は、右の一〇番（岩坪注、『物語百番歌合』の一番から十番まで）からでも推察されるように、連想などにより自然に巧妙に行われている。したがって、その配列は、定家の個性・好尚をよく反映している

と考えられるのである。(注14)

この見解は、現在の研究にも継承されている。ただし、すでに述べたように、それらをすべて定家の苦心の賜物と見なして、詞書も全文、定家が創作したと解釈するのは問題である。その一例として、『物語二百番歌合』の冒頭部を見てみよう。

一番

左　中将ときこえし時、かぎりなくしのびたる所にて、あやにくなるみじか夜さへ、ほどなかりければ、

六条院

見ても又あふ夜まれなる夢のうちにやがてまぎるゝわが身ともがな

右　譲位のこと、さだまりてのち、しのびて斎院にまいりて、いでさせ給とて、

御製

めぐりあはむかぎりだになき別かなそらゆく月のはてをしらねば

左右の歌を見ると、「ともに物語の男主人公から、激しく思慕した理想の女性へ贈られた歌」であり、かつ「女との再会が容易ではないことを嘆いた歌」であり、また「歌に、「あふ」(左)、「めぐりあはむ」(右)という相似の表現が含まれている」と、内容・表現において共通する点を樋口氏は指摘された(注14の著書、三七五頁)。そのように歌が配列されているのは、定家の手腕と見てよい。しかしながら左右の詞書にも同じ言葉「しのび」があるが、それを和歌と同じように解釈するのは疑問である。というのは左歌は『源氏和歌集』と『風葉和歌集』にも採られ、両集の詞書にも「しのびたる所」と記されているからである。左歌は若紫の巻において、光源氏が藤壺との逢瀬の折に詠んだ和歌である。三作品に共通する「しのびたる所」という語句は藤壺の実家を指し、物語にはない言葉である。それゆえ定家が創作したと判断するのは、早計に過ぎる。

また、左歌の詞書の文末「ほどなかりければ」の本文も特異である。和歌の直前にある物語本文（若紫の巻）は、

なに事をかは、きこえつくし給はむ。くらぶの山にやどりもとらまほしげなれど、あやにくなるみじか夜にて、あさましう中〳〵なり。（『源氏物語大成』一七四頁4〜5行）

であり、「ほどなかりければ」という表現は見当たらない。(注15) ちなみに他の作品の詞書は、以下の通りである。(くカ)

○中将におはせし時、かぎりなくしのびたる所にて、くらぶの山にやどりもせまほしけれど、あやにてなるみじか夜さへ、ほどなかりければ中〳〵にて、（『源氏和歌集』60番）

○いと忍びたる所におはしましたりけるに、あやにくなるみじか夜にて、あさましうなかなかなりければ、（『風葉和歌集』870番）

○藤壺の宮わづらひ給ふことありてまかで給へり。いかがたばかり給ひけん、いとわりなきさまにて見たてまつり給ふ。何ごとをか聞こえ尽くし給はん。くらぶの山に宿りも取らまほしくおぼえ給へど、あやにくなる短夜にて、あさましうなかなかなれば、（『源氏物語歌合』十番左）

文末表現が『物語二百番歌合』の「ほどなかりければ」に似るのは、『源氏和歌集』の「ほどなかりければ中〳〵にて」である。それに対して『風葉和歌集』も『源氏物語歌合』も「あさましうなかなか」で、その方が物語本文「あさましうなかなかなり」に似る。よって『物語二百番歌合』の本文は、『源氏和歌集』の類から引かれたのであろう。

以上により、『物語二百番歌合』巻頭の左歌の詞書は物語本文とかなり異なるが、それは右歌の詞書と共通する言葉「しのび」を置くため、定家が源氏物語の文章を改変したのではなく、定家は源氏物語歌集などの梗概文を利用したのである。よって、「各歌の番（配列）により定家の創り出した世界を鑑賞できるよう、定家自身の言葉に置き換えている」（注12の論文）かどうかは、慎重を期したい。

次に『物語二百番歌合』前二番を見てみよう。

二番

左　弘徽殿の三のくちにて、おぼろ月夜のないしのかみに

ふかき夜のあはれをしるも入月のおぼろけならぬちぎりとぞ思

右　大将におはせし時、弘徽殿にて女二の宮に

しにかへりまつにいのちぞたえぬべきなか〳〵なにゝたのみそめけむ

一番右歌の「そらゆく月」を受けて、二番左の詞書に「おぼろ月夜」が置かれ、「入月」の和歌が配列されているのは、定家の編纂意図によると見られる（注1の著書、四一二頁。注14の著書、三七七頁）。一方、二番左の詞書には「弘徽殿の三のくちにて」とあり、源氏物語本文には、「弘徽殿のほそどのにたちより給へれば、三のくちあきたり。」（『源氏物語大成』二七一頁）とあるが、この相違は定家が梗概化したために生じたとは言いきれない。というのは『源氏和歌集』も、「弘徽殿の三口にて、おぼろ月よの内侍のかみ」（102番）で、『物語二百番歌合』と同文だからである。

むろん定家が梗概本文を孫引きしたからといって、『物語二百番歌合』の配列の妙が損なわれるわけではない。巻頭の一番に「しのび」、二番に「弘徽殿」と、同一語を左右の詞書に配置したのは、定家の才腕である。問題は、詞書の本文が源氏物語の表現や内容と相違する場合、それは定家が改変したからと見なし、そこに定家の意図を汲み取ろうとした点である。よって、源氏物語と異なる箇所はすべて定家の作意と決めつけるのは、早計に失すると言えよう。

終わりに

『物語二百番歌合』の作成には源氏物語ではなく、源氏物語歌集の類が使われ、その梗概本文が利用された可能性が高いことを提案した。『物語二百番歌合』は「和歌は青表紙本、詞書は別本的要素」（第二節、参照）と分離しているが、それは依拠した本文が「原青表紙本」（第一節）でも、また和歌だけ青表紙本に訂正した（第二節）のでもなく、定家が用いた梗概文が別本であったからと推測される。ちなみに冷泉家時雨亭文庫蔵『源氏和歌集』は、和歌も詞書も別本である。(注16) なお本稿では、『源氏和歌集』と『物語二百番歌合』の詞書本文の共通点に注目したが、両者には相違点もある。(注17) それは定家が参照した梗概書は複数あり、配列に工夫を凝らすため取捨選択したり、ときには梗概文に加筆したりしたからかもしれない。

注

（1）池田利夫氏「『物語二百番歌合』解説」、日本古典文学影印叢刊14『物語二百番歌合』所収、貴重本刊行会、昭和五五年。

（2）安宅克己氏「青表紙本源氏物語成立以前の定家本」、「学習院大学国語国文学会誌」26、昭和五八年二月。

（3）安宅氏は一三首とされたが、それでは総数が二一五首になり一首足りなくなる。そこで同氏が示された一三首に、次の和歌を加えて一四首とした。

　あさほらけいゑちもしらすたつねこしまきのをやまはきりこめてけり（『物語二百番歌合』前七十五番）

二句めの「しらす」が、『源氏物語大成』所収本ではすべて「みえす」である。

（4）伊井春樹氏「『物語二百番歌合』の本文―定家所持本源氏物語の性格―」、大阪大学「語文」48、昭和六二年二月。後に同氏著『源氏物語論とその研究世界』五四二頁（風間書房、平成一四年）所収。

（5）伊井春樹氏『源氏物語注釈史の研究』第二部第一章、桜楓社、昭和五五年。
（6）樋口芳麻呂氏「『物語二百番歌合』と『風葉和歌集』（上）」、「文学」昭和五九年五月。
（7）東野泰子氏「『源氏狭衣歌合』の番とその形成」、「百舌鳥国文」9、平成元年一〇月。
（8）寺本直彦氏『源氏物語受容史論考　続編』三三七頁（風間書房、昭和五八年）。
（9）当場面は当巻を代表する名場面として、よく源氏絵に描かれ、絵にも紅梅が登場する。白梅でないのは末摘花の赤鼻を暗示するためであるが、中世の梗概文には紅梅と記され、それを絵画化した可能性も考えられる。
（10）市販されている源氏物語の索引は、すべて定家本による。したがって河内本や別本では当巻に当該語句があるかもしれないので、「索引による限り」と限定した。
（11）『源氏大鏡』のほか、『源氏物語提要』『光源氏一部歌』（両著とも桜楓社『源氏物語古注集成』所収）、尊経閣文庫蔵伝二条為明筆「源氏抜書」（「親和国文」34所収）にも「暁」と記されている。
（12）米田明美氏「『後百番歌合』の詞書の記述と歌の配列―ほの見える『伊勢物語』の世界―」、片桐洋一氏編『王朝文学の本質と変容　散文編』（和泉書院、平成一三年）所収。
（13）『源氏大鏡』『光源氏一部歌』も「十五夜」である。源氏物語の伝本のなかでは、別本の御物本だけが「十五夜の月」である。
（14）樋口芳麻呂氏「源氏狭衣百番歌合の配列について」、「文学・語学」57、昭和四五年九月。後に同氏著『平安・鎌倉時代散逸物語の研究』三八五頁（ひたく書房、昭和五七年）所収。
（15）『源氏物語大成　校異篇』若紫の巻には別本は収録されていないが、『源氏物語別本集成　正・続』および『飯島本源氏物語』にも大きな異同は見られない。
（16）『冷泉家時雨亭叢書』83（朝日新聞社、平成二〇年）の解題（岩坪健担当）による。
（17）品川高志氏は両著の詞書の異同に着眼して、「詞書の性質が違う」と論じられた。詳細は同氏「冷泉家時雨亭文庫蔵『源氏和歌集』詞書考―歌われた状況を説明する詞書―」（「同志社国文学」72、平成二二年三月）参照。

現存『海人の刈藻』の性格
――『源氏物語』享受を視点として――

藤井由紀子

はじめに

『海人の刈藻』は、周知の通り、『明月記』『拾遺百番歌合』『風葉和歌集』『無名草子』にその名が見えることから、鎌倉初期以前に成立していた作品であることが認められる。ただし、『拾遺百番歌合』『風葉和歌集』収載歌(重複二首を除いて計五首)が、現存本には一首も見られないこと、『無名草子』の語る内容が、大筋では現存本の内容と一致するものの、細部において相違することから、現存本は散逸古本の改作本であるとするのが通説であり、その成立は、引歌表現の調査から、『新千載和歌集』成立頃と目されている。(注1)

たしかに、古本の内容をうかがい知ることができる周辺資料は重要であり、その検討を避けて通ることはできない。しかし、一方で、現存本そのものの考察がなおざりにされてきたのは事実であろう。よって、本稿では、物語の表現を詳細に検討していくことによって、現存本の特徴・性格を明らかにすることを目的としたい。その際に、視座としたいのが、本作品における『源氏物語』享受の様相である。前稿において、本作品は、『源氏物語』の世界を再現することをなにより優先し、それを後の物語展開の中で矛盾なく回収していくところにこそ、他の中世王朝物語とは異なる特徴があることを指摘した。（注2）本稿では、この考察結果を受けつつ、『海人の刈藻』の『源氏物語』享受の様相を、より詳細に検討することによって、現存本の位置づけを考えていきたい。それが、物語の〈改作〉という問題を、これまでとは異なる角度から照らし出すことにも繋がるはずである。

一　巻四における『源氏物語』の影響箇所

『海人の刈藻』は、按察大納言家の三姉妹（大君・中の君・藤壺女御）（注3）と、権大納言（注4）・大将（注5）・新中納言（注6）との恋物語を描く作品である。最終巻たる巻四は、新中納言の出家と即身成仏が描かれ、典型的な〈悲恋遁世譚〉となるため、物語展開を追う限りでは、きわめて中世的な主題を持つ巻であると言えるのだが、しかし、そこには、『源氏物語』の影響箇所が、巻三までよりもむしろ多く見出せるのである。今、巻四における『源氏物語』の影響箇所を辿り見ることによって、『海人の刈藻』の『源氏物語』享受の様相を把握する糸口としてみたい。

なお、『海人の刈藻』における『源氏物語』の影響箇所については、既に先学による指摘がある。（注7）したがって、本稿では、いまだ指摘されていない箇所、および、補足・修正の必要があると思われる箇所を中心に取り上げることとする。

A　御帯などせさせ給ひて、月重なりたるに、「内裏に久しく候はせ給はぬことなり」とて、たびたび御暇聞こえ給へど、許させ給はず。ふくらかになりて、少し面痩せ給へるしも愛敬づき、なまめかしさたとへんかたなし。（中略）八月三日にからうじて御暇賜はり給うて、まかで給ふ。（二六五頁）

不義の子を出産した後、宮中に戻った藤壺女御は、翌年、帝の子を妊娠する。「ふくらかになりて、少し面痩せ給へる」と描写されるその姿は、『源氏物語』若紫巻、光源氏の子を身籠もった藤壺の宮が、「すこしふくらかになりたまひて、うちなやみ面痩せたまへる」（三〇九頁）と語られるのと、状況的にも詞章的にも重なり合うものである。と同時に、帝の寵愛厚いために、なかなか退出を許されないその様子は、若菜上巻、帝が里下がりを「とみにもゆるしきこえたまは」ず、懐妊と判明して、「からうじてまかでたまへり」（七九頁）という状況であった明石の姫君の姿を模したものと考えられる。

B若君だち・上達部、みななき手を尽くし給ふなかに、式部卿の宮の三位の中将・院の新中納言、青海波を舞ひ給ふ、似るものなくめでたし。ことに中納言、今日を限りとや思ひ給ひけん、つねはもの憂くし給ふ手を尽くし給ふさま、いみじう見ゆ。御衣かづけ給ひて、員の外の権大納言になさせ給ふ。三位の中将、近衛司かけ給ふ。その次に、殿の君だち舞ひ給ふぞ、またさしつぎの見物なりける。（一七四頁）

藤壺女御は、難産の末、男皇子を産む。祝賀が続き、七日目の帝の行幸に際して、新中納言は、「青海波」を舞う。最愛の女性への秘めた思いを胸に舞うその姿は、藤壺の宮への思慕を「青海波」の舞に託した光源氏の姿と重なり合うものである。このくだりが、『源氏物語』紅葉賀巻の直接的な影響下にあることは、波線を付した詞章が、紅葉賀巻における童舞に対する批評、「さしつぎの見物なりける」（三八七頁）と完全に一致することからも明らかであろう。(注8) ここには、試楽の日の光源氏の舞と、行幸当日の童舞が、組み合わせられて踏まえられているのである。

C夜に入りてぞ、若君たち、御前に参り給ひて、殿［＝権大納言］、「かかる折に」とて、御方々に御琴ども奉り給ふ。大宮［＝皇太后］、和琴、中宮［＝藤壺女御］、琴、我が上［＝大君］に琵琶、大将の上［＝中の君］に箏の御琴、分かち奉り給ふ。いづれも慎ましながら搔き立て給ふ。大宮は、若うおはしましより名高き音を弾き出で、雲居を響かし給ひしことなれば、いとめでたし。大若君、笙の笛、小若君、横笛吹かせ奉り給ふ。いとうつくしき御さまどもなり。（中略）宮〔＝藤壺女御〕はいと苦しげにて、宣旨の君に御琴譲らせ給ひて、寄り臥させ給ふ。

（一七五頁）

九日目、権大納言の実姉である皇太后の行啓に際し、管弦の会が催される。この場面が、『源氏物語』若菜下巻の女楽を模したものであること、明白であろう。女君たちに配られた楽器（和琴・琴の琴・琵琶・箏の琴）が、若菜下巻で女君たち（紫の上・女三の宮・明石の君・明石の姫君）の演奏するものと一致するのみならず、笙の笛・横笛を吹く若君たちの姿もまた、「右の大殿の三郎、尚侍の君の御腹の兄君笙の笛、左大将の御太郎横笛と吹かせて」（一七八頁）と語られる、玉鬘や夕霧の息子たちの姿を模したものとしてある。さらに、出産直後の藤壺女御が、琴を譲って横になったというくだりは、「女御の君は、箏の御琴をば、上に譲りきこえて、寄り臥したまひぬれば」（一九二頁）と描かれる、明石の姫君の姿の投影であろう。短い場面ながら、ここには、若菜下巻の女楽が、圧縮された形で再現されていると言える。

D さても、冷泉院の女三の宮の御こと、「まめやかにのたまはせんも心のほどを憚らせ給ふを、かたじけなく、ひがひがしくもてなさるるかな」と、一日も大宮の宣旨は語りき。中納言の内侍のもとへも、時々はほのめかし給へかし。またそれわづらはしき方ならば、式部卿の宮の姫君を「春宮へ」とあれど、「殿の姫君、ただ今参り給はんに、いかが」とて、「そこに思し寄ることあらば」とのたまふなる、いとよきことならんを、いづ方とも思し定めてよかし。

（一八一頁）

藤壺出産の慶事が一段落した後、新中納言は霊夢を得、出家を決意する。真意を知らない兄の大将は、対面した新中納言に結婚を勧める。冷泉院の女三の宮か、式部卿の宮の姫君か、いずれでもよいから決めよ、というその台詞は、『源氏物語』梅枝巻、雲居雁を思って独り身を通す夕霧に向かって、「右大臣、中務宮などの、気色ばみ言はせたまふめるを、いづくも思ひ定められよ」（四一六頁）と諭す光源氏の台詞に、内容・詞章とも近似し、その口吻が『源氏物語』の世界を想起させるものとなっている。

E 「（前略）幼き者は、生ひ立たんままに、山の座主に奉り給へ。法師のこころざし深く侍り。この笛は、故院、大将の今ひとつも大人しくて、欲しがり申されしに、『これは思ふことあり』とて、我に賜はせたり。こころざしかたじけなくて、五つの年より身を放ち侍らぬなり。法師なりとも、形見に賜はせよ」など、こまごまと書きて、……（一八四頁）

新中納言は、夜のうちに入山する。明くる朝、人々は置き手紙を発見して驚愕するのだが、その中に書かれていた不義の子・若君に対する遺言に、「笛」をめぐるエピソードが語られる点については、既に指摘がある通り、『源氏物語』横笛巻、柏木遺愛の笛のエピソードに想を得たものであること、疑いないであろう。付け加えるならば、ここで語られる笛の来歴は、横笛巻の巻末における、次の光源氏の台詞を意識したものではないか。

その笛はここに見るべきゆゑある物なり。かれは陽成院の御笛なり。それを、故式部卿宮のいみじきものにしたまひけるを、かの衛門督は、童よりいとことなる音を吹き出でしに感じて、かの宮の萩の宴せられける日、贈物にとらせたまへるなり。（三五五頁）

もともとは院の笛で、別の人が欲しがった／所有していたものを、格別な配慮で男君が賜った、という内容的な重なりを指摘することができよう。新中納言は藤壺女御との密通以降、柏木に擬えられた人物描写が多く、ここで「笛」のエピソードが語られるのも、横笛巻の世界を凝縮して示すためであると考えられる。

F宮［＝藤壺女御］も忍び難く、さすがあはれとや思しけむ、

見し夢の夢になりゆく世の中に面変はりせぬ身をいかにせむ

御心のうちなりけること、いかで漏れけん。（一九五頁）

出家の翌年、新中納言は即身成仏を遂げ、都の人々は悲嘆に暮れる。藤壺女御も感慨を歌に詠むのだが、その歌が伝わってしまったことに対する語り手の評言、いわゆる〈草子地〉が置かれているという点において、このくだりは、明らかに、次の『源氏物語』花宴巻のくだりを模している。

中宮［＝藤壺の宮］、御目のとまるにつけて、春宮の女御のあながちに憎みたまふらむもあやしう、わがかう思ふも心うしとぞ、みづから思しかへされける。

おほかたに花の姿をみましかば露も心のおかれましやは

御心の中なりけんこと、いかで漏りにけむ。（四二五頁）

詞章の一致はもちろんのこと、密通相手の男君に対する感慨を歌に詠むという状況も一致し、藤壺女御が、藤壺の宮と重ね合わせて描写されていることが確認できる。

以上、計六箇所の『源氏物語』の影響箇所を挙げた。これらは、新中納言が道心を深め、出家し、即身成仏を遂げるという、仏教的な主題が最も顕著に見られる部分に置かれているものである。『源氏物語』には描かれなかった展開の最中においても、物語は、決して『源氏物語』世界を手放していないことは明白であろう。さらに、これらの場面は、近接する箇所に置かれていることも多く、次から次へと『源氏物語』世界が再現されるために、巻四は、他巻以上に、『源氏物語』からの影響を強く受けているようにさえ感じられるのである。次節において、それ

ぞれの用例の特徴をより詳細に検討し、『源氏物語』享受の位相を考察していきたい。

二 『源氏物語』享受の位相

『海人の刈藻』の『源氏物語』享受において特徴的であることは、単純な詞章引用に留まる位相のものが極めて少ないという点である。前節で挙げたFには、『源氏物語』本文と極めて近い詞章が見出せるが、その箇所のみに『源氏物語』の影響が認められるわけではなく、登場人物の心情・設定を取り込み、重ね合わせを行った上で、場面全体で『源氏物語』世界を再現していることが見て取れるはずである。

Aの例もまた、『源氏物語』本文と近い詞章によって構成されているが、一対一の対応関係で模倣が行われているFのような享受相に比して、二つの場面を組み合わせて一つの場面を構成しているという点において、やや高度な位相を認めることができる。Aにおいて、藤壺の宮・明石の姫君の描写が選ばれているのは、藤壺女御が〈妊娠中の女性〉かつ〈帝の妃〉であることを意識した上でのものであると考えられ、『海人の刈藻』の『源氏物語』理解の正確さを認めることができるだろう。

いったい、中世王朝物語において、詞章の一致によって認められる影響関係には、かなり浅薄な位相のものも含まれることが推測される。『源氏物語』の内容を理解せずとも、横に置いてそれを真似れば、ひとまずは、模倣が完成するからである。しかしながら、今見たA・Fの例に明らかなように、『海人の刈藻』における詞章引用は、その詞章のみに依存しているわけではなく、場面全体が『源氏物語』に基づくものであると認められ、決して浅薄なものとは考えられない。このような模倣のあり方は、一度、『源氏物語』を咀嚼し、記憶の中でそれを再び組み直すことによってしかなしえないものではないだろうか。

D・Eの例は、そのような記憶に基づく『源氏物語』の再構築のあり方を最も端的に表しているものだと考えられる。いずれも、詞章の一致というよりも、内容や口吻が『源氏物語』を彷彿とさせるものであり、単純な模倣とは考えられない。このような形で『源氏物語』世界が再現されるためには、物語世界を消化した上での再構築という過程がどうしても必要なのであり、ここに、かなり深い位相の『源氏物語』享受を認めることができるのである。たとえば、次の箇所もまた、同じような享受相と考えることができるのではないだろうか。

『海人の刈藻』

G　さて、我が御方におはして、[I]見苦しき反故ども破り給ふに、[II]たびたび書き尽くし給ひし文のそのまま返りてうち置かれたるを引き破り給ふとて、

[III]我のみぞ山路深くは尋ね行く人のふみ見ぬ道のしるべに

とて、[IV]続き落つる御涙を払ひつつ、火に入れ給へば、ほどなく昇りぬる煙も、「いつの折にか」とあはれにて、

[V]藻塩草かくかき絶ゆる煙にも身をたぐへてぞ見るべかりける

などひとりごちつつ、文ども書き給ふ。（一八二頁）

『源氏物語』

[i]落ちとまりてかたはなるべき人の御文ども、「破れば惜し」と思されけるにや、すこしづつ残したまへりけるを、もののついでに御覧じつけて、破らせたまひなどするに、かの須磨のころほひ、所どころより奉りたまひけるもある中に、[ii]かの御手なるは、ことに結ひあはせてぞありける。みづからしおきたまひける事なれど、久しうなりにける世の事と思すに、ただ今のやうなる墨つきなど、げに千年の形見にしつべかりけるを、見ずなりぬべきよ、と思せば、かひなくて、疎からぬ人々二三人ばかり、御前にて破らせたまふ。いと、かからぬほどの事にてだに、過ぎにし人の跡と見るはあはれなるを、ましていとどかきくらし、それとも見分かれぬまで[iv]降りおつる御涙の水茎に流れそふを、人

もあまり心弱しと見たてまつるべきがかたはらいたうはしたなければ、おしやりたまひて、

iii 死出の山越えにし人をしたふとて跡を見つつもなほまどふかな

（中略）いとうたて、いま一際の御心まどひも、女々しく人わるくなりぬべければ、よくも見たまはで、こまやかに書きたまへるかたはらに、

v かきつめて見るもかひなしもしほ草おなじ雲ゐの煙とをなれ

と書きつけて、みな焼かせたまひつ。（五三二頁）

出家を決意した新中納言が手紙を処分する場面である（物語の順序としては、DとEの間に位置する）。この場面は、既に指摘のある通り、幻巻において、出家を意識した光源氏が紫の上の手紙を処分する場面を模倣したものであると認められる。参考までに、下段に『源氏物語』の本文を挙げ、対応すると考えられる箇所を、それぞれローマ数字の大文字と小文字で示した。

一読してわかることは、まず、歌語を除くと、本文に明確な詞章の一致はほとんど見られないこと、そして、流麗な長文でつづられた『源氏物語』の場面が、かなり圧縮されていることであろう。それでもなお、Gの場面から幻巻が想起されるのは、状況や心情にも重なりが見出せることと同時に、手紙を破り（Ⅰ・ⅰ）、最愛の女君に関わる手紙までも処分し（Ⅱ・ⅱ）、涙を流して（Ⅳ・ⅳ）、歌を詠む（Ⅲⅲ／Ⅴⅴ）という、場面構成に必要不可欠な要素が、抜け落ちることなく踏襲されているからである。『海人の刈藻』は、『源氏物語』の場面を十分に理解して、骨組みを

崩すことなく、再構築を行っていることが見て取れる。

しかし、このような享受例は、先に見たAやFと異なり、元になる『源氏物語』の場面が長大であるがゆえに、枝葉が削がれて筋だけが抽出される形となり、まるで梗概を読んでいるかのような、やや淡泊な印象を受けるのもたしかである。事実、Gの文章は、『源氏物語』そのものよりも、次に挙げる『源氏小鏡』の文章に似通っているように思われる。

御まへに、人二三にん、さふらはせて、御ほうくとも、やりすて給ふに、かのすまのわかれのおり、かきかはし給ひし御文の、たゝいまのやうなる御すみつきを、けに跡は、千とせのかたみなり。「かく、この世なからの御わかれをたにも、なけき給ひけんよ」と、おしあて給ひつるに、ふりおつる御なみたを、まきらはしかね給ひて、いかならんみちまてと、おほしめしけん。まきあつめて、ひきゆゐて、かきつけ給ふ。

かきつめて見るもかなしきもしほくさおなしくもゐのけふりともなれ

と、よみ給ひし心のうち、おもひやるも、せんかたなし。（京都大学本（第一類・第一系統））

「御ほうくとも」「ふりおつる御なみた」などの簡潔な表現が共通するのに加え、重要な要素のみを抜き出したがゆえに、両者はほとんど同じような展開を辿っていることが確認できるはずである。もちろん、ここで、この場面は『源氏小鏡』からの二次的享受だなどと言うつもりは毛頭ないのだが、しかし、注意しておきたいのは、巻四には、このような梗概的な『源氏物語』の模倣箇所が、他巻に比して、かなり多いということである。前節で挙げた六箇所の影響箇所の中だけでも、B・C・Eに梗概的な性格を見出すことができる。もう一度、Eを見たい。

「（前略）この笛は、故院、大将の今ひとつも大人しくて、欲しがり申されしに、『これは思ふことあり』とて、我に賜はせたり。こころざしかたじけなくて、五つの年より身を放ち侍らぬなり。法師なりとも、形見に賜はせよ」など、こまごまと書きて、

伝へてしうきねをしのべ笛竹のこの別れこそ世にたぐひなき（一八四頁）

先に検討した通り、前半の手紙文に見られる笛の来歴は、横笛巻の巻末で、光源氏が語る台詞を模倣したものと考えられる。それに加えて、既に指摘されている通り、ここで示される新中納言の歌は、夕霧の夢に現れた柏木の詠んだ歌、「笛竹に吹きよる風のことならば末の世ながき音に伝へなむ」（三四八頁）を意識したものであること、疑いないだろう。だとすれば、この箇所は、夕霧の夢の場面と、光源氏の弁明の場面という、横笛巻の中でも、柏木の笛に関わって重要な二つの場面を抜き出す形で再構築されていると考えられる。先に見たGのように、ひと続きの場面を圧縮するのとはやや手法が異なるものの、これも、ひとつの梗概的な『源氏物語』世界の再現の形であると考えられる。『小鏡』の当該場面を引いてみる。

さて、このよこふゑをは、やかてをくり物にとて、大しやうのかたへたてまつり給ふ。これなん、やうせいゐんの御ふゑといひたり。大しやう、わか御やと三条殿（注9）「のふゑは、おもふかた、ことにはへる物を」といひて、うたに、

ふえたけにふきよる風のことならはすへのよなかきねにつたへなん（京都大学本）

驚くべきことに、『小鏡』は、巻末で種明かし的に語られる笛の来歴を、先に述べてしまうという点において、Eの場面と酷似した構成となっているのである。『海人の刈藻』と『小鏡』には、『源氏物語』享受の位相において、明らかに近い性格があると言えよう。

橋本美香氏は、『小鏡』の梗概化の特徴として、「原典の話の流れや巻ごとの内容よりも、事件や場面を重視し、それらを一つ一つのトピックとしてまとめあげる」という点を指摘され、それは、「作者の読みのもとで一度解体された『源氏物語』を、新たな物語世界を持つものとして、話の順序を変えて再構成・再構築」したものだと述べられている。（注10）これは、まさに、これまでに見てきた『海人の刈藻』の『源氏物語』享受の様相と、そのまま重なり

合うものだと言えるだろう。つまり、『小鏡』と『海人の刈藻』は、極めて近い手法によって、『源氏物語』を再現しているのである。さらに、橋本氏は、このような手法によってなされた『小鏡』の梗概は、「時として『源氏物語』そのものよりもわかりやすい展開となっていることもあった」と指摘されている。『海人の刈藻』の梗概的な模倣にも、同様の〈わかりやすさ〉を認めてよい。それが最も端的な形で現れているのが、Bの箇所ではないか。

若君だち・上達部、みななき手を尽くし給ふなかに、式部卿の宮の三位の中将・院の新中納言、青海波を舞ひ給ふ、似るものなくめでたし。（一七四頁）

梗概的な模倣箇所では、短い文章によって『源氏物語』世界を再現するために、必然的に、一語に依存する度合いが高くなる。Bの場面が、紅葉賀巻を強烈に連想させるのは、「青海波」という語があるからに他ならない。連歌寄合の語に通じるような、象徴的に『源氏物語』を表す語を多く有することもまた、梗概的な模倣のひとつの特徴であり、それが、〈わかりやすさ〉をさらに促進させていることが見て取れるのである。

巻四が、他巻に比して、『源氏物語』からの影響がより強いように感じられるのは、このようなわかりやすい模倣箇所を多く含むからであると理解できる。では、なぜ、巻四に至って、〈わかりやすさ〉を特徴として持つ梗概的な模倣が多く見出せるようになるだろうか。今、物語全体を俯瞰することによって、その意味を考えていくこととする。

三　現存本の特徴

前節で検討した梗概的な模倣のあり方は、私見では、巻四以外には、巻一に数例見出すことができるのみである。巻一におけるその様相を確認していくこととする。

随身の乗りたる馬にうち乗り給ひて、少納言御供にて、蓮台野・船岡山・北山・知足院などの雪御覧じけるに、（中略）御堂より北、道より東の方に小柴垣わたして、檜皮葺の屋も多かり。「あしこよ。いづくぞ」とのたまへば、「故治部卿の堂に侍り。こなたかなたは桟敷にて、祭の頃、按察の大納言の北の方、物見などにわたり侍り。堂の方に、律師と申すは、故治部卿の子に侍り。按察の北の方の弟に侍り。それぞ、ここの長吏にて、この御堂になんつねに候ふ」など申すほどに、端童の小さやかなるさし出でたり。（一七頁）

物語冒頭近く、権大納言が按察大納言家の姫君たちを垣間見する場面である。ここに、まず、ひとつめの梗概的な模倣を見出すことができる。この場面に、『源氏物語』若紫巻の影響が大きいことは前稿でも取り上げた通りだが、「北山」・「小柴垣」の語によって、端的にそれが示されていることを再確認しておきたい。さらに注目したいのは、この場面の舞台となる「故治部卿の堂」が、葵祭の際に、按察大納言家の物見に使われることが述べられている点である。実際に、物語は、この後、葵祭の場面を描くのであるが、そこに、ふたつめの梗概的な模倣を指摘することができるのである。

祭の頃などは少し隙ありて、人々も「物見に」などいざなひ行く。大納言殿は、近衛使は頭の中将なりければ、ことさらに、「上〔＝大君〕も見給へかし。御心も慰み侍らん」など聞こえ給ひて、御髪削ぎ給ひて、「千尋」と祝ひ聞こえ給ふついでに、「誰々も」などのたまふ。（二九頁）

既に指摘のある通り、ここには、『源氏物語』葵巻の影響が強い。懐妊中の大君に、権大納言が物見を勧めるくだりは、懐妊中の葵の上が、母大宮に勧められて物見に出るくだりを意識したもの、つづく髪削ぎの描写は、光源氏が紫の上の髪削ぎをする場面を模したものであること、疑いない。御禊の日と、祭当日の描写が、組み合わせられて踏まえられていることが見て取れる。そして、つづくくだりで、「姫君たちはありし知足院の桟敷へ入らせ給ふ」（三一頁）と語られることから、先に見た垣間見の場面とのたしかな連関を確認することができるのである。

この葵祭の様子を描く場面の末尾に、次のようなくだりがある。

また、三位の中将［＝新中納言］の乗り給へる車に寄りて、十七八ばかりなる端童の、葵に付けたる文を、「これ、参らさせ給へ」と言ふを、右近将監、「いづくよりぞ」と問へば、「ただ参らせ給へ。知らせ給ひてん」と言ふ。引き開けて見給ふ。

おしなべて八十氏人のかざすなるあふひの光見るぞ嬉しき

手はいとよく、筆慣れて書きたり。「いさ、見しとも覚えず」とのたまへば、帰りて見れば、多き人に紛れて使は見えず。「心おくれたるわざかな」とぞのたまはする。（三一頁）

この箇所にもまた、『源氏物語』の影響を見出すことができる。女から新中納言に詠みかけられた「おしなべて」の歌が、『源氏物語』葵巻、先に見た髪削ぎにつづく場面で、源典侍と光源氏が贈答する「はかなしや人のかざせるあふひゆゑ神のゆるしのけふを待ちける」「かざしける心ぞあだに思ほゆる八十氏人になべてあふひを」（二三頁）の二首を踏まえたものであること、先学の指摘の通りであろう。場面状況そのものも、物見の車に乗る男に、女から積極的に和歌を詠みかけるという点において、近似したものとなっている。（注11）つまり、『海人の刈藻』は、『源氏物語』の葵祭を描く一連の場面から、車争いの一段をおそらくは意図的に除いて、他のすべての要素を繋ぎ合わせて物見の場面を構成しているのである。ここに、巻そのものを梗概化するような、大胆な『源氏物語』の模倣を認めることができるだろう。

さて、ここで、葵祭の末尾の場面で新中納言に歌を送る女（のちの江内侍）が、その人物造型の始発で、源典侍と重ね合わせられているという点に注目したい。前稿において、『海人の刈藻』が『源氏物語』の模倣を最優先して物語を構成していることを指摘し、その例として、脇役である対の御方という人物を取り上げた。対の御方は、その始発で、明石の君に擬えられたことによって、『源氏物語』世界の再現に大きな役割を果たしていたのであったが、江内侍もまた、源典侍との重ね合わせによって、その後の人物造型が決定されているように思われる。

江内侍は、この後、比叡山の座主の見舞いに向かった権大納言と新中納言によって、小野の里で見出され、(注12)新中納言と関係を持つ。三河守との結婚を取りやめ、新中納言の勧めに従って宮中に出仕するのだが、新中納言の愛情は薄く、物語上で二人の逢瀬が描かれるのも、たった一場面にしか過ぎない。

①また、三位の中将のおはする方に、なほいと若き声のあいだれよしめきたるが、

葵草さやかに見てしその日より心にかけぬ時の間ぞなき

中将、うち笑ひて、……

②内侍はうち見つけ奉りて、胸うち騒ぎて、「ここにありと知らせ給はじ」と思へば、少しゐざり出でて、「いかに霞める月の顔ぞ」と言ふに、「内侍の声なるべし」と思して、歩み寄りて袖をひかへて、「月は出でぬるは」とのたまへば、慎ましげなるものから、さすがにかかやかしからず。(中略)明けぬるに、女、

(巻一　五一頁)

逢ふと見る夢さへさむる暁はつらき憂き身ぞ置き所なき

「などさまで思ふべき」など言ひ紛らはして、……

(巻三　一二三頁)

①が小野での再会の場面、②が逢瀬の場面である。いずれにおいても、江内侍は、積極的に新中納言に近づこうとする姿勢を見せ、自分から歌を詠みかけるという点で一貫しており、このような人物設定が、源典侍と重なり合うものであることは明らかであるのだが、ここで注意したいのは、このような江内侍の人物像が、『無名草子』に語られている人物像と一致しないという点である。『無名草子』は、「江侍従の内侍こそ、いと心深く好もしけれ」(二四九頁)とその人柄を語るのだが、現存本の人物像からそのような美点を読み取るのは難しいと言わざるをえない。この差異に注目された塩田公子氏は、江内侍が話題となる場面の引歌に、『無名草子』成立後のものが見られることを根拠に、「明らかに改作の跡がみられる箇所である」と指摘されている。(注13)引歌をどのように認定するかにはなお考慮の余地があるように思われるが、しかし、ここに、古本と現存本との差異があることはたしかであり、

その意味はもっと考えられてよい。始発で源典侍に重ね合わせられた人物に、「いと心深く好もし」い性格を付帯させることは、現存本の論理に従えば矛盾でしかありえないが、かといって、『無名草子』で評価される古本の人物造型に破綻があったとは考えにくい。つまり、江内侍の人物造型は、その初登場の場面から、古本と現存本では差異があったと考えるのが蓋然性が高い。だとすれば、葵祭の場面自体、古本と現存本では異なるものであったことが推測され、さらに、それと連関する冒頭の垣間見の場面も、現存本独自の位相を有するものであることが類推されるのである。

ことは、巻四とも無関係ではない。同じく江内侍を指標として、古本と現存本の相違点を見ると、次の『風葉和歌集』収載歌が問題となる。

世を逃れむとて出でける道に、江侍従内侍がもとの者に見会ひてことづけ侍りける　海人の刈る藻の権大納言［＝新中納言］

あられ降る深山の里はいかにぞと来る人ごとの便り過ぐすな　（巻六・冬・四一五）

現存本は、この歌を含まないことは先にも述べた。のみならず、詞書に記されるような出家の道行きにあたる場面を丸々欠いているのである。先に見た通り、現存本における江内侍の人物設定を考えれば、物語のクライマックスとも言える出家の道行きの場面で、新中納言からわざわざ歌を送られる女性にはなりえない。事実、現存本の巻四では、江内侍はほとんど姿を見せないのである。前稿で取り上げた権大納言と同じく、『源氏物語』世界の再現に貢献するために登場させられた江内侍は、その後の物語展開の中で、初期の人物設定と矛盾なく行動させられるがゆえに、物語の後景へと退かなければならなかった人物であると言えるだろう。巻一の『源氏物語』の模倣箇所が、巻四にまで影響を及ぼしていることを見て取れる。

現存本は、新中納言の出家の道行きを、「明け果つるほどに、山におはし着きぬ」（一八三頁）という、簡潔な一文で終わらせる。その前後に置かれているのが、他でもない、前節で見たE・Gの場面なのである。古本がE・Gに相当する場面を持っていたのかどうか、不明と言うしかない。ただ、古本と現存本との明らかな内容的差異が認められる箇所に、必ず、梗概的な模倣が見出せるということは、それが現存本特有のものであると認めてもよい証左になるのではないだろうか。だとすれば、そこに、現存本の大きな特徴を見出すことができる。すなわち、現存本は、古本に比して、よりわかりやすい形で『源氏物語』世界を再現することを志向しているということである。

いったい、『海人の刈藻』の現存本に関しては、和歌の入れ替えを中心として古本を改作したものと説かれることが多かった。しかし、それは、和歌に関しての検討材料が、散文部分に比して多いがために、相違点が指摘しやすかっただけのことではないか。古本と現存本の大筋が変わらないことと、散文部分にどれほどの差異があるかは別問題である。むしろ、『無名草子』の語る数少ない箇所に、細部ではあれ、かなりの違いがあることが、これまであまりにも軽視されてきたように思われる。今見てきた通り、現存本は、物語の構成・登場人物の設定の段階から、古本とは異なる性格を有していることが推測される。和歌のみならず、物語全体が、何らかの目的をもって再構成されていると考えるべきであろう。その目的のひとつに、『源氏物語』世界のわかりやすい再現があることは間違いない。梗概的な模倣箇所は、その明確な指標であると考えられる。

巻四に梗概的な模倣が多く見出せるのは、江内侍の例に明らかなように、巻一からの改変をすべて回収しなければならないため、最も多くの手が加わった巻であるからだと推測される。(注14) ただし、それが、もともと存在しなかった場面を新たに書いたものなのか、存在した場面に手を加えただけのものなのかはわからない。わからないが、現存本に、『源氏物語』の〈わかりやすさ〉という一面がたしかに存在することによって、『小鏡』などが渇望された時代にも受け入れられ、命脈を保つことができたということだけは確実に言えるだろう。

思えば、これほどの『源氏物語』の引用・模倣に溢れたこの作品が、『無名草子』では、「言葉遣ひなども、『世継』をいみじくまねびて」（二四八頁）と評価されていたのであった。『源氏物語』を真似ることは、すべての物語にとってなかば当然のことであるがゆえに、わざわざ言及されることはなかったのかもしれない。しかし、『栄花物語』との相似点が、現在にいたるまで、『源氏物語』以上には指摘されていないのは、現存本が、古本とは異なる世界を確立しているからだと見て間違いないと考える。現存本は、『源氏物語』世界の再現に重きを置くことによって、新たな息吹を得た作品であると位置づけたい。

おわりに

巻四、新中納言が即身成仏を遂げ、四十九日も終わった後、ゆかりの人々の動静が羅列的に語られる中に、次のようなくだりがある。

大殿は、太皇太后宮の御さま変はりぬるもさかさまなる心地し給ひて、年ごろ思しわたる。「嵯峨野の御堂など造りて」と御心設けせさせ給へば、殿の、「姫君の春宮へ参り給はんことも近く、若君の御元服など過ぎて」と申し給へば、留まらせ給ふ。（一九六頁）

ここに見られる「嵯峨野の御堂」ということばが、『源氏物語』絵合巻において建立される、光源氏の嵯峨野の御堂を意識したものであろうことは、既に指摘のある通りである。しかし、この「嵯峨野の御堂」という言い方はかなり不自然である。「嵯峨野の御堂」という固有名詞が機能するためには、嵯峨野に御堂が建てられているという前提がなければならないからである。事実、『源氏物語』では、当初、「山里ののどかなるを占めて、御堂を造らせたまふ」（三八三頁）と語られていた御堂が、松風巻に至って、ようやく「嵯峨野の御堂」（三九九頁）と呼ばれるようになるのである。しかし、『海人の刈藻』では、これ以前に、御堂建立の話は一度も出てこない。もし、これが本当に『源氏物語』を意識したものであるとするならば、短絡的にことばのみを引用した、かなり浅薄な位相での模倣だと言わざるをえない。

ただ、おそらく、ここには、なんらかのミスがある。「嵯峨野の御堂」という言い方では、つづく副助詞「など」との繋がりがおかしいからである。「嵯峨野に御堂など造りて」とあるのが正しい形で、書写段階での誤写の可能性を考えるべきなのかもしれない。しかし、そうだとすれば、ここにはかえって興味深い事実が提示されている。つまり、無意識的であるにせよ、「嵯峨野の御堂」というわかりやすいことばを求める層の手を経て、現存本は成り立っていることがわかるからである。現存本が、さまざまな段階で、さまざまな手を経て成立していることをうかがうことができよう。

本稿では、現存本が古本を改作したという言い方は避けた。現存本には、『無名草子』『風葉和歌集』以前の本文が残されているのかもしれないし、どの時代に幾度改作の手が加わったのかも確かめようがないからである。物語が常に改作されていくものとしてあるならば、『海人の刈藻』は、その過程を垣間見せてくれる、貴重な作品であると言えよう。そして、重視すべきは、今ある『海人の刈藻』の姿であり、その性格を正しく理解するためにこそ周辺資料は使われるべきであると考える。本稿はそのひとつの試みとしてある。

注

（1）妹尾好信「『海人の刈藻』引歌考」（『国語の研究』15　H3・3）

（2）拙稿「原動力としての『源氏物語』――『海人の刈藻』の創作姿勢をめぐって――」（『国語と国文学』86-12　H21・12）
なお、本稿で「前稿」と呼ぶのは、すべて右の拙稿を指す。併せて参照願いたい。

（3）按察大納言家の三の君。中の君と同腹。朱雀帝のもとに入内し、後に中宮となる人物。本稿では「藤壺女御」の呼称で統一する。
（4）関白の子息で、後に自身も関白となる人物。本稿では「権大納言」の呼称で統一する。
（5）故兵部卿宮の子息で、物語冒頭では新中納言と呼ばれる人物。本稿では「大将」の呼称で統一する。
（6）故兵部卿宮の子息で、大将の弟。物語冒頭では三位中将と呼ばれる人物。本稿では「新中納言」の呼称で統一する。
（7）妹尾好信「『海人の刈藻』の『源氏物語』受容」（稲賀敬二・増田欣編『中古文学の形成と展開――王朝文学前後――』和泉書院 H7）
辻本裕成「王朝末期物語における源氏物語の影響箇所一覧」（『調査研究報告』17 H8・3）
以下、特に断らない限り、「既に指摘がある」と述べる場合には、妹尾・辻本両氏に認定されているものを指す。
（8）この箇所が紅葉賀巻の影響下にあることは、既に指摘がある（前掲（7）論文）が、妹尾氏は、童舞に関しては、藤裏葉巻での六条院行幸の場面の影響下にあるものと指摘されており、修正を要すると思われる。
（9）脱文あり。宮内庁書陵部本（第一系統・第二類）では、「大将、我御殿、三条殿にかへり給ひて、すこしまとろみ給ふ夢に、ゑもんのかみ、ありしなからのすかたにて、「此笛は…」となっている。
（10）橋本美香「『源氏小鏡』――梗概化の手法――」（『国文学』（関西大学）88 H16・2）
（11）「端童」が知らない女性の手紙を持ってくるという設定は、『狭衣物語』からの影響も強いように思われるが、本稿では、『源氏物語』以外の作品からの影響に触れる余裕がない。別に論じたい。
（12）小野の里の場面は次のように描かれる。

道すがら、神無月二十日頃なれば、紅葉かつ散り、面白き所々御覧ずるに、小野といふ所に、小柴垣、遣水して、心殊なる家居のほどにて、時雨はらはらとしける。（四七頁）

妹尾氏は、ここに、夕霧巻の小野の里の情景の投影があると述べられる（前掲（7）論文。なお、辻本氏は、この箇所を掲げつつも「?」を付し、偶然の一致の可能性もあるとされている）が、夕霧巻の本文との一致があまりにも少なく、また、重ね合わせの効果も不明のため、本稿では、模倣箇所と認定するのは保留しておく。ただし、「小野」・「小柴垣」の語によって、『源氏物語』夕霧巻が想起されるのはたしかであり、他の梗概的な模倣箇所との表現の類似性が認められる箇所である。

(13) 塩田公子「物語再生の方法――『海人の刈藻』の場合」(『岐阜女子大学紀要』18 H1・2)

(14) ただし、気になるのは、梗概的な模倣箇所が、巻四のみならず、巻一にも見られるという点である。小松正氏は、『海人の刈藻』の敬語表現を考察され、平安時代の文法に比して異例と見られるものが、巻一と巻四に偏って存在することを指摘されている(「『海人の刈藻』の敬語表現」(『一関工業高等専門学校研究紀要』32 H9・12))。また、妹尾氏が、中世王朝物語全集の「解題」で指摘されている人物呼称などの内部矛盾点も、巻一に見られるものが、巻二・三と矛盾する例が多い。あるいは、巻一・四と巻二・三は、成立過程において別の段階を経たもので、それが取り合わせられたのが現存本ではないか、という推測も成り立ちそうであるが、今は、その可能性を指摘するに留める。

＊『海人の刈藻』の引用は中世王朝物語全集(笠間書院)に、『源氏物語』の引用は日本古典文学全集(小学館)に、それぞれ拠った。その他の作品の引用は以下の通り。

・『源氏小鏡』……岩坪健編『源氏小鏡』諸本集成(和泉書院)

・『無名草子』……新編日本古典文学全集(小学館)

・『風葉和歌集』……岩波文庫『王朝物語秀歌選』(岩波書店)

[付記] 本稿は、中古文学会関西部会第23回例会(平成21年8月29日 於・奈良女子大学)における同題の口頭発表の一部を基にしたものである。席上ご教示賜りました先生方に御礼申し上げます。

『弁内侍日記』論

――糾える言葉の連鎖――

阿部真弓

はじめに

『弁内侍日記』の表現の類型性については、この作品の特徴を示すとされる形容詞の問題をはじめとし、夙に指摘、考察されてきた。作品中の和歌に詠まれる景物も限定的な傾向が見られ、表現のおもしろさというよりは、当意即妙性に重点を置いた和歌であるとみなされている。

繰り返される類型的表現、同語の反復。これらは弁内侍の表現の稚拙さと指摘され、しばしば本作品の文学性の問題として論じられてきた。稿者自身、弁内侍の表現に幾分もどかしさを感じることもあるが、しかしその一方、一見練られていないかのように見える言葉が、実は作品の中で重要な機能を果たすものであることも次第に明らかとなってきた。

従来の『弁内侍日記』研究を概観、また稿者自身のこれまでの論を自戒の意味を込めて振り返ると、表現の問題を考察する際、言葉のみを個々のデータとして切り取って、検討が繰り返されてきたように思うが、しかし、そうした方法では看取できないことがあるのではないかと考えるようになった。たとえば、同語・類似表現の繰り返しの問題が、章段の並びや時間軸を勘案の上、考察されたことはほとんどないのではないか。作品の進行とともに、どのような意識の流れのもとで言葉と言葉がつながりを持つのか、いかなるシステムのもとで表現が繰り返されているのか、といった問題について、改めて考える必要があるのではないだろうか。

右の問題意識に従い、本稿では寛元四年、宝治元年の記事を取り上げ、その様相に関する考察を行う。稿者は『弁内侍日記』(注1)の原型ともいえるものは、宝治二年、姉妹が母親の喪に服している間にまとめられているのではないかと考えており、またそのあたりを境にして、作品の質が若干変わったのではないかと考えているため、ひとまずこの二年間の記事に関して論じることとする。

一

では、冒頭の五章段を取り上げ、考察してみたい。(注2)

・寛元《くわんげん》四年正月廿九日、富小路殿《とみのこうぢどの》にて御譲位なり。その程の事ども、数々しるしがたし。いといとめでたくて、弁内侍《べんのないし》、

1今日《けふ》よりは我が君の世《よ》と名づけつつ月日し空にあふがざらめや　(第一段)

・三月十一日、官庁《くわんのちやう》にて御即位。春の日もことにうららかなりしに、様々の儀式ども、言はん方《かた》なくめでたし。人々の姿ども、珍《めづら》かに見え侍りしかば、弁内侍、

2たまゆらに錦《にしき》をよろふ姿こそ千歳《ちとせ》は今日といや珍《めづら》なれ　(第二段)

・四月一日、平野《ひらの》の祭なり(中略)「御手水《てうづ》まゐらせよ」と言ふを見れば、紙を濡《ぬ》らして串《くし》に挟《はさ》みて、ことごとし

げに車へさし入るるもをかし。松の木陰《こかげ》、風涼しく吹きて、景気面白《けいきおもしろ》く侍りしかば、弁内侍、

3 万世《よろづよ》と君をぞ祈る千早振《ちはやぶ》る平野《ひらの》の松の古き例《ためし》に　（第三段）

・同じ日、少将内侍《せうしやうのないし》、松尾《まつのを》の使《つかひ》に立つ（中略）繁《しげ》き梢《こずゑ》に時鳥《ほととぎす》の初音《はつね》を聞きて、少将内侍、

4 千早振る松尾山《まつのをやま》の時鳥神《かみ》も初音を今日《けふ》や聞くらん　（第四段）

・四月十三日、臨時に内侍所《ないしどころ》への使に立ちて侍りしに（中略）夜更《よふ》けてめぐる月の影、さやかに見えしかば、弁内侍、

5 増鏡《ますかがみ》曇らぬ道《みち》に仕《つか》へてぞさやけき月の影も見るべき　（第五段）

同種の傍線部を付して同語・類似表現を示したが、幾程も読み進めないうちに、表現の重複を繰り返していることに気づかされる。たとえば、一番歌に読み込まれた「今日」「君」「世」「月」「日」は、作品開始直後のほんの五章段分ながらそれぞれ複数回登場しており、また、本日記の性格を表す形容詞としてしばしば指摘される「めでたし」も第一段・第二段と二度現れている。表層的なものだけでなく、たとえば岩佐美代子氏が『新編日本古典文学全集48』頭注で指摘するように、四番歌が「ちはやぶる松の尾山《をやま》のかげ見《み》ればけふぞ千歳《ちとせ》のはじめなりける」（注3）（『後拾遺集』巻二〇雑六・一一六八、源兼澄）を念頭に置いての詠歌だとすると、四番歌は二番歌の持つ「千歳」とも共通項を有し、さらに言葉の既視感は増す。

　こうした、「先程もどこかで読んだような」とふと読者に思わせる言葉の使い回しが、従来指摘されてきたこの作品の「文芸性の低さ」「表現力の欠如」というマイナス評価の一因ともなるのであるが、しかし、同語や類型表現を反復したこの冒頭は、実は、本日記全体に及ぶポイントやキーワードを読者に提示する重要な部分なのである。

一番歌は、後嵯峨から後深草への譲位を機に詠まれ、後深草天皇の東宮時代から仕えていた弁内侍が、「今日からいよいよ長く栄える我が君の世」と慶び、寿ぐ和歌である。先述したように、一番歌に詠み込まれた語は後の章段にも見られる語を多く持つのであるが、実はこれはむしろ逆で、説明としては、この和歌を起点として、あとの章段、和歌が生成されたというのが、より適切であろう。日時や注目する景物、形態に違いはあるものの、一番歌から受け継いだキーワードを保ちつつ展開されたバリエーションという言い方もできようか。

一番歌で「月日し空にあふがざらめや」と宣言したとおりに、弁内侍は、第二段の即位式では「春の日」を、第五段では内侍所への使いの折、「夜更《よふ》けてめぐる月の影」を仰ぎ見て、それぞれさらに「千歳《ちとせ》は今日といや珍《めづら》なれ」「増鏡《ますかがみ》曇らぬ道《みち》に仕《つか》へてぞ」と改めて祝い直す。このあとも作品内でしばしば弁内侍は「月」を仰ぎ見ているが、月は皇室讃美のための装置として機能する重要な景物でもあるのである。[注4]また、五首中三首にも詠み込まれた特徴的な「今日」については、すでに今関敏子氏による考察がある。氏はこの三首を含め、本日記の「今日」について検討され、「和歌に於ける『今日（けふ）』24例中、21例は、賀歌、又は賀歌的性格をもつ宮廷讃美の用例」と指摘、「宮廷讃美の賀歌に於いて『今日』という時間は、永遠に続く未来を包含した、まさしく現在、今、この時なのである。『弁内侍日記』の和歌に於ける『今日（けふ）』21例はいずれもそのような特別な『今日』の絶対性を強調する」[注5]と論じられた。この冒頭五章段分における様相に照らすと、興味深い見解といえよう。

そして「万世《よろづよ》と君をぞ祈る」と詠んだ三番歌と「今日《けふ》や聞くらん」と詠じた四番歌は、平野神社の祭に仕えた弁内侍と、同日、松尾神社の祭使をした少将内侍の歌でそれぞれ独詠歌と考えられるが、かたや平野の常緑・長久の松、かたや松尾に響き渡った時鳥の初音と、ともに神事に従事した姉妹が古きものと新しきものを詠み込んで、後深草天皇の御代の到来と長久を祝う一対を成すものとなっている。『弁内侍日記』という題でありながら、妹の少将内侍の和歌も多く収録されているが、彼女の詠歌も、作品中で弁内侍歌に匹敵する程に重要な役割を担うことがすでにこの時点で示されてもいる。

このように、一番歌は、和歌そのものが後深草天皇の御代に対する祝詞であるだけではなく、以降の更なる祝詞を生成するための母体ともなっている。そうして展開された冒頭部分は、同語や類似表現を緊密に連携させ、祝言性を加速増大させていき、読者の脳裏に強く刷り込み、印象付ける効果をもたらす。序文がなくとも、『弁内侍日記』の作品のテーマ、読み解く上で重要なポイントが何たるかは、こうした手法によって十分説明されているといえよう。

もう少し読み進めてみることにする。冒頭のキーワードの一つでもある「今日」が再び現れるのは、第一〇段である。

・八月晦日《みそか》、女工所《にょくどころ》へ定まるべき内侍（中略）風いと涼しく吹きて、御垣《みかき》が原面白《はらおもしろ》く侍りしかば、弁内侍、
14 大内《おほうち》や古き御垣《みかき》に尋ね来て御代《みよ》改まる今日《けふ》にもあるかな　（第一〇段）

第一〇段は『弁内侍日記』において大嘗会関連行事の始まりを示す記事であり、まさに「御代《みよ》改まる今日《けふ》」を意識させる時である。再びここが起点となり、次の第一一段の一五番歌へ連繋し、以降、類似・関連表現の反復が頻出するようになる。

・九月八日、中宮《ちゅうぐう》の御方大宮の女院より菊の着《き》せ綿《わた》まゐりたるが、ことに美しきを、朝餉《あさがれひ》の御壺《みつぼ》の菊に着せて、

夜の間の露もいかがと覚え侍りしに、九日の朝《あした》、まことに咲きたるやうに見え渡されて面白く侍りしかば、弁内侍

15 九重《ここのへ》や今日《けふ》九日《ここぬか》の菊なれば心のままに咲かせてぞ見る　（第一一段）

・十月一日、除目《ぢもく》と聞えしが、十一日に延びて（中略）陣に公事《くじ》ありて（中略）御祈《いのり》の事定めらる。十九日より、金輪法《こんりんのほふ》、天地災変《てんちさいへん》などはじまるべしとぞ聞えし。（中略）折しも霰《あられ》はげしく、冴《さ》えたる景気《けいき》、いと面白くて、弁内侍、

16 八百万《やほよろづ》祈る験《しるし》もあらはれて霰《あられ》玉散る数も見えけり　（第一二段）

・十月廿四日、河原の御祓《はらへ》なり。その日の事ども、めでたしと言ふもおろかなり。蔀屋《しとみや》より見渡したれば、遥《はる》かに砂地《いさごぢ》白く見えて、川風冴《さ》えたりしに、弁内侍、

17 今日《けふ》しこそ清き河原の砂地《いさごぢ》に千世経《ちよへ》む数も取りはじむらめ　（第一三段）

第一一段の重陽節句の記事内で、「今日《けふ》」は「九重《ここのへ》」「九日《ここぬか》」と組み合わされて詠まれるが、この「九」という数は、まさに数の尽きることない「霰《あられ》」「砂地《いさごぢ》」への着眼を促し、「八百万《やほよろづ》」「霰《あられ》玉散る数」（一六番歌）、「砂地《いさごぢ》に千世経《ちよへ》む数」（一七番歌）という表現を生成して、大嘗会の無事と後深草天皇の尽きることない御代への祝詞を紡いでいく。

また、この一六番歌を詠み出す直接的な契機は、はげしく降る、白い「霰《あられ》」の「冴《さ》えたる」様子であったが、やはり一七番歌も、白く「清き河原の砂地《いさごぢ》」をわたる「川風」の「冴《さ》えた」様子に触発されて生み出されたものだった。そして、「冴えたる」性質を持つものへの視線はさらに別のものへと移っていく。

・十一月十四日の夜、雪いと面白《おもしろ》く、道絶えて積りにけり（中略）人々清涼殿《せいりやうでん》へ立ち出でて見れば、竹に冴《さ》えたる風の音までも身にしみて面白きに、月はなほ雪気《ゆきげ》に曇りたるしも、なかなか見所《みどころ》あり（中略）有明《ありあけ》の月くまなかりしに、雪の光冴《さ》えとほりて面白く見え侍りしかば、常《つね》の御所《ごしよ》の勾欄《こうらん》のもとへ立ち出でたりしに、公忠《きんただ》の中将、「大宮大納言殿の、硯乞《すずりこ》はせ給ふ」とて持ちて参りしも、いづくの御文《ふみ》ならむとゆかしくて、弁内侍、

19明けやらでまだ夜《よ》は深き雪のうちにふみ見る道はあとやなからむ

十四日の夜、少将内侍、女工所《によくどころ》へ渡り居《ゐ》て（中略）やをら起き上がりて聞けば、「大宮大納言殿より」と言ふ。声につきて妻戸《つまど》を押《お》し開《あ》けたれば、いまだ夜は明けぬものから、雪に白みたる内野《うちの》の景気、いつの世にも忘れがたく、面白しと言へばなべてなり。御文開けて見れば、

20九重《ここのへ》や大内山《おほうちやま》のいかならん限りも知らず積《つも》る白雪（注6）

返し、少将内侍、

21九重の内野《うちの》の雪にあとつけて遥かに千代《ちよ》の道を見るかな

その雪の朝《あした》、少将内侍のもとより、

22九重に千代を重ねて見ゆるかな大内山の今朝《けさ》の白雪

返事《かへりごと》、弁内侍《べんのないし》、

23道しあらん千代のみゆきを思ふにはふるとも野辺《のべ》のあとは見えなん

（第一四段）

「冴えたる」ものに対する弁内侍の意識は、竹を吹き抜ける「風の音」を経て、宮中を寿ぐ「有明《ありあけ》の月」の光に照らされて、白く輝き「冴《さ》えとほ」る「雪の光」へとたどり着く。（注7）そして、女工所にいる少将内侍も、「いまだ夜は明けぬものから、雪に白みたる内野《うちの》の景気、いつの世にも忘れがたく、面白しと言へばなべてなり」と感慨を漏

らす。

ここまで「冴えたる」ものを辿ってくることによって窺い知れるのは、この雪は空から降ってきたことに意味があるのではなく、「道絶えて」しまう程大量に積もったところに重要なポイントがあるということである。本日記において注視すべき「冴えたる」景物は、決してはかなく消えてしまうものではなく、霰や河原の砂のように「八百万」や「千」に譬えられる程圧倒的な数量をもって、清冷にきらめくものであった。一四日以降、幾日も融けずに残る程の積雪を受けて、二〇〜二三番歌の大宮大納言西園寺公相と少将内侍、少将内侍と弁内侍の贈答歌には、一五番歌にも見えた「九重《ここのへ》」が、そして十七番歌にあった「千世《ちよ》」が「千代《ちよ》の道」「千代を重ねて」「千代のみゆき」と詠み込まれ、そのほか「限りも知らず」と雪の無尽なる様子が描かれている。

風が「いと涼しく」（第一〇段）感じられた八月から、一〇月の「霰《あられ》はげしく、冴《さ》えたる」（第一二段）、「砂地《いさごぢ》白く見えて、川風冴《さ》えたりしに」（第一三段）という時期を経て、いよいよ大嘗会の行われる「雪の光冴《さ》えとほ」る一一月へと季節は移り変わる。弁内侍たちが心惹かれた景物は、はじめ「霰《あられ》玉散る」（一六番歌）と激しくも舞い散るものであったが、賀茂川の河原の上を遥かに覆い尽くす白砂、そして清涼殿や内野に「九重」に降り積もり、月影に白く輝く雪へと、根底でつながりながら、さらに深化していく。それは迫る大嘗会に向けて、後深草天皇の御代に対する慶賀の念をさらに強めていく様であり、準備を進める弁内侍・少将内侍たちの高揚感を示すものでもあろう。

この後の章段でも、同趣向の表現が反復され、月影の様子と相俟って、雪とその慶賀性に対する印象が高められていく。

・悠紀方《ゆうきがた》の女工所は勾当内侍《こうとうのないし》なし。この程の雪、冴《さ》えとほりたるに、夜《よ》もすがら箏弾《ことひ》き明かし給ふと聞きしも、

ことにいみじく覚えて、弁内侍、

26夜もすがら野辺《のべ》の白雪ふることも千代松風《ちよまつかぜ》のためしにや弾く　（第一七段）

・少将内侍《せうしやうのないし》女工所、左近衛《さこんゑ》の築垣《ついがき》の中なれば、はるばると見渡されたるに、月の冴えたる雪の上は限りなく面《おも》白《しろ》くて、少将内侍、

27いつの世も忘れやはせん白雪のふるき御垣《みかき》に澄《す》める月影　（第一八段）

こうして受け繋がれてきた「雪」の連鎖は、いよいよ大嘗会行事の始まる二二日の記事へと連なって、その舞台となる御所に、雪は舞い散り、屋根の上に降り積もる。

・廿二日の暁《あかつき》、官庁へ行幸なり。ことに寒くて、雪冴《さ》え氷《こほ》りたるに、あからさまにしつらひたる御所なれば、大《だい》宋《そう》の御屏風《みびやうぶ》の隙間《すきま》の風に、雪の散り来るもいと面白《おもしろ》く。大宮大納言殿参らせ給ひて、破《やぶ》れたる御格子《かうし》ども、まゐり渡し給ふ。御所は高御座向《たかみくらむき》なり。瓦《かはら》の棟《むね》に雪白く積りたるに、只今も修理職《すりしき》ども登りて、手斧《てをの》の音もただここもとに聞ゆ。　（第二〇段）

そして、一連の大嘗会行事は、第一四段に見た「有明《ありあけ》の月《つき》」、そして二七番歌の少将内侍歌と呼応した形で、「九重《ここのへ》に」降り積もった雪のイメージとともに振り返られるのであった。

・節会果てぬれば、童昇《わらはのぼ》り、露台《ろだい》の乱舞《らんぶ》、御前《ごぜん》の召《めし》など果て、清暑堂《せいそだう》の月の有明《ありあけ》の影、あかず身にしみて面白《おもしろ》きを人々眺めて、弁内侍、

40九重《ここのへ》に夜をかさねつる雪の上の有明《ありあけ》の月をいつか忘れん

かくて閑院殿《かんゐんどの》へ入らせおはしまして、大内裏《だいだいり》の事《こと》思ひ出でて、弁、

41雲居《くもゐ》にてありし雲居のこひしきは古《ふる》きをしのぶ心なりけり　（第二六段）

・廿一日、節分《せちぶん》の御方違《かたたがへ》の行幸《ぎやうがう》、官庁《くわんのちやう》へなりたりしに、ありし夜の事《こと》思ひ出でられて、清涼殿《せいりやうでん》にしつらひたりし所に、少納言内侍と夜《よ》もすがら月を眺めて、弁内侍、

44あかざりし雲居《くもゐ》の月のこひしきに又めぐり来《き》ぬ有明《ありあけ》の影　（第二九段）

第一〇段の「今日《けふ》」は数に関わる語に結びつき、それはさらに尽きることなきものへと展開していって、「冴ゆ」という状態を軸に「霰」「砂」「雪」「月」等の景物を織り込み、さらに次の表現へと繋いでいく。和歌一つ一つ切り出して鑑賞するならば、それらは伝統的な詠み方をしており、類型的表現の枠組みから外れるような新奇な和歌とは言えないだろう。しかし、反復される語や類似表現を辿っていくならば、それらは単純な繰り返しではなく、時間、場面、章段を超えて、言葉の選択基準の役割を果たすとともに、新しい展開を生み、さらに次の展開へと繋いでいることが理解できよう。たとえば第一一段、重陽にて詠まれた「九重」は、読者には、大嘗会行事を経た今や「菊」というより、むしろ「雪」「月」と繋がる語として認識されるに至る。連想の過程において新しい要素を獲得して、さらに別のイメージを生成し、次に焦点をあてるべき対象を見定めていくのである。

二

さて、翌年の寛元五年は次の記事から始まる。

・寛元五年、元日の拝礼《はいらい》の景気《けいき》、ことにめでたくて、弁内侍、

47今日《けふ》ぞとて袖《そで》を連《つら》ぬるもろ人《びと》の群《む》れ立つ庭に春は来にけり　（第三二段）

・七日、白馬《あをうま》の節会なり。春の日影もうららかなるに、内弁《ないべん》右大将殿九条殿のよそほひ、ゆゆしく見えしかば、弁《べんの》内侍《ないし》、

48舎人《とねり》召す春の七日の日の光いく万世《よろづよ》の影かめぐらむ　（第三三段）

きわめて短く簡潔な描写ながら、またどこかで見たような感覚にとらわれる記事である。「今日《けふ》」もさることながら、寛元四年冒頭の第一段「いといとめでたくて」、第二段に見られた、儀式に携る人々の装束への注視、「春の日もことにうららかなりしに」、三番歌「万世《よろづよ》と」等を容易に想起させよう。ふりだしに戻ったかのような既視感。しかし、次の章段から新たな展開を見せて行く。

・十九日、摂政かはらせ給ふとて、僉議《せんぎ》せらる。上卿《しやうけい》二位中納言良教、職事《しきじ》頭弁《とうのべん》顕朝。奏《そう》奉《たてまつ》る程、折しも月曇りがちにて、何となくものあはれなれば、弁内侍、

50晴るる夜の月とは誰か眺《なが》むらんかたへ霞《かす》める春の空かな

奏奉るを、御湯殿《おゆどの》の上にて少将内侍見て、着到《ちやくたう》せられたる紙屋紙《かやかみ》の草子《さうし》の端《つま》を破《や》りて書きつけける、少将《せうしやうの》内侍《ないし》、

51色かはる折もありけり春日山《かすがやま》松を常磐《ときは》となに思ひけん

これを見て返事《かへりごと》、弁内侍、

52春日山《かすがやま》松は常磐の色ながら風こそ下《した》に吹きかはるらめ　（第三四段）

これは、寛元五年一月一九日の一条実経摂政罷免の記事である。以下に、当時の政治情勢について概観しておく。

仁治三年、四条天皇崩御後、九条道家は順徳院皇子忠成王を即位させることに失敗、後嵯峨天皇即位、西園寺実氏女の中宮冊立と、道家は皇室との関係を断たれ、九条家にとっては不利な情勢が続いていたが、寛元四年、後嵯峨天皇譲位前日に、次男ながら不仲であった二条良実を関白の座から降ろし、四男一条実経を就かせる。道家も三月には関東申次の座に就いて、時流を再び九条家側に取り戻そうと画策していた。しかし、その二ヶ月後の五月、鎌倉にて九条家に関わる騒動が起こる。名越光時が道家三男前将軍九条頼経と謀り、執権北条時頼を除こうとしたことが発覚したのだった。もともと幕府側は承久の乱以後も順徳上皇の外家である九条家への警戒を解いてはおらず、七月、ついに頼経は鎌倉から追放された。そして、その父道家も、九月以後、西山での籠居を余儀なくされ、翌月には関東申次の地位も再び西園寺実氏に移ることとなる。九条家をめぐる一連の騒動の影響は、ついに一条実経に及び、翌年寛元五年一月一九日、実経は摂政を罷免され、四条天皇時代に摂政を務めた近衛兼経が再びその任に就くこととなった。

この第三四段以降、寛元五（宝治元）年前半の記事は、『弁内侍日記』中ではやや特異ともいえる内容を有している。『弁内侍日記』は作者のきわめて強い職掌意識に支えられた作品である。内侍としての姿勢を終止一貫として保持しており、一見、簡潔かつ単純にみえる文体であるものの、基本的に、宮廷賛歌にふさわしい場を構築するため、極めて繊細で周密な策をはりめぐらし、堅強な枠組みの中で叙述を進めている。前節でも少し触れたが、たとえば月や天候に関わる描写は、皇室讃美のための「記号」でもあるが、その目的のために、時に実際の情景を改造・変容させることさえある。宮廷の栄華を侵す恐れのある事象や負の心情に関わる事柄は基本的に排除する方向をとるのだが、この寛元五（宝治元）年前半あたりの章段は、皇室を讃美する題材としてはそぐわない事柄を比較的多く取り上げている。先述のことと矛盾するようではあるが、内侍としての公的な立場、職掌によって表現が制御されてはいるものの、当然のことながら、「弁内侍（もしくは少将内侍）」というフィルターを通す以上、作者の個人的側面、内面につながる部分がそこここに見え隠れするのであり、おそらくそれらの章段もそれを反映しているものと稿者は考えている。[注8]

『弁内侍日記』の作品世界においては、宮廷は月の清澄なる光に照らされて輝くが、第三四段では九条家を巡る騒動を悲しむように「月曇りがち」で、見上げてもそこには「霞《かす》める春の空」が広がっている。少将内侍は、藤原氏の氏神春日神社のある春日山、そしてそこに生える常緑の松を詠み込み、実経の摂政罷免を憂う。その和歌を受けて、弁内侍は宮廷の清澄さが損なわれたことを修復するかのように、そして「藤原氏そのものの繁栄は変らぬことを指摘し、祝い直[注9]」す。

さて、「春の空」（五〇番歌）、「春日山《かすがやま》」（五一・五二番歌）と続けば、読者側としてはやはりここにも既視感を覚えることになろう。すでに、前段には「春の日影も」、そして四八番歌にも「春の七日の日の光」とあった。歌枕「春日山（野）」は「春の日」と開いた形で詠まれることもしばしばあり、第三三段と第三四段はその読後感は対照的ではあるが、言葉の鎖で連繫する章段ともいえよう。

しかし、「春の日」という言葉で繫がれただけのように見える右二段は、実は深層で結びついた章段と思われるのである。

この寛元五年一月の前月、寛元四年一二月に『春日若宮社歌合』という歌合が行われている。真観や知家など、いわゆる「反御子左派」の歌人たちによる催しで、この歌合を反御子左派の旗揚げとみなすのがほぼ定説となっている。左方には弁内侍・少将内侍の父である藤原信実、兄の為継、そして右方には姉の藻璧門院少将がおり、弁内侍と少将内侍は出詠していないものの、彼女たちとは関わりの深い歌合であったと考えられる。題は「雪」「恋」「祝」の三題で、「祝」には、大嘗会直後の歌合とあって、「君が代のながきためしや春の日の名におふ山のみねのわか松」(注10)(二九番左、五七番歌、藤原顕氏)のように後深草天皇の御代、後嵯峨院の院政の開始を寿ぐ歌、また春日若宮社に奉納されるものであるところから、「春日山花さく藤はつきもせぬ千とせの松やともと見るらん」(二八番左、五五番歌、藤原伊成)のように藤原氏を讃える和歌も多い。

さて、弁内侍・少将内侍の姉である藻璧門院少将は、その『春日若宮社歌合』の「祝」題二七番右で次の和歌を詠んでいる。

54色かへぬ松もときはの春日山いく万代のかげまもるらん

第三三段、第三四段の和歌と照らし合わせると、

48舎人《とねり》召す春の七日の日の光いく万世《よろづよ》の影かめぐらむ
51色かはる折もありけり春日山《かすがやま》松を常磐《ときは》となに思ひけん
52春日山《かすがやま》松は常磐の色ながら風こそ下《した》に吹きかはるらめ

と、詠み込まれた言葉に、偶然の一致とは考えられない重なりが見られる。歌合の開催時期、そして弁内侍・少将内侍の姉の和歌であることを勘案すると、彼女たちはこの五四番歌を知っており、『弁内侍日記』四八・五一・五二番歌は、『春日若宮社歌合』で詠まれた藻璧門院少将の和歌を受けて作られたものと考えてよいのではないか。

一条実経摂政罷免を知った弁内侍・少将内侍は、詠歌にあたって、九条家の騒動から、歌枕「春日山」、また『春日若宮社歌合』を直ちに連想したことは想像に難くない。五一・五二番の贈答歌は、「先月、姉は『色かへぬ松もときはの春日山』と詠んだけれども、このような思わぬことで色を変えてしまうこともあるのですね……」と少将内侍が詠みかけたのに対して、弁内侍が「いえいえ、姉の詠んだとおり、春日山の松は常緑のまま変わらないわ。ほんの少し下風が吹き変わっただけ」と寿ぎ直したものと解釈できるのである。

では、四八番歌の方はどうであろうか。第三三段は白馬節会を取り上げたもので、「いく万世《よろづよ》の影」の一致はともかくとして、「春の七日の日」までを関連付けるのは多少の無理があるようにも見える。しかし、四八番歌が詠まれた直接の契機は「内弁《ないべん》右大将殿九条殿のよそほひ、ゆゆしく見えしかば」、この歌はすなわち、内弁を務めた「九条殿」、九条忠家の姿を見て詠まれた和歌であったことは注意しなければならない。

九条忠家は道家長男教実の長男で、教実がまだ二〇代半ばの若さで急逝した後は道家の猶子となり、祖父の期待を一身に受けて成長した。道家は彼を九条家の後継者と考えており、白馬節会の行われた一月七日から遡ること二週間ほど前、寛元四年一二月二四日には、忠家は一八歳の若さながら内大臣から右大臣に昇任しており、まさにこの時、輝くばかりの青年貴公子であった。

それに加えて勘案せねばならないことは、今問題としている弁内侍・少将内侍の姉が仕えていたのは九条道家の長女藻璧門院、すなわちこの忠家には叔母にあたる人物であったという点である。藻璧門院少将の詠んだ五四番歌は、天皇の御代はさることながら、藤原氏、とりわけ九条家に対する祝賀の念をも込めた和歌でもあることは明白であり、弁内侍・少将内侍にもそのことは十分理解されていたはずである。

本節の冒頭で述べたように、第三三段は、第一段・第二段ときわめて類似した形をとっており、本段もそれらの章段同様、天皇の恵みの如き「春の日影もうららか」な中で行われた新春の宮廷行事、それをまた「いく万世《よろづよ》」

も巡り重ねようと寿ぐ、後深草天皇の御代を讃美する章段である。しかし、叙上の状況を考えれば、四八番歌の「春の七日の日の光」はただの情景描写ではなく、また皇室の恵みを示すだけのものではないことがわかってくる。「春日」の神を氏神とする藤原氏、さらに言うならば九条忠家その人を指すとも解釈できる。一見無関係のような第三三段と第三四段は、「春の日」という言葉で繋がっていることが理解されれば、また別の様相を呈するのである。

　先に述べたように、「宮騒動」ともいわれる一連の事件によって、九条家は急速に下落の一途をたどっていく。『葉黄記』等の記録によって、後嵯峨院をはじめとして、宮中では九条家に対する同情も多かったことが確認できるが、しかし京を襲った、後深草天皇の御代を脅かす騒動であったことには変わりはない。そうした類の事象はできるだけ排除する方向に働くこの作品においては、第三三段にしろ第三四段にしろ、弁内侍の筆致はとりわけ簡潔になり、言葉足らずにも見える。いや、本来は取り上げるべきではない事件であったのかもしれない。しかし、九条家歌壇の中心的人物である父藤原信実、そして藻璧門院に仕えた姉、また弁内侍・少将内侍自身、寛元三年九月九条道家家秋三十首に出詠する等、（注11）信実一家は九条家と深い関わりを持っていた。弁内侍と少将内侍は『弁内侍日記』の世界観をできうる限り壊さぬように、咎なき一条実経の摂政罷免、そしてその事件前夜の輝ける九条忠家の姿を、藻璧門院少将の和歌を軸に「春の日」という言葉で繋ぐという、きわめてよく制御された手法によって表現したのである。

　先述したように、この後もしばらくは『弁内侍日記』中では珍しく、表現上は抑制を効かせつつも暗い話題を織り込みつつ、叙述が進められている。

・廿三日、御拝《ぎょはい》の御供に、大納言殿、中納言典侍殿など参りて、二間《ふたま》の簀子《すのこ》のもとに立ち出で給へるに、余寒《よかん》の風もなほ冴《さ》えたる呉竹《くれたけ》に、日は照りながら雪の降りかかりたるを、中納言典侍殿、「文屋康秀《ふんやのやすひで》がいとひけんこそ思ひよそへらるれ。さすがさほどの年にはあらじや」など聞ゆれば、弁内侍、

54誰《た》が身にかわきていとはむ春の日の光にあたる花の白雪

（第三六段）

・二月廿八日、年号かはりて宝治《ほうぢ》といふ（中略）摂政殿岡屋殿《をかのやどの》参らせ給ひて、「古《いにしへ》の陣の定めに、四納言《しなふごん》たち、いかにゆゆしかりけん。さてこそ、照る中将、光る少将などは『司《つかさ》・位《くらゐ》高く昇らんと思ふは身の恥を知らぬなりけり』と思ひとりて世をのがれけめ」など、故事《ふるごと》語り出でさせ給ふも、げに思ひやられて、弁内侍、

55いにしへに定めおきける言《こと》の葉《は》を今も重ねて思ひやらるれ

（第三七段）

第三三段から始まった「日」に関わる言葉は、第三六段では、「日は照りながら雪の降りかかりたる」という奇妙な天候へと繋がって、文屋康秀の和歌を想起した中納言典侍は老いを意識した発言をする展開となる。弁内侍はそれに対し、「春の日の光」と「白雪」を詠み込んで取りなしているが、ここでは素直に皇室の恩恵と読み取ってよいだろう。

ただこれらの言葉は、続く第三七段、一条実経に代わって摂政に就いた近衛兼経の発言「照る中将、光る少将」へと繋がっていく。「照る中将、光る少将」と並び称賛されながら、四納言に対して「身の恥を知」った源成信と藤原重家は、世間を、天皇の栄に浴する宮廷を離れて出家してしまった。弁内侍はその姿を評価し、少し先のことになるが、当章段は六月の源顕親の出家（第五一段）の伏線としても機能することとなる。「老い」「出家」に加え、さらに「死」というテーマが現れる。

・三月一日、御灯《ごとう》の御神事に、軽服《きやうぶく》にて、仁寿殿《じじゆうでん》のつまの局《つぼね》に渡り居《ゐ》たりしに（中略）今日《けふ》は陣に公事《くじ》ありて（中略）花も盛りにいと面白き折しも、大宮大納言参り給ふ。直衣姿《なほしすがた》、常よりも心ことに匂《にほ》ひ深く見え給ひしかば、弁内侍（中略）

56花の色にくらべて今ぞ思ひしる桜にまさる匂ひありとは　（第三八段）

御灯の御神事が行われた日、陣でも公事があり、大宮大納言西園寺公相が参上する。九条家の失墜に伴い、勢力をさらに増した西園寺家の貴公子の姿は、九条忠家の「春の七日の日の光」に対し、「花も盛り」の中、花と比べても「桜にまさる匂ひあり」と感じられるほどの美しさであった。ただ、「春の日の光」が必ずしも明の側面を描き出すものではないように、寛元五（宝治元）年に見る「花」も、ここで負の部分を背負った景物となってしまう。弁内侍は「軽服《きやうぶく》」のため神事には奉仕することができず、仁寿殿の局で控えていなければいけないという状況にあり、そうした立場から大宮大納言を眺めていたのであった。

・廿三日は季《き》の御読経《みどきやう》なり（中略）殿より、楓《かへで》の枝に手鞠《てまり》をつけて参らせさせ給ひたるを、中納言典侍《ちゆうなごんのすけ》殿見給ひて、「去年《こぞ》、前《さき》の殿より、舟に鞠を十《とを》つけられて参りたりしこそ思ひ出でらるれ」とて、何となく、「舟のとまりはなほぞ恋しき」と口すさび給へば、弁内侍、「湊川《みなとがは》波のかかりの瀬戸《せと》荒れて」と付けたりしを、「これを一首になして返す人のあれかし」と聞ゆれば、弁内侍、

61いかにして掛けける波のあとやその浮きたる舟のとまりなるらむ　（第四二段）

・花山院宰相中将、西園寺《さいをんじ》の花見の御幸《ごかう》の御供に参りたりける間《ま》に、母の失《う》せにけるを、ことに嘆かるる由《よし》聞きしもいとあはれにて、少将内侍里《さと》なりしに申しつかはし侍りし、弁内侍、

62悲しさの避《さ》らぬ別れを知らずして千代もと花のかげやたのみし
返事《かへりごと》、少将内侍、
63春ごとの花は又ともたのみなん避《さ》らぬ別れよいつを待つらむ　（第四三段）

・三月廿八日、洞院《とうゐん》摂政殿の十三年に、宣仁門院《せんにんもんゐん》御年十九御髪《みぐし》おろさせ給ふと聞きし、折しも雨降りていとあはれなりしかば、少将内侍のもとへ、弁内侍、
64たちなれぬ衣《ころも》の浦や春雨にはじめてあまの袖濡《そでぬ》らすらむ
返事《かへりごと》、少将内侍、
65津の国のなにはも知らぬ世の中にいかでかあまの袖濡らすらむ　（第四四段）

・最勝講《さいしようかう》は十八日よりなれば、結願《けちぐわん》廿二日なり（中略）聞きも知らぬ論議の声も、結願は何となく名残《なごり》多くて、弁内侍、
71くらべみる御法《みのり》の智慧《ちゑ》の花ならば今日《けふ》やいつかに蕾《つぼみ》ひらけん　（第四八段）

・花山院宰相中将師継、色にて籠《こも》り居《ゐ》られたりしに、南殿《なでん》の橘《たちばな》盛りなりしを一枝折りてつかはすとて、兵衛督《ひやうゑのかみ》殿にかはりて、弁内侍、
72あらざらん袖《そで》の色にも忘るなよ花橘のなれし匂ひを
返事《かへりごと》、宰相中将、色の薄様《うすやう》に書きて樒《しきみ》の枝《えだ》につけたり。
73古《いにしへ》になれし匂ひを思ひ出でて我が袖触《そでふ》れば花ややつれむ　（第四九段）

第四三段では「花」の負の面がさらに鮮明に現れる。三月三日、西園寺家北山第への後嵯峨院花見御幸に仕えている間に、花山院宰相中将藤原師継は母を亡くす。彼の嘆きを憐れむ弁内侍・少将内侍姉妹は、本来ならば華やか

で人を慰めるはずの桜を織り込んだ贈答歌を交わし、三日に盛大に催された花見の宴の裏に隠された不幸を悼む。第四八段では、最勝講に名残を感じつつ、弁内侍は「御法《みのり》の智慧《ちゑ》の花」「いつかに蕾《つぼみ》ひらけん」と悟りへの憧れにも似た気持ちを表すが、人の心は「死」に対して簡単に割り切れるものではないことを示すのが、次の第四九段である。花山院宰相中将と「花橘」にことよせた贈答歌を交わすが、人の死にあっては、「花」は「蕾《つぼみ》ひらけ」るものではなく、それがたとえ宮中からの「花橘」であってもむしろ「花ややつれ」てしまう存在なのであった。

こうした「死」と表裏の関係にある「花」の章段の間を縫うように、再び九条家に関わる章段が配置される。第四二段では、季の御読経での近衛兼経の姿に、ベテランの中納言内侍が思わず「舟のとまりは……」と、前摂政の一条実経を偲ぶ句を口にしてしまう。それを聞き咎める者もなく、弁内侍はそれに「湊川《みなとがは》波のかかりの……」と上の句を付け、さらにその返歌も詠ずる。

この中納言内侍は、実経摂政罷免を記す第三四段に続く章段ですでに登場している人物である。第三五段は意味不明の部分があるのだが、御所の日記の管理において、中納言内侍は実経と交流もあったようで、実経摂政罷免にあたっての日記の返却には弁内侍が和歌を詠んでいる。(注12)

・日記《にき》の御草子《みさうし》三帖、大内裏《だいだいり》の頃、中納言典侍《ちゆうなごんのすけ》殿にあづけさせ給ひたりしを(中略)御嘆きの程、心ばかりは用意せられて、弁内侍、

53浜千鳥あとをかたみのうらみだに波の打つにはいかがとどめん　(第三五段)

第四二段の連歌と和歌は、実経が舟に鞠を十つけたことにちなむものであるため、舟や波に関する掛詞、縁語を用いて作られているが、実経摂政罷免という点で関わりを持つ第三五段にすでに「波」等水辺に関連する語、すな

わち連歌や六一番歌と繋がる語が記されているのであった。偶然か意図的なものか、判断が難しいところもあるが、第三五段にこうした語が用いられている以上、読者が第四二段の和歌に既視感を覚える点においては、これまでの例と同様といえる。

第四三段をはさんだ第四四段には、洞院摂政殿の十三回忌に出家した宣仁門院の姿が記される。宣仁門院は洞院摂政殿九条教実女、つまり九条忠家の姉、一条実経の姪にあたる女性である。「尼」と「海女」を掛け、掛詞・縁語を縦横にめぐらした和歌であるが、右に述べてきたように、実経摂政罷免以降、九条家に関わる和歌には水辺に関わる語が用いられている。この贈答歌の発想の原点にも、そうした言葉との繋がり、連想があったと窺われよう。殊に、「波」はいずれにも共通する語（六五番歌「なには」は「難波」の掛詞）で注目される。まさに鎌倉での余波を被り、動揺する九条家、また京の有様を、「波」「舟」等によって端的に表現しているのだと言えよう。そして「花」と「波」、互いの間を縫うように生成された二本の糸は、第四三段と第四四段にて、「親の死」というテーマで結び合わされた。さらに、第四四段は第三七段とともに、第五一段の源顕親の出家へと繋がる伏線としての役割も果たすことになるのである。

第三五段以降、「老い」「出家」「親の死」をいかなる言葉の連鎖で表現していこうとしているかについて検討した。(注13)「日」「花」や「波」を連繋させつつ、九条家の問題、藤原師継の嘆きという二つの流れを糾える縄のようにして書き繋いで行く、その様相の解明を試みた。

結びとして

『弁内侍日記』の表現の類似性とその反復の問題を、作品の章段の流れを勘案し、考察してきた。弁内侍の思考の流れ、言葉と言葉の関係性について、従来、ほとんど意識されることもなかった問題が鮮明に浮かび上がり、頻出する同語・類似表現は、作者の洞察力の低さや表現力の欠如に由来するものではなく、手法の一つとして、積極的に捉らえ得る可能性を示せたのではないかと思う。
本稿では紙数の都合もあり、試論として、寛元四年、宝治元年の記事を取り上げるにとどまったが、別稿にて今回の検討を端緒に、宝治二年以降の章段についてさらに考察を進めていきたい。

注

（1）「『弁内侍日記』の執筆時期に関する一考察」（『古代中世文学研究論集　第一集』、和泉書院、一九九六年）にて論じた。
（2）『弁内侍日記』の引用は、『新編日本古典文学全集48　中世日記紀行集』（小学館、一九九四年）による。なお、各歌の頭には、私にアラビア数字で歌番号を付した。第一節、第二節ともに注目した言葉、類似・関連した表現については同じ種類の傍線を付したが、その他の傍線については、基本的に、ブロック、節ごとに使い分けた。
（3）引用は『新日本古典文学大系8　後拾遺和歌集』（岩波書店、一九九四年）による。
（4）『弁内侍日記』における月の問題については、「『弁内侍日記』作者の執筆意識―天候記事をめぐって―」（『語文』六一、一九九三年九月）にて論じた。冒頭引用に「めでたし」「をかし」「面白し」という形容詞が見られるが、これらも宮廷賛美に関わる重要な語である。
（5）「『弁内侍日記』に於ける「今日（けふ）」―聖なる時空への讃美―」（『国文』八五、一九九六年七月）。今関氏は「『弁内侍日記』のコスモロジー―宮廷讃美の時間―」（『王朝日記の新研究』、笠間書院、一九九五年）においても「今日」に関する考察を行っている。
（6）大宮大納言西園寺公相からの贈歌。
（7）『弁内侍日記』における「冴ゆ」、また「雪」等の天候については、今関敏子氏『中世女流日記文学論考』（和泉書院、一九八七年）にも考察があるが、拙稿とは観点が異なる。
（8）寛元五（宝治元）年の記事に関わる問題については「『弁内侍日記』における人物描写―九条家を中心に」（『詞林』一

四、一九九三年一〇月）、また月や天候に関する表現については注4前掲論文にて論じた。以下、第二節はそれらの論を修正、補強する形をとっているので、内容に重複があることをお断りするとともに、右二つの拙稿もあわせて参照していただくことをお願いしたい。

（9）『新編日本古典文学全集48　中世日記紀行集』の岩佐美代子氏による頭注。

（10）『春日若宮社歌合』の引用は『新編国歌大観 CD-ROM 版 Ver.2』（角川書店、二〇〇三年）による。以下同じ。

（11）『新後撰和歌集』二七六番歌・『続拾遺和歌集』一二二〇番歌の詞書による。

（12）第三五段の内容が今一つ不明ではあるが、ここでは『新編日本古典文学全集48　中世日記紀行集』（小学館、一九九四年）の岩佐美代子氏の訳に従うこととする。

（13）弁内侍が「出家」「親の死」を取り上げているのは、宝治二年三月以前の母親の死、同年の父藤原信実の出家が大きく関わっていよう。この問題については、「『弁内侍日記』の描く栄枯と無常感—宝治元年章段の構想をめぐって」（『待兼山論叢（文学篇）』二九、一九九五年一二月）にて論じた。

『天狗の内裏』考——物語構造と諸本の生成——

箕浦尚美

一　問題の所在

室町物語『天狗の内裏』は、鞍馬山中の天狗の内裏を訪れた牛若が、大天狗に伴われて地獄を巡り、浄土の大日如来に現じた亡父義朝に会って予言を受ける物語である。義経伝説の集成的側面から、他の判官物との関係を論ぜられることの多い作品であるが、地獄巡り、仏法問答、因縁譚を含む点からも注目される。

本書には伝本が多く、夙に松本隆信氏「増訂室町時代物語類現存本簡明目録」（奈良絵本国際研究会議編『御伽草子の世界』、一九八二年、三省堂）、徳田和夫氏「「天狗の内裏」攷—義経伝説と諸本と—」（同『お伽草子研究』一九八八年、三弥井書店）等において整理・検討されている。(注1) 伝本間の関係は複雑であるが、以下のように三系統に大別される。

A　古写本（古説経系）　慶應義塾図書館蔵古写本など。

B　版本（読み本系）　慶應義塾図書館蔵丹緑本など。

C　十一段本（古浄瑠璃系）　信多純一氏蔵十一段写本など。

※例示した伝本は『室町時代物語大成』九所収。本稿では、これらを各系統の代表伝本として用いる。

このうち、AとBとは非常に近接した関係にある。両者を比べるならば、Aの方に古い語り口が残っているのに対し、Bには言葉を整えたような感じがある。Cは、A・Bとは大きく異なって、特に、地獄巡り、仏教問答、因縁譚などの宗教色の強い部分の叙述が長いという特徴があるが、奥浄瑠璃風の本文のために軽視されがちで、A・Bとの関係は明らかにされていない。これまでのところ、ただ一人、信多純一氏のみがCを重視され、十一段本は、「増補などではなく」「もっとも原の文辞をよく残し」ていると述べておられる（「『山中常盤』について」『絵巻山中常盤』角川書店、一九八二年）。古浄瑠璃『常盤物語』（仮題、横山重氏『増訂版古浄瑠璃正本集』一、角川書店、一九六四年）に含まれる話が十一段本に近いことに着目し、先に「牛若物語」が一大長編として存在していて『常盤物語』や十一段本がその古態を留めるものとされたのである。

古浄瑠璃『常盤物語』が舞曲よりも古い形を残すのかどうか、その説をめぐっては様々に議論がなされたが決着を見ておらず（注2）、稿者には判断が難しい。しかし、『天狗の内裏』内の問題に限っても、十一段本は注目すべき伝本である。以下に述べるように、十一段本は、AでもBでもなく、両者に共通する祖本から分岐した本文であることが確認でき、十一段本と諸本とを比較することによって、系統毎に区別されるべき特徴、さらには、『天狗の内裏』の骨格部分が見えてくるように思われる。また、仏教的観点から見ると、十一段本には一休仮託の仮名法語などに見られる和歌が多く取り込まれていることが指摘でき、法語文芸としての検討も必要と言える。

二　C系統（十一段本）伝本の概要とA・B系統との関わり

諸本の紹介を兼ねて、C（十一段本）の伝本を概観しておきたい。伝本間には細かな文辞の異同や段構成の違いはあるが（注3）、本稿では、信多氏本を基準として「十一段本」と呼ぶこととする。以下、既に紹介されている伝本の書

誌は略述し、奥書や伝来を中心に示す。(注4)

①信多純一氏蔵江戸中期頃写本一冊。十一段。『室町時代物語大成』九所収。本文の後に記された「下荒俣村」は、現山形県鶴岡市内。

②徳江元正氏蔵享保六年（一七二一）写本。徳江氏が④を翻刻紹介された際の校合本。

③『青裳堂目録』（一九九一年春）掲載享保十四年（一七二九）写本。「大一冊」「十一段本。（略）紙数八十、大型美濃紙袋綴じ。」とある。掲載写真の奥書に、「享保拾四〈庚戌〉年／大呂吉日／主上山添村／五十嵐権四郎」。上山添村は現山形県鶴岡市内。

④徳江元正氏蔵享保二十一年（一七三六）写本一冊。十一段。『軍記と語り物』一一・一二（一九七四年十月、一九七五年十月）所収。本文の後に「右如斯悪筆ニ御座候得共、其御様望にまかせ一通写シ置申候、所々かなちかい字乃おち御座候、読なおし可被下候、右之写シ本ハ大形如斯ニ御御座候」「享保廿壱年辰弐月十七日／山傳左右衛門書／廿四才」「［約六字分］殿」「佐藤清六書之」。

⑤佐藤鐵太郎氏蔵延享四年（一七四七）写本一冊。十一段。阿部幹男氏による影印、翻刻、解題（『岩手古文書館巻五』一九九九年）がある。奥書に「右此本と申者、佛法第一之秘書。依有之ミたりに不可読者也。或ハ日待月待或ハ祈体の折柄に可読。身ふしやう成時是を読候者ハかゑつて法罪と可蒙者也。心なき輩ニよるすへからす。不可読ス。大事の旨可秘ト云々。延享四年丁卯正月吉日写之」とあり、さらに「五戒の歌に云」として五首の歌。

⑥小野幸氏蔵延享五年（一七四八）写本一冊。(注5)

⑦天理図書館蔵明和六年（一七六九）写本一冊。外題左端打付書「天狗内裏　上巻」。内題なし。袋綴。表紙本文

共紙。縦二四・一センチ、横一七・〇センチ。本文三七丁。六段目末まで存。表紙裏に、「羽州庄内田川郡」「下外内嶋村」「桑田村／福寿院」。下外内嶋村は現山形県鶴岡市内、桑田村福寿院は山形県東田川郡庄内町桑田の羽黒派修験寺院。

⑧石川透氏蔵安永八年（一七七九）写本一冊。外題なし。内題「天狗内裏〈牛若地獄巡／九品浄土入〉」。尾題「天狗内裏終り」。袋綴。焦茶色表紙（新補）。縦二四・二センチ、横一七・四センチ。本文八六丁。九段（①の六〜八段目相当分をすべて六段目とする）。奥書「安永八年亥ノ正月廿日写之／拾五歳にて／余目新田村／佐藤喜助□　齊藤■（墨滅）祐書」。その他にも人名らしき文字（熊八郎カ）あり。「余目新田村」は、現山形県庄内町内。石川氏所蔵本⑧⑩⑪⑰は、同氏編『中世物語　解題図録』（二〇〇二年、古典資料研究会）に写真各一葉掲載。

⑨阪口弘之氏蔵天明二年（一七八二）三月写本。近松生誕三百五十年記念近松祭企画・実行委員会編『近松門左衛門　三百五十年』（和泉書院、二〇〇三年）二七頁に写真一葉掲載。

⑩石川透氏蔵寛政元年（一七八九）写本一冊（上巻）。外題なし。内題「天狗内裏」。尾題「天狗之内裏終り上」。袋綴。共紙表紙。縦二四・三センチ、横一七・一センチ。本文二九丁。奥書「寛政元年／酉四月吉日写之もの也」「右此本と申者、佛法第一之秘書、依／有之ミたりに不可読者也。或ハ日待月／待、或ハ祈躰之折柄ニ可読。身ニふしやう／成時是を読候者ハかゑツて法罪と／可蒙者也。無心の輩ニハ免すへからす。不可／読。大事の旨可秘ト云々　岡山村／長谷川長八」八段目途中までが記されている（①の七段目途中「六道衆生と申は生倫生躰五輪五躰龍水龍道と申て」以降を八段目とし、「大日も至極の道理につめられ給ひてつや〳〵御返事もなかりける牛若君のこゝろのうち何ニたとゑんやうもなし」まで）。

⑪石川透氏蔵寛政十年（一七九八）写本一冊。石川透氏編『室町物語影印叢刊二四　天狗の内裏』（二〇〇六年、三弥井書店）に影印。表紙左肩に「□家文什　十一」（朱）。見返しに「飯野性」。第一丁に「目録／一牛若君天狗

の内裏へ行給事／一壱百三拾六獄へ御渡給事／一浄土門に御入被成給事／一九品の浄土へ御渡り給事」。奥書「寛政十年／午正月吉日／飯野□□／黒川村」。
⑫徳田和夫氏蔵天保二年（一八三一）写本一冊。外題「牛若丸地獄回／天狗内裏／九品之浄土入」。九段。
⑬相愛大学春曙文庫蔵江戸中後期頃写本一冊。内題「天狗内裏」。尾題「天狗内裏大尾」。共紙表紙。もと袋綴。縦二四・八センチ、横一七・五センチ。本文五五丁。一丁目右下に「春曙文庫」の朱印。段分けはないが、八段目の初めには「○」の印が付いている。
⑭徳田和夫氏蔵近世後期写本一冊。
⑮国文学研究資料館蔵写本一冊。内題「大天狗の内裏」。袋綴。縦二五・〇センチ、横一七・五センチ。本文三三丁。九段目（問答）の途中「しやうめついらくの雲に」まで存、末尾欠。表紙等に、「関川村／隈川堂」「宮崎久左衛門」「東岩本村名主久□□」。墨印「奥州本場／伊達郡／藤屋連作／伏黒村」。東岩本村は現山形県東田川郡朝日村内。伏黒村は現福島県伊達市内。
⑯渡辺守邦氏蔵写本一冊。外題内題奥書なし。段分けなし。袋綴。縹色表紙。縦二五・二センチ、横一七・六センチ、本文三六丁、巻頭巻末に遊紙各一枚。問答の途中の「相火と申はかまとの火なり」まで（書きさし）。
⑰石川透氏蔵江戸中期写本一冊。外題なし。内題「天狗之内裏」。袋綴。表紙墨塗。縦二三・二センチ、横一六・五センチ。本文二九丁。五段目の「油之地獄に着給ふ」まで存。

十八世紀の写本が多く、書写年次の最古は②享保六年（一七二一）である。⑤⑩の奥書には、本書が、月待や日待、または祈りの時などに読むべき仏法第一の秘書とあり、①③⑦⑧⑮には、山形県庄内地方の地名が記されている。尾崎修一氏は、この地域が羽黒三山信仰の盛んな場所であることに着目され、その山中他界観が十一段本系統

（奥浄瑠璃）の地獄巡りの描写に影響を与えたことを論じておられる。(注6) 稿者も現存本には改変があると考えているが、その一方で、古い部分も残していると思われる。

そこで、本文系統測定のため、十一段本が、古写本と版本のいずれかのみと共通する部分を抜き出してみる。紙幅の都合上、前後の語句を省略し、（　）内に『室町時代物語大成』の頁数を示す。

A系統と共通し、B系統とは異なる箇所

（1）多聞天の御前に、きせひ申、せひとも一度、おかまはやと思召（六〇〇頁）

A　ひしやもんさまの、さいたんにて、おかまはやと、おほしめし（五五三頁）

B　此大りをも、びしやもんへ、きせい申て、たづねんとて（六三九頁）

（2）我等参し御りしやうに（六〇〇頁）

A　われらまいりたりしやうには（五五三頁）

B　われら、とし月、あゆみをはこびし、御りしやうに（六四〇頁）

（3）まことに内裏望にて、これまで来り有皃か、其儀にて有ならは（六〇〇頁）

A　まこと汝は、てんくのたいりか、のそみかや、其儀ならは（五五三頁）

B　てんぐの大りが、のぞみならば（六四〇頁）

（4）金銅の砂を切まぢへ、かねまきかへて、しつかとしき、ふめはさら〳〵りんとなるは（六〇二頁）

A　しらすには、きん〳〵の、いさこをしき、ふめはさら〳〵、りやうと、なる（五五四頁）

B　しらすには、こかねのいさごを、しきたり（六四一頁）

（5）柱は、こんごん、どんきんを以て、左りまきに、ぎんしと、まかせ（六〇三頁）

A　はしらをば、うんぎん、どんぎんにてに、ひたりまきに、ぎつしとまき（五五六頁）

B　はしらをば、こんきん、どんきんにてまき（六四二頁）

(6)日々の役にて、しやうどへ渡り給ふ（六〇八頁）

A　此ぢやうとへも、ひひのしゆつしは、ひまもなし（五六〇頁）

B　（ナシ）

(7)生下未分の活たうとは、何とさたして参りたそ（六二一頁）

A　しやうけみぶんの、わとうをば、何とさたして、まいりたるそ（五六六頁）

B　（ナシ）

(8)大和國春日の里に住居する、赤き鼠（六三〇頁）

A　やまとのやしろに、こもりたる、あかきねすみ（五七四頁）

B　やまとの、やしろにこもりし、ねずみ（六五八頁）

※C系統のうち、⑤延享四年本に関しては、本文の後に「五戒の歌に云」として同本にのみ記された五首が、A系統と共通する。その五首とは、1「むくうへき罪の種をや求らん　海士のしわさハあミのめことに」、2「浮草のひと葉なりとも磯かくれ　こゝろなかけそ沖津しらなミ」、3「aいとゝたに重かうへの小夜ころも　我か妻ならぬつまな重そ」、4「b月を花雪を氷となかむれは　ミな偽のたねとなるらん」、5「さけ呑とはなに心をゆるすなよ　酔なさましは春の山風」である。これらは、A・B系統では、大日と牛若の問答中に現れる。[注7] しかし、傍線部a・bは、B系統では、各々、「さなきだに」「はなゆきを」であり、A系統のみと一致する。

B系統と共通し、A系統と異なる箇所

（1）一類ぶるいともに、しやう仏すと説給ふ、もし此法か、まうごならは、仏の法は、皆まうこ成へし（六一六頁）

B　A（ナシ）

B　そのるい、かのうちの、うしむまて、じやうぶつ申すときく、是まうごならば、じやうぶつも、まうご成べし（六五〇頁）

（2）もろ〳〵の諸経の中に、妙法の菩提を、何とさたして来りたそ（六二三頁）

A（ナシ）

B　もろ〳〵の、しよきやうのなかに、だい一めうほうの、ほつたいをば、なにとさたし申けるぞ（六五二頁）

（3）都五条の橋にて、千人切を致し《ス》へし（六三〇頁）

A　五てうのはしにて、つちきりせよ（五七二頁）

B　五てうのはしにて、千にんぎりせよ（六五六頁）

AとBとの関係においては、Aの方がBよりも古態を保っていると考えられることから、Aとの共通点をより多く示したが、上掲の例が存在する以上、十一段本は、一方のみに近似するとは言い難く、A・B両系統に共通する祖本から分化した伝本と言うべきである。それに該当する本は伝存しないが、加えて検討すべき本文が二種類ある。それは、新出の絵巻と、以前から着目されていた古浄瑠璃『常盤物語』に含まれる天狗の内裏譚である。

三　C系統の絵巻

近年、十一段本系統に関わる絵巻が二本知られるようになった。一本は二〇〇五年に明治大学で新収貴重書として公開されたもので、江戸初中期絵巻二軸（紙高三二・五センチ・絵一四図）である。もう一本は、松戸市善光寺所蔵本で、尾崎修一氏「善光寺本『天狗の内裏』絵巻の復元」（『伝承文学研究』五七、二〇〇八年四月）に翻刻紹介されている。善光寺本の現状は、絵が屏風に貼りつけられ、本文と別になっているが、絵の構図などを含めて明大本と大部分が同じである（異同の詳細は尾崎氏論文参照）。

この絵巻（本稿では、明大本を用いる）は、十一段本に比べ、地獄巡りや問答部分が非常に短いが、内容的にはA・Bではなく、十一段本の系統である。例えば、A・Bでは、親の仇を討つことを思い立って内裏に向かうとあるのに対して、Cでは、明大本「けんせあんのん後世せんしよのやうをいのらむ」ため、十一段本「いきては、現世のみやうもん、死は後生のうつたいに」と記してある。また、牛若と対面した大日如来が、牛若の前世の因果を先に語る点も、十一段本系や古浄瑠璃『常盤物語』と同じである。

語句の異同に関して例を挙げるなら、明大本は天狗の妻を、「はくさい長しや」の娘「はなさいひめ」とするが、他本は以下のようにある。

A　　「こきんちやうしや」の娘「きぬひさひめ」

B　　「ごきんちやうじや」の娘「きぬひきびめ」

十一段本　「こきん長者」の娘「花さひ御前」

常盤物語　「あくさいちやうしや」の娘「とりもり」

姫の名前は十一段本のみに一致し、長者の名前は古浄瑠璃『常盤物語』に近く、明大本が基本的にCに属することに問題はない。しかし、【表】に示すように、A・Bに近い箇所もある。

【表】

	内容	C十一段本	C『常盤物語』	C明大本	A古写本・B版本
①	内裏訪問前の天狗兵法	あり（十一歳）		あり（十二歳）	なし
	内裏における天狗兵法披露	なし		あり	あり（→これによって天狗兵法習得）
②	妻天狗と牛若の対面	大天狗が妻天狗を呼び寄せて牛若に会うように言う		妻天狗から牛若に対面希望の仰せ（大天狗の介在不明）	妻天狗が大天狗を呼んで牛若に会いたいと頼む（大天狗が嫌がる伝本あり）
	牛若の大日面会を大天狗に依頼する者	妻天狗		牛若	牛若（妻天狗の提案であることを隠して）（注8）
③	牛若を同伴しての浄土参入	牛若が死者でないことが問題となって門番に咎められる		問題とならない	
	浄土の門番と天狗との応対	大天狗は門番に自分で開けろと言われるが開けられず、牛若が開ける	門を通った後で牛若の存在を不思議がられ、帰るように言われる	大天狗は門番に自分で開けろと言われるが開けられず、強引に開けさせる	天狗であることとの簡単な確認のみで開けられる（Bはより簡略）

④	大日への面会申し入れ	牛若についての記述無し	牛若を後ろの座敷に置いて天狗のみ対面	前裁に牛若を隠して目連から大日に取り次いでもらう（Bにはない）
⑤	常盤殺害場所	鏡山	青墓	Aのうち慶大本のみ青墓、他はすべて山中宿

但し、詳細に見ると、①〜③には問題がある。十一段本と、ABとの間には明らかに差があるが、明大本は、どちらに近いとも言える曖昧な内容なのである。例えば③は、明大本では、浄土の門を通る際に、生者である牛若の同伴が問題視されないにも関わらず、開門をめぐって門番との執拗な応酬があり、結局、天狗が「それはともあれかくもあれ、たゝあけてたひたまへ」と強引に開けている。ここは、十一段本のように天狗には開けられなかった扉を牛若の力で開けてこそ意味がある。また、牛若の生死が問題でないならば、A・Bのように、天狗は普段通り扉を開けられるはずである。従って、③に関しては、「十一段本→明大本→A本→B本」という変容が考えられそうである。しかし、Aを後に位置させることは通説を否定するものであり、軽率には言うべきでないかもしれない。ひとまずは、その可能性を考えつつ、C系統でありながらA・Bに近い箇所を部分的に持つ伝本であると指摘するに留めておきたい。

四　古浄瑠璃『常盤物語』

常盤をめぐる牛若の前半生を描いた古浄瑠璃『常盤物語』は、古い語り物から成る作品と考えられ重視されている。(注9) 伝本は、延宝二年（一六七四）の識語がある学習院大学蔵本のみが知られており、信多氏は、「寛文までは下らぬもの」（前掲論文）とされている。内容は、仮に十段に分けられる。

一…舞の「常盤問答」に似る　　二…「衣装そろへ」「ひたゝれ乞ひ」など「浄瑠璃十二段」に似る

三・四…「鞍馬入」ともいうべきもの　　五…「兵法まなび」ともいうべきもの
六…お伽草子「天狗の内裏」に似る　　七…お伽草子「橋弁慶」に似る
八…舞の「鞍馬出」に似る　　九・十…舞の「山中常盤」に似る

（室木弥太郎氏『増訂版　語り物（舞・説経・古浄瑠璃）の研究』（風間書房、一九八一年）による。）

六段目が天狗の内裏譚であるが、叙述は簡略で、現存『天狗の内裏』との直接的な関わりを説明するのは難しい。しかし、十一段本との関係は意外に深い。共通する内容として、一つには、信多氏が重視された牛若の複雑な前世譚がある。熊鷹（鷲）が十二羽の雉の子を食べたという因縁譚が語られるのは、十一段本と『常盤物語』のみである。他に、前節の【表】の①②③なども十一段本と共通する。

ここで注目したいのは【表】の①である。『常盤物語』では、第五段に、十一歳の時から三年三月十日かけて天狗から兵法を学んだと記されている。十一段本にも十一歳の時に天狗の兵法を学んだとある。明大本は十二歳であるが、やはり内裏に出かける前に習得している。これに対し、A・Bには、事前の兵法修行はなく、内裏での見物が初めての天狗兵法である。内裏での兵法見物は明大本にも見られるが、明大本では事前に獲得している点がA・Bとは異なるのである。

このように、A・Bは、『常盤物語』からは距離がある。内裏における天狗兵法が、『常盤物語』成立以前にあったかどうかは不明であるが、『天狗の内裏』という一作品を単独で考えた場合、内裏で初めて天狗兵法を学ぶのか否かは、次に述べるように、A・BとC系統のそれぞれに描かれる作品世界の相違にも通じている。

五　『天狗の内裏』における兵法伝授―大日如来と修羅―

まず、内裏での天狗の兵法習得を含むA・B系統をCとの違いに焦点を当てて見てみよう。

牛若は、ある時、親の仇討ちを思い立ち、先祖の源義家にならって十五歳で門出しようと考える。その日まで無為に過ごすよりも天狗の内裏を拝みたいと内裏を訪れる。内裏の天狗達によって、牛若は初めてその兵法を学ぶ。大天狗に連れられて炎の地獄、血の池地獄などを巡るなか、餓鬼道地獄では、子孫の出家で成仏するのを喜ぶ餓鬼を見て武士になる決心が揺らぐ。出家によって菩提を弔うか、武士として仇討ちで孝養するかという苦悩は、AよりBの方がより強く描かれている。続く修羅道地獄では、修羅の苦患を逃れる方法を天狗に尋ねる。一百三十六地獄を経て浄土に至ると、対面した大日は、牛若に自らの修羅の苦悩を訴え、経典等の供養よりも都へ攻め上って仇討ちすることを要望し、牛若は武士になることを決心する。Cとの違いとしては、出家供養と仇討ちと間で葛藤する牛若の姿が随所に描かれている点、大日如来が修羅に苦悩している点が挙げられる。Bの末尾には、「此世のうちは、じん、き、れい、ち、しんを、おもてとし、うちには、こしやうぼだひを、ねがふへし」とあり、武士としての生き方の問題を、外の儒教思想（孝による仇討ち）と内の仏道修行とで解決している。(注10)

次に、Cについて、広本である十一段本によって内容を辿ってみる。

牛若は十一歳の時に大天狗から既に「四十二巻の兵法」を学んでおり、武士として生きることへの迷いはない。十二歳で無常を観じ、「いきては、現世のみやうもん、死ては後生のうつたいに、一度拝し申さん」と天狗の内裏に向かう（内裏での天狗の兵法披露はない）。地獄の描写はABよりも遙かに詳細だが、餓鬼道地獄で子孫の供養によって成仏する餓鬼を見ても自らの仇討ちに悩むことはなく、「あら有かたの、かきなるそ、御免有と宣ひて」通過する。修羅道地獄が目立つこともなく、大日如来が修羅の苦しみを受けているという記述も無い。問答の後に対面した大日は、牛若に因果を説いて未来を語る。

同じC系統の明大本と『常盤物語』は、十一段本に比べて簡略だが、ABで重視された牛若の心中の葛藤や修羅の問題に全く触れられない点は、十一段本と共通する性格と言える。

Ａ・Ｂでは、大日如来が自らの修羅回避のために仇討ちを要望することから、前世の因果譚は後回しになり、大日如来が殺戮を命ずるような表現となっている（「つちきりせよ」「のかすなうて」などの命令語句が、ＡＢには多い）。大日が義朝である以上、修羅の問題からは逃れられなかったのであろう。[注11] また、天狗界の奥に君臨する大日であることも殺生を命ずる性格と関係するかもしれない。そして、その仏教倫理的矛盾を軽減するために、Ｂは、内の仏道と外の孝行とで解消するという方法を見出した。Ｂには、さらに別の形に改作して解決を図った伝本もある。[注12]

逆に、Ｃは修羅の問題を特別視しなかったために、仇討ちの予言が殺害命令ではなく正しく予言として受け取られ、ついに十一段本ほどの詳細な地獄巡りや仏法問答を含む作品となったと考えられる。牛若にとっては、平家討伐・源氏再興が第一であり、学問や仏道はそのための道具である。忘れていた仇討ちを思い出したと記されてその仇討ちの志が出家供養との間に揺らぐのを描くＡＢとは違い、Ｃには殺生をも行う武士として生きることに疑念がなかったと言える。

牛若が兵法を学ぶことを第一の目的とすることは、早くから指摘されてきた。[注13]『天狗の内裏』も同様と考えれば、前述したＣの共通点は、ＣがＡ・Ｂと分岐する以前の素朴な骨格部分だったのではないだろうか。本物語で牛若が獲得した最も重要な兵法は、天狗からの兵法学びではない。内裏で初めて天狗法を獲得するＡ・Ｂにおいてもそれが到達点でないのは明らかである。『天狗の内裏』における秘法は、大日如来によって伝授された未来と過去の物語である。牛若は、誰も知らない未来を手に入れた。『御曹司島渡』で義経が求めたのも「大日の法」であるが、大日如来による予言こそが『天狗の内裏』における奥義であった。

六　十一段本と禅

前節までに確認してきたように、十一段本は、古い語り物の集成とされる『常盤物語』と同一の系譜にある伝本である。同一と言っても、現存本には改変を考えるべきで、どの部分に新旧を認めるかは慎重に判断する必要があるが、その仏教世界は、民間信仰を含んだ混沌としたもので大変興味深い。誤写や宛字で意味を取りにくい箇所が多く、稿者自身、依然解決できていない問題が多くあるが、検討の結果、十一段本には、禅の仮名法語などと共通する文辞や和歌が多く含まれていることが判明した。そこで、最後に、そうした方面からの作品理解の第一歩としてその幾つかを指摘したい。

1　施餓鬼

牛若が地獄巡りをする中で、子孫の出家を喜ぶ餓鬼に会う場面から修羅道地獄にかけて、以下のようにある。

わかきみ、仰せけるは、いや〳〵夫計にても、うかみかたしと宣へは、かき答ていわく、①おうかてつたう、てつていかわく、一子出家すれは、さうそく天に生すと有一類ぶるいともに、しやう仏すと説給ふ、もし此法か、まうごならは、仏の法は、皆まうこ成へしと答たり御さうし、御覧し、あら有かたの、かきなるそ、御免有と宣ひて、其をも通らせ給へは、しゆら道地獄に着給ふ

しゆら道と申せしは、鬼神の大将、②ぢてん鬼神しよこきんすじきやうすしへんぢほう一つし鬼神きよとて数多の鬼神か、あつまりて、三千八百余里の、はすの原に罪人ともを狩出し

先に傍線部②を見るが、これは、施餓鬼の時に餓鬼に向けられる「生飯偈」である。

○生飯偈〈或作出生〉
汝《ジ》等《テン》鬼《キ》神《シン》衆《シウ》。我《コ》今《キン》施《ス》汝《ジ》供《キウ》。此《ス》食《ジ》遍《ヘン》十《ジ》方《ハウ》。一《イ》切《シイ》鬼《キ》神《ジン》供《キウ》
（『諸回向清規式』五〈『大正新修大蔵経』八一、六八四頁。振り仮名は同書（徳川時代版本）に依る〉）

施餓鬼は浄土真宗以外の諸宗で行われるが、『天狗の内裏』に用いられている読みは、禅宗で用いる唐音である。

「数多の鬼神が集まりて」と続くことから、ここでは、何種類かの鬼神名として誤って理解されているようである。傍線部①も施餓鬼に関係の深い語句であり、「一子出家すれは、さうそく天に生す」は、「一子出家、九族生天」に相当する。その原拠は『仏説盂蘭盆経』と考えられており、(注14)禅語に多く見られるが、中国唐代の禅僧黄檗希運の法語とする説がある。黄檗の母が息子の出家を引き留めようとして溺死した際の引導の言葉として、『韻府群玉』巻十三「足心誌」、『禅林象器箋』喪薦門「秉炬」などに記されており、「一子出家九族登天、若不生天諸仏妄言」の語句が含まれている。また、『太平記』巻十三にも、「白頭望断万重山　曠劫恩波尽底乾　不是胸中蔵五逆　出家端的報親難」の句（元代の禅僧中峰明本の詩。『貞和類聚祖苑聯芳集』三「霊跡」に所収。第二句は、「曠劫恩波掲底乾」）とともに記されている。

さて、浄土真宗の明伝編刊の『百通切紙』巻三「五十七　有二他宗ニ引導一当流ニ無レ之事」は、恐らくこれらの句の変容したものを引いたと思われ、以下のようにある。

問他宗ニ有二下炬《アコ》一無二当流ニ一其意如何　答禅家ノ黄檗禅師母ヲ引導ス其ノ句ニ云　廣河源頭乾クニ徹底ニ一是レ此ノ五逆無レ所レ蔵一子出家スレハ九族生スレ天ニ若是レ妄語ナラハ諸仏モ妄語ト矣　黄檗禅師母ヲ引導シテヨリ禅家ニ引導ス禅家ノ引導ヲ見テ他宗モ他宗ノ以テレ意ヲ引導スト見ヘタリ（国会図書館蔵天和三年（一六八三）版本）

傍線部①の「おうかてつたう、てつていかわく」は、『百通切紙』の傍線部のうち、「廣河源頭、徹底に乾く」に近い。厳密には一致しないが、『天狗の内裏』には訛伝の可能性がある。不正確ながら、十一段本にはこのような禅語が随所に見られることに注意したい。

2　無門関

牛若は、千七百則の話頭（公案）を学んだと記されている。十一段本の大日如来との問答では、まず、どの門から来たかを問われ、次に、「趙州の無」の問答がある。牛若は、「てうしやうの、無とは、有に定シは、有のゑをなす、無に定しは、無のゑをなす、有にもあらす、無にもあらす、有無におちぬ所か、本無也、既に、ねつてつのぐわんを、とんじやうするにあらす、とつにあらす」と答える。これは、狗に仏性が有るかという著名な公案で、『無門関』の第一則「趙州狗子」である。『五燈会元』四や『景徳伝燈録』七等の趙州禅師語録にも収められているが、十一段本の記述は、『無門関』の「昼夜提撕、莫作虚無会、莫作有無会。如呑了箇熱鉄丸相似、吐又吐不出。」(『大正蔵』四八巻二九二頁下)に拠るものである(傍線部は、『無門関』以前の語録には見られない)。

『無門関』の序文には、「大道無門　千差有路　透得此関　乾坤独歩」という偈がある。関があるように見える門も、心次第で、門が無いことにもなるのである。最初の問答である「門はとの門より何と開ひて来りたるそ」は、この思想に関わるのではないだろうか。十一段本では、浄土の門を通る場面が他本よりも詳しく描かれている。死者でない牛若を連れているために開門できない天狗に対し、当の牛若が難なくその門を開いてしまうのである。すなわち、牛若の前に、「見ルといふ文字が三流、開(聞)といふ字か三流、かき(鍵カ)といふ字か三流」現れ、牛若が扉に近付き、「見ルといふ字を眼にあて、聞と云字に、耳をあて、悟と云字、胸をあて、かきといふ字ニ、手を掛、」暫く観念していると開いたというのである。悟りの心があれば門はないという『無門関』の思想に適っていると言えるだろう。

十一段本の問答には、他に、飯銭、即心即仏、醍醐の上味、目前真の大道、本来の面目、曹洞五位などの公案も含まれており、その禅宗的性格は顕著なものがある。兜率の三関、剣刃上、紙燭吹滅、三世不可得、金剛の正体等は、A・B系統の本にも含まれているが、ここに示したような「無門」との強い関連はない。

3　歌

十一段本には三十五の問答があり、十九首の歌が含まれる。本文全体では二十三首ある。出典の判明した歌は以下の通りである。(注15)

①咲はちる、散は又咲、はることの、花のすかたを、女来しやうしう（第一段）→『一休和尚法語』「散れば咲き咲けば又散る春毎の花の姿は如来常住」（八八頁）

②ともし火は、消へていづくへ、帰るらん、くらきは本の姿なりけり（問答八）→後述。

③いつるとも、入るとも月を、思はねは、心にかゝる、やまのはもなし（問答二二）→夢窓疎石の歌。『正覚国師集』（四八番）、『風雅和歌集』巻十八（二〇七六番）、『夢窓仮名法語』（五四五頁）、『一休和尚法語』（六九頁、九三頁）等。

④たそ〳〵と尋ル内は、あひもせて、誰そをはなれて社あへ（問答二七）→陽明文庫蔵『幻中草抄』「たそ〳〵とたつぬるほとは誰もなしたそにもあらぬたそにこそあへ」（恋田知子氏「陽明文庫蔵「道書類」の紹介（三）『幻中草抄』翻刻・略解題」（『三田国文』四七、二〇〇八年六月））

⑤朝露は、消残て、ありぬへし、誰か此世に、とまりはつべし（問答二七）→『一休水鏡』「朝露は消え残りても有りぬべし誰れか此世に残り果つべき」（三二頁）、『伊勢物語』五十段「朝露は消えのこりてもありぬべし誰かこの世を頼みはつべき」（『新大系』一二七頁）。

⑥山川に降り積ル雪と氷とは、隔つれと、とくれは、元の谷川の水（問答三二）→『一休骸骨』「雨霰雪や氷と隔つれど解くれば同じ谷川の水」（九頁）、『一休水鏡』「雨霰雪や氷と隔つらん解れば同じ谷川の水」（三一頁）。『阿弥陀裸物語』「ふるき道哥にも」として、「霜霰雪や氷と隔つれど解くれば同じ谷川の水」（一三二頁）、『観経厭欣抄』上之末「何事に。水や氷と隔つらん。とくれは同し谷川の水。此哥は聖道門の意なり。浄土門の意は　何事に。水や氷と隔つらん。とけすも同し谷川の水。」（『大日本仏教全書』六〇巻四五八頁）、『ぼろぼろの草子』「なにとたゝ雪と氷をへたつらん。とくれば同、谷川の水」（『室町時代物語大成』一二、五二七頁）。

＊A・B系統の問答には七首の歌が含まれるが、そのうちの二首が⑥⑦に相当する。[注16] ⑥に相当する歌は上の句が異なり、「かうるいつてんのゆききへてのち、とくれはおなし、たに川の水」（引用はA）とある。『月庵酔醒記』下「安保肥前守、秋山新九郎発心之事」に、「秋山、太刀を抜て安保がくびに押当て云、「紅炉一点乃雪。」安保、答云、「とくれはおなし谷川乃水。」互に発心、同山して智識と成て」（『月庵酔醒記（下）』（三弥井書店）、一〇六頁。同書補注参照）と用いられているものに相当する。

⑦引よせて、むすへは柴の、庵なり、とくれは元の、野原也けり（問答三一）→『一休和尚法語』「慈鎮和尚の歌」として、「引寄せて結べば草の庵にて解くれば元の野原なりけり」（七〇頁）。彰考館蔵『学海禅師法語』「四大分離何処去　引寄てむすへは草のいをりにてとくれは本の野はら成けり」。『法華経直談鈔』一末序品「班足之事」に、「五陰暇ニ和合スレハ九識ノ心王此ニ住ルヲ衆生ト名也　又五陰離散スレハ心王帰レ本ニ　只是空家也　是ヲ名レ死ト也　或歌ニ引寄テ結ヘバ柴ノ庵ニテ解レハ本ノ野原也ケリ」。

⑧わけのほる、ふもとの道は、おほけれと、おなし雲井に月をこそ見れ（問答三二）→『一休骸骨』「分け登る麓の道は多けれど同じ高嶺の月をこそ見れ」（九頁）、『阿弥陀裸物語』「分け上る麓の道は多けれど同じ雲井の月を眺むる」（一三三頁）。『法華経直談鈔』六末「八妙法書写之事附慈覚経書時梵天甘露被参之事」に、「指二法華経ノ実相真如ノ形ヲ是ヲ真言ニハ名二阿字本不生ノ悟一ト禅宗ニハ高上ノ一路ト云也。古歌云分登ル麓ノ道ハ多レト同シ雲井ノ月ヲ社ソ見レ」。

⑨やみの夜に、なかぬからすの、声聞は、生れぬさきの、親そこひしき（問答三三）→松永貞徳『長頭丸随筆』「闇の夜に鳴ぬからすのこゑきけは、生れぬ先の父そこひしき、此哥は東山義政殿の御哥」（内閣文庫蔵『墨海山筆』九十四に拠る）。山崎美成『三養雑記』二「口碑に伝ふる歌」に、「生下未分といふ冊子には母ぞこひしきに作れり」。

⑩打声は、しやうじのひゝき、峯の松、火打袋に、鶯の声（問答三五）→『正徹物語』に、「無心所着の哥」として、「我が恋は障子の引手峰の松火打袋の鶯の声」（『大系』二〇七頁）、『古今夷曲集』十釈教歌「我恋は障子のひき手嶺の松火打袋に鶯の声」（『新大系』四五九頁）、『夫婦宗論物語』「我恋は障子の引手嶺の松火打袋に鶯の声」（『大系』二四〇頁。同書補注参照。明暦版には本歌の次に⑦⑧に相当する二首を置く）等。

他出例や出典の判明した範囲では、『一休骸骨』『一休水鏡』『一休仮名法語』『幻中草抄』など、一休に擬せられる仮名法語と共通する歌の割合が高い。[注17] 一般に知られる道歌も含むが、特に禅宗系の法語においてよく用いられていた歌と考えられる。例として、①の歌を含む問答八を見てみよう。

扨、其儀ならは、a紙そくすひめつの、活とふとは、何と沙汰して、来りたそ

さん候、紙そくすひめつの、活とふは、b我見焼明仏、本くわうすい入して、c七仏いせんは新しのはるげんちうかう、今日ことし、哥

dともし火は、きへていつくへ、帰るらん、くらきは本のすかたなりけり

と、斯様に沙汰して、参りたり。

傍線部aは「紙燭吹滅の話頭」で、『無門関』二十八「久嚮竜潭」などに見られる公案である。夜更けに徳山が竜潭のもとから去る時に、竜潭は紙燭を灯して与えたが、徳山が受け取る瞬間に吹き消し、それによって徳山が大悟したという話である。傍線部bは、『妙法蓮華経』巻一序品一の「我見灯明仏　本光瑞如此」であり、傍線部cに関しては、同様の語句が元禄五年刊『句双葛藤鈔』（下七八ウ）に、「七仏已前四時春現成公案如今日〈今日ヲヨク見ラバ已前已後ハナイコトゾ四時クルリ〳〵トシテ来ルモノハ常住不潤三世一貫ゾ〉」と見られる。また、傍線部dの歌は、『夢窓仮名法語』に、「灯の消えて何国にかへるらんくらきぞ本のすみかなりけり」（五二九頁）とあるが、彰考館蔵『学海禅師法語』には、以下のような問答として記されている。

ともし火のきへて何にかかへるらんくらきは本のすかた成けり(注18)
如何是紙燭吹滅

『学海禅師法語』には、前掲⑦の歌も、「四大分離何処去」の答としてある。十一段本との共通歌は二首のみだが、禅問答の形式で組み合わせが一致しているのは重要であろう。同書のような、手本となるものがあったかと思われる。しかし、出典不明歌も多く、それらが何に依っているのか、あるいは新作なのか、今後の検討課題である。

以上、不十分ながら十一段本の禅的性格を指摘してきたが、それは、餓鬼道地獄の場面や浄土の門を開ける場面など作品全体に渉って見られるものであり、単に問答部分に借り物の禅をはめ込んでいるのではないことが確認できた。宗教者の手を経て作品全体が法語的に染め上げられたものと思われる。

量や質に差はあるが、禅的要素は現存本すべてに見られる。A・Bでは、牛若は、現世の学問を済ませた後、十歳で「参学」して十三歳には「千七百二十余則」を学んだとされており、大日如来との仏法問答は、明らかに禅の問答として意識されている。しかし、天狗が引き合わせた大日如来は、A・Bでは、修羅の苦患を受けており、この系統の伝本は、禅的要素はあっても、法語としての更なる展開は難しかったと考えられる。逆に、十一段本の前段階の本文には、ABのそのような性格は含まれていなかったか希薄であったために、現存本のように展開したのだろう。

『天狗の内裏』には、抑も、なぜ禅が取り入れられたのだろうか。大日如来との問答であるにも関わらず、その内容が禅に偏っているのは不自然である。その理由としては、文芸作品に入り込んでいく禅の性格とともに、和歌で問答を行うような、禅そのものの文芸性を考える必要があろう。そうした側面からの検討は、『天狗の内裏』に限らず、中世文芸を考えるためにも重要であり、今後の課題として考えていきたい。

注

（1）後に発見された伝本のうち、B系統（版本）とその改作本については、拙稿「『天狗の内裏』版本改作本について―付実践女子大学山岸文庫蔵本翻刻」（『語文』八六、二〇〇六年十二月）、「信多純一氏蔵文政五年書写六段本『天狗之内裏』解題・翻刻」（『詞林』四〇、二〇〇六年十月）で述べた。C系統に関わる伝本については本稿で論じたが、更に、以下の伝本がある（前稿執筆後に知り得たB系統本を含む）。所在については、信多純一氏、黒木祥子氏、石川透氏、徳田和夫氏、尾崎修一氏、深谷大氏、落合博志氏から御教示を得た。また、信多純一氏、渡辺守邦氏、石川透氏、藤井隆氏には、御架蔵本を閲覧・調査させていただいた。

A系統

・慶應義塾図書館蔵室町末期頃横型写本一冊。石川透氏「慶応義塾図書館蔵横型本『天狗の内裏』解題・翻刻」（『三田国文』一七、一九九二年十二月）所収。

・藤井隆氏蔵室町末期写横型絵本一冊。上巻。一七・〇センチ×二五・二センチ。春日井市道風記念館『春の特別展　藤井文庫　物語の古筆と奈良絵本』（二〇〇八年）、藤井隆氏「奈良絵本の種種相―架蔵本を通して」（石川透氏編『広がる奈良絵本・絵巻』二〇〇八年、三弥井書店）に挿絵掲載。「「天狗のだいり」は、霞が上下層や左右層の数に変化をつけ全図に相違があり、雲も上下金銀やその有無で一図を除き変化させており、画家がここ迄配慮しているのは、定型化以前の時代を示す。」（藤井隆氏「奈良絵本の種類と変遷」（前掲図録所収））。守屋孝蔵氏旧蔵本（現天理図書館蔵、『室町時代物語集』所収）と同系。

B系統

・海の見える杜美術館蔵『牛若丸鞍馬寺修行の巻』二軸。『海の見える杜美術館　館蔵選②　物語絵　奈良絵本と絵巻に見る古人のこころ』（二〇〇六年）に一部紹介。守屋孝蔵氏旧蔵本と同系。

・石川透氏蔵版本一冊。袋綴。薄卵色の表紙。縦二一・二センチ×横一四・三センチ。界高一七・〇センチ。天界三・〇センチ。地界一・二センチ。柱に、「天く　上　三」など。内題下に「本」とあり、二巻本の上巻。十二丁。挿絵三図（うち二図は見開き。）。本文は丹緑本の上巻と同じであるが、文字が小さく、半丁一四行、一行二五字程度。また、最終丁にのみ、文の省略や漢字の使用など丁数の節約と見られる改変がある。

・ボストン美術館蔵『牛若丸物語絵巻』二軸。石川透氏「ボストン美術館蔵の絵巻について」（『むろまち』一〇、二〇〇六年三月）に、「朝倉重堅I期の筆跡であり、その巻末の絵の部分に「小泉」「蔵宝蔵・七左衛門尉・安信」の印記が堂々と押されている。」「その印鑑は絵巻として作られた当初に押されていた可能性が大きい。」とある。

・二〇〇六年十一月の東京古典会古典席展観大入札会出品本。カタログには、「231 天狗内裏　延享四年写　奥浄瑠璃段物初～十段改装　裏打補修。一冊　縦二九・二センチ　横一九・〇センチ」とある。本書は、十段構成であるが本文はB系統で、段の区切りは、版本の挿絵の箇所に一致する。『室町時代物語大成』所収丹緑本と比べると、初段は、上巻冒頭から挿絵第二図まで。第二段は、挿絵第四図まで。第三段は、挿絵第六図まで。第四段は、挿絵第七図まで。第五段は、上巻末まで。第六段は、下巻冒頭から挿絵第九図まで（以下略）となっている。

その他

・阪口弘之氏蔵本。近松生誕三百五十年記念近松祭企画・実行委員会編『近松門左衛門　三百五十年』（和泉書院、二〇〇三年）二七頁に写真一葉掲載。段物形式であるが、十一段本とは異なっており、「寛永・正保頃の丹緑本や明暦期の板本に近く、」とある。

・『筑波書房』六三号（一九九六年九月）掲載本。「六段　幕末写　半紙本三六丁　渋塗汚難有　一冊」とある。写真一葉掲載。

・近松門左衛門の初期作品にも『天狗の内裏』がある。信多純一氏「近松作品の発掘―『てんぐのだいり』を中心に」（『近松全集』一七　月報（一九九四年四月、岩波書店））参照。

（2）『常盤物語』や『天狗の内裏』について論じた先行研究には、本文中に示した以外に、以下のものがある。須田悦生氏「「山中常盤―古浄瑠璃と舞曲のかかわりをめぐって―」（『静岡女子短期大学研究紀要』二三、一九七六年三月）、「合評・

信多純一著「山中常盤について」（角川書店『絵巻山中常盤』所収）」（『伝承文学研究』三〇、一九八四年八月）、内山美樹子氏「「山中常盤」の原型と舞曲」（『早稲田大学大学院文学研究科紀要』四三（第三分冊）、一九九八年二月）、佐谷眞木人氏「『天狗の内裏』と古浄瑠璃」（石川透氏　岡見弘道氏　西村聡氏編『徳江元正退職記念　鎌倉室町文学論纂』二〇〇二年、三弥井書店）、深谷大氏「「鞍馬入」諸本考―山崎美成旧蔵『しやうるり御せん物語』「御さうしのくらま入」段をめぐって―」（『演劇研究センター紀要』三、二〇〇四年三月）、阪口弘之氏「寛永期古浄瑠璃の詞藻」（『芸能史研究』一六七、二〇〇四年十月）など。信多氏の原「牛若物語」論については、他に、同氏「『橋弁慶』の基底」（『観世』五四―七、一九八七年七月）、同氏『浄瑠璃御前物語の研究』（二〇〇八年、岩波書店）参照。

（3）①⑧⑪⑫⑭間の本文異同については、尾崎修一氏が二〇〇五年度上智大学修士学位論文「奥浄瑠璃『天狗の内裏』論―地獄巡り研究序説―」において作成された全文対照表を参照させていただいた。⑧⑭については、段の境目などに他本との異同が多いとの指摘がある。諸本間の異同や⑫⑭の書誌等については、氏の研究に依られたい。

（4）奥書については、「／」で改行を示し、句読点を付した。②以下の掲出は書写年次の順とし、書写年次不明本は本文残存量の多い順とした。

（5）徳田和夫氏「「天狗の内裏」攷―義経伝説と諸本と―」（同『お伽草子研究』一九八八年、三弥井書店）による。

（6）尾崎修一氏「奥浄瑠璃『天狗の内裏』の在地性―地獄巡りの描写の増補と出羽三山信仰―」（『上智大学国文学論集』四二、二〇〇九年一月）

（7）2、3、5の三首は、『新古今和歌集』巻二十の釈教歌三首（寂然）と関連する。2は、不偸盗戒「うきくさのひと葉なりとも磯がくれ　おもひなかけそ沖つしらなみ」、3は、不邪婬戒「さらぬだにをもきがうへに小夜衣　わがつまならぬつまな重ねそ」（『太平記』巻二十一では初句「さなきだに」）、5は、上の句は異なるが、不飲酒戒「花のもと露のなさけはほどもあらじ　ゑひなすすめそ春の山風」である。4の不妄語戒は、『正和四年詠法華経和歌』所収の藤原冬平歌「月をこほりさくらを雲となかめなすかりなる色もこころなりけり」に類似しているが、1の不殺生戒の典拠は不明である。

（8）明確に描かれてはいないが、皆鶴御前や朝日天女と同様に、A・B系統の妻天狗には、身内の男性を裏切って牛若の味方をする女性という性格付けがされている。

（9）横山重氏の解題（同氏『増訂版古浄瑠璃正本集』一、角川書店、一九六四年）以来、『常盤物語』が古い語り物から成るとする点に関しては、異説はない。注（2）前掲論文参照。

（10）Bでは、牛若と対面する父大日如来を、「大日」ではなく「義朝」と記す傾向があり、東京大学付属図書館霞亭文庫蔵絵入写本の挿し絵は、如来ではなく武士として描かれている。

（11）舞の本『烏帽子折』の牛若の夢に現れる義朝は、牛若に奥州下りに関する指示をし、修羅が始まると帰って行く。供養を乞うような記述はなく、草の陰から擁護し、ともに戦う意識の方が勝っている。その性格は『天狗の内裏』と似ている。

（12）版本を改作した伝本のうち、山岸文庫本では、牛若を子に持った因縁で大日となったが実際には修羅の苦を受けているとし、仏法問答は記されていない（前世の因縁譚は増補）。また、信多氏六段本は、世を治めるための仮の姿が義朝だったとする。注（1）前掲拙稿参照。

（13）注（5）前掲徳田氏論文、麻原美子氏「義経語りの成立試論」（同氏『幸若舞曲考』新典社、一九八〇年）など。

（14）『仏説盂蘭盆経』「於七月十五日。仏歓喜日。僧自恣日。以百味飲食安盂蘭盆中。施十方自恣僧。乞願便使現在父母寿命百年無病。無一切苦悩之患。乃至七世父母離餓鬼苦。得生天人中福楽無極」（『大正蔵』一六巻七七九頁下）に基づくと考えられているが明らかではなく、「経云」「古徳云」などとして引用されることが多い。永井政之氏「「一子出家、九族生天」私考」（『宗学研究紀要』一五、二〇〇二年三月）、石川力山氏「真宗と禅宗の間―『浄土真宗百通切紙』をめぐる諸問題」（『禅学研究』六七、一九八九年十月）参照。

（15）『一休骸骨』『一休水鏡』『一休和尚法語』『阿弥陀裸物語』は、『一休和尚全集第四巻　一休仮名法語集』（飯塚大展氏校注、春秋社、二〇〇〇年）、『夢窓仮名法語』は、『校補点註禅門法語集』（覆刻版補訂版、至言社、一九九六年）から引用し、その頁数を記した。元禄五年刊『句双葛藤鈔』は、花園大学国際禅学研究所禅学資料庫電子達磨〈http://iriz.hanazono.ac.jp/newhomepage/daruma/〉において公開されている同研究所柳田文庫所蔵本の画像に拠った。歌集には『新編国歌大観』の番号を付した。『日本古典文学大系』『新日本古典文学大系』（岩波書店）は、『大系』『新大系』と略称した。

(16) 残り五首については、本稿第一節の「A系統と共通し、B系統と異なる箇所」の末尾に掲載。注（7）参照。

(17) 歌以外にも一休仮託の仮名法語との重なりがある。

・「夫人間は、有ゐてんへんの里に、生れをなし、二度帰らんは冥途きやくしゆの、たびの路、死しては二度、もとらぬは、有ゐ天変の里といふ」（第一段）→『一休骸骨』「善き人の示しによりて、二度帰らざるは、冥途隔生の別れ、親しきも疎きも、流転三界はいよいよ物憂く心ざして、」（四頁）。『曽我物語』九「来てしばらくもとゞまらざるは、有為転変の里、さりて二度かへらざるは冥途隔生のわかれなり。」（『大系』三三三頁）

・「空に二つの味なし」（問答九）→『一休水鏡』「ありのみもなしも一つの木の実にて食ふに二つの味はひはなし」（三二頁）、『古今夷曲集』巻十「有空不二の心を　平時頼朝臣　ありのみを梨といふ名はかはれども食ふに二つの味ひはなし」（『新大系』一〇〇八番）

(18) 黒木祥子氏の御教示による。彰考館蔵『学海禅師法語』（巳一〇・〇七〇九八）は、『仏国禅師集』『夢窓国師集』と合冊されている。

［付記］本稿は、中世文学会平成十八年秋季大会での口頭発表「『天狗の内裏』伝本考─物語の構造と諸本の生成─」を踏まえて成稿いたしました。貴重な御教示を賜った先生方に深謝いたします。また、貴重な本を閲覧・調査させていただきました所蔵者の先生方、及び、諸機関に、心より御礼申し上げます。

第Ⅲ部　中世以降の諸文献

『竹儛眼集』について——狛氏嫡流の楽書——

中原香苗

はじめに

南都興福寺属の楽人狛氏の周辺では、多くの楽書が編まれている。日本最初の総合楽書として著名な狛近真『教訓抄』をはじめ、近真の孫朝葛の手になる『続教訓抄』ほか、順良房聖宣『舞楽府号抄』、舞楽譜集成『掌中要録』『掌中要録秘曲』など、その多くは鎌倉時代から南北朝期にかけて成立している。これら南都において編まれた楽書は、「狛系楽書群」とも総称され、(注1)互いに関連の深いものも存する。

ここに、『竹儛眼集』という楽書がある。この楽書には、舞楽や龍笛、打物など音楽に関する事柄が記されており、これもまた「狛系楽書群」の一つと位置づけられるものである。しかしながら、雅楽文献が多く掲載されている『日本古典音楽文献解題』(注2)にも立項されておらず、管見の限りでは、後述する目録をのぞいては、これにふれた研究は存在しない。

本稿では、いまだ研究のなされていない楽書『竹儛眼集』をとりあげ、その作者や成立について述べるとともに、その内容について検討を加えたい。

一　『竹儛眼集』の伝本

『竹儛眼集』の伝本としては、現在までのところ、国文学研究資料館寄託田安徳川家蔵本（十一冊）、国立国会図書館蔵A本（十冊）、国立国会図書館蔵B本（五冊）、独立行政法人国立公文書館内閣文庫蔵本（十一冊）、佐賀県立図書館蓮池文庫蔵本（九冊）の五種を確認している。

伝本相互の関係については稿を改めて述べたいが、論述の都合上、ここでは簡単に述べることとする。結論を先取りして述べれば、田安徳川家蔵本（以下、田安本と略称）がもっとも善本であると推測される。

田安本については、すでに「田安徳川家蔵楽書目録―その資料的意義―」(注3)に解題があるが、以下、これを参考にしつつ、田安本について述べておく。

この本は、首巻・巻一・巻二・巻三・巻四・巻五・入舞譜、裏巻一・裏巻二・裏巻三・裏巻四の十一冊からなっている。「田安徳川家蔵楽書目録」ではこれらを別々に立項するが、そこで巻一から「入舞譜」について、「『表』とは書かれていないが、別記の竹儛眼集裏四冊と組み合され、表裏十一冊で一組であろう」と指摘されるように、(注4)一組のものと理解すべきであろう。

首巻～入舞譜と裏巻一～巻四とでは若干体裁が異なるので、書誌は二つに分けて記す。

〔書誌〕

・首巻～入舞譜

袋綴七冊。左肩題簽「竹儛眼集　首巻（巻一・巻二・巻三・巻四・巻五・入舞譜）」、題簽下部に打付書で「全七本」。

二六・二㎝×一八・七㎝。全体の下半分に罫線を引き、そこに本文を記す。本文記載部分は、一三㎝内外×一七・〇㎝。

・裏巻一〜裏巻四

袋綴四冊。左肩題簽「竹儛眼集　裏巻一（裏巻二〜裏巻四）」、裏巻一のみ題簽下部に打付書で「全四本」と記す。

二六・二㎝×一八・九㎝。全体の下半分に本文を記すが、罫線は引かれていない。本文記載部分は、一五㎝内外×一七・〇㎝。

首巻〜入舞譜を裏巻一〜裏巻四に対する「表」とみなすと、表七冊と裏四冊は同筆であり、装丁や寸法もほぼ同じである。全体の下半分のみに本文を記しているため、本文記載部分は横本の形態となっている。これは、もととした本の体裁にしたがって書写したためかと思われるので、これらの親本は横本であったかと推察される。他の伝本のうち、国会図書館蔵の二本が横本であることからすれば、これらの親本が横本であった可能性は高い。

表七冊と裏四冊の形態はほぼ同じであるものの、表にのみ本文に罫線が存し、裏には罫線が存在しないという相違がある。このことから、原本は巻子本か折本で、裏四冊分はその裏に記されていたのではないかと思われる。書写の際に表裏ともにもとの本の体裁どおりに書写したため、裏に書かれていた部分には罫線が記されなかったのではないだろうか。(注5)なお、『竹儛眼集』の伝本中、内容が表と裏に分かれており、また罫線の有無の相違があるのは田安本のみである。

次に内容について見ておこう。本稿末尾に【付表】として田安本によって『竹儛眼集』の構成を記したが、それを簡略にまとめると、以下のようになる。

表一　『竹儛眼集』の内容

＊「　」を付したのは、底本の表現をそのまま用いたものである。
＊第六冊「入舞譜」には巻名がないが、「巻六」と認定した。以後、この巻を「巻六」として扱うこととする。

・首巻
　序
　【曲の作者、来歴など】
　「振鉾様」（振鉾作法と舞譜）
　【鼓類打様】（鶏婁・一鼓・鉦鼓・鞨鼓・三鼓・四鼓）
　【舞譜】《散手破陣楽》《万歳楽》
・巻一　「五大曲　有甲」（《皇帝破陣楽曲》〜《慈尊万秋楽曲》の五曲）
・巻二　「五中曲」（《弄殿喜春楽曲》〜《輪国青海波曲》の五曲）
・巻三　「五中興曲」（《天抜五常楽》〜《嘉祥賀殿楽曲》の五曲）
・巻四　「五小曲」（《上皇賀王恩曲》〜《胡開甘州楽曲》の四曲）
・巻五　「六少曲」（《陽帝万歳楽》〜《赴序安舞曲》の八曲）
　【笛譜と笛の演奏に関する説など】（《皇帝破陣楽》〜《還城楽》の四十曲）
　「秦皇着装束作法」
・（巻六）「入舞譜」
　【舞譜】《賀殿》《傾盃楽》《甘州》《三台》《五常楽》《裏頭楽》

「狛氏嫡々次第」

・裏巻一
「大鼓秘説」

・裏巻二
「鞨鼓部」
「鉦鼓部」
「一鼓部」
「三鼓部」
「揩鼓部」

・笛譜や琵琶譜、各種の楽説など
【八音】
「十二調子」
「輪台詠　則近説」「青海波」

・狛則近書状と狛光近から則近への伝授の次第
「八音」
「十二調子図」

・裏巻三
【各楽器の解説】
【楽曲の故実】（《感秋楽》～《海青楽》の四十八曲についての概説）

・種々の舞譜や笛譜、舞の作法、大鼓の打様など
【声明譜】「毀形唄」（本文のみ）「行香唄」「梵唄」「漼仏頌」「御前唄」（表題のみ）

・裏巻四
【声明譜】「御前唄」（本文）

・楽にまつわる種々の事柄

【楽曲の故実】（《太平楽》～《甘州》の十六曲についての概説）

「玉樹別説装束」

【楽曲の故実】（《散手》《秦皇》《玉樹金釵両臂垂》の三曲についての概説）

・種々の舞譜や口伝など

【《羅陵王》「荒序」舞譜】（「陵王荒序二四八説　狛光則家説也」）

「陵王囀詠」

「採桑老詠」

【篳篥譜】（「小調子」「祢取」「臨調子」《輪台》《青海波》）

【《羅陵王》「荒序」舞譜】（「鐃鈸四方」「鐃鈸捌方」）

「案摩面事」

【《羅陵王》の各部分の舞譜】（「髭採手」「勅禄手」など）

　「仁平二年鳥羽院御賀試子日…」

「嗔面詠」

・楽曲の故実、楽器の解説、説話など

これを見ると、表七冊は非常に整った構成をもっており、それに比して裏は雑多な内容を記しており、特に裏巻三～巻四には多様な事柄が記されていることが看取される。

裏巻三末尾～巻四冒頭にかけての【声明譜】がまとまって載せられている部分に着目すると、前の項目に続いて

「毀形唄」が表題は記されずに楽譜のみが載せられ、裏巻三末尾には「御前唄」の表題のみがあり、それに続く本文が裏巻四の冒頭に存在する、という不自然な形になっていることに気づかされる。これは構成上の不備かとも思われるが、田安本の親本の段階でこのような形になっていたかと思われる。恐らく原本では「毀形唄」の表題も存していたものが、少なくとも田安本の親本の段階ではすでに落ちてしまっていたかと推測される。「御前唄」の表題と本文とが裏巻三〜巻四にまたがって記されているのも、田安本の前の段階でこのような形になっていたかと思われる。

他の伝本についてみると、たとえば、国立国会図書館蔵A本（以下、国会A本と略称）では、田安本巻一の内容が分割されていることがわかる。該本では、田安本巻一の一曲め《皇帝破陣楽曲》のみが田安本首巻に相当する第一冊末尾の《万歳楽》の次に記され、田安本巻一の二曲め《后帝団乱旋曲》以降の曲は、第五冊に存する。国会A本第一冊の《皇帝破陣楽曲》の前には「竹儛眼集　巻第一」とあり、第五冊の《后帝団乱旋曲》以降の曲には巻名が記されていないことからすると、国会A本は、本来巻一にまとめて記されていたものを分割し、第一冊と第五冊に記したものと思われる。なお、内閣文庫蔵本・蓮池文庫蔵本でも、巻一の内容は国会A本と同様の形に分割されている。

また、田安本の「裏」に相当する内容は、他の伝本では田安本表七冊の内容に続いて配置されており、巻序も伝本により異なっている。たとえば、次に国会A本の、田安本の裏四冊分の内容に相当する第六冊〜第十冊の内容をあげたが、田安本と比較すると、国会A本では内容が分割されている巻があり、巻序も田安本とは異なっていることが知られる。

国会A本	田安本相当箇所
第六冊	裏巻二（冒頭〜狛則近書状と狛光近から則近への伝授の次第）

第七冊　裏巻一
第八冊　裏巻四前半（「狛則房秘書云」～《青海波》）
第九冊　裏巻四後半（「鐃鈸四方」～「打物具」）
第十冊　裏巻二末尾～巻四冒頭（「八音」～「御前頌」（本文））

他の伝本も国会A本と同様に巻の分割を行っているが、その巻序は国会A本と必ずしも一致していない。また、田安本裏巻四末尾部分（「楽屋」「楽所古来」「東遊立様」）は、国会A本を含めた他の伝本には存在しない。ここではふれ得ないが、典拠との関係を考慮すると、田安本の巻序がもっとも妥当に思われる。（注6）なお、国会A本は、田安本に存する箇所をもたないという点もあるが、裏相当分の巻序は田安本に次いで整っており、田安本に次ぐ善本と見なしてよい。

以上のことから、裏巻三と巻四の間に不自然な記事の分割が存するものの、田安本がもっとも善本であると考えられる。そこで本稿では、田安本を用いることとし、適宜国会A本を参照する。

二　作者と成立・概要

本節では、作者と成立・概要について考えることとする。

『竹儛眼集』には、第一巻にあたる首巻に序文が存在する。以下に全文を掲げる。

夫、左舞者、用明天皇之皇子上宮太子御時、初自百済国被渡舞師之。其名味摩子。（或記諸伎楽舞伝之。）其後天禄（或記寛平比云々）元年中、円融院御時、依勅定被預置狛氏。初興福寺、後於彼寺奴卑、東門之辺住居。任宣旨之状、被寺恩宛行。後、勤仕公事寺役、送年序。

営道継職、受狛光高大友（次第ハ尾張濱主大戸真縄、大友信正）宿祢信正之弟子、始成畢。仍秘事秘曲、無所残伝畢。依彼弟子為、請初宿祢之字。其後宣旨下、《一条院御代》左方奉行。《御堂関白御時御子宇治殿舞師賞之任申臨云々》一物治卅五年。従五位下行左近衛将監任乎。其嫡家于今不絶耳。(注7)

ここには、左方の舞楽が聖徳太子の折に百済からの舞師味摩子によって伝えられたこと、それが円融天皇治世の天禄元年（九七〇）に狛氏に預け置かれたこと、狛光高が大友宿祢信正の弟子となって秘事秘曲を伝え、左方の奉行となって後、その嫡流は今に至るまで絶えていないことが記される。嫡家が絶えることなく存続している「今」という時点を考えるために、巻六「狛氏嫡々次第」をあげる。

・「狛氏嫡々次第」

好行〈高麗国人。大宰府庁為舞師首。〉 葛古　衆古　衆行　斯高　真高　真行　光高　則高　光季　光貞　光時　光近　光真　近真　光葛　朝葛　葛栄　俊葛　正葛

ここでは、狛好行に始まり、序文にも記された狛光高などを経て、『教訓抄』の著者近真、その二男光葛、その子で『続教訓抄』の著者朝葛、続いて葛栄、俊葛、正葛へと至る狛氏嫡流の系譜が記されている。(注8)末尾に記される正葛は、応永元年（一三九四）に三十一歳であることが知られるので、(注9)生年は正平一九年（一三六四）となる。したがって、『竹儛眼集』は、それ以降の成立と考えられる。

また、正葛までの系譜が記されていることから、『竹儛眼集』は、正葛かあるいはその周辺の人物によって執筆されたのではないかと推測される。打物に関する楽書『打物簡要抄』（延文四年（一三五九））は、正葛の祖父葛栄または父俊葛によって編まれたかとされており、(注10)加えて同じく打物に関する楽書『周佾金玉抄』の奥書には「豊州累代正本」に拠ったとの記述が見えるが、この「豊州」が正葛と推定されていることなどからすると、(注11)正葛周辺では楽書との関わりが深く、『竹儛眼集』も正葛自身が編んだと考えてもよいように思われる。

『竹儛眼集』の編者かと目される狛正葛の没年は明らかではないものの、『體源鈔』によると、秘曲とされる《羅陵王》の「荒序」の所作が四度確認でき、(注12)そのほか応永六年の相国寺塔供養、(注13)応永一二年の宸筆御八講などで(注14)

も舞を舞っており、室町時代前期に活動していた楽人であることが知られる。

田安本によると、『竹舞眼集』は表七冊と裏四冊に分かれているが、その内容も表と裏で分けて考えるのがよいようである。表裏ともにまとめて検討すべきであるが、紙幅の都合上、本稿では表部分のみを考察対象とし、裏四冊分については、稿を改めて論じたい。

まず、表七冊分の概要をまとめておく。本稿末尾の構成表を参照すると、表七冊においては、第一巻にあたる首巻で、先にあげた序に続き、《皇帝破陣楽》から《陵王》の楽曲について曲の作者や来歴などをあげ、その次に舞楽演奏に先だって行われる「振鉾」の舞様（舞楽の楽譜）、舞楽の伴奏で演奏される「鶏婁」「一鼓」などの打物についての概説、続いて《散手破陣楽》《万歳楽》の舞様を示した舞楽譜が記される。

巻一～巻五の前半、巻六には舞楽の譜が記されている。巻一～巻五前半までは左方に属する唐楽の楽譜、巻五の後半部分には、笛に関する記述がなされている。ここでは楽曲の概要を記した後に、曲の冒頭部分の笛の楽譜を記し、その楽曲を演奏する際に注意すべき点などについて述べている。巻六には舞台から退場する折に奏される舞楽の譜が「入舞譜」として記されている。巻六末尾には、前掲の「狛氏嫡々次第」が載せられる。

次に、内容について検討を加える。首巻では、楽曲の概要について述べた後、「已上卅曲、狛氏相伝之」と、これらの曲数を三十曲とするが、付表に記したごとく、実際には二十七曲分の解説しかなされていない。

首巻末尾～巻五にいたる舞譜では、首巻と巻五に《万歳楽》が重複するものの、首巻の概説部分に漏れている《赤白桃李花曲》（巻四）《黄菊承和楽曲》《春庭夏風楽曲》（ともに巻五）を併せると、舞譜部分には首巻に言うとおり、「三十曲」の舞譜が存在する。ただし、《羅陵王》の全曲の舞譜は『竹舞眼集』にはなく、そのうち「荒序」などの楽譜が裏巻四に存する。《羅陵王》は狛氏では秘曲とされており、別に全曲の舞譜も存在するためか(注15)、『竹舞眼集』には載せられなかったかと推察されるが、なぜ《羅陵王》の譜が表には見えないかは未詳である。

ところで、この「狛氏相伝」の三十曲という数は、何に由来するのであろうか。『教訓抄』には、「嫡家相伝舞曲物語　公事曲」（巻一）、「嫡家相伝舞曲物語　大曲等」（巻二）、「嫡家相伝舞曲物語　中曲等」（巻三）として、狛氏嫡家に伝わる舞曲について述べるが、『教訓抄』巻一〜巻三掲載の曲数はあわせて三十曲であり、楽曲も『竹僊眼集』と一致している。

一方、正葛の曾祖父朝葛の撰した『続教訓抄』第七冊「左舞伝来事」には、狛氏嫡流に伝える曲として二十八曲を列挙するものの、『竹僊眼集』とは小異が存する。(注16)また弘長三年（一二六三）海王丸（狛朝葛の幼名）書写との識語をもつ左方舞楽譜の集成である『掌中要録』も、『竹僊眼集』と完全には一致しない。『掌中要録』は、『続群書類従』所収本と他の写本とでは収録楽曲等が異なっており、もっとも多く楽曲を載せる東北大学附属図書館狩野文庫蔵本には二十八曲が収載されているが、ここには『竹僊眼集』に存する《案摩》《陵王》《赤白桃李花》の各曲の譜が見えない。(注17)

『竹僊眼集』では、前述のとおり、「已上卅曲」といいながら、実際には二十七曲分の説明しかしておらず、巻四で「五小曲」と記しながらも実際の掲載曲数は四曲であり、巻五でも「六少曲」としながら八曲分掲載するなど、曲数についてそれほど厳密な意識をもっていなかったとも考えられるが、『教訓抄』と曲数が一致することは注目してよい。

『竹僊眼集』で舞楽の譜を記すにあたっては、「大曲」（巻二）、「中曲」（巻三）、「小曲」（巻四）等の分類がなされているが、こうした「大曲」「中曲」「小曲」などによる分類は、先にあげた『教訓抄』のものと同じである。『続教訓抄』『掌中要録』などでは、「壱越調」、「平調」など楽曲の属する調子によって曲が分類されていることからすると、『竹僊眼集』のそれは、『教訓抄』に範をとったものといえるのではないか。

ただし、退場楽を「入舞譜」として別立てしている点は、「入綾」として退場楽を記している『掌中要録』と類

似しており、この点に関しては『掌中要録』に倣ったものといえようか。(注18)

以上のことからすると、『竹儛眼集』にいう「狛氏相伝」の曲数、ならびに「大曲」等による分類は、『竹儛眼集』の編者と目される正葛の祖先狛近真撰の『教訓抄』にならったもので、退場楽を別立てにして記すのは、『掌中要録』に拠ったものかと推測される。

三　表七冊の検討

表七冊の内容を詳しく検討していこう。前述のごとく、首巻では序文に続き、《皇帝破陣楽》をはじめ、《陵王》にいたるまで、二十七曲についての簡単な解説が載せられている。

たとえば、《輪台》《青海波》条には、以下のように記されている。

> 輪台①為破(又云序。)、青海波、②為急(又云破。)。右件両曲者、a本是平調也。③而嵯峨天王之御時、被渡当調。b楽者、和迩部大田麿、并乙魚、清上等所作也。舞者、中納言安世卿作之。詠者、小野篁作之。此有詠二説〈正説、権説〉。於正説者、付嫡家。於権説、辻家相伝云々。有子細、可尋云。

右の破線部に、何の説明もなく「当調」に渡す、との記述が見えることから、『竹儛眼集』のこの解説は、何らかのものをそのまま引用したものであることが看取される。試みに、『教訓抄』の記述と比較してみよう。

・『教訓抄』巻三《輪台》

> 輪台　有甲　中曲　新楽
> ①序四返〈拍子十六、謂輪台〉②破七返〈拍子各十二、謂青海波也。〉（中略）
> a此曲昔者平調楽也。③而《オト》承《ヲ》和天皇御時、此朝《ニシテ》依勅被遷盤渉調曲。b舞者、大納言良峯安世卿作《ル》。楽者、和迩部大田麿作〈并乙魚、清上等也〉。詠者、□野篁所作也。有二説。(注19)（以下略）

『竹僊眼集』とほぼ同じ内容の箇所に傍線、相違している箇所に二重線、一方に存しない箇所に波線を付したが、これを見ると、先に言及した『竹僊眼集』にいう「同調」は、「盤渉調」であることがわかる。傍線bのように、舞・楽・詠の作者は両者で一致しているものの、二重線①②では、『教訓抄』と同じ説を注記してはいるものの、《輪台》と《青海波》のいずれを序・破とみなすかが異なっており、③では、どの天皇の時に盤渉調の曲としたか、などの相違が存する。

『竹僊眼集』では、波線部のように、「詠」に二説があり、正説は狛氏嫡家に、権説（正説でない、正説に准じた説の意か）は辻家に相伝されたなど、曲の相承に関わる記述などもなされている。実際、『竹僊眼集』中では、辻家に権説が伝えられたことについての言及も見られるが、『教訓抄』にはこうした記述はない。右のようなことからすれば、『竹僊眼集』のこうした解説は、『教訓抄』に拠ったとはいえず、こうした楽曲解説を記した別の書物に拠ったかと思われる。(注20)

続いて、首巻後半部からの舞楽譜について考察を加える。

舞楽譜についてみると、巻一の《皇帝破陣楽曲》《后帝団乱旋曲》《古唐蘇甲香曲》《慈尊万秋楽曲》、巻二の《弄殿喜春楽曲》については、「春日楽書」の江戸期の写本である国立公文書館内閣文庫蔵『楽書部類』第二十二冊『舞曲譜』に、また《慈尊万秋楽曲》については、『掌中要録秘曲』にも同様の舞楽譜が存する。

「春日楽書」は、狛氏に伝えられたと考えられる一群の楽書の総称で、『楽所補任』二巻と、『輪台詠唱歌外楽記』『舞楽手記』『舞楽古記』『高麗曲』『楽記』が現存し、現在は春日大社に所蔵され、重要文化財に指定されている。(注21) 内閣文庫蔵本（以下、内閣本と略称）は、寛文六年（一六六六）正月書写との識語をもつ、「春日楽書」の江戸初期の写本である。(注22) 近世初期の「春日楽書」の姿を伝えていると考えられ、現存の「春日楽書」には見られないものも多数含む。『舞曲譜』も現存「春日楽書」には見えないものの一つであり、弘長二年（一二六二）海王丸の書写

識語が存する。（注23）

『掌中要録秘曲』は、『掌中要録』上下二冊とともに伝存することが多い舞楽譜の集成である。『掌中要録』と同じく、弘長三年海王丸書写の識語をもつ。

この三者に掲載の楽譜は完全に一致するわけではないものの、互いに深い関連があると思われる。三者の関係を考えるため、《万秋楽》「序　後半帖」の楽譜を比較してみよう。

・『竹儛眼集』《慈尊万秋楽曲》（序）

後半帖〈拍子八、拍子十〉初半帖并此帖、常舞之。

a西向天披百〈左足〉右ヲ上ニ絡百〈右足係〉披天北向天右伏肘百〈左足〉左手ヲ打加天東向天左ヲ上ニ絡百〈左足係〉北向天左伏肘百〈左足〉b振天西向天右違肘百〈左足〉北向天面係天下c〈右足〉左伏肘打天右伏肘ヲ打加披天延立百〈右足〉

・『舞曲譜』《万秋楽》（序）

後半帖〈拍子八、拍子十〉

〈初半帖并此帖、常舞也〉

西向天披●〈左足〉右ヲ絡●〈右足係〉披天北向天右伏肘●〈左足〉左手ヲ打加天東向天左ヲ上絡●〈左足係〉北向天左伏肘●〈左足〉振天西向天右違肘●e〈左足〉）（d北向天面係天下●〈右足〉左伏肘打天右伏肘ヲ打加披天延立●（注24）〈右足〉

・『掌中要録秘曲』《万秋楽》（序）

後半帖拍子八　初半帖并此帖、常舞之。

西向天披●左足右手上ニ絡●〈右足係〉披天北向天右伏肘●左足左手ヲ打加天東向天左ヲ上ニ絡●〈左足係〉北向天左伏肘●左足振天西向天右違肘f●左足（g北向天面係天下●右足左伏肘打天右伏肘ヲ打加披天延立●（注25）右足

それぞれの譜には注記が施されているが、本文中に示すと煩瑣になるため、譜中には注記の始まる箇所にa〜f

を付して示した。注記本文と注記箇所とを次に掲げる。

・『竹儛眼集』中の注記

a……古譜云、右去肘《百》〈右足〉北向天指《百》右足下天名右去肘《百》右足東向天指《百 案右》左足下天北向天左伏肘左足右伏肘《百》打加右足披天延立《百》右足

b……弥勒仏説、左右肩係下右足振天東向天左違肘右足

c……右左肩係下左足腰掃諸去肘左足尻走肩懸下天居右膝突

＊a─楽譜の一行目と二行目の行間、b─「振天西向天右違肘〈左足〉」の左に書き入れ、c─「係天」～「右伏肘ヲ打」の左に書き入れ。

・『舞曲譜』中の注記

d……十拍子ノトキ此手ヲマウヘキ也

e……〈左右《(朱)此間虫食多、》肩係下《上下不連続》帖振天東向左違肘〈右足〉右左肩ニ係〉

＊d─「北向天」の傍書、e─〈左足〉の左に書き入れ。

・『掌中要録秘曲』中の注記

f……弥勒仏説、十拍子ノ時此手舞

g……左右肩懸下右足振天東向左違肘右足左右懸下左足腰掃天諸去肘右足尻走肩懸下天居諸膝突

＊f─「天右違肘左」の傍書、g─「北向天」～「右伏肘ヲ」の傍書。

これを見ると、傍線を付した『竹儛眼集』『舞曲譜』に存する注記「十拍子」が『掌中要録秘曲』にみえないものの、楽譜に関しては、若干の相違をのぞけば、三者はほぼ同じであることが分かる。

注目したいのは譜に付された注記b～fである。これらは、楽譜中の同じような箇所に記された注記であるが、

三者を対照して示すと、以下のようになる。

b（前半）弥勒仏説

d　　　　　　十拍子ノトキ此手ヲマウヘキ也

f　　弥勒仏説、十拍子ノ時此手舞

b（後半）左右肩係下右足　振天東向天左違肘右足　c右左肩係下左足腰掃諸去肘左足　尻走肩懸下天居右膝突

e　（朱）此間虫食多、上下不連続
〈左右肩係下帖・振天東向左違肘〈右足〉　右左肩ニ係〉

g　　左右肩懸下右足　振天東向天左違肘右足　左右懸下左足腰掃天諸去肘右足尻走肩懸下天居諸膝突

相違のある箇所に二重線を付し、誤写かと思われる箇所に傍点を付した。

右に示したように、『掌中要録秘曲』のf・gがもっとも意味をとりやすく、本来の姿に近いのではないかと思われる。すなわち本来の注記は、「弥勒仏説、十拍子ノ時此手舞」（f）であり、その際に舞う舞の手の内容を示しているのがgではないかと推察されるのである。

すると、『竹儛眼集』は、fに相当する箇所の後半部を欠き、本来は一つのものであった注記をbとcに分割していることになる。一方、『舞曲譜』はf相当箇所の前半部を欠いており、本来gに相当する箇所はすべて存在したものと思われるが、現状ではその中間部に誤写があり、「此間虫食多、上下不連続」との注記があるように、注記の後半を欠いている。先にみたように、『竹儛眼集』と『舞曲譜』のみにあって『掌中要録秘曲』のみにしかない注記が存在することと、右の注記の状態とを勘案すると、これら三者は、同一の典拠に拠ったと推測される。

『竹儛眼集』の舞楽譜が、ともに正葛の曾祖父朝葛の書写になる「春日楽書」中の『舞曲譜』と、「秘曲」との名称をもつ『掌中要録秘曲』と典拠を同じくすると考えられることからすると、『竹儛眼集』の舞楽譜は、狛氏嫡流に伝わる秘曲の譜をもとにして記されたのではないかと思われる。

ところで、話は横にそれるが、『竹儛眼集』の舞楽譜集成としての意味を考えておこう。舞楽の楽譜を多く載せるものとしては、ここにあげた『掌中要録』『掌中要録秘曲』があり、それぞれの収録曲数は、『掌中要録』が二十八曲、『掌中要録秘曲』が六曲である。(注26)『掌中要録』は収録曲数も多いのであるが、楽曲の途中の楽譜を省略しているという特徴がある。たとえば《宝寿楽》（《春鶯囀》）では、「颯踏一帖略之」とあり、また同じ曲の「入破」という部分では、「一帖三帖略之」と注記して、当該箇所の楽譜を省略しているのである。それに対して『竹儛眼集』では、収録する三十曲の楽譜を省略せずに載せている。この点からすると、『竹儛眼集』は、その成立当時に狛氏に伝えられていた舞楽曲の楽譜を省略なく全て掲載するものとしての価値を有するといえる。

さてここで、『竹儛眼集』が巻一～巻五において、他の楽書には見られないような楽曲名を用いていることに着目したい。『竹儛眼集』収録曲のうち、『教訓抄』や他の楽書にも見られる楽曲名は、《皇帝破陳楽曲》（巻一）、《秦王破陣楽曲》（巻二）《武将太平楽曲》（巻三）、《赤白桃李花曲》（巻四）などである。曲の別名を用いているものも、《后帝団乱旋曲》（《団乱旋》の別名）《天長宝寿楽》（《春鶯囀》の別名）、《慈尊万秋楽曲》（《万秋楽》の別名、三曲とも巻一）、《弄殿喜春楽曲》（《喜春楽》の別名、巻二）などしかなく、ほかの二十曲ほどは、他には見えない曲名である。

このうち、《赴序安舞曲》については、内閣本「春日楽書」中の『楽舞雑著』に、次のようにあることが注意される。

案摩囀
初音声《ショヲムシヤウ》本出《ホンシユツ》何《イツレノ》所《トコロヲ》　初度
本出《ホンシユツ》南天竺国《ナムテンチクコク》仏家《フツケ》種子《シウシ》阿修《アシユ》／羅等《ラトウ》所《ノトコロ》作《ツクル》妓楽音声《キカクヲンシヤウ》　第二度
音声娯楽仏娯楽貴人之所／賤音声　第三度

音声博士不労棹縁々打曲／赴序安舞一[注27]

この『楽舞雑著』は、内閣本「春日楽書」の第二十二冊に存するもので、舞楽に関する楽説や、打物についての説などを記している。「陵王囀」の語句を記した後に、「已上嫡家相伝之説、〈自光高至予七代相伝〉」とあることから、この「予」は光高から数えて七代目の、近真の兄光真であると推察される。すると、『楽舞雑著』に記されるものは、光真の時代のものかと考えられよう。また、次にあげたように、『教訓抄』とほぼ一致する叙述も見られる。

・『楽舞雑著』

白川院被仰ケル、早《ムカシハ》三鼓ニ破声聞エキ。今者不聞云々。此ハ昔ノ伶人ハ皆打之。然而末世楽人、如古人不打鳴者也。

・『教訓抄』巻九

白河院被仰ハ、早《ムカシハ》三鼓ハ破声聞□□。今者不聞云々。此ハ其時楽人皆打之。然而如古人ク不打鳴者也。[注28]

ここには一例をあげたのみであるが、打物に関する楽説について、『教訓抄』とほぼ一致するものが見られることからも、『楽舞雑著』の成立は、狛光真、『教訓抄』の撰者近真兄弟の生存した鎌倉時代前期頃と考えてよいのではないかと思われる。

先の引用部分は、舞楽曲《案摩》の一部で、「囀」という漢詩文を朗唱しながら舞う際の語句である。前半三行は『教訓抄』などにも類似した文言が見られるが、末尾の一行は、他のものにはほとんど見えず、特に傍線部が、『竹儛眼集』での曲名と一致していることが注意される。[注29]というのは、『竹儛眼集』での「赴序安舞」という曲名が、この「囀」の語句に拠ったのではないかと思われるからである。『竹儛眼集』掲載の曲名が、こうした「囀」の詩句などに拠っているとするならば、他の曲名も、狛氏に伝えられた伝承をもとにしている可能性があるのではないかと推察される。

こうした狛氏内部に伝えられる伝承をもとにした特殊な曲名を用いることには、ある種の権威化を図ろうとの意図が透けて見える。つまり、狛氏以外には理解できないような曲名を用いることによって、それらが狛氏に伝えられた特別な曲であることを示すとともに、その特殊な曲名を知り、それを楽譜に記す狛氏の権威を高めることにもなるのではないかと思われるのである。

狛氏の伝承ということに関連して、巻五の笛に関する記述についてもみておこう。巻五後半に位置する笛についての記述は、楽曲の簡単な解説と楽曲冒頭部分の楽譜、注記などからなっている。こうした記述も、舞楽譜と同様、「春日楽書」中に類似のものを見出すことができる。

・『竹儛眼集』《団乱旋》

団乱旋　大曲　新楽　有舞

〈皇后団蘭伝（ママ）伝云。当曲、秘事中秘事者、序第三帖并颯踏乱句之説也。〉

序一帖〈拍子十六〉舞出入、吹調子。

五々々リ・夕《鞨コ初之》由リ中々々・中《火百》リ○

・『笛譜』《団乱旋》（冒頭部分）

団乱旋　大曲　新楽　有舞

皇后団蘭伝云。当由、秘事中秘事者、序第三帖并颯踏乱句之説也。

序一帖拍子十六　舞出入、吹調子。

五々リ○夕《鞨初之中夕》由リ・中○中リ○●火夕由中丁中リ○（以下略）(注30)

これは、『竹儛眼集』の《団乱旋》条全てと『笛譜』の《団乱旋》の冒頭部分のみをあげたものである。内閣本『笛譜』の冒頭には目録が存し、そこには三十曲の曲名があげられているが、本文には、目録に掲出されていない楽曲を含めても、六曲の楽譜しかあがっていない。内閣本が書写された段階で、原文に誤脱や内容の混乱等があったことが推測できる。

引用箇所を見ると、笛譜に若干の違いがあるものの、楽譜の前に付された注記はまったく一致していることが分かる。『笛譜』所収の楽譜のうち、『竹儛眼集』と内容的にほぼ一致するのは、冒頭の《皇帝破陣楽》《団乱旋》のみであり、『竹儛眼集』の残りの大多数の曲に関しては、今のところこれと一致するものを見出していない。この『笛譜』はいつ成立したものか明らかではないが、江戸初期の「春日楽書」には含まれていたことからすれば、それ以前から南都において伝承されていた可能性も考えられる。すると、一部分ではあっても『竹儛眼集』の笛に関する楽説が、狛氏に伝えられていたであろう楽説と一致していることは、重要であろう。『竹儛眼集』では、これまでみた舞楽の楽譜や楽曲名のみならず、笛の説に関しても、狛氏に伝えられたものをもとにしていると考えられるからである。

ここで『竹儛眼集』表七冊全体の構成について検討しておく。表七冊は非常に整った構成をもっていることが知られ、その書名『竹儛眼集』にふさわしい内容になっていることが看取される。表七冊は、三十曲の舞楽の楽譜を集成し、そこに笛に関する楽説などを記したものである。すると、この七冊は「竹」つまり管楽器の中でも狛氏に伝えられた「笛」と、「儛」つまり舞楽の「眼目」を記したもの、すなわち、書名にいう「竹」と「儛」の「眼(目)」を「集」めたもの、となっているといえよう。

また、全体の枠組を考えてみると、表七冊は、狛氏嫡流が脈々と続いていることを強調する序文によって始まり、現在に至るまでの狛氏嫡流の系譜によって終わっていることがわかる。つまり、表七冊には、「狛氏嫡流」という枠組の中で、狛氏に伝えられる伝承、ないしは秘伝に基づいた楽譜や楽説等が記されていると考えられるのである。換言すれば、『竹儛眼集』の表七冊は、全体として狛氏嫡流に伝えられた秘伝を含めた、笛と舞双方の眼目を備えたものと位置づけられよう。

最後に、正葛がこうした楽書を編んだ理由について考えてみたい。『竹儛眼集』序文において、「狛氏嫡家」が絶えることなく「今」に続いている、とあることから推測すると、編者と思われる正葛自身のおかれた状況と関連があるのではないかと考えられる。

応永一三年四月、正葛の父俊葛は、生活困窮のため幕府に扶助を求めた。時の将軍義満はそれを認め、興福寺大乗院・一条院に俊葛扶持を命じた。(注31) 俊葛は所労のため、子の正葛が上洛し、その礼のために義満と対面した。(注32) ところが、同じ四月二十三日、俊葛は亡くなってしまった。(注33) 正葛は、興福寺から俊葛への扶持を受け継げるよう幕府に求め、幕府もこれを認めたが、興福寺側は応じなかった。(注34) その後も正葛と興福寺側とは折り合いが悪く、正葛の住居が興福寺六方衆に破壊されるという事件が起こっている。(注35)

こうした状況と、序文で嫡家が今に至るまで存続していることを強調し、また狛氏内部の伝承を勘案することによって理解可能となる曲名を用いている点を併せ考えると、そこには、興福寺側に狛氏嫡流としての権威とその存在意義を認めさせようとの意図がこめられているのではないか、と推測される。そう考えると、序文に見られる狛氏が興福寺の「奴卑」で「寺恩」を蒙ったとの叙述は、正葛の興福寺側への配慮の表れかとも推察される。

『竹儛眼集』は、狛氏伝承の楽曲三十曲の舞楽の譜を省略なく記していることから、実用に十分たえうるものであり、実用を見越して作成されたものかとも考えられるが、正葛の実生活における困窮といったものも『竹儛眼集』執筆の原動力の一つとなっているのではないかと考えるのである。

おわりに

以上、本稿では、『竹儛眼集』というこれまで注目されてこなかった表裏十一冊からなる楽書の表側部分のみを対象に考察を加えた。

その結果、本書は『教訓抄』の著者狛近真の二男光葛、その子で『続教訓抄』の著者朝葛の狛氏嫡流を受け継いだ狛正葛の手になるものではないかと推察された。狛氏の手になるものという意味で、これも「狛系楽書群」の一つと位置づけられよう。

また表七冊は、『竹儛眼集』という書名が示しているように、狛氏に伝える左方舞楽三十曲の楽譜と笛に関するものとからなっていることを明らかにした。本書は、「狛系楽書群」のうちでも、楽曲解説や曲の伝来等に比重がおかれる『教訓抄』『続教訓抄』とは異なり、実際に舞楽や楽曲の演奏に用いられる楽譜を中心にしているという点で、『掌中要録』や『掌中要録秘曲』に近い性格をもっているといえ、しかも『掌中要録』などが省略して記さない部分をも全て備えているという意味で重要な楽書であるといえよう。楽譜が省略なく記されている点からすると、本書の楽譜により、当時狛氏に伝えられていた楽曲の実際の舞様を復元することも可能であろう。

加えて、『竹儛眼集』執筆の目的の一つには、当時経済面での援助を求めて認められなかった興福寺側への、自らの存在意義の強調といった側面があったのではないか、と推察した。

残る裏四冊を検討することによって、『竹儛眼集』全体を位置づけることが可能になろうが、本稿では、表七冊分の検討によって稿を終え、この点については、稿を改めて考えることとしたい。

注

(1) 福島和夫氏「狛系楽書群と春日楽書について」(東洋音楽学会第三三回大会記録、『東洋音楽研究』四八、昭和五七年)、櫻井利佳氏「春日大社蔵〔楽記〕について、付、紙背〔打物譜〕翻刻」(二松学舎大学21世紀COEプログラム『雅楽・声明資料集　第二輯』、平成一九年)等参照。

(2) 講談社、昭和六二年。

（3）『東洋音楽研究』四一・四二、昭和五二年。
（4）前掲注（3）参照。
（5）ただし、表七冊にも、わずかではあるが罫線のない箇所がある。
（6）裏巻一～巻四の典拠としては、『教訓抄』『舞楽府号抄』〔羅陵王舞譜〕などがある。
（7）引用は、田安本による。引用に際しては、原本の朱・合点等を省略し、漢字は通行の字体を用い、適宜段落を分かち、句読点を付した。割注は〈　〉に入れて示した。
（8）裏巻四にも「狛氏舞相伝次第」とする舞の相伝系譜があるが、それは「尾張浜主・大戸真縄・大友信正・狛光高・同則高」の五名のみのごく簡略なものである。
（9）『體源鈔』巻十三「代々公私荒序所作事」応永元年三月十五日条。
（10）注（2）前掲『日本古典音楽文献解題』、第十一回展観解題目録『楽歳堂旧蔵の楽書―平戸藩主静山公松浦清の文庫―』（上野学園日本音楽資料室、昭和六二年）。
（11）前掲注（10）参照。
（12）前掲注（9）応永元年三月十五日、同一六年十一月二十一日、同二四年七月二十八日、同二六年九月十二日条。
（13）『相国寺塔供養記』。
（14）『荒暦』応永一二年四月二十六日条（『大日本史料』所引）。
（15）宮内庁書陵部蔵〔羅陵王舞譜〕など。
（16）『続教訓抄』には、『竹儛眼集』に載せる《輪台》《五常楽》が見えない。《輪台》は《青海波》と一曲と把握されることもあるため、これを《輪台》《青海波》二曲分とみなしても差し支えないであろう。残る《五常楽》については、嫡流に伝える二十八曲を記した後に、「而ニ光真ノ時、辻家則近ニアヒテ五常楽唐舞ヲ習フ」とあって、『竹儛眼集』と一致するかとも思われるが、『続教訓抄』では、《五常楽》の他に《皇麞》、《河南浦》なども習ったとしており、それらを併せると、『竹儛眼集』より曲数が多くなる。
（17）《赤白桃李花》は、『掌中要録』の目録部分には存するものの、楽譜が見えない。また、《陵王》については、「荒序」の部分のみ『掌中要録秘曲』に存する。
(18) ただし、『竹儛眼集』「入舞譜」には『掌中要録』に見えない《裏頭楽》が見え、『掌中要録』「入綾」には『竹儛眼集』にない《喜春楽》《太平楽》《蘇合》などがあり、両者での掲載曲は一致しない。
(19) 『教訓抄』の引用は、教訓抄研究会編「曼殊院蔵『教訓抄』翻刻　巻二、巻三」(『雅楽資料集　第二輯』、二松学舎大学COEプログラム、平成一九年)に拠り、底本に存する合点等の類は省略し、私に句読点を付し、段落を分けるなどの変更を加えた。
(20) 参考までに、『竹儛眼集』にも引用される狛光真撰『楽記』には、二重傍線③の箇所は「嵯峨天皇」とある。
(21) 「春日楽書」については、前掲注(2)『日本古典音楽文献解題』、平出久雄氏「楽所補任私考」(『東洋音楽研究』二、昭和一二年)、福島和夫氏「楽人補任とその逸文について」(『日本音楽史叢』、和泉書院、平成一九年、初出昭和五三年)、「狛近真の臨終と順良房聖宣」(同書、初出昭和五七年十一月)、第十回特別展観解題目録『中世の音楽資料―鎌倉時代を中心に―』(上野学園日本音楽資料室、昭和六一年)、櫻井利佳氏「春日大社蔵〈楽記〉について、付、紙背〈打物譜〉翻刻」(二松学舎大学21世紀COEプログラム『雅楽・声明資料集　第二輯』、平成一九年)、神田邦彦氏「春日大社蔵『舞楽手記』検証―『舞楽手記』諸本考―」(『日本漢文学研究』五、平成二二年)等参照。
(22) 「春日楽書」の写本としては、他に田安徳川家蔵本、宮城県図書館伊達文庫蔵本、上野学園大学日本音楽史研究所窪家旧蔵本、故平出久雄氏蔵本などがある。詳細は注(21)の文献参照。
(23) 弘長三年海王丸書写との識語をもつ『掌中要録』『掌中要録秘曲』とは書写年時に一年の違いしかなく、内容も類似しているが、『舞曲譜』と『掌中要録』『掌中要録秘曲』との関係については今後の課題としたい。
(24) 引用は、国立公文書館内閣文庫蔵『楽書部類』第二十冊に拠る。
(25) 引用は、国立公文書館内閣文庫蔵『掌中要録秘曲』(元文五年(一七四〇)写)に拠る。
(26) ただし、『掌中要録秘曲』収録曲六曲のうち、四曲の楽譜は『掌中要録』と一致し、本文で引用した《万秋楽》も『掌中要録』にあるが、その楽譜は『掌中要録』とは異なっている。残り一曲は《陵王》荒序で、二説を載せている。
(27) 引用は、国立公文書館内閣文庫蔵『楽書部類』第二十二冊に拠る。ただし、「賤音声」は、「賦音声」の誤写か。

（28）『教訓抄』の引用は、教訓抄研究会編「宮内庁書陵部蔵『教訓抄』翻刻（三）自巻八至巻十」（『雅楽資料集　第四輯』、二松学舎大学COEプログラム、平成二一年）に拠る。
（29）囀の二行目〜四行目は、「案摩囀」とは記されていないものの、『竹儛眼集』裏巻三にも存する。
（30）引用は、国立公文書館内閣文庫蔵『楽書部類』第十一冊に拠る。
（31）『教言卿記』応永一三年四月十四日条。
（32）前掲注（31）書、同年同月十五日条。
（33）前掲注（31）書、同年同月二十三日条。
（34）前掲注（31）書、同年閏六月二十日、同二十三日、同年七月十日条。
（35）前掲注（31）書、応永一五年七月二十三日条。

【付表】『竹儛眼集』の構成

首巻

・序

【曲の作者、来歴など】

《皇帝破陣楽》《団乱旋》《春鶯囀》《蘇合香》《慈尊万秋楽》《玉樹後庭華》《秦王破陣楽》《太平楽》《喜春楽》《賀殿》《秋風楽》《賀王》《傾坏楽》《三台塩》《輪台》《青海波》《万歳楽》《打球楽》《裏頭楽》《感城楽》《央宮楽》《北庭楽》《甘州楽》《五常楽》《散手》《安摩》《陵王》

「一　振鉾様」

「一　鶏婁打様」

「一　一鼓打様」
「一　勒盧」
「一　鉦鼓」
「一　鞨鼓」
「一　三鼓」
「一　四鼓」
【舞譜】《散手破陣楽》《万歳楽》

巻第一「五大曲　有甲」
【舞譜】《皇帝破陳楽曲》《后帝団乱旋曲》《天長宝寿楽曲》
《古唐蘇甲香曲》《慈尊万秋楽曲》

巻第二「五中曲」
《弄殿喜春楽曲》《金王樹後庭華曲》《秦王破陣楽曲》
《玉会打球楽曲》《輪国青海波曲》

巻第三「五中興曲」
《天抜五常楽》《武将太平楽曲》《傾盃酔卿楽曲》《后宮三台塩曲》
《嘉祥賀殿楽曲》

巻第四「五小曲」
《上皇賀王恩曲》《中皇秋風楽曲》《赤白桃李花曲》《胡開甘州楽曲》

巻第五「六少曲」
《陽帝万歳楽》《主上裏頭楽曲》《武軍感城楽曲》《春皇央宮楽曲》
《黄菊承和楽曲》《亭子北庭楽》《春庭夏風楽曲》《赴序安舞曲》
【笛譜と笛の演奏に関する説など】
《皇帝破陣楽》《団乱旋》《春鶯囀》《胡飲酒》《玉樹》《賀殿》《北庭楽》《陵王破》《菩薩》《一金楽》《詔応楽》《廻坏楽》《河曲子》《一徳塩》《十天楽》《弄倉楽》《最涼州》《新羅陵王》《武徳楽》《一団橋》《酒清司》《酒胡司》《酣酔楽》《散手破陣楽》《大平楽》《傾坏楽》《打球楽》《賀王恩》《天人楽》《飲酒楽》《仙人歌》《庶人三台》《感恩多》《輪鼓褌脱》《抜頭》《長慶子》乞食調《秦王破陣楽》《放鷹楽》《蘇芳菲》《還城楽》
「秦皇着装束作法」

「入舞譜」（巻六）
【舞譜】《賀殿》《傾盃楽》《甘州》《三台》《五常楽》《裏頭楽》
「狛氏嫡々次第」

裏巻一
「大鼓秘説」
《皇帝破陣楽》《団乱旋》《春鶯囀》《玉樹金釵両臂垂》《賀殿》《迦樓賓》《胡飲酒》《北庭楽》《菩薩》《武徳楽》《承和楽》《酒胡子》《一団橋》《新羅陵王急》《羅陵王荒序》《三台》《万歳楽》《五常楽》《裏頭楽》《甘州》《廻忽》《陪臚》《想夫恋》《勇勝》《春楊柳》《扶南》《郎君子》《小娘子》《蘇合香》《万秋楽》《蘇莫者》《採桑老》
「青海波大鼓上様」
《秋風楽》《鳥向楽》《釼気褌脱》《千秋楽》《白柱楽》《越殿楽》

《散手破》《大平楽》《傾坏楽》《打球楽》《賀王恩》《輪鼓褌脱》
《抜頭》《秦皇》《蘇芳菲》《喜春楽》《桃李花》《感城楽》《央宮楽》
《海青楽》《春庭楽》《還城楽》

「忠百子六羯コ相交楽」

《春庭楽》

「抑大鼓水涯《ミキハノ》音云事在之…」

《皇仁破》《貴徳破》《酣酔楽破》《納蘇利破》《延喜楽》《埴破》
《地久》《白浜》《蘇志摩》《胡蝶》《林歌》《長保楽》《胡徳楽》
《仁和楽》《綾切》《渋河鳥》

「乱声」

「長慶子百子加様有三説」

「大鼓打故実」

「先対笛吹可尋子細…」

「次真向太鼓者…」

「乱声大鼓者、左新楽打始二所…」

「又云、古楽上百子ハ…」

裏巻二

「羯鼓部」

《五常楽詠》《甘州》《皇麞急》《輪台》《青海波》《蘇合香》《万秋楽》

「四ヶ大曲羯鼓打様」

「鉦鼓部」

「乱声」

「高麗鉦鼓」

「一鼓部」

「三鼓部」

「右大鼓有習…」

「又云、昔ハ右楽ノ大鼓ヲ打テ…」

「又右楽大鼓者、サケカケテ打。非難」

「行道左楽三鼓打様」

「揩鼓部」

「付伽陀羯鼓事」

「鉦鼓打故実」

「古楽上々々（故実）」

《輪台》《青海波》

「妙音御自筆本云…」

「輪台詠」《青海波》（琵琶譜）

《酒清司》（笛譜）《聖明楽》《河南浦》《蓮花楽》《泛龍舟》（琵琶譜）

「納蘇利早吹三鼓打様」

「万秋楽序後半帖十拍子説」

「又云忠拍子説…」

「金石糸竹匏土草木　謂之八音」

「十二調子」

「輪台詠　則近説」「青海波」

・狛則近書状と狛光近から則近への伝授の次第

「八音」

「十二調子図」

裏巻三

【各楽器の解説】（「篥」「笛」「笙」「竽」「塤」「八鼓」「柷」「敔」）

【楽曲の故実】

《感秋楽》《長慶子》《武徳楽》《皇麞》《感秋楽》《輪鼓褌脱》《永隆楽》《勇勝》《夜半楽》《賀王恩》《打球楽》《天人楽》《秦皇》《放鷹楽》《飲酒楽》《蘇芳菲》《韶応楽》《一弄楽》《溢金楽》《承和楽》《河水楽》《酒清司》《飲酒楽》《一団橋》《最涼州》《弄槍楽》《渋河鳥》《一徳塩》《安楽塩》《十天楽》《桃李花》《応天楽》《清上楽》《感城楽》《聖明楽》《河南浦》《央宮楽》《安城楽》《蓮華楽》《泛龍舟》《重光楽》《柳花苑》《王樹》《廻坏楽》《弄殿楽》《庶人三台》《感恩多》《海青楽》

「秦王序」（琵琶譜）

「五常楽詠　狛則近説」

「初拍子有異説楽」

「三部乱声」

「参音声」

《白浜》（琵琶譜）

「散手長鉾…」

「万歳楽忠拍子舞式」

「皇帝序舞」

「団乱旋急声五帖」

《天長宝樹楽》

「阿夜岐利　＊1聖寅私注之」（琵琶譜）

「団乱旋乱句」（琵琶譜）

「近真書云…」

《柳花苑》《春鶯囀》《渋河鳥》《河水楽》《一団橋》《酒胡子》《天人楽》《庶人三台》《感恩多》《長慶子》《慶雲楽》《鶏徳》《扶南》《古老子》《鳥向楽》《遊字女》《竹林楽》《拾翠楽》

「御願寺棟上并塔真柱立ニ…」

「輪台舞譜云…」

「青海波舞譜云…」

「五常楽序」

「太平楽破」

「向立舞雖為同事…」

「平立舞玉樹為本…」

「三行舞立様」

「鴫ムナソリノ様」

「保延之比、召光則、光時、忠方、近方…」

「仁平御賀、楽所始参音声ニハ…」

「常楽会等舞奏進事」

「近真問答抄云…」

【声明譜】「毀形唄」（本文のみ）「行香唄」「梵唄」「潅仏頌」「御前唄」（表題のみ）

裏巻四

【声明譜】「御前頌」（本文）

「狛則房秘書云」

「狛氏舞相伝次第」

「仏神権者等儛楽事」

「鶏婁打法」

「一鼓打法」

「狛光真書云／玉樹別説舞時可存事」

「万秋楽序後半帖十百子説」（琵琶譜）

「万秋楽秘説等」
「一　勒盧事」
「皇帝五常楽吹説」（琵琶譜）「同楽舞譜」
【楽曲の故実】
《太平楽》《喜春楽》《青海波》《春庭楽》《打毬楽》《五常楽》《傾盃楽》《桃李花》《賀王恩》《秋風楽》《承和楽》《裏頭楽》《感城楽》《央宮楽》《北庭楽》《甘州》
「玉樹別説装束」
【楽曲の故実】《散手》《秦皇》《玉樹金釵両臂垂》
「万秋楽事」
「輪台舞譜云」
「青海波舞譜云」
《春庭楽》
「尾張浜主カ和風楽舞テ…」
「抑舞楽ニ颯踏ト云事アリ…」
「新末鞨ノ紫ノウヘノ衣キテ…」
「陵王荒序ニ四八説　狛光則家説也」
「一説　東向天合掌シテ…」
「陵王囀詠」
「採桑老詠」
【篳篥譜】「小調子」「祢取」「臨調子」《輪台》《青海波》
「鋩鋍四方」
「鋩鋍捌方」
「案摩面事」
「髭採手」

「勅禄手」
「一説　髭取手近真自筆本譜定」「嗔序　第一段」「第二段」
「入綾手」
「勅禄手」
「仁平二年鳥羽院御賀試子日…」
「嗔面詠」
「寅一点奏神分乱声者…」
「五音者」
「三節乱声者」
「鶏婁者」
「鼗鼓者」
「一鼓者」
「鞨鼓者」
「八声者」
「太鼓者」
「太鼓日形者」
「主上御遊者」
「律呂者」
「夫龍笛者」
「天子六鼓者」
「甘州詠」「河南浦詠」「想夫恋詠」
「弾物具」
「吹物器」
「打物具」
「楽屋」

「楽所古来」
「東遊立様」
「一人案摩」

*1　「聖寅」は「聖宣」の誤写か。

［付記］本稿は、平成二二年度科学研究費補助金（22520215）による研究成果の一部である。

地蔵寺蔵『三宝感応要略録』の書き入れについて——蓮体が見たもの——

山崎　淳

はじめに

『三宝感応要略録』（遼・非濁編　以下『要略録』）に関する研究は、相次ぐ古写本の紹介で急速に進みつつある。[注1]そうした状況は、版本に基づく翻刻を使った従来の研究に対し、反省を促すものでもあった。この点は旧稿で触れたし、[注2]先行研究でも言及されている。[注3]今後の研究も、古写本を中心に進められていくであろう。

その流れは承知しつつ、しかし、版本の存在意義にも改めて思いを致すべきであると考える。まず、版本が出ることで、『要略録』の存在が広く知られるようになった点がある。写本では一部にしかなかった訓点（返り点・片仮名）を、全編に施したことも意義深い。また、本文における古写本の圧倒的優位は動かせないながら、版本とてすべてが粗悪ではない。[注4]中には写本に勝る部分も存在する。[注5]

これ以外にも、版本には注目点がある。それは書き入れのある伝本が存在することである。つまり、実際に読まれ活用されていた動かぬ証拠を有しているのである。それらの書き入れは、『要略録』研究の先駆的業績とさえ言い得る。写本より版本の方が多く残っていることを鑑みれば、書き入れを持つ版本には検討すべき点があると考えるべきであろう。[注6]

本稿では以上の問題意識のもとに、版本の一つ、地蔵寺（現大阪府河内長野市）所蔵本を取り上げ考察する。

一　地蔵寺蔵『要略録』の概要

地蔵寺蔵『要略録』（以下、地蔵寺本）は、他の版本と同じ慶安三年（1650）刊整版本である。大阪大学図書館蔵本（以下、阪大本）と比べると、訓点などに欠けがあり、後刷と推測される。[注7] 版本については、小林保治・李銘敬氏『日本仏教説話集の源流』（平成19　勉誠出版）に、京都大学附属図書館蔵本（蔵経書院本。以下、京大本）の書誌が載る（研究篇・182頁）。地蔵寺本もほぼ同じだが、独自情報もあるので簡単に挙げておく。

上中下の三巻三冊。袋綴。本文料紙は楮紙。表紙の色は縹。表紙寸法はタテ26.8㎝×ヨコ19.4㎝。各巻表紙右下に「妙適堂（朱）」の署名。行数9行（上巻冒頭の序は7行）。1行字数18字（漢字のみ。序は13字）。全編に朱引・句切（朱）あり。各巻の個別情報は次の通り。

（上巻）外題・題簽欠　内題「三宝感応要略録巻之上」　尾題「三宝感応要略録巻上終」　丁数・45丁　2丁表右下「本浄之印」（陰刻方形朱印）　小口書「仏　三宝感応録」（墨書）　所蔵番号・3-1/23-A3

（中巻）外題「三宝感応録　中」（刷題簽）　内題「三宝感応要略録巻之中」　尾題「三宝感応要録巻之中終」　丁数・54丁　1丁表右下「本浄之印」（上巻に同じ）　小口書「法　三宝感応録」（墨書）　所蔵番号・3-2/23-A3

（下巻）外題「三宝感応録　下」（刷題簽）　内題「三宝感応要略録巻之下　僧宝聚」　尾題「三宝感応要略録巻下終」　丁数・39丁　刊記「慶安三年庚寅星月／大和田九左衛門板行」　1丁表右下「本浄之印」（上巻に同じ）　小口書

「僧　三宝感応録」（墨書）　所蔵番号・3-3/23-A3

地蔵寺本は、「妙（妙）適堂」の表紙署名や「本浄之印」の印記から、地蔵寺開山・蓮体の所持本と判明する。(注8) 書き入れられた傍注（多くは本文右に朱書）・欄外注も、他の地蔵寺所蔵文献との比較から、蓮体の字と確認できる。後刷だとしても、蓮体没の享保十一年（1726）以前のものであることは確実である。加えて、蓮体は宝永二年（1705）刊の自著『観音冥応集』（前集。後集は翌年刊。以下『冥応集』）に、「援引書目」として『要略録』の名を挙げる。さらに、蓮体自筆の経典講義覚書（地蔵寺蔵）によれば、彼は元禄八年（1695）の講義で、書名は挙げないながら、『要略録』の説話（下巻28話）を語っている。(注9) 地蔵寺本は、おそらく元禄八年以前、遅くとも宝永二年以前に世に出たと考えて差し支えないだろう。

さて、地蔵寺本の書き入れのうち、本稿で注目するのは、朱引・句切を除けば分量が最も多い、本文校訂に関わるものである。例えば、下巻4話の「我一日ニ三時入二テ破散衆魔三時一ニ」の傍線部「時」には、「昧」の傍注がある。「三時」が連続する版本の形では意味が解し難いし、経典には「破魔三昧」「破散諸魔三昧」などの言葉も散見する。ここは「三昧」が適切であろう。(注10) この「昧」が写本（尊経閣本・観智院本。上巻のみの金剛寺本は除く）と一致する。(注11) こうした事実は、『要略録』の本文や受容を考える上で興味深い。

ただそれらの書き入れは、全説話に見えるわけではない。すべてが同質とも言い難い。他本と比較すると、書き入れが孤立する場合もあるし、ある写本とのみ重なる場合もある。写本だけでなく、『要略録』の出典とも重なる場合もある。したがって、それぞれの例に即し慎重に腑分けをする必要がある。そこで以下では、書き入れの性格がいかなるものなのか、それが何を用いて行われたのかといった点について、具体例を挙げ考察を進めていく（本稿末尾に、書き入れと諸本との比較一覧を掲げた。適宜参照されたい）。

二　書き入れ（1）——誤字などの訂正——

下巻26話には、「了」を「子」と訂正した例がある。三画目が朱で補筆されている。説話の内容は次の通りである。ある婆羅門の家に乞食の沙門が訪れたところ、家中の棟梁が砕け、牛馬が逃げるなどの変事があった。沙門が、「汝家児了等」の病気は疫鬼の仕業かと問うと、婆羅門はそうだと答える。沙門は、自分がやってきて、鬼などが畏れて逃げたため（沙門は千手観音像を背負っていた）、変事があったと解説する。それに続く文言が、「応レシテ時ニ児子ノ諸悩方ニ除ク」である。先の「児了」は、「児子」とあるべきところだろう。他の版本も「了」であり（写本「子」）、ここは誤刻（あるいはそれ以前の写本段階からの誤字）の訂正ということになる。

同じ説話から、もう一例取り上げる。「牛馬が逃げる」場面の版本本文は、「牛馬絶剃シ四方ニ馳走ス」である。「剃」に「倒」の傍注がある。確かに「絶剃」ではよくわからない。写本の「絶絧」にしても意味が不明である。そのため、小林・李氏翻刻では「絶嗣」と校訂するが、それでも「跡継ぎがいなくなる」となり、内容にマッチするとは言い難い。ここで新たに類話として見出した『大荘厳論経』五（二一三）の当該部分を挙げると、「牸牛絶靷四向馳走」（大正蔵四巻280頁中段。以下、巻・頁・段は省略）とある。意味は「牝牛が引き綱（靷）を引きちぎり」云々である。元はおそらく「靷」の如き字であったのが、『要略録』では写本段階からよくわからなくなっていたようだ。牛馬が興奮した状態と考えたのであろう蓮体の傍注「倒」は、『大荘厳論経』に一致はしないものの、「絶絧」「絶剃」などに比べ、はるかにわかりやすいといえよう。

訓点の訂正もある。中巻8話の題目は、「龍子従テ一僧護比丘ニ誦ニシ習フ阿含経一ヲ感応」である。「従テ一」の返り点は、明らかに誤りである。阪大本でも一点なので、地蔵寺本よりも前の刷からこの状態だったことになる。蓮体は、この一点の上に「二」を重書する。そして、それに対応する一点を「丘」の下に加筆する（阪大本では「丘ニ二」。地蔵寺本に一点がないのは、後刷に起因する欠落だろう）。同様の校訂は、大日本続蔵経（以下、続蔵経）底本の京大本でも行われている。これは、ミスとはっきり意識される箇所だったことを物語っている（この京大本での校訂は続蔵経にも反映。ただし、続蔵経では片仮名は全て削除）。なお、写本の訓点は極めて少なく、書き入れの比較対象からはほぼ外れる。

用字の統一からの校訂と考えられる例もある。下巻42話では、「所尺深妙ナルコト」と「為ニ令ニム尺通一セ」の「尺」に、「釋」の傍注がある。『要略録』に限らず、写本では「釈（釋）」と「尺」との使い分けがないことも多い（「釈迦」と「尺迦」など）。それに対し版本『要略録』では、最終話の下巻42話を除き、長さ・高さを示すのは「尺」、それ以外（ほとんどは「釈迦」か、「解釈」の意味での「釈」）は「釋」、と使い分けられている。つまり、下巻42話だけがそれまでの使い方から外れている。この点に気付いた上で、蓮体は訂正をしたと見ることができる。(注12)

以上の書き入れは、内容を吟味すれば、特定の資料を横に置かずとも可能である。地蔵寺本では、このように考えられるものが比較的多い。確かに古い本文へ遡及できる材料ではない。とはいえ、形として残る『要略録』研究の結果として評価すべきである。

書き入れによって、版本での意味を変更した箇所もある。上巻14話では、息子の夢に出てきた亡父母が語る言葉、「方ニ生ニス浄土ニ一時ニ熟《ツラ〱》以ニテ是ノ因縁ヲ一来リ告《ツク》」の「時ニ熟《ツラ〱》」を「時熟ス」と訂正する。「熟《ツラ〱》」では、この後のどの語にかかるかわかりにくい。「（息子の仏像供養で地獄を免れ）浄土に生まれる時は熟した。この因縁によりここに来て告げるのだ」とする訂正後の方が理解しやすいだろう。『要略録』の受容作である『私聚百因縁集』五17（巻第五第十七話。『要略録』以外はこの形で示す）でも「〜時熟《ジユク》セリ」、『三国伝記』十20でも「〜時已ニ熟セリ」である。蓮体がそれらの作品を参照したかどうかは不明だが、(注13)この訂正は当該部分のオーソドックスな（おそらく古くからの）読み方と見てよい。逆に、版本の読み方は孤立している（先述のように写本には訓点が少なく、どう読んでいたかすべてを明らかにし難い）。

中巻63話は、ある人が「掘レテ地ヲ見ルニ一リノ処土一ヲ其ノ色黄白ナリ」というところから話が始まる。蓮体は、「一リノ処土」を「一処ノ土」と訂正する。版本の「一リノ」は、下を「処士（仕官していない民間人）」と解したためらしい。しかし、版本でも「土」の字であるし、話の内容から見ても、妙な読み方である。これ以降は、掘るうちに黄白の部分が人の唇や舌だと判明する展開になっており、それをあらかじめ「処士」と特定する理由はないからである。出典の『続高僧伝』二八（大正蔵五〇686上）や、同文的類話の『法苑珠林』十八（大正蔵五三910上）などでも、ここは「処土」である。蓮体は、「一リノ処土」を「一処ノ土」とすることで、「処士」にミスリードされる危険を回避しようとしたと理解できる。

このように、版本の訓点には怪しげな箇所が散見する。『私聚百因縁集』など、日本での受容作と比較してみると、その特異さは際立つ。それらの作品を参照したかは別にして、蓮体は不審な箇所をできるだけ訂正する姿勢だったようである。（注14）

もう一例、写本との関係で挙げる。版本の下巻七話には、「　堂驚キ矚ミル」と一字分空白がある。これは、新造の普賢菩薩像を前に講を行った際、突然一人の僧が出現したという箇所の文言である。写本・類話ともこの部分は埋まっている。したがって、版本、もしくはその前の写本段階で、字がわからなかったため空白にしたと推測される。蓮体はこの空白を「満」（墨書）で補う。「堂中の皆が驚き見た」としたわけである。類話では、『（梁）高僧伝』七が「挙堂矚目」（大正蔵五〇372下）、『法苑珠林』十七が「闔堂驚矚」（大正蔵五三408下）、『集神州三宝感通録』下が「一堂異之」（大正蔵五二434中）である。これらは「満堂」と齟齬しない（「闔」に「すべて」の意味あり）。一方、写本では「圖堂」である。（注15）図を掲げた堂ということだろうか。ただ、題目には「〜造ニリシ普賢菩薩ノ像一ヲ感応」とある。少なくとも『要略録』では、図像作製に「写・画・図」の字が伴うので、本話の像は立体像と見なせる。「圖堂」では内容にそぐわないといえる。あるいは、「圖」は「闔」の誤写だろうか。「満」については、何かを参照したのか、自ら考えて記したのか、決し難い。いずれにせよ、この書き入れは写本の本文を相対化するものではあろう。

三　書き入れ（2）——知識の活用——

前節での例とは完全に峻別できないが、何らかの知識・認識に基づいた上での訂正と考えられる箇所もある。

まず上巻19話において、「羅刹婆」の「婆」に「娑」の傍注がある。「婆」と「娑」の異同は珍しくない。大正蔵の校異に、「羅刹婆」と「羅刹娑」の異同が挙がる経典もいくつか見出せる。(注16)「羅刹婆」とは羅刹（悪鬼）のことである。「羅刹娑」は、『大日経疏演奥鈔』十五に「婆与娑通。如羅刹婆云羅刹娑」（大正蔵五九160中）とあるように、「羅刹婆」と同じ意味である。『要略録』の場合、写本は「羅刹婆」である。『要略録』の受容作である『言泉集』亡夫帖でも「羅刹婆」、『私聚百因縁集』三18でも「羅刹婆《ラセツハ》」とある。『要略録』では古くから「婆」であり、それで安定している。我々からすれば、ことさら「娑」に訂正する必要はないといえるが、書き入れがある以上、蓮体は「娑」が適切と判断したようである。確たる根拠は見出していないが、『大日経疏演奥鈔』二十六では、「名羅刹娑」に対し「光云恐娑字乎」（大正蔵五九277中）という注を慧光が付けている。慧光は蓮体の法弟（師は浄厳）である。蓮体の近くにこのような言説が存在したことは注意してよい。(注17)

中巻7話末尾では、蘇生した定生という沙弥について、「集具已後不レ知ニ所ノレ遊フ方ヲ矣」とする。「集」に「進」の傍注がある。尊経閣本では「進」で（金剛寺本は上巻のみ残存、観智院本はこの部分なし）、この傍注と一致する。もっとも、他本を見なくとも、書き入れることは可能だったと推測される。沙弥が二十歳になって比丘の具足戒を受けることを意味する「進具」という語が存在するからである。「進具已後」「進具之後」「及進具後」などの例は枚挙に暇がない。当該説話の主人公も沙弥であり、「進具」が用いられることに問題はない。蓮体は、当然この語の知識は持っていたであろうから、「集」が誤りだと気付くのは困難ではなかっただろう。

下巻15話の「玄弉法師大宋皇帝貞観三年己丑八月ニ首ニ途シテ西域ニ」という箇所では、「宋」に「宗」の傍注がある。この二字間での異同も珍しくない。『要略録』でも上巻16話に、金剛寺本・観智院本が「宗」、尊経閣本・版本が「宋」という例がある。(注18)下巻15話も、尊経閣本が「宋」であり、古くより異文が生じやすい部分だったといえる。しかしながら、玄奘や貞観の年号が出てくる以上、皇帝は「大宗（一般的には太宗。「大」と「太」の異同も多い）」が妥当であろう。日本と中国の対照年表である『和漢合運』の蓮体所持本（正保二年〔1645〕刊本　地蔵寺蔵）にも、唐の「太宗《タイソウ》」の貞観三年の箇所に、蓮体は「玄弉入天竺」と記している（この『和漢合運』については、別稿を予定している）。地蔵寺本の傍注「宗」は、故なきものではないのである。

もちろん、資料を横に置かずこれらの書き入れを施した、と断言しているわけではない。前節での例も含め、別の『要略録』伝本なり、他作品の類話なりを見て訂正を加えた可能性は排除しない。

四　書き入れ（3）——他の資料の利用——

他の資料を見なければ書き入れができなかったと考えられるものもある。本節では、ほぼ確実な三例を取り上げて考察する。

一例目は上巻35話である。ここには、a「津州」、b「獄《ウツタヘ》ニ有心ヲ」、c「功言弘和上」の三箇所に対し書き入れがある(注19)（なお、考察はacbの順に行う）。

説話冒頭のaでは、「津」の右に「ヘン」、左に「汴」とある。観智院本は「汴」で、尊経閣本は「津」である。金剛寺本は「汗」だが、それは元来「汴」だったことを推測させるし、(注20)『今昔物語集』（以下『今昔』）六29、『真言伝』二5、『三国伝記』九14がいずれも「汴」である（『真言伝』〔版本〕には「ヘン」の読みもあり）。蓮体の傍注は適切といえる。ただしこれだけでは、何を参照にしたのかは決定できない。

cでは「功言」に傍注「辯」がある。「〜和上」なので、「功言弘」は僧名らしいが、妙な感じがすることは否めない。これは観智院本でも同じで、版本の形は写本段階に遡り得るものらしい。金剛寺本では「弘誓」と字が逆転している。『今昔』・『三国伝記』では「誓弘」である。どちらにしろ、二文字なら僧名として違和感はない。

注目されるのは、『真言伝』が僧名を「弁弘」とすることである。字体は違うが、地蔵寺本の傍注に重なる。実は「辯」の古字には「⿱弓言」というものがある。金剛寺本などの「誓」、観智院本・版本の「功言」は、いずれもこの字に由来するものといえよう。尊経閣本は、この部分に虫損があるが、一文字目の上半分と二文字目の左半分（弓）は残る。一文字目の上半分は「切」のように見える。これは「折」よりも「功」に近い。また尊経閣本での「誓」は、すべて「扌」が左側に篇の形で記される字体で、当該の字とは別のものとすべきである。おそらく、尊経閣本でも「⿱弓言」に由来する字が書かれていたとおぼしい。当該話の僧は、もとは「⿱弓言（辯・弁）弘」であったと見て良いだろう。弁弘は、『性霊集』二「大唐神都青龍寺故三朝国師灌頂阿闍梨恵果和尚之碑」に「訶陵弁弘」として登場する恵果の弟子である。（注21）少なくとも『真言伝』は、出典の字を正確に読み取ったということになる（あるいは元にした『要略録』で、すでに「弁」だったかもしれない）。

『真言伝』は、地蔵寺にも蔵されている。蓮体所持本（寛文三年［1663］刊整版本）である。蓮体が当該話を『真言伝』所収話の類話と認識し、本文に書き入れを行った可能性は充分に想定できる。

bの書き入れは、他の説話にはない、まとまった量の欄外注（ノド部分）である。『金剛寺本『三宝感応要略録』の研究』69頁の校異欄で確認できるように、版本では脱文がある。すなわち、蘇生した女が、地獄に堕ちた際のことを自ら語った中に、金剛寺本では「獄変為花池火渇如凉水罪人□花上獄卒生希有心」と、地獄が清涼池に変じる箇所がある。他の写本にも、『今昔』などの受容作にも見えるので、もとからあったと考えるべきだろう。ところが、版本では「獄《ウツタヘ》二有心ヲ一」しかない。これは金剛寺本の傍線部をつなげた形である。「獄」に「うったえる」の読み・意味は確かにあるが、写本・類話と比較すれば、明らかに脱文がある。版本では、そこに無理に読みを当てたと言わざるを得ない。

この欠落した本文を、地蔵寺本では欄外注として補入しているのである。類型的な表現ではある。(注22) しかしながら、このようなまとまった分量の文言の場合、何らかの資料を参照したと考えるのが自然だろう。では、蓮体の用いた資料は特定できるのだろうか。この問題を考えるために、以下に、書き入れと写本(金剛寺本・尊経閣本・観智院本)と類話(『今昔』・『真言伝』・『三国伝記』)とを対照した表を挙げる。

(書) 地獄　忽ニ變メ成二リ蓮花ノ池一ト　火湯ハ　成二清凉ノ水一ト　諸　罪人ハ皆坐二蓮花ノ上一ニ　獄卒　生ニメ希有ノ　心一ヲ
(金) 獄　変　為　花　池　火渇　如　凉　水　罪人　□　花　上　獄卒　生　希有　心
(尊) 獄　変　為　花　池　火湯　如　□　水　罪人　坐　花　□　獄卒　□　希有　心
(観) 獄　變　爲　花　池一　火湯　如　凉　水一　罪人　坐　花　上一　獄卛　生　希有　心一
(今) 地獄　返テ　華ノ池ト成ヌ火湯　凉キ水ノ如シ　多ノ罪人　皆　華ノ上ニ坐ス　獄卒此レヲ見テ希有ノ　心ヲ菝シテ
(真) 地獄　變メ　蓮華　池ト成リ火湯　凉　水ノ如クニシテ　罪人　華ノ上ニ坐セリ獄宰　希有ノ　心ヲ生メ
(三) 獄釜　化メ為ニリ　花　池一ト　火湯　反メ如ニシ　凉　水一ノ　罪人　坐ニス　花　上一ニ　獄卒　生ニメ希有ノ　疑心一ヲ

この比較からは、書き入れが『要略録』写本よりも他作品の類話に近いことがわかる。特に、前半部で「地獄」「成」「蓮花(華)」が重なるのは『真言伝』である。前の二つの書き入れと相俟って、『真言伝』利用の可能性はさらに高まったということになる。

ところが後半部を見ると、ことはそう単純でもなさそうである。地蔵寺本の書き入れは「諸罪人ハ皆」である。

「罪人」の前後に何らかの言葉を伴うのは、書き入れと『今昔』だけである。この一例だけを過大評価はできないし、蓮体が『今昔』を直接利用したと言うつもりもない。(注23) しかしながら、『真言伝』ではなく（「『真言伝』に加えて」とすべきか）、別の資料を参照したという選択肢も持っておいてはよいだろう。

二例目に移る。下巻21話の題目、「釈ノ道秦念二シテ観世音菩薩一ヲ増二ス寿命一ヲ感応」の「道秦」の左には、注目すべき書き入れがある。すなわち「或本作泰」と記されているのである。『続高僧伝』二六（大正蔵五〇645中）、『法苑珠林』十七（大正蔵五三411中）など同文的類話では「道泰」であり、こちらが正しい形と考えられる。「秦」と「泰」は字体が近似し、異文が生じやすい。尊経閣本・観智院本の当該話でも、「泰」か「秦」か紛らわしい字である。(注24)『要略録』の場合、受容作の『三国伝記』八5も「秦」なので、ある段階から、「秦」もしくはそれに近い字で継承されていたと推測される。

普通に考えれば、「或本」は『要略録』の一伝本を指すことになる。(注25) 現在、版本は慶安三年刊整版本（あるいはその後刷）しか、存在を確認していない。版本の字は、紛れようもない「秦」である。となれば、蓮体は版本以外の『要略録』も見ていたことになる。ただ、「或本」が『続高僧伝』や『法苑珠林』などの他作品を指す可能性も皆無ではない(注26)ので、慎重に検討する必要がある。

参考になるのが、蓮体の『冥応集』五1である。当該話は、興福寺南円堂建立の際、春日明神が老翁の姿で匹夫に混じり働いたというもので、「補陀落ヤ南ノ岸ニ堂タテヽ、北ノ藤波今ゾ栄ユル」と明神が詠じる。この五句目に対し、「或本ニハサカヘン」という注がある。

詳細は省略するが、『冥応集』の説話は、『源平盛衰記』（以下『盛衰記』）二四「南都合戦同焼失付胡徳楽河南浦の楽の事」（延宝八年［1680］刊整版本に拠る）が出典である。(注27) 和歌は「補陀落《ふだらく》のみなみのきしに堂《たう》たてゝ北のふぢなみいまそさかゆる」であり、『冥応集』とほぼ重なる。この和歌の載る他の作品では、下句の順序・字句が異なるものが多い。例えば『新古今和歌集』（以下『新古今集』）十九では、「（上句略）今そさかへん北の藤なみ」（承応三年［1654］刊整版本に拠る）である。(注28)

ところで『冥応集』では、和歌の後、『盛衰記』にない「此歌新古今集ニ載ラレタリ」が加わる。『新古今集』の名は、『冥応集』にもう一箇所見え、蓮体が参照したことがわかる。(注29) 四句目とはいえ、「さかへん」とある『新古今集』の本文も無視できない。では、『冥応集』の「或本」が『新古今集』かというと、それは躊躇せざるを得ない。「新古今集」と記しながら、その本文を「或本ニハ」として引用するのは不自然であろう。

実は、元禄十四年［1701］刊整版本『盛衰記』同巻同話では、下句が「きたのふじなみいまぞさかへん」となっている。五句目がまさしく『冥応集』の「或本」と一致する。断っておくが、『盛衰記』のどの版を使ったのかを特定するのが本稿の目的ではない。留意すべきは、『冥応集』の本文や注記に重なる『盛衰記』が、蓮体の生きていた時代に存在したことである。蓮体は複数の『盛衰記』を目にし得たわけであり、『冥応集』の「或本」が、下敷きにした『盛衰記』の異版を指している蓋然性は充分にある。

したがって、地蔵寺本の「或本」が、『要略録』の一本であってもおかしくはない。もちろん、それのみに限定するのは危険である。版本『盛衰記』と写本『要略録』とでは、披見できる機会に格段の差があろう。それでもこの書き入れは、「或本」とある以上、蓮体が版本以外の『要略録』を見た可能性を示唆するものとして注意しておきたい。(注30)

三例目は下巻32話である。ここでの書き入れ（傍注）は最も分量が多い（後掲表参照）。それらは写本とも重なるが、一方でそうでないものもある。例えば、「善果」「悪果」の「果」に、「因」の傍注がある。写本・『三国伝記』五1ともに、ここは「善果」「悪果」である。『要略録』関係の文献では、この「因」は特異なものということになる。(注31)

結論から言えば、当該話の傍注は、すべて『地蔵菩薩本願経』で説明できる。『要略録』の出典注記には「出二本願経一」とある。『要略録』とはやや相違するものの、同文的類話が『地蔵菩薩本願経』上・忉利天宮神通品第一に見出せる。少なくとも傍注は、『地蔵菩薩本願経』にことごとく一致する。おそらく蓮体は、出典注記を手がかりに『地蔵菩薩本願経』と『要略録』とを比較し、傍注を加えたと推測される。地蔵菩薩霊験説話集『礦石集』（元禄六年［1693］刊）を世に出し、地蔵信仰を唱えた蓮体にしてみれば、『地蔵菩薩本願経』の本文は尊ぶべきものだったといえよう。(注32) この説話に限っては、参照した資料は『要略録』以外のものだったことになる。

もっとも三例目の場合、出典がたどりやすいこと（一例目の出典注記は「新録」で書名なし）、出典注記において一作品に特定されていること（二例目は「唐僧伝ノ文及ヒ本記感伝」と複数）、何よりも地蔵信仰の根本的経典であることなどの条件が重なっている。これをただちに『要略録』全体に適応するのは早計に過ぎよう。これらの例からは、蓮体が書き入れを行うに当たり、出典・類話など様々な文献を駆使していたこと、その中には可能性として『要略録』の写本もあり得たということを指摘しておく。

おわりに

地蔵寺本の書き入れにおける、本文校訂に関わる箇所に焦点を当て考察した。その結果、まず以下の三点を指摘できるだろう。①蓮体は、版本での単純なミス、説話内容にそぐわない字句を訂正しようとしている。②『要略録』の出典や類話（日本での受容作を含む）を参照して訂正した箇所がある。③他の『要略録』伝本を見た可能性が認められる箇所も存在する。特に③は、第一節でも少し述べたように、『要略録』の本文や受容にも関わり、興味深いところではある。ただし、地蔵寺本の書き入れからは、あくまでも可能性ということに留めておく。むしろ①〜③から、次の二点を加えておきたい。④地蔵寺本の書き入れは、版本の批判的継承である。⑤地蔵寺本の書き入れには、古写本の本文を相対化できるものもある。今後、古写本間のみならず版本や類話ともさらに詳細な比較が進み(注33)、『要略録』そのもの、またその受容のあり方について研究が進展していくことを願い、本稿を終える。

注

(1) 小林保治・李銘敬氏『日本仏教説話集の源流』(平成19 勉誠出版)資料編に前田家尊経閣文庫蔵・寿永三年(1184)書写本(以下、尊経閣本)の翻刻・訓読文、大阪大学三宝感応要略録研究会編『金剛寺本『三宝感応要略録』の研究』(平成19 勉誠出版)に現存最古の写本である金剛寺蔵・仁平元年(1151)書写本(以下、金剛寺本)の影印・翻刻・訓読文(大阪大学図書館蔵版本の影印を併録)、尊経閣善本影印集成43『三宝感応要略録』(田島公氏解説 平成20 八木書店)に尊経閣本の影印を収録。翻刻・影印は出ていないが、前掲小林・李氏著書では、東寺観智院蔵本(以下、観智院本)を「他古写本の対校資料として貴重なもの」(研究編・182頁)として紹介。また、岩波新日本古典文学大系『今昔物語集』二(小峯和明氏校注 平成11)の脚注では、主に尊経閣本を使用。

(2) 「『覚禅鈔』所引の『三宝感応要略録』について」(科学研究費基盤研究(B)研究成果中間報告書『真言密教寺院に伝わる典籍の学際的調査・研究―金剛寺本を中心に―』平成21・3)。

(3) 小峯和明氏「前田家本『三宝感応要略録』と『今昔物語集』」(『説話文学研究』14 昭和54・6。同氏『今昔物語集の形成と構造』[昭和60 笠間書院]に再録)、池上洵一氏「中世説話文学における『三宝感応要略録』の受容」(神戸大学文学部『三十周年記念論文集』昭和54。池上洵一著作集 第一巻『今昔物語集の研究』[和泉書院 平成13]に再録)、後藤昭雄氏「『三宝感応要略録』金剛寺本をめぐって」(『説話論集』14 平成16 清文堂出版。注1『金剛寺本『三宝感応要略録』の研究』に再録)など。

(4) 一例として上巻12話を挙げる。前半は次の通り。熱心な浄土信仰者の恵海という僧のところに、道鈴という僧が無量寿仏の像を持ってきた。天竺の五通菩薩が極楽へ行き写したものという。それを見た恵海を、版本では「深ク懐二礼懺一ヲ」とする(傍線稿者。以下同じ。「礼懺」は、三宝礼拝と罪の懺悔)。「深懐」は、金剛寺本では「源」、尊経閣本では「深壊」

（観智院本この部分なし）。意味が通じるのは版本であろう。『要略録』出典の『続高僧伝』十二や、同文的類話の『法苑珠林』十五などでも「深懐」。この部分に限れば、『要略録』諸本では版本が良い。なお、以下引用本文は、特別な場合を除き通行の字体に改めた。

（5）写本本文が絶対的でないことも、すでに注3の先行研究で言及されている。

（6）カリフォルニア大学バークレー校図書館蔵本（国文学研究資料館のマイクロ写真で確認）、筑波大学附属図書館蔵本（以下、筑波大本）など。

（7）筑波大本にも、地蔵寺本と同じ箇所に訓点の欠けあり。同本は紙質が地蔵寺本に比して劣り、さらに後刷と推測される。

（8）「妙適堂」は延命寺にある。蓮体は同寺の二代目住持（初代は師の浄厳）。蓮体は「妙適斎」とも称したので、「妙適堂」は蓮体のことと判断した（字も蓮体のものと見てよい）。また、「本浄」も蓮体のことである。

（9）この覚書については、山崎「地蔵寺蔵「蓮体経典講義覚書」について」（『説話文学研究』44　平成21・7）参照。ただし元禄八年の覚書は、簡単な紹介をしたのみ（詳細は別稿を予定）。

（10）大正新脩大蔵経（以下、大正蔵）・大日本続蔵経（卍続蔵経）では、「時」のまま翻刻。校異なし。

（11）金剛寺蔵「諸菩薩感応抄」（平安末期書写とされる）の、『要略録』から抜き出された当該話でも「昧」。「諸菩薩感応抄」については、後藤昭雄氏「金剛寺蔵〈佚名諸菩薩感応抄〉」（『説話文学研究』28　平成5・6）参照。

（12）筑波大本でも、件の二箇所の「尺」の左に「釆」（墨）の書き入れがある。したがって地蔵寺本のみでの訂正ではない。

（13）『私聚百因縁集』は承応二年（1653）刊整版本、『三国伝記』は寛永十四年（1637）刊整版本や明暦二年（1656）刊整版本あり。蓮体が版本で参照し得るものである。ただし、地蔵寺にはこの二作品は現在蔵されていない。また、蓮体の確実な使用例も見出せていない。

（14）蓮体とて誤りすべてを正したわけではない。中巻55話では、登場人物が「汝門朱士行」と紹介される。「汝門」の右に朱引がある。「汝門」を場所・地名としたようである。ところが、写本や類話では「沙門」である。類話以外でも、「朱子行（衡とも）」には上に「沙門」と付く例がいくつかある。蓮体は「汝門」に根拠を持っていたのかもしれないが、やはりこれは誤りというべきであろう。

(15) 注11「諸菩薩感応抄」でも「圖」。かなり古い時期から「圖」であったことになる。なお、注1小林・李氏著書（資料編）の尊経閣本翻刻では、「圗」と校訂し、その右に「圖」と記す。同書は、誤字と判断したものは校訂本文を挙げ、右ルビの形で尊経閣本の字を示す方針。

(16)『薬師琉璃光如来本願功徳経』（大正蔵十四406上）など。

(17)『大日経疏演奥鈔』は、頼宝説・杲宝述記・賢宝編で延文元年（1356）成立。大正蔵底本の正徳二年（1712）刊整版本は、浄厳・慧光の校訂（元禄十五年［1702］の浄厳遷化で、慧光が引き継ぐ）。なお浄厳遷化後、蓮体と慧光は霊雲寺の事後処理を巡り不和となっている（『河内長野市史』二巻［平成10　河内長野市］547〜550頁など参照）。ただ、そのことで二人の「羅刹婆（娑）」の認識に違いは生じていないようである。

(18)『金剛寺本『三宝感応要略録』の研究』49頁校異欄参照。正しいのは「宋」。

(19)『真言伝』に関しては、注3小峯・池上氏論考が『要略録』の利用を指摘する。また、ａｂｃ三箇所については、注3小峯・後藤氏論考でも取り上げられており、写本の優位が確認されている。

(20) 注3後藤氏論考参照。

(21)『密教大辞典』に立項。『真言伝』二―5では、「汴州孤女」の直前に「弁弘阿闍梨」の題目で説話が載る。『対校　真言伝』（昭和63　勉誠社）頭注には、「両部大法相承師資付法記巻下に汴州弁弘の名がみえる」（118頁）とある。

(22)『法華経伝記』五「宋法華台沙弥十九」に「獄中罪人。皆坐蓮華。地獄変作凉池」（大正蔵五一70中）とあり。

(23)『冥応集』一―1には「援引書目」として「今昔物語」が挙がり、二―5では「今昔物語ニ載ス」とも記される。この点については、柴田芳成氏により、「今昔」云々も含め、『泉州志』（元禄十三年［1700］序）を引用した可能性が高いことが指摘されている（神戸説話文学研究会［『冥応集』輪読会］の同氏発表より）。

(24) 注1小林・李氏著書の尊経閣本翻刻では、当該話の件の字を「泰」と校訂。尊経閣本の字（ルビ）は、本稿で述べた字形のためか、手書き（資料編・232〜234頁）。同書の校訂については、注15参照。

(25) 当該話は『冥応集』二―5にもある。類話と比べると、『要略録』からの引用と判明する。主人公も版本『要略録』と同じく「道秦《ダウシン》」。興味深いことに、件の書き入れも引き継がれているが、「或ハ作ニル道泰《タウタイ》ニ」と微妙に変化している。しかも不思議なことに、最後に「法苑珠林ニ見タリ」とある。蓮体のミスか記憶違いとも考えられるが、類話の一つとして挙げたのかもしれない。そうならば、『冥応集』編集に際し、「法苑珠林」云々の追加に連動させて、「或本」を「或」に変更したと考えられる。同一作品の異本を想起させる「或本」よりも、別作品を示すことができる「或」の方が文言として適切だろう。なお、二5と『要略録』・『法苑珠林』とが同文的類話であることは、松本昭彦氏「『観音冥応集』の中国故事・説話」（「三重大学教育学部研究紀要　自然科学・人文科学・社会科学・教育科学」58　平成19・3）に指摘あり。

(26)　その場合も、『冥応集』で、より適切な「或」に改められたことになる（『要略録』写本を見た可能性は消える）。

(27)　『冥応集』では当該話に書名は見えないが、『冥応集』一1で列挙されている「援引書目」に『盛衰記』あり。

(28)　地誌の『南都名所集』（延宝三年〔1675〕序）三では「ふたらくや（中略）いまぞさかへむきたの藤なみ」と『新古今集』などに近く、『奈良名所八重桜』（延宝六年〔1678〕刊）十一では「補陀楽《ふたらく》や（中略）北の藤波今ぞ栄《さか》ふる」と逆に『冥応集』に近い。なお、『冥応集』の初句が「補陀落ヤ」で『盛衰記』と異なるのは、地誌などに見える当時流布していたであろう形を反映したものか。

(29)　地蔵寺には、承応三年刊整版本『新古今集』十三〜二十が蔵されているが、署名などはなく、蓮体所持本かどうか不明。

(30)　『沙石集』にも同様のことがいえる。山崎「蓮体所持本『沙石集』について―前稿の補足を兼ねて―」（『詞林』43　平成20・4）参照。

(31)　『地蔵菩薩霊験記』（貞享元年〔1684〕刊）六1では「善因」「悪果」なので、書き入れは完全には孤立していない。

(32)　地蔵寺蔵『地蔵菩薩本願経科注』（清・霊椉　元禄三年〔1690〕刊）一の表紙見返には、地蔵菩薩関連文献についての蓮体による注記がある。そこには「本説」として『地蔵菩薩本願経』が挙がる。また、「末書」として蓮体『礦石集』、実叡・良観『地蔵菩薩霊験記』、妙幢『地蔵菩薩利生記・利益集』、守覚『地蔵講式』などが挙がる。

(33)　この点で続蔵経の頭注（「疑」の上に続蔵経の字、下に訂正案を提示。SATなどの大正蔵の電子テキスト〔底本は大谷大学図書館蔵本〕では「甲」として収載）は注意される。この頭注は様々な考証を経たものと推察するが、相当数が写本と重なる（参照された資料については調査不足であり、ご教示をお願いする。なお、続蔵経底本の京大本での頭注は一箇所のみ）。地蔵寺本との関連でも、注目箇所が二つある（後掲表には書き入れと関係する部分のみ挙げた）。一つは中巻36話で、地蔵寺本では「忽老人波利驚愕」の「忽」の下に「〇」で「失」を補入。続蔵経頭注では、「人下疑脱失字」と位置は違うが「失」を提示。「忽」の下は、尊経閣本、出典の『仏頂尊勝陀羅尼経』序、類話の多くで「不見」。現時点で「失」とする類話は、元・曇噩編『新脩科分六学僧伝』（続蔵経一輯二編乙六套三〜五冊）三十・唐仏陀波利くらいである（本文は相違）。今一つは下巻9話で、地蔵寺本には「愚氣」の「氣」に「癡」の傍注（写本「氣」）。「愚氣」は『要略録』上巻17、18話にも見え（写本「氣」）、二話とも書き入れなし。下巻9話のみ「癡」がある理由は不明だが、続蔵経頭注が「氣疑痴」とあるのは興味深い（上巻17、18話では件の字に頭注なし）。

［付記］貴重な資料の掲載を許可いただいた地蔵寺御住職堀智真師、東寺観智院、閲覧を許可いただいた諸機関に厚く御礼申し上げます。本稿は、科学研究費補助金　基盤研究（C）「近世仏教説話集と寺院所蔵文献に関する研究—蓮体の著作と河内地蔵寺を中心に」の成果の一部である。なお、地蔵寺所蔵文献については、目録を別稿で予定している。

［本文比較一覧］

・「×」は、本文中に脱落か省略かで字句がないことを示す。「□」は虫などによる欠損。「…」は稿者による中略。
・版本の訓点は、書き入れに関係しない場合、記していない。
・二文字以上挙げている場合、例えば「時地作—持地作」は、実際は「時《持》地作」となっていることを示す。

話／丁／行・字	版本—書き入れ	金剛寺本	尊経閣本	観智院本	続蔵経（（）内は頭注）	出典・類話（網羅的なものではない）
（上巻）						
序1オ2・8	應—應ヲ	應	應	×	應	
序1オ3・1	薩—薩ノ	薩	薩	×	薩	
序1オ3・3	應—應ヲ	應	應	×	應	
目2ウ6・7	無—无	无	元	元？	元	
一5ウ3・1	都—覩（一部重書）	覩	都	×	都（都疑覩）	覩（増一阿含経）
7オ5・1〜3	時地作—持地作	地持作	持地	持地作	時地作	
四13オ4・7〜5・3	案ニスルニ…經ノ之佛一ヲ—案ニスルニ…經ヲ二云佛ケ	案…経云仏	案…経云佛	佛	案ニ…経ニ之佛	案…経云佛（諸書）
六16オ1・1	負《ヲハン》—負《ヲハン》レ	負	負	負ハム	負レ	
七17オ8・6	書—盡	盡	盡	×	盡	盡《ジン》（私聚百因縁集／以下、私）
十21オ5・13	反—變	変	変	変	反	反《ヘン》（私）
21オ7・12	惠—慈	慈	慈	慈	惠（惠疑慈）	慈《ジ》（私）
十四23ウ7・1〜2	時ニ熟《ツラ〳〵》—時熟ス	時就	時熟	×	時熟	時熟《ジュク》セリ（私） 時已ニ熟セリ（三国伝記／以下、三）
十九27ウ9・3	門—門ノ	門	門	門	門	門ノ（私）
28オ4・16	婆—娑	婆	婆	婆	婆	婆《ハ》（私）
二十28ウ6・7	説ノ—説一ノ	説	説	説一	説一	説一ノ（三）
二一29ウ9・16	喜一ヲ—喜一ニ	喜	喜	喜一	喜一	喜國一ニ（三）
二五32オ6・1	遠—還	還	還	還	遠（遠疑還）	還（弥勒如来感応抄／以下、弥）

三十34ウ9・7	无—無	无	□	×	無	
三五36ウ5・3	津—沐《ヘン》	汗	津	沐	津	沐《ヘン》（真言伝／以下、真）
36ウ9・3〜5	（第四節参照）					
37オ1・2〜4	功言弘—辯弘	弘誓	□弓□	功言弘	功言弘 （功言疑望）	弁弘（真）
三八38ウ7・13	切—初	初	初	初	切（切疑初）	初（諸書）
三九39ウ6・4	以—坐	因	□（臥）	×	以	臥（弁正論／以下、弁）
四一41オ4・4	先《ンシ》レ—先	先	先	先	先レ	
41オ6・5	書ル「—盡ル「	盡	盡	×	盡	盡（弁）
41ウ8・18	遇—過	過	過	過	遇（遇疑過）	過（弁）
四八45オ6・15	日—日ナリ	日	日	日一	日	日ヲ（三）
（中巻）		（以下欠）				
六11オ5・6	書—盡		書	盡？	盡	盡（華厳経伝記）
七12オ2・11〜12	集具—進具		進其	×	集具	
八12オ4・6	従一テ—従ニテ（重書）		従	従	従ニ	
12オ4・10	丘ニ—丘一ニ		丘	丘	丘一	※阪大本、一点あり
12オ5・2	後—護（重書）		□（護）	護？	後（後疑護）	
十一14ウ1・11	誦ニスル「—誦スル「		誦	誦	誦ニ	誦ス（三）
十二15オ5・1	温—温《シフ》		濕	濕	濕	濕（大唐西域記） 濕《シツ》（三）
十六17ウ3・7〜10	示ニシテ教利喜一ヲ —示教利喜一メ		示教利喜	示教利喜	示教利喜	示教利喜メ（三） ※「示教利喜」で成句
二十20オ1・18〜2・1	金色ナリ反テ —金色ニ反ス		変金色	変金色	金色反	金色ニ變シタリ （今昔物語集／以下、今）
二三20ウ9・11	講—誦《ジュ》		誦	誦	講（講疑誦）	讀《ヨム》（三）

二九 24ウ3・17	楽—示	示	示	楽（楽疑示）	示（今）
三十 25オ1・15	阿—河（一部重書）	阿	×	阿（阿疑河）	河（諸書）
三三 26オ8・15	譯—譯ノ	譯	訳	譯	譯ノ（三）
三四 27オ8・14	何—河（一部重書）	河	河？	何（何疑河）	河（諸書）
三六 28オ8・3〜6	見レハ一ノ老翁 —見ニレハ一ノ老翁一	見一老翁	見一老翁一	見一老翁	
28ウ4・8〜10	忽ニ老人— 忽ニ失ニ老人一（補入）	忽不見老人	忽不見老人	忽老人（人下疑脱失字）	老人忽ニミヱス（真） 頓失 老翁（新修科分六学僧伝）
28ウ4・11	彼—波	波	波？	波	波（諸書）
三八 29オ8・10	囚《ナシ》—罔《ナシ》	罔	罔	罔	
29オ9・6	墮—號	随	随	墮	
29ウ3・8	若—若ノ	若	[舟+若]	若	※観智院本以外「般若」の表記
四一 31オ8・10	標—慄《リツ》	□（標）	摽	慓	
32ウ7・11	非ニス—非レ	非	非	非ニ	
32ウ7・12	常ノ—常ニ（ノ消さず）	常	常	常	
32ウ7・13〜14	可愛一ニ—可レシ愛一ニ	可受	可愛一	可愛一	
四四 35オ2・15	遍—區	遍	遍	區	軀（大唐西域求法高僧伝）
四六 36オ3・16〜17	有身—有レテ身「	身	身	有レ身	
五五 42ウ9・11〜12	放レツ光リヲ—放光	放光	放光	放光	
五八 45オ5・13	五—三	五	五	五	※類話には、「三」「五」、どちらもあり
五九 46オ4・10	坐—聖	聖	聖	坐（坐疑聖）	聖（今）
46オ8・6〜7	寇邊—寇レシ邊ニ	冠邊	□□	寇レ邊	冠ノ邊（今）
六三 48オ4・14	女—必	必	女	女	

48オ6・16〜18	一リノ處土—一處ノ土	一處土	一處土	一處土	一處土（諸書） 一ノ所（今）
六八 52オ5・13	愍—改	改	改	愍（愍疑改）	改（釈門自鏡録）
52オ6・11	知テ—知レテ	知	知	知	
52オ7・16	將ニ—將レニ	将	将	將レ	
七十 53オ5・11	縁ヲ—縁一ヲ	縁	×	縁一	※阪大本、一点あり
(下巻)					
四 6オ6・18	時—昧	昧	昧	時	昧（諸菩薩感応抄）
七 8ウ2・13〜14	始メテ講セリ—始レ講	始構	始講	始講	
8ウ3・1	賛—輂	輂	輂	賛（賛字…更勘）	輂（法苑珠林）
8ウ3・2	跸—蹕	蹕	蹕	蹕	
8ウ4・3	有—有レ	有	有	有レ	
8ウ5・3	—滿（墨書）	圖	圖	□（□疑學）	
九 10オ8・7	氣—癡	氣	氣	氣（氣疑痴）	
10ウ1・13〜16	返傳テ四友 —返ニ縛ノ四支一ヲ	返縛四支	縛四支	返傳四友（傳疑縛／友疑支）	返ニ縛ノ四支《エタ》一ヲ（三）
10ウ4・7〜10	反テ縛ニルヲ罪人一 —反ニ縛ヌ罪人一ヲ	而縛及罪人	反縛罪人	反縛ニ罪人一	面縛ノ罪人（三）
一五 14オ7・13	宋—宗	宋	宗	宋	
一七 16オ4・11	書—盡	盡	盡	書（書疑盡或滅）	盡（大慈恩寺三藏法師伝）
一八 17オ4・12	已—以	已	已	已（已以音通）	
一九 17ウ6・14	温—濕	濕	濕	濕	温（三）
17ウ9・12	切—功	功	功	功	功（三）
二一 19ウ5・8	秦 —或本作泰（左傍注）	秦	秦	秦	秦（三） 泰（諸書）

二二 20ウ5・12	眼—服	服	服?	眼（眼…未詳）	服（三）
20ウ8・11〜13	置ㇾクノ車ニ人 —×（朱で抹消）	×	×	置ㇾ車人（置等三字疑衍）	×（三） ※尊経閣本は脱字あり
20ウ9・11	誡—誡（一部重書）	誡	誡	誡	誡（三）
二三 21オ7・1〜3	死半分 —死スル「半分ナリ	死半分	死半分	死半分	
21オ9・3〜18	見…耀ナリ —見下上ル…耀上ナリ	見…耀	見…耀	見…耀	
二四 22オ1・4	道—道カ	道	道一?	道	×（真） 道ヲ（三）
22オ4・9	報—報スト	報	報	報	報スト（真） 報スト（三）
二五 22オ9・14〜17	施行救療 —施ニ行救療一ヲ	施行救療	施行救療	施行救療	
二六 22ウ6・9	剃—倒	剃	剃	剃	靭（大荘厳論経）
22ウ6・15	時—時ニ	時	時	時	
22ウ8・8〜9	汝家—汝カ家ノ	汝家	汝家	汝家	
22ウ8・11	了—子（補筆）	子	子	子	
二九 25オ1・1〜2	悲ニハ者—悲者	悲者	者	悲者	悲マシマサハ（私） 悲ノ者（三）
25ウ2・7〜10	父感夢之 —文侍感ㇾ夢之	又感夢云	又感夢ニ之	父感夢之（父等四字更詳）	×（私） 又夢ニ（三）
三十 26オ4・12	濤ニ—濤一ニ	濤	濤	濤一	※阪大本、一点あり
三二 27ウ3・6	軽—常軽（補入）	常軽	常軽	軽	常軽（地蔵菩薩本願経／以下、地）
27ウ4・12	令—全	全	令	令	全（地）
27ウ5・5〜6	地獄	无間地獄	无間地獄	地獄	無間地獄（地）

	―無間地獄（補入）					
27ウ6・10	真―興		興	興	眞（眞疑伸）	興（地）
28オ3・12	畫―盡		盡	×	盡	盡（地）
28オ5・9	容―各		各	×	容	各（地）
28ウ2・6	果―因		果	果	果	因（地）
28ウ3・6	万―十万（補入）		万	万	萬	十萬（地）
28ウ4・14	果―因		果	果	果	因（地）
28ウ5・1	苦―共		苦	苦	苦	共（地）
28ウ7・3	元―死		死	×	元（元疑死）	死（地）
29オ3・7	李―孝		孝	孝	李（李疑孝）	孝（地）
29オ5・9	哀―事		事	事	哀	事（地）
29オ6・12	畫―盡		×	畫？	盡	盡（地）
三四 30ウ4・14	君―君ハ		君	君	君	公ハ（三） 公ハ（地蔵菩薩霊験記）
30ウ7・6～9	憶メ昔ノ怠ル過トカ ―憶二メ昔ノ怠ル過トカ一		憶昔怠過	憶昔怠過一	憶二昔怠過一	
三五 31ウ6・18	空―定（墨書）		必	×	空	必（地蔵大道心驅策法） 定（私） 必（三）
三八 34ウ6・11	惠―慈		慈	慈	慈	慈（弥） 慈（三）
三九 35オ6・16	獄―獄一（一部補筆）		獄	獄	獄一	※阪大本、一点あり
四二 38オ4・5	尺―釋		尺	釈	釋	
38オ6・6	惠―慈		慈	慈	慈	
38オ7・6	住―住（欠角補筆）		住	住	住	
38ウ2・17	惠―慈		慈	慈	慈	
38ウ3・7	尺―釋		尺	尺	釋	

今治市河野美術館蔵「不知夜記」（仮題）をめぐって

――付・天理図書館蔵『阿仏記』のこと――

松原一義

一　天理図書館蔵『阿仏記并為家追善作』

『竹柏園蔵書志』(注1)によれば、次のような記事が見える。

阿仏記并為家追善作　　一帖

薄様鳥の子三綴の綴葉本なり。「阿仏記」は十六夜日記なるが、鎌倉に着けるまでを一冊とし、「あづまにてすむ所は」以下を一冊とせるは、本書の原形を知るべき資料として尊ぶべし。終に、「安嘉門院四条法名阿仏作東日記」とあり。「為家追善作」は、為家の追善の為に阿佛尼の作れる文詞。はじめに、「安嘉門院四条局仮名諷誦阿仏禅尼」とし、文の終に、「建治元年六月五日弟子敬白」とし、一首の歌を添ふ。奥に、「以冷泉大納言持為卿家本書写校合了」とあり。九条家旧蔵本。

（「国文学の文献学的研究」并に岩波文庫「十六夜日記」参照）

佐佐木信綱博士は、「阿仏記并為家追善作」一帖を有しており、それが「九条家旧蔵本」であったといわれるのである。

昭和四年の冬、一誠堂の顧客に、次のような案内状と古書の略目録が送られてきた。

拝啓各位益々御清昌奉大賀候

陳者今般某公爵家御所蔵の古版本・古写本類、左記之通り入札売

立仕り候へば、御多用中乍恐縮、御光臨、御買上被下度、此段御案内

申上候

これは九条家本売立会の略目録の前書であり、さらに次のような日程が記されていた。

下見　十二月九日正午より午後六時迄　於東京図書倶楽部

入札　十二月十日午後一時より

略目録は横長の一枚もので、上下二段、掲載の口数百四十九口で、この会で売り立てられた書目の数は、目録に載らなかったものを加えると、総点数は五、六百口に達したといわれる。

若き日の池田亀鑑博士も、その下見に行かれたらしく、反町茂雄氏は、その時の様子をその回想録(注2)で活き活きと記す。

だが、この時の「古書販売目録(注3)」を見ても、『十六夜日記』(その異名をも含めて)の名は見えない。

佐佐木信綱博士は、この『阿仏記』をいつ購入されたのであろうか。この後、九条家本の売り立ては、昭和二十二年一月にもう一度あったので、その時に入手されたのであろうか。だが、同博士は、昭和二十年七月半ばに、弘文荘に本の売却の依頼をしており、その売却先が天理図書館の中山正善氏となっているのである。『阿仏記』はこの時佐佐木家から流出したものと思われ、佐佐木博士が蔵された九条家旧蔵『阿仏記』は、昭和二十二年段階の九

条家本の売り立てで佐佐木博士の所蔵するところとなったとは考えられないのである。

他方、最近、九条家旧蔵本について、多くの報告がなされている。特に、平成十二年九月二十六日から十月十三日の国文学研究資料館での「源氏物語とその前後」と題する展示に注目された池田利夫氏や石澤一志氏、新美哲彦氏が、金子武雄氏の国文学研究資料館への寄託本である『我身にたどる姫君』・『恋路ゆかしき大将』が同筆であること、旧蔵者が書かれていない『とりかへばや』もそれと同筆であること、さらには、展示はされていないが、鶴見大学図書館蔵の祖形本『浜松中納言物語』巻二も同筆ではないかとされるのである。(注4)

この池田利夫氏の御論をさらに発展させて、石澤一志氏は、実践女子大学蔵山岸文庫本『歌合集』(六〇一二)・早稲田大学蔵『歌合集』(特別・へ四・八〇七三・一〜二)をも、一部を除いてそのほとんどが同筆で、江戸時代初期、寛永ごろの書写だと認定され、その識語を引かれ、次のようにいわれる。

十三冊目の裏見返しには、「歌合虫喰本取雑一括／九条家蔵本也／大正十三年秋黒門町広田にて／求之。甲乙トアルハ二冊アリシモノナリ。一部ハ／小川寿一ニ与ヘタリ　岸硒舎

……中略……

山岸の識語には、購入した年が大正十三年（一九二四）と記され、さらに購入した場所も「黒門町広田」と明記されている。つまり、山岸識語を信ずるならば、九条家本は従来知られているよりも前の段階で、既に一部が流出していたことになるのである。(注5)

この石澤氏の御報告によれば、大正十三年秋に、九条家本が流出したことが指摘されている。佐佐木信綱博士が先の『阿仏記』を入手したのも、あるいは、昭和四年の売り立て会以前のこのような形の流出によるのではなかったかと想像されるのである。

だが、入手時期なども確定し得ない『阿仏記』を「九条家旧蔵本」という以上、何か九条家本の特徴をもつのであろうか。

先にもあげたように、九条家旧蔵本の筆跡にはある特徴があったようであり、特に、「あ」字と「の」字には独特の筆跡が認められる。天理大学附属天理図書館蔵『阿仏記』の筆跡は、次のようなものである。

①阿仏記
10丁表

特に「の」の右肩に注目されたい。

これに対して、先の九条家旧蔵本のそれは、次のようなものである。

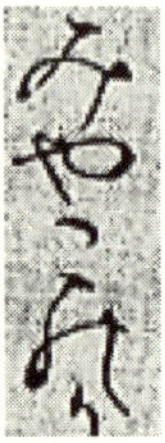
②我身にたどる姫君

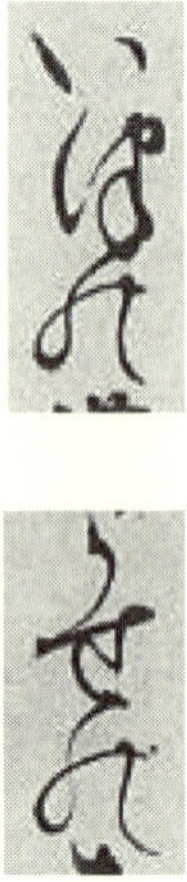
③恋路ゆかしき大将

④とりかへばや

⑤古今序抄（中院文庫）

⑥歌合集

天理図書館蔵『阿仏記』の筆跡に対して、この筆跡は明らかに異なる。

この後者の筆跡について注目されるのが、海野圭介氏の随心院門跡の歌書についての考察である。(注6)

⑦後鳥羽院御集（随心院147の7号）

⑧秋題廿首歌并冬題十首和歌（147の1号）

そもそも、随心院とは、開基を仁海と伝える小野流の真言宗の古刹で、経巻・聖教の他に和歌関連の資料をも伝領している。ここにあげた『後鳥羽院御集』・『秋題廿首歌并冬題十首和歌』の「の」字は、池田利夫氏などがあげた九条家旧蔵本とよく似ている。これらの和歌資料は誰によって書写されたのか。

随心院と九条家との関係については、九条道家（峯殿あるいは光明峰寺摂政とも）の子孫が随心院門跡となる場合が多く、その道家の筆跡（注7）は次のようなものである。

⑨九条道家筆跡

この「の」の字の筆跡が、先の随心院門跡の歌書の筆跡と同様、右肩の部分に特徴を示しているのである。その点、海野圭介氏が注目された「九条家文書」（二〇二二）の九条兼孝書状案には、次のような記事が見える。

（端裏書）
「随事対玄以愚札案」
去年冬随心院事相違淵底候、先祖光明峯寺殿被帰真言宗、小野六流之内伝受随心院法流、則於東寺被遂潅頂、

ここには、道家が随心院法流を伝受したことが記されているのである。

さて、話題を九条家旧蔵本の『歌合集』に戻すが、この書は、先にもふれたが、寛永（一六二四～一六四〇）頃の書写だとされており、このころ活躍した随心院の九条家出身の門跡について、次の『諸門跡譜』(注8)が注目される。

増孝大僧正。九條殿後月輪殿関白左大臣藤原兼孝公息。東光院関白稙通公孫。母従三位熈子。藤原永家卿女。

正保元甲申七廿一寂

増孝大僧正は、先の書状の主の藤原兼孝の息で、関白稙通の孫であったという。正保元年（一六四四）没なので、九条家旧蔵本『歌合集』の成立時期と矛盾しない。増孝大僧正をこの『歌合集』の書写者の一候補としてあげてみたいわけである。

さて、随心院門跡の歌書が九条家旧蔵本と深い関係をもっているらしいことを考えると、先の天理図書館蔵『阿仏記』は、その随心院流の筆跡は示していない。これはどういうことを意味しているのだろうか。

二　『阿仏仮名諷誦』の伝流

『阿仏記』は、合綴の種類も他本と異なっており、長歌を欠き、『阿仏仮名諷誦』を有している。序文の部分は、他本とさほど変わらないが、東日記の部分は大きく本文異同を示す。いわゆる「十六夜日記異本」とでも言うべき伝本である。

その天理図書館蔵『阿仏記』が島原図書館松平文庫蔵『十六夜日記』と本文が同系統であることはつとに知られているが、松平文庫本には、長歌があり、『阿仏仮名諷誦』の部分がない。

天理図書館蔵本の『阿仏仮名諷誦』は、どういう系統の本文を示すのであろうか。

『阿仏仮名諷誦』の主な伝本としては、次の表のようなものがあり、それらは、次の五類に分類できる。

『阿仏仮名諷誦』伝本一覧表

	略号	『阿仏仮名諷誦』所蔵者名	備考
一	【河】	今治市河野美術館「不知夜記」（三二二―五四〇）（仮題）	和歌なし
	（阿）	静嘉堂文庫蔵『阿仏房紀行』（五一五―五）	和歌なし
	（三）	実践女子大学山岸文庫蔵『不知夜記』（三五二四）	和歌なし
	（常）	実践女子大学常磐松文庫蔵『いさよひの記』（九七八）	和歌なし
	（金）	金刀比羅宮図書館蔵『十六夜物語』（三三三）	
二	（静）	静嘉堂文庫蔵『伊佐宵記』（五一四―一七）	
	（北）	北駕文庫蔵『十六夜日記』（小（34）―八八）	
	（多）	多和文庫蔵『十六夜日記』（五―七）	
三	（松甲）	島原松平文庫蔵『阿仏仮名諷誦』（六―五）	（単）
	（温）	温泉寺蔵本（五一）	（単）
	（扶）	島原図書館松平文庫蔵扶桑拾葉集所収本（一一七―六）	（単）
	（書黒）	宮内庁書陵部黒川本（黒―114）	（単）
四	（尊）	尊経閣文庫蔵本『四條局假名諷誦』	（単）
	（松乙）	島原松平文庫蔵『哥書集』（一一九―六）	（単）
	（書鷹）	宮内庁書陵部鷹司本（鷹―77）	（単）
	（多甲）	多和文庫蔵『十六夜記』（一六―一七）	
	（九）	天理図書館蔵『阿仏記』（九一四・四四―イ三）	
	（談）	今治市河野美術館蔵『西行上人談抄』（三三〇―六二〇）	（単）和歌なし
五	（冷）	冷泉家蔵時雨亭叢書本（第三期第二八回配本第四三巻）	（単）和歌なし

第一類は「法華経一部」で終了する本文をもつもので、上冷泉家本系統のものである。第二類は、古注釈書本系統のもので、第一類本と第四類本との中間本的位置を示す。第三類は、扶桑拾葉集本系統のものである。第四類は、いわゆる下冷泉家本系統のものである。また、第一類本に対し、第二類本から第四類本までは、末尾文・奥書年次までを有するものである。第五類は、冷泉家蔵時雨亭文庫本であり、これは本文異同も大きいが、中心部に相当部分の脱落を有する。

備考欄には、末尾に「とまる身は」の和歌をもたないものについて、「和歌なし」と記した。『阿仏仮名諷誦』は、『十六夜日記』に付載されたものと、そうでないものとがあるが、後者については、(単)と記して示した。

また、先の伝本で、書写年次などを明記するものは、以下のとおりである。

(金) 享保十九年(一七三四)
(静) 延宝五年(一六七七)
(北) 正徳二年(一七一二)
(書鷹) 延宝元年(一六七三)
(多甲) 延宝三年(一六七五)

以上のテキストをとりあげて、『阿仏仮名諷誦』の校本を作成した。底本としては、今治市河野美術館蔵『不知夜記』(三二二―五四〇)をとりあげ〈ただし、72行目以降84行目までは、尊経閣文庫蔵『四條房假名諷誦』により、末尾の和歌部分については、金刀比羅宮図書館蔵『十六夜物語』による〉、表に示した対校本により、比較検討してみた。

なお、『阿仏仮名諷誦』の校本については、「『阿仏仮名諷誦』校本 稿」(注9)として既に発表しており、同拙稿は、鳴門教育大学のホームページで公開されている。ただし、北駕文庫蔵『十六夜日記』(注10)については、追加資料として補った。

1　今治市河野美術館蔵『西行上人談抄』所収本のこと

天理図書館蔵『阿仏記』と関係深いと見なされる写本に、今治市河野美術館蔵『西行上人談抄』所収本がある。その対校の一例を示すと、以下のようなものである（算用数字は、底本の本文の行数である）。

今治市河野美術館蔵『西行上人談抄』所収本

をつとむる事二千十部やまひの　28　【河】

【河】つとむる事―つむる事（金）つとむること（温）つむこと（尊）（多甲）つむ事（松乙）（書鷹）（九）（談）二千十部―二千百十部（阿）（三）（常）（金）二千百十《セイ》部（静）二千百十《セイ》部（北）（多）二千百十餘部（松甲）（扶）（温）弐千百十余部（書黒）二千七百よふ（尊）二千七百十部（松乙）二千七百部（書鷹）一（マヽ）千七百余部（多甲）二千七百十余部（九）（談）やまひの床の―やまひのゆかの（阿）（三）（常）（金）（松甲）（扶）（尊）（多甲）（九）（談）やまひのとこの（静）（多）病のゆかの（温）（書黒）病の床（松乙）（書鷹）

I　（九）と（談）との二本のみの共通異文

二千十部―二千七百十余部（九）（談）

他に3例あり。

II　（九）と（談）との二本に限定されない共通異文

つとむる事―つむ事（松乙）（書鷹）（九）（談）

他に23例あり。

III （九）と（談）との表記が一致するもの

やまひの床の―やまひのゆかの（阿）（三）（常）（金）（松甲）（扶）（尊）（多甲）（九）（談）

他に55例あり。

天理図書館蔵『阿仏記』と今治市河野美術館蔵『西行上人談抄』所収本との本文には、表記関係をも含めると、八十三例の共通本文がある。

この河野美術館蔵『西行上人談抄』所収本に対して、天理図書館蔵『阿仏記』にかなり近い伝本としては、多和文庫蔵『十六夜記』（多甲）、島原図書館松平文庫蔵本『哥書集』（松乙）、尊経閣文庫蔵『四條房假名諷誦』（尊）の三本が指摘できる。まず、（多甲）本が『阿仏記』と共有する本文としては、次の五十五例が指摘できる。

5・6・7・11・14|・15|・15・16・21・22・23|・24・26・28・29|・30|・38・39|・41・43|・46・47・49・50・50・51・53・55・55|・56・56|・58・59・60・62・64・65・66・67・68・|69・72・73・74・75・75|・77|・78・78|・79・79|・80・81・82|・

この共通本文は、表記のみの共通を示すものをも含めたものであり、先の『西行上人談抄』所収本とは共通せず、『阿仏記』と共通する異文としては、わずかに次のような用例が指摘できるに過ぎない。

さきたつは―さきたゝは（冷）（三）（扶）（尊）（多甲）（九）

「さきたつは」と「さきたゝは」との相違を示すにすぎず、「つ」と「ゝ」との誤写である可能性をも秘めている。（多甲）と（九）との関係は、（談）と（九）との関係よりはるかに希薄であると見なさざるを得ない。

次に、島原図書館松平文庫蔵本『哥書集』（松乙）と（九）との表記のみのものをも含めた共通本文は、次のようなものである。

4・7・10・11・18・23・24・26・28・29・29・32・33・34・36・39・40・41・42・46・47・50・51・51・53・55・56・59・60・62・65・65・66・67・69・69・72・73・73・75・75・77・78・79・79・65・65・66・67・69・69・72・73・73・75・75・77・78・79・79・80・81・

総計、五十例であり、（九）との共通異文としては、次のようなものが指摘できる。

とゝむる―とゝむ（尊）（松乙）（多甲）（九）

そして、尊経閣文庫蔵『四條房假名諷誦』（尊）と（九）との表記のみのものをも含めた共通本文は、次のようなものである。

5・6・7・9・10・11・14・15・16・17・18・21・21・22・23・24・26・27・28・29・30・31・32・34・36・41・43・44・46・49・50・51・53・55・56・57・58・59・60・62・62・64・65・68・68・73・75・76・77・77・78・80・82・82・82・

全部で、五十七例が指摘できるのである。これは、（多甲）を抜いて、（談）の次に多いケースである。共通異文としては、次のようなものがあげられる。

23　とゝむる―とゝむ（尊）（松乙）（多甲）（九）

62　なにゝ―なに（尊）（九）

68　日にそ―日にも（尊）（九）

23のものについては、（松乙）（多甲）と重複するが、62・68のものについては、（尊）と（九）との独自共通異文となっている。ただし、62は、脱落、68は「そ」と「も」との字形の類似により発生した異文とも見なされ、（尊）と（九）との近似性は、（談）と（九）との近似性ほど濃密ではないのである。

つまり、（尊）（松乙）（多甲）（九）の四本は、同系統の伝本とは見なしうるが、（九）と（談）が緊密な本文関係を有するのとは一線を画するのである。

天理図書館蔵『阿仏記』と今治市河野美術館蔵『西行上人談抄』所収本との本文には、なぜこのような緊密な関係があったのだろうか。

天理図書館蔵『阿仏記』には、以下の奥書がある。

建治元年六月五日　　弟子敬白

とまる身はありてかひなき別路に

なとさきたゝぬ命なりけん

入道大納言為家追善阿佛禅尼作也云々

以冷泉大納言持為卿家本書写校合了

この後半部分の「以冷泉大納言持為卿家本書写校合了」によれば、この写本の原本は、下冷泉家の持為卿の家本であったとされる。

これに対して、今治市河野美術館蔵『西行上人談抄』所収本の奥書にも、次のような奥書がある。

平治元年六月五日　　弟子敬白

阿佛禅尼作也

入道大納言為家追善

以冷泉大納言持為卿家本書写校合畢

以西三條殿家之本校合了

「平治」は「建治」の誤りであろうが、「入道大納言為家追善阿佛禅尼作也云々以冷泉大納言持為卿家本書写校合了」の部分は、両書ほぼ重なっている。両書の本文が近接しているのは、両書がともに「冷泉大納言持為卿家本」を親本としていたからと見なされるのである。

つまり、『阿仏記』は、九条家流の人の筆跡を示すいわゆる九条家本ではなく、九条家に所蔵されたことがあったにしても、むしろ下冷泉家本と称すべきものだったと見なされるのである。

この両書の筆跡は、次のようなものである。

⑩阿仏記

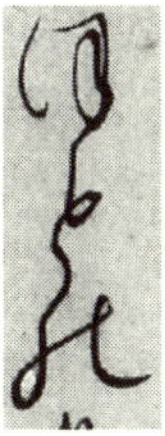

⑪西行上人談抄

三　『阿仏仮名諷誦』の系列化と集合

静嘉堂文庫には、鈴木弘恭書き入れ本『十六夜日記』がある。この「かなふしゆ」について、鈴木弘恭（アハ牛舎主人弘恭）は、以下のようにいう。

冷本の奥に左の添書あり弘恭一日黒川真頼翁にもの語の序に此奥書のことをかたりつれは翁よろこひ給ひてこはいとめつらし今本になきは梓にゑるをりにわざと省き給へるならんとて写し給ひぬ参考の為左にうつす但仮名等原本の文字のまゝにうつす

「冷本」とは、冷泉家本のことで、「右近衛権少将藤原」（冷泉為経卿）筆本で、延宝五年（一六七七）冬後十二月十一日の筆写であった。その奥に「阿仏房のかなふしゆ」の添書があったというのである。全29行で、その末尾は、「法華経一部」となっている。先の天理図書館蔵『阿仏記』の「かなふしゆ」には、「法華経一部」の後に、さらに「無量義経普賢経阿弥陀経……中略……よろつの衆生をわたさんと也」（72〜83行）の本文が続くが、この「法華経一部」で終わる「かなふしゆ」が付載された写本には、他に今治市河野美術館蔵本、山岸文庫蔵三条西家本写本、常磐松文庫蔵本、金刀比羅宮図書館蔵本などに付載されたものがある。この『阿仏仮名諷誦』そのものも、本来『十六夜日記』とは成立時期も異なっており、後に『十六夜日記』に付加されたものと思われるが、さらにその末尾に付加された「とまる身は」の歌は、常磐松文庫蔵本以前にあげた『十六夜日記』の【河】・(鈴)・(三)・(常)の伝本にはなく、金刀比羅宮図書館蔵本に、以下のような形で見える。

玉 前大納言為家身まかりて五七日の佛事に侍りける願文の奥に書付て侍りける

安嘉門院四條

とまる身はありてかひなき別路になとさきたゝぬ命成らん

この歌は、『玉葉和歌集』二四三〇(二四一七)に収録されており、新編国歌大観では、末尾の句が「命なりけん」、旧国歌大観では、「命なりけむ」とある。為家の五七日の願文とは、『阿仏仮名諷誦』のことであろうが、詞書によれば、この「とまる身は」の歌は、本来、その願文の奥に付加されていたという。

『阿仏仮名諷誦』には、次のような異名がある。

【河】阿佛房のかなふみ―阿佛房のかなふしゆ(阿)(三)(松甲)(静)阿佛房のかな諷誦(常)阿仏坊のかな諷誦為家のためにかゝれしとなり(金)かなふしゆ(北)(多)権大納言為家卿五七日の願文阿佛(温)権大納言為家卿五七日の願文同(扶)権大納言為家卿五七日の願文阿佛尼(書黒)四條房假名諷誦(尊)阿佛禅尼諷誦(多甲)亜相為家卿五七日正諱諷誦安嘉門院四條房(松乙)かなふしゆ亜相為家卿五七日正諱諷誦安嘉門院四條局(書鷹)安嘉門院四条房假名諷誦阿仏禅尼(九)(談)大納言為家みまかりける三十五日に安嘉門院四條何(阿)佛あとをとふらひけるふしゆ(冷)

先の歌の詞書が、この『阿仏仮名諷誦』を指していることは疑いない。

確かに『阿仏仮名諷誦』は、『十六夜日記』に付載されず、単独で流布しているものもある。(温)・(扶)・(松甲)・

（静甲）・（松乙）・（談）などがそれであり、（談）を除いてすべてに「とまる身は」の歌が書き付けられている。

ただ、奥書年次の後の「とまる身は」の和歌は、今治市河野美術館蔵『西行上人談抄』所収本にはない。今治市河野美術館蔵『西行上人談抄』所収本には、「以西三條殿家之本校合了」とあり、その三条西家旧蔵本を書写したといわれる山岸文庫蔵本には、その和歌はなく、その三条西家旧蔵本と校合したのだから、今治市河野美術館蔵『西行上人談抄』所収本にもなくて当然なのである。

他方、先の表にも記したように「法華経一部」で終わる『十六夜日記』付載の『阿仏仮名諷誦』には、「建治元年六月五日　弟子敬白」の奥書はない。末尾部分にかなりの脱落があるからである。ということは、この願文の奥に付された「とまる身は」の歌も脱落していたと見なさざるを得ない。すなわち、「法華経一部」で終わる『阿仏仮名諷誦』が阿仏尼の作ということで『十六夜日記』に合綴されたごとく、この歌も、『阿仏仮名諷誦』と同趣旨ということで、おそらく再度付されたものかと考えられる。

こちら側の場合、この後、『阿仏仮名諷誦』と重複気味の詞書は省略され、この歌をともなう他の伝本でも、この歌の詞書はなくなっている。（松甲）でわずかに玉葉「とまる身は」とあるだけで、他には詞書もその出典に触れるものもない。（静）・（北）・（多）はもちろん、（多甲）・（九）にもそれはない。

ところが、この金刀比羅宮図書館蔵本には、次の奥書が見える。

享保十九年卯月廿五日書写之正三位中臣延晴六十六歳

享保十九年（一七三四）四月二十五日に、正三位中臣延晴がこれを書写したというものである。

中臣延晴については、『公卿補任』によれば、以下のような記事が見える。

享保十六年：従三位　中延晴六十三　春日社神宮預。十一月十一日叙。

同十七年：同六十四　同　正月六日補正預。同月廿七日叙正三位。

同十八年：正三位　同六十五　春日社正預。
同十九年：同六十五（ママ）　春日社正預。
同二十年：同六十六　同。
元文元年：同六十七　同。
同六年：同七十三　同。
寛保二年：同七十四　同。
宝暦元年：同八十三　同。十二月三日辞正預。同月七日薨。

また、『新修春日社社司補任記』(注11)によれば、延晴について、次のように記されている。

延晴のぶはる（富田）延英一男　正預　正三位　内膳正
延宝四年二月十一日叙従四位下……中略……享保六年二月廿日任内膳正、十六年十一月十一日叙従三位、十七年正月六日転任正預六十四歳本宮神宮預関白近衛家久公、二月廿二日、遂神拝八種御供備進……中略……宝暦元年十二月二日薨去、八十二歳　治神宮預四十年正預二十年
○女子あり中御門院に仕へ真常院と称す、又晴子は桜町院の大乳人となり枝流富田家の祖となる

この中臣延晴（一六六九～一七五二）は、春日社の正預であり、大東家の枝流の富田家の人である。その延晴が享保十九年にこの『十六夜日記』を書写したというのである。

だが、延宝三年（一六七五）書写の（多甲）付載の『阿仏仮名諷誦』に、すでに『玉葉和歌集』の詞書をもたない「とまる身は」の歌が付されている。これは「とまる身は」の歌が享保十九年に初めて『十六夜日記』に付されたのではないことを意味している。その点、どのように考えればよいのか。

古来、この春日社の人々には、南都の文化圏を形成し、春日本『万葉集』や春日懐紙に見られる和歌文学に寄せ

る深い興味と関心があり、『藤葉和歌集』などにも多くの和歌作品が見られた。その伝統を受け継ぎ、藤原為家に関わる『玉葉和歌集』の和歌を付加した『阿仏仮名諷誦』をもつ『十六夜日記』の一本がすでにその南都にあったものと思われる。中臣延晴は、その『十六夜日記』を書写したものと考えられるのである。

この金刀比羅宮図書館蔵本の『阿仏仮名諷誦』の前、識語の後に、以下の記事もある。

百首独吟中に　不知夜記イニアリ

　くれぬ間に月の姿はあらはれて

　光はかりそ空にまたるゝ　為相

この和歌は、「百首独吟」の中にあったというのだが、「くれぬ間に」とする現存資料は管見に入らない。ただ、次のような資料が見える。

　　嘉元元年百首、月、参議為相卿

　くれぬより月のすがたはあらはれてひかりばかりぞ空にまたるる（注12）

　　嘉元元年百首歌奉りし時、月

　くれぬより月のすがたはあらはれてひかりばかりぞ空にまたるる（注13）

　　百首の内、月をよめり、為相

　くれぬより姿は月のあらはれてひかりばかりぞ空にまたるる（注14）

「くれぬ間に」と「くれぬより」との本文異同はあるが、「百首独吟」というのは、この「嘉元元年百首」を指すのであろうか。また、「不知夜記」とは、『十六夜日記』の異名であるが、その一本にこの「くれぬ間に」という和歌があったというのである。嘉元元年（一三〇三）の為相の和歌が付された「不知夜記」は、現存『十六夜日記』では管見に入らない。ここには冷泉為経が書写したという伝本とは別の「不知夜記」の存在が指摘できるのである。

他方、中臣延晴が書写した『十六夜日記』写本には、『十六夜物語』という外題があり、小字で、『阿仏仮名諷誦』が付されており、それに正和元年（一三一二）奏覧、翌二年完成の『玉葉和歌集』の和歌が付されている。その原本の現在の所在は不明であるが、享保十九年のころ、そういう写本がこの春日社あたりにあったものと思われる。中臣延晴の筆跡は、次のようなものである。

⑫中臣延晴筆跡

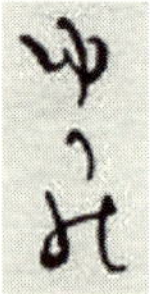

金刀比羅宮図書館蔵『春日社法楽和歌』所収の「元文三年六月十二日御会始」にも、次のような筆跡が見える。

⑬春日社法楽和歌

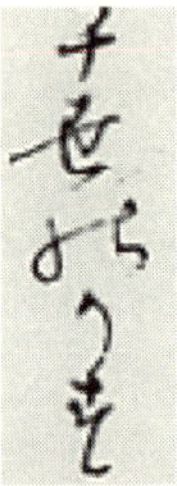

これも中臣延晴の筆跡であり、特に「の」の右脚の曲がりが注目されるのである。このような筆跡は、『春日若宮神主祐茂百首和歌』(注15)にも見える。

⑭春日若宮神主祐茂百首和歌

中臣祐茂（一一九九～一二六九）は、春日若宮四代目の神主で、初名は祐雄、後、祐定と改め、晩年に祐茂《すけもち》と称し

た。彼は藤原為家の弟子であり（『中臣祐茂藤原為家勘返状』）、この祐茂の曾孫の祐臣（一三四二卒去、六八歳）は、『新後撰和歌集』に自分の歌を「読み人しらず」として入集され、それを遺憾として「浜鵆《ちどり》」の歌を詠じた。その和歌が『玉葉和歌集』に入集して、彼は「千鳥神主」の名を得、それが家名となったと伝える。この千鳥家の人では、祐臣の子孫では、子の祐任が『風雅集』に一首入集しているが、他に歌人として活躍した人を見出せず、『阿仏仮名諷誦』の末尾に『玉葉和歌集』の歌を付加する人物として可能性が高いのは、この祐臣である。

『十六夜日記』の成立過程を考えれば、まず東下りの和歌群に地の文が書き加えられたものがあり、それに「東国滞在の記」が追記され、さらに長歌が合綴されたのであろう。（注16）

この後、『十六夜日記』に、さらに『阿仏仮名諷誦』が集合される。だが、この金刀比羅宮図書館蔵本に付されたそれは小書きのままであり、『十六夜日記』本文とは字の大きさを異にする。これは先の「不知夜記」の一本においては、『阿仏仮名諷誦』が『十六夜日記』に系列化されつつも、その構成要素としては、まだ集合化されてはいないことを示している。この金刀比羅宮図書館蔵本と同系統の本文をもちながら、常磐松文庫蔵本の『阿仏仮名諷誦』では、同じ大きさの字になっている。にもかかわらず、常磐松文庫蔵本では、「不知夜記イニアリ」とされる冷泉為相の「くれぬ間に」の歌は消し去られているのであり、末尾の「とまる身の」の和歌もない。今治市河野美術館蔵本や三条西家本でも、それは同様であり、これらは、「不知夜記」一本からその為相の和歌を消し去った伝本によったものと見なされるのである。そして、それらが鈴木弘恭がいう冷泉為経書写の「不知夜記」すなわち、冷泉家本を伝写したものであったと見なされるのである。

春日社正預の中臣延晴の和歌資料の写本が金刀比羅宮図書館にいくつか見えている。この『十六夜物語』も、それらの資料とともに金刀比羅宮図書館に流入したものと想像できるのである。

四　今治市河野美術館蔵『不知夜記』の筆跡とその位置

山岸文庫蔵『不知夜記』（実践女子大学図書館蔵本）の奥書によれば、三条西家には、「冷泉家本」を写した冷泉為経筆写の『不知夜記』（十六夜日記）があったと記され、その転写本が山岸文庫本であったと言われる。(注17) その冷泉家本系統の写本として、今治市河野美術館蔵古写本（三三二―五四〇―一）と常磐松文庫蔵『いさよひの記』（実践女子大学図書館蔵本）とをとりあげ、山岸文庫本『不知夜記』と比較検討すると、以下の表のようになる。

伝阿仏自筆本系統本の近似本文比較一覧

河野本記事項目	山岸文庫本に近似	常磐松文庫本に近似	両本と不一致
1　序文	一八	一二	三（二）
2　旅の記	三五	一五	一七（一四）
3　鎌倉滞在の記	二七	二〇	一九（一六）
4　長歌	二一	二	○
5　裏書	一四	一	○
6　識語2	一〇	二	○
7　かなふしゆ	九	一〇	七（七）

両本と不一致の項の（ ）の中の数字は、常磐松文庫本が山岸文庫本と一致あるいは近似する例である。なお、個々の細部の検討については、阿讃伊土影印叢書　三の1、『今治市河野美術館蔵不知夜記』(注18)の解説部分で述べた。

この調査は、傍書などは無視したものであり、厳密な数字ではない。にもかかわらず、大勢においてはほぼこういう傾向であり、序文における常磐松文庫本の脱落などを考慮すれば、まず、河野美術館本が冷泉家に伝来したテキストをもっとも忠実に受け継いだものの一つと見なさざるを得ないのであり、『十六夜日記』の底本の資格をもつ一本と見なしうるのである。この筆跡は、次のようなものである。

⑮今治市河野美術館蔵不知夜記

「の」字の右肩は、随心院や九条家旧蔵本の系統の筆跡を示しているのであり、やはりその位置が注目されるのである。

結び

以上、主として、次のことを明らかにした。

1、『阿仏仮名諷誦』の伝本として、十九本をとりあげたが、天理図書館蔵『阿仏記』は、一覧表の第四類に属している。特に、今治市河野美術館蔵『西行上人談抄』所収本と密接な関係をもっており、その祖本として、下冷泉持為卿本が想定できること。

2、それらの伝本に対して、第一類の伝本は、上冷泉家本を伝写したものと見なされる。金刀比羅宮図書館蔵本には、「不知夜記」の一本が引かれており、それは、冷泉為相が関与した『十六夜日記』の古形を示す伝本であり、春日社のあたりにあったと見なされること。併せて、『阿仏仮名諷誦』の『十六夜日記』への系列化と集合の様相が認められること。

3、また、河野美術館蔵「不知夜記」は、九条家本に近い筆跡をもち、上冷泉家本を伝写した三条西家本にもっとも近い伝本であり、『十六夜日記』校本の底本の資格をもつ一本と見なしうること。

注

(1) 佐佐木信綱編、臨川書店、昭和一四年一月初版。昭和六三年六月復刻。

(2) 反町茂雄『一古書肆の思い出』一、平凡社、一九八六年一月。

(3) 柴田光彦編『反町茂雄収集　古書販売目録精選集』第四巻　昭和四年十二月～七年九月、ゆまに書房、平成一二年八月。

(4) 池田利夫『鶴見大学紀要』第1部、国語国文学篇、三八巻一一号、「祖形本『浜松中納言物語』の写し手は誰―『とりかへばや』と『恋路ゆかしき大将』と―」鶴見大学、二〇〇一年。

(5) 九条家旧蔵本『歌合集』について―池田利夫氏「祖形本『浜松中納言物語』の写し手は誰」続貂―、国文鶴見第三六号、平成一四年三月。

(6) 「随心院門跡と歌書」大阪大学古代中世文学研究会、平成一四年一二月一四日発表。図版出典参照のこと。

(7) 古筆手鑑大成第一巻『鳳凰臺』角川書店、昭和五八年一一月、光明峯寺道家公、備中切、新古今集。

(8) 『諸門跡譜』群書類従第五輯、群書類従完成会、昭和七年、昭和六二年第六刷。

(9) 『鳴門教育大学研究紀要』第19巻、二〇〇四年。

(10) 「北駕文庫蔵『十六夜日記』(注釈書)の解説と翻刻」国文学研究資料館調査収集事業部『調査研究報告』第三〇号、平成二二年三月。

(11) 大東延篤、春日宮本会、昭和四七年一一月。

(12) 新編国歌大観、第二巻『夫木和歌集』五一一〇。

（13）新編国歌大観、第七巻『藤谷和歌集』一二一。
（14）新編国歌大観、第八巻『雲玉和歌抄』二〇二。
（15）日本名跡叢刊、二玄社、一九八二年。
（16）拙稿『古代中世文学論考』第二集、『十六夜日記』の段階的形成過程・仮説―阿仏尼の時代から春芳院の時代へ―、新典社、平成一一年六月など参照。
（17）同（16）参照。
（18）阿讃伊土影印叢書刊行会、平成一二年七月。

図版出典
①天理大学附属天理図書館蔵『阿仏記并為家追善作』第10丁表。②同注（4）。国文学研究資料館展示「源氏物語とその前後」（平成一二年九月二六日から一〇月一三日）。なお、金子武雄氏の国文学研究資料館への寄託本がある。③金子武雄編『戀路ゆかしき大將』筑波書店、昭和一一年四月、第二図。④同②。⑤同注（5）石澤一志氏論文。⑥同（5）。⑦注（6）。伊井春樹先生御退官記念論集刊行会編『日本古典文学史の課題と方法』和泉書院、二〇〇四年三月に掲載。⑧同⑦。⑨同（7）。⑩同①。⑪今治市河野美術館蔵『西行上人談抄』写本1冊　三三〇-六二〇。⑫金刀比羅宮図書館蔵『十六夜日記』（中臣延晴筆）による。⑬金刀比羅宮図書館蔵『春日社法楽和歌』「元文三年六月十二日御会始」による。⑭同注（15）。⑮同注（18）。『十六夜日記』写本一冊　三二二-五四〇。

後記
本稿は、二〇〇三年度全国大学国語国文学会冬季大会（大阪大学吹田キャンパス、コンベンションセンター）で発表したものに、北海学園大学北駕文庫蔵『十六夜日記』の「阿仏仮名諷誦」を追加して考察したものである。本稿をまとめるに際し、今治市河野美術館の羽藤公二氏、北駕文庫の福原正己氏、天理大学図書館、金刀比羅宮図書館及び多くの図書館、諸文庫の方々にお世話になりました。厚くお礼を申し上げげます。

寛文年間の五山の文事——後水尾院の「西湖詩」をめぐって——

中本　大

一

寛文三（一六六三）年三月、後水尾院は五山叢林の禅僧十二名に、中国杭州の名勝地、西湖を題材とした新作の「西湖詩」を競作させることとした。取りまとめを命じられたのは鹿苑寺の学僧、鳳林承章であった。鳳林の日記『隔蓂記』寛文三年三月十二日条には次のように記されている。(注1)

自　太上法皇、被　仰出、五岳社中壱弐人江西湖詩七言絶句新作之事、天龍妙智補仲東堂与泉祝亨西庵以使僧、書中申遣也。

勅命を拝した鳳林は早速、天龍寺の補仲等修と泉祝梵亨に宛て、書状を遣わしたのである。これが『隔蓂記』で「西湖詩」競作について言及する最初の記事であった。

鳳林は着実に手順を遂行した。翌々日の三月十四日の記事は以下の通りである。

斎了、赴建仁。其故者従　太上法皇、五岳社中東堂・西堂江西湖詩新作被　仰付、為可申渡、雖赴、茂源翁・韋天翁両翁他出、不対也。……中略……赴南禅天授庵、是亦西湖詩之義雖申渡、霊叟翁亦他出、不対、帰也。

執筆者への依頼に取りかかった鳳林は、一昨日の天龍寺への連絡に続き、建仁寺と南禅寺を訪れたものの、院主は不在で、会うことができなかった。

翌十五日、昨日の不在を謝すべく、南禅寺天授庵の霊叟玄承が鳳林のもとを訪ねてきた。

天授霊叟翁来訊、自 仙洞、被 仰付西湖之詩之儀、直談、申渡也。投金地院書状共、天授翁迄頼渡也。建仁清住茂源翁・興雲韋天翁江西湖詩之事、申遣也。書状并使僧遣也。……中略……東山清住茂源翁之小師松堂植首座、自清住翁之為使、被来。昨日赴東山之様子如何之由、相対、而西湖詩自 仙洞、被 仰出之趣、令演説也。

昨日不在であった南禅寺・建仁寺の学僧にも院の意向を伝えることができた。

この時の文事でも、万治二（一六五九）年五月の修学院八景詩色紙の折と同じく、江戸の金地院僧録にも詩作が依頼されることとなった。(注2) 南禅寺天授庵経由で送付された依頼状の返書は同年四月二十四日、鳳林のもとに届けられた。

自江戸金地院并惺西堂、返案来。西湖詩之事申遣、返事也。

依頼は金地院当住の竺隠崇五及び恵林周惺に対して行われていたことが知られる。この後、近日中に江戸に赴くこととなった相国寺冨春軒の春葩宗全に対し、鳳林は竺隠及び恵林に書状を届けるよう依頼している。「西湖詩」制作の進捗状況を確認するための心配りであったと考えられる。春葩の江戸出立は五月二十日であった。

鳳林の主導による五山僧への伝達は順調であった。そうした中、来る五月二十八日に五山の諸老（住持）に参内を促す勅命が、鳳林の甥にあたる勧修寺経広を経由して伝えられた。一月二十六日に践祚した霊元天皇に拝謁するためであったと考えられる。鳳林はすぐに南禅寺住持に依頼して意向を諸山に伝えることとなった。

自勧修寺亜相、昨夕申来、五山参　内来二十八日可有伺公（伺候）之旨、被　仰出之由。以故、今日投書状於天授庵霊叟承東堂、而五山諸老江伝届可有之旨、申遣也。慈照翁亦参　内之事、申遣也。天授庵霊叟承東堂於北山、来訪、又於晴雲軒、而芳訊、相対也。自　太上法皇、被　仰付、西湖詩持参、被見之也。

（五月二十五日条）

ここで鳳林が果たしている役割は、室町時代の五山文化全盛期の天皇と学僧との関係を髣髴とさせるであろう。文明十二（一四八〇）年、後土御門天皇の命により五山学僧が本朝の人物や名勝を詩題として七言絶句を詠進した時、五山僧の漢詩を取りまとめたのは相国寺住持の横川景三ではなく、天皇の信頼が篤い蘭坡景茝であった。『文明易然集』と称されるこの文事と同様、寛文年間、五山僧録司は既に南禅寺金地院に移されていたにもかかわらず、禁裏、特に後水尾院の恩寵深い鳳林は事実上、五山文壇の代表者として采配を振っていたのであった。

翌二十六日、南禅寺天授庵の霊叟玄承からの使者として才林佐蔵主が鳳林のもとを訪れ、書状が届けられた。そこには早くも後水尾院に提出すべき西湖詩の中書（草稿）が示されていた。

自天授庵霊叟承東堂、為使、才林佐蔵主被来、書状来。従　法皇、被　仰出、西湖詩中書二枚為持、給也。

準備を経て迎えた二十八日、参内に先立って五山の住持衆は勧修寺経広邸を訪れた。

五山当住参　内也。予早天令剃髪、斎了赴勧修寺亭。予先日御能之御礼申上也。五山当住於勧修寺、而着衣・休息被仕様、内々依被申、其段申渡、各来儀也。南禅霊叟承東堂・天龍補仲修東堂・相国覚雲吉東堂・建仁清住柏東堂・東福南明崇西堂、於勧亭、種々馳走也。……中略……飛鳥井亜相公亦於勧亭、来訊也。予亦五山同途、赴北闕也。予者先於御学問所、被召、御対面也。今日者五山御礼、於小御所、而可有御礼之旨、於小御所、御礼也。別而各辱奉存也。御礼済、勧大・飛鳥大案内者被申、宮中各見物也。今日半井内匠・典薬正亦

参　内、御礼也。内匠亦被来勧修寺、令同途、赴禁中也。……以下略

勧修寺での着衣・休息を経て、鳳林と五人の学僧は禁裏に向かった。まず、鳳林が御学問所で霊元天皇と対面、本日拝礼の場所は小御所と決まった。拝礼が終わると勧修寺経広と飛鳥井雅章の両大納言の案内で宮中を見学したことが記されている。あたかも室町時代、朝廷と五山僧が和漢聯句を通して親密な関係を築いていた時期を髣髴とさせる光景であろう。

十二名の作者には選抜されていない東福寺南明院の泰岳明宗（「崇西堂」は「宗西堂」の誤り）が、東福寺住持（東堂）の格ではないにも関わらず参内していることを勘案しても、ここでの五山長老参内は、西湖詩制作と直接関わるものではなかったと考えられる。しかし後水尾院の文事が進められているなかでの参内であり、西湖詩制作が五山叢林を挙げて取り組むべき文事であることを周知させ、円滑に進めたいという院の意向を背後に汲み取ることも穿ち過ぎではあるまい。

二

六月に入り、完成した西湖詩が次々と届けられた。六月三日、鳳林は南禅寺天授庵の霊叟玄承から託された西湖詩を後水尾院に届けている。

予令　院参、天授翁西湖詩奉献上也。御対面、於　御前、御菓子種々御相伴仕也。

九日には鹿王院の虎岑昌竹が鳳林を訪れ、完成した西湖詩を手渡している。

天龍寺之鹿王院虎岑竹西堂被来、自　太上法皇、被　仰付、西湖詩被作、持参也。

五山学僧の詩作は順調に集められ、それを色紙に清書する運びとなった。修学院八景詩の時と同じ手順である。(注3)

寛文三年七月五日、鹿苑寺方丈で八條宮智忠親王祥忌の法会に出席していた鳳林のもとに後水尾院から参院を促す

連絡が入った。

斎了、令帰軒、急致　院参也。方丈居中、被　仰出、西湖詩清書之事被　仰出。江戸金地院浄書之事・御色紙可遣江戸之事、来二十日前出来仕之義、被　仰出。雖然、迫日、難成、令参　院、段々可申上之故、致　院参。則今日者御目出度事、諸之宮様・尤御門主方・御連枝御成也。予拙作之西湖詩亦持参。全西堂・竹西堂両人之詩持参、以八丸、奉献上。則暫可相待、御対面可被成之旨、被　仰也。則被　召出。諸之宮様方、准后御方・斎宮御方・八條宮・御門主之御連枝・女中不残、晴ケ間敷事、絶言語也。其所江被召、仙洞御座近辺被召、致伺公、西湖詩之段々書様、窺也。予拙作亦両編之内此一篇、別而出来一入面白被　思召之旨、御褒美也。辱奉存也。江戸金地院江色紙之事、京尹牧野佐渡守江被仰付、次飛脚、而可被遣也。於然、某状可遣金地之仰也。寛々於　御前、段々申上也。

院の用件は、執筆された西湖詩の清書に関してであった。遠く離れた江戸の金地院に浄書用の色紙を送ることについて、今月二十日までに完了せよとの仰せであった。鳳林は日が迫っており、希望に沿うことは難しい旨を申し述べるべく、自作二首に虎林昌竹と江戸下向中の宗全の詩作を携えて参院した。この日はめでたくも宮家や門跡など皇族関係者が一堂に会しており、皆が揃ったなかで西湖詩清書の書式などについて後水尾院と直々に相談したのであった。その後、鳳林の西湖詩二首が披露され、そのうちの一首の出来栄えが格別である旨、院の顕彰があり、鳳林は面目躍如であった。こうした詩作依頼に応じる際、五山僧は二首作成して、評価の高い一首を採用するのが通例であった(注4)。あわせて金地院に清書用の色紙を送る手立てについては、京都所司代牧野親成に命じ、継飛脚を遣わすこととした。その際、鳳林の書状を添付せよとの院の仰せであった。

ここで、西湖詩制作における鳳林の姿勢を確認しておこう。寛文元年六月、同じように五山の長老が寄合書きで狩野探幽筆「瀟湘八景図」画巻に着賛する機会があった。建仁寺隠峯逸座元からの依頼で、冒頭への着賛を乞われた鳳林は固辞し、金地院僧録の竺隠を推薦する、という経緯があった。(注5) それから二年を経て、今回の西湖詩色紙を主導する鳳林の姿から、その権威の向上と共に、後水尾院直々の文事を担う責任感と、それに伴う矜持が読み取れるのである。全権を委ねられた鳳林は孤軍奮闘、この文事に奔走していたのであった。

この後、西湖詩色紙完成に向けての作業に拍車がかかっていく。翌七月六日、鳳林は後水尾法皇から託された清書用の色紙一枚を南禅寺天授庵の霊叟玄承及び相国寺慈照院の覚雲顕吉に届けさせている。霊叟玄承の清書は翌七日、早くも鳳林の手元に送られている。

続く七月八日、鳳林は建仁寺の茂源紹柏・建仁寺興雲院の韋天祖昶・建仁寺永源院の顕令通憲の三名に清書用色紙を遣わした。翌九日、早々に韋天祖昶が鳳林を来訪、自作の西湖詩二首を持参し、鳳林の前で披露しているものの、その評価については一切記されない。『隔蓂記』にはしばしば鳳林の詩作や和漢聯句の発句などが採録されているにも関わらず、この西湖詩についてはその詞章に全く言及されないのは留意すべきであろう。五山文壇の長老として君臨するのではなく、調整役に徹する姿勢が看て取れるのである。この日は天龍寺妙智院の補仲等修・鹿王院の虎岑昌竹の二名に清書用色紙を送っている。

七月十日、補仲等修から清書した色紙が届けられた一方、興雲院の韋天祖昶からは中書用の詠草が届けられている。韋天は昨日、鳳林と相談し、採用した一首の書式を確認すべく、意見を求めたものと考えられる。注目すべきは『隔蓂記』に、

自興雲翁、中書之詠草来。西湖詩也。昨日被借用、富士・三保詩歌之壱冊亦返給也。

とあるように「富士・三保詩歌之壱冊」を閲覧していたことである。『隔蓂記』寛文元年十一月三日条に見えるように、この文事の一年半前、後水尾院は五山の学僧十名に命じて「富士山三穂（保）松原之絵御屛風壱双」に賛する「新作之詩」を詩賦せしめたのであった。(注6) その詩作をまとめたものが鳳林の手元に残され、こうした文事の際に

も随時、参照されていたのである。

七月十一日、鳳林は届けられた霊叟・補仲の清書色紙を院に献呈する際、韋天・顕令の詠草もともに提出している。その折、建仁寺の茂源紹柏が参院し、北面所で鳳林と対面、詠草を献上した。上機嫌の後水尾院は、茂源の目通りを許可し、拝礼を受けている。この日、後水尾院は後西上皇のもとに行幸する予定で、茂源が退出した後、鳳林が同道している。

十二日、鳳林は、江戸の竺隠崇五と恵林周惺に届ける予定の清書用色紙を、南禅寺の元興首座に遣わしている。急便であることを厳命し、後水尾院に言われたように親書を添付したのであった。一方、予てから江戸に滞在していた春葩宗全にも書簡を送り、別途、恵林周惺への督促を依頼したのも、鳳林の周到な配慮であった。後水尾院の命令から一週間、鳳林は迅速に事を進めている。しかしここで一区切り着いたのか、しばらく西湖詩関係の記述は途絶えている。

三

次に関連記事が見えるのは七月二十三日、建仁寺興雲院の韋天祖昶から清書色紙が届いたことを知らせるものである。色紙とともに蕎麦粉の恵与があったため、鳳林は使者に酒を勧め、労をねぎらっている。次いで翌二十四日、建仁寺の茂源紹柏と顕令通憲から清書色紙が届けられた。また、二十七日の記事に、

西湖詩清書之御色紙一枚天龍寺寿寧院之泉叔亨西庵江為持、遣也。

とあり、これまで名前の出ていなかった泉叔梵亨もその一員であったことが知られるのである。

つづく二十九日、法会を終えた鳳林はすぐに参院した。

斎罷、令　院参也。西湖詩清書献上也。柏東堂・昶東堂・憲東堂・竹西堂・予亦清書色紙今日奉拝上也。御

用有御座、無　対面也。

先に献上した霊叟玄承・補仲等修のものに加え、茂源紹柏・韋天祖昶・顕令通憲・虎岑昌竹、そして鳳林という七枚の色紙が完成し、献上したものの、所用のため院と対面することが叶わなかったのは残念であった。この日はまた中書が完了したのか、春葩宗全のもとに清書色紙を届けている。

待望の江戸からの清書色紙が外出中の鳳林のもとに届いたのは八月九日であった。

自江戸金地院幷恵林惺西堂、今度西湖詩御色紙清書出来、被着登也。進甫與首座被致持参、雖来過、予依他行、而不能與首座之対顔也。

その後、相国寺山内での法会を勤めていた鳳林のもとに慈照院の覚雲顕吉が訪ねてきた十三日、先月、七月二十一日に江戸から帰洛した春葩宗全が清書色紙を持参し、鳳林を訪問した。作業の完了であった。

この間、鳳林の手元に集められた四枚の清書色紙がすべて後水尾院に献上されたのは、翌十四日であった。

令　院参、紀州宮崎粉五袋持参、奉献上也。竺隠五東堂・全西堂・亨西堂・惺西堂四人之西湖詩浄書之御色紙奉献也。自金地院、返来余慶之御色紙一枚、渡竹中少弼也。……下略

江戸から届けられた二枚と、昨日持参された宗全の一葉、そして天龍寺の泉祝梵亨の色紙がその四枚であった。江戸の金地院竺隠から用いられなかった色紙がわざわざ返却されたのは、紙が貴重品であったことを実感させる逸話であろう。

既に院に献上していた七枚とこの日の四枚を合わせた十一枚が『隔蓂記』に見える清書色紙のすべてであった。残りの一枚は鳳林の盟友、相国寺慈照院の覚雲顕吉の作品である。覚雲は鳳林に次いで相国寺九十六世となった長老で、慶安四（一六五一）年、後水尾院が急遽出家した際にも、剃髪師を務めた人物である。寛文三年五月二十八日の五山長老参院の折には、相国寺長老として覚雲にも参内の命が下っていることを勘案すると、先に掲げた七月

六日条に見える、鳳林から届けられた清書用色紙に覚雲が揮毫しなかったとは考えられないだろう。日々の交流——ほぼ毎日、鳳林と覚雲が顔をあわせているのは『隔蓂記』の記載により確認される——の中、鳳林が書き留めるのを失念したのであろうか。

八日後の八月二十二日、鳳林は後西上皇の御所を訪れている。

致　新院御所。院参。今度自　法皇、被　仰付西湖詩可致献上之旨、先日　仰。依然、今日持参、致献上、則照高院被為成、御考合之由。雖然、可有　御対面之旨。奥江被召、御対面。西湖詩十二首之点御尋、申上。照門主被付点也。

後水尾院の命令により、先日、法皇に献上した色紙とは別に、長老の西湖詩十二首の一覧を鳳林は後西上皇に献上、上皇の下問に応じ、十二首の訓点を奏上し、同座していた照高院宮道晃法親王が点を書き入れた、という内容である。

こうして集成された十二首の西湖詩はどのような作品であったのだろうか。実はその作品を集成したと考えられる写本が、大阪市立大学学術情報総合センター森文庫と京都大学附属図書館所蔵平松文庫に現存しているのである。森文庫に収められるのは『法皇御屏風和歌』なる目録書名の一書である。「修学院八景詩歌」・「法皇御屏風和歌」・「易然集」という後水尾院の文事に由来する作品を集成、合綴した一冊で、「法皇御屏風和歌　住吉之絵」と記された内題の後に掲げられた和歌十二首に続いて、次の十二首の七言絶句が掲載されるのである。

西湖図　　　　前龍皐承章謹題即

水ハ自ラ緑リニ兮山ハ自ラ青シ　　六橋ノ勝地月瓏玲

西湖三処今成ルレ四ト　　万柳ノ長堤入ルニ画屏ニ一

西湖図　前龍山臣僧崇五謹題即

明聖湖開ケテ一境寛シ　山盤リ水淮テ接二ス雲端一ニ

丹青写出ス漢家ノ瑞　都テ入二ル蓬宮十二欄一ニ

西湖図　南禅慈承謹題即

湖上雲晴テ水渺茫　小舟撐ヘ出ス柳堤ノ傍

自ラ従一蘸横斜ノ影一ヲ　万里ノ江山風露香シ

西湖図　等修謹題即

復茲泛テ顗ニ被二ル恩波一ヲ　新ニ入二テ禁池一ニ鳴太倭ニ

湖上四時看ル不レ足　料知ル散作二ルヿヲ百東坡一ト

西湖図　臣僧顕吉謹題即

浪静ニ風恬メ湖西妍シ　六橋横絶大堤連ル

莫レレ言フ水上月無レト色　不レ及三仙光ノ照二スニ一天一ヲ

西湖図　東山紹柏謹題即

湖上風光離二ル世塵一ヲ　画工描得テ更ニ清新

孤山梅樹蘇堤ノ柳　万古依然トメ春又春

西湖図　臣僧祖昶謹題即

孱顔如レ笑カ水堪レ儔　偶至テ二西湖ニ一得タリ勝遊ヲ
梅月千年春一様　未レ開有ヿヲ二処士ノ風流一

西湖図　野釈通憲謹題即

屏裏西湖佳景濃ナリ　春来看尽ス又秋冬
凍雲還テ変スルヤ二夏雲ト一否　奇外奇哉雪後ノ峯

西湖図　昌竹謹題即

多景西湖吟意加　閑行不覚夕陽斜ナルヿヲ
捲荷露被レテ二恩風触一レ　聖代徳香君子ノ花

西湖図　梵亨謹題即

卜スレ隠ヲ林逋野水ノ涯　無辺ノ好景画中ノ詩
祇今聖代徴書到テ　万頃ノ西湖入ル二禁池ニ一

題西湖図　等持宗全謹書即

曽テ聴ク修湖天下寧シ　放生祝ノレ寿ヲ仰二朝廷ヲ一
顒杭眉目開ク粧鏡　呉越孱顔列ナル二翠屏ニ一

西湖図　釈元惶謹題即

十里ノ湖山弄ス二晩晴ヲ一　堆シレ青逐レ緑ヲ自鮮明
風波不レ起帰舟ノ月　料識ル漁歌唱ヿヲ二太平ヲ一

平松文庫本の外題も『住吉西湖詩歌』。「住吉」を劈頭に掲げられる和歌十二首と「西湖図」以下掲げられる漢詩十二首は一部配列が異なるものの、森文庫本と同一である。第三首目の作者「慈承」は「玄承」、第十二首目の作者「元惶」（平松家本では「元惺」）は「周惺」の誤写で、両書に共通する。禅僧の位署（作者表記）が平松家本では簡略化されているものの、漢詩の訓点も近似しており、両書の関係の深さが窺える。

さて、作品を一見して、室町時代以来の五山禅林伝統の規矩に則した詩作であることは明らかであろう。たとえば冒頭、鳳林の作品で『鶴林玉露』甲編巻第四に見える南宋の詩人、楊萬里の一聯「三処西湖一色秋、銭塘穎水与羅浮」に依拠としていることなどがその典型である。また第七首・第十一首に見える「孱顔」は山の険しさを表す詩語で、「浄慈禅寺」を詠じた元代の詩人、白珽の詩作にも見える措辞である。中国において五山制度を確立したとされる五代の呉越王が永明延寿のために創建した浄慈禅寺は、道元が留学していたことでも著名な寺院である。西湖十景の一つ「南屏晩鍾」の南屏山はこの寺院のことであり、本邦禅僧にも周知の風景であった。他方、「聖代徳香君子花」（第九首）・「祇今聖代徴書到」（第十首）のように後水尾院の聖徳を賛仰する措辞の多いことも特色である。

さて、重要なのは十二首すべてに掲げられる「西湖図」という詩題である。先に挙げた『隔蓂記』の記事には、後水尾院の文事が西湖図への着賛を企図したものであったことは一切記されていない。しかし禅僧諸作の措辞には「万柳長堤入画屏」・「丹青写出漢家瑞」・「画工描得更清新」・「屏裏西湖佳景濃」・「無辺好景画中詩」などの表現が散見することから、法皇が色紙に清書させたのは、屏風や画巻に賛するためか、あるいは画帖または冊子本に仕立てるためであったことが明らかにされたのである。後水尾天皇が漢詩文だけでなく、和歌や絵画に造詣が深かったことは言うまでもない。興味深いのはこの森文庫所蔵の一本が、『法皇御屏風和歌　住吉之絵』なる内題を有するように、両書ともに園基福以下十二名の廷臣の和歌を掲載した直後に「西湖図」詩十二首を掲出することである。和歌十二首は、すべて住吉の風景を詠んだもので、明記はされないものの、「住吉」と「西湖」という和漢の名所を屏風に仕立て、それぞれを色紙和歌・漢詩で荘厳しようという計画であった可能性も考えられるであろう。ただ、そうであるならば、『隔蓂記』が屏風に一切言及しないのは不審である。これについては別稿で論じたい。

「西湖詩」競作に籠めた後水尾院の真意は明確ではないものの、この時期院が盛んに五山学僧に詩賦を命じていたことは特筆すべきことである。前掲、万治二年五月の「修学院八景」や寛文元年十一月の「富士・三保」詩をはじめ、寛文四年正月四日の「三十六詩仙」詩（『東福寺雑記』に拠る）や、寛文六年三月二日の『列仙伝』中の十二人の伝記を団扇に書かせたという事例（『東福寺旧記』）など、枚挙に遑がないほどである。こうした後水尾院と五山僧の文事は、室町時代五山僧の文事と酷似しているのである。後述する『易然集』をはじめ、後水尾院は意図的に前代の事跡を踏襲しようという意思があったとするのは穿ち過ぎであろうか。

こうしたなかで、後水尾院を誘慕したのが「西湖」であった。たとえば、この「西湖詩」の文事から四年を経た寛文七年二月、後水尾院は再び「西湖詩」を五山叢林の長老・西堂十人に作らせ、色紙に揮毫させることを企画し、再び鳳林に取りまとめを依頼している。今度の詩題は名数詩題である「西湖十境詩」、すなわち「西湖十景」

であった。しかし、もはや鳳林はその文事の詳細を記すことはなく、『隔蓂記』寛文七年三月二十一日条に、

伺公于　法皇、……中略……先日被　仰出、湖山十境之詩五岳長老・西堂十人被書、色紙持参、奉献上。然則、色紙書様竪横之書様違故、四人可書直、色紙有之、持、而令退出也。

とあるように、清書色紙を持参したところ、縦横の書式が統一されていなかったため、四人に書き直しが命じられたこと、次いで同月二十六日条に、

自　法皇、被　仰出、西湖十境之詩色紙、五山諸老被　仰付、其内竪横之書直之色紙四人有之、今日令持参、奉献上、於常御所、御　対面也。

とあるように、書き直した色紙を取りまとめて院に献上したことが淡々と語られるだけである。こうした院の要請が鳳林にとってあまりにも日常茶飯事になっていることが窺われる一方、なぜこの時期、後水尾院が「西湖」に親炙していたのか、その背景を考えてみたい。

四

「西湖図」は著名な漢画系画題として、雪舟以来、多くの絵師を誘慕してきた題材である。中でも「西湖十景」は名数画題、或いは詩題として室町時代五山禅林でも広く親しまれていた。近世に至っても、那波活所との交友の契機となった「西湖十景図扇面画」や、法橋叙任の返礼として内裏に献上したとされる「西湖図屛風」など、狩野山雪の周辺で「西湖図」が親しまれていたことは、多くの先学によって指摘されている。(注7)山雪の次世代、狩野探幽も西湖図を残しているものの、寛文年間の事蹟として、第一に検討すべきは、寛文八（一六六八）年、子苞野間三竹が京都で版行した『四時幽賞』との関係であろう。この書は明末の士大夫、高濂の著作で、彼の愛した西湖の景物を四季それぞれに十二條、全四十八條にわたって解説したものである。著者高濂は『遵生八箋』の著者として知

られている。通常「養生書」に分類される『遵生八箋』は、林羅山の手になる『徒然草』注釈書『野槌』に引用されることで日本文学研究者にも知られる漢籍である。儒医で江戸幕府奥医師を勤めた三竹が医師としての職分から『遵生八箋』を閲覧していたとき、『四時幽賞』と邂逅した旨、自跋に記されている。跋文には続いて、夙に『四時幽賞』に親しんできた三竹が、寛永年間、『四時幽賞』を絵画化することを思い立ち、羅山に相談し、賛同を得たものの、その後は遅々として計画が進まなかった、しかし三竹と親交のあった京都所司代の板倉重矩が画工を集め、ようやく絵が完成した、という経緯が記されている。その画工こそ、狩野探幽守信・安信・益信・常信・時信という往時の狩野派を代表する五名であり、それがこの和刻本の名を高めた最大の要因であった。著名な幕府御用絵師たちが、狩野派の画嚢には収められていない新たな景物の描写を求められた画事であった。

公家でもなく学僧でもない三竹は中世の漢籍受容のあり方とは一線を劃した、新時代の旗手とも言うべき存在である。その人物が五山禅林ではなく、林家の儒者をはじめとする新興勢力の人々との交流の中で版行したのが西湖の美を賞嘆する『四時幽賞』であった。この出版は幕府や朝廷・五山禅僧等と繋がりの深い探幽以下の狩野派の絵師が関与しているとは言うものの、室町時代を継承する後水尾院と五山僧の文事とは完全に異なる位相にあることを忘れてはならない。寛文年間の京都において、中国の名勝地「西湖」をめぐってかくも対照的な試みが行なわれていたのであった。

如上、寛文年間、「西湖」に関わる注目すべき文事と画事を論じてきた。それを担ったのは五山禅林の学僧と狩野派の絵師という、室町時代から続く文壇・画壇の主導者であった。もちろん、雪舟「天橋立」図に西湖の風景が投影されているのを始め、雪舟以来、雲谷派や元信から探幽に至る狩野派の絵師たちは挙って「西湖図」を描いている。(注8) 五山学僧の題画詩も数多い。そうした室町時代からの潮流と近世初期寛文年間の状況に、明確な断絶や相違があるわけではないものの、その中にも『四時幽賞』のような新たな志向が萌芽していたことは銘記すべきであろう。

五

新渡の唐本が日本の文人に新たな問題意識を植え付けた画事の存在を勘案したとき、後水尾院による文事の背景を更に検討してみたい。

「題西湖図」第十一首に「曽聴修湖天下寧、放生祝寿仰朝廷」という一聯がある。蘇軾の連作「六月二十七日望湖楼酔書」詩の第二首「放生魚鱉逐人来、無主荷花到処開、水枕能令山俯仰、風船解与月徘徊」などに見える「西湖を放生池にした」という故事に基づく表現である。すなわち、中国北宋の宰相、王欽若が皇帝に奏上し西湖を殺生禁断の放生池にしたとされる故事で、国立国会図書館所蔵『四河入海』での解釈は以下の通りである。

放生― 白云毎歳四月八日為放生詳見前修西湖先生奏状天禧即宋真宗年号

一云放―西湖ヲ放生池ニ王欽若カシタ事ソ此処ニアル魚鱉ヲハ人ノトルヲモ買テハナシテアル程此ノ杭州ノ西湖ヲハ放生池ト云ソサル程ニ魚―モ人ヲ不畏シテ逐人来ソ

この例を挙げるまでもなく、禅僧が西湖を詩賦する際、その典拠を蘇軾詩に求めることは禅林文壇の伝統であった。では近世前期寛文年間、学僧が共有する西湖のイメージとはどうようなものだったのであろうか。それを考究するための資料として興味深いのが、近世初期元和九年成立の画題集成『後素集』の記述である。「名山川」部掲載、全項目中最も長い「西湖図」の解説は以下の通りである。(注9)

西湖図

西湖ニ南高峰北高峰西峰アリ、亭閣寺院多シ。

唐ノ李泌西湖ノ水ヲ引テ六ツノ井ヲホル、万民是ヲ汲テ飲テ朝夕ノタスケトスルト也。　事文白楽天杭州刺史タル時ニ西湖ノ水ヲ千余頃ノ田ニ注ケリ。

同楽天カ西湖ノ詩ニ早鶯争暖樹、新燕啄春泥トアレハ鶯モ燕モアリ、又花草ノ内ヲ馬ニ乗テアリクコトモアリ、白沙堤ニ柳有ル也、是レ皆孤山寺ノ北ノ景ナリ、其所ニ古キ亭アリ。

楽天カ詩ニ柳湖松島蓮華寺トアレハ柳モ松モ蓮華モアリ、又孤山寺ニ盧橘棕櫚アル也。

望海楼ヨリ曙霞ヲ見ナリ。伍子胥ガ廟マテ波ガヨセ来ルナリ、又蘇小ト云遊女家モアルナリ、又紅綾ノ柿ノ蔕ノ紋ヲ織タル名物ノ絹ヲ織ル家モアリ。

楽天湖亭ノ詩ニ松雨瓢ヒルカヘシ藤帽、江風透葛衣トアレハ、楽天ハ黒頭巾ニ葛ノ衣ヲキタル也、又西湖ニ水鷺双飛シテ起ツトアルハ白鷺モ画ヘキ也、又舟ニノリ湖ニ浮ヒ夜サカモリシタルコトモアリ。

同詩ニ遶郭荷花三十里、払城松樹一千株トアレハ三十里ツツケル蓮花アリ、千本ノ松モアリ。
○　霊隠寺紅辛夷ノ花アリ。巳上文集二十五在之。
楽天西湖ノ遊馬ニ乗ル、供ノ者四十余人モ騎馬ナリ、馬ヨリ下テ花ヲ見草ヲ座トシテ柳ヲ詠メ浮草ヲ見小橋ヲ渡リ水中ノ魚ヲモテアソフ、ソレヨリ舟ニノリ酒ニ酔テ元稹ガコトヲ思ヒ出シ詩ヲ作テ贈也。
○　西湖ニ早稲モアリ菖蒲モアルナリ、碧毬線頭抽早稲、青羅裙帯展新蒲トアルハ此ノコトナリ。
○　天竺寺ニ桂ノ木モアリ。石榴ノ木モアリ。又竹林モアリ。西湖ニ藤花モアリ。巳上文集。
唐ノ末ニ呉越ノ時西湖草シゲリテ水アルアルトテ兵千人ヲ置テ昼夜湖ヲサラヘラル、是ヲ撈湖兵ト名ツク。

宋ノ天禧年中ニ宰相王欽若奏聞シテ西湖ヲ放生池トシテ魚鳥ヲトルコトヲ禁断シテ、帝王ノタメニ祈禱スヘシト云ニヨリテ、毎年四月八日数万人アツマリ湖上ニテ百万ノ魚鳥ヲ放ツナリ。

宋ノ林和靖西湖ノ孤山ニ隠居ス、勅使トシテ王濟ト云者来ルトナリ、天子ヨリ和靖ニ帛ヲ給フ。

和靖居西湖、未嘗履城市、杭ノ守李及西湖ニ行テ和靖会合シテ物語シタルコト也。和靖カ梅ノ詩ニ、疎影横斜水清浅、暗香浮動月黄昏、又云、雪後園林唯半樹、水辺籬落忽横枝トアル、アル時ハ雪後ノ梅ノサキノコリテ水辺ノ籬ニ枝ノヨコダワリタル体ナリ、又和靖二ツノ鶴ヲ養フ、和靖西湖ノ寺ヘ遊ヒアリク時ニ、其アトニ客来ル時ハ童子鶴ヲ籠ヨリ出シテハナツナリ、鶴飛テ天ニノホルヲミテ和靖我宿ニ客人アリト心得テ寺ヨリ小舟ニノリテ帰ルナリ。

東坡杭州ノ太守タル時ニ西湖修理セント云奏状ヲ上ル也、杭州ニ西湖アルハ人ノ眉目アルカ如シト云コト、又東坡此処ニ堤ヲツイテ柳ヲウユル也、ソレヲ蘇公堤ト名ツク。

同西湖ノ詩ニ雨奇晴好ト云コトアリ、天気ハレルハ水面鏡ノコトクニ清ク照レリ、雨フレハ山色クモリテホノカナリ、フルニモテルニモ比景ハヨシト也。是ヲ西子カコク粧ヒタルトウスゲシヤウヲシタル貌ニタトフルナリ、東坡カ詩ニアリ。

楽天ヨリサキニ杭州ノ太守ニナリタル者多シ、相里君ハ霞白亭ヲ作コト、韓皐ハ候仙亭ヲ作ル、裴棠棣観風亭ヲ作、盧元補見山亭ヲ作ル、元藇冷泉亭ヲ作ル、是ヲ銭塘ノ五亭ト云ナリ、楽天ハ後テ冷泉亭ヲ修理スルナリ、此五亭、手ノ指ノナラヘル如クニアル也、冷泉亭ハ霊隠寺ノ西南ニアリ、花木モ清泉モ岩石モアリ、釣ヲタルル処モアリ、霊隠寺第一ノ景ナリ。

『事文類聚』をはじめ、典拠を明示する姿勢は『後素集』全体を貫くものではなく、詳細すぎる記述は逆に違和感を抱かせるものである。全体の主眼は白居易・蘇軾という杭州太守に補された二大文人及び林和靖の事跡を丁寧に網羅する点にあり、注目すべきは白居易の故事に言及する際、『文集』を典拠とすることである。北野良枝氏の御教示に拠ると、長文執筆の動機の一つに、那波活所が版行した那波本『白氏文集』の通行が影響しているとのことで、首肯すべき見解であろう。これも新たに和刻された版本（古活字版）が新たな文学的潮流を生み出した例である。

紛れもなく前代と異なる新たな文学的動向が芽吹いていた近世初期の寛文年間、室町時代禅僧を髣髴とさせる文事が、落日の五山禅林文壇を舞台に繰り返し再現されていたのであった。徳川幕府第三代将軍家光没後、新将軍徳川家綱の講筵に侍した羅山の子息・林鵞峰が弘文院学士の称号を与えられたのも後水尾院の文事が行われた同じ寛文三年の十二月であった。「羅山以来の僧侶のごとき「法印」号出仕の「儒者」という桎梏からの解放を林家にもたらした」（高橋章則「弘文院学士号の成立と林我鵞峰」・「東北大学文学部日本語学科論集 一」・一九九一）とされるこの名号が幕府と五山との強固な連携に替わる新制度の確立と見るならば、五山僧とも盛んに徴逐した那波活所や林羅山の没後、五山文壇を積極的に牽引していたのが武家の将軍ではなく、朝廷の主導者である後水尾院であったことの意味は問われなければならないであろう。江戸幕府の学問体系が構築される一方、室町幕府が作り上げた強固な体制である五山禅林が、幕府に抗してきた権門である朝廷によって庇護される図式は、中世から近世に至る日本文学史を俯瞰する上でも興味深い事例なのである。

注

（1）『隔蓂記』本文は、赤松俊秀校訂思文閣出版のテキストに拠る。
（2）岩間香「修学院八景」（『寛永文化のネットワーク』・一九九八・思文閣出版）参照。
（3）注（2）に同じ。
（4）拙稿「天文・永禄年間の雅交―仁如集堯・策彦周良・紹巴そして聖護院道澄―」（伊井春樹編『古代中世文学研究論集』第二集・和泉書院・一九九九）参照。
（5）榊原悟「落款印章あれこれ」（『日本絵画の見方』・二〇〇四・角川選書）参照。『隔蓂記』寛文元年六月十八日条には「建仁寺大統院之隠峯逸座元被来于晴雨軒、厚西堂同道也。八景絵一巻持参、五岳諸老絵上之賛頼之由、第一番予可製之旨、被申。予曰、僧録司金地翁第一可尤令申、達而雖所望、達而令辞退也。八景之絵者狩野探幽筆相見也。無名・印也。」

とあり、探幽筆と思しい画巻への賛であったことが知られる。

（6）『隔蓂記』寛文元年十一月六日条によると、「富士山」を賦すことになったのが鳳林・霊叟・補仲・茂源・顕令の五名、「三保松原」を賦すことになったのが竺隠・雪岑・覚雲・韋天・天沢の五名であった。このうち、寛文二年に遷化した天沢と寛文三年三月晦日に入滅した雪岑を除く八名は西湖詩競作にも重複出詠している禅僧である。

（7）北野良枝「狩野山雪筆 西湖圖屏風」（『国華』一二二七・一九九八）・林進『本近世絵画の図像学 趣向と深意』所載「山雪『盤谷図』―近世文人画の誕生―」（二〇〇〇・八木書店）などを参考にした。

（8）展覧会図録『中国憧憬』（町田市立国際版画美術館・二〇〇七）参照。

（9）本文は東北大学附属図書館狩野文庫所蔵本文に拠る。

森鷗外訳「玉を懐いて罪あり」覚書——その訳出の方向性について——

藤田保幸

一　はじめに

1―1

この稿では、森鷗外訳「玉を懐いて罪あり」（以下、「玉」と略称）をとり上げ、その翻訳小説としての訳出のあり方について論じる。

「玉」は明治二二年三月から七月にかけて『読売新聞』に連載され、後に鷗外の最初の翻訳・創作作品集『水沫《みなわ》集《しゅう》』に収められた言文一致体の翻訳小説で、ドイツロマン派の作家E・T・A・ホフマンの „Das Fräulein von Scuderi“ を訳出したものである（なお、新聞初出では、鷗外と弟の三木竹二（森篤次郎）の連名での訳となっているが、後に自らの作品集に収めていることからも知られるように、鷗外はこれを自らが責任をもつ訳業と見なしており、よって鷗外による翻訳と見てさしつかえないものと考えられる）。筆者は、以前に「玉」とこれと同時期に訳出された言文一致体三作品をとり上げ、その本文改訂の検討を通して鷗外の言文一致文体についての考え方や規範意識を論じたことがあった。その頃から、鷗外の初期言文一致体翻訳小説としては最も大部な、この「玉」について、その訳出のあり方に関しても考えるべき点のあることを感じてきたが、この稿では、そのあたりについて述べてみたい。

なお、「玉」の訳出のあり方については、鷗外研究の第一人者として指を屈せられる竹盛天雄氏が、「鷗外　その出発」と題した一連の連載論文の一環として五回をあて（うち四回は「『玉を懐て罪あり』の訳出の方法」という副題で）、原文と対照しつつ詳細な分析を示している。筆者もこの論考には多くのことを学んだ。今更屋上屋を架するような論であるならいかがかともいえようが、筆者にもなお別に考えるところ・論じたいことがあるので、ここではその点をまとめて述べる。

また、ここでは原作と対比して「玉」における訳出のあり方を検討するが、原作と「玉」の異同の詳細な対照表を作って示すようなことは、今回は意図していない。この稿では、原作と「玉」とのずれの際立った部分・注目すべきと思える部分を手掛りに、「玉」における訳出の方向性といったことを巨視的に考えたい。併せて、その背景にも論及できればと思う。

1―2

考察に先立って、いくつかあらかじめ前提となる事柄について述べておく。以下では、「玉」の本文と原作を比較・検討するが、「玉」の本文については、『鷗外全集』第一巻（岩波書店・一九七二）所収のものに拠る。「玉」の本文は、鷗外自身の細かな改訂の手が入っており、『読売新聞』初出のものと『水沫集』各版のものでは細かな相違が相当見出だされるが、この稿の目的とする考察のためには、全集本文（明治三九年の改訂版『水沫集』の本文に拠る）を用いることで十分と判断する。なお、引用にあたっては、末尾に漢数字で所在頁を示し、丸付き数字で何行目かを示して、カッコを付けて付記することにする（例えば、（一二三・④）は全集の一二三頁四行目所載の意）。また、原作については、ドイツ語原文は手許で参照したが、それをいちいち示すことはかえって煩瑣かとも思うので、原文をほぼ逐語的に反映した現代の訳文を利用する。いくつか翻訳はあるが、ここでは深田甫訳『ホフマン全集5―I』（創土社・一九九〇）所収の「マドモワゼル・ドゥ・スキュデリ」を用いる。これも、引用にあたっては、末尾に漢数字でその所在頁を示し、カッコと「訳」の字を付して、付記することにする（例えば、（訳・二七九）は右の『ホフマン全集5―I』の二七九頁所載の意）。

また、作中に見られる固有名詞等を用いて論述する際には、その表記は「玉」における形に従うが、現代表記で小書きすべきところは小書きとする（例えば、主人公 Scuderi の表記は、「玉」に従うが、「スキユデリイ」とそのままでなく「スキュデリィ」とする）。

二　作品の梗概と大きな省略の問題

2―1

まず、以下の検討のためにも、ひととおり「玉」のストーリーを理解しておいていただく必要があるので、ここで作品の梗概を掲げておく。

時はルイ一四世治世の一六八〇年秋のこと、国王とその愛妃メントノン夫人の愛顧を受けて宮中に出入りする女学士マドレエヌ・ド・スキュデリィの家を深夜訪れた謎の男があった。男は、匕首を手にスキュデリィとの面会を強請するが、妨げられて果たせず、スキュデリィにと不審な小筺を残して立ち去ってしまう。当時、パリでは謎の宝石強盗殺人事件が続いており、特別警察シャンブル・アルダントの長官レニイとその配下デグレイらの懸命の捜査にもかかわらず、賊の手掛かりは全くつかめなかった。さて、謎の男が残していった小筺を開けてみると、中から出て来たのは比類なき見事な飾り（装身具）と、賊からの感謝の手紙――宮中でスキュデリィは、賊の取締を懇願して王に献じられた「不幸な恋人」からの長編の詩を、意気地ないこととする歌を詠んで一蹴し、それで王は取締の強化を命じる気にならなかった――で、驚いたスキュデリィは飾りの持ち主を探すべく、メントノン夫人に相談する。夫人は一目見て、これほどの飾りを作れるのは畸人の噂の高い当代随一の飾り職人ルネエ・カルヂリヤックしかいないと言い当てた。カルヂリヤックも自分のものと認めるが、どうかそれをスキュデリィに受け取ってほしいと懇請し、飾りはスキュデリィの手元に残った。しばらくして、スキュデリィが馬車で他出したおり、謎の男は再び現れて、飾りをすぐにカルヂリヤックに返せという手紙を渡して逃げ去る。しかし、取り紛れて遅くなり、スキュデリィがカルヂリヤック宅に行ったときには、彼は殺されていた。殺人の嫌疑を受け逮捕されたのは、カルヂリヤックの弟子のオリヰエヽ・ブルッソンで、彼のいいなづけでカルヂリヤックの娘のマデロンを保護したことから、スキュデリィは彼女の懇願に動かされ、シャンブル・アルダントの長官レニイに掛け合いに行くが相手にされない。ふと思いついて、牢獄のオリヰエヽに会ってみると、何と彼こそが例の謎の男であった。動転して彼と話すこともできず家に帰り、すべてが信じられなくなったスキュデリィであったが、そこへレニイの使いデグレイがやってきて、否認を続けていたオリヰエヽがスキュデリィにならすべてを話すと言っているので協力してほしいとのこと、スキュデリィは改めてオリヰエヽに会って告白を聞くことになる。そして、明らかになったのは、オリヰエヽは昔スキュデリィを育ててくれた召使の息子であり、また、その語るところは驚くべきことであった。実は、パリを騒がしていた連続宝石強盗殺人はすべて、不思議な運命に導かれたカルヂリヤックの仕業であり、オリヰエヽはその秘密を知ったが、マデロンへの愛情にほだされて何ともできなかった。しかし、受け取った飾りに関わってスキュデリィがカルヂリヤックの凶行の標的になりかねない仕儀になってきたので、彼は凶行を阻止しようとしていたところ、カルヂリヤックは町に出て殺人に及ぼうとして返り討ちに遭ってしまった。瀕死のカルヂリヤックを家に連れ帰って、殺人の嫌疑を受けてしまったオリヰエヽだが、マデロンの嘆きを思い決して真相は口にしないつもりだという。これを聞いたスキュデリィは、何とか彼を助けたいと奔走するが、代言人（弁護士）ダンヂリィに協力を仰いでも、このままでは何ともしようがないということ、落胆して家に戻ったスキュデリィのもとを訪れたのは、近衛大佐ミオッサン伯爵という人物で、実はこの人こそカルヂリヤックの正体を見抜いて返り討ちにした人物であった。ミオッサンの証言を得て、ダンヂリィの助言に従い、スキュデリィはオリヰエ〻を凶悪犯として憎む国王に彼の助命を請うという難事を知恵を絞って成し遂げる。王は検討を約束し、その後しばらくは梨のつぶてであったので、スキュデリィは気を揉むが、結局オリヰエ〻は許され、マデロンと結ばれて大団円を迎える。

2―2

以上が「玉を懐いて罪あり」のストーリーの大要であるが、これを原作と比較すると、ストーリーにかかわる大きな省略・改変というべきものが二箇所見だされる。まず、この点について見てみたい。

第一に、原作で作品の出来事が起こった当時の社会背景として語られる連続毒殺事件――イタリア人エクシリイが発明した猛毒を用いて、姦婦ブランヰエ〻とその情夫セント・クロア、更に祈禱師の老婆ヲアザン一味が行なった殺人と、それがシャンブル・アルダントによって厳しく摘発されたこと、そして、ヲアザンらとかかわった人々の名を記したリストが発見され、有力者も嫌疑を受けて、少なからぬ冤罪事件も生まれたことなどが、すべてカットされている。すなわち、「玉」では、冒頭の怪しい男が不審な筺を残していった話のあと、それをめぐって「マドレエヌの家の奴婢が心配したのも無理ではない」として、(1)―aのように当時のパリで起こっていた連続宝石強盗殺人事件の話にいきなりつながっていくが、原作では、まず(1)―bのように「地獄のものかとおぼしき発明」、つまりエクシリイの毒薬のことにふれて、右のような毒殺事件の顚末がかなりの紙数を費して語られ、それから(1)―cのように宝石強盗の一件へと話が移っていくという物語の進め方になっているのである（なお、cの「グレーヴ広場」とは、当時のパリの刑場のあったところ）。

(1)―a　マドレエヌの家の奴婢が心配したのも無理ではない。其頃巴里に怪しい死様をするものがあるので、府中の人心が恟々として居た。何者の仕業か知れぬが、金銀や、珠玉の飾を持つたものは、何時となく盗み取られ、…　（二〇六・④〜⑥）

(1)―b　ちょうどその時代、パリは呪わしき凶悪な犯罪の舞台となっていて、折りしも地獄のものかとおぼしき発明があって、犯罪には打ってつけのじつに手軽な手立てを提供していたのだ。（訳・二八七）

(1)―c　こうして、グレーヴ広場に有罪者といわず容疑者といわず多くの人間の血が河のように流れ、どうやら密かな毒殺もしだいに稀になってきたころ、こんどは別の種類の災厄が姿を現わし、あらたな動転狼狽を広めはじめた。強盗の一団が現われたのだが、この一味はどうやらありとあらゆる宝石をことごとく手に入れるのが狙いらしかった。（訳・二九四）

第二に、原作では、カルヂリヤックがスキュデリィに懸想しているのだといったメントノン夫人のからかいと、スキュデリィもその冗談をうけて詩を作り、王の前で披露すると王もその詩に大笑いするといったそこそこ長いエピソードがあるが、「玉」ではそれがやはりすべてカットされている。例の不審な筺から出てきた見事な飾りについてスキュデリィから相談を受けたメントノン夫人が、これを作れるのはカルヂリヤックしかいないと言い当て、彼を呼び出した場面で、このような不審なものは持ち主に返してしまいたいと思っていたスキュデリィが、持ち主と知れたカルヂリヤックに返そうと申し出たところ、次の(2)―aのように彼は何やら思いつめ、是非ともスキュデリイにこれを受け取ってほしいと懇願する。後の（中略）のところで、メントノン夫人のとりなしの言葉もあって、スキュデリィが承知すると、カルヂリヤックは彼女に感謝のキスをして駆け去る。「玉」では、そこまでこの場面の話はいったん終って、物語は新たな場面に変わるのだが、原作では実は続きがあって、(2)―bのようなメントノン夫人のからかいの言葉があり、右に記したようなエピソードが更に続くのである。

(2)—a　カルヂリヤツクは（中略）漸く思ひ定めたか、前に在つた筺を把つて、女學士の前で膝を地に搶いた。此餙があなたのお手に入つたのは、何うも不思議で。何う云ふものか、此の餙を製らへる時に、あなたの事が折々心に浮びました。どうか此れは天道さまが彼方へ授けたものだと思つて、取つて置いて下さい。（中略）カルヂリヤツクはさも嬉し氣に又た膝を搶いて、女學士の手を吸ひ、涙を流したが、急に立ち上つて、其儘驅け出して歸つた。其劇しい運動の爲に、机の上に列べて有つた杯が相觸れて響を發した。

（一一二・⑫～⑯、一一三・④～⑥）

(2)—b　「やはり気に懸けていたとおりですわ、マドモワゼル。ルネ親方ときたら、あなたに死ぬほど恋い焦がれていたのね、…」

（訳・三一八）

2—3

ストーリーにかかわる大きな省略・改変というべきものは、以上の二点である。もっとも、第一の連続毒殺事件の一件は、作品の末尾に「附『シャンブル、アルダント』の由来」として、かなり簡略化されてはいるが、文語文でほぼそれにあたる内容が添えられている。しかし、第二のエピソードについては、全く削られたままである。

さて、こうした相応にまとまった内容がストーリーから削られたことで、破綻が生じないよう調整が必要になった。実際、鷗外は第一の点に関しては、それなりに注意して矛盾の生じないように手を入れている。例えば、次の(3)—aでは、

(3)—a　此處に色蒼ざめて下男のバプチストが這入つて來た。その筈だ、彼の巴里の山中《マヽ》で疫鬼の様に忌嫌はれて居る探偵のデグレエが主人のマドレエヌ女學士に面会を求めたから。部屋に通してデグレエの口状を聞けば。

（一二二・⑦～⑨）

(3)—b　「どうしたの。バプティスト。——まさか！——スキュデリという名が、ラ・ヴォワザンのリストに載

ってたとでもいうのかしら」。　（訳・三四二）

下男のバプチストがシャンブル・アルダントのデグレエの来訪をスキュデリィに恐れおののく体《てい》で告げるのだが、シャンブル・アルダントと言えば、例の毒殺事件の苛烈な追及で悪名をはせた機関で、デグレエと言えば、非情な捜査の先兵というべき存在、原作では、バプチストは、もしやその件で主人にぬれ衣でもと恐れたのである。そのことは、原作の(3)―bのようなスキュデリィのせりふでも明らかである。しかし、毒殺事件のことがカットされていては、バプチストの恐れようが今一つわかりにくいものになる。そこで鷗外は、「彼の巴里の山中で疫鬼の様に忌嫌はれて居る」という元はなかった説明的な修飾句を「玉」で加筆することで、その点を調整している。

また、ミオッサン大佐がスキュデリィのもとを訪れ、カルヂリヤックを殺したのは自分であると告げた場面で、それを届けなかったのはなぜかとスキュデリィに問われて、大佐は、シャンブル・アルダントのレニイのような悪意ある捜査官のために、自分に面倒な嫌疑がかかることを避けたかったからだと答える。それに対して、原作では(4)―bのように、まずスキュデリィが、あなたの身分ならそのようなことはなかろうと言うと、大佐は、毒殺事件のところで既に紹介されている事例――身分あるリュクサンブール元帥でさえ故なき嫌疑で投獄されたことを引き合いに出して、自分もそんな目にはあいたくないという思いを述べる。それを、スキュデリィは「でも、それなら、無実のブリュソンを断頭台に送りこむことになりはしませんか」（訳・三八七）と、つい批判がましく言うというように話は進むのだが、毒殺事件をカットしている「玉」では、事件の届け出にかかわるやりとりも大きくカットされ、面倒を避けたかったという大佐に、スキュデリィがいきなり(4)―aのように言うという形に簡略化されている。

(4)―a　そんなならば貴君はオリヰエ、を不便とは思召しませんか、無罪のオリヰエ、を。　（一四六・⑫～⑬）

(4)―b　「そんなことはありえなかったのではございませんか」と、スキュデリは叫んだ、「あなたのお生まれ

――あなたのご身分が――」。（訳・三八七）

確かに、それで話は通じる。ただ、事柄を多方面から検討するようなやりとりになっている原作を読んだ目で見てみると、「玉」のようにいきなり(4)―ａのようなことをスキュデリィが言うのは、好意の証言をわざわざもたらしてくれたミオッサン大佐を頭から非難するようで、いささか失礼な印象が生じていると思えなくもない。

以上のように、鷗外は第一の省略に関しては全般に注意深く調整して訳出しているので、一応ストーリーに破綻は生じていない。しかし、仔細に見れば、このような措置が、原作において原作なりに練られていた叙述の段取りを損なっていると思える部分が、やはりないわけではない。例えば、先の(1)―ａの「マドレエヌの家の奴婢が心配したのも無理ではない」というのも、不審な小筺をなぜ彼らが気にしたかというと、そこに毒薬が仕掛けられているのではないかと疑ったからに他ならない。事実、毒殺事件の件《くだり》では「わずかひと息吸っただけでも、たちまち死を招く」（訳・二九〇）毒薬による犯罪の恐怖が語られており、そして、その恐れが、筺をスキュデリィが開けようとした時「下女、下男は覺えず三足程後へ下つた」（一〇九・⑭〜⑮）という彼らのふるまいにつながるわけである。しかし、毒殺事件の記述をストーリーからはずしてしまっている「玉」では、そういう一貫性が見えなくなっているといえる。

2―4

更に、第二の懸想話の省略の方は、「玉」のストーリーの大切なポイントをかなりわかりにくくする弊をもたらしているように思える。

物語のいわばクライマックスで、オリヰエヽの助命嘆願のために、スキュデリィは、カルヂリヤックの作った例の飾りを身につけ、喪服のような黒づくめの衣装で、メントノン夫人のもとにいる王の御前に出る。王は、オリヰエヽを凶悪な殺人犯と信じて憎み、「オリヰエ、と云ふ名は聞くことを嫌つて、誰でも言ふものがあると直ぐに旨に忤らうといふ勢」（一四八・⑪〜⑫）で、尋常の手段ではとても助命嘆願など出来そうにない。そこで、スキュデリィは、カルヂリヤックの飾りと喪服のような衣装を身につけて王の目をひき、王の方からカルヂリヤックとオリヰエヽの一件を語らせようとするように仕向ける策をとったのである。策は図に当たるのだが、この大切な山場が、カットの影響によって何ともわかりにくいものになっている。

「玉」では、スキュデリィの姿を見た王は、まず次のように冗談を言う。

(5) 王はこれを見て、夫人の方に振り向いて。女學士は結髪《いひなづけ》の夫の忌中であらう。と戯に云つた。（一四八・⑤）

これに対し、スキュデリィは巧みに応じて、話を思う方向に導いていくのである。だが、この冗談は、「玉」を読んでいても、誠にわかりづらい。「結髪の夫」とは何のことか、どうして「女學士は結髪の夫の忌中であらう」などという唐突な冗談が出てくるのか。

しかし、カルヂリヤックがスキュデリィに懸想しているというメントノン夫人のからかいがあり、それをうけてスキュデリィも戯れの詩を作って披露し、王の大笑いをとったなどというエピソードがしっかり書き込まれている原作のストーリーでは、ここでも王がそれを踏まえ、調子に乗って〝あなたに懸想したカルヂリヤック、あの男はあなたのいいなづけみたいなものだろう、とすると、その姿は死んだカルヂリヤックの喪に服しているのだな〟といった冗談を言っているということは、すんなり理解可能である。一方、そうしたエピソードをすっかりカットしてしまった「玉」では、この大きな山場のやりとりが、誠にわかりにくいものになっていると言わざるをえない。そして、そのわかりにくさは、手を入れて調整しようにも如何ともし難いものであったのだろう。鷗外も、特段の加筆・調整など試みないで、わかりにくいままにしている。

2—5

以上、まず「玉」におけるストーリーにかかわる二つの大きな省略について見てみた。こうした省略に関しては、鷗外は、その影響で破綻が生じることのないよう、相応に注意して調整しつつ訳出しているが、それでも、かなり大きな問題が感じられるところもあるということは、以上に指摘したとおりである。

しかし、そうした疵まで残しつつも、あえてこのような大きな省略を行って訳出しているという点に、むしろ本作品の翻訳にあたっての鷗外の方向性といったことが読みとれると考えるべきであろう。こうした大きな省略・改変によって、ストーリーの流れはすっきりし、話の筋道はたどりやすく、その意味ではわかりやすいものになっている。「玉」の訳出では、そのような〝わかりやすさ〟が全体に志向されているように感じられるのである。が、この点はなお後述するとして、論を急がず、更に角度を変えて検討を進めたい。

三　冒頭の改変

3

作品の第一印象にかかわるという点では、冒頭部分に見られる改変も、極めて重要な意味があるものと考えられる。

「玉」の冒頭は、(6)—aのように始まる。しかし、原作ではもともと(6)—bのような書き出しになっていた。bの最初の二文とaの最初の一文とを比べてみると、がらりと印象の違うものになっていることが納得されよう。その意味で、これも大変大きな改変だといえる。

(6)—a　路易第十四世の寵愛が、メントノン公爵夫人の一身に萃まつて世人の目を驚かした頃、宮中に出入をする年寄つた女學士にマドレエヌ、ド、スキユデリイと云ふ人があつた。丁度千六百八十年の秋の事で、或る夜の十二時過ぎに、其女學士が住つて居るセントノレイ町の家の戸を劇しく敲くものがあつた。（一〇三・①〜③）

(6)—b　サントノレ街にちいさな建物があった。ここにマドレーヌ・ドゥ・スキュデリが住んでいた。マドレーヌ・ドゥ・スキュデリといえば、その優美な詩文と、ルイ一四世ならびにマントノン侯爵夫人の寵愛で世に知られていた。

夜も更けて真夜中ごろ――一六八〇年の秋であったろうか――この建物を激しく忙《せわ》しく叩くものがあり、その響きは玄関の広間いっぱいにこだました。 （訳・二七九）

「玉」では、原作のように「サントノレ街」「マドレーヌ・ドゥ・スキュデリ」といった耳なれない外国の地名・人名をいきなり並べるのではなく、太陽王として当時の「万国史」の教科書にも出てくる「ルイ十四世」の名で物語を始めているが、これが今と比べて外国のことが格段に身近に感じられにくかった当時の読者の意識に配慮してのものであることは、容易に察せられることである。だが、書き出しを(6)―aの冒頭文のような、いささかものものしくさえ感じられる措辞に改めていることには、更なる意図を見て取ってよいのではないかと思われる。

この点、竹盛天雄氏は、竹盛（一九九二b）で、このようにすることによって、「まず、物語がいつ・どんな時代に属すかという時代設定がなされ」（一九四頁）、「原題のサブタイトル『ルイ十四世時代の物語』という時代設定が、訳文の形で生かされて」（一九五頁）、「その措置は、中国種の訳名と結びついて、フランスの都パリを舞台とする歴史小説（物語）として、新聞続物の読者に了解させ、興味をそそるように作用した、と考えられるがいかがであろうか」（同）と論じている。もちろん、このような理解の方向は妥当なものと思うが、筆者は、今一歩踏み込んで次のように言えるのではないかと考える。

(6)―aのような冒頭の書き出し、すなわち、①帝王の名によって時代を規定し、②その帝王に関してどういうことがあったか・どうであったかで更に時代を細かく限定し、③そして、その時にどういうことがあったかと説き起こす語り方は、説話等の日本の古典文学にしばしば見られる伝統的な型を利用したものである。具体例を「今昔物語」からあげてみよう。(注2)

(6)―c　今は昔、村上天皇の御代に、大江朝綱と云ふ博士有りけり。止事無かりける学生なり。年来道に付きて公に仕りけるに、聊かに心もと無き事無くして、遂に宰相まで成りて、年七十余にして失せにける。其の朝綱が家は、二条と京極とになむ有りければ、東の川原遥かに見え渡りて、月おもしろく見えけり。（以下略）

（『今昔物語』巻第二十四第二十七）

(6)―d　今は昔、□院の天皇の春宮にておはしましける時に、蔵人にて□の宗正と云ふ者ありけり。年若くして形美麗に心直しかりければ、春宮これを睦ましき者におぼしめして、萬につかはせたまひける。（以下略）

（『今昔物語』巻第十九第十）

(6)―cは、説話で最もふつうに見られる書き出し方であるが、第一文は、右の①＋③から成っているといえる。それが更に複雑になった(6)―dのような書き出し方も見られるが、この第一文は、右の①＋②＋③から成るものである。そして、表現の組み立て方としては、「玉」の冒頭の一文はちょうどこの(6)―dの書き方に対応するものであることが、一見して理解されるだろう。更に付け加えるなら、ご存じの「源氏物語」桐壺巻の冒頭「いづれの御時にか、女御・更衣あまた侍ひける中に、いとやむごとなき際にはあらぬがすぐれてときめき給ふありけり」の一文も、基本的には同様に右の①＋②＋③の構成と解せるものであり、こうした書き出し方が、日本の説話や物語の書き出しの伝統的な一つの型であったことは、十分納得できるだろう。そして、興味深いのは、鷗外が新しく紹介しようとする西欧文学の訳出にあたって、昔ながらの物語・説話の型を利用しているということである。それがまた、今日の目からすると、いささか古風でものものしくさえ感じられるのだともいえる。

もとより、こうした訳出の仕方を採った鷗外の意図は十分忖度できる。こうした昔ながらの型を借りてでも、まずは何とか新しい文学を読者に読み出してもらいたいというわけであろう。つまり、読者が受けいれやすいことを考えて、当時の読者にもおなじみの、その意味ではわかりやすい表現を利用したといえる。このような〝わかりやすさ〟への志向は、二節で見た省略・改変とも軌を一にするもののように、筆者には思える。

四　訳出の実際

4―1

右のとおり、読者にとっての受けいれやすさ＝〝わかりやすさ〟ということが、この「玉」の訳出にあたっては、強く志向されているように感じられる。そして、そのことが訳出方法の実際を規定している面も大きいと思われる。ここでは、そのあたりについて更に具体的に検討してみることにしたい。

まず、前節で検討した冒頭に続く「玉」の発端部分をとり上げて、原作と比較し、検討する。論述の都合上、どうしても引用が長大にならざるをえないが、しばらくお許し願いたい。

(7)―a　其夜下男のバプチストは妹の婚禮に招ばれて行つてまだ歸らず、家の内で目を醒まして編物をして居たは仲働きマルチニエ丶ルといふものであつたが、今此響を聞くと、何となく怖氣立ち、急に自分と主人と女二人で家に居ることに氣が付き、昔から巴里であつた人殺しや、押込の怖い話が皆一時に胸に浮んで、①只慄々と震ひ乍ら室の片隅に蹲んで居た。戸を敲く音は段々劇しく成つて、それに時々男の聲で、早く此處を開けて下さい、後生だからと云ふを聞付けて、②仲働きは少し考へたが、それでは主人が不斷から親切なのを聞いて居て、難義を助けて貰ひに、態々來た人かも知れぬ、然し物は用心が第一だからと、立上つて徐々と行き、窻の戸を半分開けて成丈男らしい聲をして、何故夜中になつて人の家の戸を敲いて、高聲をするのだ、と問ひながら、今雲の間から少し顔を出した月影に透かして見ると、灰色の長外套を着て、縁の廣い帽子を目深に被つた男が戸の前に立つて居た。仲働きは一層聲を張上げて、居もせぬ下男の名を呼び立て丶、バプチストや、クロオドや、ピエエルや、誰れか早く起きて出て、戸を打ち毀されない中に亂暴人を逐ひ歸してしまへ、と云ふと、外に立て居る男は、下から優しい、哀れな聲をして。その聲はマルチニエ、ルさんの聲ぢやないか。私は貴君が御主人と唯二人で御出のことは、よく知つて居ます。何も怖いものではありません。唯御主人に御目に掛つてお話をせねばならぬ事があるのです。と云ふを聞いて、御主人は先刻お休みなさつたから、窗から顔を出して、③お前さん、何の御用だか知りませんが、マルチニエ、ルは少し心が落付いたから、明日出直してお出なさい、と云ふと下から。そんな嘘をお吐きなさるな。御主人様の漸つとお作り掛けの小説を下に釋いて明日メントノン公爵夫人に讀んでお聞かせなさる歌の草稿に、お手をお入なさる處なのを熟く知つて居り升。私の用は人の名譽、どうかすると人一人の命に掛る事で。後生ですから戸を開けて下さい。若し後で御主人が私の一件を聞いて、貴君が戸を開けない計に、不幸に陷つたと御思召すと、却て貴君をお憎みでせう。と云言葉の中に、涙に咽んで居る様子。マルチニエ、ルも何となく此若い男の聲が胸に響く様に覺えたから、急いで鍵を持出して入口の戸を推開けた。開けるが早いか、外套を着た男は家の内に飛び込んで、遽たゞしい聲で、早く奥へ案内しないか、と云ひながら、仲働きを撞き倒しさうな勢で、奥へ行かうとするから、マルチニエ、ルは驚きながら手燭を差出して顔を見て、あつと云つて震ひ出した。震ひ出した筈だ、此の男の顔は色蒼ざめて、何となく物凄く、その上外套の前の少し開いた處から、ちらりと見えたのは衣の胸に挿してある匕首の柄であつたから、此時男はきら〳〵と光る眼を見張つて、早く〳〵と催促した。④マルチニエ、ルは年頃マドレエヌに仕へて、眞實の母の様に思つて居る程だから、今は主人の一大事だと、屹度思案を定めて、部屋の方へ行く戸を後手で確り押さへ、男の前に立ち塞がつた。⑤まあ、お前は何物だ。外ではあんな哀れな聲を仕て、這入てから無理に奥へ行かうとは、大方グレエウ巷で死耻を曝す人だらう。どうでも行く氣なら、私を殺してお仕舞ひ。中々動く氣色が無いので、男は尚々急き込んで。あゝ、焦燥つたい。然し私がこんな形をして居るから、成程推込み、強盗と。かういふ内も時が立つ。一寸奥へ。と云ひながら、胸に挿して居た匕首を抽き出して手に持つた。マルチニエヽルは早命はないものと覺悟をした時、表の方に其頃「マレシヨツセエ」と云ふ邏卒が此街を通ると見え、馬の足音と器械の響とが聞えた。これを聞くとマルチニエヽルは生返つた心地で、「マレシヨツセエ」さん〳〵、人殺し〳〵と大聲で叫んだ。男は左も口惜しさうに、えゝ、所詮望は叶はぬか、あゝ、是迄だ、と云ひながら隙を見てマルチニエヽルの持つて居た手燭を取つて振り消し、小い筐の様な物をマルチニエヽルの手に推付けて、そんならこれを今夜の内に、せめて奥へ、所詮あきらめたから、明日でも、といふ言葉も終らぬ中に、表へ驅出して逃げて仕舞つた。（一〇三・③〜一〇五・⑨）

注目したいのは、傍線①〜⑤の部分である。このうち、まず①②と④について見てみると、それぞれの箇所に相当する部分が、原作では(7)—bcdのようになっている。

(7)—b　…、部屋に閉じ籠ったきり、ぶるぶるわなわな震えながら、バプティストを罵り、その妹の結婚式まで呪っていた。（訳・二八〇）

(7)—c　不安はつのるばかり、それでもついにマルティニエールは、蠟燭の炎燃えたつ燭台をいそいで摑むと、玄関先へと走り出た。扉を叩いているものの声がはっきり聞き取れた、「お願いです、開けてください！」。じっさいに泥棒だったら、とマルティニエールは考えた、こんな言いかたはしないわね。（同右）

(7)—d　こうなっては、マルティニエールもマドモワゼルに危険が迫ったと見た瞬間、親愛な主人であるばかりか、人も好ければ誠実でもある母親ともみて敬っていたひとへの愛情が、内部で一気に燃えあがり、自分でも信じられないぐらいの勇気が湧き出てきた。（訳・二八三）

すなわち、原作で(7)—bのようにマルチニエヽルが「バプティストを罵り、その妹の結婚式まで呪っていた」とあった部分——内なる感情の表出としての行為を描く部分は、「玉」では削られ、「震ひ乍ら室の片隅に蹲んでいた」といった外面的な描写だけになっている。また、(7)—cのようにマルチニエヽルについて、「不安はつのるばかり」といったその心の内の叙述や、「じっさいに泥棒だったら…」と彼女が思いめぐらす部分も、「玉」では削られ、やはり傍線部②「仲働きは少し考へたが」のように外面的な描写でとどめている（そのあたりを削った関係で、燭台を持って玄関先へ出た描写も併せて削られたと考えられる）。もちろん、その後に「それでは主人が…」という彼女の判断が続くが、これは「立ち上つて徐々と行」った行動の動機を示す部分であるから、ストーリーの展開上なくてはならないので削れないところと言える。しかし、そのような、どうしても必要な部分以外は、登場人物の内面に光を当てない書き方が、「玉」では採られている。傍線部④の部分についても同様で、原作の「…愛情が、内部で一気に燃えあがり、自分でも信じられないぐらいの勇気が湧き出てきた」といったマルチニエヽルの心のリアルな描写が、「今は主人の一大事だと、屹度思案を定めて」というような簡単な紋切り型の叙述に代えられている。

以上要するに、「玉」ではストーリーの展開上必要でない限り、極力登場人物の心事・感情に光を当てない方向で訳出がなされている。言い換えれば、登場人物の心事・感情といったディティールを極力削ることで、何がどうなるという事柄の進展を見やすくし、ストーリー展開を流れのよいものとして際立たせようとしているのだとも言えよう。

同様のこととして、今度は傍線③と⑤の部分を見ていただきたい。まず③だが、原作では(7)―eのようになる。

(7)―e「なにをとぼけてるの」と、マルティエールは応じた、「うちのマドモワゼルと、こんな真夜中にお話ししたいですって。もうとっくにお休みになってるぐらいのこと、あなたにはわからないの。せっかくいい気持ちでうとうとお眠りになったばかりのところを、なにがあろうと、お起こしなどできっこないじゃないの。あいうお年になれば、寝入りばなのまどろみというのが、とても大事なんですからね」。――「知っています」と、下に立っている男が言った、「おたくのマドモワゼルは、『クレリア』とかいう小説の原稿を、ずっと休まず書きつづけてらして、ついさっきそちらを片づけ、いまは、あしたマントノン侯爵夫人のお宅で朗読なさるおつもりの詩をいくつか、書いてらっしゃるところでしょう。（中略）ひとりの人間の名誉も自由も、いやそれどころか、生命までもがこの瞬間にかかってるんです。いますぐどうしても、マドモワゼルにお目にかからなくてはならないんです。とくと考えてみてください。助けを願ってやってきた不幸な男を無情にも扉口で追い返したのがあなただったとお聞きになれば、ご主人のお怒りは永遠にとけなくなりますよ」。――「だけど、マドモワゼルの同情に縋ろうというのに、なにもわざわざこんなとんでもない時刻に、なぜお目にかからなくてはならないの。あしたまた適当な時間に出なおしてらっしゃい」と、マルティニエールは下に向かって言った。すると下の男が答えた、「運命ってものが、時間や時刻など意に介してくれるものですかねえ。（中略）頼るものもなければ、この世からも見捨てられ、化け物みたいな運命に追われ追い詰められて、差し迫る運命から救っていただくことをマドモワゼルに哀願しにきただけの、惨めな男なんです！」（訳・二八一～二八二）

具体的な小説名などが出てくることを別にしても、原作はずっと長く複雑である（同趣の口上の続くところは、（中略）としたが、それでもかなり長い）。是非スキュデリィに面会したいという男に対し、マルチニエンルがスキュデリィはもう就寝したと断ると、男はそんなことはないはずだと食い下がり、マルチニエンルが、それにしてもこのような時間には会えないから出直せと重ねて断ると、男は、運命が時間など意に介してはくれない、自分はその運命に追い詰められているのだと懇願する。このように、両者の間で押したり引いたりのやりとりが行なわれるのだが、「玉」ではそのような押し問答は簡略化され、マルチニエンルからの言葉と男のそれに対する応答という一往復に単純化されている。その結果、「運命ってものが、…」というような内容は結局省略された形になっている。

⑤の部分も同様で、原作では「…這入てから無理に奥へ行かうとは」にあたる内容の発言に続けて、マルチニエンルは、スキュデリィは会わないと重ねて拒絶し、それでも男が引き下がろうとしない（原作では、既にここで短剣に手を掛けている）ので、「大方…、私を殺してお仕舞ひ」にあたる内容の言葉を浴びせ、身を挺してつっぱねると

いう展開になっている。そうした言葉の積み重ねが、ここでも一続きのせりふに簡略化されている。つまり、「玉」では原作に見られる言葉の積み重ねや押したり引いたりのやりとりを簡略化していこうという方向性がうかがわれる。これもやはり、そのような細部における言葉の重なり・絡みを削り、いわば軽くして、ストーリーの流れを見通しよく浮かび上がらせることを志向しているものと見てよい。

4―2

この種の訳出の仕方は、発端部分のみならず、「玉」では随所に目につくものである。いくつか例をあげて、確認しておきたい。

(8)―a　国王は讀み畢つて、メントノンの意見を問うた。（二〇九・②）

(8)―b　…国王ルイ一四世としては、この詩が傍目にもお気に召したようすで通読されていたのは、至極当然の成り行きではあった。読み終えると、国王は、紙面からは眼を離さず、慌ただしくマントノン侯爵夫人のほうに振り向くと、もう一度こんどは声をあげて詩を朗読したうえで、品のよい微笑を浮かべ、このように脅かされている恋人たちの願いをどうおもうか、と訊ねた。（訳・三〇二）

(9)―a　…あつと云つたきり、椅子に仆れ掛つて暫く氣が遠くなつて居たが、少し氣が付いて、口の内で。心ともなく詠んだ歌を、世間で彼此云つたならどう言譯が。（二一〇・③〜④）

(9)―b「ああ」と、マドモワゼルは、涙にむせぶ声で叫んだ、「ああ、この侮辱、ああ、この辱《はずかし》め！　こんな年齢になってもまだ、こんのようなめに遭うなんて！…」（訳・三〇五）

(10)　カルヂリヤツクに仕事を賴むは易いが、カルヂリヤツクから出來上つた品物を受取るはむづかしい。金錢を貪る性質でないから、貴人の賴でも、貧乏人の賴でも、快く受け合ふが、出來上つて渡す日になると、彼處を直す、此處を直すと猶豫を求め、果は顏色を變へて受取人を罵り、漸々の事で渡して返すことであつた。

（一一・⑧～⑪）

⑻は、パリに横行する連続宝石強盗殺人犯をなんとか取り締ってもらおうと、国王ルイ十四世を恋愛の第一人者にして英雄と称え、なぜ犯人に脅かされている恋する者を王が救わないのかと嘆願する長篇の詩を王に献じた者があり、王がその詩を読んでの場面で、原作ではbのように王の満悦ぶりが述べられているが、「玉」ではaのとおり、そのような描写は一切省かれている。bのような王のあり様《よう》は、いかにも人間らしくてほほえましくさえあるが、「玉」ではそのようなストーリーの本筋とはかかわらない登場人物の心事には立ち入らないのである。

⑼は、怪しい男によってスキュデリィのもとに届けられた小筺から、見事な飾りとともに手紙が見出され、スキュデリィがそれを読んだ場面での、彼女の反応が描かれた箇所である。手紙には、スキュデリィの歌（右の長篇の詩の言うところを意気地ないものとして否定した）のおかげで探索が強化されることなく感謝している、どうかこれからもよろしくと、賊からの感謝のことばがぬけぬけと書かれていた。原作では、スキュデリィは、それを賊が自分を仲間扱いするものととり、大きな侮辱と受けとめた。しかし、そのようなスキュデリィの怒り、なぜ侮辱と感じるのかが分かるためには、よくよく彼女の心の中を忖度してみなければなるまい。そのあたりにとらわれるとストーリーの流れ（それをテンポよくたどること）が停滞しかねないので、「玉」ではそれを避け、「世間で彼此云つたならどう言譯が」などと世間の目を気にした、よくあるような気遣いに改められている。ストーリーの流れが抵抗なくたどられることをもっぱらとして、やはり登場人物の内面に光をあてて深く踏み込ませるようなことは避けるのである。

一方⑽は、問題の人物カルヂリヤックが本文中で最初に紹介される部分であるが、「玉」ではこのように要を得た簡潔な説明が示される形になっている。しかし、「出來上つて渡す日になると、…漸々の事で渡して返すことであつた」の部分などは、原作では具体的エピソードが記され、カルヂリヤックと依頼主との間でどのようないざこざ・あつれきが生じるのかが、両者の間の言葉のやりとりの形で描かれる。しかし、そこそこの分量になるそのようなやりとりの描写は、「玉」では削られて⑽のような簡略な説明にとどめられているのである。こうした例でもうかがわれるように、人と人との押したり引いたりの言葉のやりとりや言葉の積み重ねを、ストーリー展開を停滞させるものとして、なるべく簡略化していこうという方向性が、「玉」でははっきり認められる。

4―3

「玉」におけるストーリー展開を際立たせるための省略・簡略化といったことは、既に従来から論じられてきたことである。先の二節で見た連続毒殺事件の記述を本文からカットし、「附『シャンブル、アルダント』の由来」として付載する形をとったことなどは、明らかにそのような措置である。が、更に「玉」の訳出の実際について本文に即して今一歩細かに見ていくなら、その省略・簡略化にあたっては、ストーリーの展開にかかわらない（更には、その流れを停滞させる）登場人物の心事・内面に光をあてないこと、また、言葉での押したり引いたりのやりとりや言葉の積み重ねもなるべく簡略化して軽くすることといった方向性があることが見てとれた。

だが、人間は何者もそれぞれの内なる心情・思考のもとに生きるものであるし、人と人とは言葉を介してのやりとりの中で関係を作っていくものである。また、もちろん積み重ねられる一つ一つの発言を通して、その時々の人間の内面がうかがわれることにもなる。しかし、「玉」の訳出の仕方には、そのあたりに光を当てることをあえて避けてでも、ストーリー展開の見通しのよさ、いわば〝わかりやすさ〟をもっぱらにする方向性が認められるのである。そして、このことは更に、訳出における人間の描き方――人物造形・人物像の示し方にも、影響を与えているように思われる。

4―4

この点に関して注目されるのは、「玉」の次の場面におけるメントノン夫人についての描写である。スキュデリィは知恵を絞ってオリヰエヽの助命を国王に嘆願し、王も心を動かされて、無実を信じるいいなづけのマデロンに会ってみてもよいと言う。そこで、スキュデリィは早速マデロンを御前に連れてくる。清純なマデロンの姿に、国王も思わず目を止める。すると、

⑾　メントノン夫人は瞬もせずに見て居たが、この時幽な、然し王に聞える様な聲で。まあ、善くラ、ワリエルに似た子ではありませんか。女學士のお望通り、これでは何事も出來ませう。嗚呼、無情。昔し思を掛けたラ、ワリエルの名を、妬を帯びて言はれたから、王の顔にさつと赤みがさした。（一四九・⑪〜⑭）

ラ・ワリエルとは、国王のかつての愛人で、メントノン夫人は、そのことを思い嫉妬の念から、わざと王の気持ちに水を浴びせるようなことを聞こえよがしに言ったという話になっている。夫人は、いわば妬みからスキュデリィを邪魔するような存在として描かれているのである。しかし、実は原作では「マントノン侯爵夫人はごくちいさな声で言ったのだが、どうやら国王の耳に聞こえてしまったらしい」（訳・三九五）とあって、必ずしもあからさまに嫉妬の言葉を発したことにはなっていない。むしろ、嘆願の成否をスキュデリィとともに心配する彼女の味方として描かれており、嘆願の正念場で書記官がいらぬ用事を持ってきて王が中座すると、「スキュデリ、マントノン、ふたりとも、この中断は危険だと看做した」（訳・三九三）と同じ思いで見ているほどである。そして、嘆願を承けて王が検討を約束した後、何の音沙汰もないので気を揉むスキュデリィに、これ以上の無理押しは得策ではないとも助言するのである。が、その言葉のあと、夫人が「奇妙な薄笑いを浮かべ、あの小型ヴァリエールさんはどうなさってますの、と訊ねるようすをみて、スキュデリは、やはりそうだったのかと確信をもつにいたった」（訳・三九七）とあって、ここではじめてスキュデリィは夫人の心の奥の嫉妬心に気づくということになっている。このように原作では、メントノン夫人は一方ではスキュデリィの味方でありながら、他方では心の奥底で彼女のやっていることを嫉妬の目で見ているという矛盾をはらんだ存在として描かれているのである。そして、人間をそのような矛

盾した面をもつものとして描くこの人物造形は、それなりに納得できる深みのあるものといえるように感じられる。しかし、「玉」では、夫人はそのような矛盾をはらんだ存在ではなく、この件に関して一貫して嫉妬にかられた人物、スキュデリィに非協力的な側の人間として単純化して描かれている。確かにそれでストーリーはわかりやすいものになっているかもしれないが、人物の造形は平板なもの、いわば類型的なものへと傾いている。

4—5

こうした人物造形の平板化・類型化の一環として考えられることの一つが、第二節で見た懸想話のカットであると考えてよいだろう。

おそらく、鷗外は「玉」では、主人公スキュデリィを無実の者を救うために奔走する誠実な正義の人として描こうとしたのであろう。しかし、そんな高潔な女性に、色恋沙汰の話はふさわしくないし、更にそれを詩にして笑いをとるなどという軽躁な振る舞いは似つかわしくない（少なくとも、当時の読者の目にはそううつると思ったのだろう）。それ故に、かなりの問題が残る結果となっても、その部分はカットしてしまったということではないか。

しかし、矛盾する側面をもちながらも、それが統合されてあるのが一人の人間であるのなら、そうした措置は、人間を一色《ひといろ》のもの、白黒はっきりしたわかりやすいものに単純化するものといえよう。そして、それが当時の読者の好尚に合ったわかりやすさであったのかもしれない。

4—6

今一つ付け加えるなら、スキュデリィが助力を求めた代言人ダンギリィについての次の記述にも注意してみたい。

(12)—a　…、直に車を飛して、その門を叩いた。女學士の問を默して聞いて居た代言人ダンギリイは、聞き畢つて哲學者ボアロオの言葉を以て、箇警に意見を述べた。　（一四四・①〜③）

⑿—b　ダンディーイだったら熱意をもって無実の若者の弁護を引き受けてくれるだろう、とスキュデリは信じていたのだ。が、その期待は無残にも裏切られた。ダンディーイは冷静に聴いていたが、すっかり聴き終わると、微笑を浮かべ、ボワローのことばを引いて答えた、…　（訳・三八三）

⑿の場面について、aの「玉」ではダンギリィはスキュデリィの話を黙って聞いて答えたというだけになっているが、原作ではbのように、スキュデリィはダンギリィが助けてくれるだろうと期待していたが、「その期待は無残にも裏切られた」という記述があった。それが「玉」では削られているわけで、これは既に見てきたような、ストーリーの展開にかかわらないところで登場人物の心事に立ち入らない書き方の一つといえるが、更に考えるなら、これも白黒をはっきりさせた〝わかりやすさ〟を求めたものといえるかもしれない。つまり、ここで「期待は無残に裏切られた」などとすると、ダンギリィはスキュデリィの味方になってくれない人物のように聞こえてしまうが、以下のストーリーでは、スキュデリィのために尽力してくれる「味方」になる。それをここでこのように書いては、読んでいてしばらくは敵か味方かはっきりしない、わかりにくい印象を生むことになるということでもあったのではないか。そのような、味方なのかどうなのか、白黒がわかりにくくなるような書き方は避けたいということではないかと思われる。

こうしたところにも、以上見たところと軌を一にする〝わかりやすさ〟への志向を見てとってよいかと思う。

4—7

この節では、「玉」の訳出の仕方には、ストーリーの展開にかかわらないところで人物の心事・内面には立ち入らず、また、人と人との言葉による押したり引いたりのやりとりも簡略化して、ストーリーの流れを際立たせ、わかりやすくするといった方向性があることを見てきた。また、そうした〝わかりやすさ〟への志向が、一面で人物造形の平板化・類型化にもつながっていることを論じた。が、ともかくそのようにしてストーリー展開をくっきり浮かび上がらせ、わかりやすくする——つまり、読者に受けいれやすいものにすることが「玉」の訳出の一つの基本方針であったといえる。となると、ここで更に考えておきたいのは、鷗外が殊更といえるほどにそのような方針をとった、その事情なり考え方ということであるが、それについては節を改めて述べたい。

五　〝わかりやすさ〟の背景

5

明治二一年秋に帰国した鷗外が、本格的な文学活動——当初はもっぱら翻訳——を展開しはじめるのは、翌二二年に入ってのことであるが、その最初の大きな仕事が、「玉」同様弟三木竹二と連名で一月から二月にかけて『読売新聞』に連載した「調高矣洋絃一曲《しらべはたかしギタルラのひとふし》」（以下「洋絃」、なお当初は「音調高洋箏一曲」の字を当てる）であった。だが、スペイン・バロックの大劇作家カルデロン、デ、ラ、バルカの原作を訳出したこの翻訳戯曲については、読者の正当な理解が得られず、世評は必ずしも芳しいものではなかったらしく、鷗外らは、『読売新聞』に同年一月二九日「洋箏断絃並に余音」を掲載し、いったんは連載の中絶を宣言する。次に、その中絶宣言にあたる（断絃）の部分を引いておく。（注3）

⒀（斷絃）音調高洋箏一曲の三幕目を排印せしめんとするの際文學社會に發表せし一顯象は分明に今の日本人の美學的思想の程度を指示し大に余等二人をして發明覺悟する所あらしめたり余等二人は識破せり彼のアリストテレス以還コルネイユ、レツシング、ギヨーテ等の稱道せる所謂トラギツク（悲劇の本眞）などは所詮、今の日本人の能く涵容する所に非ざることを到底文壇若くは劇場を以て勸善懲惡の處となし傳奇及び他のポエジーを以て道徳を教誨するの具と心得る間は何くに適てか美學の思想を求めん誰が爲めにか洋箏の一曲を終へん

文面からうかがえるところに拠って考えるなら、昔ながらの「勧善懲悪」の形でしか文学を理解できないこの当

時の読者にとって、村長の娘イサベラが悪党の大尉一味にさらわれ、操を踏みにじられたまま救いがないという「洋絃」の悲劇の結末は、到底理解され受けいれられるものではないことを悟ったということであろう。それ故最後まで連載を続けることはしないと言いたいらしい。西欧の新しい文学を理解するには、当時の読者一般の文学意識はあまりに旧態依然たるものであったのだろうが、ともかくも、「今の日本人の美學的思想の程度を指示し」などというかなり強い言葉づかいからも、鷗外らがそうした無理解さに辟易したことが感じられる。

「洋絃」の連載については、読売新聞サイドの饗庭篁村のとりなしもあって再開され、二月一四日には完結にまでこぎつけたが、このような一悶着があったことは、新聞連載としては必ずしも成功とは言えなかったといえよう。そして、最初の連載のこのような不首尾な顚末を、鷗外自身も苦い思いで受けとめないわけにはいかなかったであろう。

そして、あまり日を置くことなく三月に入って二度目の新聞連載となったのが、この「玉」である。再度の不首尾は当然避けたい。そこで、「今の日本人の美學的思想の程度」を考え、そうした読者にも何とか受け入れられるような〝わかりやすい〟訳出が、この「玉」では志向されることになったのではないか。それが、冒頭で昔ながらの伝統的な説話・物語の「型」を利用したり、また、ディティールとしての心事や会話に拘泥せず、人物造形をある程度平板・類型的にしてでもストーリーの流れを見通してよく際立たせ、わかりやすくする訳出の方向性をもたらしたのではないか——そのように考えることで、「玉」の訳出のあり様の、ある種の経緯がよく理解できるように、筆者には思えるのである。

六　結び

6

この稿では、筆者が鷗外の初期言文一致文の研究においてとり上げ分析してきた「玉を懐いて罪あり」について、角度を変えて、その翻訳としてのあり方・訳出の方向性を論じてみた。「玉」を講義などでもとり上げながら年来考えていたことの要点を、ここでいったんまとめてみた次第である。相異なる言語文化の土壌を背景に行われる翻訳という営為の一事例研究としてご批正賜れば幸いである。なお細かに論じたいこともあるが、それについては別稿を期したい。

注

（1）「いひなづけ」のルビは、『読売新聞』初出本文のものを参考のために付しておいた。『鷗外全集』本文、そして『水沫集』の本文でも、ここはルビがないが、このように読むべきものと思われる。

（2）引用は、岩波古典文学大系『今昔物語集　四』により、表記をわかりやすく漢字平仮名交じりに改めて整えた。

（3）引用は、『鷗外全集』第二二巻（岩波書店・一九七三）三頁所収のものに拠る。ルビ・傍点は省いた。

【参考文献】

竹盛天雄（一九九二a）「鷗外　その出発（連載14）翻訳文体の揺れと実験―『戦僧』、『玉を懐て罪あり』―」（『国文学　解釈と鑑賞』五七―八）

――（一九九二b）「鷗外　その出発（連載15）『玉を懐て罪あり』訳出の方法」（『国文学　解釈と鑑賞』五七―九）

――（一九九二c）「鷗外　その出発（連載16）『畸人』像への接近・モチーフの簡明化など―『玉を懐て罪あり』訳出の

方法㈡―」『国文学　解釈と鑑賞』五七―一〇）
――（一九九二ｄ）「鷗外　その出発（連載17）慈善家と悪い星―『玉を懐て罪あり』訳出の方法㈢―」『国文学　解釈と鑑賞』五七―一一）
――（一九九三）「鷗外　その出発（連載18）訳名の効果とスキューデリーの機能―『玉を懐て罪あり』訳出の方法㈣―」（『国文学　解釈と鑑賞』五八―一）
藤田保幸（一九九八）『森鷗外訳「玉を懐いて罪あり」本文及び総索引』私家版
――（二〇〇五ａ）「鷗外翻訳の国語学的分析―初期の言文一致文体の試みをめぐって」（『国文学　解釈と教材の研究』五〇―二）
――（二〇〇五ｂ）「森鷗外初期言文一致体翻訳小説の本文改訂から見えてくるもの」（『国語語彙史の研究』二四）

あとがき

大阪大学名誉教授・国文学研究資料館前館長　伊井春樹先生におかれましては、二〇一一年一月に古稀をお迎えになりました。本論集は、これを記念し、先生の御健康をお祝いするとともに、これまでに賜った御指導への感謝の気持ちを込めて企画されました。

本論集の企画には多くの方から御賛同をいただきましたが、論文執筆は、主として大阪大学大学院において先生に直接教えを受け、学位を取得された方々に限らせていただきました。にもかかわらず、これだけの本数を揃えることができ、また、時代・分野をまたいだ日本古典文学総体を見通せる論集に仕上がりましたのは、ひとえに、先生の視野の広さ・学識の深さが反映された結果でありましょう。

伊井先生は、二〇〇九年より財団法人逸翁美術館（大阪府池田市）理事に就任され、二〇一〇年からは同美術館館長をお勤めでいらっしゃいます。古典文学を一般に普及させる活動にも精力的に取り組んでおられ、大阪と東京を月に何度も往復されているとのこと。そのお姿は、とても古稀をお迎えになったとは思えないほど若々しくていらっしゃいます。いつだったか、門下生で先生を囲む会を催した際、先生は、教え子の年齢を聞いて、「今に私は追い越されるね」と冗談をおっしゃったことがありましたが、それが冗談に聞こえないほどの御壮健ぶりです。先生の益々の御健康と御活躍を祈念いたしますとともに、我々も先生から学んだことを活かし、広く学術学会に貢献できるよう努めてまいりたいと存じます。本論集が、そのひとつの成果として、新たな問題意識を喚起する一書となりましたら幸いです。
最後に、本論集の刊行をお引き受け下さった笠間書院に厚く御礼申し上げます。殊に、編集にあたって下さった相川晋氏には、並々ならぬ御苦労をおかけいたしました。記して感謝申し上げます。

二〇一一年三月吉日

伊井春樹先生古稀記念論集編集委員一同

執筆者紹介（掲載順）

滝川幸司（たきがわ・こうじ）
奈良大学准教授／一九六九年生
論文・著書『天皇と文壇　平安前期の公的文学』（和泉書院　二〇〇七年）、『新撰万葉集注釈　巻上（一）（二）』（共著　和泉書院　二〇〇五年、二〇〇六年）ほか

田島智子（たじま・ともこ）
四天王寺大学教授／一九六一年生
論文・著書『屏風歌の研究　論考篇・資料篇』（和泉書院　二〇〇七年）、「拾遺和歌集と屏風歌―夏部の配列をめぐって―」（「和歌文学研究」九七号　二〇〇八年）、「源氏物語の和歌の方法―繰り返される表現と登場人物の結び付き―」（『源氏物語の展望』第6輯　三弥井書店　二〇〇九年）ほか

海野圭介（うんの・けいすけ）
国文学研究資料館准教授／一九六九年生
論文・著書「抄と講釈―古典講釈における「義理」「得心」をめぐって」（『平安文学の受容と古注釈 第1集』（武蔵野書院　二〇〇八年）、「確立期の御所伝受と和歌の家―幽斎相伝の典籍・文書類の伝領と禁裏古今伝受資料の作成をめぐって―」（『皇統迭立と文学形成』和泉書院　二〇〇九年）、「海人の刈る藻に住む虫の寓意―『当流切紙　二十四通』所収「一虫」「虫之口伝」をめぐって―」（『伊勢物語　享受の展開』竹林舎　二〇一〇年）ほか

胡　秀敏（こ・しゅうびん）
昭和女子大学准教授
論文・著書「紫の上に投影された空蟬像」（「語文」第五十六輯　大阪大学　一九九一年）、「紫の上の実像―愛と苦の生涯―」（『日本古典文学史の課題と方法　漢詩　和歌　物語から説話　唱導へ』　和泉書院　二〇〇四年）、「「梅が香」の美―古今集梅香歌の漢訳詩を契機に―」（「学苑」第八〇七号　昭和女子大学近代文学研究所　二〇〇八年）ほか

佐藤雅代（さとう・まさよ）
山陽学園大学教授／一九六〇年生
論文・著書『賀茂保憲女集／赤染衛門集／清少納言集／紫式部集／藤三位集』共著（和歌文学大系二十巻　明治書院　二〇〇〇年）、「歌枕『井出』の成立と受容」（『講座平安文学論究』第十七輯　風間書房　二〇〇三年）、「三巻本『枕草子』の和歌―定子と清少納言の交流を中心に―」（『詞林』第三十五号　大阪大学古代中世文学研究会　二〇〇四年）ほか

佐藤明浩（さとう・あきひろ）
都留文科大学教授／一九六一年生
論文・著書「『和歌初学抄』物名「稲」の窓から」（『講座　平安文学論究』第十五輯　風間書房　二〇〇一年）、「詠歌の場としての定数歌―『久安百首』と歌学」（『古今集新古今集の方法』笠間書院　二〇〇四年）、「定家『八代抄』夏部の配列構成

をめぐって」（久保木哲夫編著『古筆と和歌』笠間書院　二〇〇八年）ほか

堤　和博（つつみ・かずひろ）
徳島大学大学院准教授／一九六二年生
論文・著書『歌語り・歌物語隆盛の頃—伊尹・本院侍従・道綱母達の人生と文学—』（和泉書院　二〇〇七年）、新典社新書41『和歌を力に生きる—道綱母と蜻蛉日記—』（新典社　二〇〇九年）、新典社新書52『紫式部・定家を動かした物語—謙徳公の書いた豊蔭物語—』（新典社　二〇一〇年）ほか

加藤昌嘉（かとう・まさよし）
法政大学准教授／一九七一年生
論文・著書『テーマで読む源氏物語論（4）紫上系と玉鬘系—成立論のゆくえ—』（共編書　勉誠出版　二〇一〇年）、『大島本源氏物語の再検討』（共編書　和泉書院　二〇〇九年）ほか

中村一夫（なかむら・かずお）
国士舘大学准教授／一九六一年生
論文・著書『源氏物語の本文と表現』（おうふう　二〇〇四年）、「陽明文庫本源氏物語の形容詞」（『源氏物語の新研究』新典社　二〇〇九年）、「陽明文庫本源氏物語の動詞」（『古典語研究の焦点』武蔵野書院　二〇一〇年）ほか

伊藤鉄也（いとう・てつや）
国文学研究資料館教授／一九五一年生
論文・著書『源氏物語本文の研究』（単著、おうふう、二〇〇二年）、『講座源氏物語研究　第七巻　源氏物語の本文』（編著　おうふう　二〇〇八年）、『日本文学研究ジャーナル第4号』（編著　国文学研究資料館　二〇一〇年）ほか

川崎佐知子（かわさき・さちこ）
立命館大学非常勤講師
論文・著書『狭衣物語』享受史論究』（思文閣出版　二〇一〇年）、「近世前期源氏学の展開—『一簣抄』の注釈史的位置—」（『中古文学』第85号　二〇一〇年六月）、「近衞基凞の『源氏物語』書写—陽明文庫蔵基凞自筆本をめぐって—」（『皇統迭立と文学形成』和泉書院　二〇〇九年）ほか

中川照将（なかがわ・てるまさ）
皇學館大学准教授／一九七二年生
論文・著書「転移する不審—本文研究における系統論の再検討」（『講座源氏物語研究』第7巻　おうふう　二〇〇八年）、「淘汰された定家筆本源氏物語—《青表紙本》形成のモノガタリ」（『古代文学論叢』第18輯　武蔵野書院　二〇〇九年）、『テーマで読む源氏物語論（4）紫上系と玉鬘系—成立論のゆくえ—』（共編書　勉誠出版　二〇一〇年）ほか

岩坪　健（いわつぼ・たけし）
同志社大学教授／一九五七年生
論文・著書『源氏物語古注釈の研究』（和泉書院　一九九九年）、『『源氏小鏡』諸本集成』（和泉書院　二〇〇五年）、『錦絵で楽しむ源氏物語』（和泉書院　二〇〇九年）ほか

藤井由紀子（ふじい・ゆきこ）
清泉女子大学専任講師／一九七四年生
論文・著書「柏木の猫の夢」（『国語国文』第七十七巻第二号 二〇〇八年）、「原動力としての『源氏物語』―『海人の刈藻』の創作姿勢をめぐって―」（『国語と国文学』第八十六巻第十二号 二〇〇九年）、「『源氏物語』と中世王朝物語の距離―「わらか」・「寝くたれ」の表現史―」（『詞林』第四十八号 二〇一〇年）ほか

阿部真弓（あべ・まゆみ）
法政大学准教授／一九六七年生
論文・著書「『とはずがたり』の恋―物語る二条―」（『文学』八-五 二〇〇七年九月）、「『とはずがたり』における自己造型に関する一考察―『夜の寝覚』の影響をめぐって―」（『日本文學誌要』七四 二〇〇六年七月）、「『中務内侍日記』の寓意性―中世女流日記文学研究の課題―」（『日本古典文学史の課題と方法』和泉書院 二〇〇四年）ほか

箕浦尚美（みのうら・なおみ）
大谷大学任期制助教
論文・著書「偽経と説話―金剛寺蔵佚名孝養説話集をめぐって―」（『説話文学研究』四四 二〇〇九年）、「談義唱導とお伽草子」（徳田和夫編『お伽草子 百花繚乱』笠間書院 二〇〇八年）、「『観無量寿経』の本文―「称南無無量寿仏」を含む伝本をめぐって―」（国際仏教学大学院大学学術フロンティア実行委員会編、日本古写経善本叢刊第三輯『金剛寺蔵 観無量寿経 無量寿経優婆提舎願生偈註 巻下』 二〇〇八年）ほか

中原香苗（なかはら・かなえ）
神戸学院大学准教授
論文・著書「楽器と王権」（『皇統迭立と文学形成』和泉書院 二〇〇九年）、「秘伝の相承と楽書の生成（2）―〈羅陵王舞譜〉から『舞楽古記』へ―」（『詞林』四六号 二〇〇九年）ほか

山崎　淳（やまざき・じゅん）
日本大学専任講師／一九六八年生
論文・著書「『観音冥応集』の性格と研究の課題」（『語文』90輯 二〇〇八年）、「地蔵寺蔵「蓮体経典講義覚書」について」（『説話文学研究』44号 二〇〇九年）、「地蔵寺所蔵文献における蓮体自筆書き入れについて―『観世音持験記』を中心に―」（『人間科学研究』7号 二〇一〇年）ほか

松原一義（まつばら・かずよし）
川村学園女子大学教授
論文・著書『『塵荊抄』の研究』（おうふう 二〇〇二年）、「「張良一巻の書」のこと―『塵荊抄』における受容と変容―」（『文学・語学』二〇〇三年二月）、「北駕文庫蔵『十六夜日記』（注釈書）の解説と翻刻」（『調査研究報告』第30号 国文学研究資料館調査収集事業部 二〇一〇年）ほか

中本　大（なかもと・だい）
立命館大学教授／一九六五年生
論文・著書「アトリビュートとしての「芭蕉題詩」―懐素図・寒山図から郭子儀図へ」（『アジア遊学』勉誠出版　二〇〇九年）、「絵画情報集積・発信拠点としての五山禅林―「画題」研究序説」（『国文学　解釈と鑑賞』至文堂　二〇〇八年）、「鶴に乗る「費長房」―本邦における漢画系画題受容の一側面―」（『立命館文学』二〇〇七年）ほか

藤田保幸（ふじた・やすゆき）
龍谷大学教授／一九五八年生
論文・著書「引用構文の構造」（『国語学』第198集　一九九九年）、『国語引用構文の研究』（和泉書院　二〇〇〇年）、『複合辞研究の現在』（共編 和泉書院　二〇〇六年）ほか

編者略歴

伊 井 春 樹　いい・はるき

1941年愛媛県生まれ。
広島大学大学院修了。文学博士。大阪大学名誉教授。
愛媛大学助教授、国文学研究資料館助教授、大阪大学大学院教授、人間文化研究機構理事、国文学研究資料館館長を経て、現在、逸翁美術館館長。

著書に、『源氏物語の伝説』（昭和出版、1976年）、『源氏物語注釈史の研究』（桜楓社、1980年）、『源氏物語論考』（風間書房、1981年）、『成尋の入宋とその生涯』（吉川弘文館、1996年）、『源氏物語論とその研究世界』（風間書房、2002年）、『物語の展開と和歌資料』（風間書房、2003年）、『ゴードン・スミスの見た明治の日本』（角川学芸出版、2007年）
編書に、『物語文学の系譜』（世界思想社、1986年）、『源氏物語注釈書・享受史事典』（東京堂出版、2001年）、『世界文学としての源氏物語―サイデンステッカー氏に訊く―』（笠間書院、2005年）、『古代中世文学研究論集』（全3巻、和泉書院）
ほか多数。

日本古典文学研究の新展開

2011年3月25日　初版第1刷発行

編　者　伊 井 春 樹

装　幀　笠間書院装幀室

発行者　池 田 つ や 子

発行所　有限会社　**笠間書院**

〒101-0064　東京都千代田区猿楽町2-2-3

☎03-3295-1331㈹　FAX03-3294-0996

NDC分類：910.2　振替00110-1-56002

ISBN978-4-305-70548-8　　シナノ印刷
（本文用紙：中性紙使用）
落丁・乱丁本はお取りかえいたします。
出版目録は上記住所までご請求下さい。
http://kasamashoin.jp